惊残好梦无寻处

丰子恺译文精选读

丰子恺／译

杨子耘　钟桂松／编

北京时代华文书局

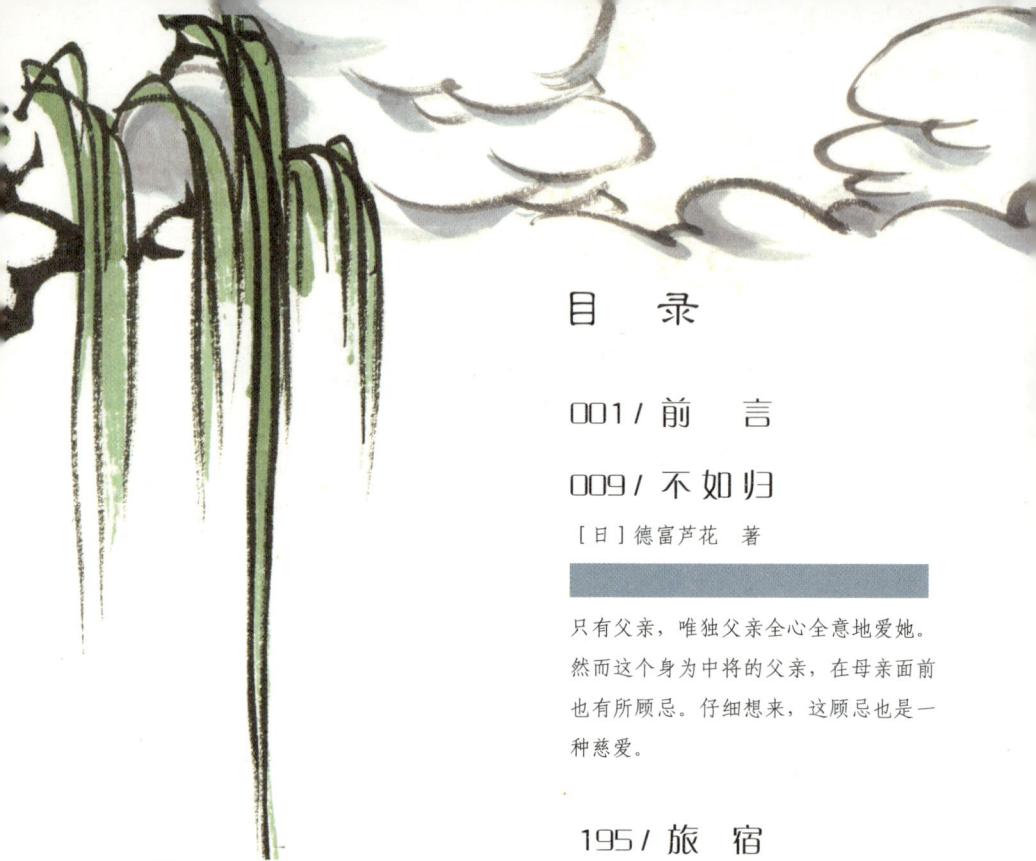

目 录

［日］德富芦花　著

只有父亲，唯独父亲全心全意地爱她。
然而这个身为中将的父亲，在母亲面前
也有所顾忌。仔细想来，这顾忌也是一
种慈爱。

［日］夏目漱石　著

长良少女穿着长袖衫子，骑着青马，越
过山岭。突然两个男人跑了出来，向两
面拉扯。她立刻变成了奥菲利亚，爬上
柳树，跳进河中，浮在水面唱着美丽的
歌儿……

之羊莱尽情揭发当时政治社会的罪恶，暴露当时的权势者的不人道行为，愤慨地提出社会改造的要求。他的愿望是当时日本大多数人民共通的愿望，他的苦闷是当时日本所有的进步人士共通的苦闷。因此他的作品出版之后，不胫而走，几乎人手一册，家喻户晓。他就成了十九世纪末二十世纪初日本文学最大的代表者之一。这册不如归是他最有力的代表作，是向日本封建资本社会提出的严重抗议。

明治维新本来是资产阶级革命，但是很不彻底，一开始就结合了封建势力，建立了天皇绝对权威。当时所订定的新法，都是保护贵族和地主的。于是贵族变成了大资本家，

序言

半世纪以前，有一个日本人不远万里，专诚从东京到

佛罗斯的雅斯纳雅·坡梁纳村子里去访问托尔斯泰，向他

请教他所渴望的真理和正义，要求他解决关于人生社会的疑

问。这个人便是本书的著者德富芦花。

德富芦花和明治同年诞生，即和日本的资本主义同时

诞生。他看饱了当时资产阶级日本的暗无天日的政治社会

状态，渴望自由平等，热爱劳动人民，因此用他的善巧

明治元年（1868年）10月25日生于熊本县荤北郡水吴町。

芦花是他的笔号。他的父亲思想也很新，曾经在维新中用

新的知识来从事藩镇改革。他的哥々猪一郎，号苏峰，又

也是富有新思想的人，曾经创办民友社，刊行新书籍，又

办杂志国民之友和报纸国民新闻。芦花十四岁上就开始创

作小说，提倡自由民权。二十岁时初次出版一册书，叫做

孤坟之花。后来所作自然与人生的写实主义和黑潮中的理

想主义，早已在孤坟之夜中萌芽了。他幼时在京都同志社

求学，二十一岁返哪，暂时当教师。二十二岁上赴

东京，帮助哥哥苏峰办民友社。二十五岁读托尔斯泰的战

地主变成了资本家地主，中日之战和日俄之战使得日本在国外获得了殖民地、市场和资金，同时在国内加紧剥削和压迫，资本主义就大大地发展起来。资本主义越是发展，越是尖锐化，社会矛盾就越来越多。这些都是德富芦花亲眼目睹、亲身经历的现状。因此他的作品都富有现实性、批判性和揭发性，和当时日本流行的唯美派、感觉论派、恶魔派的小说截然不同。因此他的作品直到现在还没有失却其意义，而为世界文坛所重视。

现在先把德富芦花的生涯介绍如下：

德富芦花姓德富，名健次郎，

写给哥哥的信中有这样的两句话,"……您还看到实利,把文学看作维持生活的一种手工业。"咳……主涨文学独立,通过了美而进入于真和善的世界中。"由此可以想见当时资本主义日本社会的黑暗势力的巨大,又可想见芦花的斗争意志的坚强。

芦花退出民友社之后,就冒险自费出版作品,有名的黑潮便是最初的一册。不久,她就远振俄罗斯,到雅斯纳雅·波界纳去访问托尔斯泰。她在托尔斯泰家里住了七天。托尔斯泰非常欢迎他,天天和他用英语谈话,散步。后来他在漫游记中说:"这位伟大莱阳的老翁,这位好客的主人,欢喜地报待争与和平，就对托翁十分仰慕。二十七岁和原田爱子结婚，这位夫人是他的文学的内助者，晚年的从日本和到富士都是夫妇二人合著的。明治到年，即芦花引出岁的时候，他的最初而又最著名的小说不如归在国民新闻上发表，连载约五个月，受广大读者热烈欢迎。33年就义民友社出单行本。

到了明治36年，即芦花36岁的时候，他和苏峰意见不合，就退出民友社，垂直和哥~绝交。其原因是这样，苏峰本来富有革命思想，一向拥护进步事业；但这时候忽然变节，公开地投降了反动(党軍)因此芦花和他绝交。当时他闪亮光，大地的生命是永生不死的。然而他这种『晴耕雨读』的隐居生活，终于不能持续，后来他自己也明白这是乌托邦，就在她编辑的杂志中自称为『假农民』。那么久他又从事写作，并且越发地关心政治了。那时候发生了这样的一件大事、好像43年，即1910年，有少数社会主义革命家谋刺天皇，没有成功。于是日本政府强化天皇制及资本主义，对反对者大加暴力镇压。实行全国大检举，和不公开的秘密审判，逮捕了被告24名，判处死刑。芦花和托尔斯泰一样，是人道主义的死刑废止论者，就上书给军相，请求为这24人减刑，又在朝日新闻上发表对天皇的『助命叹愿』(哀恳是哀愿之论)。

一夕不远千里而来的日本的陌生客人已。他们幕了弱的崇高

的人道主义和痛恨暴力、仇视罪恶的精神，他对他心悦诚服，

接受了他的一切思想，连他的错误也接受了去。

芦花归国之后，自己发行一册杂志，叫做《艺苑》，努力宣

传自己的思想。批评到了托尔斯泰，也大概受了托尔斯泰的影

响吧，忽然住居到东京郊外的千岁村粕谷地方，和文坛绝

交，开始度过「自耕自食」的农民生活。他后来著一册《蚯蚓

的独语》，用以记述当时的生活，其中有这样的话：「……九

千年来，世界摇之摆之，而农民群众一向「日出而作，日入而息，

凿井而饮，耕田而食」……到了世界□末日，农民的锄头还是闲

各地即席撒冷巡礼。芦花本来是基督教徒，后来又受了托尔

斯泰的感化，这时候思想上发生了一大转机，宗教热情异常高

奋。这期间 ████████ 以及后来的猫士等，都描

章了他如椽笔的文说体裁，而取忏悔式的自传形式。他在这

些作品里赤裸裸地告白自己的思想与家庭生活的秘密。然而

他的政治热情垂老不减。这时候正当第一次世界大战之后，他

在耶路撒冷时，曾经向出席世界和平会议的西园寺公望以及

美国大总统等提出七条意见，（一）改"讲和会议"为"媾进人类幸

福的"世界家族会议"，（二）制定世界共通的新纪元，以今年为元

年，（三）人类不再互相残杀，无条件废止海陆空军，（四）废除关

白米24人中，半免死，其馀筱者，其中包括有名的幸德秋水。

芦花非常愤慨，曾在東京第高等学校公开演讲"谋叛论"，

强调指出思想自由的重要和革命的必然性，猛烈攻击反動

政府。这是日本近代史上二大事件，也是日本文学者的人道主

义的一忧金名。当时其事文人，大都反抗政府，但多数人只是

暗中徊判，唯有芦花赤裸地痛骂。一般文人看见国家权

力恣意横行，对人民施行高度压迫，大都袖手旁观，好哲保

身，甚至不敢復起"秋水"的名字。品有芦花具有大无畏精神，

特地把他新造的房子定名为"秋水書院"。

大正七年，即1918年，芦花和爱子夫妇二人同赴耶苏的纪

力排除太平洋❀纷争。但在文坛上，芦花已经陷入了孤立的地位。

当时日本文学界盛行自然主义，德田秋声、菊地宽、志贺直哉、

武者小路实笃、芥川龙之介等活跃于文坛，然而芦花和他们全

无交涉，当时无产阶级文学已在日本抬头，然而孰唐老在

粕谷的芦花管自过已投倡宗教和道德，盲目地信奉在神户贫

民窟中劳动的贺川丰彦为基督再生。总之，晚年的芦花，误

认为社会万恶的根源在于统治者的道德的卑鄙，所以努力提倡

道德，希望以道德救世。他没有看到私有制私人剥削人的资

本主义制度是社会万恶的根源。他自称为『自己的社会主义者』，

然而他之脚在基督教的人道主义上。

根。（四）制定国际货币，（五）土地还原，（七）取消赔偿与负债，他的主张是否定暴力，而是一家，绝对和平。他提及从事革命及政治经济改革，而如追求灵性自觉。如前所说，他把托尔斯泰的错误思想也来接受了。

大正13年，即1924年，芦花又受了两次政治刺激：第一是难波大助事件。难波用鸟枪粗击来汽车之摄政皇，因而被捕。芦花著表一篇关于难波大助的处分，公开呈吉摄政皇，坚决主张废止死刑，竭力营救难波大助。第二是美国排斥日本移民法案。芦花从人道主义出发，愤为这人种差别待遇是非人道的，投函地向自利主义者的美国要求反省。他以和平主义者自任，劳

中"分"重要成分是家庭"说，"如妇"也是家庭"说，"如而

和一般通俗"说"不同。通俗"说"大都屈从"长久的传统，含有不

抵抗的要素。但文学艺术的目的是要使大众"前进，所以必须有

抵抗的要素。"如妇"是对日本封建社会的严重抗议，所以它不

是日本当时一般的所谓大众文学，而是一部不朽的现实主义"说。

"如妇"中所描写的是封建家族制度压迫之下的一个惨剧。

其中包含的问题甚多，婆媳关系问题、亲子关系问题、夫妇关

系问题、新旧道德问题、传染病问题、义理人情问题、妇女解

放问题等。"芦花"的时代，日本无数青年男女都身受封建家庭

的压迫，都怀着对上述许多问题的疑团，感受到切身的苦痛。

芦花于昭和二年，即1927年█月█日丑子叶逝世，享年六十

岁。这时候他的最后的自传小说《迷途》尚未完成，第四卷是他的

夫人爱子续成的。早已绝交了的哥哥苏峰在他临终时来和他

诀别，他握住了哥哥的手而长逝。

＊　　＊　　＊　　＊　　＊

不如归是芦花最初而又最脍炙人口的一部小说。芦花以

前的日本小说，属于江户文学传统，大都以花柳界为背景。芦

花的时代，日本文坛有砚友社，这班人专写所谓「戏作文学」。

中日战争之后，砚友社没落，代之而起的是社会小说、

家庭小说、通俗小说，都和人生密接关联，即所谓大众文学。大众文学

题。因此这世书不但在日本脍炙人口，铺行百版以上，编成戏

剧和电影，演出至今不绝，）又被译成英文、德文、波兰文、俄

文及中文，廣派侍子全世界，成了世界文学佳作之）。

这本说里的情节，不是凭空提造的，而是根据现实的莫特

嫁而写作的。据藤村作的记述、那时候日本有一位陆军大将，（日本文学大辞典内　　　　编者）

叫做大山岩，他有一个女儿叫做信子。信子嫁给一个子爵，叫做三

岛弥太郎。结婚之后，信子患了肺病，那时候肺病没有特效

药，是一种致命病，而且容易传染。三岛家就向大山家提出

离婚。大山家不答应。后来由媒人把女家说服，信子终于和

丈夫离婚而回到了娘家，不久就死了。明治29年（即1896年，芦

芒花的诗也能撼动了，撼动着青年男女的心弦，引起了他们的苦

闷，激起社会改造的热望。他的文笔十分美丽，描写十分动人，

而且这单纯的美与悲之外，又使读者感到兴奋，因为这作品

中又富有社会性与问题性。他用流丽的女笔来指出当时妇

女的听天由命快态，指出资产阶级日本如荒谬腐朽的道德。

他所描写的不是偶然的个别的悲剧，而是典型的悲剧。读完

了这册书，可以分明感到统治阶级是妨碍人生自由幸福的罪

魁，上层社会的凄酷残忍，假仁假义和愚蠢顽固，正是本书

中的女主角涼子惨遭夭死的原因。这如归中的问题，正是

日本独有的问题，实是全世界封建制度下的人民所苦有的困

期这妇人说出了那么悲惨的一件实来。……这便是关于这书中

的浪子的事。怀孕是肺结核而被退婚，□男悲惋欲绝，一片凄

中将愤怒，把浪子接回，为她建造养病室，最后一次携浪子

时□□□□□高阪，退远川岛家□送葬的花圈——□这些都是

● 後话中的事实。这妇人辛酸次痛地叙述，我兼生壁念龙

的柱上花图若失地倾听，妙妻低头无语。……讲到临终的悲

怆时，她说，"据说她这样说，但愿来生不再作女人。"□说到这

里，呜咽又复成声，後话轼中断了，我觉得脊髓里有一种东

西像电瓶一般通过。

「这妇人又久恢复了健康，就把那一晚的後话作为临别的

她在逗子的柳屋旅馆里遇见一个妇人，是大山大将的副官福屋

中尉的妻子，她把信子的惨史讲给芦花听了，芦花就根据这

事实似创作出这个妇女。芦花生死如归，南服序言中这样的记述：

「十年之后重读的时候，不期地想起了一件事。这是形成这

小说的胚胎的某种原始的事。在十二年前，我借宿在湘州逗子

的柳屋旅馆里，有一个妇人为了病后疗养，带着一个男孩子也

到这温泉地方来了。……所有的旅馆都客满了，……我南得了妻

子的同意，把她们所租的两个房间分一间给她了。……她们邻居

不过一个月，已经很熟悉。……有一个夏末的天色傍晚两岸昏暗的

傍晚，那男孩子出去游泳了，这妇人和我们夫妇两人正在南俊水。

的脚区蹈在卵壳里。

这几句象征的话，暗示着芦花创作如"归的动机与精神。

我们读了这如归之后，觉得他的确是在打破外壳，表现一个挣

立的人的真相，的确是"向黎明啼叫的鸡声"，从而他的

脚的确区蹈在卵壳里。女主角临死的时候说了那句

使这子柳屋旅馆里的婶人"呜咽不发成声"而使作者"脊髓

里有钟乘西像电瓶一般通过"的话："来生再也不作女人了！"

（见本文下九之三。）我们听了这话之后，也会很同情的回这

实僅半同情似觉不能满足，作女人要受压迫，因而誓不再作女

人。这就是千馀年前我国唐代诗人白居易的话："人生莫作

鹏品雷四都坳去了。埂子的秋天次突起来，后续的印象都远去

天。……你之在轮气萧瑟的海滨时，一个无影的人像稀彷佛地

出现在眼前。可惜之极，变成了苦痛，觉得报有所表示了了可。

于是任意立这说话的骨格上添上些筋肉，草成了一篇未成熟的

小说。……如有艺美文章技芳所能引起演者感动的地方，那

便是埂子这天那一晚借那人之口所诉道的「埂子」自己立对读

者诸君没，我不过是电话的「缘」电己。

据苣苈及其作品的著者斋藤帛蒸说，苣苈写之如婦之

前做一夕梦，听见耳边有人立叫……「起来！把她完全部打破，彻底

地表现一个独立的人的真相吧！」你是向黎明哭叫的鸡声。但是你

另排一节

浪子被迫离婚之后，武男两次回家，媚于封建社会的体统，竟不敢到片冈家去和她会面。这无乃太胆怯了！卓文君和司马相如敢私奔，雪乃和传生敢私会。它较起他们来，外们的浪子和威男对封建的抵抗力太薄弱了！

其次，我们还看到男主角画男主角妻面前编骂当时的军人：「说女的军人——毕竟我自己也是军人——实在太不成样子了。丝毫也没有从前的武士的风度，大家拼命赚钱。我并不是说军人必须贪食穷。节省兄费、积蓄恒产，万一发生意外的时候可以没有内顾之忧，这当然是应该的。……」（中篇一之三）这里分明表出了这青年海军士官的社会观，他很为社会■■的罪要完全由于道德隆落，一心要道德高尚，社会自会改善。他完全没有想到社会制度，完全不知道社会才勇的根源在于社会制度的不良。

芦花写夫如归，这许向托尔斯泰之前。那么芦花的道德万能观总（之）它似是从托尔斯泰学得的，也许是芦花早已怀抱的社会观吧。

婦人身百年苦乐由他人。现代的我们对这话同情而不能首肯。

为甚么不作不受压迫的女人吸？为甚么不作没有压迫的社会里

的女人吸。这不能不使人对僅用眼目作抵抗武器的浪子的立

坊感到不满。浪子的婆子受丈夫压迫的时候，情愿脱离这苦海，

去当坟墓看守人的老婆，平安地度送一生。（上篇六之一）

浪子离婚之后，丰子想作武男的继

室，以学礼貌为名义，到川岛老寡妇身边去，受尽了老

寡婦的虐待，围她想，"来受压毒是这么苦痛的！我快不苦二

次来爱人了。"（下篇二之四）这又使我们觉得芦花笔底下的

女性都是怯弱的。

使封建资本主义社会里的两个典型的要使活跃主读者眼前。千

岩"看到世路有表里两条，他之誓立与论何种情况之下，必须取捷径前进。"他认为"猴之所以能够下水，是由于有可拉

的爪的原故，人之所以能够立身，是由于有好亲戚的原故。"（上篇四之二）千岩假造国男和章，向高利贷借了三千块钱，国男

付他偿还了，国骂他一顿，同他绝交。山木对千岩说，"不过，

千千岩克，绝交费三千元，倒是一笔好生意啊！"（甲编三之三）国男的父亲脾气异常暴躁，他提拔山木，给他赚钱的机会，

却而身为绅士的山木常之被他亦耳光。山木却甘之如饴，他说：

"这一点，赏赐算得甚么呢？只要想想他给你赚钱，这一点

近代日本作家与作品 问著者片冈良一对元如归也有评议，

大意说：元如归中揭发了当时社会的许多问题——如妇女恋爱

和亲子关系问题、新旧道德衡突问题、妇女解放问题、女性教养

问题……进而作者对此等问题何处理，无论使人十分满意。

进而，这些都是完全之毁。要的说来，元如归毕竟是）批富

有揭着性和抗议性的好书，何况在半世纪前的时代，这真是不

可多得的好书。它的销行百好服，它的编成戏剧和电影

而演出教百场，决不是偶然的事。

芦荻对于暴露黑暗、揭着丑恶，具有锐敏的眼光和生死

的妙笔。关于千千岩和山末两个反面人物的描写，尤为生动，能

使她（连）句起初和平，接着用小口径的猎枪来轻，地撒些散弹，

终于开出了可怕的改城炮。这是川岛家的寡妇对任何人都

惯用的办法。孩子也曾经身受过这种经验，乃因神经灵敏，

感觉锐利，所以很早就感到苦痛。现在轮到孩子来消受这经

验了。她（生来）（愫）宠辱而惊，散弹飞来，她还

以为是哪一家撒过来的炒豆。因此那改城炮不得不比平常早

些拿出来。」（下略三之四）这（位）孩子小姐是怎样的一个人呢？『芦

花描写道：，『她的肤色苍白，下颌丰满。由此看来，这该是很可

爱的，然而下颌过分丰满了些，面颊上的肉生怕就要掉下来似

一向张开着的嘴巴，要闭拢来很费力，始终在腮上形成一个凹门。

真是極低廉的所得稅！己他就屢次来伺候並受「賈島。(上篇六

之二)浅是離婚之后，山木羨慕國男的子爵地位和万貫家財，想

把自己的女兒豐子嫁給國男作继室，先用学習礼貌的口实，

使也免到國男的母親身边去当使女，把怎样侗这老□爹婦献媚

的方法教给女兒，这一段文章(中篇七之三)丑要得十分動人，后

来她说：「老实说，排倘是少女的话，必要立她身边住上两天，

就可以把她弄得像豆腐一样给你看。」这个人寿去权門、□□賄（到处賄）

赂、□借以盤剥更利的卑鄙手叚，于此盖可想見。

他描写國男的母親川島老寡婦的兇悪和□□山木的女

兒豐子的狡猾，也有絕妙的文章。川島老寡婦对待媳婦和□

飘泊了一会，／下面的一片断了地心起来，女心和不觉之間房失得影速全无，／残存的一片麦感了灰色，若；细地主空中徬徨。已这么是單纯的风景描写，这两片雲正是書中的两主角——恨子和武男——的象徵，苦中一白一字，処乙暗示，処乙双美。

如姑得是有那樣深刻的揭麦性和抗敌性，又具有这樣美妙女章，用光更想性礼艺术性益故，成了世界古典文学的傑作。

一九五六年除夕于上海作。

一双画得若有无的眉毛底下，好容易把世多的肉向上下推开了

两三分，才看一双眼睛，眼睛里面仿佛蒙着一层春霞，好像

刚■才从前世的长眠中醒过来的样子。凸（上篇四二四）

我要再举一夕自己描写的例子来结束她的话。（如浮）

开头描写浪子和丈夫新婚旅行、佳丛伊香俤子的旅馆三楼上■

好时候，浪子站在窗前眺望且着的黄色，看见两片浮云，

芦荻写道：「这两片大可逼把雨丰奉可爱的云，慢、地离开了，赤

蝴山顶，立方更重遮的大空中像双它的金蝶一服蹇出光辉，

條之纵地向毛尾山方面後征。不久夕阳西沉，莫风瓦起，这两片

雲就褪成蔷薇色，向上下分了，女夕暮的天空中越离越远地

前　言

　　丰子恺先生（1898—1975），浙江桐乡石门镇人，是我国现代著名的漫画家、散文家、艺术教育家，也是翻译家。丰子恺一生出版各艺术门类著作170多种，著作等身，影响遍及日本、俄罗斯、法国、挪威以及东南亚。他翻译的作品有700多万字。这部《惊残好梦无寻处：丰子恺译文精选读》是他翻译的一小部分，也是深受读者欢迎的作品之一。

　　丰子恺先生的文学道路是从翻译起步的。1921年，丰子恺在日本留学十个月，年初去，年底金尽回国。在回来的旅途中，惜时如金的丰子恺，在轮船上就开始翻译英日对照的屠格涅夫的小说《初恋》。这是丰子恺第一次翻译文艺作品，所以他说这是自己的"文笔生涯的'初恋'"。这部从英日对照翻译过来的俄罗斯小说，当年曾经影响过不少喜欢俄罗斯文学的年轻人。作家王西彦喜欢屠格涅夫的文学，就是受丰子恺翻译的这部小说的影响。

　　自此以后，翻译文艺作品，成为丰子恺一生文学活动的一个重要方面。

　　在丰子恺先生的翻译生涯里，我们明显可以看到他对俄罗斯文学和日本文学的偏好和喜爱。中华人民共和国成立后，五十多岁的丰子恺先生开始学习俄语，研读俄罗斯文学，翻译俄罗斯文学作品，并且取得巨大的成就。屠格涅夫的小说《猎人笔记》，是丰子恺俄文翻译的重要作品。这部小说曾经被高尔基称为"异常卓越"的作品。列宁曾经"多次反复地阅读过屠格涅夫的作品",称赞屠格涅夫作品的语言伟大而雄壮。托尔斯泰认为,屠格涅夫的风景描写达到了顶峰,"以至在他以后,没有人敢下手碰这样的对象——大自然。两三笔一勾,大自然就发出芬芳的气息"。难怪,丰子恺在二十多岁初次翻译英日对照的屠格涅夫的《初恋》,给他留下难以磨灭的情结。晚年学习俄文以后,他依然对屠格涅夫情有独钟,翻译了《猎人笔记》如此重要的小说。

同样,丰子恺先生对日本文学的钟情,充分体现在他翻译的日本文学作品上。丰子恺年轻时在日本十个月的学习经历,给他一生翻译日本文学的追求和理想埋下了种子。当年,丰子恺感受了日本的风土人情、山川风物以后,也喜欢上了日本文学,而且称得上是深深喜欢。他曾说:"我是四十年前的东京旅客,我非常喜爱日本的风景和人民生活。说起日本,富士山、信浓川、樱花、红叶、神社、鸟居等浮现到我眼前来。中日两国本来是同种、同文的国家。远在一千九百年前,两国文化早已交流。我们都是席地而坐的人民,都是用筷子吃饭的人民,所以我觉得日本人民比欧美人民更加可亲。"他又说:"记得有一次在江之岛,坐在红叶底下眺望大海,饮正宗酒。其时天风振袖,水光接天,十里红树,如锦如绣。三杯之后,我浑忘尘劳,几疑身在神仙世界。四十年来,这甘美的回忆时时闪现在我心头。"对日本风情的喜爱，是他对日本文学的了解和熟悉引起的。

从青年到晚年，日本文学和日本艺术著作始终是丰子恺翻译的重镇。他最早出版的翻译作品，是日本厨川白村的文艺理论著作《苦闷的象征》。他最后的翻译活动，是 1974 年重译夏目漱石的《旅宿》。20 世纪 60 年代，丰子恺先生决定翻译年轻时无比喜欢的日本古典文学名著《源氏物语》，前后花了四年时间，将这部名著奉献给中国的读者。这也是他翻译的体量最大的日本古典文学作品。即使在人生最艰难的岁月里，丰子恺先生仍然孜孜不倦于日本文学的翻译，《落洼物语》《竹取物语》《伊势物语》等都是在他最艰难的日子里悄悄翻译的。虽然他知道暂时还不能出版，依然一如既往地钟情日本文学。

丰子恺先生对日本文学的喜爱，源于日本作家的文学语言风格和他的语言风格十分契合，所以他在阅读日本文学作品时，很快就能够找到自己的翻译语言。而且丰子恺多年训练积累而成的文学素养，使他有足够丰富的文学语言，满足表达日本文学作品的需要。因此我们读丰子恺先生的翻译作品，常常感觉风格之典雅，语言之清新，心理描写、人物对话和人物个性性格之精妙，常常沉浸在他翻译的作品情景中。如日本夏目漱石的中篇小说《旅宿》、德富芦花的中篇小说《不如归》，经丰子恺先生翻译之后，依然是那样细腻、清新、缠绵、优美，让人耳目一新。读丰子恺的翻译小说，是一种高级的艺术精神享受，更得益于他达观的人生态度。

　　读丰子恺翻译的蒙古国小说，同样能感受到这样的清新和优美。这里选编的《幸福山的马》等几篇蒙古小说，对今天的读者来说是新鲜的。小说作者策·达木丁苏伦对我们来说颇为陌生，况且蒙古国小说在中国的读者并不多。然而正是这一原因，使许多中国读者失去了领略蒙古国小说风采的机会。策·达木丁苏伦是蒙古国著名作家之一，他是诗人、散文家、翻译家兼文学评论家，他1929年出版的《被抛弃的姑娘》被选入蒙古国文学教科书。策·达木丁苏伦1908年生于蒙古国一个放牧者的家庭，16岁以前一直和家人在广阔无涯的蒙古草原上过着游牧生活，因此他有条件观察人民的生活情态，看到多重压迫下人民的劳苦。本书收录的几个短篇小说，主要反映蒙古人民的生活情况。有人评论他的创作是"严格的现实主义，生活的知识，以及将生活充分具体地表现出来的愿望，在达木丁苏伦这里是和温暖的抒情主义以及看到祖国生活明暗面的人物的轻松幽默结合在一起"。"在他以简单而明朗的笔调描写故乡的自然景色中特别明显地流露出来。"这些评价，在这里的几个短篇小说中表现得格外充分。那种身临其境的感觉，以及蒙古大草原草的气息，从字里行间扑面而来。那种与草原生命同在的骏马的人性化描写，让人在阅读中深切地感受到草原上人与马的形影不离的深厚感情。相信这些蒙古国小说对今天的读者来说，会有一种久违而淡淡的亲切、新鲜、自然的感受。

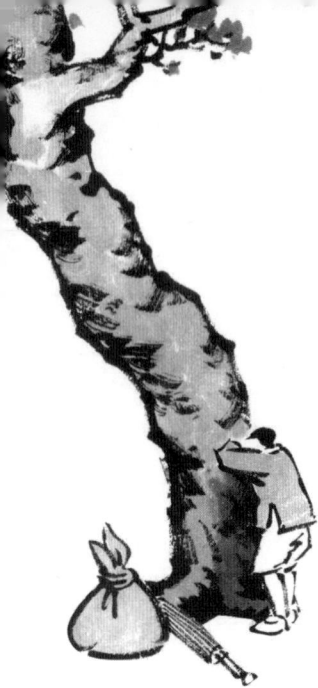

德富芦花

（1868—1927）

　　日本小说家。原名健次郎，笔名芦花。德富芦花信奉基督教，深受托尔斯泰影响，向往自由、平等、博爱。1906 年他赴俄国访问托尔斯泰，回国后在乡下隐居。代表作有《不如归》《黑潮》等，前者反映日本妇女的悲惨命运，后者反映统治阶级的荒淫无耻。同时德富芦花还创作了大量的评论、随笔等作品。德富芦花晚年的作品带有神秘主义色彩和绝望情绪。

百年笑口等閒開

辛卯八月十日
之夜子愷畫

不如归

丰子恺评价《不如归》『是德富芦花最初而又最脍炙人口的一部小说』。

封建家族制度的压迫之下，婆媳关系问题、亲子关系问题、夫妇关系问题、新旧道德问题、传染病问题、义理人情问题、妇女解放问题……种种都是问题，是『切身的苦痛』。

［日］德富芦花 著

根据岩波书店《岩波文库》1938 年版译出

上
篇

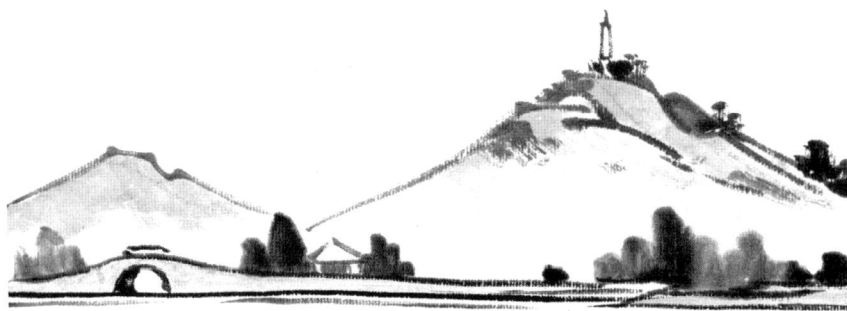

（一）之一

上州伊香保的千明旅馆三楼的纸拉窗开着，有一个少妇站在窗前眺望日暮的景色。她的年纪大约十八九岁，头上梳着典雅的螺髻①，身上穿着小花纹绉绸外衣，缀着草绿色带子。

白皙的长脸儿，眉头略微有点颦蹙，双颊稍稍瘦削。如果要说缺点，也许这就是缺点吧。然而亭亭玉立，确是一位窈窕淑女。这不是在北风中凌寒夸劲的一朵梅花，也不是在叆叇的春霞中化作蝴蝶而飞舞的樱花。品评起来，这少妇可说是在夏天的薄暮中发散幽香的夜来香。

春天的夕阳西斜了。远处的日光山、足尾山和越后地方的山，近处的小野子山、子持山和赤城山的峰峦，都浴着夕阳，变得辉煌灿烂。离开下面的朴树飞去的乌鸦哑哑的叫声，听起来也是金色的。两片蓬松的云从赤城山的背脊上浮出。三楼上的少妇心不在焉地注视着云的移行。

这两片丰柔可爱、大可盈抱的云，慢慢地离开了赤城山顶，在万里无遮的天空中像双飞的金蝶一般发出光辉，悠悠然地向足尾山方面移行。不久夕阳西沉，寒风乍起，这两片云就褪成蔷薇色，向上下分飞，在夕暮的天空中越离越远地飘浮了一会儿；下面的一片渐渐地小起来，不知不觉之间消失得形迹全无；残存的一片又变成了灰色，茫茫然地空中彷徨。

结果山和天空融合成一片暮色，只有三楼上的少妇的脸在幽暗中显出白色。

---

① 原文作丸髻，是日本已婚女子的发式。

（一）之二

"小姐！——啊呀，怎么好，我说得顺口，又叫错了，呵呵呵呵。——少奶奶！我回来了。啊呀，暗得很。少奶奶！您到哪里去了？"

"我在这里呢！"那少妇笑着说。

"啊呀，您在这里！赶快进来，可别着凉！少爷还没有回来吗？"

"不知道他在做什么。"少妇说着拉开纸门，走进里面来，一面又说，"恐怕要……去对账房说，派个人去接他呢。"

"是的。"这个五十多岁的老婆婆边说边摸黑划着了火柴，点上了油灯。

这时候楼梯响了，旅馆里的女仆上来了。

"呀，打扰了。少爷回来得真迟啊。……是的，刚才派一个伙计去迎接了。大概就要回来了。这里有一封信。"

"咦，是爸爸写来的信……他早点儿回来才好！"梳螺髻的少妇亲热地反复察看信封上的字。

"是老爷写来的信吗？赶快读来听听才好。呵呵呵呵，一定又写着许多有趣的话呢。"

女仆把门关好，在火钵里添上些炭，就出去了。老婆婆把一个包袱拿去放在壁橱里了，然后走回来。

"天气真冷！和东京完全不同啊！"

"要五月里才开樱花呢。阿妈，坐过来些！"

"多谢了。"老婆婆说着，盯着少妇的面孔看，"真像是假的一样呢。我看到少奶奶梳着螺髻端端正正地坐着的样子，不相信这就是我带大的那个小宝宝！太太去世的时候，您呜呜咽咽地伏在阿妈背上叫着'妈妈！妈妈！'好像不过是昨天的事呢！"她说到这里，簌簌地掉下眼泪来。"您出嫁的时候，少奶奶！阿妈心里想，要是太太在这里，看到了那漂亮的样子，不知多么欢喜啊！"她拉出衬衫袖子来擦眼泪。

听的人好像被感染了的样子，低下了头，只有搁在火钵上的左手上的戒指发出灿烂的光辉。

过了一会儿，阿妈抬起头来，说："对不起，我又说这种话了。呵呵呵，年纪一大就呆头呆脑了，呵呵呵呵，小姐！不，少奶奶！您到现在也吃了不少苦头！您真好耐性啊！从今以后，从今以后，永远享福了！少爷是那么多情的人。……"

"少爷回来了。"从楼梯口传来了女仆的声音。

（一）之三

"唉，好累，好累！"

一个年约二十三四岁，穿西装的男子，把布袜和草鞋脱掉，对迎接他的两个人打个招呼，跨上走廊来，回过头去对一个手持提灯的小伙子说："啊，劳驾了。这些花，麻烦你给我浸在温水里。"

"呀，真漂亮啊！"

"真的，好漂亮的杜鹃花啊！少爷哪里采来的？"

"漂亮吧！喏，黄的也有。叶子倒像石楠花。我采它来，想明天叫浪妹插在花瓶里。……怎么，让我先去洗个澡吧。"

"少爷真是生龙活虎似的！军人到底不同，少奶奶！"

少奶奶把外衣仔细地叠好，偷偷地吻它一下，挂在衣架上了。她只是含笑，默不作声。

楼梯上脚步声山响，到了纸拉门边停下了。刚才那个青年走进屋子里来，嘴里叫着："啊，好爽快！"

"呀，少爷这么快就洗好了？"

"男人家当然快的。哈哈哈哈。"他愉快地笑着。他的妻子羞答答地把一件粗条纹棉袍披在他身上，他说了声"谢谢你"，就盘腿坐在坐垫上，用两手抚摸着面孔。毛茸茸的五分长的头发底下一张太阳晒过的脸，真像烂熟的桃子，眉毛浓黑，眼睛灵活，鼻子底下蓄着毛虫一般的髭须，面貌上不知什么地方还保留着一些孩童相，这是一个可爱的青年。

"武男哥，有一封信呢。"

"啊，是岳父寄来的。"

这青年把身体坐一坐端正，打开信封，抽出信纸来，里面还附着另一封信。

"这是给浪妹的。嗯，都很平安……哈哈哈哈，说得真滑稽……好像当面听他谈话。"他含笑读完了信，把信纸卷好了，放在一旁。

"老爷还向你问好呢。他说换了地方，要随时当心，看旧病复发。"那个"浪妹"对正端晚饭来的老婆婆说。

"唉，多谢他老人家了。"

"啊，吃饭。今天走了一天，只吃了两个饭团，肚子饿得很了。……哈哈哈，这是什么鱼？不像鲇鱼……"

"这叫作真鳟鱼吧，阿妈，是不是？"

"是真鳟鱼？好吃，很好吃。再给我添一碗饭。"

"呵呵呵，少爷吃得真快。"

"当然喽。今天从榛名山爬到相马岳，再爬上二岳，走到屏风岩底下才碰见来接的人。"

"走了这许多路？"

"相马岳的风景可真好！我想叫浪妹看看才好。一面是茫无际涯的平原，远远望见利根川的流水；另一面是所谓山外青山，上面隐隐约约地望见富士山，真妙极了。要是我会作和歌，一定要和人麻吕①比一比高下呢。哈哈哈哈。再给添一碗饭。"

"风景这样好？我也想去看看！"

"嘿嘿嘿嘿，浪妹如果爬得上，我一定送你一枚金鸥勋章②。这些都是悬崖绝壁，垂下十几条铁索，是抓住铁索爬上去的啊！

我是在江田岛③受过锻炼的，桅樯也罢，钢索也罢，现在都能爬上爬下，所以不觉得什么。浪妹恐怕连东京的土地也没有踏过吧！"

"呀，哪有这种事！"浪子说着，嫣然一笑，两颊红晕了，"别看我这样，在学校里也学过体操的。……"

"嘿嘿嘿嘿，华族女学校④的体操是没有用的。喏，有一次我去参观，看见有人叮叮咚咚地弹着不知是古筝还是什么乐器，女学生们唱着'地球上所有的国家'之类的歌，手里拿着扇子，站起来，蹲下去，转圈圈什么的。我以为是在练习舞蹈，原来这就是体操！哈哈哈哈。"

"呀，说得好刻薄！"

"对啦对啦，那时候我看见有个梳辫子的和山木家的女儿并排着，穿着

---

① 柿本人麻吕是日本有名的歌人，生于7世纪末。

② 金鸥勋章是日本军人最高的勋章。

③ 江田岛是位于广岛县吴市西边的岛屿，海军兵学校（第二次世界大战后取消）所在地。

④ 华族女学校成立于1885年，是供皇族和华族女子读书的学校。1906年并入学习院，1918年独立，改称女子学习院。第二次世界大战后重新并入学习院。华族是明治维新后对旧公卿、诸侯功臣及其家属的族称，分别授予公侯伯子男等爵位，第二次世界大战后取消。

一条——叫什么来着？——葡萄色的裙裤，一本正经地跳着，记得那就是浪妹。"

"呵呵呵呵，说这种话！你认识那个山木姑娘吗？"

"山木，我爸爸在世的时候曾经照顾她，现在也常常来的。哈哈哈哈，浪妹说不过我，只得不开口了。"

"哪有这事！"

"呵呵呵呵，夫妻不要拌嘴，喝杯和顺茶吧！呵呵呵呵。"

（二）

上回所说的青年，是一个海军少尉男爵，姓川岛，名武男。他由良媒撮合，和名震海内的陆军中将片冈毅的长女浪子举行了婚礼，只不过是上个月的事。现在他有短暂的休假，就在四五天之前偕同新娘和陪嫁的老保姆阿几到伊香保来游玩。

浪子八岁上就死了母亲。那时候她才八岁，连母亲的相貌都记不大清楚了，只记得母亲常常面带笑容，又记得母亲临终时叫她到床前去，伸出那只消瘦的手来握住了她的小手，说："浪儿，妈妈要到远地方去了。你要乖乖地孝顺爸爸，疼爱驹儿。再过五六年……"母亲说到这里欷歔地淌下眼泪来，"妈妈不在了，你还记得妈妈吗？"母亲伸过手来摸摸她那而今已经垂肩、而当时刚刚覆额的黑发。这情景深深地铭刻在她的记忆里，永远不会忘记。

一年之后，现在的母亲来了。从此一切都改变了。从前的母亲出身于有名的仕宦人家，万事循规蹈矩，而且据婢仆们说，这样和睦的夫妻是少有的。现在的母亲也是有名的仕宦人家出身，然而早年留学英国，不肯对男子让步，又染上了西洋风习，因此情形和从前大不相同了，凡是留有前妻痕迹的地方，都彻底改掉，仿佛要把它们全部打消。对父亲也件件事情都毫不客气地评长道短，父亲总是笑着由她谈论，末了说："好好，我输了，我输了。"有一次，他和一个最要好的叫作难波的副官相对晚酌，母亲也在座。父亲向母亲注视一下，吃吃地笑着说："喂，难波兄，有学问的老婆是讨不得的，讨了要大吃其苦。哈哈哈哈。"难波碍于母亲在座，无辞可答，只得手足无措地把酒杯拿上拿下。后来他再三叮嘱他的妻子，不要让女儿们多读书，高等小学毕业就够了。

浪子从小对人很亲昵，而且聪明伶俐，虽然不是神童，然而三岁的时候奶妈抱了她到门厅去送父亲出门，就会拿着父亲的帽子给他戴在头上。伸展不息的小小的心，好比春天嫩菜，即使一朝被雪压住了，只要不受踩躏，雪融化之后自会青青地生长。诀别了慈母的浪子的悲哀，其深切虽非寻常孩子可比，但只要后来有阳光照临，她一定也会欣欣向荣。浪子最初看见梳西式发髻、走到旁边衣香扑鼻、眼睛略微吊起而嘴巴很大的后母，也不免有些畏缩。然而从小对人亲昵的浪子，觉得这母亲也很可爱慕；后母却怀着成见，排斥这可爱的孩子。这后母不通世故，刚愎自用，炫耀学问，再加上猜疑和嫉妒，竟把仅只八九岁的可爱的孩子当作有心的大人来对付。因此使得孩子没有着落，心中充满了孤寂冷落之情。唉，不被爱是不幸的，不能爱更加不幸。浪子有母亲，然而爱不得；有妹妹，然而也爱不得。此外只有父亲、保姆阿几和姨母——即生母的姐姐，然而姨母毕竟是另一家的人，阿几是女仆，况且后母的眼睛常常注视着，你如果略微亲近她们些，或者得到她们的照顾，这相互的庇护非但无益，反而引起恶果。只有父亲，唯独父亲全心全意地爱她。然而这个身为中将的父亲，在母亲面前也有所顾忌。仔细想来，这顾忌也是一种慈爱。为此他在母亲面前不得不叱骂她，到了背后就深情地默默抚爱她。伶俐的浪子深深地懂得父亲这片无人知道的苦心，满怀欢喜感激，即使粉身碎骨，也极愿报答父亲之恩。然而这心情倘使显露形迹，母亲就认为侵犯了她的领域而生气，你就得受苦；倘使韬晦寡言，谦恭自守，则又被认为阴险、愚钝。这真是太残忍了。有时她犯了一点小小的错误，母亲就用流水一般的长州土白和从英国舶来的理论滔滔不绝地谩骂，不但骂她本人，又毫不隐讳地中伤她那已故的母亲。她那悲愤地咬紧着的嘴唇忍不住想张开来，忽然在廊沿上瞥见了父亲的侧影，立刻又紧闭了。有时过分无理地遭受了猜疑，也只是躲在窗帏背后暗泣："妈妈你也太过分了！"她有父亲吗？父亲是有的，她有一个很慈爱的父亲。然而对以家庭为世界的女孩儿们来说，五个父亲也抵不得一个母亲。而她的母亲，她的母亲是这样的一个人，因此在十年之间，使得她性情也改变了，光艳也消失了。夫人常常骂道："这个女孩子一点也不爽快，真是一个异常顽固的人！"唉，无论种在土钵里，或者种在高丽、交趾出产的珍贵花盆里，花总是花，哪有不盼望阳光的呢？而浪子是一朵生在阴暗地方的花。

所以这一次与川岛家的亲事成功了，出嫁的时候，浪子透了一口大气，父亲、后母、姨母，大家各自透了一口大气。

"太太（浪子的后母）自己那么爱漂亮，买给小姐的却都是素淡、不起眼的东西。"阿几看见嫁妆微薄，常常这样咕哝着，并哭泣着说，"倘使从前的太太在这里的话……"然而浪子匆匆地走出了家门。一想到以前从来未尝过的自由和欢乐正在前面等待自己，就觉得这也能够聊以排遣和父亲离别的悲哀，她就匆匆地走了。

（三）之一

从伊香保到水泽的观音堂，约有一里①之遥。一条路沿着秃山的中腹像蛇一般蜿蜒地横着，只有两个地方形成了山谷，低下去又高起来。除此以外，其余的路闭着眼睛也可以走。望下去是从赤城到上毛的一片平原。附近一带都是草原。现在正是春天，那火烧过的焦土里长出各种各样的草，芭茅、胡枝子、桔梗、女萝等的嫩芽来，好像平铺着的毛毯，其间又散乱地开着美丽的草花，到处点缀着戴棉帽子的薇和摇摇摆摆的蕨。一度走进这里面去，竟可以使人忘记悠长的春日。

今天天气晴朗，武男夫妻要出门去采蕨。吃过午饭之后，带着保姆阿几和旅馆里的一个女仆，来到这地方。走来走去采了一会儿，觉得有些疲倦，就叫女仆把带来的毛毯铺在柔软的嫩草上。武男皮鞋也不脱，就躺在毯子上了。浪子脱去了她那双麻里草屐，拿出一块桃红色手帕，在膝盖上掸了两三下，轻轻地坐了下去。

"啊唷，软得很！坐下去有点怪可惜的。"

"呵呵呵，小……啊呀，对不起，又要叫错了——少奶奶的气色真好看啊！这样快活地歌唱，真是长久没有听见过了。"阿几欢喜地看看浪子的侧脸。

"唱得太长久了，有点口干。"

"没有带茶来。"女仆说着，打开包袱皮，拿出些酸橙、袋装的干点心、木片盒装的寿司卷之类的东西来。

"啊，有了这个就不要茶了。"武男说着，从衣袋里摸出一把小刀来，削酸橙的皮，又说："怎么样，浪妹？我的手段高明吧！"

---

① 日本长度单位，一日里约合3.9公里。

"这算得什么呢！"

"少爷采的蕨，里面夹着许多枞椤呢！"女仆插嘴说。

"胡说！你自己不会采，却来说人家。哈哈哈。今天真开心。这么好的天气！"

"天空的颜色真好看，碧澄澄的，真想拿来做件小袖衫子才好。"

"做海军制服更好。"

"呀，好香！是草花的香气吗？啊，云雀叫了。"

"吃了寿司，肚子又饱了。大姐，咱们再去采一会儿吧。"保姆阿几催着旅馆的女仆，又去采蕨了。

"留一点给我们采吧！——阿妈硬朗得很呢，浪妹！"

"她真硬朗！"

"浪妹，你累不累？"

"不，今天一点也不累。我这辈子还没这样快乐过呢！"

"航行到远方的大洋里，可以看到很好的风景，然而这样的高山景色却别有风味。真畅快！喏！那面左边有一道白晃晃的墙壁。这就是那天来的时候和浪妹一同吃午饭的涩川地方。还有，略微靠这边一点，有一条好像蓝色的飘带似的，就是利根川。望去不像坂东太郎①了。还有，那赤城仿佛是挂着的。喏喏，烟气也看得见，下面有些东西攒动着，这就是前桥。……什么？老远的地方像银针一般的东西吗？啊啊，这还是那条利根川呀！唉，再前面就模模糊糊看不清楚了。咱们应该带副望远镜来，浪妹！不过模模糊糊看不清楚，也许反而有趣。"

浪子悄悄地把手搭在武男的膝上，叹了一口气。

---

① 坂东太郎是利根川的别名。

"但愿永远这样！"

两只黄蝴蝶掠过浪子的衣袖，翩然地飞去了。这时候后面草地上发出沙沙的脚步声，突然一个戴帽子的人的影子落在夫妻两人眼前的地上了。

"武男弟！"

"啊，千千岩兄吗？你怎么也到这里来了？"

（三）之二

新来的客人大约二十六七岁，身穿陆军中尉制服，肤色白皙，在军人之中是一个难得的美男子。可惜嘴巴那儿带一点卑鄙之相，黑水晶一般的眼睛发出锐利的光，使被注视的人感到不快，这可说是他的缺陷。他是武男的表兄，姓千千岩，名安彦，当时在参谋本部当下僚，是个以干练出名的人。

"我突然地来，使你们吃惊吧。是这样的，我昨天有事到高崎去，在那里过的夜。今天早上来到涩川，听说伊香保就在附近，就来玩玩。我跑到旅馆里，听说你们采蕨去了，他们把路线告诉我，我就寻到这里来了。我明天就要回去。现在来打扰你们了，哈哈。"

"哪里！你后来到我家里去过吗？"

"昨天去过一趟。姑妈精神很好，不过只管咕哝着说你们该回去了。——赤坂方面也平安无事。"说到这里，那双黑水晶眼睛炯炯地注视浪子的脸。

浪子本来已经红晕了的脸，现在更加红了，她低下了头。

"好，救兵到了，我不会再输了。我们海陆军团结一致，即使有百万娘子军也不足怕了。——你知道吗，刚才这些女人欺负我，说我采的蕨子太少了，采的不是蕨，种种坏话，真气人呢。"武男说着，用下巴指点正在走来的保姆和女仆。

"咦，千千岩先生，您怎么到这里来了？"老保姆的鼻子略微一皱，好像吃了一惊。

"我刚才打电报去叫来帮忙的啊！"

"呵呵呵呵，少爷说这种话。……嗳，是的。嗳，明天要回去了。嗳，说起回去，少奶奶，让我们先回去吧，要准备烧夜饭了。"

"嗯，好的，好的。千千岩先生来了，多烧些好小菜吧。那么，我们等肚子饿一点再回来。哈哈哈哈。怎么，浪妹也回去吗？再玩一会儿吧！没有了伙伴就逃走吗？放心，决不会欺负你的！哈哈哈哈。"

浪子被留住了。阿儿和女仆把毯子和蕨菜什么的收拾一下，拿着先回去了。

三个人又采了一会儿蕨。看看太阳还高，就到水泽的观音堂里去参拜一下，然后回到刚才采蕨的地方，休息片刻，慢慢地走回去。

夕阳从物闻山的肩上辉煌地照射过来，道路两边的草原映成鲜明的淡绿色，屹立在各处的孤松把长长的影子投射在草原上。举目眺望，但见远山静静地浴着夕阳，山麓炊烟四起。远远的地方有一只牛驮着草走路，被人赶着，哞哞的叫声充满了天空。

武男和千千岩谈着话并肩走在前面，浪子跟在后面，三个人慢慢地走，一会儿跨过了山谷，爬上坡，来到了夕阳耀目的路上。

武男忽然停了步。

"啊哟，糟糕，把手杖忘记了。对啦，是在刚才休息的地方。你们等一等，我跑去拿回来。——怎么样，浪妹，等一等好吗？就在那儿。我尽快地跑去跑来。"武男硬把浪子阻住了，把装着蕨的手巾包放在草地上，快步走下坡去，一下子就看不见了。

（三）之三

武男去了之后，浪子在离开千千岩五六尺的地方默默地站着。不久，武男走过了山谷，爬上了那边的坡，现出很小的身体，忽然又在那边消失了。

"浪子小姐！"

正在向那边眺望的浪子，听见耳朵边有叫她的声音，不禁哆嗦一下。

"浪子小姐！"

他走近了一步。

浪子倒退了两三步，不得已抬起头来。但是那双黑水晶眼睛正紧紧盯住她，她就掉过脸去。

"恭喜你！"

这方面默默无言，一下子连耳朵都通红了。

"恭喜你，恭喜你！但是还有恭喜不得的人在这里呢，嘿嘿嘿嘿。"

浪子低着头，用当作手杖的暗红色阳伞的尖端刨着草根。

"浪子小姐！"

好比被蛇缠住的松鼠，现在不得不抬起头来了。

"什么？"

"是男爵而又有钱，到底是好的。嘿嘿嘿嘿，恭喜你！"

"你说什么？"

"嘿嘿嘿嘿，只要是贵族而又有钱，哪怕是个傻瓜，也嫁给他；倘使没有钱，无论怎样爱你，连唾沫也不向他吐一口，这就是现今的千金小姐。嘿嘿嘿嘿，不过浪子小姐不是那样的人。"

浪子忍不住变色了，向千千岩怒目而视。

"你说什么？无礼的东西！你敢在武男面前再说一遍吗？无礼的东西！

不敢堂堂皇皇和我父亲商谈，而肆无忌惮地写情书给我……从此我决不再宽恕你了。"

"你说什么？"千千岩脸色晦暗了，咬紧嘴唇，一步两步地向她走过去。

突然脚底下发出马嘶声，坡上出现了一个骑马者的上半身。

"喂，喂，喂，对不起啊！喂，喂，喂。"骑在马上的一个六十多岁的老头儿一面摘下头巾，一面回过头来阴阳怪气地向两人看了看，走过去了。

千千岩站着不动，额上的青筋稍稍平伏了些，紧闭着的嘴唇旁边只是浮现出冷笑。

"嘿嘿嘿嘿，如果你讨厌，还了我吧。"

"什么东西还了你？"

"什么东西？你所讨厌的东西呀！"

"没有了。"

"为什么没有了？"

"这种肮脏东西，已给烧掉了。"

"真的吗？绝没有外人看见吗？"

"没有。"

"真的吗？"

"无礼的东西！"

浪子的怒目而视的眼光，被他那墨黑的眼睛凄厉地回击一下，她觉得非常不快，全身发抖，就把眼光移向远处去了。正好这时候，隔着一个山谷那边的坡口上出现了武男的身姿。面孔正对着夕阳，红得像一颗枣子。

浪子透了一口大气。

"浪子小姐！"千千岩毫无忌惮地追踪浪子的东躲西避的眼光，接着说，"浪子小姐！告诉你一句话，这件事要守秘密，绝对守秘密，别告诉武男弟，别告诉你父母。要不然——你会后悔的！"

闪电一般的眼光向浪子脸上扫射一下，千千岩就转向一旁，弯下身子去采集草花了。

皮鞋声音响起来了。武男挥着手杖，走上坡来，嘴里说着："对不起，对不起！唉，跑来跑去好吃力。可是手杖找到了。——咦，浪妹怎么了？脸色很不好看呢。"

千千岩把刚刚采得的一朵紫罗兰插在胸前的饰带上了。

"喏，因为你去得太长久了，浪子小姐怕你迷了路，所以非常担心呢。哈哈哈哈。"

"哈哈哈哈，这样的吗？好，慢慢地回去吧。"

三人并排的影子在路旁的草上摇曳着，向伊香保方面走去。

（四）之一

下午三点钟从高崎开出的上行列车的二等车厢的一角里有一个人，幸喜别无乘客，就把穿着皮鞋的脚搁在座位上，一面抽香烟，一面看报纸。这就是千千岩安彦。

他忽然粗暴地丢开了报纸，骂道："混蛋！"

这句话从牙齿缝里说出的时候，香烟落在地上了，他怒气冲冲地把它踏熄，向窗外吐一口唾沫，站了一会儿，忽然咂起嘴来，在车厢里从头到尾，来来回回走了两三遍，仍旧回到原来的座位上，交抱着胳膊，闭上眼睛。

那双墨黑的眉毛皱拢来，变成了"一"字形。

千千岩是个孤儿。他父亲是鹿儿岛的一个藩士，在明治维新的战争中阵亡了。母亲在安彦六岁上的夏天患了当时称为霍乱的虎列拉而死去了。这个六岁的孤儿就归姑母——父亲的妹妹领养。这姑母就是川岛武男的母亲。

姑母虽然可怜安彦，姑父却认为他是个讨厌的东西。每逢举行仪式，武男穿着仙台平①裙裤坐在上座的时候，千千岩只穿一条粗陋的小仓布②裙裤忝列末座。他早就明白自己不像武男那样有双亲、财产和地位，全靠自己的拳脚和头脑来处身涉世。他嫌恶武男，怨恨姑父。

他看到世路有表里两条，他立誓在无论何种情况之下都必须取捷径前进。因此他靠姑父照拂而进了陆军士官学校之后，同学们都为了考试和分数而忙乱着，他却用心结交乡党先辈，选择对他自身有益的人物去巴结。别人拿到了毕业文凭刚松了一口气，他却早已靠提拔而钻进陆军首脑的参谋本部的圈子里。别的同学到各处去当中队副，忙于练兵和行军演习，千千岩却闲坐在参谋本部楼下抽香烟、说笑话，有时还能从中听到军国大事的消息。他已经爬上使人艳羡的地位了。

此外还有婚姻问题。他早已知道，猴子所以能够下水，是能相互牵着手之故；人之所以能够立身，是有好亲戚的缘故。他虽然不是户籍警，然而常在暗中掐指计算：某男爵是某侯爵的女婿，某学士兼高等官员是某伯爵的女婿，某富豪是某伯爵的儿子的干爹，某伯爵的儿子的老婆也是某富豪的女儿。他的东找西寻的眼光，早已盯上了陆军中将片冈的家。说起片冈中将，当时虽然是一位预备将领，然而威名满天下，颇得天皇恩宠，而且度量宽大，真是一位可称为国家干城的将军。千千岩早已看出这位将军拥有名重天下的势力，就刻意找机会，逐渐希图亲近，巧妙结识内府眷属。他的眼光射中在大

---

① 仙台平是宫城县仙台地方出产的一种高级丝织品。

② 小仓布是一种做制服等用的粗布，本来是丰前国小仓县出产的，故名。日本古代行政区划分为七道、七十余国。

小姐浪子身上。一则他早已看出中将最疼爱浪子；二则他又看到现在的夫人疏远浪子，无论哪里，只要有姻缘，只想把她早点嫁出去；三则还有着一种念头：他喜欢浪子态度恭谨，气品高尚。——因此他看中了这个人。于是他观察形势：中将是个所谓喜怒不形于色的豁达大度的人，对他的看法如何，有些难于猜测；但夫人的确是喜欢他的；二小姐名叫驹子，是个活泼可爱的笄年的少女，同他最要好；再下面，还有现在的夫人所生的两个孩子，然而这是问题之外的话了。老婆子阿儿在从前的夫人的时代就来佣工，现在的夫人进门之后，内部人员大更动的时候，全靠中将说情，只把她留下来，一向在浪子身边。这个人对他不大有好感。然而这有什么呢，只要攻得下浪子本人就好了。千千岩等候机会，转眼已经一年，后来等得不耐烦了。有一天他赴宴会，喝醉了回来，就大胆地写了一封情书，用两重封套，信封上模仿女人的笔迹，邮寄给浪子。

当天他奉到上司命令，突然被派赴远方，过了三个月才回来。岂料在他出门期间，浪子已经由贵族院议员加藤氏做媒，谁都不嫁，偏偏嫁给了他的表弟川岛武男，婚礼早已举行过了！千千岩碰到了这意外的事，气得发昏。他一心期待着好音而在京都买了一匹友禅绸①，预备回来时当作礼品送给浪子，这时候就把它撕得粉碎，丢在字纸篓里了。

然而千千岩是在无论何种情形之下都不忘记自己的一个人，他立刻收拾残兵。所担心的只有那封情书，如果浪子把它给中将或武男看了，对他的前途将大为不利，这倒是可怕的。浪子一向说话谨慎，想来大概不至于这样，然而还是可疑。幸而有事到高崎去，他就装作无意地去访问逗留在伊香保的

---

① 友禅绸是一种染有花鸟景物的精美的绸，据说是江户时代中期的京都画工富崎友禅于元禄年间（1688—1704）所创始，故名。

武男夫妇，就此探听消息。

可恨的是武男……

"武男！武男！"千千岩觉得耳边有人这样喊着，吃惊地睁开眼睛，向窗外一望，车子正停靠在上尾车站上，车站的杂役喊着"上尾！上尾！"①走过去了。

"混蛋！"

千千岩独自骂着，站起身来在车厢里来来去去走了两三遍。他把身体抖擞一下，然后回到座位上，眼睛和嘴唇上都浮现出一丝冷笑。

列车又从上尾开出，狂风一般向前奔驰，经过几个车站，来到了王子。这时候有五六个人踏着月台上的石砂，喧哗嘈杂地走进二等车厢来。其中有一个五十多岁的男子，身穿一套乐绸②日本装，白绉纱腰带上挂着一根很粗的金链条闪闪发光，右手的手指上戴着一只很厚的金戒指，脸色赭红，眼梢显著地耷拉下来，左眼下面有一颗很大的红痣。这个人正要坐下去的时候，忽然和千千岩打个照面。

"呀！千千岩！"

"呀，这是……"

"你到哪里去了？"那红痣说过之后就站起身来，走到千千岩旁边坐下了。

"嗳，我到高崎去了一趟。"

"从高崎回来吗？"他看看千千岩的脸，把声音略微放低些，又说，"你很忙吧？如果不忙，咱们今天一起吃晚饭，怎么样？"

千千岩点点头。

――――――――――

① 日语中，武男（Takeo）和上尾（Ageo）的发音相近似。

② 乐绸是一种厚实的精美绸缎。

（四）之二

桥场的渡头附近有一所房子，倘使不看门上"山木兵造别墅"的牌子，一定会疑心是一所供召妓游乐的酒馆。楼上一个房间，正适宜于幽雅的音乐和袅娜的岛田髻[①]，或者往红毡毯上抛撒花纸牌[②]。现在这房间里故意避免庸俗的电灯，而点着古雅的座灯。在杯盘狼藉之间，盘腿坐着的是千千岩和那红痣——不言自知，就是这别墅的主人山木兵造。

旁边一个侍女也没有，大概是故意遣开的。红痣面前摊着一本小册子，放着一支铅笔。册子上记录着许多人的姓名，每个姓名旁边都详细地注有官衔和住址等，又加着各种各样的铅笔符号：圆圈、方形、三角形、"甲"字或"丙"字，也有五六七等数字或罗马数字，还有加个点的，或划掉一次又复原的。

"那么千千岩兄，这件事就这样决定吧。将来办妥了，请你立刻通知我。——放心，不会失败的。"

"当然放心！早就送到大臣手里了。但是那些竞争者始终在那里活动，所以那玩意儿非下个决心多撒出些不可。这个家伙最难对付，非紧紧地抓住他不可！"千千岩指点册子上一个人的姓名。

"这家伙怎么样？"

"这家伙最难讲话。我不大熟悉，但听说是个非常顽固的家伙。一见面就得低声下气地请求。搞得不好，事情就会弄糟了。"

"唉，陆军里也有懂事的人，但也有难讲话的人。就像去年吧，我包

---

① 岛田髻是日本未婚女子的发式。

② 花纸牌上画有松、梅、樱、藤、牡丹等十二种花样，每种四张，共四十八张。

揽师团里的一批军服，照例使用那种手法，大都平安无事地通过。可是有一个家伙，他叫什么？就是那个红胡子的上校，这家伙嫌这样不好，那样不好，非常讨厌。我就派掌柜的照例送一匣点心去。哪里知道这混蛋大摆其架子，说什么'混蛋，我才不受贿赂呢！'，又是什么'有关军人体面'等等的话，终于把那匣点心一脚踢翻，真糟糕！这匣子里照例上面是点心，下面是银洋，这真是难受极了！房间里撒得红叶满地，白雪纷飞！于是这家伙更加愤怒了，破口大骂，说污辱了他的清白，要去告发。后来总算弄停当了，但是费了很大的力气。世间有这样的先生，所以难免闹出笑话来，真是讨厌。说起讨厌，那位武男先生也正是这一类的人，实在很难说话，真没办法。前几天也……"

"但是武男这种人，有父亲替他创着万贯家财，所以不妨装顽固、装正直，随心所欲地做去。像我们这种人，赤手空拳……"

"呀，我完全忘了。"红痣说着看看千千岩的脸，从衣袋里摸出五张十元钞票，继续说，"别的后来再奉上，先送这点车马费。"

"我就老实不客气地叨光了。"千千岩说着，敏捷地收起钞票，藏在里面的衣袋里了，接着说，"不过，山木兄！"

"……？"

"我说，不播种是不会收获啊！"

山木苦笑一下，拍拍千千岩的肩膀说："好机警的人！真可惜，至少该给你个经理局长当！"

"哈哈哈哈，山木兄，英雄的短刀比小儿的三尺三寸大刀更锋利呢！"

"说得好！不过老兄，蛎壳町①的事千万要当心，要是外行，一定会失败。"

---

① 蛎壳町在东京都中央区，系东京交易所所在地。

"没有关系，只是一点小款子……"接着又说，"那么，过几天，等情况分明了再……怎么？车子我出门去叫吧，放心！"

"那么……内人本来要出来向你问好的，只因离不开我那女儿。"

"丰小姐吗？身体不舒服吗？"

"是啊，不知怎的，这一个月以来一直生病。内人就陪她到这里来了。唉，千千岩兄，妻子女儿还是没有的好。要赚钱，只有独身最好。哈哈哈。"

千千岩由主人和女仆送到门厅，走出山木别庄。

（四）之三

山木送走了千千岩，回到里面来的时候，那一边纸隔扇拉开了，走出一个四十多岁的女人来，她肤色白皙，但是头发稀薄，两个门牙突出，非常难看。她在山木旁边落座了。

"千千岩先生已经回去了吗？"

"刚才把他打发走了。丰儿怎么样？"

牙齿突出的女人面孔拉得更长了，说："我对你说，这个姑娘真是麻烦透了。"她转向那女仆说："阿兼，你到那边去！"然后继续说："今天，不知道有什么不高兴，把饭碗丢掉，把衣服撕破，真是没有办法！今年足足十八岁了呢……"

"只有送巢鸭① 了。这讨厌的东西。"

"啊呀，现在不是说笑话的时候！……她很可怜，真可怜！今天她对阿

---

① 巢鸭是东京精神病医院所在地。

竹说：'武男真可恨！他是一个最无情、最无情、最无情的人！去年正月里我织了一双毛线袜子送他，替他缝手帕边，还送他毛线手套和袖套，今年年初又织了一件红毛衣送他，都是我自己出钱的。可是他呢，连个招呼也不打一声，竟娶了那个丑陋、恶毒而又骄傲的浪子。真是一个最无情的人，最无情，最无情，最无情！我是山木家的女儿，什么地方比不上浪子呢？真是最无情，最无情，最无情！'这样说着就哭。啊呀，她这样痴心，真要想个办法才好呢！"

"这些都是蠢话！勇将之下无弱卒，你真不愧为丰儿的母亲！那川岛家，是新贵族，又有大笔财产。武男也不是一个愚笨的人。所以，我不是曾经费了许多力气想把丰儿嫁给他吗？可是不成功，他们早就举行过婚礼，我的一切心计都白费了。除非浪子死了或者离了婚，简直毫无办法。这些愚蠢的念头就适可而止，另找婆家倒是要紧的事。你真是个蠢材！"

"什么叫蠢材？我没有你那么乖巧，活了一把年纪，还要像换袜子一样地这个女人、那个女人……"

"你这么能言善辩，我倒说不过你。你这个人的确是蠢……一下子就认起真来。告诉你，丰儿是我的女儿，我怎么会不疼爱她呢？所以我想与其翻来覆去地说这种废话，还不如另外替她找一个好地方，让她快乐一辈子。阿隅，来，咱们两个人去劝劝她吧。"

于是夫妇两个双双地穿过回廊，到闺女丰儿所住的厢房里去了。

闹不清山木兵造这个人是什么地方出生的，然而如今他是有名的绅商之一。刚发迹的时候，他曾经受过现已去世的、武男的父亲不少照顾，因此至今还在川岛家进进出出。也有人说这是川岛家是新贵族中的大财主的缘故，但这话也未免太苛刻了。他的住宅筑在芝樱川町，在桥场的渡头旁边有一所别墅。他从前放过高利贷，现在专门替陆军部及其他各部搞承包为业。他把长子送到美国波士顿去念商业学校，女儿阿丰不久以前还在华族女学校读书。他的老婆是什么时候讨来的，谁都不晓得，只知道是一个京都人，生得很丑陋。也有人说："山木真好耐性。"其实，他在好几个地方分别养着可以冠用妖娆、婀娜等形容词的女人，在等候他轮流宿夜。这种情形他的老婆多少有所觉察。

（四）之四

房间里陈设着一张筝、一把月琴①和一个装在玻璃匣里的大娃娃等东西。一边放着一张精美的女用桌子，另一边放着一架梳妆镜。一望而知是一位很高贵的千金小姐的住处。这八铺席的房间中央铺着绸缎被子，上面躺着一个十七八岁的姑娘，头上梳的岛田髻弄得凌乱蓬松，好像一束玉蜀黍②须。她的肤色白皙，下巴丰满。照此说来，应该是很可爱的，然而下巴过分丰满了些，两颊上的肉生怕就要掉下来似的。嘴巴稍张着，好像懒得闭上似的，始终在脸上形成一个洞门。一双淡得若有若无的眉毛底下，好容易把过多的肉向上下推开了两三分，睁着一双眼睛，上面仿佛蒙着一层春霞，好像刚刚从前世的长眠中醒过来的样子。

她向方才受了吩咐而忍着笑走开去的女仆背后像放箭似的骂一声"蠢材"，就焦躁地推开了盖在身上的薄棉睡衣，从壁龛里取出一张摄着许多穿裙裤的女学生的大照片来，那双线一般细的眼睛一眨也不眨地盯住了看。忽

---

① 月琴是自中国传入日本的四弦琴。

② 玉蜀黍就是玉米。

然找出了其中一个人的脸，就用指甲不绝地弹；看来还不解恨，又用指甲一纵一横地划着这人的面孔。

纸隔扇嘶的一声拉开了。

"谁？阿竹吗？"

"嗯，阿竹，秃了头的阿竹。"

笑着在她枕头边坐下来的，是她的父亲和母亲。女儿毕竟狼狈起来，把照片藏过了，起来也不好，躺下又不好似的把身体横着。

"丰儿，觉得怎么样？好些了吧？刚才藏起来的是什么东西？让我看看。来，让我看。唉，原来是这个！——怎么，这不是浪子的面孔吗？划了这么多指甲印？你这样做，还不如去烧丑时香^①好得多呢！"

"你又说这种话了！"

"听我说，丰儿，你是山木兵造的女儿，气度放大一点，拿出些勇气来，拿出些勇气来！你替那样的无名小子守节，况且是单相思，喏，丰儿，还不如想法子去找个三井或者三菱^②家的儿子；要不然，大将或总理大臣的儿子；再不然，外国的皇族也容易。你胆量这么小怎么行呢？对不对，丰儿？"

这位丰小姐在母亲面前惯会撒娇撒痴，在父亲面前到底有些忌惮，低着头不作声。

"怎么样，丰儿？还是舍不得武男吗？唉，小浪^③这个千金小姐真讨厌。提起小浪，喂，丰儿，到京都去散散心吧。很好玩呢！祇园、清水、知恩院，

---

① 烧丑时香，是日本的一种旧习。女人想要咒死她所嫉妒的女人，就于夜半丑时到寺庙里去拜菩萨。咒时在头上戴一个铁架子，上面插三支蜡烛，手持钉子和铁锤，胸前挂一面镜子。

② 三井和三菱都是日本的大财团。

③ 小浪是《假名手本忠臣藏》中的人物。她与大星力弥订婚，但大星家没落后，决定解除婚约。由于她痛不欲生，感动了婆家的人，终于完婚。

如果不愿意去瞻仰金阁寺，就到西阵去买些腰带或三层礼服^①，怎么样？这比送进嘴里来的豆沙年糕^②味道更好呢！"接着转向妻子说，"阿隅，你也很久没出门了，带着丰儿一道去吧。"

"你也一道去吗？"

"我？胡说，这么忙的时候怎么去！"

"那我也不去。"

"为什么？这有什么客气的，为什么不去？"

"呵呵。"

"为什么呀？"

"呵呵呵呵呵。"

"你笑得阴阳怪气的，为什么呢？"

"你一个人在家，我不放心。"

"胡说八道！你在丰儿面前怎么讲这些话？丰儿，妈妈的话都是瞎说，不要相信她！"

"呵呵呵，你嘴上怎么说都没有用！"

"胡说八道！讲正经话吧。丰儿，气度大一点，大一点。等着吧，自会有甜蜜的日子。有趣的事就要发生了。"

---

① 原文作三枚袭。古时指将三件和服套在一起穿。现在则指和服下面套两件白衬衣的冬季妇女礼服。

② 原文作牡丹饼，也叫荻饼，即表皮上裹上一层小豆馅的年糕团。"送进嘴里来的牡丹饼"或"从架子上掉下来的牡丹饼"都是日本成语，是福自天降的意思，相当于我国的"天上掉下来的馅饼"。

（五）之一

赤坂冰川町片冈中将的邸宅里栗花盛开的六月中旬，星期六下午，主人子爵片冈中将穿着一件法兰绒单衣，系着一条深灰色绉纱腰带，泰然地坐在书斋里的椅子上。

年纪将近五十，额顶的头发稍微有些秃，两鬓上的霜渐渐地多起来了。体重八十二公斤半，据说阿拉伯产的骏马在这将军座下也要出汗。两肩高耸，把脖子淹没；双重的下巴一直奔到胸口；安禄山式的大腹便便；两条大腿好像牛腿，走起路来恐怕会摩擦。肤色极度红黑；鼻子阔大，嘴唇很厚，髭须微薄，眉毛很淡。只有两只眼睛和这身体不相称，形状纤细而发光柔和，酷似大象的眼睛；嘴边常常像是要笑出来的样子；这眼睛和嘴巴显著地描出了一种不可名状的亲爱相和滑稽相。

这是某年秋天的事。中将微服进山打猎，走进山中一间小屋子去向一个独居的老婆婆讨一杯酽茶。老婆婆把中将打量一下说："好强壮的身体啊！打到了只把兔子吗？"

中将微笑着回答："一点也没有打到。"

"这种杀生的勾当，怎么可以当作生意呢？照你这样好的身体，可以去做长工，包管你赚到五十两。"

"一个月吗？"

"哪里？！一年！我不骗你，还是去做长工吧。你什么时候去做，我这老婆子可以帮你点忙。"

"啊，那就多谢你了。我也许再来拜托你。"

"好的，好的。这样好的身体，杀生是可惜的。"

这件事中将在知己朋友之间常常谈起，到现在也还时常拿来当作佳话。

在不相识的人看来，也许真以为如此；但在相识的人看来，这位魁梧奇伟、不可动摇的巍峨的将军，是存亡危急之秋的铜墙铁壁，这八十二公斤半的小山一般的体格和始终怡然的神色，可以镇定汹涌的三军之心呢！

他肘边的桌子上，一只交趾出产的青地花盆里种着几支挺秀的细竹。头上高高地挂着天皇和皇后的照片。在下面的一旁，挂着个匾额，上面写着"成仁"两个字，落款是南洲①。架子上放着些书。壁炉台上和屋角里的三脚架上，放着国内外人士的照片七八张，有穿军服的，有穿便衣的。

草绿色的窗帏拉开着，东面和南面各有六个窗子，豁亮地敞着。东面可以俯瞰屋宇连绵、行人扰攘的谷町，青葱的灵南台上露出爱宕塔的尖顶，约有一尺长，一只鹞鹰正在上面盘旋。南面是开满栗花的庭院。栗花的缝隙间露出冰川神社的银杏树梢来，好像矗立着的青色的戈矛。

窗里望见的初夏的天空，碧油油的，好像浅黄缎子一般发光。到处都是悦目的绿叶，每一株上都累累地开满淡黄色的栗花，像画一般映在碧空中。靠近窗前的一枝，不像别的枝条那么凡俗，日光照射着的叶子映出绿玉、碧玉、琥珀似的种种色彩，其间开着肩章一般的花，摇摇摆摆地压弯了树枝。虽然没有风，但每当大气动荡的时候，香气偷偷地飘进书斋来。淡紫色的影子从窗槛上射到主人左手拿着的《西伯利亚铁道现况》的书页上，纷纷地跳动。

主人暂时阖上他那双细眼睛，叹了口气，又慢慢地睁开眼睛，注视着书本。

不知什么地方传来辘轳的声音，骨碌骨碌地好像许多珠子在滚动着。忽然又停止了。

下午的静寂充满了邸宅。

---

① 南洲是明治维新的功臣西乡隆盛（1828—1877）的号。

忽然两个小家伙来窥探虚实了。从一尺来宽的门缝里偷偷地探进头来，又缩回去。忍不住的笑声在门外一阵一阵地响起来。一个小家伙是八岁光景的男孩子，穿着齐膝的水兵服和高筒皮靴。另一个小家伙大约五六岁，穿着紫色箭纹花布单衫，束着红腰带，左右分开的头发轻轻地覆在眼睛上。

两个小家伙在门外踌躇了一会儿，而今憋不住了似的一齐伸出四只手把门推开，冲将进来，毫无困难地越过横在房间中央的一堆合订报纸的堡垒，成横队向中央的椅子进攻，穿水兵服的在右，头发从中间分开的在左，生擒了小山一般的中将的两膝。

"爸爸！"

（五）之二

"呃，你们回来了？"

中将极度徐缓地发出男低音，仿佛是从他那便便大腹的深处挤出来的，同时莞尔一笑，伸出沉甸甸的右手拍拍水兵的肩膀，又用左手摸摸梳分头的额发。

"小考怎么样……考得好吗？"

"我，我，爸爸，我算术得了甲。"

"我啊，爸爸，今天老师夸我花样绣得好。"

梳分头的从和服的怀里摸出幼儿园的手工来，放在中将的膝上。

"好，这个做得好！"

"还有，习字和读书是乙，别的都是丙。到底落在水上后面了，我窝心得不知道怎么办才好。"

"用功就好了。——今天的修身课讲了些什么？"

水兵笑容满面，兴致勃勃地说：

"今天，爸爸，讲的是楠木正行①的故事。我很喜欢正行。正行和拿破仑哪一个伟大？"

"都伟大。"

"我啊，爸爸，我很喜欢正行，但是我更喜欢海军。爸爸是陆军，我要当海军。"

"哈哈哈哈，你做川岛家姐夫的学生吗？"

"不过，川岛家的姐夫是少尉，我要做中将。"

"为什么不做大将呢？"

"因为爸爸也是中将。中将比少尉伟大吧，爸爸？"

"不管少尉或者中将，用功的就伟大。"

"我啊，爸爸，爸爸，听我说，爸爸，"梳分头的把她抱着的中将的膝当作跳台，边一上一下地跳，边说，"今天我听到一个有趣的故事，是兔子和乌龟的故事，我讲给你听好吗？有一个地方有一只兔子和一只乌龟……啊，妈妈来了。"

柱上的自鸣钟敲两点的时候，一个三十八九岁的高个子妇人进来了。她梳着西式头，刘海儿剪得短短的，烫弯，在高高的额头上左右分开。眼睛稍大，眼角略微吊起，不知什么地方有些险恶的神色。黝黑的皮肤，薄薄地搽着一层粉，偶尔露出一口刷得雪白的牙齿，令人炫目。身穿笔挺的特等绉绸单衣，系着一条黑缎子筒形腰带，双手戴着显然是价值昂贵的镶宝石的金戒指。

"又在爸爸这里撒娇了。"

---

① 楠木正行（1326—1348），日本南北朝时期的武将。

"不，我正问他们学校里的成绩呢。好，现在爸爸要上课了，你们到外边去玩吧。待一会儿爸爸去锻炼身体。"

"啊，我真高兴！"

"万岁！"

两个孩子高兴地相互缠扭在一起，争先恐后地走出房间去。不多时，远远地听见了"万岁！""哥哥，我也要！"的叫声。

"无论我怎么说，你总是宠着他们。"

中将含笑说："哪里，并不是宠他们，小孩子总是疼爱的好。"

"不过我告诉你，俗语说：严父慈母。你一味疼爱他们，就真个变成相反了。我总是要骂他们，恶事都让我一个人做了。"

"唉，你不必这样短刀直入，宽容些吧。老师，在这里坐下再说。哈哈哈哈。"

中将笑着站起身来，从桌子上拿了一册翻旧了的皇家读本第三册，吞一口唾液，开始读他那夹着许多杂音的奇怪的英语了。那妇人静静地听着，常常纠正他发音的错误。

这是中将每日的功课。这位在维新的战乱中以一介武夫立身的子爵，一向奔波忙碌，没有学外国语的余暇。去年开始当了预备将校，方才有些空闲，就趁此机会学习英语。教师就是近在身边的夫人繁子。这位夫人是长州有名的武士家的女儿，曾经长年留学伦敦，精通英语，为一般男子所不及。由于伦敦风气感染之故，万事注重洋风，凡家政的处理、儿童的教育，都依照在外洋所见所闻的模样实行。然而事情大都办得不称心，婢仆们常常在背后嘲笑她不谙世故。孩子们一味亲近秉性宽大的父亲。中将万事采取落落大方的东洋风度，这正是使夫人感到不满的原因。

中将千辛万苦地读完了一页，正想做翻译练习的时候，门推开了，走进一个束红缎带的十五岁光景的垂髫少女来。她看见中将的大手里捧着一册小读本正在诵读，觉得滑稽，吃吃地笑起来。

"妈妈，饭田町的姨妈来了。"

"噢。"夫人答应着，眉头隐隐约约皱了一皱，同时看看中将的脸。

中将慢慢地站起身来，把椅子移开些，说："请她到这里来。"

（五）之三

"打扰你们了。"

走进来的是一个年约四十五六岁的很有风度的妇人，大概是患眼病的缘故，戴着一副淡蓝色眼镜。她的容貌有点像伊香保三层楼上的那个人。这是片冈中将前妻的姐姐，名叫清子，是贵族院议员子爵加藤氏的夫人。替浪子做媒人，让她嫁到川岛家的，就是这对夫妇。

中将微笑着站起身来，拉一把椅子请她坐，又把对着椅子的窗子上的窗帏拉严些。

"请坐。长久不见了。你家先生还是很忙吧？哈哈哈哈。"

"他竟像一个花匠师父，剪刀不离手。呵呵呵呵。现茬菖蒲还早，但是他自鸣得意的朝鲜石榴正在盛开，蔷薇也还没有谢光，所以他几次三番地说，想请你们去欣赏欣赏。"淡蓝色眼镜笑着，转向片冈夫人说，"带着毅一和道儿一起来吧！"

说实在的，子爵夫人是不大喜欢这个淡蓝色眼镜的。所受的教育不同，气质又相异，这是不必说的；还有一点，这是前妻的姐姐这一念头始终盘踞在她心里，成了不快的种子。她思忖：我正想独占中将主人的心，在家里独享女主人的威风，而前妻的姐姐这么一个人时常在我家进进出出，不但使亡妻的面影浮现在主人眼前，还要——嘴上虽然不说——对我所认为也是前妻遗迹而疏远的浪子和保姆阿儿寄予同情；前妻虽然不是个死孔明，然而唤起已故的人的面影来和自己相争，总是一件很不快的事。现在浪子和保姆阿儿好容易离去了，治外法权已经撤销，可以稍稍安心了，然而每逢看到这淡蓝色眼睛的脸，就觉得仿佛墓中人出来和自己争夺丈夫，争夺主妇的权力，争夺自己所辛辛苦苦建立起来的教育方法和家政经纶，自然而然地感到一种不安。

淡蓝色眼镜从她那只虾夷锦①手提袋里拿出一瓶糖果来："这是人家送我的东西，给毅一和道儿吧。他们还在学校里吗？没有看见呢……啊，原来这样。……还有，这个给驹儿吧。"

她又拿出一支绣球花发簪来，给了端红茶来的束红缎带的少女。

"总是承蒙您破费，真不好意思。他们指不定多么高兴呢！"子爵夫人说着，把瓶子放在桌子上了。

这时候一个女仆进来报告，说红十字会有一个人来访问太太。子爵夫人就向客人告辞，走出房间去。出了房间，她向后面跟出来的少女轻轻招招手，低声地对她说了几句话。少女就略微倒退几步，躲在窗帷遮住的地方，偷听房间里的谈话；夫人也就离开她，沿着回廊走向会客室里去了。这个红缎带少女叫驹子，今年十五岁，也是前妻所生的。夫人虽然疏远她的姐姐浪子，却疼爱她。因为浪子沉默寡言，万事怕羞，夫人认为她心术不良而乖戾。这妹妹比姐姐轻佻些，夫人认为气质同自己相像，所以疼爱她。夫人还别有用心：一则是要对浪子表示讥讽；二则是要让世人看看，前房的女儿她也会疼爱的。所以父亲的爱集中在姐姐身上，母亲却向妹妹身上找知己。

---

① 虾夷锦是虾夷（北海道的古称）地方出产的一种织锦。

凡是个性很强的人，都有这样的脾气：一方面不顾别人怎么想，一味地为所欲为；另一方面又意外脆弱，最怕别人批评。名利双收，行吾所好之外，又想博得别人的好感，这是任意妄为者的常态。只有这种人才喜欢吹吹捧捧。子爵夫人是一位女中丈夫，加之染上了西洋习气，跟威名震天下的丈夫一样能言善辩。然而中将到处有朋友，到处受人仰慕，夫人不懂得爱人，所以没有知己，心中寂寞，就自自然然地喜欢拍马屁的人。即使是雇用的婢仆，凡是沉默寡言的都被辞退，巧言令色的却获得信任。幼小的驹子并非一定讨厌她的姐姐，然而她发现讥笑姐姐可以博得后母的欢心，结果就养成了告密的恶癖，不止一两次地使得保姆阿几皱眉头。现在姐姐虽然已经出嫁，她还在替后母当间谍。

她躲在东边廊沿上第二个窗子的窗帏后面偷听。父亲那好像从肚子里挤出来的笑声和姨母的清脆笑声轮流传来，后来话声渐渐降低了，断断续续地听见"婆婆""浪儿"等字眼。红缎带少女更加用心地倾听着。

（五）之四

> 四百余州齐起，敌兵十余万骑。
>
> 我们镰仓男儿，对此有何恐惧。

刚才那个穿水兵服的孩子这么唱着，用脚踏着拍子走来，一眼瞥见了站在廊沿上的红缎带。红缎带几次用手捂住嘴巴给他看，又对他摇头摆手，但他完全不顾，只管叫着："姐姐，姐姐！"跑过来问道："你在这里做什么？"姐姐一个劲儿地摇头，他又问："什么？什么？"红缎带蹙紧了眉头，不觉高声嚷道："这个人真讨厌！"脸上露出"糟糕"的神色，耸一耸肩膀，急急忙忙地走开去了。

"呀，逃走了，呀！"

穿水兵服的孩子叫着，走进父亲的书斋里去。他看看客人的脸，微笑着低下了头，赶过去抱住父亲的膝盖。

"呀，毅一，这些日子没见着你，似乎又长大了。天天上学校去吗？噢，算术得了甲？真用功呢。过几天跟爸爸妈妈到姨妈家来玩吧。"

"道儿哪里去了？噢，是吗？喏！姨妈给你们好东西了，高兴吗？哈哈哈哈。"父亲把那瓶糖果给他看看，又说，"妈妈怎么样了？还在招待客人吗？你去告诉她，姨妈就要回去了。"

主人中将目送着孩子的后影，注视着淡蓝色眼镜的面孔，说："那么，阿几的事就这样决定吧。请你不要把事情闹大……好，就这样拜托了。唉，其实我也防到这种事情，原来不想派她去，然而浪儿几次地提起，她自己也希望去，所以就……好，对啊，好，好，拜托拜托！"

讲了半截，子爵夫人繁子进来了。她向淡蓝色眼镜看了一眼，说："就要回去了？真不巧，来了一个客人。……不，现在已经走了。他是来商量慈善会的事情的，怕不会有什么结果。今天真是怠慢得很。请您替我向千鹤子姑娘问好。……浪儿去了之后，她一次也没有来玩过呢。"

"近来她身体不大好，所以什么地方也没有去。……那么再会了。"她说着，拿起手提袋慢慢地站起身来。

中将也慢慢地站起身来，一面说："顺便到那边去散散步。哪里！没有几步路。喂，毅一！道儿！散步去！"

夫人繁子送客人出去之后，回到起居室里，坐在安乐椅上，看看慈善会的章程，然后向驹子招招手。

"驹儿，他们讲了些什么？"

"喏，妈妈，听不大清楚，不过我听见他们讲阿几的事情。"

"噢！阿几怎么啦？"

"喏，姨妈说，川岛家的老太太生了风湿病，肩膀上疼，所以近来脾气很不好。还有，阿几对姐姐说，是在姐姐的房间里说的，她说：'少奶奶，这里的老太太脾气这么暴躁，少奶奶真吃苦了，不过她年纪老了，横竖不会长久了……'她是这么说的，阿几真是笨死了，妈妈。"

"到随便什么地方都做不出好事情来的，这个讨厌的老婆子！"

"还有，妈妈，听说这时候正好老太太从廊沿上走过，这些话统统被她听见了。她气得不得了！"

"活该！"

"她气得不得了，姐姐很担心，就去同饭田町的姨妈商量。"

"同姨妈商量？"

"嗯，随便什么事情姐姐都只是同姨妈商量。"

夫人苦笑了一下。

"还有什么？"

"还有，爸爸说要派阿几去看别墅。"

"噢，"夫人的眉头越发皱紧了，"另外没有了吗？"

"另外，我正想再听下去，但是毅一跑过来了……"

（六）之一

武男的母亲名叫阿庆，今年五十三岁，除了风湿病常常发作之外，并无别的毛病。据说从麴町上二番町的邸宅到她的亡夫长眠着的品川东海寺，她常常徒步往来，毫无困难。体重七十一公斤多，在所有的公侯伯子男爵家的女眷之中，她的体格有二等力士的定评。但是听说她的肥胖，实在是五六年前她丈夫通武病故之后的事，在这以前，身体瘦削脸色苍白，像病人一样。所以也有人说，这好比被压紧的皮球，手一放开，就蓬勃地膨胀起来。

她的亡夫本来是魔藩的一个地位低微的封邑武士。他娶庆子的时候，举行了比太阁①稍强一些的婚礼。然而后来乘着明治维新的风云开始发迹，受到大久保甲东②的赏识，在各地当了多年县令，探题③的名望一时著称于世。然而他性格刚愎自用，成了一生之累。他在明治政府中没有什么朋友，替浪子做媒的加藤子爵，是他的少数朋友之一。甲东死后，他总是不得志，直到逝世。也有人说，他之所以获得男爵的爵位，实在是侥幸托庇于他出生的地方好。所以这个刚愎自用、性情暴躁的通武一向郁郁不乐，常常借酒浇愁。容量三合④的大杯，他可以连喝五杯。喝得像赤鬼一般，挺胸凸肚地闯进县议会去的时候，据说议员中很少有不变色的人。这也许是事实。

因此川岛家经常处在戒严令之下，家属仿佛都在未装避雷针的大树底下过夏天，战战兢兢地打发光阴。除了以父亲的两膝为舞场而从小确信世间没有比父亲更好的游伴的武男之外，夫人庆子自不必说，所有婢仆和出入的人，甚至连屋子里的柱子，没有一个不曾尝过主人的铁拳滋味。即使现今以绅商

---

① 太阁是摄政及太政大臣的散称，此处指丰臣秀吉（1537—1598）。他从穷武士做到太政大臣，逊位后称作太阁。

② 甲东是明治维新的功臣大久保利通（1830—1878）的号。

③ 探题是镰仓、室町时代驻重要地方统辖政务的官职，如六波罗探题、九州探题等。

④ 合是日本的容积单位，一合等于 0.18 公升。

闻名于世的那个山木，也常常受到赏赐而感激涕零。但他总是说："这一点点赏赐算得了什么呢！只要想一想他让我赚钱，这一点点真是极低廉的所得税！"他就屡次来伺候并受赏。主人的脾气如此，所以一说起老爷生气，连厨房里的老鼠也肃静无声；里面响出迅雷一声，连耳朵有点背的女仆手里的菜刀也会跌落。有事情到他私邸里来请示的属吏，必先弯到后门口去探听一下今天的天气预报。

跟他一道生活了三十年的夫人庆子，其苦痛实非寻常可比。当初嫁过来的时候，到底还有翁姑在堂，没有觉察到丈夫有这样的脾气，倒也安稳度日，但是不久翁姑相继去世，丈夫的本性就显著地暴露出来，夫人也悲愤填胸。她起初曾经反抗过五六次，后来意识到无济于事，就不再争执，模仿韩信的作风，屈身忍辱；不然，采取三十六策中的上策：溜之大吉。在这期间，她万事忍气吞声，多一事不如少一事，然而丈夫的性情并未随着年月而改变。最后的三四年特别暴烈起来，炽盛的怒火加上了过量之酒的煽动，使得经过二十多年锻炼的夫人也招架不住。她忘记了已有儿子武男和自己的两鬓新霜，她把知事太太、男爵夫人的光荣称号看得不值一文，有时胸中竟涌起这样的念头：情愿脱离这苦海，去当坟墓看守人的老婆，平安地度过一生。但是不知不觉之间，也稀里糊涂地过了三十年。有一天这个狠心的丈夫通武终于闭上眼睛，仰卧在棺材里了。她看到这光景，透了一口大气，同时真心的眼泪也扑簌簌地掉下来。

眼泪掉过了，气透过了，同时气焰也长出来了。丈夫通武在世期间，夫人被他的巨大的身体和震耳的声音所抹杀，不知容身在什么地方；现在却从内室里神气活现地走出来，转眼之间越来越大，涨满了整个屋子。见惯那个缩头缩颈、又瘦又小地躲在主人旁边的夫人的人，无不哑然吃惊。西洋某学者说：夫妇同居长久了，容貌气质都会相像起来，这句话确有道理。所以也有人说：怪不得近来夫人的举止态度，例如一双浓眉攒动的样子、一只手拿着烟管而注视对方的脸的样子，以及起居动作的粗暴，尤其是脾气的焦躁，非但和丈夫相像，竟就是已故的男爵本人。

俗话说："江户的仇在长崎报。"世间的事情都是在意外的地方进行报复的。在野党的议员今天在议院里慷慨激昂地演说，大肆攻击政府，使你感佩之至，然而倘使你知道了他这气焰一半是昨夜在家里吃了高利贷的大亏而发泄出来的愤懑，你的感佩也就减少了一半。南中国海里的低气压，会使岐阜、爱知两县发生洪水；塔斯卡洛拉海沟①的陷落，会在三陆②引起海啸；师直③曾经把失恋的牢骚发泄在"无用的书法"中。宇宙只要求平均，凡物皆求其平。而在求平均的时候，倘使像吝啬者督促按日付还债款那样，焦灼地今天催他还，明天催他还，那便是小人的行径；所谓大人，则一切账目听凭天道的银行去处理。正如一位人情博士所说的："我只要专心地行吾分内之事。"

然而凡夫俗子，眼下都在求平均。求的时候依照物体运动的法则，犹如水总流向低处，只拣障碍少的方向走。所以川岛家的寡妇忍耐了三十年苦痛的水闸，等到丈夫的棺材一盖上之后立刻开放，水一下子都流出来了。世界上她最害怕的那个人，已经到远方去了，他的拳头无论如何也伸不到她头上来了。她脸上仿佛表示：我并非由于没有出息才一直保持沉默的。现在丈夫死了，而我还活着。她就开始向周围的人肆意地催索不知不觉之中累积起来

---

① 塔斯卡洛拉是位于日本列岛以东的西太平洋的海沟。系 1874 年美国探险船塔斯卡洛拉号所发现，因而得名。

② 三陆是三陆地方的简称，指日本东北地方的东北部以及北上高地的东侧一带。

③ 师直姓高，是 14 世纪吉野时代的一个武将。他爱上了盐谷判官高贞的妻子颜世御前，就努力学习书法，借以排遣苦闷。

的利上滚利的借款。讲到脾气暴躁，已故的男爵毕竟是个有大丈夫气概的人物，虽然使人难受，总还有一点儿爽快之处，如今出之于这位没有那么大的气魄、不懂道理、气度狭小、乖僻而极其任性的夫人，那就叫人只感到无比痛苦。婢仆们比在已故的男爵的时代更加受罪了。

浪子的婆婆是这样的一个人。

（六）之二

新嫁娘有时不梳螺髻而梳旧时的总角辫子，人力车夫还以为是处女，会对她说："小姐，便宜一点儿我拉你去吧。"但婢仆们叫她少奶奶，她已经能够毫不踌躇地答应了。——到了这时候，新嫁娘的心已经稍稍安定，而被稚嫩和娇羞的薄雾所遮起的四周情况，也渐渐地看得清楚了。

"每个人家的家风不同，这本来用不着对你说，但切不可带着娘家的习惯到那边去。片冈浪子只到今天为止，从现在起就是川岛浪子了。"浪子穿好新娘礼服将要上马车之前，父亲叫她到书斋里去，恳切地对她说的这几句话，她自然不会忘记。但到了夫家一看，家风的差异实非寻常可比。

夫家的财产也许赛过娘家：武男的父亲在新贵族中首屈一指，长年在各地当县令，这期间攒下了万贯家财。然而在娘家，中将名扬海内，现在虽然是预备将校，但交际极广，有旭日东升时的蓬勃气象。反之，这里自从武男的父亲通武故世之后，生前往来的一些人大都裹足不前。加上亲戚甚少，知己不多，这寡妇性不好客；今后可以重振家声的小主人年纪尚轻，官职还低，又不大在家，因此家运自然像静止的水一样。在娘家，后母喜欢奢华的西洋派头，虽然自有一套经济理论而实行奇妙的节俭，惹得婢仆们在背后议论"太太连送礼的规矩都不懂",但是军人们的交际一般都是阔绰的。这里却大不相同:一概都是旧式的,而且竟是乡下气的。说得好听些,是一种不忘本的美德,然而实际上,趣味和理论都同自己舂米的时代没有两样。不论什么事情,倘若不是自己动手,这位寡妇就感到头痛。有一个姓田崎的老实透顶的男子,男爵在世时把他当作仆人使用。现在夫人请他当了管家,竟和他一起计算每月用几担柴、几篓炭。武男偶然回家,就对她说:"妈妈,不要做这种事了,点心嘛,就到风月堂去买些来吃吧。"然而她只管满嘴巴嚼着自制的乡下羊羹。所以关于保姆阿几跟着浪子同来这一点也常常要讥讽:"大户人家到底不同,不要弄得武男去讨饭才好。"可知阿几被排斥,未必完全是由于夫人在廊沿上偷听了她的话的缘故。

虽然聪明,十八岁的新嫁娘突然走进完全不同的家风中,也难怪会处处感到困惑了。然而浪子知道父亲的训诫正在于此,所以打定主意,决心抑制自己,万事依照家风。考验这决心的机会立刻就到了。

从伊香保回来不久,武男就航海到远方去了。既做了军人的妻子,多别离是意中事。然而新婚不久的别离,分外使人肠断,当时好像失去了掌中的宝玉,空落落地几乎手足无措。

在说婚的当初,父亲看了女婿,对人说非常中意。后来浪子跟他在一起了,觉得这句话一点也不错。武男为人落落大方,有男子气概,爽快而又多情,毫无鄙吝之气,跟他在一起,真好像住在父亲身边一样。说到像父亲,竟连走路时摆着肩膀稳步前进的样子和孩子一般的笑声也都同父亲一模一样。浪子心里想:"啊,我真高兴!"就全心全意地爱他。而武男呢,初次有妻子,对她无限怜爱,这个独生子仿佛忽然有了个妹妹,只管"浪妹,浪妹"地疼爱她。相处还不满三个月,亲热得就像前世早已相识了一般。所以虽然是暂时的别离,彼此都感到无限伤心。然而浪子没有长久惜别伤离的余暇，因为武男出发后不久，婆婆的宿疴风湿病剧烈地发作起来，照例脾气非常暴躁。将阿几送回娘家去之后，考验她的忍耐的机会就更多了。

曾经有人写道：当初新生受尽高班生的虐待，后来自己做了高班生，就把虐待新入学的学生引为无上的快乐。没有忘记脱下新娘礼服时的胆怯和困惑的婆婆，照理不会虐待媳妇。然而这里就显出庸人的卑鄙相来：等到新娘的新气已经过去，冠上了婆婆的头衔，而眼前来了一个媳妇的时候，她就放肆起来，不知不觉之间变成了和当年自己所深恶痛绝的婆婆一样的人。"喂，喂，这衣襟要四寸宽，这么折过来。不对，不是这样的！拿过来吧！活了二十岁，这一点也不会做，亏你还来做媳妇哪！嘿嘿嘿嘿。"冷笑的声音再加上轻蔑的眼色。自己二十岁上做媳妇的时候，正是像这样挨骂的。哎呀，连自己都觉得可怕。能够猛地想起这一点而改变作风的婆婆，还算是上中之上者。然而世上的人大都是不知不觉间想在自己生前取得补偿，以眼还眼，以牙还牙，即所谓吃了江户的婆婆的亏，在长崎的媳妇身上进行报复。浪子的婆婆也正是这样的一个人。

浪子受过西洋派头的后母的折磨，现在又受老脑筋的婆婆的折磨。这个患病的老太太不绝地要长要短，常常呼喊婢女，浪子只得说"我来了"，就代她们做；有时因为没有做惯而不能使她满意，她就一方面表示道谢，而一方面故意大声叱骂婢女。浪子在十年间听饱了后母的冷嘲热骂，现在再听这声音，觉得更加难受。而且这还是起初暂时的情况，到了后来，暴怒的锋刃就直对着浪子了。自从阿几离开后，再也没有人来安慰她了。有时她感觉到：怎么我又回到从前的阴暗世界里去了！但她回到房间里去，看到桌子上那装在银质镜框里的雄赳赳的海军士官的面影，欢喜、恋慕、怜爱之情就油然而生，偷偷地拿在手里，凝神地注视，吻它，把它贴在颊上，低声说："早点回来吧！"仿佛这个人就在面前的样子。为了丈夫，她觉得无论怎样艰辛都是快乐的，她就牺牲了自己来服侍婆婆。

（七）之一

浪妹妆次：

今于华氏九十九度之香港挥汗作书。佐世保拔锚前之情况，前信早已奉告，谅蒙鉴察。由佐世保启程后，连日快晴，暑气如焚。虽神州海国男儿，亦稍稍为之辟易。同僚士官及兵士中确有八九名患日射病，但仆十分健康，毫不烦劳医疗室。唯仆肤色本黑，乃浪妹所素知，今受赤道近旁烈日烤灼，其黑愈甚，竟成一黑人。今日随同僚上陆赴理发店，对镜自觉吃惊。同僚中狡猾者戏为予言："君胡不摄一彩色照相，呈新夫人？"堪发一笑。途中一向快晴（唯有一度季节风来袭），同僚共呼万岁，即于昨晨在此湾内抛锚。

前日来信，于佐世保收到，曾一读再读。母亲之风湿病，乃年来宿疾，诚为可虑。但今年有浪妹侍奉左右，仆大为欣慰。务请代仆操心是所至祷。母亲病中未免性情暴躁，遥想浪妹定多劳顿。赤坂岳家想必阖第康泰。加藤姨丈依旧剪刀不离手乎？

阿几已归去，不知何故，甚为可惜。浪妹有便请代为问好，并告以仆归家时当多买礼物奉赠。此人性情愉快，为仆所深喜，今归赤坂，实一憾事。想浪妹亦为此而颇感不便与寂寞。加藤姨母及千鹤子表妹想必时时来访？

千千岩时来访问，甚善。我家亲戚极少，千千岩乃其中之一，母亲常想依赖之。善意待彼，亦对母亲孝道之一。此人富有才气与胆量，紧急时当可借助也。（下略）

此请居安

仆　武男顿首

七月 × 日于香港

附别纸请口诵与母亲听之。又及在此停泊四五日，购备食粮等物后出发，经马尼拉向澳洲悉尼，再经新喀里多尼亚①、斐济诸岛，赴旧金山。再从旧金山经夏威夷归国。相见约在秋天。又及来信请寄旧金山日本领事馆留交。又及：

浪妹妆次：

（上略）去年五月，正偕浪妹赴伊香保采蕨行乐，今则远居南半球澳洲之悉尼，唯仰望南十字座而回想往事耳。人世之事，实甚奇妙。往年乘练习舰赴远洋航海之时，屡患晕船之疾；今则无病息灾，百体康强，自觉惊异。唯此次另有往年所未知之感情，缠绵心头。每当航海之夜，独立舰桥，仰望南天，但见漆黑之空中撒布无数金刚宝石，此时胸中必起难言之感，浪妹之芳姿时时闪现眼前（请勿笑我儿女之态）。在同僚前，闲吟"遮莫家乡思远征"之句，佯为漠然无动于衷之状（请勿笑我），实则浪妹之玉照，始终深藏于

---

① 新喀里多尼亚是南太平洋上的法属群岛。

仆之内衣怀中。即今写此信之时，家中六席室中芭蕉窗下一手支颐而读此信之人之面影，历历在目也。（中略）

悉尼港中，游艇甚多，或夫妇二人，或家属数人，不杂外客。仆将来功成名遂，与浪妹成白头夫妇之时，岂但乘游艇而已哉，当造五千吨汽船一艘，仆为船长，儿孙为船员，而周游全世界。此时当再来此悉尼港，为白发之浪妹闲话数十年前血气方刚之海军少尉之梦也。（下略）

此请文安

愚夫　武男顿首

八月 × 日于悉尼

（七）之二

武男夫君爱鉴：

拜读七月十五日香港所发华翰，再三再四，不忍释手。在此盛暑之中，而玉体康泰无恙，不胜欣慰之至。母亲大人贵恙近已大快，务请勿劳远念。妾比来常在孤寂中度日。文驾远征以来，日唯小心翼翼，以博母亲大人之欢娱，但才力薄弱，效劳每多不周；经验缺乏，诸事皆不当意，诚属大憾。每日唯一之乐趣，但望文驾早日旋归，得拜仰健康之尊颜耳。

赤坂诸人皆安好，前日全家赴逗子别墅，加藤家亦全家赴兴津，东京顿感寂寞矣。阿几随赴逗子，近亦安好，转达尊意后，彼感激涕零，再三属笔请安。

妾至今始感过去操练太少，深以为憾。家父平日教诫：家政乃女子本分，务须用心，故家居时亦曾留意。然女子识见浅陋，以为此等事随时能为，常等闲视之。至今始觉某事悔未学习，某事虽曾学习，而已忘却，诸多困窘。承叮嘱学习英语，于心终不忘，然常坐案前，深恐母亲大人不以为然。故目前必须以练习家务为先。万望曲谅为幸。

言之实甚惭赧：迩来对无论何事，必感寂寞悲伤，无法自遣，但望尽早得仰尊颜。有时恨不得身添双翼，飞傍左右。每日每夜，必取玉照及军舰摄影凝神注视。昔年在学校时，对世界地理毫不注意，近日始将早已忘却之地图取出，用铅笔在上面画线，记明左右。明知荒诞，然犹日日耽于梦想。报载天气预报，过去视若无睹；今则每见飓风警报等，虽明知文驾不在其地，亦必异常警惕。万望多多保重玉体。……（下略）

敬请客安

妾 浪子敛衽

武男夫君爱鉴：

（上略）近来夜夜梦见尊容，真有一日千秋之思。昨夜梦见共乘战舰赴伊香保采蕨。不断有人插入吾等之间，以致君影远离，妾则自舰下坠。正当惊骇之际，适为母亲大人唤醒，始得抚胸定神。此虽愚痴之谈，然终不能忘怀。亦足证盼待驾归之心切也。近唯日日遥望东天，一切且待归来细说。此信或不能及时递达左右，但留

置夏威夷檀香山转交。（下略）

　　敬请客安

妾　浪子敛衽

十月×日

中
篇

（一）之一

　　川岛家的老寡妇在被炉^①里烤着火，回过头来，向壁龛上看看正在敲下午八点钟的座钟，咕哝道："八点钟了，应该回来了。"

　　说着，慢慢地伸起她那只肥胖的手来，把烟灰缸拉近些，接连吸了两三袋烟，倾耳静听。虽然是郊区地方，但新年的夜里，也常有车马往来。邻家大概正在做摸彩游戏，青年男女喧噪之声不绝，有时哄然大笑，声音仿佛就在近旁。寡妇咂了咂嘴，又说："在那里做什么呢？咄！到赤坂去，每次总是这样的。……武男也这样，浪子也这样，娘家的人也不管，现在的人都不成样子。"

　　她想把两膝放好些，不料触碰了闹老毛病风湿痛的地方。叫了声："啊唷，好疼啊！"蹙着眉头，火气直冒，粗暴地敲打烟灰缸的边缘，厉色呼唤女仆："阿松！阿松！阿松！"这时候车夫精神抖擞地叫着："回来啦！"同时两辆人力车辚辚地响着进了大门。

　　穿着新年服装的女仆衣裾飘飘地跨着急步走进来，双手扶席，跪着问道："吩咐什么？"寡妇骂道："为什么慢吞吞的，赶快到门厅去！"女仆周章狼狈地退了出去。

　　同时武男精神勃勃地叫着："妈妈，我们回来了！"一面脱手套，一面首先走进房间来。浪子边把丈夫的外套和自己的日本式大衣递给女仆，边跟进来，在丈夫旁边斯文地跪下，双手扶席，说："妈妈，回来得太迟了。"

　　"噢，回来了吗？！迟得很哪！"

　　"是的，"武男说，"今天我们先到加藤家去弯了一弯。他们说，他们

---

① 被炉是日本人的取暖设备。火盆上放个木架，罩以棉被，把腿伸进去烤火。

正好也要到赤坂去，大家一同去吧。于是加藤姨夫、姨母，还有千鹤子妹妹，一共五个人一同去了。赤坂方面非常高兴，幸而没有外客，大家谈得很起劲，因此回来得迟了。唉，我喝醉了。"他用手摸摸熟桃子一般的面颊，把女仆端来的一杯茶一口气喝干了。

"噢，热闹得很，真开心。赤坂那面大家都好吗，浪子？"

"嗳，都好，他们叫我向妈妈请安。他们说，还没有来拜年……就收到这许多礼物，真是感谢得很。"

"说起礼物，浪妹，那个呢？……噢，是这个，是这个。"他接了浪子端过来的盘子，放在母亲面前了。盘子里堆积着一对山鸡，以及鹬、鹌鹑等野味。

"这是打猎打来的东西吗？这么许多！可以办酒席了。"

"是的，妈妈，据说岳丈这回打猎收获不小，除夕才回来的。今天正想把野味送过来，恰好我们去了，就带了来。听说明天还要送野猪来呢。"

"野猪？野猪也是打来的吗？我比亲家翁只大三岁呢！浪儿。他却一向身体这么强壮。"

"是的，妈妈，他非常强壮。这回听说一连两三天在山里点着篝火露宿呢。他常常自夸着，说对青年人还决不肯让步哩。"

"那是一定的。像妈妈这样，风湿病发作起来，就毫无办法。一个人生病是最不好的事。——噢，已经九点钟了。你们去换了衣服，早点休息吧。……嗳，还有，武儿，今天安彦来过了。"

正要站起身来的武男脸上略微显出不安之色。浪子也不禁倾耳静听。

"千千岩吗？"

"他说有点事情，要找你。"

武男略微想了一想，说："是的。我也必须……找他谈谈，有点事情。

喂，妈妈，我出门期间他有没有来借过钱？"

"为什么借钱？没有这种事。为什么呢？"

"没有什么。我略微听到一些消息，所以……这几天之内总会碰到他的。……"

"噢，还有，还有那个山木也来过了。"

"啊，山木这混账东西吗？"

"他来过了，说是这样的，初十那天摆酒席，说一定要你去。"

"这个讨厌家伙！"

"你去一趟吧。他不忘记你爸爸的恩德，多讨人喜欢呀。"

"不过……"

"不要这么说，去一趟吧。好，妈妈也要睡了。"

"好，妈妈，早点休息吧。"

"那么妈妈，我去换衣服了。"

这对小夫妻一同回房间去了。浪子由侍女帮助着，给丈夫脱了西装，把琉球绸面的两件棉和服①轻轻地披在他身上。武男把一条白绉纱兵儿带②随随便便地系在腰间，然后慢慢地坐到安乐椅上。浪子掸了掸西装上的灰尘，把它挂在隔壁房间的衣架上了。她吩咐女仆泡一壶红茶来，然后走进丈夫的房间里去。

"你疲倦了吧？"

武男正在喷着雪茄的青烟，翻着今天送来的贺年片等，抬起头来，说："浪妹才累着了吧。……嗫，好漂亮！"

---

① 原文作二枚重，指套在一起穿的和服盛装。

② 兵儿带是男人或小孩系的一种用整幅布扎成的腰带。

"……？"

"我是说好美丽的新娘子！"

"呀，讨厌！说这种话。"

她说着，脸上泛出一阵红晕，好像觉得洋灯光耀目，把视线移开，平常白到近于苍白的面庞，现在隐隐地蒙上了一层樱花色，艳丽的螺髻宛如镜子一般发光。下摆上是波浪和白鸽的花纹，成套的黑和服上束着淡茶色素花缎的宽幅筒状腰带，衣领上别着雕成勿忘草模样的碧玉饰针（是这次武男从美国带来的），含着四分羞和六分笑，嫣然地亭亭玉立在灯光中。——武男看了这姿态，心里想道：我的妻子真标致啊！

"浪妹穿了这套衣服，真像昨天刚来的新娘子呢！"

"又说这种话……你再说我就走了。"

"哈哈哈哈，不再说了，不再说了。用不着逃走嘛！"

"呵呵呵。我去换衣服就来。"

（一）之二

去年夏初新婚不久，武男就航海赴远方。本来秋天可以回来，但是到了旧金山的时候，需要修理机器，因此延误了归期，到了阴历腊月底才返国。今天是正月初三，他陪着浪子到加藤家和浪子的娘家去访问并且拜年。

武男的母亲是老古板的人，生性不喜欢西式的东西，睡在床上[1]和用调羹吃饭，是谈不到的。然而只有小主人，到底还能享受几分治外法权，他的十

---

① 过去日本人都睡在铺席上。

铺席房间的布置可说是和洋合璧：席子上铺着绿色地毯，有一张高桌和两三把椅子；壁龛里挂着一幅中国山水画，楣间挂着亡父通武的肖像；锁起来的书箱和摆着洋装书的架子被推到屋角，正面的摆在壁龛里的那把备前国兼光①锻造的刀是亡父的遗物；错花隔子上放着一顶士官帽和一架望远镜，壁龛柱上挂着一把短剑。壁上挂着许多镜框，其中有他所乘的军航，又有许多穿制服的青年，大概是他在江田岛海军学院里的时候所摄的。桌子上也供着两三张照片：有一张是全家福，父母并肩而坐，五六岁的男孩靠在父亲膝上，那是武男幼时的留影；还有一张穿军服者的六英寸单人照片，那是他的岳父片冈中将。这房间里有一点和主人的年轻粗豪不相称：几案整然，纤尘不染，并且在一个古铜瓶里饶有风趣地插着一两枝早梅。这表明有一颗温暖的心、一种绵密的注意力和一双熟练的手常常在这房间里活动着。这心和注意力以及手的主人，正在铜瓶下面的心形相片架里浴着梅花的香气而微笑着。洋灯的光照遍了房间的四隅，火钵里的炭火在绿色的地毯上吐出紫红色火焰。

　　世界上虽然有种种愉快，然而，长途旅行平安无事地归来，把旅行服装换上舒适的家常衣衫，把脚伸向房间里的暖炉，静听窗外怒吼的寒夜风声和室内的自鸣钟那听惯了的滴答声，可说是十分愉快的事情之一。而况老母依然硬朗，新妻十分可爱呢！尝着雪茄的香味而陶然地靠在安乐椅里的武男，此刻正在享受这种乐趣。只有一点阴影，那就是刚才从母亲口中听到而在今天的来客名片中看到的千千岩的姓名。今天武男听到了关于千千岩的坏话：去年腊月某日，有一张明信片寄到千千岩所服务的参谋本部，恰巧千千岩不在场。有一个同事无意中拿来一看，原来是一个有名的高利贷催促借款的通

---

① 日本古代行政区划分为七道、七十余国。兼光是备前国长船的刀工世家，第二代兼光是镰仓末期嘉元（1303—1305）、建武（1334—1335）年间的人。

知书，并且金额数字是特地用红笔写的。而且还不止这一桩：参谋本部的机密消息，常常泄露到意想不到的方面去，使得投机商人借此谋利；并且还有人在军人所不应该到的买空卖空市场上看见过千千岩的身影。总之，种种嫌疑笼罩在千千岩头上。武男的丈人是参谋本部首长某将军的知心朋友，因此得知这个消息，他劝武男对千千岩要当心，并且叫他忠告千千岩本人要谨慎一些。

"真是叫人为难的家伙。"

武男这样自言自语着，又望望千千岩的名片。然而现在的武男不能长久被不快所束缚。他打定主意：一切要等直接见到这人并盘问清楚了再说。于是他的心又幡然地回到目前的快乐中来。这时候浪子换好了衣服，亲自泡了一壶红茶，含笑走进来了。

"噢，红茶，多谢了。"他说着，就离开椅子，盘腿坐在火钵旁边了。

"妈妈呢？"

"刚刚睡了。"浪子递过一杯热红茶来，看看丈夫那还在发红的面孔，说，"你头疼吗？你本来不会喝酒，妈妈却那么硬劝你喝。"

"没有什么。今天实在愉快，浪妹！岳父讲的话真有趣，因此我连不爱喝的酒也多喝了。哈哈哈哈。浪妹真幸福，有这么好的一个父亲，浪妹！"

"还有一个……"

"嗳？什么？"武男故意睁大了眼睛，表示吃惊的样子。

"我不知道。呵呵呵呵呵。"她脸上一阵红晕，低下头去抚弄她的戒指了。

"这可不得了！浪妹几时学会了这么漂亮的辞令？我那区区的一支饰针所换得的上算了。哈哈哈哈。"

浪子把烘在火钵上的手掌托住了微泛蔷薇色的面颊，轻轻地叹了一口气，说："真是……很久以来，妈妈也……多么冷清！想起了不久又要去当差，觉得日子过得真快，怎么办呢！"

"要是一直待在家里，到了第三天恐怕又会说：你到外面去活动活动吧！"

"哎，怎么说这样的话！……再喝一杯吗？"

武男喝了一口浪子倒给他的红茶，在火钵边上磕磕雪茄的灰，愉快地四下里看看，说："躺在吊床里摇晃了半年多，一旦回到家里，觉得十铺席的房间太宽敞了，什么东西都很好，仿佛到了极乐世界，浪妹！……啊，真好比第二次的蜜月旅行。"

新婚不久就分别，过了半年再相逢——现在这几天真是把新婚的当时重温一遍，欢乐的心情和正月一同来到了。

说话暂时停止了。两人只是恍恍惚惚地相视而笑。梅花的香气隐隐地萦绕在拥炉相对的两人周围。

浪子似乎忽然想起了什么的样子，抬起头来问："你去吗？山木家里？"

"山木吗？妈妈既然这样说了，恐怕非去不可。"

"呵呵，我也想去呢。"

"好，你也去，咱们一道去！"

"呵呵呵，算了吧。"

"为什么？"

"我怕。"

"怕？怕什么？"

"因为有人恨我，呵呵呵。"

"有人恨你？恨？恨浪妹？"

"呵呵呵。有人在恨我呢。就是那位丰小姐……"

"哈哈哈。什么东西……这蠢货！这蠢姑娘也真是个宝贝，浪妹！那样的姑娘也有人肯娶吗？哈哈哈。"

"妈妈曾经说过，千千岩和那个山木很要好，倘使他娶了丰子，倒是很好的。"

"千千岩？……千千岩？……这家伙实在让人没办法。我一向知道他是个狡猾的家伙，岂知还有那样的嫌疑，真没想到。唉，现在的军人——虽然我自己也是军人——实在太不成样子。丝毫也没有从前的武士的风度，大家拼命赚钱。我并不是说军人必须贫穷。节省冗费，积蓄恒产，省得万一发生意外的时候有内顾之忧，这当然是应该的。喏，浪妹，你看对不对？然而身为国家干城，却把放高利贷作为副业，剥削可怜的兵士的衣食，勾结御用商人，贪图不义之财，实在令人不能容忍！最讨厌的是赌博。我的同行中也有偷偷地干这勾当的人，实在可恶至极！现在的人只知道对上拍马，对下贪污。"

这个涉世不深的海军少尉愤慨地大肆攻击，仿佛敌人就在眼前的样子。浪子迷恋地专心致志地听着，心里夸耀他的勇气，希望他早些当上海军大臣或者军令部部长，把海军部里的风气刷新一下。

"的确是这样的，"浪子说，"从前，怎么一回事我记不清楚了，爸爸当大臣的时候，也有人来拜托种种事情，送各种各样的东西来。爸爸最痛恨这种事情，对他们说：做得到的事，不拜托也做得到；做不到的事，拜托了也是做不到的。三番五次予以拒绝，他们还是用种种名义把东西送过来。爸爸就说笑话：'因为这样，所以大家都想做官了。'说过之后哈哈大笑。"

"正是这样，陆军、海军，都是一码事。现在是金钱的世界，浪妹！……呀，已经十点钟了吗？"他回过头去看看正在当当地敲响的挂钟。

"时候过得真快啊！"

（二）之一

芝樱川町的山木兵造的宅第，虽说不上优雅和宽广，却将位于郊区的西久保山岗的一部分圈到院墙里。庭院中有池塘，有假山，高处修了路，低处架了桥，饶有风趣地东一棵西一棵地种着枫、樱、松、竹等树木，这里有石灯笼，那里有五谷神祠，曲径深处还有意想不到的亭子。总之，人们料不到这门里会有这样的庭院，为之吃惊。这是山木用不义之财不义地建造的万金蜃楼。

已经过了下午四点钟，远近各处发出晚鸦的叫声时，有一个穿着和服外挂和裙裤的男子，避开了客厅里的骚扰，趿拉着一双庭院用的木屐，沿着日影淡薄的假山路往上爬。这就是武男。他因为难以违背母亲的意思，今天到山木家来赴宴。但是和一般素不相识的客人同坐，对付素不喜欢的酒杯，觉得很乏味。而且在各种各样的余兴之后，又由妓女表演猥亵的手舞[①]。满座都不讲礼貌，开怀畅饮，可厌之极。他本想早点辞去，无奈山木一个劲儿地挽留，加之非见面不可的千千岩到了宴会将散的时候还不来，因此不得已而暂留。现在他偷偷地离开座位，让清凉的晚风吹着发热的耳朵，向无人的地方信步走去。

中将曾嘱咐武男要防备千千岩。从岳父家里回来后两三天，有一个拎着鳄鱼皮手提包的陌生男子突然到川岛家来访问，拿出一张借券来，催索一笔出人意料的三千元债款。借券上债主的姓名正是千千岩安彦，笔迹也是他本人的；保证人的姓名，明明签着川岛武男，并且赫然地盖着图章。据这个人

---

① 原文作白拍子的手舞。白拍子是平安时代末期至镰仓时代时兴过的歌舞，多由妓女表演，故成为妓女的别称。手舞是坐在那里摆弄双手的简单舞蹈。

说，契约期限已过，本人还不履行义务，并且突然搬了家，到衙门去找他，据说这两三天出差了，见不着面，因此只得找到这里来。借券手续正确而完备，看看这个人拿出来的往返信件，也确实是千千岩的笔迹。武男因为事出意外，十分惊愕，仔细查询，母亲当然不知道，账房田崎也说不曾参与这件事，更没有借图章给他。武男把那种风闻和这事实结合起来一想，就猜到了七分。正好这一天千千岩来信，说明天想在山木家的宴会上和武男会面。

武男希望看到千千岩后，把要问的话问了，要说的话也说了，然后早点回家；但是千千岩偏偏不来。他用雪茄的烟来发泄胸中不断地涌起的不平，登上崖道，绕过一片闽竹①林，看见常春藤底下有个亭子，就在那里坐了一会儿。这时从旁边的小路上传来低齿木屐②的声音，抽冷子和丰子打了个照面。只见她梳着高岛田髻③，穿着裙上下摆有松、竹、梅花样的淡紫色绉绸三层礼服。辉煌灿烂的服装使得她的缺陷越发显著了。然而她对自己有多么可笑竟浑然不觉，把那双眯缝眼儿眯得更细些，说："你在这里啊！"

武男不怕面对直径三十厘米的大炮口，但是这个意想不到的敌人的来袭，却使他打了个寒噤。他蹙紧眉头匆匆收兵，正想逃走，后面慌张地追上来："哥哥！"

"什么？"

"爸爸叫我来引导你在花园里逛逛。"

"引导？不需要引导。"

"那么……"

---

① 闽竹是原产于我国福建省的一种小竹子。

② 原文作驹下驮，系用整块木头剜成。

③ 高岛田髻是日本妇女的一种发髻高耸的发型。

"我一个人走走，更自在一些。"

他以为这么猛烈地打击一下，无论怎样的强敌也会退却了。岂知她肆无忌惮地追上来："何必这样地逃去呢！"

武男困窘得很，紧紧地蹙住了眉头。原来武男和阿丰从小相识：武男的父亲在某县当知事的时候，阿丰的父亲山木是他的属下，常常在他家出入，两个小孩也常常见面。那时武男才十一二岁，常常把阿丰打哭了来寻开心；阿丰虽然哭泣，还是缠着武男。时过境迁，两个人都长大了。到了武男已经娶了新夫人的今天，阿丰对这个当年粗暴的少爷，而现今承继了川岛男爵称号的青年，还是怀着渺茫的恋情。武男虽然是个豪放的海军士官，关于这一点未始不略有所知。所以他以前偶尔到山木家串门的时候，也抱着竭力避免危险的方针。可是今天却糊里糊涂地中了伏兵之计，有什么办法呢！

"逃走？我完全没有逃走的必要。我只是到我想要到的地方去。"

"哥哥，你太那个了！"

武男觉得既可笑，又无聊，既尴尬，又愤怒。他想要走，却被留住了；想要逃，却被缠住了。可惜没有人看见，这庭院角落里表演着一出新的《日高川》①中的一幕。

他灵机一动，说道："千千岩还没来吗？阿丰，替我跑去看看吧！"

"千千岩先生要到傍晚才来。"

"千千岩常常来吗？"

"千千岩先生昨天还来了呢，在里面的小客厅里和爸爸谈到深夜。"

"噢，是吗？可是现在说不定已经来了，你替我跑去看看，好不好？"

---

① 《日高川》是根据安珍、清姬的传说改编成的净琉璃、歌舞伎的剧目。女主人公清姬爱上了一个游方僧安珍。安珍渡过日高川，躲在道成寺内的钟里。清姬变成了一条蛇，游过日高川，将他烧死。这里把阿丰比作清姬。

"我不愿意。"

"为什么？"

"你想逃脱吧。无论你怎样讨厌我，浪子姐再漂亮，也不必这样地把人赶走呀！"

这仿佛是一不小心就会下雨的天气了。武男百计俱尽，唯一的办法是大踏步逃走。正在这当儿，忽然听见一个女仆叫着"小姐！小姐！"走过来，把阿丰叫住了。武男趁此机会，猛然绕过竹林，飞速地逃了二三十步，方才舒了口气。

"这丫头真叫人没办法。"

他边咕哝着边走向不用怕她再度来袭的安全地带——客厅——那边去了。

（二）之二

太阳落了山，客人散去了，只有厨房里还残留着一些白天的骚扰。这时候主人山木手里拿着一个烟盘，蹒蹒跚跚地跨着步，沿着回廊走到里面的小客厅里。光秃秃的前额上仿佛冒着蒸汽，在洋灯光底下越发油亮了。他好像坍塌似的坐了下去。

"少爷，千千岩兄，要你们等候，失礼了。哈哈哈哈。今天托你们的福，才有这不同寻常的盛会。……啊，少爷酒量太浅——这句话失礼了——不像一个军人。尊大人才是真正的大酒量呢！我山木兵造年纪虽然大了，喝一升什么的……哈哈哈哈，毫无问题。"

千千岩将那双黑水晶般的眼睛盯住山木。

"精神真好！山木君，赚了钱吧？"

"当然赚了，哈哈哈哈……噯，说起赚钱，"山木好容易把积满灰烬的烟斗吸着了，抽了一口，继续说，"我告诉你，这回听说那个××××公司要出盘了。我暗中探听情况，知道对方确有种种困难，因此可以特别便宜地成交。事业是大有希望的。将来内地五方杂处了，生意就更好做。少爷，你看怎么样？用田崎兄的名义出面也行，拿出两三万块钱来吧。我包您赚钱。"

他那不离本性的半醉的嘴舌，比酒还要滑溜。千千岩斜着眼睛看了看默默地坐着的武男，接着说："对啦，就是青物町的那个××××公司。听说他们一度赚过钱呢！"

"对啊，的确赚了钱，但是手段不高明，就弄糟了。要是搞得好，真是一个出色的金矿呢！"

"那真可惜了。我一向贫寒，没有办法。武男君，你怎么样？来一份吧！"

武男自从就座以来，始终默默不语，不快之色显露在眉宇之间，现在已经达到了不可遮掩的地步。这时候厌恶之色越发明显起来，把含怒的眼梢等分地向千千岩和山木一瞥，回答道："多谢你们的厚意。但是像我这样的人，不知道哪一天身葬鱼腹，或者做炮弹、榴弹的标的，全没有赚钱的必要。请恕我老实说，我与其拿三万块钱来投到某公司去，宁愿捐献作培养海员的经费。"

千千岩迅速地看一看冷峻地侃侃而谈的武男的脸，又朝山木使个眼色。

"山木先生，我不免要做利己主义者了。您的话以后再谈，让我先把我那件事说一说吧。武男弟也已经答应了，就请您照我的请求……您的图章在这里吗？"

他拿出一张票据之类的纸来，放在山木面前。

也难怪千千岩要蒙受嫌疑了。打从去年以来，他就利用职位上的便利，替山木当参谋，当间谍，分享利益。不但如此，又大胆地盗用公款，企图在蛎壳町的交易所里捞到巨款，然而一下子就亏损了五千元。向山木敲诈，将其储蓄抖搂光了，才到手两千元，还缺三千元。千千岩唯一的亲戚川岛家很富，而且那寡妇对他也并非没有好感。然而千千岩知道姑母的性情爱钱如命，他清楚地看出：如果明白地请求，一定不会有好结果。为了一时弥缝之计，他就犯了伪造私章之罪，假造了武男的图章，向一个高利贷借到了三千元，先把盗用公款的痕迹消灭了。前些时候，期限快到了，终于连他所在的衙门里也接到了催索借款的明信片。现在正好武男从国外回来了，他迫不得已，就想说服武男，借这三千元来还那三千元，也就是拿武男的钱来赎武男的名。前几天他曾经去访武男，时候不巧，没有碰到。后来他又因公出差两三天，所以还不知道那个高利贷已经到武男家去过了。

山木点点头，按一下铃，叫人把印泥盒拿来。然后把票据过一过目，从怀里摸出私章来，在当保证人的自己名下盖了章。千千岩拿起票据来，把它放在武男面前了。

"那么，武男弟，票据在这里了……款子什么时候交付？"

"款子我带来了。"

"带来了？……别开玩笑了。"

"带来了。……喏，三千元，如数交给你！"

他从怀里摸出一个纸包来，丢在千千岩面前了。

千千岩吃了一惊，拾起纸包，打开来一看，脸色忽然涨得通红，又变成苍白了。他咬紧了牙齿。他满以为这借据还在高利贷手中，现在却在眼前了。原来武男叫田崎去把情由调查清楚之后，终于把这奇怪名义之下的三千元付还了。

"啊，这个……"

"你想推脱说记不起了吗？做个男子汉，认错吧！"

千千岩一直把武男当成小孩子，没把他放在眼里，现在被他狠狠地揭穿了底细，一腔怨愤就像火焰一般涌起。他咬紧嘴唇，几乎把它咬穿了。山木吓呆了，任烟袋油子往下淌，眼睛只管盯住两人的脸。

"千千岩！我不再说什么了。看亲戚情谊面上，我决不控诉你伪造私章。三千元已经付还了，高利贷不会再寄明信片到参谋本部去了，请你放心吧。"

被极度地侮辱了一顿的千千岩，抚摸着沸腾的胸怀。他气得很想向武男猛扑过去，但他心里明白，现在已经不是辩白的时候了。他突然改变了态度。

"唉，老弟，被你这样一说，我真是没有面目见人了。不过，我实在是不得已的……"

"有什么不得已？难道你必须不顾道德，触犯法律，而向高利贷借钱吗？"

"喏，你听我说，实在是急迫的事情，需要款子，但是没有地方好借。如果你在这里，我马上同你商量，但是对姑妈是不好意思开口的，对不对？因此，急不暇择了，明知是对人不起的。说实在的，上个月本来有希望拿到一笔款子，我满心想把它付清了，然后爽爽快快地向你告白……"

"胡说八道！你想爽爽快快地向我告白，为什么一声不响地向我另借三千块？"

山木看见武男两膝向前一突，气势凶猛起来，就慌张了："喂喂，少爷，慢慢地来，慢慢地来。详细情况我不知道，但是数目不过两三千块钱，况且大家是亲戚。我看，少爷……请你宽容些吧。千千岩兄的确不应该，的确不应该。但是，少爷，这种事情如果公开出去，千千岩兄的前程就被断送了。求求你啦，少爷。"

"就因为如此，所以我付了三千元，并且，我不是说过不打官司吗？

……山木，这不关你事，你不要多嘴。……我不打官司，但是从今天起和他绝交了。"

千千岩看见事情闹到这地步，已经没有什么可怕的了，就胆大起来，又改用嘲讽的态度："绝交？……我倒并没有什么悲伤，不过……"

武男的眼睛像火焰一般闪耀。

"你的意思是说，绝交不要紧，钱可得要我替你拿出来，是不是？不要脸的东西！"

"什么？"

双方激昂的气势，使得山木的酒醒了几分，他忍不住了，便插进两人中间去说话："少爷，千千岩兄，好了，好了，好了，静一点儿，静一点儿，这样是什么也弄不清楚的。……慢慢儿来，好，好，好，慢慢儿来。"他不断地弥缝那边，又弥缝这边。

武男被他劝住了，暂时默默无语，后来两眼盯住了千千岩的脸，说："千千岩，我不想多说了。我从小就和你像亲兄弟一般长大起来的。的确，在才力方面，在年龄方面，我都一直认为你是兄长。我一直希望今后互相帮助，并且尽我的力量替你效劳。说实在的，直到最近我还在相信你。但是我完全被你出卖了。你出卖我，还只是一个人的事，可是你还要……唉，我不想说了，我不想问你这三千元的用途了。不过为了过去的情谊，再对你说一句话：世人的耳目是很灵敏的，你已经受人注目了！我劝你不要做有伤军人体面的事情！但你们的心目中没有比金钱更贵重的东西，所以我说这话恐怕是没有用的，不过我总希望你有点廉耻。我不想和你再见面了，这三千元就重新送给你吧。"

武男理直气壮地说了这番话之后，拿起他面前那张借据来，把它撕得粉碎，丢掉了。他猛然站起身来，走到外面的房间里去。阿丰早就躲在那儿，大概是在偷听呢，一下子被武男撞倒了。武男只听见后面叫了一声"啊唷唷"，并不回顾，大踏步向门厅那边走去了。

山木吓得目瞪口呆，和千千岩面面相觑。最后他说："还是少爷脾气。不过，千千岩兄，绝交费三千元，倒是一笔好生意啊！"

千千岩凝眸看着散落在地上的借据碎片，默默地咬着嘴唇。

（三）之一

浪子在二月初旬偶感风寒，一度痊愈，但是有一次熬夜为婆婆赶缝一件小袄，旧病复发。今天是二月十五日，她还不舒服，卧床不起。

每年说惯了"今年真冷，今年真冷"，可是今年的冷，才真是闻所未闻。北风一天比一天紧，即使不是夹雪带雨的日子，也竟侵入骨髓。健康的人也生病，生病的人就死亡。报纸上的广告栏里只看见黑框子越来越多。这寒气使得本来就柔弱的浪子的小病加重起来。虽然不能分明指出特殊的病状，但是头重，胃口不好，一天挨过一天。

自鸣钟敲了两点。这蝉鸣一般的威风凛凛的声音响过之后，暂时肃静无声，秒针的声音反而增加了静寂之感。早春的天空显示着异常鲜丽的浅碧色，虽然四扇纸拉门都关着，但是悠闲的日光普遍地照在糊门纸上，余光又透过纸射进来，在仰卧着织黑绒线袜子的浪子的手上，以及披散在比雪还白的枕边的黑发上闪闪地跳动。左边的纸拉门上映着摇摇摆摆的南天竹的影子，好像罩在洗手盆上。右边的纸拉门上鲜明地映着老梅的纵横的丫枝，上面疏朗地点缀着含苞未放的花蕾，历历可数，可知春还很浅。一只猫大概正在朝南的廊沿上晒太阳，猫头映出在腰板上面，它照准了今天的暖气所引出来的一只飞虫而跳将起来，捉它不住，又咚的一声蹲下身子，然而满不在乎，悠悠然地舔着自己的脚，只看见影子里的猫不断地点头。浪子含着微笑看这光景，由于太阳光晃眼，她锁紧眉头，闭上眼睛，发了一会儿呆。不久翻个身，向着那面，抚弄一下正在织着的袜子，两支针又一纵一横地动起来。

廊沿上发出沉重的脚步声，一个门神一般矮胖的影子，映在纸拉门上走了过来。

"今天觉得怎么样？"

婆婆在她枕畔坐下了。

"今天好得多了。可以起来了……"她放下了织着的袜子，想坐起来。婆婆阻住了她："不，不要起来，不要起来。我不是别人，不必客气。唉，唉，唉，你又在打袜子了，不行！病人要专心静养，浪儿！你一碰到武男的事情，就什么都忘记了。这是不可以的。赶快静养吧！"

"真不好意思，一直躺在床上……"

"这，这不是对自己人说的话，我最不喜欢这一套。"

不要撒谎吧！你不是常常埋怨现今的媳妇对公婆缺乏礼貌，而窃喜自家的媳妇与众不同，认为是意外的幸运吗？浪子在娘家的时候，嘴上虽然不说，但是对后母万事依照西洋派头直截痛快地处理的做法，暗自感到不满。所以她到了夫家之后，生活作风自然而然地有了一种古老的趣向。

婆婆仿佛突然想起了的样子说："噢，听说武男有信来了，怎么说？"

浪子拿起枕旁的一封信，抽出信纸递给婆婆，同时说："他说这星期天一定回来。"

"嗯。"她从头至尾看了一遍，把信纸折好了，说，"转地疗养是没有意思的。这么冷的天气，你走动走动看就知道了，没有病的人也会生病呢！伤风只要静静地躺几天，就会好的。武儿年纪轻，一下子就嚷着请医生啦，转地疗养啦。我们年轻时候，肚子疼也不躺下来，做产躺不到十天。世界开通了，人都变得柔弱了，哈哈哈哈。你这样写信告诉武男吧，说妈妈在这里，叫他不要担心。哈哈哈哈，好吗？"

她嘴上虽然笑，眼睛里却略微露出不快的神色来。浪子看着起身回去的婆婆的背影说："劳妈妈的驾，真不敢当！"

浪子坐起身来，将婆婆送走以后，轻轻地叹了口气。

浪子认为做父母的是不可能对小辈吃醋的，然而她却觉察出，丈夫一回家来，她同婆婆之间就发生一种异样的关系。武男远洋航海归来，看见浪子消瘦了，他虽然是个粗犷的男子，也能体谅自己出门期间她曾何等操心，因而更加怜爱她。这时候婆婆隐隐地露出的不快之色，逃不过伶俐的浪子的眼睛。有时她悄悄地感到烦恼：婆婆的所谓孝道和他们夫妻间的爱道，不知应该走哪一条，一时难于启步。

"少奶奶，加藤小姐来了。"

使女叫着。浪子睁大了眼睛。她看见了走进来的客人，忽然笑逐颜开："呀，千鹤妹，来得正好！"

（三）之二

"今天怎么样？"

把一个淡紫色绉绸的防寒头巾和一只手提袋一起放在一旁，走到浪子枕头旁边来的，是个梳岛田髻的十七八岁的姑娘。她的苗条的身体上裹着一件藏青地斜纹布长外衣，新月形的眉毛秀美可爱，一对乌黑的大眼睛炯炯有神，使人一见就发生鲜妍之感。这是浪子的姨母加藤子爵夫人的长女，名叫千鹤子。浪子和千鹤子是相差一岁的姨表姐妹。两人从幼儿园时代起就比同胞姐妹更亲昵，使得浪子的妹妹驹子愤愤不平地说："姐姐专门同千鹤姐好，我真不高兴！"因此浪子嫁到川岛家之后，别的同学自然疏远了，而千鹤子却喜两家靠得近，常常来探望她。武男出门赴远洋航海期间，安慰寂寞多愁的浪子的，除了武男的热情如火的来信以外，最重要的是千鹤子的来访。

"今天好很多了，不过还是头重，常常咳嗽，真讨厌。"浪子含笑说。

"噢！……天气真冷。"千鹤子说着，回过头去向恭恭敬敬地送过一个坐垫来的使女看了一眼，就在浪子身边坐下了。她把戴着闪闪发光的宝石戒指的手伸到桐木火盆上，又按在樱花一般鲜丽的面颊上。

"姨妈和姨父都好吗？"

"好的。他们叫我问你好。他们都说天气太冷，不知道你怎么样了，非常担心呢。昨天晚上也和妈妈谈起，这季节真不好，等到气候好些，你还是到逗子转地疗养的好。"

"是吗？横须贺来的信上也这么说……"

"表哥的来信吗？啊？那么还是早点转地的好。"

"不过大概不久就会好的，所以……"

"但是这时候的感冒，的确是要当心的。"

这时候使女送上红茶来，端到千鹤子面前。

"阿兼，老太太在哪里？有客人吗？噢，是谁？是家乡来的？……千鹤妹，今天你多坐一会儿吧。阿兼拿些东西请千鹤小姐吃！"

"呵呵呵呵，我是常常来的，每次都吃东西，你们可吃不消啊。等一等，"说着，她拿出个用方绸巾包着的小套盒来，"我知道你婆母喜欢吃豆沙年糕。这里只有一点点……现在有客人，等一会儿送给她吧。"

"啊哟，多谢了。真是……多谢了。"

千鹤子又拿出些红蜜柑来："颜色漂亮吗？这是我的礼物。但是很酸，不好吃。"

"啊，真漂亮，请你替我剥一只吧。"

千鹤子剥了一个递给她。浪子津津有味地吃着，一面一个劲儿地往上撩披到额前的头发。

"讨厌吧。把它扎起来好不好？喏，我替你扎吧。就这样躺着好了。"

千鹤子走到她所熟悉的隔壁房间里，从镜台里拿来一把梳子，就小心翼翼地替浪子梳起头发来了。

"我告诉你，昨天的同窗会——你也收到通知书吧——真有趣呢。大家叫我向你问好。呵呵呵呵，离开学校才一年，已经有三分之一的人结婚了。真好笑：大久保姐、本多姐、北小路姐，都梳了螺髻，十足少奶奶的派头，真好笑呢！……不疼吗？……呵呵呵呵，你知道她们谈些什么？都是宣传自己的事。后来，又谈到和公婆分居论。北小路姐自己一点也不懂得家政，而她的婆婆性情非常温和，因此主张同居；大久保姐呢，因为婆婆脾气古怪，所以是分居论的勇将，真是好笑。我插嘴批驳她们，她们却说：千鹤姐还是门外汉——这个'汉'字真滑稽——没有资格说话。……扎得太紧吗？"

"不，不紧。……这个会真有趣。呵呵呵呵，都是根据自己的情况说话的。毕竟个人情况不同，不好一概而论。喏，千鹤妹，我记得姨妈有一次也说过，光是青年人在一起，往往容易放肆。这话真不错。咱们对老年人是不可怠慢的。"

浪子受过父亲的教导，加之自己对家政有兴趣。她在娘家的时候就旁观后母怎样当家，私下怀抱着自己的见解，希望将来有一天自己当了一家的女主人，要好好地管理家务，用心已非一日了。然而后来嫁到了川岛家，看见

"摄政太后"独揽万机，而她所处的是无权的"太子妃"地位，就暂时收敛自己，而处在婆婆的支配之下了。有时她在婆婆和丈夫之间茫然无所适从，而私下怨恨自己不能随心所欲地服侍丈夫，这时候她也不免怀疑：她以前曾经认为后母所得意的父母和成了家的儿女分居论不适于我国风习，现在想想，这也许是合理的吧？然而浪子并不因此而改变初衷，她私下约束自己的心。

千鹤子不能完全体会在后母之下过了十年，现在又在婆婆身边积了一年经验的表姐的衷曲。她把刚编好的辫梢用白缎带扎住，看看浪子的脸，放低了声音问："近来脾气还是不好吗？"

"嗯，不过我生病之后，对我好一点了。只是……我替武男做些什么，婆婆心里总是不高兴，这一点很为难！武男也常常对我说：无论什么时候，母亲是这一家的女皇，对母亲应该比对我、对任何人都尊重。……唉，这种话不要说了。啊，真舒服！谢谢你！头觉得轻快了。"

浪子说着，摸了摸辫子。她毕竟感到疲倦了，闭上了眼睛。

千鹤子收拾了梳子，用纸擦着手，站在镜台面前。她把一只小匣子的盖打开了，用手掌托着匣子，走过来对浪子说："我看了好几次，觉得这饰针真好看。武男哥哥对你真好！我们的……俊次（这是千鹤子的未婚的赘婿，现在在外交部供职），只懂得埋怨我，说做外交官的妻子，非精通外语不可，说我应该用功读法文，又说德文非常重要，真讨厌！"

"呵呵呵呵，我想早点看见千鹤妹梳螺髻呢。……不过，不梳岛田髻也是可惜的。"

"我不要！"她蹙紧了那双秀美的眉毛，然而透露她的真实心情的微笑在蔷薇花苞一般的嘴唇上流露着。"唉，我告诉你。那个萩原姐，就是比咱们早一年毕业的……"

"嫁给松平君的那个吧？"

"是的，听说她昨天离婚了。"

"离婚了？为什么呢？"

"听说是，公公婆婆都喜欢她，但是松平君讨厌她。"

"有了小孩子没有？"

"有了一个。但是松平君总是讨厌她，近来又是讨小老婆，又是养姘妇，一味胡闹。萩原姐的爸爸非常生气，说这样薄情的东西，不能让女儿继续做他的妻子，终于把她接了回来。"

"唉，真可怜！……为什么讨厌她呢？真狠心啊！"

"叫人好气啊！……如果是相反的，倒还可说。现在公婆喜欢她而丈夫讨厌，落这么个下场，多么痛苦啊！"

浪子叹了口气。

"进同一个学校，在同一个教室里读同样的书，但是后来大家东分西散，不知怎么个结果。……千鹤妹，咱们永远要好，处处互相帮助，好吗？"

"我真高兴！"

两人的手自然而然地握紧了。过了一会儿，浪子含笑说："我这样躺着，就想出各种各样的事情来。呵呵呵呵，你不要笑我！几年之后，日本和某一个外国打起仗来，日本打胜了。于是千鹤妹家的俊次哥哥当外务大臣，到那边去议和；武男当舰队司令长官，把几十艘军舰排列在对方港口上……"

"还有，赤坂的姨父当陆军司令官，我家的爸爸在贵族院里主持会议，议决几亿万元的军事费……"

"那么，我和千鹤妹就拿了红十字旗帜，到战地去。"

"不过，身体不好是不行的。呵呵呵呵。"

"呵呵呵呵。"

浪子笑了一阵，咳嗽起来，用手按住了右胸。

"话说得太多不好吧？胸口疼吗？"

"咳嗽的时候，这地方常常刺疼，真讨厌。"

浪子说着，眼睛望着纸拉门上突然暗淡了的日影。

（四）之一

那天晚上千千岩在山木家里面的小客厅里被武男骂得体无完肤，积了一肚子烈火似的愤怒而回寓，此后只隔五天，突然从参谋本部被调到了第一师团的某连队。

人的一生之中，至少也要经历一次所谓祸不单行的时候：做事到处碰壁，仿佛觉得皇天特别选定了自己一个人，不断地加以折磨和压迫。从去年以来，千千岩这只孤舟就搁浅，至今还不容易找到摆脱这浅滩的希望。浪子已经被武男夺去了。做做投机生意，屡遭失败。向高利贷借借钱，弄得名誉扫地。他一向看作小孩而轻视的武男，把他当贱仆一般痛骂。唯一的亲戚川岛家和他断绝交往了。最后，连他视为唯一的立身捷径而抵死不肯离去的参谋本部的位置，也并无一言半语的通知而被夺了，结果沦落成以前认为形同牛马的师团士官！怀着隐疼的千千岩，现在无法提出抗议，只得忍着遍地马粪的臭气，老着面皮从事练兵和行军。这一打击给千千岩以莫大的刺激。他从来临事不慌不忙，冷静地拿定主意，但现在一想起这件事，不觉一肚子愤恨比火更猛烈地升腾起来。

千千岩现在的情况，就好比已经踏上了立身的梯子，只要攀登上去，一定可以拿到辉煌灿烂的名利之冠，而在已经攀登了一两步的时候突然被人踢了下来。是谁踢他下来的呢？千千岩根据武男的话，根据当参谋部长的将军是片冈中将的独一无二的知己朋友的事实，疑心中将至少有几分关系。还有，向来对金钱淡然的武男，现在为了三千块钱——即使还有伪造私章的事——而分外激烈地动怒，他觉得奇怪，因此又疑心，莫非是浪子把旧事说了出来，在武男面前谗害他？越想越像，疑心就变成了事实，事实在怒火上加了油，于是失恋的怨恨，功名路上蹉跌的悲愤、失望、不平、嫉妒，种种恶感一齐围绕着中将、浪子和武男而像火焰一般燃烧起来。千千岩常常自夸头脑冷静，而讥笑因热情而忘记数字的笨人，然而到了屡次失败之余，终于心慌意乱。他心里想：这一腔怨恨如果找不到可以尽情发泄的门路，宁愿把千千岩安彦自己这五尺之躯毁灭了事。

报仇！报仇！世界上最快适的，莫如喝我所痛恨的人的血而嚼他面颊上的一块肉时的感觉。

报仇！报仇！唉，怎样才能报仇呢？怎样才能发现可以使片冈、川岛两家化作微尘的地雷火坑，而自己务须站在没有危险的距离上拉动火线，欣赏着那些可恨的人心伤、肠断、骨碎、脑裂、活活死去的光景，而痛快地喝一杯酒呢？——这是正月以来日日夜夜萦绕在千千岩头脑中的问题。

梅花像雪一般纷飞的三月中旬，有一天，千千岩的一个亲密交往的旧同学某某，从第三师团调到东京来，千千岩到新桥火车站去迎接他。走出候车室的时候，突然碰到一个妇人——贵妇人，带着个大约十五六岁的少女，从妇女候车室里走出来。

"真巧极了！"

片冈子爵夫人繁子带着驹子，站定了说。一瞬间变了脸色的千千岩，望了望对方的神色，忽然又变了脸色。他立即打定主意：中将和浪子是可恨的，但至少对这个人没有敌视的必要。千千岩就恭恭敬敬地行了一个礼，含着微笑说："好久没有去拜望了。"

“真的，好久不见大驾光临呢！”

“唉，常常想去拜望，可是职务上有种种事情，繁忙得很，这就……今天到哪里去？”

“要到逗子去一趟……你呢？”

“唉，我是来迎接一个朋友的。……是到逗子去休养吗？”

“哦，你还不知道呢。……家里有了一个病人。”

“病人？是谁？”

“是浪子。”

这时候铃声响了，旅客像潮水一般向检票口涌过去。那少女拉着母亲的衣袖说：“妈妈，别耽误了。”

千千岩立刻拿了子爵夫人手里的手提包，跟着她一同走去。

“喏，是什么病，厉害吗？”

“是的，终于变成了肺的毛病。”

“肺？……结核？”

“是的，吐了很多血，所以前些时到逗子去了。我今天去看看她。”说着，从千千岩手里接了手提包，“那么，再见了。我马上就回来的，有空请过来玩。”

千千岩目送这华美的开司米①披肩和扎红缎带的辫发在那边的头等车厢门口消失了，走回来的时候嘴唇上露出可怕的微笑。

---

① 开司米就是羊绒。

（四）之二

医生每次来看病的时候，嘴上虽然不说，可是实在已经看出这病渐次明显，用尽种种方法来防止，终于没有效用。眼睛虽然看不见，浪子的病实在一天一天地重起来，到了三月初旬，已经无疑地进入了肺结核初期。

婆婆一向自夸硬朗，嘲笑现在的年轻人羸弱，她不相信转地疗养。但是现在看到眼前的浪子几次吐血，也不免吃惊，听说会传染的，又恐怖起来，就依照医生的劝告，找一个可靠的护士陪伴着，把浪子送到相州逗子的老家——片冈家的别墅里。

肺结核！浪子将信将疑地等待着这病时的心情，正好比孤独的旅客站在茫茫的原野上眺望向头上迫近来的乌黑的积雨云时的心情。现在，可怕的沉默已经打破了，站在雷鸣、电闪、黑风吹、白雨进的中心的浪子，只希望豁出命去早些冲出这风雨的重围。然而第一次的打击多么可怕！记得是三月初二，她觉得今天比往日舒服些，想起了久已荒疏了的插花的乐趣，要找些材料来插在婆婆屋的花瓶里，就央求正好回来的丈夫，替她折取一枝香气浓一点的红梅。她坐在庭前的廊沿上，正在这一枝那一枝选择的时候，忽然胸中难过起来，头部昏迷，眼前红霞乱转，不觉呀的一声就从肺中绞出一般地吐了许多鲜红的血！这时候她想："唉，终于来了！"同时远远地隐约瞥见了自己的坟墓的影子。

唉，死！浪子以前认为人世多苦的时候，也常常觉得生何足乐，死何足惜。然而现在体会了人的生命的可爱，就非常爱惜自己的生命，希望活到千年万岁。她一心想制胜这病，常常自己鼓励消沉下去的精神，自动地催促医生，小心谨慎地养病，令人看了觉得伤心。

武男的服务地点横须贺，正好近在咫尺，他常常偷空到这里来望她。父亲的信、姨母和千鹤子的探访，络绎不绝。别墅里还有去年夏天被川岛家赶走以来久不见面了的保姆阿几。她因为获得了重新见面的机缘，竟把可悲的疾病当作可喜的事，十分亲近浪子，凡属可能的，她都比以前加倍热心地服侍。另有一个忠诚的老仆人，也用心伺候。浪子离开了春寒料峭的都门，投身在和暖的湘南空气中，天天吸收天地惠赐的阳光，享受周围温暖的人情，心情自然舒畅起来。转地已经二旬，吐血停止了，咳嗽也减少了。每星期两次从东京来诊视的医生，虽然没说已经痊愈，然而庆喜病势不曾增加而医药见了效，说只要继续静心疗养，一定有恢复健康的希望。

（四）之三

首都的花还没有开，然而逗子一带嫩绿的山上，山樱已经及早开花了。今天是四月初的一个星期六，山上到处不时蒙上白云。从早晨起，就下绵绵的春雨，山和海都模糊地变成了一色。悠长的春日好像过不尽的样子。到了傍晚，下起大雨来，风也很猛烈，门窗震响的声音凄厉可怕。相模滩上怒涛的咆哮声，好像万马奔腾。海边渔村里的人家门户紧闭，一点灯火的光也不泄露出来。

今天武男原计划很早就到别墅来，因为有紧要的公事脱不开身，到了晚上，才摸黑冒着风雨前来，现在已经换好衣服，吃罢晚餐，正靠在桌子上看信。浪子坐在对面，正在缝一只漂亮的荷包，常常停下针线向丈夫注视，对他笑；有时倾听风雨声，默默地陷入沉思。她那梳成总角的黑发上插着一朵带叶的山樱花。两人中间的桌子上点着一盏有桃色灯罩的洋灯，发出轻微的吱吱声和淡红色的光。旁边的白瓷瓶里插着一枝山樱花，像云一般默默不语，大概正在梦见今天早上告辞的故山之春吧。

风雨声在屋子四周骚扰着。

武男把信折好了说：“岳父也很担心着。我明天要回京去，顺便到赤坂去弯一弯吧。”

“明天就要去吗？这样的天气！……可是妈妈一定也在那里挂念。我也想去呢！”

“浪妹也想去？这怎么可以！这真是万难遵命了。你就当它是暂时遭流放吧。哈哈哈哈。”

“呵呵呵，这样的流放，一辈子我也高兴。……你抽支烟吧。”

“看起来我像是想抽的样子吗？我不抽。我还是在要来之前的一天和回去之后的一天加倍抽吧。哈哈哈哈。”

“呵呵呵，那么这就给你端好点心来，作为奖赏。”

“那可多谢了。大概是千鹤妹送来的礼物吧。……这是什么？做得很漂亮啊。”

“这几天日子很长，没有法子消遣，就做这么个东西，想送给妈妈。……不，不要紧的，我是做着玩的。啊，今天精神真爽快！让我再坐一会儿吧。这样坐着，一点也不像生病的样子吧？”

“这是有川岛医生护理你的缘故，哈哈哈哈。近来浪妹的气色的确很好。这下子就有把握啦。”

这时候保姆阿几一只手拿着一钵点心，一只手托着一个茶盘，从隔壁房间走过来了。

“风雨真厉害啊！要是少爷不在这里，少奶奶今天夜里真个睡不着了。饭田町的小姐又回京去了，连护士小姐也暂时回京去了，今天真冷清啊，少奶奶！只有茂平（老男仆）在这里，不过……”

"在这样的晚上乘船的人，不知道心情怎么样。不过挂念乘船的人的人，心情更加忧愁吧。"

"这算得了什么！"武男喝完茶，一下子吃掉了两三个风月堂的中国豆沙包说，"这算什么！这样的风雨还算好的呢。在南中国海一带一连两三天碰到大暴风雨的时候，才真难受呢！四千几百吨的战舰倾斜到三四十度，山一般的浪头哗啦哗啦地冲过甲板，船身轧轧地响，这时候心情才不好过呢。"

风越来越大了。一阵暴雨像石子一般撒在防雨板上。浪子闭上了眼睛。阿几浑身发抖。三个人暂时无语，只听见凄惨可怕的风雨声。

"好，别再讲阴森森的话了。这样的夜里，应该把洋灯捻亮些，讲些愉快的话。这里比横须贺还暖和呢，山樱已经开得这样了。"

浪子轻轻地摸摸插在瓷瓶里的山樱的花瓣，说："今天早上老爷爷到山里去折来的。真好看啊！……这样大的风雨，山里的恐怕有很多给吹落了。怎么会这样爽朗呢！我想起了，刚才我看到莲月①的和歌里有这样一首：樱花开又落，使我心艳羡。花卉何迅速，花落无留恋。"

"什么，'花落无留恋'？我倒有这样一种想法：日本人对花或者无论什么东西，太喜欢赏玩它的凋零的情景了。毫无留恋的凋零，态度爽朗，固然是好的，可过分了就不好。譬如打仗，先战死的岂不是输了吗？所以我认为应该奖励一下顽强、固执和持久。所以我就作了这样一首和歌。念给你听，反正是初学的，出出丑吧：莫笑重瓣樱，顽强而固执！长生在枝头，使我心欢悦。哈哈哈哈，比莲月怎么样？"

"呀，这首和歌真有趣。对吧，少奶奶？"

"哈哈哈哈，阿妈说好，那一定是优秀作品了。"

---

① 即大田垣莲月（1791—1875），江户末期的女歌人，著有《莲月歌集》。

在谈话停止的瞬间，又是一阵更激烈的风雨声，夹着波涛声，房子就好像是浮在大海中的孤舟。阿几说铁壶里要加开水了，就走到隔壁房间去。浪子把衔在嘴里的体温表拿出来，在灯火上一照，得意地给丈夫看，今夜的体温没比往日增高。她把体温表收藏在筒子里，漫不经心地看看圆桌子上的樱花，忽然含笑说："已经过了一年，我还很清楚地记得呢：那时候我坐了马车出门，家里的人都来送我，我想对他们说几句话，可是无论如何也说不出口。呵呵呵呵。马车走过溜池桥，太阳已经落山了。那正是十五夜里，浑圆的月亮上来了。经过山王那个坡上，正好樱花盛开，花瓣像下雪一般飘呀飘地从马车窗子里吹进来，呵呵呵，发髻上都是花瓣，直到下车之后，姨母看到了，才给我摘下来。"

武男靠在圆桌子上，手托着面颊，说："一年了，时间过得真快！转瞬之间就该举行银婚式了！哈哈哈哈，我记得那时候浪妹的样子装得好正经，哈哈哈，想起了也好笑，真好笑。怎么会装得那样正经？"

"可是，呵呵呵呵，你也是摆起少爷架子，装得挺正经的。呵呵呵呵，两只手发抖，怎样也拿不住酒盅。"

"好热闹啊！"阿几含着微笑，拿着铁壶回来了，"我很久没有这样高兴了。现在跟你们待在一起，就好像去年在伊香保时候那样。"

"伊香保那时候真快乐！"

"采蕨的时候怎么样？不知哪一个说两只脚走不动了。"

"都是你走得太快了的缘故。"浪子含笑说。

"又快到采蕨的时候了。浪妹，快点好起来，咱们再去比赛采蕨吧。"

"呵呵呵，那时候一定好了。"

（四）之四

第二天和昨夜的暴风雨相反，想不到是上好的晴朗天气。

武男决定下午回东京去。上午温暖无风的时候，想出去走走，就带着浪子从别墅的后门出去，经过处处长着松树的沙丘，来到海边上。

"天气真好，想不到今天会变得这样好！"

"的确是好天气。望过去伊豆好像很近，说话也听得见似的。"

两人踏着已经干燥了的沙地，经过那些趁今天风平浪静，吵吵嚷嚷地拉着渔网的渔夫和拾贝壳的孩子，沿着新月形的海滨，渐渐走到了人影稀少的地方。

浪子好像突然想起似的说："武男哥，那个千千岩君怎么样了？"

"千千岩吗？真是个可恶透了的东西。从那一次之后，我再也没见过他。……你为什么问起他？"

浪子略微想了一想，说："没有什么，真好笑，我昨天晚上梦见了千千岩君。"

"梦见了千千岩？"

"是的，我梦见千千岩君正在和妈妈谈话。"

"哈哈哈哈，你自寻烦恼。他们谈些什么话呢？"

"不知道谈些什么话，只看见妈妈点了好几次头。……大概是因为听见千鹤妹说有一次她看见他和山木君一块儿走着，所以才做了这个梦。武男哥，千千岩君并不常到咱们家里来吧？"

"不会有这种事，不会有的。妈妈也为了千千岩的事情生气呢。"

浪子不知不觉地叹一口气。

"唉，我这样地生病，妈妈的心里也一定不高兴的。"

武男心里怦地一跳。他对生病的妻子没有说过，实则自从浪子生病转地疗养之后，武男每次回东京，只觉得母亲的脾气越来越坏了。甚至告诫他，说恐怕传染，叫他不要到逗子去，发了许多牢骚之后，竟痛骂浪子的娘家。他稍微辩解几句，她就骂他是庇护老婆反抗母亲的逆子。这已经不止一两次了。

"哈哈哈哈，浪妹太多心了。哪里有这种事情呢？你只要专心养病，明年春天我抽点空出来，咱们同妈妈三个人到吉野去看樱花。……啊，已经走到了这地方了。你累了吗？要不要慢慢地走回去？"

两个人在海滨尽头隆起的地方站定了。

"到不动祠①去，好吗？……不，一点也不累。即使到西洋也走得动。"

"走得动？那么，把披肩交给我拿着吧。岩石上滑得很，你紧紧地挽住我的胳膊。"

武男搀扶浪子，沿着山脚上岩石旁边的一条小路走走歇歇，走了一百多米路，来到了一个哗啦哗啦响着的瀑布底下。瀑布旁边有个小小的不动祠，五六株细长的松树从岩石中间长出来，斜斜地俯瞰着海水。

武男把一块岩石拂拭干净，把披肩铺上，叫浪子坐着休息，自己也坐下，抱住膝盖说："真是风平浪静啊！"

海上的确风平浪静。将近午时的天空，连天心也蔚蓝而明朗，没有一点云雾。一碧无际的海，到处都像磨光的一样，眼睛望得见的范围内，没有一条皱痕。海和山都沐浴在春日的阳光下，悠然沉睡着。

"武男哥！"

---

① 不动祠是供奉不动明王的祠堂。不动明王是佛教密宗所尊重的菩萨，日本到处都是这样的祠堂。

"什么？"

"会好吗？"

"嗯？"

"我的病。"

"哪儿的话！怎么不会好呢！会好的，一定会好的。"

浪子靠在丈夫肩上了："不过我常常想，万一不会好，也说不定。我自己的妈妈也是生这病死的……"

"浪妹，为什么今天讲这种话？一定会好的。医生不是也说会好的吗？浪妹，对不对？岳母或许是生这病……但是浪妹不是还不到二十岁吗？况且是初期的，无论怎样都会好的。你看，我们的亲戚大河原，右肺完全没有了，医生已经宣告绝望了，可是他不是又活了十五年吗？只要相信一定会好，那就一定会好。说不会好，就是浪妹不爱我。如果爱我，一定会好的。怎么可以让它不好呢！"

武男握住了浪子的左手，把它贴在自己的嘴唇上了。手上戴的那只结婚前武男送给她的钻石戒指发出灿烂的光辉。

两人暂时默默不语。从江之岛那边出现的一片白帆，沿着海面滑行。

浪子那含泪的眼睛含着微笑，说："会好的，一定会好的。……唉，人为什么要死呢！我要活，要千年万年地活下去！如果要死，两个人一起死！好不好？两个人一起死！"

"如果浪妹死了，我也活不下去了！"

"真的？我真高兴啊！好，两个人一起死！……不过，你有妈妈，还有职务，你虽然这么想，怕不能自由吧。那么我只得一个人先去等你。……我死了，你还常常想起我吗？嗯？嗯？武男哥！"

武男挥着泪，摸摸浪子的乌黑的头发，说："唉，不要再说这种话了。

快点把病养好，浪妹！我们两人都长寿，咱们还要举行金婚式哩！"

浪子紧紧地握住丈夫的手，投在他怀中，热泪像雨一般落在武男的膝上，她呜咽地说："我即使死了，还是你的妻子！无论什么人来破坏，无论生病，还是死亡，直到未来的未来之后，我还是你的妻子！"

（五）之一

在新桥火车站听见浪子生病时千千岩嘴唇上露出的微笑，是悬而未决的难题忽然有了头绪时狂喜的心中所唱出的凯歌。他所痛恨的川岛、片冈两家的关键，实在是在浪子身上，浪子这肺病，简直是皇天特地赐给我千千岩安彦的报仇机会。这病会传染，是一种绝症。武男常常不在家，只要在婆媳之间轻轻地放出片言只语，就不须劳动一根手指，包管她们破裂，还有什么困难呢？事成之后，我就可高飞远飏，以后只需欣赏她们互相残杀、求生觅死的痛苦的话剧。千千岩确实这样打算着，因而略略展开了他的愁眉。

他对姑母的脾气知道得很清楚，又清清楚楚地知道姑母不像武男那么痛恨他，还清清楚楚地知道姑母常常把武男看作小孩子，而认为他——千千岩年纪虽轻而长于世故，较为可靠。对这一点他也知道得很清楚：姑母家亲戚好友都不多，姑母虽然常常破口骂人，其实外强中干，她不满意这对年轻夫妇，常常希望有人做她的帮手。所以千千岩虽然还没有进过一兵一卒，已经预料这作战计划必定成功。

胸有成竹的千千岩，又跑去同山木商谈一下。他托山木常常到川岛家去串门，探听情况，并且向姑母暗示千千岩已经痛改前非，决心从善。到了四月底，他听说浪子的病已经拖延了两个月，还没有顺利地好转，姑母的心境越来越坏了。他就趁武男不在家，管家田崎也到外地去办事的时候，一个晚上，突然跨进久已断绝来往的川岛家的门槛。他看见姑母面前摆着武男的来信，满腹心事地独自沉吟着。

（五）之二

"没有，一直没有好转。钱用了不少，过了两个月、三个月，总还是不好，真没办法，安儿！……这种时候最好有个可靠的亲戚，商量商量。武儿还是一团孩子气……"

"可不是嘛，姑妈！做侄儿的实在不好意思上门来……不过想起了恩人——已故的姑丈和您姑妈，又想起了武男弟，总不能袖手旁观，只得老着面皮跑来了。说实在的，这是川岛家的一桩大事啊。……唉，姑妈！肺病这东西真是可怕的病啊！姑妈大概也听说过，妻子生肺病，传染给丈夫，弄得全家都死光，是常有的事。做侄儿的也实在替武男弟担心，姑妈要是不提醒他一下，生怕会惹出大乱子来呢！"

"就是说呀！我也知道是可怕的，所以常常对武儿说，不要到逗子去，不要到逗子去。可是他不听，你看！"

她把信递给千千岩看，又说："老是说医生怎么样，护士怎么样……傻头傻脑的，只认得老婆。"

千千岩称心地一笑，说："不过，姑妈，这也是难怪的。夫妻越相爱越好。武男弟看见她生了病，当然越发疼她了。"

"可是，因为老婆生了病，就不孝顺父母，哪有这道理呢？"

千千岩慨然地叹了口气，说："唉，实在是一件麻烦的事！好不容易给武男弟讨了个好媳妇，姑妈也可以安心了，想不到立刻就发生这样的事。……不过川岛家的存亡，现在实在是个关头呢！……那么浪子小姐的娘家来探望吗？"

"探望，哼，探望！那个架子十足的晚娘，哼，送来了一点点东西来，面子上算是来探望过了。加藤家里呢，来是来过两三次了……"

千千岩又深深地叹了口气："这样的时候，娘家应该懂得一点道理。把生病的女儿推给人家了，倒亏他们好意思。不过世上的人们本来都是自私自利的，姑妈！"

"一点儿也不错。"

"这就随它去吧。担心的是武男弟的健康。万一出了些事情，川岛家就此完结了！……在这期间，说不定会传染呢。不过夫妻间的事情，姑妈也不便插身进去……"

"是的。"

"不过，让他这样下去，川岛家要闹出大事情来了。"

"可不是嘛。"

"做父母的不能一味听小孩子的话，有时让他们哭，倒反而是爱。况且年轻人往往起初非常要好，可是过不了多久突然变了心肠。"

"可不是嘛。"

"小小的可怜和不忍，换不了一家的大事呢！"

"嗯嗯，可不是嘛。"

"而且，万一生了娃娃，那真是……"

"对啊，说的就是这个！"

千千岩看到姑妈把双膝向他挪了挪，深深地点一点头的样子，就在心里拍手，立刻转换了话题。他不但眼看着他所用的药渐渐地发生作用，又清清楚楚地知道，姑母的心田里已经播下了一粒种子，虽然还被左顾右虑覆盖着，但是它的破土、发芽、开花、结实，只是时间的问题，而且这时间势必不很长久了。

武男的母亲在本质上不是个坏人。她虽然不疼爱浪子，然而也不厌恶她。浪子不管家风和教育的不同，尽量抛弃自己的趣向而迁就婆婆，这也是婆婆所知道的；并且她还觉得浪子在某些地方和她自己趣味相同，所以有时嘴上虽然骂她，却暗自想：我做新媳妇的时候功夫远不及她。然而，浪子的病缠绵了一个月之久，终于被冠上肺结核这个讨厌的病名。婆婆亲眼看到她吐血的恐怖，又看见花了不少钱，拖延了不少日子，还是不能顺利地康复，就觉得内心深处产生了个自己也不知道是失望还是嫌恶的念头。她这样想想，那样想想，胸中酝酿着一种不快的感情，就觉得覆盖在上面的顾虑一块一块地融解，而那个念头以可惊的势头一天一天地变得强烈了。

千千岩清楚地找出了姑母心中的路径，此后就常来串门，若无其事地洒上两三点轻风细雨，融解其顾虑，培养其萌芽，等候局面即将临近的发展。等到他趁武男出门期间屡次出入川岛家的消息微微泄露出来的时候，千千岩的任务已经大体完成，早就退出舞台。他向山木预告了最近即将演出的武戏，并且预先举杯庆祝。

（六）之一

五月初旬，武男所乘的兵舰将从吴市开赴佐世保，然后开向北方，去参加在函馆附近举行的联合舰队演习。其间有四五十天没有回家的机会。因此有一天晚上回东京，来向母亲告别并请安。

近来每逢武男回家，母亲总是懊恼叫苦，仿佛槽牙里嵌了什么东西似的，但是今天晚上难得笑逐颜开，叫人替他烧水洗澡，又几乎想亲自动手似的叫人做武男所喜爱的肉芽汤①，殷勤地劝他吃。武男本来不大注意这种细节，今天看见情形忽然改变，心里也觉得惊诧。然而做儿子的无论长到几岁，看见父母疼爱自己没有不欢喜的，况且武男自从父亲死后，更加亲近母亲，看见母亲脾气好转了，心中当然高兴。他快快活活地吃完了晚饭之后，就去洗澡，一面听着潇潇的雨声，一面寻思：今后但愿浪子早点康复，在这里等候我回家；又回想今天到逗子去所看到的情况。他满心欢喜地走出浴室，随随便便地穿上了女仆披在他身上的便衣，用拿着雪茄烟的右手的手背擦着额头，走进了母亲那八铺席的房间。

母亲正在叫女仆揉肩膀，一面拿着一根老挝②长烟管在吸国府烟③。她抬起头来，说："啊，洗得真快！呵呵呵呵，你爸爸洗澡也是这么快的。……喏，就在这个垫子上坐吧。……阿松，不要揉了，你去泡壶茶来。"她站起身，亲自从茶具橱里拿出个点心钵来。

"简直把我当作客人了！"武男吸一口雪茄，吐出青烟来，嘴上含着微笑。

"武儿，你回来得正好。……我有点事情要和你商量，正想让你回来一次。现在你回来了，再好没有。逗子……你去过了吗？"

武男明知道母亲不喜欢他常常到逗子去，然而明显的谎话又不便说。

"唉，去转了一转。气色似乎好得多了。她说对不起妈妈，心里很不安。"

"噢！"

---

① 原文作萨摩汁，也叫鹿儿岛汁。在黄酱汤里放猪肉（或鸡肉）、白萝卜、胡萝卜、白薯、牛蒡等煮成。

② 原文作罗宇，即老挝。这种烟管是用由老挝进口的黑斑竹做成的，故名。

③ 国府烟是国府地方出产的烟丝。

母亲的眼睛盯住武男的面孔。

这时候女仆端来了茶具，母亲接了茶具，对她说："阿松，你到那边去吧。把……把纸隔扇关严。"

（六）之二

母亲亲自倒一杯茶给武男，自己也喝一杯，从容地拿起烟管来。她慢慢地开口了。

"唉，武儿，我的身体已经很衰弱了。去年犯了风湿病，更加不好了。昨天只是去扫了一次墓，肩膀和腰直到今天还酸疼呢。年纪一大，总觉得无依无靠，真没办法。……武儿，你要保重身体，千万不可以生病。"

武男把那支雪茄烟在火盆边上笃笃地敲敲灰，抬起头来看看母亲那虽然肥胖但是岁数不饶人起了皱纹的额角，说："我常常出门，无论什么事情都要妈妈当'总理大臣'。……阿浪如果健康，那就很好。但她常常说希望早点康复，好替一替妈妈，让妈妈休息休息。"

"噢，她这样想吗？不过她的病很讨厌。"

"可是现在已经好得多了。天气也渐渐暖和起来，她到底是年轻人呀！"

"唉，这病很讨厌，能够好起来就好。武儿……医生不是说过，阿浪的妈妈也是生肺病死的吗？"

"是的，确有这事情，不过……"

"这毛病不是会从爹妈传给子女的吗？"

"是的，虽然有这样的话，可是阿浪的病完全是感冒引起的。没有关系，妈妈，只要当心就好了。所谓传染、遗传，实在并不是那么可怕的。阿浪的爸爸现在那么健康。阿浪的妹妹——就是那个阿驹——她半点肺病也没有。人不是像医生所说的那么脆弱的，哈哈哈哈哈。"

"唉，这不是好笑的事。"母亲笃笃地敲着烟管说，"所有的毛病里头，只有这毛病最可怕。武儿，说起来你也知道吧，那个做知事的东乡的太太，就是你小时候常常和他吵架的那个孩子的妈妈，你瞧，做妈妈的生肺病死了，那是前年四月里的事。那一年年底，你知道怎么样？东乡也生肺病死了！可不是嘛。还有他们的儿子——听说不知是在什么地方当技师的——也生了肺病，最近也死了。喏，都是这个做妈妈的传染给他们的！这样的事情还有不少呢。所以我说，武儿，只有这个病不好大意，一大意就闯大祸。"

母亲放下了烟管，将双膝稍微向前挪了挪，注视着默默地倾听的武男的侧脸。

"说实在的，我早就想跟你商量这件事了。"她略微停顿一下，眼睛盯住武男的面孔，"阿浪还是……"

"怎么样？"

武男抬起头来。

"阿浪还是……叫他们接回去，怎么样？"

"接回去？怎样接回去？"

母亲的眼睛不离开武男的面孔，说："叫她回娘家！"

"接回娘家去？叫她在娘家养病吗？"

"养病也好，总而言之接回去……"

"养病逗子最好！她娘家有小孩子，与其在娘家养病，还不如在这里好得多呢！"

母亲呷了一口冷茶，用略微颤抖的声音说："武儿，你又没喝醉，怎么装作听不懂呢？"又注视着儿子的面孔说，"我说的是，把阿浪……打发回娘家去。"

"打发回去？……打发回去？……是离婚吗？"

"呀，声音轻些，武儿！"她注视着打寒噤的武男的脸，"离婚，是的，就是离婚。"

"离婚！离婚！为什么离婚？"

"为什么？我刚才说过了，因为这毛病很讨厌。"

"您说的是因为生肺病……所以离婚？和阿浪离婚？"

"是的。虽然怪可怜的……"

"离婚！"

雪茄从武男手里滑落，掉在火盆里，弄得烟雾腾腾。一盏洋灯吱吱地点着，夜雨滴滴答答地敲打窗子。

（六）之三

母亲把一个劲儿地冒烟的雪茄烟埋进灰里去，同时略微往前面挪挪身子。

"喏，武儿，我这话太突然了，难怪你要吃惊。但是妈妈是想了多少个夜晚才对你说的，所以你必须好好地听我说……喏，我对阿浪并没有什么不满意，你也是喜欢她的，所以并不是咱们这边有意和她离婚，实在是因为这病很讨厌。"

"病已经好起来了。"武男抢着说，抬起头来看母亲的面孔。

"唉，你听我说。目前虽然也许没有什么不好，但我详详细细地问过医生了，只有这毛病，一时虽然好了，可是后来又会变坏，天气一热一冷，立刻就复发，生了肺结核而彻底治好的人，一个也没有——医生这样说。阿浪即使现在不会马上就死，可是病情迟早准会恶化，管保是这样。在这期间一定会传染给你，管保是这样。武儿！传染给你，生出小孩子来又传染给小孩子，那么不但阿浪一个人，连你这重要的家主，连重要的下一代孩子，都生了肺病，死得精光，川岛家不是断子绝孙了吗？你要晓得，这川岛家全靠你父亲辛苦经营，好容易创了这场面，又蒙天皇亲手提拔，如今到了你这一代，这一家难道从此就灭亡了？……当然，阿浪是可怜的，你也是很痛心的，我做娘的说出这种话来，也是不得已的，是痛苦的。可是说来说去，总而言之，这病很讨厌。阿浪是可怜的，然而抵不过你这主人，抵不过川岛一家！你仔细想想，这件事非下个决心不可。"

武男默默地听她讲，眼前历历地浮现出今天去探望过的病妻的面貌。

"妈妈，这样的事情我不能做。"

"为什么？"母亲的嗓门提高了些。

"妈妈，现在要是这样做，阿浪就会死了！"

"会死也难说，可是，武儿，我是爱惜你的性命，爱惜川岛一家呀！"

"妈妈，您如果这样疼爱我，那么请您体谅我的心。我这么说您也许觉得奇怪，可是，这样的事情，我实在是无论如何也不能做。她还没有习惯，所以种种地方做得不够周到，今天为了她生病而离弃她，我无论如何也不能做。肺病不是治不好的，现在已经好起来了。即使不会好，一定要死，妈妈，也请您让她作为我的妻子而死吧。如果说这病危险，我可以暂时和她断绝往来，可以仔细当心。这样就可以让妈妈安心了。至于离弃，我是无论如何也不能做的！"

"嘿嘿嘿嘿，武男，你一味顾到浪儿，你自己死了也不要紧吗？川岛家灭亡了也不要紧吗？"

"妈妈一味照顾我的身体，然而干下这样不近人情、不合情理的事情，活长了又有什么意思呢？违背人情，不顾情理，绝不是一家的幸福。这绝不是川岛家的名誉和光荣。无论如何也不能离婚，绝对不能。"

母亲知道会有个难关，却没料到会碰着这么猛烈的抵抗，于是照例快要大动肝火了，额角上青筋突出，太阳穴跳动，拿烟管的手也簌簌地发抖了。她好容易抑制住自己，勉强装出笑容来。

"用……用不着这么着急，慢慢地想想看。你年纪还轻，不了解社会上的情况。俗语说得好：牺牲小者以救大者。嗬，阿浪是小者，你——川岛家是大者呀！对那边固然是抱歉的，阿浪也是怪可怜的，然而坏就坏在她生了病啊！无论他们怎样埋怨，总比川岛家断子绝孙好些，是不是？况且，你说不合情理、不近人情，要知道这样的事情世界上多得很：不合家风，离婚；不生小孩子，离婚；害上了讨厌的病，离婚。这是社会上的规定，武儿！有什么不合情理、不近人情呢？照理，女儿生了这样的病，娘家应该领回去。他们不说，只得咱们来说了。这有什么不对，有什么可耻呢？"

"妈妈老是说社会社会。社会上有人做坏事，所以咱们也可以做坏事——哪有这个道理呢！妻子一生病就给休了，这是古时候的事；倘使这是现今社会上的规定，那么现今这个社会可以砸烂了，非砸烂不可。妈妈一味说咱们这边的事情，也要替片冈家想想：好容易嫁了出去，一生病就给休了，打发回去，他们心里能好过吗？阿浪又有什么脸面回家去？假定是相反的情况：我生了肺病，阿浪的娘家说肺病危险，把女儿接回去，试问妈妈心里会好过吗？彼此是相同的啊！"

"不，不相同。男的和女的完全不一样。"

"是一样的。照情理说，是一样的。我有几句话，请您不要见怪。阿浪现在不是已经不再吐血，渐渐好转了吗？现在做这件事，实际上等于逼她吐血。阿浪就会死，一定会死的。就是对别人，也不忍心这样做。难道妈妈是叫我……杀死阿浪吗？"

武男不觉淌下热泪，扑簌簌地滴在铺席上。

（六）之四

母亲突然站起身来，从佛坛上取下一个牌位，回到座位上，把牌位放在武男眼前了。

"武男，你因为我是女人，不把我看在眼里。好，现在你在你爸爸面前再说一遍看！说，再说一遍！历代祖宗的牌位都在这里，说，再说一遍看！你这不孝的东西！"

她的眼睛盯住武男的脸，把烟管在火盆边上不断地乱敲。

武男也不免稍微怒形于色了："为什么不孝？"

"为什么？什么叫'为什么'？一味庇护老婆，不听爹娘的话，不是不孝的东西吗？不爱惜爹娘养育起来的身体，毁灭历代祖宗的家，不是不孝吗？不孝的东西，武男，你是不孝的东西，太不孝了！"

"但是人情……"

"还要说义理人情？你把老婆看得比爹娘还重？蠢东西！一开口就是老婆、老婆、老婆，你要把爹娘怎么样？随便做什么事，只把阿浪挂在嘴上。你这不孝的东西！我同你断绝母子关系！"

武男咬着嘴唇，流着热泪说："妈妈，你太过分了！"

"有什么太过分！"

"我绝没有那么放肆的心，妈妈不能体谅我的心吗？"

"既然这样，为什么不听我的话？嗯？为什么不和阿浪离？"

"不过这……"

"有什么不过这、不过那！嗨，武男，老婆要紧呢，还是爹娘要紧？嗯？这个家要紧呢，还是阿浪……？……唉！混账东西！"

猛烈地在火盆上一敲，烟管杆子折断了，烟斗飞出去，啪的一声穿破了纸隔扇。纸隔扇外面旋即啊的一声，似乎有个紧张地屏着气的人，接着就传来了发颤的声音："太……太……"

"谁？……什么事？"

"这个，有电报……"

纸隔扇拉开了，武男接了电报，打开来看。那个侍女在女主人的一睑之下，像是消失了一般赶紧溜走了。前后不过两分钟光景……这期间两人之间的火势稍稍平息下去。母子两人暂时默默相对。雨又像瀑布一般倾注下来了。

过了一会儿，母亲开口了，眼睛里虽然还含着怒气，语气已经略微缓和些了。

"喏，武男，我说这话，并不是对你怀着恶意。我只有你一个儿子。我所巴望的，只是你立身扬名，让我抱个强壮的孙子。"

默默地考虑着的武男，稍微抬起头来。

"妈妈，别的且不说，"他把电报递给她，"我急于要出发了，最迟明天必须回到舰上。大约一个月之后回来。在我回来之前，这件事情你对谁也不要说。无论有什么事情，请你等我回来再说。"

第二天，武男再一次取得了母亲的保证，又去访问那个主治医生，恳切地把浪子的事托付给他，就乘下午的火车到逗子去。

下火车的时候，太阳已经落山，初五的月亮挂在淡紫色的天空上。他走过野川桥，踏着沙路走进一座黑暗的松林。穿过松林，望见桔槔黑魆魆地耸立在傍晚的天空中。这时，不期地听到了弹筝的声音。"唉，在弹琴……"这么一想，便觉得心如刀割，在门外伫立片刻，擦擦眼泪。浪子觉得今天身体比平素间好一些，就利用等候丈夫回来的工夫，拿出好久没碰了的筝来弹弹。

浪子看见武男的脸色和往日不同，表示诧异，武男只说昨夜睡得迟了，支吾过去。约好等他来吃晚饭的，浪子就和丈夫相对用餐，然而两人都吃得很少。浪子用寂寞的微笑来遮掩她心中的不安，亲手把丈夫外衣上松弛了的纽扣缝牢，又用刷子来仔细地刷净。这时候末班火车的时间已经迫近了。浪子挽住了不得不站起身来的武男的手说："武男哥，你就要去了吗？"

"就回来的。浪妹当心点，早点恢复健康。"

两人紧紧地握住了手。走到门厅，保姆阿几已经把皮靴放好。男仆茂平说要送到火车站，左手提着手提箱，虽然有月亮，右手还拎着一盏点燃了的灯笼，在那里等候。

"那么阿妈，我把少奶奶托付给你了！……浪妹，我走了！"

"早点回来！"

武男点点头，踏着男仆所拎的灯笼放出的光，走出大门十几步，回转头来一看，但见浪子披着一条白色披肩，和阿几一道站在大门口，挥着手帕说："武男哥，早点回来！"

"就回来的。……浪妹，不要受了夜寒，快点进去吧！"

然而他第二次、第三次回头看时，还朦朦胧胧地看见一个白色的人影。忽然拐了个弯，人影就不见了。只听见第三次叫声："早点回来！"

接着是呜咽的声音了。再回头一看，但见一钩残月凄凉地挂在松树上面。

（七）之一

"老爷回府了！"威风凛凛的一声喊，一辆双人拉的人力车停在大门口了。山木下车，先去洗个澡，然后背向着摆着开得很早的菖蒲花的壁龛，盘腿坐在一个软绵绵的坐垫上了，他的神气仿佛在说："好，现在是我自己的身体了。"他用锐利的眼光看看妻子阿隅的面孔，脸上的表情好像在说："照我的欲望，你来陪酒嫌乏味些。"然而也很愉快地先喝了三四杯。这时候使女送进一张号外来，他就着洋灯光看起来。

"哼哼，朝鲜……东学党①更加猖獗了……什么，清国出兵了？……好，这下就有意思了！那么我国也要出兵……要打仗了……好，可以赚点钱了。阿隅，咱们来预先庆祝，你也喝一杯！"

"孩子他爹，真的要打仗吗？"

"当然要打。开心，开心，实在开心！……说起开心，喏，阿隅，今天我碰见了千千岩，听说那件事大有希望了。"

"唉，真的吗？他家的少爷答应了吗？"

"哪里，武男君还没有回来，所以不需要商量，不需要答应。阿浪又吐血了。所以老太太说，这个人已经不中用了，还是趁着武男没回来毅然决然地办了吧。再叫千千岩去怂恿一下，事情一定能成功。武男君如果回来了，事情就不容易办，所以老太太要在他没有回来之前全部办妥。这样一来，好处是咱们的了！……来，家主婆，给我斟酒。"

---

① 东学党起义是1893年至1894年朝鲜农民反对封建主和日本帝国主义者的大规模起义。这个起义是在以儒、老、佛诸说为基础的东学的掩护下进行的。朝鲜政府借清朝政府和日本帝国主义者的军队把起义镇压下去。日本帝国主义者想乘机占领朝鲜，遂引起中日甲午战争。

"阿浪也怪可怜的啊！"

"你真是个古怪的女人。咱们不是因为丰儿可怜，所以想法子把阿浪弄掉吗？现在事情快要成功，你又说阿浪可怜了！别说这种傻话了，现在要紧的倒是计划怎样叫丰儿去填房。"

"不过我想，趁武男出门的时候把阿浪离了婚，恐怕他……不肯罢休呢，你想想看……"

"嗯，武男回来了也许会生气。但是已经退婚了，他回来无论怎样生气也没有办法了。况且武男是很孝顺的，老太太只要对他淌几滴眼泪，他只得忍气吞声了。那方面已经没有问题，要紧的倒是这位丰儿小姐的事情。我看，等武男的火气平息一点之后，咱们用自己出伙食费到他家学习礼貌做口实，一定要把她送去就是了。有什么呢，看来好像困难，其实很容易。只要能够博得老太太的欢心就好了。那么丰儿就要做川岛男爵夫人，她的恋爱可说是成功了。我也要做丈人了。武男是那么不懂事的一个小孩子，川岛家的财产就非我来管理不可。这倒很有意思。……不过担当这件很有意思的任务，有点儿麻烦呢。但这也没有办法……不过也是为了丰儿啊……"

"你快吃饭吧！"

"不忙，今天是预先庆祝成功呀。……可是丰儿这个人，你不好好地教她学点规矩可不成。像过去那样每天只是撒娇撒痴，到那边去实在是不放心。即使婆婆是个观音菩萨，要是那样的话，也要讨厌的呢。"

"可是，教她学规矩，不是我一个人做得到的，你老是这么……"

"嘿，你这种辩驳我最不爱听。哈哈哈哈，空讲不如实做，我教给你看吧。去，去叫丰儿到这里来。"

（七）之二

"小姐，老爷叫您到里屋去一下。"

侍女阿竹拉开纸隔扇，叫了一声。丰儿晚妆刚刚完毕，还站在镜子面前舍不得离开。她慢慢地回过头来："晓得了，我马上去。……喂，阿竹，这地方……"她抚摸着鬓边，继续说，"是不是还有点乱？"

"不，一点也不乱。呵呵呵呵，小姐打扮得真漂亮！呵呵呵呵，我也看得迷住了。"

"讨厌，你奉承我！"说着，又照照镜子，莞尔而笑。

阿竹把遮掩嘴巴的衣袖放下了，担心地说："小姐，老爷等着呢。"

"晓得了，我马上就去。"

她好容易下个决心离开镜子，跨着小步子穿过几间屋子，走进父亲的房间。

"噢，丰儿，我等你呢。来来，到这里来。来代妈妈给我斟酒吧。啊呀，酒壶不可以乱放的！这不像学过茶道和插花的小姐了！对啦，对啦，酒壶要放正。"

山木脸上已经显示醉态了，不听妻子的劝阻，又接连喝了几杯，说："喂，阿隅，丰儿这样妆扮一下，很漂亮了。皮肤白……样子也好看。在家里虽然并不怎么样，出门去也会说几句客气话。可惜跟妈妈一样有点龅牙……"

"瞧你说的！"

"眼梢再吊高三分，还要标致呢！"

"瞧您说的！"

"咦，丰儿，你为什么生气？一生气就不像个小姐模样了。用不着这样懊恼，丰儿！喏，有一件叫你开心的事情。先得斟一杯酒来谢谢我，斟一杯酒吧！"

他把斟得满满的一杯酒一口气喝干了，说："喏，丰儿，刚才我对你妈妈讲过了，你也知道了吧，就是武男君的事情……"

丰儿立刻抬起了头，侧起了耳朵，仿佛愤愤不平地躺在空槽里的马闻到了春草的香气。

"你用指甲刮浪子的相片，她果然遭殃了……"

"好了，好了！"阿隅夫人第三次皱眉头。

"那么我讲正经的吧。总之，听说浪子的病很重，快要离婚了。不，现在还没有和那边谈判呢，据说浪子也还不知道，但是最近总要这样做的。等到那边弄停当了之后，就可以慢慢地送进一个继室去……关键就在这里。我和你妈妈都想叫你去接替阿浪。你先去——不过并不是现在马上就去——做侍女。啊，你不必吃惊，是做候补生，用学习礼貌的名义到川岛家去。……拜托拜托那位老太太。你明白了吗？关键就在这里。……"

山木透一口气，看看妻子的脸，又看看女儿的脸。

"关键就在这里，丰儿！现在讲这话稍微早了一点……不过我有话先关照你：你大概也知道，武男君的妈妈……那位老太太，脾气暴躁、不讲道理、顽固是有名的。——啊呀，我讲了你婆婆的坏话，对不起了。——总之，不像坐在这里的这个妈妈那么温和。然而并不是鬼，也不是蛇，一样的是个人。只要能够懂得她的心思，即使做鬼的媳妇，做蛇的老婆，也没有什么。老实说，我要是个女人的话，只要在她身边住上两天，就可以把她弄得像豆腐一样给你看。……我说这大话，却没有法子代替你去。不过实际上，这样的老人，只要对付得好，是毫无问题的。我告诉你，丰儿！你将来到那边去当侍女兼候补生的时候，第一，不可像现在这样懒惰。早上要早点起床——老人都是醒得很早的——别的事情随便怎样都不要紧，只要用心服侍老太太。你明白了吗？第二，切不可像现在这样一句话就生气，无论什么事情都要肯吃亏。你明白了吗？她骂你，你就吃点亏；她对你不讲理，你也就吃点亏；即使你没有错，你还是吃点亏吧。喏，这样，对方就会屈身迁就你了。这就是俗语所谓'吃亏就是占便宜'。决不可以生气，好不好？还有第三……现在说这话太早了些，不过顺便先说说也好：顺利地结了婚之后，你要记牢，决不可和武男君太要好。当然，暗地里无论怎样都不要紧，但是表面上非十分注意不可。对婆婆必须驯服，尽力亲近她，对丈夫呢，必须在婆婆面前说几句无关紧要的坏话。奇怪得很，照理，媳妇是我的儿子的妻子，他们夫妻相好，我应该高兴。但在实际上，夫妻太要好了，婆婆会不高兴。这是一种嫉妒……是不讲理的。或者，婆婆方面认为夫妻太要好了，会自然而然地忽略婆婆，所以不高兴。浪子的事，说不定一半是在这一点上闹得不好的缘故，就是夫妻太要好了的缘故……呀，你不要绷脸！喏，丰儿，刚才我所说的肯吃亏，就在这种地方呀！所以你要当心，必须使婆婆觉得这个女人确实是我的媳妇，而不是儿子的妻子。婆媳吵架，大多数是由于小夫妻太要好，使婆婆感到孤立而引起来的。你要知道，你必须认定自己是老太太的媳妇。有什么呢，不久婆婆归了天，你即使抱住了武男君的脖子，把身子挂在他胸前走路，也不要紧了。但是在婆婆面前，对武男君斜眼也不可以看一看。此外我还有话，等你去的时候再告诉你吧。以上三点，要做到是很吃力的，但你不是说过想做你所爱的武男君的太太吗？那么忍耐是很要紧的。不要挨到明天，今天就开始练习吧。"

正在说话的时候，纸隔扇拉开了，侍女阿竹送来一封女人笔迹的信，说："说是等着老爷的回信。"

山木拆开信，约略看了一遍，就把信向妻子和女儿眼前一晃，说："如何？川岛家的老太太叫我马上就去！"

（七）之三

武男去参加舰队演习后两星期，即川岛老太太写信叫山木去的前几天，在逗子养病的浪子又吐血了。连忙请医生来看，幸而吐了一次就停止，医生保证目前没有问题。然而这消息给了武男的母亲很大的刺激。过了两三天，川岛老太太那庞大的身体走进了饭田町的加藤家的门。

母子两人争论离婚问题的那天晚上，母亲看见武男的态度意外强硬，也就听从了他的要求，答应在他没有回家之前不提这事。然而她想：即使等到武男回家，他的心情也不容易改变，时间一拖长，他那情爱的羁绊反而难以斩断了，况且说不定还会发生意外的障碍。所以她认为还是趁儿子没有回来的时候早点解决为上策。然而已经答应他了，这里也不能无所顾虑，所以虽然有这个心，却还不能做果断的处置，以满足常常来煽动的千千岩的欲望。可是等到听见了浪子又吐血的消息，母亲就毅然决然地去访问曾经做媒的加藤家了。

番町和饭田町近在咫尺。然而川岛老寡妇自从为了谢媒而来访之后，几乎没有和加藤夫人见面过。今天突然来访，加藤夫人知道事情一定不寻常。她殷勤地请她到客厅里坐，听她说明来意之后，心中吃了一闷棍。想不到是要叫曾经结合片冈、川岛两家的手去切断这联系！

加藤夫人重新打量一下客人的样子，察看这个人究竟有怎样的脸皮和怎样的嘴舌，竟讲得出这话来。但见她还是那么肥胖，两只手交叉在膝上，皮肤不皱，眼睛也不眨，一口萨摩土白滔滔不绝。她不是在开玩笑，也不是发疯，这些话确是经过仔细考虑而说出来的。加藤夫人心中又吃了一惊，立刻又变成了愤慨。她想痛骂一顿：这是胡说八道！……话已经到了喉头，然而想起这关系到同亲生女儿一样的浪子的哀乐沉浮，就勉强忍住了。她先问明情由，然后进行说服，加以劝解，最后请求容忍。然而对方只顾强调自己的主张，丝毫也不听取，反而公然地向她表示：这些都是不必要的多嘴，你只要把这方面的话传达给浪子的娘家，事情就完了。加藤夫人听她讲话的时候，生病的外甥女的面貌、已故的妹妹——浪子的生身母亲临终时的景况、浪子的父亲那副伤心的样子，都在心头浮现出来，又消逝了，不觉涌起怜悯和愤怒的眼泪。她就严肃地板起面孔，断然地表示拒绝，说本人只能为两家结缘效劳，决不能为这种无情无义的事情效劳，所以不必和丈夫商量，这件事决不担当。

武男的母亲愤然地走出了加藤家的门，当夜写信去叫山木（她认为田崎太老实，不会办这种事）。加藤子爵夫人这一天正值丈夫不在家，她又疑惑，又愤怒，又悲伤，和千鹤子两人都肝肠寸断。她想：做母亲的虽然这样说，但这一定不是武男本人的意思，就打听到他的战舰所在的地点，打一个加急电报去。这期间武男的母亲焦躁之极，就决心采用直接谈判的办法。奉旨出使的山木坐的人力车已经到达片冈家的门口了。

（八）之一

山木坐的人力车子拉进赤坂冰川町片冈中将家的大门的时候，正好有个英姿飒爽的将军骑着一匹栗毛马走出来。那匹马被突如其来的车轮声一吓，前脚跳了起来。马上的将军不等马夫的帮助，把缰绳一扯，使它立刻镇定下来，转一个圈子，就嘚嘚地跑出去了。

山木目送这个威武堂皇的将军出去之后，低声地清一清喉咙，走进森严的中将府去。他是钻惯许多权门的，然而这一次觉得异乎寻常地胆怯。昨夜被川岛家叫去，接受这使命的时候，他曾经搔头皮；现在实际来到了这地方，他实在怨恨平常自夸的胆量还是太小，他的面皮还不够厚。

一个书生①送名片进去，一会儿又走出来，引导山木到了客厅里。他看见桌子上展开着一张清朝地图，烟灰缸里的火柴和雪茄烟蒂还没有清除，就可约略想见刚才的来客的谈话。的确，在东学党作乱、清国出兵、我国也出兵等消息接踵而来，而海内的注意一起集中于朝鲜问题的今日此时，主人虽然是预备将校，事情当然也繁忙起来，恐怕不再有捧英文读本的余暇了。

山木坐在椅子上瞪着眼睛向四周眺望的时候，像远处的雷鸣一般的脚步声逐渐迫近来，忽然一个像小山一般的人从容地走进客厅，走到了主人的席位上。山木一看见中将就狼狈周章地站起身来，想不到把自己所坐的椅子向后踢倒了。"啊，疏忽了！"他一面叫着，一面扶起椅子，然后向着主人恭恭敬敬地一连鞠了三四躬。大概连刚才的疏忽的谢罪一并在内了。

"好，请坐。你是山木君……你的大名我听到过的，可是……"

"是的。今天初次……小的是叫作山木兵造的一个笨汉（每说一句话，鞠一个躬；每鞠一个躬，椅子轧轧地发出声音，好像在嘲笑他："说得不错！"）……今后仰仗老爷栽培……"

讲了两三句不可避免的闲话，又讲了两三句关于朝鲜的消息之后，中将改变了语调，探问山木的来意。

山木想开口了，先吞了一口唾液；吞了一口唾液，又吞一口唾液；第三次想开口了，再吞一口唾液。他平日常常夸耀自己的舌头灵活自在，只有今天怪它僵硬了。

---

① 书生是半工半读的学生，住在有钱人家帮忙，由主人负担生活费用。

（八）之二

山木好容易开口了："小人今天实在是代表川岛家来拜访的。"

主人中将那双和体格不相称的细眼睛向山木的脸注视，表示出乎意外的样子。

"噢？"

"本来川岛老太太自己要来的……现在叫我来拜访。"

"是的。"

山木不断地揩拭额骨上渗出来的汗水："本来是想请加藤先生来说的，可是有些不方便……所以叫我来拜访。"

"是的。那么，为的是什么事情？"

"为的是……真不好意思启口。实在是为了川岛家的少奶奶，浪子小姐……"

主人中将目不转睛地注视说话的人的脸："噢？"

"这个，就是说浪子小姐……不过实在难于启口。老爷一定知道，生了那种病，我们，川岛家，都非常担心，近来略微好些了，可是……唉，这是可喜的事，不过……"

"是的。"

"我们实在不好说这种话，这要求很放肆，不过实在是那种病的缘故……老爷一定知道，川岛家子孙不多，男子只有主人武男一人。因此老太太非常担心。不过这话实在难于启口，真是放肆的话。但是这病确实厉害，这个，万一传染上了，唉，这种事情原是不大多的……不过，还是不能不防到。这个，万一武男……川岛家的主人，有了三长两短，川岛家就断子绝孙了。断子绝孙实在也无所谓，不过，总之，实在真是，这个，实在很对不起，这个，总之这病确实厉害……"

山木吞吞吐吐地说着，每说一句，额上就流出汗来。主人中将注视着他的脸，心中默默地忖着，这时候举起右手说："好，我知道了。总之，你说的是因为浪子的病危险，所以叫我把她接回来。好，我知道了。"

他点一点头，把将要烧着手指的雪茄烟蒂放在桌上的烟灰缸里了，交叉了两手。

山木好比陷入泥泞中而被人拉了出来的样子，透了一口大气，揩揩额上的汗，说："正是正是。实在不好意思启口，这个这个，这一点请老爷原谅……"

"那么，武男已经回来了吗？"

"不，还没有回来。不过这当然是他本人同意的事，请老爷原谅……"

"好的。"

中将点一点头，交叉着两手，暂时闭上了眼睛。山木看见事情意外容易地成功了，暗自欢喜，抬起眼睛来，仰望嘴和眼睛都闭上、宛如睡着了的中将的面貌，不觉感到一种恐怖。

"山木君！"

中将睁开眼睛，盯住了山木的脸细看。

"岂敢。"

"山木君！你也有子女吗？"

山木听不懂这问话的意思，频频地点头，说："是，一个小儿……一个小女，要请老爷照拂……"

"山木君，子女是可爱的。"

"啊？"

"好，没有什么。我知道了。请你对川岛老太太说，我今天就接浪儿回来。……"

不知道是庆幸完成使命，还是表示抱歉，山木一连鞠了五六七八个躬，慌张狼狈地站起身来。主人中将送他到门厅，回转身来，走进书斋，砰的一声把门关上了。

（九）之一

逗子的别墅里，自从武男出发之后，浪子疾病缠身，百无聊赖，而日子渐渐地长起来，好容易一天挨过一天，不觉度过了一个多月，已经到了割麦完毕而山百合开花的时节了。前回吐血，一度使她沮丧，幸而果然像医生所说，以后并不曾显著地衰弱。前天接到丈夫从函馆写来的信，知道他的归期已近，浪子就勉励自己，希望即使不能痊愈到使丈夫吃惊，也不要像吐血前几天那么衰弱。所以她谨慎小心地遵守医生的告诫而服药、运动、保养身体，屈指等候丈夫的归期。然而这四五天以来，东京方面的消息忽然断绝，番町的家里、娘家，连饭田町的姨母家，都没有一张明信片寄来，不免有些担心。今天日长，为了解闷，浪子想插一瓶山茶花，正在剪叶子的时候，保姆阿几提着水壶进来了。

"喂，阿妈，东京一点消息也没有，不知道是怎么回事。"

"是的。大概没有什么事情。这几天就会有信来吧。说不定咱们这么说着的时候就有人进来了。……这花真好看啊，少奶奶！最好等它没有枯的时候少爷就回来了，少奶奶！"

浪子看看手里的山百合花，说："真漂亮！不过最好让它生在山里，剪下来是很可怜的！"

两人正在聊着的时候，一辆人力车靠近别墅的门口。车上坐着加藤子爵夫人。子爵夫人拒绝了川岛家寡妇的要求后的下一天，觉得不放心，就托故驱车到片冈家。到了那里，方才知道川岛家的使者早已来做直接谈判，并且已经获得了中将的同意而回去了。她等候武男回来的期望，现在已经落空。她又吃惊，又慨叹，想至少要亲自去迎接外甥女（中将生怕让她待在那边，听到这消息会发生意外，认为好歹叫她到自己身边来才妥当），就立刻来到逗子。

"呀，好极了……刚才正在说起呢！"

"真是好极了……怎么样，少奶奶？阿妈的话说着了吧？"

"浪儿，你身体怎么样？那一次之后没有什么事情吧？"

姨母的眼睛在浪子脸上一瞥，就转向别处去。

"是的，好起来了。……倒是姨妈近来怎么样？脸色很不好呢。"

"我吗？我是，略微有些头痛……大概是气候不好的缘故吧。……武男有信来吗，浪儿？"

"前天从函馆寄来一封信。他说快回来了……不，日子还没有定。他信上说有土产带回来呢。"

"噢？现在不早了……唉……现在……现在几点钟了？两点钟，啊！"

"姨妈，您为什么这样性急？慢慢地来。千鹤妹妹好吗？"

"唉，好的，唉。"说着，接了阿几送来的茶，但并不喝，只是沉思。

"太太，慢慢地坐坐……少奶奶，我去看看有没有鱼。"

"好的，你去看吧。"

姨母吃惊似的看看浪子的脸，又把眼睛转向别处，说：

"不要去看了。今天我不能耽搁。浪儿……我是来接你回去的。"

"什么？接我回去？"

"唉。你爸爸说，为了你的病，要同医生商量一下，所以叫你去一趟……番町方面……也答应了。"

"商量？商量什么？"

"……商量看病的事情。再说，爸爸好久没见着你了，所以……"

"这样的吗？"

浪子表示惊讶。阿几好像也觉得莫名其妙似的。

"不过，今天太太住在这里吧？"

"不，那边……医生也等候着。趁天没有黑，就乘这班火车回去吧，喏。"

"咦！"

老保姆吃了一惊。浪子也感到有点儿纳闷，然而说的是姨母，叫她的是父亲，而且婆婆也答应了，那么总得听他们的话，就开始做准备。

"姨妈在想什么？……护士用不着去了吧，反正就要回来的。"

姨母站起身来，替浪子整理腰带，把衣领拉正，一面说着："还是带她走吧，否则不方便的。"

四点钟光景，准备停当了。三辆人力车在门口等候。浪子身穿一件风通①绉绸单衣，束着一条青灰色素花缎腰带，总角上插着一朵栀子花，右手拿着一把茶褐色阳伞。她用一块白绫手帕掩住了漏出来的咳嗽，对阿几说："阿妈，我去一去就来。唉，好久没有回东京去了。……还有，那件……单衣，还有一点点没有缝好，不过……不要紧的，等我回来再缝吧。"

姨母用阳伞遮住了忍不住簌簌地掉下来的眼泪。

---

① 风通是风通织的简称，系日本天正年间（1573—1592）由我国明朝传去的纺织法，用不同颜色的经纬线织成双层，表里织法一样而花样相反。

（九）之二

　　命运的陷阱默默地在那里等候着。人不知不觉地向它走过去。虽然说是不知不觉，但是走过去的时候会逐渐感到一种冷气，谁都是如此的。

　　浪子有姨母来迎接，将和父亲见面，心中欢喜，便不深究底细，走上了归京之路。但上车之后，胸中时时刻刻感到不安，越想越觉得可疑的地方很多。姨母只是含糊地说头痛，而样子异乎寻常，心中似乎暗藏着什么事情。她想问，然而在火车里众人面前又难以开口。火车到达新桥车站的时候，这种阴暗的疑心充满了胸中，几乎忘记了久别回京的欢喜。

　　乘客都下车之后，浪子由护士扶着，跟着姨母慢慢地走到站台上。经过检票口的时候，那边有一个陆军士官正站着和人谈话，偶然向这边一望，正好和浪子视线相交。这是千千岩！他把浪子从头到脚打量一眼，故意地行一个举目礼……笑了一笑。浪子觉得这一眼和这一笑都阴阳怪气，仿佛从头上浇下一桶冷水来，直到坐上了派来迎接的马车之后，还感到一股与病无关的恶寒。

　　姨母不说话，浪子也默然。照着马车窗的夕阳沉下去了，到达冰川町的邸宅的时候，已是黄昏，栗花的香气隐隐地浮动着了。大门内外放着载货车和担架之类的东西。边门里射出灯光，听见人声，似乎在搬进物件去。浪子心里想：不知道有什么事情？由姨母和护士扶着走下马车，只见一个使女拿着洋灯，陪着片冈子爵夫人站在门厅里。

　　"啊，到得很早。……辛苦了。"夫人的眼睛从浪子脸上移到加藤子爵夫人身上。

　　"妈妈，您好……爸爸呢？"

　　"唉，在书房里。"

这时候两个年幼的弟妹喧哗地喊着："姐姐回来了，姐姐！"从里面跑出来。母亲喝他们："静些！"但他们不顾，只管一左一右地抓住了浪子。驹子也跟着出来了。

"呀，道儿，毅一弟，你们都好吗？……啊，驹儿！"

道子把她所抓住的浪子的衣袖拉动一下，说："我真高兴，姐姐以后一直住在家里了。你的东西统统搬来了。"

子爵夫人、姨母、使女、驹子都噤口无言，一齐望着浪子的脸。

"什么？"

吃惊的浪子的眼睛从后母脸上转到姨母脸上，忽然看到了在门厅旁边的房间里堆得满满的各种家具。这正是放在夫家的她的衣橱、衣箱、镜台！

浪子全身发抖了。她站不住脚，紧紧地抓住了姨母的手。

大家都哭了。

沉重的脚步声响处，父亲出来了。

"呀，爸爸！"

"啊，浪儿！我盼……着呢。你回来得好哇。"

中将把瑟瑟发抖的浪子抱在他那宽大的胸怀里了。

半小时之后，屋里肃静无声了。中将的书斋里只有父女两人。就像出嫁那天以为不再回来而谨听临别的训诫时一样，浪子跪伏在父亲的膝上呜咽，中将慢慢地抚摩咳嗽着的女儿的背脊。

（十）

"号外！号外！朝鲜事件号外！"一个报贩子摇着铃，惊心动魄地叫着在街上跑。后面跟着一辆人力车，辘辘地拉进了番町的川岛家的大门里。这是武男刚才回家。

武男的母亲知道武男回来一定要生气。然而她想：先下手为强，好事要快做，就下个决心，在山木带着喜报回来的那一天，把媳妇的衣柜等家具一股脑儿送还了片冈家。她也觉得有些残忍，然而赘疣反正不能让它生着，不如一刀割去了安心，所以这两三天格外开心，为近来所未曾有。相反地，站在青年夫妻那边的婢仆们，都觉得可气又可笑，却也无可奈何。他们担心着，一朝少爷回来，无论他怎样孝顺，决不会就此罢休。正在这时候，武男回来了。原来加藤子爵夫人的急电，在路上和武男相左，母亲当然不会告诉他，所以武男无由得知。他到了横须贺，一有空闲，立刻就回家来了。

从里屋走出来的一个打杂的女仆向一个正在泡茶的侍女招招手，说："喂，阿松，少爷好像一点也不知道，还给少奶奶带礼物来了呢！"

"真太狠心啦！世界上哪里有趁儿子出门了把媳妇休了的娘！要是我做了少爷，一定要大发脾气。这鬼婆娘！"

"这种讨厌的婆娘，我从来没见过。小气，不通道理，专门骂人，其实什么也不懂。当然喽，她从前是在萨摩掘白薯的呀！我真不想再在这种人家待下去了。"

"可是少爷也真够呛。自己的老婆被休了，一点儿也不知道，实在太不成话了。"

"不过这也难怪，他到远地方去了嘛。谁想得到会不同儿子本人商量，一下子就把媳妇赶走呢？又不是叫女仆卷铺盖。况且少爷年纪还轻。少爷真可怜……少奶奶就更可怜啦！不知道现在怎么样了。真讨厌！……呀，这老婆子又嚷嚷啦。阿松，你不快一点儿，又要拿你出气了。"

在里屋，母子两人的争论渐次地激烈起来。

"不过，我那时千万叮嘱过的。怎么连信也不来一封，就独断专行……真是太狠心了。实在太狠心了。今天我也到逗子去了一下，浪子不在那里了，问阿几，她说有事情回东京去了。我觉得很奇怪。谁知道妈妈会做出这种事情来……实在太狠心了……"

"这一点是我错了。我错了，所以做娘的在这里向你赔罪……"

下

篇

（一）之一

明治二十七年①九月十六日午后五时，我们的联合舰队已经完成了战前准备工作，从大同江口出发，向西北进行。我们要去寻找正护送运输船在鸭绿江口出现的敌人舰队，和他们一决雌雄。

以吉野号为司令舰的高千穗号、浪速号、秋津洲号为第一游击队，这是先锋，走在前面。以松岛号为司令舰的千代田号、严岛号、桥立号、比睿号、扶桑号为本队，跟在先锋后面。炮舰赤城号以及载着军令部长的、号称观战的西京号，位于最后。十二艘艨艟排成纵队，于下午五时离开大同江口，像蛟龙一般伸伸缩缩地冲破了黄海的浪潮而前进。阴历八月十七的月亮从东方升起来了，十二只舰在月光之下的金波银澜中哗啦哗啦地驶行。

司令舰松岛号船尾的中等军官室里，晚餐早已完毕。担任副当值等要务的人，早已到前面去了，但是还有五六个人留在这里，正在说得起劲。为了不漏火光，舷窗都关好，室内充满了暖气，本来血气旺盛的面孔更加显得红润了。桌子上放着四五只咖啡杯，盛点心的盘子都吃空了，只有一片蛋糕战战兢兢地躺着，正在担心自己不知将要葬身在哪一个青年将军的肚子里。……

这时听见皮靴声走过来了，一个高个子少尉站定在门口了。

那个短小的少尉抬起头来问他："喂，航海士，怎么样？一点也看不见吗？"

"只看见月亮。检查完毕之后，须得睡一觉，可以养养锐气。"说着，把剩在点心盘里的那片蛋糕塞在嘴里了，"嗯，刚才……到甲板上去了一会

———————————
① 明治二十七年是1894年。

儿……肚子就饿得发慌。……听差，拿些点心来！"

"你真能吃啊！"一个穿红衬衫的少尉微笑着说。

"你自己怎么样？吃吃点心，骂骂老年同事，不就是咱们中等军官室里的英雄的特权吗？诸位，怎么办呢，那些水兵都在等候明天的到来，等得不耐烦了，睁着眼睛睡不着，没有办法！如果这一次失败了，实在罪不在兵，却在于……"

"讲到勇气，咱们是毫无疑义的了。咱们所希望的是沉着的勇气，沉着的勇气！蛮干是不行的。"说这话的是这伙人里面最年长的一个甲板士官。

"讲到蛮干，那个第 × 分队队员实在蛮干得可怕！"另外一个人插嘴，"奋勇是很重要的，不过首先要知道，军人虽说是不爱惜生命的，但是挂起'此地贱卖生命'的招牌来，我以为也太过分了。"

"噢噢，就是那个川岛吗？对啦，对啦，威海卫炮攻的时候，他干过那么危险的勾当。如果叫川岛当了司令长官，那又非第三分队队员可比了，他也许会把舰队带进渤海湾去，不但攻打大沽，还要提出上溯白河，去活捉那个李老头子①呢！"

"而且他的样子也和从前完全不同了，很容易动怒。有一次我说起川岛男爵夫人，稍微讲了几句开玩笑的话，他就怒气冲天，我差一点儿吃了他的铁拳。我觉得第 × 分队队员的拳头，比镇远号的三十厘米炮弹还可怕呢。哈哈哈哈，我想其中必有细情。加里波第②兄，你和川岛要好，大概知道他的秘密吧。"

这航海士说着，看看那个外号叫加里波第、身穿红衬衫的少尉的脸。

---

① 李老头子，指李鸿章。

② 加里波第（1807—1882），意大利民族解放运动的领袖。1860 年组织红衫军，解放西西里和那不勒斯。

这时候一个听差拿了满满的一盘点心进来，就把中等军官室里的谈话打断了。

（一）_{之二}

晚上十点钟，检查完毕了。没有担任职务的人都睡了，其余的人各就各位。禁止高声谈话和火光，因此上甲板和下甲板都肃静无声，仿佛没有人的样子。除了向舵手发命令的航海长的声音之外，只有烟囱里森森地冒出白烟来，蒙住了月亮，螺旋桨嚓嚓地拍着海波，机器的轧轧声好像一颗巨大的心脏的跳动一般片刻也不停，充满了全船。

沐浴在白色月光下的前舰桥上有两个人影。一个站定在舰桥左端，一动也不动；另一个悄悄地踱着，拖着比墨还黑的影子，五步而停，十步而回。

这是舰上的第×分队队员川岛武男。作为副当值的，他和当值的航海长一道要在舰桥上站上四个小时。

他现在走到了舰桥的右端，拿起望远镜来，向舰的四周望望。大概望不见什么，把右手垂下来，用左手攀住栏杆站着。前部炮台那边有两个士官低声地说着话走来，经过舰桥底下，又消失在黑暗中了。甲板上鸦雀无声，风冷起来了，月亮更加明亮了。

隔着在舰首蠢动着的兵士的黑影而眺望大海，只见左面有淡淡的岛山，前面有秋津洲号忽隐忽现地在月光中行驶，除此一舰之外，只有月光之下黄海的一片白水。目送那不断地跟着烟气向上猛冲的火花时，还可看见大樯上面布满星星的秋季那高高的天空，比月亮暗淡的一道银河，微茫而苍白地从海的一头流到那头。

月亮圆过三次了。自从武男愤然诀别母亲以来，月亮已经换了三次了。

这三个月之间，他亲身经历的境地多么复杂！为韩山的风云使胸怀激动不已，为佐世保湾头的"此时此节为国家，离乡去国赴远征"的离歌断肠，听到宣战的消息摩拳擦掌，在威海卫的炮攻中初次受到火的洗礼。惊心动魄的事情继续不断地发生，几乎使得他连思考的余暇也没有。多谢多谢！全靠这样，武男才能不想起要吞没他的心肝的那件事，而勉强保全了自己。在这国家大事之秋，我川岛武男的一身渺若沧海之一粟，其生死沉浮又何足过问呢！他这样地叱责自己，掩住了那种苦痛而专心供职，用绝望的勇气来从事征战。他把死看得比微尘还轻。

然而，在无所事事地站在舰桥上的夜里，在韩海的炎热的夏夜躺在吊床上难于成梦的夜里，痛恨之情动辄像潮水一般涨起来，不知有多少次，几乎使大丈夫的心胸破裂。时过境迁，到了现在，当初难于判别何所耻、何所愤、何所悲、何所恨的感情在胸中沸腾的时期，已经过去了，只有一片痛恨凝结成为一种宿疾，偷偷地在侵蚀他的心。打那以后母亲曾经寄两封信给他，说等候他平安回家。武男想起了老母膝下寂寞，也就写信去忏悔那时的失言，并且祷祝她身体健康。然而一块难于融解的恨，深深地留在他的心底，每天晚上伴着他那打败北洋舰队、自己也战死的梦的，是披着雪白披肩的那个病人的面影。

消息断绝以来，已经三个月了。她还活着吗？已经不在人间了吧？大概还活着。她一定没有一天不想念我，正像我没有一天忘记她一样。我们不是有同生同死的誓言吗？

武男这么想着，又想起最后一次相见时的情景：初五的一弯眉月挂在松树梢头，夜色沉沉的逗子的晚上，站在门口送我而叫着"早点回来"的那个人，到哪里去了？想得出神的时候，仿佛看见那个披白披肩的人就要从月光中走出来的样子。

武男想：就在明天也好，只要顺利地碰到了敌舰，此身做了炮弹的靶子，那么世间一切就不过是一场大梦。他又想起他的母亲，想起他的已死的父亲，想起几年前在江田岛时的情景，最后他的心又回到生病的那个人身上。

"川岛君！"

后面有人拍他的肩膀。武男吃了一惊，连忙转过身来，背着月亮。使他吃惊的正是舰海长。

"月亮真好！不像是去打仗的样子呢！"

武男低着头，偷偷地擦擦眼泪，拿起望远镜来。月色如银，黄海一望无际。

（一）之三

月亮落下去了，夜空中现出紫色的曙光，到了九月十七日。清晨六时过后，舰队已经开到海洋岛附近。先派炮舰赤城号到象登湾去侦探有无敌舰，回来报告：湾内空空荡荡的。舰队继续前进，斜瞄着大鹿岛、小鹿岛，开到了大孤山海面。

上午十一时，武男因事到军官室去，走出来的时候经过舱口，听见甲板上发出喊声："看到了！"

同时听见匆忙地跑来跑去的脚步声。武男的心脏跳动了，正在踏上舱梯的脚步停顿了。这时候有一个水兵从梯子下面走过，站定了脚望着武男问："川岛分队队员，敌舰看到了吗？"

"嗯，大概是的。"

武男答应了一声，就徒然地使乱跳的心镇静下去，飞步跑上甲板，但见许多人东奔西走，警笛乱鸣，信号手忙着扯信号旗，舰首站着许多士兵，舰桥上站着司令长官、舰长、副舰长、参谋、各士官，大家闭口瞪目，遥望着舰外的海。跟着他们的视线望去，但见北方黄海的水和天相接的地方，有几条像黑线的东西隐隐约约地向上升，一、二、三、四、五、六、七、八、九条，还有第十条。

这正是敌人的舰队。

站在舰桥上的一个将校看一看手表，说："至少还有一个半钟头。准备好之后，先把肚子吃饱吧！"

站在中央的一个人点点头说："恭候多时了。诸位，大家加油吧！"说过之后捋捋胡须。

忽然战斗旗飘然地高挂在大樯顶上了。几声喇叭声从舰桥上发出，响遍了全舰。大家各就各位，舰内的人往来如织，有的上樯楼，有的下机器间，有的去水雷室，有的进治疗室；也有到右舷的，到左舷的，去舰尾的，登舰桥的，纵横活动，各部布置迅速就绪，战斗的准备不多时就完成了。快到晌午了，要打仗，先下命令用午餐。

武男帮助分队长指挥部下炮手迅速地装填了右舷速射炮之后，稍迟一些走进中等军官室。同僚都已集合，箸下盘子在响。那个短小的少尉态度很严肃，一个甲板士官不断地擦额上的汗，埋头吃着，一个年轻的候补生时时张望别人的面孔，毫不让人地吃完一盘又一盘。忽然那个穿红衬衫的少尉把筷子一扔，站起身来说："诸位，敌人就在眼前而悠悠然地吃午饭，诸君的勇气可说不亚于立花宗茂①了！今天的晚饭大家是否还能一起聚餐，是个疑问。

---

① 立花宗茂（1567—1643），日本战国时代的一个武将，曾参加丰臣秀吉侵略朝鲜的战争。

诸君，临别的时候大家握握手吧！"

话音未落，猛然地握住了邻席的武男的手，摇了两三下。同时满座都站起来，互相握手。两三个盘子乒乒乓乓地从桌子上滚了下去。一个左颊上有颗痣的少尉握住了一个军医的手说："倘使我受了伤，请你手下留点情，这就是我的贿赂。"

说着，一连摇了四五次。满座哈哈大笑，然而立刻又变得严肃起来。一个人去了，两个人去了，结果只剩下许多狼藉的空杯盘。

十二点二十分，武男奉分队长之命去和副舰长接洽，走到前舰桥上，但见我们的舰队已经排成单纵阵，前面隔着约四千米的地方，第一游击队的四艘舰率先前进。本队的六艘舰以我们这松岛号为首，跟在后面。赤城号和西京号停在本队的左侧。

仰起头来一望，高挂在大樯上的战斗旗正在碧空中飘扬，烟囱里卷起墨黑的烟，船头劈开海水，白浪高高地涌到两舷上来。将校们有的捧着望远镜，有的握着长剑的柄，在舰桥上迎风而立。

远望北方的海面，但见刚才好像挂在水天之间的一丝烟，一分一分地肥大起来，敌人的舰队仿佛是从海里涌出来的，先看到烟，其次看到针一般大小的桅樯，然后看到烟囱，看到舰体，于是桅樯头上点点的旗影也映入眼帘。最触目的定远和镇远是中军，经远、致远、广甲、济远为左翼，来远、靖远、超勇、扬威为右翼。西面还有烟缕，是平远、广丙、镇东、镇南以及六只水雷艇。

敌军摆的是单横阵。我军摆的是单纵阵，对着敌军的中央作"丁"字形前进。到了离开敌阵约一万米的地方，我们的先锋队突然把路线转向左，对着敌军的右翼而蓦地前进。先锋转向左之后，我们的舰队就像蛟龙掉尾一般蜿蜒地向左倾，敌我的阵形由"丁"字形一变而为"八"字形。他们横排着，我们也前进，到了相距六千米的地方。这时候敌阵中央定远舰头上的炮台上滚滚地卷起白烟来，两个三十厘米的炮弹在空中飞鸣，掉落在我们的先锋队的左舷的海里了。黄海的水吃了一惊，倒立起来。

（一）之四

黄海！昨夜月白风清，今天也若无其事地映着白云，载着岛影，浮着睡鸥之梦，而悠悠然地比图画还闲静的黄海，现在变成一片修罗场了。

武男从舰桥上走下来，跑到右舷速射炮台那儿，看见分队长正在用望远镜眺望敌方，部下的炮手从军曹以下，大家脱掉外衣，卷起衬衫的衣袖，露出了海风吹黑的筋肉强健的胳膊，也有用白棉布缠住腹部的，大家默默地在那里等候命令。这时候我们的先锋队向敌军的右翼乱射，就要经过敌军面前了，走在本队最前方的松岛就开足马力驶近敌阵。拿起望远镜来一望，位于敌阵中央的定远和镇远向前突进，横阵略略变成一个钝角，距离渐渐地缩短了。两舰虽然还很远，形状却渐渐地清楚起来。武男记得往年曾经在横滨的岸头上看见过那两艘舰，现在怀着加倍的好奇心观察它们。依然是当时那两艘舰。但是现在喷着黑烟，破着白浪，开着炮门，咄咄逼人地向我们逼近，宛如两只猛兽在扑过来。……

（一）之五

这时候举头一望，灰色的烟雾遮蔽天空，覆盖海面，缭绕而成为十重、二十重的漩涡，有时不期地在其中各处隐隐约约地看到敌方和我方的樯橹和军舰旗。差不多每秒钟都有轰响震动海面，炮弹和炮弹在空中相击而爆发，海中不断地冲起水柱，水几乎煮沸了。

"痛快！定远烧着了！"分队长声嘶力竭地叫喊。

从烟雾的空隙中望去，但见翻飞着黄龙旗①的敌军旗舰的前部卷起黄烟，敌兵像蚂蚁一般蠕动着。

武男和许多炮手一齐发出愉快的叫声。

"好啊！再来一个！结果了它！"

炮声势汹汹地一齐打出。

敌人的舰队被我军左右夹攻，已在崩溃了。超勇首先带火沉没，扬威早已大败而逃，致远就要沉没下去，定远起火了，来远也在火灾中挣扎。支撑不住了的敌舰队，终于抛撇了定远和镇远而全部四散逃亡。我们的先锋队就绝不放松地追赶。本队的五只舰合力攻击留着的定远和镇远。

这时候正是三点钟。定远的前部火势更加炽烈了，冒起了许多黄烟来，然而还不逃。镇远还保护着旗舰，两大铁舰像山一般巍然地向我军进攻。我们本队的五只舰现在用全部速力行驶在敌舰的周围，盘旋乱射，再盘旋乱射，射了好几回。炮弹像雨一般撒到这两艘舰上。然而，正像轻装快马的撒拉逊②武士盘旋地射击穿重甲的十字军战士一样，我们打中的炮弹大都在两舰的重甲上碰回，而在舰外爆裂。午后三点二十五分，我们的旗舰松岛正好和敌人的旗舰相并列了。我们发出去的速射炮弹正打中他们的舰腹上，碰了回来，徒然地在舰外像火花一般爆裂。武男看到这光景，愤恨

———————

① 黄龙旗是清朝的国旗。

② 撒拉逊人是希腊人和罗马人对十字军东征时的阿拉伯人或伊斯兰教徒的称呼。

不堪，右手握住剑柄在甲板上死命地敲打，咬牙切齿地叫："分队长，冤枉透顶了！你……你看那个！见鬼！"

分队长气得眼睛发红，两只脚在甲板上乱踏，大喊："打！打甲板！甲板！别怕！打！"

"打！"武男也可着喉咙喊。

咬牙切齿的炮手愤怒起来，狠命地连发了几下。

"再来一个！"

武男正在叫喊的时候，霹雳一声，满舰震动，炮台就像喷火山一般爆裂，武男被雨一般飞散开来的东西所打中，咕咚一声跌倒了。

原来敌舰发出的两个三十厘米大榴弹，恰好钻进炮台的正中而爆裂了。

"糟糕！"

武男叫着跳将起来，又咕咚一声摔了个屁股蹲儿。

他现在觉得下半身痛得厉害。倒在地上望望，但见四面是一片血、火、肉。分队长不见了。炮台变成了一个洞，青色的东西在洞里荡漾着。那是海。

由于疼痛和一种不可名状的悲惨之感，武男把眼睛闭上了。这里有的是人的呻吟、东西的燃烧声，接着是"火灾！火灾！准备唧筒！"的喊叫，同时还有跑来跑去的脚步声。

武男忽然觉得有人来抬他了。手碰着脚部的时候，无限的痛苦直达脑顶，不觉"呀"地叫了一声，向后仰翻了。闭上的眼睛面前红霞回旋，他渐渐地失去了知觉。

（二）之一

大本营所在的广岛地方，十月中旬，第一师团早已开向金州半岛去了，然而接着第二师团的健儿又涌进了广岛，加之临时会议开幕，六百个议员络绎地从东方来到。高帽腕车①，到处和佩剑马蹄的声音相错杂。维新当年京都的繁华，仿佛又在这山阳②地方出现了。

市内最繁华的大手町街上，各处门上贴着"参谋总长宫殿下""伊藤内阁总理大臣""川上陆军中将"等威严的字条。其次的第二街、第三街以下，每家门上都贴着"可租用房屋面积××席、×间"的字条。还有多数人家门口贴着纸条，上面写着士官或下士的姓名、兵士的队号和人数，这是因为兵营里容不下的兵士流到市里来了。有的地方挂着"××兵营杂货商事务所""××组民工事务经理处"等崭新的招牌，许多人忙忙碌碌地进进出出。有的店里正在忙着把一瓶瓶汽水装进大箱子里去，有的店里把饼干匣子像山一般堆积起来，小伙子们正流着汗打包。骑马的将官经过这里奔赴大本营。后面，耳朵上夹着铅笔的新闻记者的车子飞驰而过，大概是到电报局去的。带着用鹅黄棉布包扎的长刀和皮箱、从火车站来的人，和大概是刚刚从宇品号上陆的脸上晒黑而夏衣破损的人擦身而过。在报纸所附的画报上看见过的元老若有所思地坐在车子里从这里经过。这边有即将出发的民工用鼻音哼着歌曲在街上徘徊，那座房子的廊沿前有个健儿边磨剑边用北方口音唱着军歌，和对岸婉转娇滴滴的鹿岛曲调相应和。

有一家商店门前挂了块约两米高的大招牌，上面写着"专办陆军用品"，

---

① 腕车是人力车的别称。

② 山阳是山阳道的简称，包括冈山县、广岛县以及山口县沿着濑户内海的部分。

另外还挂着两张别的招牌。从门厅到街头，山一般堆积着粗制呢绒防寒衣。一个掌柜模样的人正在指挥五六个小伙子忙着打包。这时候一个五十多岁的老头儿匆忙地从里面送客人出来。这老头儿额上略秃，眼梢倒挂，左眼睛底下长着一颗红痣。他吩咐了掌柜的几句话，正想进去的时候，忽然看见门外一辆车子经过，向上方拉去。

"田崎君！……田崎君！"

大概那人没有听见这叫声吧，车子兀自拉过去了。他叫一个小伙子赶上去喊他回来，车子才停在门前了。车子上的客人年约五十开外，黑红的脸，连鬓胡子有点花白，身穿一件黑绸外褂，头戴一顶同色的半旧礼帽，脚边放着一只中型皮箱。他被叫了回来，脸上表示纳闷，等到看见了站在门厅那儿的主人，就变成了吃惊的样子，边摘帽边说："这不是山木先生吗？"

"田崎君，真难得，你几时来的？"

"我打算乘这班火车回东京去。"田崎说着，跨下车子，从散乱的草席和绳子中间穿过，走到了门厅前。

"回去？你是哪天来的，到什么地方去？"

"唉，我前天到佐世保去了一趟，现在是回去。"

"到佐世保？是去探望武男……少爷吗？"

"是的，去探望少爷。"

"这太不像话了。你去探望少爷，来去都过门而不入，实在太不像话了。我的女儿也是这样，老太太也是这样，都连一张明信片也没寄给我呢。"

"不是，我是因为忙着赶路。"

"那么，经过的时候进来坐坐也是好的。总之，先请进来吧。把车子打发走吧。我有话对你说。火车迟一班不妨。……倒是武男……少爷的伤势怎么样？说实在的，我那时候听到了他受伤的消息，常常想去探望一下。然而只是想想……因为正好第一师团就要出发，忙得厉害。终于只写了一封信去问候。……噢，是这样的吗？没伤着骨头。大腿上……噢，是的。年轻人反正不要紧。像咱们这样上了年纪的人，手指头上刺伤了一点就要一星期、两星期才会好。像少爷那样年纪轻轻的人……总之，运气还不错。老太太也可以放心了。"

田崎弯着腰，摸出表来看看，想要站起身来告辞。山木挽留他道："别忙。难得有便人，我还想托你带些东西去孝敬老太太呢。乘夜车去吧。乘夜车还有很多时间。让我把事情结束一下，咱们去找个地方喝杯酒谈谈吧。广岛的鱼味道真好呢！"

他那嘴巴的味道比鱼还好。

（二）之二

秋天的夕阳流泛在天安川上，临川的一家酒楼的门映成了金黄色。楼上有贵族院和众议院的一些人在那里开联谊会，热闹非常。反之，楼下的小房间里连女堂倌也没有，只有两个人在那里举杯谈心。这两个人就是山木和那个姓田崎的男子。

这田崎从武男的父亲那一代起就做了川岛家的管家，现在还是天天从附近的自己家到川岛家来当差，一切事情都忠实地照料。武男的父亲常常说，他虽然没有敏捷应付一切的力量，但是不需担心他偷窃主人家的进款来饱自己的私囊，这是此人的好处。所以川岛家的寡妇和武男都深深地信任他。这回他是奉了老太太的命令，远行到佐世保去探望负伤的主人的。

山木放下了酒杯，摸摸额角说："说实在的，我虽然回东京去过，但是只住了一夜，马上又到广岛来，所以这些事情也没有听到。咦，打那以后浪子小姐的病一度很不好？这件事的确有些残酷，可是为了川岛这个家，也没有办法。噢，是这样的吗？近来又好些了？原来又到逗子去疗养了？但是只有这种病，无论看上去怎么好，终归是死症。那么武男，不，少爷还在生气吗？"

田崎揭开碗盖，松茸的香气冲上鼻子来，鲷鱼的油像珠子一般浮起着。他津津有味地吸了一口汤，揩了胡须说："是啊，问题就在这里呀！讲到根本，固然是为了保家，没有办法。不过，山木君，在少爷出门期间，一点也不同他商量，就把事情了结，老太太也可以说是太随便了。说实在的，兄弟也曾经劝她等少爷回来再说，可是她的脾气生来如此，一旦说出要这样做，就非做到不可，因此就做出这种事情来了。兄弟以为少爷生气是难怪的。还有一个很讨厌的人，就是千千岩先生……听说他大概已经到清国去了。"

山木盯着对方的脸，说："千千岩！是的，他前几天出征去了。因为我和他有一面之缘，所以我在这里期间他常常来敲竹杠，真讨厌。这个人脸皮真厚。他对我说：'这一次说不定会战死，你就当作送我一份奠仪吧。要是不死的话，我一定得了金鸥勋章回来。'就给他敲了一百块钱去。哈哈哈哈，那么武男君的伤痊愈之后，就要回东京去吗？"

"唉，他自己的意思，似乎是打算痊愈之后立刻再到战地去的。"

"他还是说这种精神抖擞的话。可是田崎君，他应该回东京去一趟，和老太太言归于好，不是吗？他怎样怜爱浪子小姐，咱们不得而知，可是跟她的缘分已经断绝了，况且又不是一个健康人，是患了死症的人，难道可以叫她重新回来不成？唉，过去的事情已经没有办法了，我认为还是应该早点母子言归于好。田崎君，你看对不对？"

田崎心事重重地说："少爷是那么直爽的一个人，所以即使是老太太的不是，他似乎觉得自己的态度也不好。这一次兄弟去探望他的时候，他说老太太的心他已经了解。所以无所谓言归于好了，不过……"

"在打仗的时候说亲事，是可笑的。不过总是早点娶一位少奶奶为好。怎么样？少爷和老太太和解之后，是不是还不能忘记浪子小姐呢？年轻人往往起初很强硬，但是等到娶了一个新人进来，又喜欢新人了。"

"是的，这件事老太太似乎也在考虑，不过……"

"你说这件事有困难吗？"

"对啊，少爷一心都在浪子小姐身上，所以这件事是……"

"可是这是为了一家，为了少爷自身，喏，田崎君！"

谈话暂时中断了。楼上大概是演说完毕了吧，拍手的声音很响。纸窗上的夕阳渐渐地暗淡下去，喇叭声凛然地传到耳朵里来。

山木把酒杯放在水盂里洗洗干净，重新敬田崎一杯。

"说起来，田崎君，小女蒙老太太照拂了。不过这个人很不中用，怎么样，老太太不大喜欢她吧？"

浪子去后一个多月，山木说是要女儿丰子亲身领受老太太的熏陶，就以学习礼貌的名义把她送到川岛家。

田崎脸上含笑，大概是想起了什么事情。

（二）之三

田崎脸上含笑，川岛家的寡妇却在皱眉头。

武男愤然离席而去的那一天，母亲眼睛盯住他的后影叫喊："不孝的东西！随便你怎么样吧！"

母亲知道武男平时很孝顺，毫不踌躇地顺从娘的意思。因为知道这一点，所以她虽然明白他对浪子的爱情的确不浅，却相信他在不能两全的时候一定舍弃那爱情而选取这孝道。因为相信这一点，所以她虽然自己也不能不感到手段太毒辣些，却还硬说是为了一家和为了武男而独断独行地休了他的妻子。等到看见了武男的愤怒意外地激烈，母亲方才明白自己估计错误了，同时又知道做母亲的对儿子绝没有绝对权力。以前她看见儿子把爱倾注在浪子身上，感到一种不快；现在看见母亲的爱、母亲的威严、母亲的恩情还胜不过一个濒死的浪子的爱，就仿佛觉得自己的权威已经完全丧失，这儿子已经完全被浪子夺去了。所以她生武男的气，并且在浪子回娘家以后还骂她。

此外还有一种激起她的愤怒的东西。她方寸之中并未隐隐感到自己做得不对，然而依稀缭绕着一种怀疑：武男的愤怒毫无道理吗？每当睡不着的半夜里，她独自躺在里面房间里眺望着天花板上的灯影，有意无意地思考着的时候，似乎听见某地方传来一种絮语声："这是你的错误！这是你的罪过！"便觉得心中更加懊恼了。世间最强的是自己确信自己不错的心；最懊恼的是别人或者自己心里的某种东西指出自己的错误，使自己在良心面前屈膝悔过。刺着痛处，猛兽会咆哮；知道自己的错误，人会愤怒。因此，武男的母亲那难以抑制的愤怒上又加上了烦闷，越发觉得武男可恨和浪子可恶了。武男已经愤然离席而去。一天又一天，他既不来谢罪，也不写信来道歉。母亲可以发泄胸中烦闷的唯一的办法，是恣意地愤怒，聊以自慰。生武男的气，生浪子的气，想起了过去的情形就愤怒，想起将来的情形又愤怒，悲哀的时候愤怒，寂寞的时候愤怒，没有办法的时候也愤怒。愤怒，愤怒，怒得疲劳了，晚上才能睡着。

在川岛家里，老太太那平素间已经很可怕的暴躁，近来像火一般燃烧起来了。待熟了的婢仆，也几次想打点行李辞工。正在这时候，朝鲜事件发生了，丰岛、牙山的号外满天飞。母亲曾经几次生儿子的气，说他连一封告别的信也没写来就去参加战争，是个不孝的东西。再听听世间的情况，有为了儿子远征而从乡间出来送别的老婆婆，也有寄东西并写信勉励儿子的母亲。而她家呢，儿子怨娘，娘恨儿子，一封信也不往还；他在战地，我在帝都，各自心中怀着郁结的不快。万一就此永诀了呢——武男的母亲不敢这样想，只是隐约地感到，她就一边骂不停口，一边委屈让步，接连写了两封信给战地上的儿子。

武男立刻从战地上写回信来。回信到后一个多月，佐世保的海军医院打来了一个电报，报告武男受伤的消息。母亲接到这电报，到底不禁两手发抖了。不久就知道他负的伤并无性命之忧，然而还是派田崎到遥远的佐世保去探望。

（二）之四

田崎从佐世保回来，详细地报告了武男的情况，母亲方才稍稍放心。然而还在等候他的痊愈，希望见一次面。而且还在心中盘算着：如果战争结束了，还是早点替武男娶一房继室为得策。这样，一则可以使武男断绝了对浪子的想念，二则可以使川岛家传宗接代，三则可以抵消从前对武男的行为有点过于粗暴的罪过。

早点替武男娶继室的问题，从决心逼浪子离婚的那一天开始，早已在母亲心中涌现了。因此她把为数不多的几家亲友家已到出嫁年龄的女儿在心中一一反复考虑，然而没有一个合意的。正在为难的当儿，山木突然以学习礼貌为名义，把女儿阿丰送到川岛家里。武男的母亲不是白痴，并非不知道山木的衷曲，也并非不知道阿丰未必是智德兼备的贤妇人。然而溺水者抓稻草，困于为武男择配的母亲，对山木的拜托感到很高兴，就试把丰子留在家里了。

试验的结果，正像田崎脸上含笑所暗示的，试验者和受验者都不满意，终于变成了供婢仆们解闷的话柄。

起初是和平相处，接着用小口径的猎枪来轻轻地撒些散弹，终于开出了可怕的攻城炮。这是川岛家的寡妇对任何人都采用的办法。浪子也曾经身受过这种经验，只因神经灵敏，感觉锐利，所以很早就感到痛苦。现在轮到阿丰来消受这经验了。然而她生来无忧无虑，麻木不仁，散弹飞来，她还以为是哪一家撒过来的炒豆。因此那攻城炮就不得不比平常早些拿出来。

阿丰心中悠悠然，好像经常弥漫着春霞；胸中空无一物，不但没有人我的差别，又往往连个人的轮廓也消失，而立刻和动植物同化。倘使春天傍晚站在庭院里，她的灵魂和身体会就此融化在暮霭中，用手也掬不到了。然而自从懂得恋爱之后，突然了解了什么叫作痛苦。她每天揉着睡眼起身之后，就被东差西遣，其结果是小骂大喝。那些冷嘲暗骂，她当然听不懂，一概囫囵吞了下去，只有攻城炮连放起来，无论何等超然的阿丰也挡不住了。她想，如果不是恋人的家里，她早就逃出去了。然而她知道父亲的训诫和时常回到樱川町家里去的时候所听到的母亲的叮嘱，正因为如此，她依然站在攻城炮面前，一天一天地忍耐下去。有时候忍耐不住了，就想：恋爱原来是这么痛苦的！我决不第二次恋爱人了。可怜的阿丰成了川岛家寡妇那一肚子牢骚的出气筒，充当了日长无事的婢仆们的消遣品！她见不到恋人的面，以平生从未有过的谦恭和忍耐，在那里等候一种不可捉摸的东西。

自从阿丰来了以后，武男的母亲又新添了一种懊恼。俗语说：失去的珠宝大，离去的媳妇贤。阿丰虽然不是可以和浪子相提并论的人，然而自从她来到身边供使唤以来，武男的母亲总觉得她所做的事情件件不称心。这老寡妇的心肠虽然同铁石一样硬，也不免常常想起从前她叱骂过的那个人。那个女子不露锋芒，话语不多而举止温雅；表面上看来虽然并不机敏乖巧，做事也并不熟练，然而颇能见机行事，委曲承欢。最可佩的是她的品性高尚。所以老寡妇虽然有时乘兴信口谩骂，然而也常常暗自坦率地承认：这样年龄的人能够如此周到是难得的。现在她看见眼前摆着一个同样年龄的阿丰，当然要做比较，就凡事要想起那个她所不愿想起的人来。所以她每天碰到不称心的事情的时候，总觉得这个春霞化身、名叫阿丰、长着一双眯缝眼儿、嘴巴闭不紧的人旁边，不知什么时候又出现了一个脸色略带苍白、头发漆黑、态度温雅的年轻女子，谨慎小心地抬起她那双伶俐的眼睛来向她看，问她："您看怎么样？"这时候武男的母亲不知不觉地发抖了。"都怪她生了那种病！"她几次这样地替自己辩解。然而心中还是涌起一种异样的恶感来，自己认为是脾气发作了，终于又是大声喝骂，在阿丰身上出气。

所以山木在广岛的酒家向田崎明确表示要把女儿阿丰嫁给武男做后妻的时候，川岛家的寡妇和阿丰之间的形势比过去六月间日清间的形势更加危险，不是她走，就是我走，正是所谓千钧一发的危机了。

（三）之一

武男被枕边的小鸟叫醒，睁开了眼睛。

从床上伸手来拉开了窗帘，刚刚离开对面那座山的朝阳灿烂地照进玻璃窗来。山上还蒙着白雾，然而秋季那蔚蓝的天空已经一望无际，鲜明地衬出了窗前一株樱树的绯红如染的树梢。树梢上有两三只小鸟，叽叽喳喳地共话着，从一根树枝跳到另一根树枝；又不约而同地向玻璃窗里窥探，和抬起半身的武男打个照面；忽然吃惊地飞去，翅膀的风扇落了一张黄色的樱叶，在空中飞舞着。

唤醒我的早晨的使者原来就是这个！武男含着笑想道。又欲躺到枕上，好像身上有什么地方疼痛似的，略微皱起眉头。过了一会儿才在床上躺好，闭上了眼睛。

早晨很静，没有扰乱耳朵的声音。但听见雄鸡声和远处的橹声。

武男睁开眼睛微笑，又闭上眼睛，沉思起来。

武男自从在黄海受伤，托身在这佐世保医院以来，已经一个多月了。

当时，敌人射来的一颗大榴弹在炮台中央爆裂了，弹片乱飞，把武男打倒，剧烈的痛楚使他一时失去了知觉。痛楚虽然剧烈，幸而腿部受的两处伤都没有损害骨头，此外也只略微受些烧伤。分队长尸骨不留，同僚战死了，部下的炮手平安无事的极少；他身在其中，却意外地保全了性命，被送进这座海军医院来。最初体温还是猛烈地上升，躺在床上满口呓语，以手代枪，大骂敌舰，叫喊分队长，使得医生吃惊。然而他原是一个血气旺盛的青年，所受的伤又并不很重，所以到了秋凉的时候，体温渐渐下降，治疗经过良好，没有脓肿之患。到了一个多月后的今日，虽然还感到几分痛，却常常想走出充满石炭酸气味的房间，到晴朗的秋天的庭院里去走走，遭到军医的谴责。现在呢，只想早点回到战地，天天在等候医生的允许。

看得比尘芥还轻而全不顾惜的生命，意外地延续了。体温退了，食欲恢复了，同时享乐生活的心不知不觉地活动了，这就发生了烦恼。蝉能够脱壳，人却不能摆脱自己。由于战争的热度和病的热度而中断了的记忆的线索，随着身体渐渐康复和心情渐渐复原而不得不重新连续起来了。

然而，正像大病能使体质更新一样，和死神相见只隔一纸的经验，使得武男的记忆异样地更新了。激战以及激战前后继续发生的异常的事件和异常的感情，像风雨一般侵袭他的心灵。风雨虽然已经过去，余波还是留存在心海里，浮起来的记忆自然地取了一种不同的形态。武男不再生母亲的气，他把浪子看作业已去世的妻子而供奉在心中的神龛里。每次想起浪子，宛如听到天涯地角远远传来的悲歌，感到一种甘美的哀愁。

田崎来探望了。武男从他那里得知了母亲的近况，又隐约地听到了浪子的消息。（田崎生怕引起武男不快，所以不敢提及山木的女儿的事。）武男听了浪子的情况，滴下眼泪来。田崎去后，那松风岑寂的别墅里的病人的面影，夜夜和黄海之战交替地出现在武男的梦中。

田崎东归后几天，不知从什么地方寄来了两个包裹，送到了武男的病室里。

此刻武男躺在病床上沉思的正是这件事。

（三）之二

武男所沉思的是这样的一件事：

那是一个星期以前了。武男把看厌了的报纸丢在一旁，躺在床上打着呵欠，向窗外眺望。和他同房间的一个军官前一天已经出院，室内只剩他一个人。时候已近黄昏，病室里暗沉沉的，窗外秋雨像瀑布一般倒下来。隔壁房间里的病人大概在施电疗，唑唑的声音不断地和雨声相呼应，反而增加了室内的寂寥。漫不经心地听着这种声音，眼睛向窗外望去，但见密密的雨点淋漓地滴在玻璃窗上，傍晚的庭院里湿透了的树木，隐约朦胧地出现，忽然又消失了。

武男茫然地眺望着，忽然把毯子扯起来蒙住了头。

过了约五分钟，听见有人走进来的脚步声。

"有包裹寄到了……您睡着了吗？"

武男探出头来一看，床前站着一个勤杂工。他一手抱着一个油纸包，一手提着用绳子捆成"廿"字形的沉甸甸的箱子，站在那里。

包裹？田崎回去刚过几天，究竟给我寄来了什么呢？

"啊，包裹吗？是哪里寄来的？"

勤杂工读出来的寄件人的姓名，是他所从未听见过的。

"你给我打开来，好吗？"

打开了油纸，还有报纸；打开报纸，是个紫色的包。打开包来，里面是一件法兰绒单衣、一件柔软的绸夹和服、一条白绉绸兵儿带、一双比雪还白的短布袜、一件脱着很方便的宽袖衬衣，还有一条围肩用的丝绵小被子，以防止久卧病床生褥疮。箱子里的是什么呢？解开绳子，打开来一看，里面是他所喜爱的雪梨和新鲜的香蕉，装得满满的。武男的心脏跳动得急促起来了。

"里面没有信件什么的吗？"

这里翻翻，那里找找，一点纸片也没有。

"把那张油纸给我看。"

武男拿了包纸，看看自己姓名的笔迹，忽然心头郁结了。他认出了这笔迹。

是她！是她！不是她又是谁呢？衣服上密密匝匝的针孔里，虽然没有痕迹，你不看见的确浇着千行热泪吗？你不看见那抱着病写的文字的颤抖吗？

武男等不到那人退出，就哭起来了。

本来不曾干涸的泉水，现在重新被挖开了。武男觉得无限的爱情汹涌地上涨起来。白天想她，夜里梦见她。

然而世间没有像梦那样自由。武男本来确信，两人之间的关系是死也不能切断的，何况区区的世间习俗呢？然而要使这心愿变成事实的时候，却不能不感到这区区的习俗惯例在企望和现实之间筑着一堵不可超越的障壁。无论世间怎么样，她永远是我的妻子。然而母亲已经用我的名义逼她离婚了，她的父亲已经把她接回去了。在世间，两人之间的关系已经断绝了。他想，等到痊愈之后，回到东京去，会见母亲，访问浪子，向她说出心事，再把她接回来吧。然而武男无论怎样自慰自骗，总觉得在世间的所谓义理体统之下，这样的事情是不能做而又办不到的。事情做不成，结果只是更多地增加了母亲和我之间的乖离。违抗母亲的痛苦，他已经尝过了。

生在这广大的宇宙间，竟有意想不到的桎梏把我的爱情束缚住，想起了令人懊丧，然而武男想不出解脱之路，毫无办法地在悲愤中度日。只有"她是我生死唯一的妻子"这个念头，聊可自慰，并借以安慰他心中的浪子。

今天早晨武男梦醒之后所想的，也是这一点。

这一天早上，军医照例来诊病，说他的伤势已经逐渐痊愈，表示满意而出去了之后，他收到了母亲从东京寄来的一封信。信里写着：田崎回来之后，稍稍放心了；又写着：有点事情要谈谈，医生许可之后，望设法回东京来一次。有事情要谈！岂不是他所最厌恶而又最害怕的那件事吗？武男沉思起来。

武男终于没有回东京去。

十一月初旬，和他一同在黄海受伤的、他所乘的松岛号，已经修缮完毕，又开向战地去了。武男听到这消息后不久，一获得医生的许可，就向上司申请，搭上运输船，回到了刚刚占领大连湾而停泊在该湾内的舰队去了。

离开佐世保的前一天，武男发出两封信，一封是给他母亲的。

（四）之一

秋风乍起，避暑客都回去了。不是养病的客人，不再留在这里了。从九月初旬到现在十月初旬之间，每逢风和日暖的时候，总有一位淑女由一个五十多岁的女仆伴着，慢慢地在逗子海滨散步。

身体消瘦，落在沙地上的影子也纤细得可怜。拉网的渔夫和每天在海滨散步的病客，都见惯了这个人，相逢的时候大家点点头。不知是谁传出去的，他们都已经约略地知道她的身世了。

这就是浪子。

无可怜惜的这条命，还是孤苦伶仃地延续着，又看到了今年的秋风。

浪子在六月初由姨母陪同返京，自从听到了那意想不到的宣告后的第二天起，病势眼见得日渐加重了。她肝肠欲绝，绞出鲜红的心血来，甚至失去知觉。医生默默无言，家族都蹙紧眉头，她自己日日夜夜在等候死，就只剩奄奄一息了。浪子欢喜地等候着死，觉得死真快乐。突如其来地堕入了深井的黑暗中的此身，长存在世间还有什么快乐，还有什么意义呢？恨谁，爱谁，这种念头连形成的余裕也没有。她所想的只是早点从周围的黑暗的恐怖厌恶中脱身。死实在是唯一的活路。浪子等候死，等得不耐烦了。身体在病床上受苦，心已经飞向世外去了。她想：今天也好，明天也好，这身体的羁绊一断绝，就可俯瞰这不足惜的世间，魂魄飞到千万里的天空中，在慈母的膝上尽情地痛哭一场，尽情地诉说一番。她所等待的正是死的使者。

真可怜！她连死也不能自由。今天，今天，等了好几个今天，都空过了。过了一个多月，想不到病情有了起色；过了两个月，病更轻了。放弃了的性命，又被拉回到这世间来，浪子又做了一个可怜的薄命人了。浪子实在疑惑不解：她岂不是不知生的可爱和死的可怕的人吗？为什么还要请医生，为什么还要吃药，为什么还要系住这条不足惜的性命呢？

然而她还有父亲的爱。父亲朝朝夜夜到她病床前来探视，亲自给她吃药，又亲自指挥，替她建造一栋厢房，以便静心养病，无论如何非把她救活不可。浪子每次听到父亲的脚步声，看到父亲为了她的病势好转而高兴的慈颜，颊上不知不觉地流下并不是为怨恨而洒的眼泪来，就不忍胡乱地求死，却为父亲而勉力养病了。还有一点：浪子决不怀疑她的丈夫。她确信即使海枯石烂，丈夫的爱也不会变更。她知道这回的事情完全不是丈夫的意思。等到病好了些，略微听到些武男的消息，就愈加觉得她的信念有了印证，多少得到些安慰。今后事情怎样演变，当然不得而知。她并非没有想到即使这病痊愈了，一经断绝的姻缘也不能再有继续的时候，然而心中还是确信两人的心在冥冥中相通，谁也不能斩断这爱情，便偷偷地安慰自己。

于是父亲的爱和这隐约的希望，结合了名医的尽心竭力的治疗，把她的将要消逝的命根系住了。九月初旬，浪子由阿几和护士陪伴着，再度到逗子的别墅里来养病。

（四）之二

到了逗子以后，病渐渐好转了。四周的幽静使她的心情也安宁了。每当远处传来海潮音的下午，把新浴的身体躺在安乐椅上，倾听着清脆的鸟声而恍恍惚惚的时候，她觉得又恢复了春天住在这里时的心境，仿佛丈夫就要从横须贺来访似的。

别墅里的生活，同四五月间没有两样。以阿几和护士为伴侣，每日的功课除了准时服药、散步、量体温，遵守规定的摄生法之外，只是咏和歌、插秋花以供消遣而已。医生每星期从东京来诊视一两次。姨母或千鹤子每月来探望两三次，后母也偶然来一次。两个年幼的弟妹挂念生病的大姐，常常要求母亲带他们来。然而母亲为了不让他们接近病人，又不喜欢他们亲近浪子，总是喝住他们。从前的同学知道了她的身世，来信慰问的也不少，然而大都是虚文客套，可以慰藉她的很少，所以她也没有好好看。只有千鹤子的来访，是她所焦灼盼待的。她想要听的消息，主要是从千鹤子那里传来的。

自从姻缘断绝之后，与川岛家逐渐疏远了。远在西方几百里之外的人的面影，日夜在她心中往来；反之，这个人的母亲，浪子不再想起了。并非不想起，而是竭力不去想起。每逢想到这个婆婆，一种可怕的痛苦念头就不知不觉地涌上心来，不可遏止，心情遂异样地混乱了。浪子就努力驱除这念头，把心转向别处去。她听到山木家的女儿进了川岛家的时候，不免心情紊乱。然而她相信这一定是她怀念的人所不知道的，就勉强抑制住自己的心情。她的身体卧病湘南，她的心不绝地驰向西方。

这世界上最亲爱的两个人，现在不是都参加了征清战争吗？父亲于浪子赴逗子后不久，就随着大元帅赴广岛，又要到辽东去。浪子想，至少要到新桥车站送别，但父亲拦住了她。他叮咛地嘱咐她自己保重，说凯旋的时候她一定痊愈了，那时候来迎接他吧。她听说武男在那件事以后立刻赴战地，现正在联合舰队的司令舰上。在这秋雨秋风的时节，不知他是否平安地在那里为战斗服役。她的心日日夜夜驰往海陆两方。自认为与世无关了的浪子，也天天胆战心惊地看报，没有一天不祈祷父亲平安，武男武运长久。

到了九月底，传来了黄海的捷报。再过几天，浪子在报纸上的负伤者名单中看到了武男的姓名。她彻夜不曾成寐。幸而东京的姨母体谅她的心，把探得的消息报告她，她才知道武男负伤并不太重，现住在佐世保的医院里。

生死之忧虽然得到了安慰，然而她挂念那边，有许多事想替他做，而现在的身份却不能如愿，无穷的恨又填塞了胸中。被强迫断绝了夫妻名义，两心依旧相通，然而他在西方负伤，我在东方生病，不但不能去探望，连堂皇地寄一张明信片去慰问也不可能！想到这里，只好无可奈何地闷在心里。然而终于忍耐不住，就在病中偷闲，由阿儿帮同替那人缝衣服，又备办他所喜爱的食物，遥遥地寄了两个匿名的包裹到佐世保去，希望把胸中沉痛欲裂的相思的万分之一传给那人。

过了一周又是一周，到了十一月中旬，盖着佐世保邮戳的一封信落到了浪子手里。浪子紧紧地握住了这封信哭泣了。

（四）之三

星期六傍晚一同来探望的千鹤子和妹妹驹子，今天早上回去了。暂时热闹了一下的屋子里，又恢复了平日的寂寞。在幽暗的纸拉门里，浪子独自对着挂在壁龛里的亡母的相片坐着。

今天，十月十九日，是亡母的忌辰。没有可顾忌的人，所以浪子从首饰匣里把母亲的照片取出来，挂在壁龛里，又把千鹤子送来的即将盛开的白菊花供在照片面前了。下午沏上一杯清茶，听阿儿讲些旧事。但是现在阿儿和护士都走开了，只剩浪子一个人在照片面前。

和母亲分别已经十年多了。这十年之间，浪子没有一天忘记亡母。而到了现在这时候，怀念之情更加难以忍受，凡事都使她想起母亲来。亲爱的父亲现在远赴辽东了。后母虽然近在东京，但是隔膜还是同从前一样，动辄听到刺耳的话。她想，亡母，如果亡母平安地活在世界上，她就可以把那种痛苦告诉她，把这种悲哀告诉她，借以减轻这个病弱的身体过重的负担。她为什么抛弃了我而长逝呢？想到这里，泪如雨下，那相片就像隔着云雾一般朦胧了。

好像还是昨天的事，然而屈指一算，已经过了十年了。记得母亲亡故那年的春天，她自己八岁，妹妹五岁（那时候话还说不清楚，现在长得那么大了），她们俩穿着一样的樱花纹曙染①衣服，父亲称赞她们漂亮，她们很高兴。于是坐上马车，她坐在右面，妹妹坐在左面，母亲坐在中央，到九段的铃木照相馆去拍照。现在挂在这里的照片，就是那时候所拍的照片中的一张。回想起来，十年像梦一般地过去了，母亲变成了这张照片，她呢……

打定主意不想自己的身世了，然而现在这无聊的境况偏偏历历地显示在眼前。越想越觉得此身毫无乐趣，毫无希望，仿佛包围着十重、二十重的黑云，而这八铺席的房间，似乎变成了不见天日的死牢。

忽然墙上的挂钟敲起来，响彻了满间屋子，这正是下午两点钟。浪子吃了一惊，像逃一般走到了隔壁的房间里。这里没有人，只听见里面房间里阿几和护士谈话的声音。浪子无意中听了一会儿又走出这房间，来到院子里，开了栅栏门，走到海滨去了。

天色阴暗。虽然是秋天，空中云雾弥漫，海面深黑，好像皱着眉头。大气静得可怕，一丝风也没有，一个波浪也不动。极目远望，海上没有一片帆影。

浪子慢慢地在海滨步行。今天没有拉纤的人，也不见散步的客人的踪影。一个十来岁的小姑娘背着个孩子，一面唱歌，一面拾贝壳，看见了浪子，含着笑点点头。浪子惨然地一笑，又恍然地陷入沉思，低着头走路。

---

① 曙染指将衣服染成黎明时天空的样子。

忽然浪子站定了。海滨已到尽头，岩石突起着。岩石中间有一条路，可以通到瀑布下面的不动祠。就是今年春天浪子陪着丈夫到过的地方。

浪子沿着这条路前进。

（四）之四

走到了不动祠旁边，浪子把岩石拂拭一下，坐了下去。今年春天和丈夫共坐的就是这块岩石。那时候春光明媚，浅碧的天空中一缕云也没有，海比镜子还光明。现在呢，秋阳暗淡，空中充满了异样的云，海水满满的，涨到了她所坐的岩石下面，没有一片帆影来打破这幽暗得可怕的海面。

浪子从怀中取出一封信来。信上只有两三行笔迹遒劲的字，然而胜过千言万语，使得浪子相思难堪。"无日不思念浪妹。"浪子每次读到这一句，就觉得胸怀郁结，浑身充溢了恋慕之情。

世间为什么这样不讲理呢？我热爱丈夫，情愿不死于疾病而死于相思，丈夫也这么想念我，那么为什么要断绝夫妻缘分呢？丈夫的心不是比血还红地灌注在这封信里吗？今年春天不是两人并坐在这块岩石上立下生生世世为夫妇的誓愿吗？海也知道的，岩石也记得的。那么世间为什么擅自把两人隔绝呢？可恋慕的丈夫，亲爱的丈夫，这一年春天，在这块岩石上，这块岩石上……

浪子睁开眼睛来，但见自身独坐在岩石上，海水默默地涨满在眼前，瀑布隐隐地在后面响着。浪子用手遮住脸呜咽起来。眼泪簌簌地从纤细的手指间漏出来，落在岩石上。

心乱如麻，头上渐渐地发热，纵横飞驰的思想像梭一般的织出过去的情况来，历历如在目前。浪子想起了今年春天由丈夫扶着来到这岩石上的时候，想起开始患病的时候，想起游伊香保的时候，想起结婚的晚上，想起姨母陪她回京的时候，以及好久以前死别母亲的时候，于是母亲的面貌，父亲的面貌，后母、妹妹等许多人的面貌，都像电光一般在她心目中闪过。浪子又想起了昨天从千鹤子那里听到的一个旧友的事。这个人比浪子年长两岁，比浪子早一年嫁给一个在拥有土地的贵族中享有才子之称而新从外国回来的某伯爵。公婆很喜欢她，但丈夫不爱她，已经有了一个孩子，丈夫却在家纳妾，在外寻花问柳，今年春天竟和她离婚，听说最近她终于病死了。她为了被丈夫遗弃而死，我为了和相思的丈夫分离而哭。想起了这形形色色的世间，觉得那也悲哀，这也痛苦。浪子望着越来越黑暗的海面叹着气。

浪子越想，心中越紊乱，觉得世界狭窄得连容身之地也没有了。此身生在什么都不缺的富裕家庭里，八岁上诀别了亲爱的母亲，低着头在后母身边度送了十年，好容易定了良缘，父亲安心了，自己欢喜了。曾几何时，这个虽然得不到婆婆的欢心然而乐意为丈夫赴汤蹈火的身体染上了意外的大病，正在庆幸病势稍稍痊愈，旋即又受到了比死还残酷的宣告。虽然有一个互相爱慕的丈夫，然而已经毫不容赦地断绝了关系，结果使她变得没有丈夫可叫而又没有人叫她妻子。身世既然这样不幸，为什么来到世上来呢？为什么不和母亲一同死去呢？为什么要嫁到丈夫家里去呢？为什么不在这病发作的时候死在丈夫怀抱里呢？至少为什么不在听到那个可怕的宣告时当场昏倒而死去呢？身染不治之症，心里眷恋着不能团圆的人，何必长留在世间呢？即使这病痊愈了，如果不能团圆，还是死吧……还是死吧，还是死吧。长久地活在世上，有什么乐趣呢？

眼泪簌簌地掉下来，浪子也无心去擦，只是眺望着海面。

伊豆大岛方面墨色的云迅速地腾上来，这时候一种不可言喻的悲壮的声音在遥远的天空中响起，大海表面忽然起了皱纹。一阵风吹来，掠过浪子鬓边，漆黑的海的中央立刻涌出一片雪一般的白浪，像奔马一般冲过来，打击浪子坐着的岩石，几乎给打碎了。浩渺无边的汪洋大海，不到一分钟就千波万浪地鼎沸起来。

飞沫像雨一般迸溅，浪子也不想躲避，只是凝神地眺望海面。这水的下面是死。死也许是自由的。与其患着这病而在世间受苦，还不如化作魂魄而去亲近丈夫。丈夫现正在黄海中。路虽然远，这海水一定通到黄海。那么就让此身化作海的泡沫，魂魄飞到丈夫身边去吧。

浪子把丈夫的信牢牢地揣在怀里，掠掠被风吹乱的鬓发，站起身来。

海风浩荡地从无边的天空中吹来，浪子好容易站定了脚。抬起眼睛来，但见乱云在空中飞驰追逐，海面一望无涯地沸腾着雪白的波浪和泡沫。隔着海湾的樱山上，松树像马鬣一般摇荡而悲鸣着。风怒吼，海咆哮，山尖啸，浩浩荡荡的声音充满了天地之间。

现在是时候了，现在是时候了，现在正是命根断绝的时候了！母亲，请引导我吧！父亲，请原谅我吧！十九年的梦，现在要……

浪子把衣襟拉紧，把草屐脱掉，看定了刚才打击岩石的巨浪飞溅白泡的地方，准备纵身一跳。

这时候后面呀的一声，浪子被抱住了。

（五）之一

"阿妈，你去泡点茶，那位客人就要来了。"

浪子说着，慢慢地回过头去看看阿儿。阿儿边拾掇屋子边说："那一位真是个好人。她也是信耶稣教的吗？"

"唉，据说是的。"

"想不到那样的好人也是信耶稣教的，而且头发还剪得那么短。"

"为什么想不到呢？"

"少奶奶，听说信耶稣教的人丈夫死了也不肯剪头发，并且越发打扮得漂漂亮亮，马上去找第二个丈夫。"

"呵呵呵呵，阿妈这些话是从哪里听来的？"

"不，是真的呢。他们教会里兴这样，连年轻姑娘也架子十足，是真的呢。喏，我的亲戚的隔壁人家有个信教的姑娘。少奶奶，她本来是个规规矩矩的姑娘，进了教会学堂之后，少奶奶，样子完全变了。到了星期天，少奶奶，她的妈妈说今天的事情忙，叫她帮助做做，她只当不听见，自顾自上礼拜堂去了，还抱怨学堂里干净，家里肮脏；埋怨娘脾气固执，一下子就撅起嘴巴生气。还有，上了几年学堂，少奶奶，连一张收条也不会写；叫她做做针线，一天工夫只缝得衬衣的一只袖子；叫她做一碗家常的煮萝卜，少奶奶，她把萝卜放在案板上，手里拿了菜刀呆呆地站着呢。她的爹妈都后悔，说早知道这样，不该叫她进这种学堂。这个姑娘，少奶奶，还说月薪不到两百五十块钱的丈夫她不肯嫁呢。真的，少奶奶，这不是把人给吓坏了吗？本来是一个规规矩矩的姑娘，怎么会变得这样呢？这恐怕是耶稣教的妖法吧。"

"呵呵呵呵，这倒是讨厌的。不过凡事有好处，也有坏处，所以不详细知道的事是不能说的，喏，阿妈。"

阿几侧着头出神地仰望着浪子，好像表示难以理解的样子。

"不过少奶奶，可别去信耶稣教。"

浪子含笑说："你是叫我不要和那位客人讲话，是不是？"

"要是信耶稣教的都像她那样就好了，少奶奶！不过……"

阿几闭上了嘴。因为正在谈论的那个人的影子已经清晰地映在西边的纸拉门上了。

"我从院子的门里进来了，对不起！"

传来了细弱温和的女子的声音，阿几连忙站起身来，把纸门拉开。外面站着个五十多岁的身材小巧的妇人。样子比年纪苍老一些，浓密的白发剪得很短，和服外面穿着一件黑色外衣。面容消瘦，显得憔悴，所以骤一看让人觉得有些阴气沉沉。然而眼睛里发出温和的光辉，小小的嘴巴上自然地露出微笑。

阿几刚才谈论的就是这个人。还有，一星期以前在不动祠旁边间不容发地抱住了即将变成水泡的浪子的，也就是这个人。

俗话说：倘若非吹喇叭敲铜鼓而叫卖名声，则素不相识者连其名字也不知道；然而倘若是认识的人，即使是包藏在内部的光辉，也会溢到身外来照人，使人永远不能忘记。此人正是这样。她姓小川，名叫清子，在目黑那边和大群孤儿住在一起，俨然是一个大家族里的母亲。她乐于把抛弃在路旁的众多灵魂收留下来，加以保护养育。她最近曾经患肋膜炎，痊愈之后，于上月底到这里来疗养。那天正好待在不动祠里，出乎意外地抱住了浪子，把她交给了到处寻找主人而狼狈地走来的阿几。从此就自然地互相往来了。

（五）之二

阿几端进茶来，正想退出去，略微吃惊地说："呀，明天要回东京去了？啊唷，刚刚熟起来呢！"

老妇人也用温和的眼光笼罩着浪子，说："我也想再耽搁几天，和您谈谈话，看到您的情况好些再回去。不过……"

说着，从怀里摸出一本小小的书来。

"这本书是《圣经》。您大概没有看过吧。"

浪子还没有读过这种书。她的后母留学英国期间是个信徒，但是回国的时候，把她的信仰和《圣经》连同破皮鞋和废纸一起丢在伦敦的公寓里了。

"是的，我还没有拜读过。"

阿几还不想走开，睁圆了眼睛注视老妇人手里的书。她大概在想：妖法的来源就在这里。

"我的意思是，您精神好的时候，可以读读这本书，我想对您一定有好处的。我本想再耽搁几天，有许多话要和您谈，可是不行。……今天我来向您告别，想把我读这本书的来历告诉您。

"您疲倦吗？请您不要客气，躺着听我讲吧。"

专心致志地听着的浪子仰起脸来说："不，一点也不疲倦。请您讲给我听。"

阿几把茶重新换过，就退到隔壁房间里去了。

小春天气的下午，比夜里还静。海潮的声音从远方飘来，纸拉门上的松树影子一动也不动，只有小鸟的清脆的叫声远远地响着。东边的玻璃窗外面，秋天的晴空纯净高远，锦绣一般的樱山在午后的阳光中艳得几乎燃烧起来。老妇人慢慢地呷一口茶，低下头去摸摸膝上的外衣，抬起头来注视着浪子的脸，从容地开口说话了。

"人的一生好像很长，却又很短；好像很短，却又很长。

"我的父亲是德川幕府①麾下的一个将士，在当时很有名望。您大概知道这地方吧。走过小石川区的水道桥，没有几步路的地方，有一株很茂盛的大朴树，树下的房子——现在早已属于别人了——是我诞生的地方。我十二岁上母亲死了，父亲非常悲痛，没再续弦，因此我从小就管理种种家务。后来弟弟娶了亲，我也嫁给了一家姓小川的人家，也是幕府麾下的将士，但是官级稍微高些。那时我二十一岁，离开你们出世还很远呢！

"我也受过《女大学》②的熏陶，准备刻苦耐劳，不让别人。然而到了身临其境的时候，觉得劳神苦思的事情实在多得很。时势正紧张，丈夫难得在家。家里有公婆和丈夫的两个姐妹（后来都出嫁了），我算是有了五个主人。我的操心是别人所不得而知的。公公并不怎么样，但是婆婆是个很难服侍的人。听说在我以前曾经另有一个女人嫁到这人家，可是不到半年就逃回去了。这个婆婆——已经死了的人，我实在不应该这样说她——是个脾气暴躁、性情固执而能言惯道的人，俗语所谓泼妇，大概就是这样的人吧。我也准备尽量忍受，可是常常忍受不了，在屏风背后偷偷地哭。哭红了眼睛，被她看见了又挨骂，于是又哭。这些时候我常常想起去世的母亲。

"正在这期间，明治维新的变乱发生了。整个江户宛如一锅子沸水。我的丈夫、父亲和弟弟都是彰义队员，住在上野。同时我的公公生了大病，我自己怀了孕。那时候真是茫然不知所措了。

"不久上野失陷了。丈夫从宇都宫辗转逃往函馆，父亲行踪不明，弟弟

---

① 德川幕府是 1600 年德川家康在江户（今东京）所组织的政府，1867 年把政权交给天皇，明治政府遂成立。

② 《女大学》是江户时代流行的教给女子三从四德的书。

在上野战死了，他的家属不知去向。公公终于病死了。我在这期间生了一个孩子。一切事情都像做梦一样！此后我家俸禄断绝了，家产被没收了。我抱了初生的孩子，陪着婆婆和一个年老的仆人，翻过箱根，逃到了静冈。这一段时间真像一场噩梦。"

这时候护士进来了，边向老妇人点头致意，边给浪子吃药，然后出去了。老妇人暂时闭上眼睛，后来又睁开来，继续说下去。

"住在静冈期间，将士们的穷苦简直是不成话的。将军家尚且苦得很，连胜先生 ① 那样的人也窝窝囊囊地住在小巷子的窄房子里。原来受五千石俸禄的我家，现在得到三个人的抚养费，已经是不敢当了。说出来也难为情：那时候我们连一块豆腐也买不起。况且我的婆婆是一向奢侈惯了的，所以真是吃苦。那么，我呢，把街上的女孩子召集来，教她们写字和缝纫，搞家庭副业搞到深更半夜，赚几个钱。光是这样还算好呢，哪知道婆婆的脾气越发暴躁起来，仿佛要把时势造成的苦难归罪在我身上，这实在是太残酷了！丈夫不在家——他到函馆以后有个时期被关进监牢里，父亲行踪不明。与其这样，还不如死了的好——这念头每天在我心中发生好几次，后来好容易回心转意。这一年间，我的确老了十岁！

"正在这时候，丈夫被陆军部叫出去服务了。我们又翻过箱根，到了东京。我们回到东京，是在……明治五年 ② 的春天。下一年春天，丈夫就奉命出洋。这时候生活不须担心了，然而婆婆的脾气一直不变……这就随它去吧。可是让我挂念的是父亲的下落始终不明。

"丈夫出洋那年的秋天，有个下大雨的日子，我因事至小石川区一个

① 指胜安芳（1823—1899），号海舟，幕府末期和明治时代的政治家。

② 明治五年是1872年。

知心朋友家去，他们雇了一辆人力车送我回家。那时候已经将近黄昏，风雨大得厉害，我缩紧了身子坐在车篷里面，车夫拉着车子一步一步地走。他戴着个圆顶箬笠，穿着一件皱巴巴的桐油布雨衣，雨水滴滴答答地从雨衣上滴下来，车灯的火光在路上蜿蜒地移行。车夫拉着车子走的时候常常叹气。走到水道桥边，车灯忽然熄灭了。车夫放下了车把，对我说：'太太，对不起了，请您站一站，让我从坐垫底下拿一包荷兰松明。'他指的是火柴。风大得厉害，我没怎么听清楚，然而觉得这声音好像怪耳熟的。后来他取出火柴，脸朝着踏脚板划着了火柴，我在火光里看看车夫的脸，啊哟，这不是爸爸吗？"

老妇人情不自禁地伸起手来掩住了面孔。浪子伤心地哭起来。从隔壁房间里也传来了啜泣的声音。

（五）之三

老妇人擦擦眼泪，继续讲下去。

"一同住在东京，不知道就一直不知道了。于是我就陪着父亲到附近的一家荞麦面条铺里。听他叙述情况，才知道上野失陷之后流浪各地，当教书先生，还生过一场病。从前的一个仆人在驹込区的一个角落里开着一家极小的花店，现在父亲就寄居在这个仆人那里，每天拉车子度日。我觉得又欢喜，又悲伤，又怨恨，心头涌塞，连话都说不出来了。后来父亲提醒我时候已经不早，这天晚上我们就分手了。

"夜已经很深了。回到家里，婆婆早就等得不耐烦了，耷拉下脸儿对我大发脾气，岂不是冤枉吗？她说我一定有不可告人的暧昧行为。我抚着胸膛，把父亲的事情老实告诉了她，以为可以得到她的同情，岂知她说了许多不堪入耳的侮辱话……我觉得太委屈，太冤枉了。我想：这回已经忍无可忍，我不再住在这家里了，立刻跑到父亲身边去吧。于是等婆婆睡了之后，偷偷地换了衣服。六岁的儿子正在睡觉，我就在枕头边写一封留给家里人的信。这儿子大概是在做梦吧，在睡梦中伸过右手来，说：'妈妈，不要去！'大概是因为那天我到小石川去的时候把他留在家里，所以他做这梦吧。我吃了一惊，细看他的脸，恍惚间那竟变成了我丈夫的脸。我放下了笔，哭起来了。这当儿不知什么缘故，小时候临睡母亲讲给我听的婆媳故事不由得兜上心头。我就改变了念头：只要大家平安无事，就让我一个人吃苦吧！……您听得厌烦了吗？"

全神贯注地倾听着的浪子，连话也回答不出来，只是抬起泪痕纵横的脸来。老妇人把阿儿新泡来的茶喝了几口，再继续她的话头。

"于是只得向婆婆道歉。可是在这种情形之下，要把父亲接回来供养，是不行的。于是极秘密地把身边所有的东西——东西也并不多——卖掉，私下里接济他。但是究竟不是长久之计。因此拜托我丈夫的一个好朋友，找到了一位某外国公使的夫人。这夫人由于好奇心，想学习日本的筝，我就在婆婆面前搪塞一下，每月偷偷地去教几次筝。这才使父亲过上舒服些的生活。这期间我和这夫人熟悉了。她是一个非常亲切的人，常常用半通不通的日本话来对我讲各种各样的事情。有一次她送给我一本书，对我说：'请您读读这本书。'那就是当时刚刚译成日文的《马太福音》，就是这木《圣经》开头的部分。我略微读了些，觉得里面写着的都是些奇奇怪怪的事情，就把它丢在一边儿了。

"到了下一年春天，婆婆忽然中风了。她本来是个刚强的人，这时候却变成小孩子一样，非常怕寂寞，我走开一会儿，她立刻'清儿，清儿'地叫唤。我坐在她旁边，替她赶苍蝇，她就沉沉地睡着了。我看看睡着的婆婆的脸，心里想：她已经成了这个样子，我为什么以前还要恨她呢？如果可能的话，我真想让她再硬朗起来呢。我就十分尽力地看护她，可是白搭。

"婆婆去世之后不久，丈夫回国了。正要把父亲接回来供养，父亲大约是放心了的缘故，突然生起病来，只病了两三天，就像睡着一般逝世了。他曾经对我说：'见了认为终身见不着了的女儿，又这么孝顺我，再也没有像我这样幸运的人了。'……可是我还没有做到我所要做到的十分之一。现在每逢想起了，没有一次不希望他再活转来，好让他尽情地过安乐的日子。

"此后丈夫渐渐发迹了，儿子也长大了，我也轻松多了。只有一件担心的事，就是丈夫的酒瘾大得厉害——军人大都是这样的。还有，男人总是行为不端，现在还是这样，而那时候更厉害。像我丈夫这样的人，到过西洋的，还稍微好些，可是也使我非常担心，说出来也怪难为情的。我委婉地规劝他，他只是笑笑，不理睬我。

"这时候十年战争①发生了，我的丈夫是近卫队上校，也去参加战争了。丈夫去了之后，儿子患了猩红热，我日日夜夜地看护他。记得是四月十八日那天夜里，儿子略微好些，正在睡觉，我叫婢仆们也都去睡，自己坐在枕边，在油灯光中略微做些针线，终于打起瞌睡来。恍惚之中，似乎觉得有人走过来，坐在儿子的枕头旁边了。我想，这是谁呢？抬头一看，啊哟，是我的丈夫！他穿着军服，浑身是血，脸色苍白……我不知不觉地叫出：'呀，是您？'就在这叫声中醒过来了。向四周看看，一个人也没有。座灯②的火幽暗地点着，儿子安静地睡着。我出了一身大汗，心跳得厉害。……

---

① 指发生于明治十年（1877）的西南战争。

② 原文作行灯，是一种方形纸罩座灯。

"下一天，儿子的病忽然重起来，终于在那天黄昏时分咽了气。我正像做梦一般抱着他的尸体，丈夫战死的电报送到了！"

讲话的人闭上了口，听的人屏住了呼吸，屋子里仿佛水一般沉寂。

过了好久，老妇人又开口了。

"以后一切都像梦中一样了。是说日月同时沉没好呢，还是说什么好呢？真是暗无天日了。我一再忍受痛苦，而结局原来是这样的吗？想到这里，我宁愿就此病死算了（那以后不久我就生病了），可是病却渐渐好起来，不知道是幸运还是不幸。

"病好了，然而我觉得世界好像完全空虚了。我只是活着而已。这期间，有一个好朋友劝我把家收拾一下，暂时到她家去住。我病刚好，闲着没事就收拾器具什物。有一次打开衣箱，看见已死的儿子的夹衣底下有一本书。偶然拿起来看看，原来就是前年外国公使夫人送我的那本《马太福音》。我随随便便地看看，觉得有些句子微妙地打动我的心弦——我在这本书里画了些符号。以后迁居到朋友家里，也常常读这本书。读着读着，仿佛山中迷路的人听到了某处的鸡鸣声，又仿佛漆黑的晚上从某处射来一道微光。送我这本书的公使夫人已经回国，不在这里了。我想找个人问问。这期间我靠朋友照顾，当了一所新办的女学校的舍监。这是耶稣教会的学校。教师中有一对年轻夫妇，是热心的教徒。这夫妇俩就做了我的指导者。我向这两位指导者学习初步教义，就领了洗，到今年已经十六年了。这本书实在是我的手杖，我一天也离不开它。自从相信了灵魂不死，以前认为一死便完结的世间就广大了；自从知道有了天父，就觉得失去了父母还有更大的父母在这里；自从听到了有爱的事业，就觉得失去了儿子还有许许多多的儿子在这里；自从了解了希望的意义，就觉得忍受中也含有快乐。

"我读这本书的来历，大略如此。"

讲到这里，老妇人热心地注视浪子的脸，又说："说实在的，我已经略微知道些您的情况了。过去常常在海滨相见，所以屡次想来拜访，想不到这样亲密地相识了，又立刻要分别，真是遗憾的事！然而不知道可不可以这样说：我总觉得咱们两个人不是萍水之交。请您保重身体，气度要放宽一些，决不可以性急。……心情舒适的时候，请您读读这本书……我虽然回东京去了，朝朝夜夜在想念您呢！"

下一天这老妇人回东京去了。但她所送的那本书，常常放在浪子身边。

世界上竟有遭受了这样的不幸而还有多余的诚意来安慰别人的人，竟有不是母亲、不是姨母而在这茫茫人海中想念我的人——浪子想到这里，心里略微感到些安慰。她常常想起自己所听到的那人的经历，并拿起那人一片诚心地送给她的书来翻看。

（六）之一

第二军于十一月二十二日攻陷了旅顺。

"妈妈，妈妈！"

千鹤子手里拿着一张报纸，慌张地叫她的母亲。

"什么事情，慢慢地说吧！"

千鹤子被那淡蓝色眼镜瞥了一眼，脸上泛起一阵红潮，微微地一笑，立刻又严肃起来。

"妈妈，死了呢！那个人……那个千千岩！"

"唉，千千岩？那个千千岩！怎么死的？战死的吗？"

"阵亡将校的名单里有他的名字呢。活该！"

"你又胡说了。……噢！那个千千岩战死了？不过战死也是好的，千鹤儿。"

"活该！这种人活在世界上，不过是给人家找麻烦。"

加藤子爵夫人默默地沉吟片刻。

"死了也没有一个人哭他，活在世上也没有意义了，千鹤儿。"

"不过川岛家那个老婆子恐怕会哭吧。……说起川岛家，妈妈，听说丰儿终于逃走了呢。"

"逃走了？"

"听说昨天又闹了起来。她说：我再也不在这样的人家待下去了。就哭哭啼啼地回家去了。呵呵呵呵，我真想看看她那副样子呢。"

"谁到那家去也待不住啊，千鹤儿。"

母女两人相对看看，没有再说下去。

千千岩死了。千鹤子母女两人谈了上面这些话之后约二十天，一片遗骨和一封信送到了冷清的川岛家里。骨是千千岩的，信是武男写的。现在摘录几节在下面：

（上略）旅顺陷落后第三日，船坞船舶等均须由舰队接收。将校以下数名皆登陆，儿亦参与其中。激战之后，惨状非笔墨所能尽述。（中略）途经临时野战医院时，偶逢担架搬运死尸。但见其人身被青色毛毯，面部覆有白色棉布。就露出之口部及腮部察看，似系相识之人。询诸担者，始知此乃千千岩中尉。当时惊骇之情，大人当可想见。（中略）揭去覆布，但见脸色青白，牙关紧闭。所受创伤，计下腹部一处、其他二处，皆攻打椅子山炮台时所受之弹伤也。今晨以前，尚有知觉，后终于气绝。（中略）又彼之同僚曾以种种情况见告，据云彼在军中虽然品行不端，而战争时颇能出力。前攻金州时，曾率士兵先登南门。此次战役中，亦甚奋勇。唯平日往往暗中为非作歹，有伤士官身份。临阵之际，亦常非法聚敛金钱。在貔子窝时，曾不顾军司令官之严令，擅自勒索，对待当地居民残酷万状，因而身受处分。（中略）总之，战死乃彼意外之幸运也。彼过去曾有种种不法行为，令人受累不浅，此乃母亲大人所素悉。儿曾为此与之绝交。然今对此尸骸，并无怨恨，回思昔年如兄如弟、共同长育时之情状，不禁堕泪。为此请得许可，予以火葬。今将遗骨送上，务乞赐以埋葬。（下略）

武男在旅顺时所遭逢的事情，不止这一件。还有一件事，他在信中故意遗漏了。

（六）之二

武男信中脱漏的事件如下。

碰见千千岩的死尸那一天，武男一个人回埠头去的时候较迟，已经是傍晚了。

营舍门口的步哨枪头上的刀闪耀着，将校们的马蹄得得地响着，军官正在叱骂下僚，几个清国人呆呆地站着，军属东来西去。武男从其间穿过，走到了五六个随军夫役正在烧火取暖的地方。

"冷得真厉害啊！要是在家里，该吃大葱金枪鱼火锅，喝一杯酒了。老吉，你穿着好衣服呢！"

被唤作老吉的夫役，穿着一件漂亮的紫缎子棉袄，大概是抢来的。

"你看老源，穿着值四百块钱的狐皮袄呢！"

"老源吗？这家伙运气再好没有了。赌钱总是赢的，一点事情不做会受赏赐，子弹从来没有吃过，真是好运气的家伙。像俺，在大连湾就输得精光，只剩得这件夹衣。他妈的，再不去抢一点，真是过不下去了。"

"抢一点也好，不过要小心啊。刚才我跑进一个人家去，他们当我来杀人了，桶后面忽然闪出一个拿刀的清兵来，我差一点儿送了命！恰好咱们的兵来了，马上把这个清兵杀死。我胆子都吓破了。"

"那些清兵笨透了！看来还杀得不够吧。"

旅顺陷落还没有几天，有些清兵躲在老百姓家里，被我方搜出了，由于抵抗而被杀的，确实不少。

武男无意中听到这些话，心中觉得有些不快。他渐渐地走近码头方面去了。这一带地方人很少，灯火也稀疏，一边是整排房屋的兵工厂，房屋的黑影铺在地上，另一边竖着路灯，像暗淡的月夜一般的光线照在地上，一只瘦狗在地上嗅着走去。

武男沿着这房屋的影子走去，忽然注意到前面离开十来丈的地方有两个人在走路。从后影看来，无疑是我们陆军中的将校士官。其中一个身体魁梧，另一个瘦小。两人并肩而行，一边谈话，一边走路。武男觉得其中一个人好像是在什么地方见过的。

忽然武男看见自己和那两人之间，另有一个人在房屋的阴影中偷偷地向前走。他的心异样地跳动了。在房屋的阴影里，不大看得清楚，然而阴影里的那人前进一步，停留一下，前进两步，窥探一下，的确是在跟踪那两个人，渐渐接近起来了。偶然房屋和房屋之间有个空隙，武男在空隙里流出来的灯光中看出了这个人是清国人，同时又看见这个人手里有一件东西闪烁着。武男心中着了慌，就悄悄地加紧脚步，跟在这人后面。

前面的两个人快要走到街道尽头的时候，走在暗中的那个黑影猛然地离开暗处，向那两个人赶上去。吃惊的武男跟着他走过去的时候，这清国人离开那两人已经只有约三丈路，他举起右手，手枪一响，那个瘦小的人就应声倒地了。另一个人惊惶地向四周张望。那人正要扣动枪机，再度开枪的时候，武男突然冲上前去，用拳头把他的右手拼命打一下，手枪就落地了。那人又惊又怒，抓住武男。武男扭住那人，想把他打倒。那个身体魁梧的人走过来帮助武男。这时候听见枪声而吃惊的我国兵士三三五五地跑过来，立刻把武男所对付不了的那个人踢倒，捆起来带走。在短暂的斗争中弄得汗流浃背的武男从杂乱的人群中走出来的时候，那个身体魁梧的人已经扶起了倒下去的那个人，正在向这边走来。

这时，路灯的光正映出了片冈中将的面孔。

武男不觉叫将起来。

"呀，是您？"

"啊，是你？"

片冈中将带着他的副官到某地方去，归途中被那个可钦佩的清国人所阻去。

副官受了重伤，但中将平安无事。武男无意中救了他的岳父。

这件事不知怎的传到浪子那里，阿几无限高兴地说："您看，姻缘随便怎么也不会断绝的！您好好地保养吧，当真的，好好地保养身体吧！"

浪子凄然地微微一笑。

（七）之一

在战争中，旧年过完，新年开始，现在已经是明治二十八年了。

从一月到二月，攻下了威海卫，北洋舰队灭亡了。到了三月，南方的澎湖群岛已经归我所有，北方我军像潮水一般推进，辽河以东，敌军连一人一骑也没有了。接着是媾和使者来到，到了四月中旬，缔结媾和条约的消息传遍了各地。紧接着三国干涉的风声，又把辽东归还。同年五月底，大元帅陛下班师凯旋，战争就像大鹏收翼一般忽然结束了。

武男在旅顺收了千千岩的遗骨，救了片冈中将的危难之后，就参加威海卫的攻击，又远赴南方参与占领澎湖群岛。六月初旬，他所乘的战舰最先凯旋横须贺，他就乘此机会，回到了别来已久的东京，走进了多时隔绝的自己家的门。

回想去年六月愤然离席，辞别母亲以来，已经一年多了。通过了好几次死生关头之后，那时的不快不知不觉地灭迹了。在佐世保医院里的风雨之日，威海卫港外的冰雪之夜，心灵飞回老家，不知有多少次了！

阔别一年，回来一看，家里并没什么变更，只是出来迎接自己的归车的婢女的面孔陌生了。母亲照例肥胖，风湿病发作了，整天卧床不起。田崎照例每天来到，待在那个六铺席的房间里，照例管理事务，照例按时回家。每天发生的事情都是千篇一律，所见所闻，完全同去年一样。武男觉得既满意，又失望。相别一年而会见母亲，到隔绝已久的自家的浴室里去洗澡，安坐在厚而软的坐垫上，吃一向爱吃的肴馔，把疲劳的头枕在非吊床可比的黑天鹅绒面的扎枕①上，然而不能成寐。直到枕边的时钟敲了一点、两点，还是越

---

① 原文作括枕，是一种将两头扎起的枕头，内填荞麦皮或棉花、茶叶渣等。

来越清醒，内心深处感到一种剧烈的痛苦。

一年的日月把母子之间的裂痕补好了，至少看上去补好了。母亲也欢欢喜喜地迎接她的独生子；武男会见了母亲，也觉得卸却了一种重荷。然而武男和母亲都感到，相见之后，两人之间不能完全没有隔膜。关于浪子的事，那个也不问，这个也不说。那个所以不问，并非不想问；这个所以不说，并非不知道他想听。只是彼此都竭力避开这个危险的问题。这一点两人互相了解，因此每逢相对无言的时候，自然觉得坐不安席。

在佐世保医院时收到礼物的事，就连平素间也片刻忘不了的，现在回到以前同居的家里来一看，不论看到什么都潜伏着那人的面影，武男心绪缭乱了。她现今在哪里呢？她不知道我回来吧。相思的时候千里也是近的，然而绝缘之后，相距不到一里的片冈家仿佛比太阳还远了。她的姨母近在咫尺，然而有何面目前去探听消息呢？回想去年五月去参加舰队演习的时候，曾经到逗子去和她告别，想不到这就成了永诀！那时候她送我到别墅门口，叫着："早点回来！"这声音现在还留存在耳底，然而现在向谁去说"我回来了"呢！

武男一直这样地想念。有一天他到横须贺去的途中，在逗子下了车，恍恍惚惚地走向那个别墅，看见大门关着。心中疑惑：大概是回东京去了吧。从后门走进去一看，一个老头儿正在拔草。

（七）之二

这老头儿听到武男走进来的脚步声，慢慢地转过头来，看见了他，表示略微吃惊的样子，除去了头巾，鞠一个躬说："少爷，您来了，是几时回来的？"

"两三天之前回来的。你还是很硬朗，真好。"

"哪里，一点也不中用了，全靠少爷照顾。"

"喏，你在这里看守，已经好久了吧？"

"不，那个，直到上个月，少奶奶——嗯嗯，小姐——那、那位养病的小姐和老妈妈住在这里。她们去了之后，我才来看守的。"

"噢，是上个月回京去的。……那么现在住在东京。"武男自言自语。

"正是。老爷还没有从清国回来之前就回东京去的。嗯，后来听说跟老爷一起到京都去了，嗯，想来还没有回家吧。"

"到京都去了？那么病好了。"武男又是自言自语，"是几时去的？"

"四五天之前……"老头儿正想说下去，忽然想起了现在的关系，脸上露出生怕多嘴的样子，立刻闭口了。武男感觉出这一点，不由得脸红了。

彼此相对，一时默默无言。老头儿似乎终于觉得不好意思，又开口说："我来把门开开。请少爷进去歇一歇，喝杯茶。"

"不，请你不要客气。我是路过此地，来弯一弯的。"

武男说过之后，向曾经住惯的几间屋子里望望。虽然有人看守而没有荒凉，但是门窗紧闭，洗手盆里水也干了；庭前绿叶成荫，处处长着梅子；绿茵茵的草坪上开残的蔷薇花半已零落，幽香充满了庭院。到处都没有人的动静，只有蝉声在屋后的松树上聒噪着。

武男匆匆地告辞了那老头儿，低着头出去了。

过了五六天，武男又辞别了家人，启程赴南方远征了。回家的十几天，别的同僚都在凯旋的欢迎中欢天喜地地过日子，武男却相反，寂寞无聊地度送了。远别的时候不免怀念的家，回来一看，岂知一点意思也没有。武男终于没能得到可以弥补心中缺陷的东西。

母亲也知道这一点，心中的不快不知不觉地在言语中流露出来。武男也看得出母亲知道这一点，每逢相对谈话的时候，似乎觉得中间隔着一种东西。因此母子间的关系虽然不曾像从前那样破裂，武男却痛恨一年后的现在对母亲反而比从前疏远了，而且对这疏远无可奈何。母子两人淡淡然地分别了。

本来预定在横须贺登舰，武男出发的时候碰到事故，延误了一天，因此决定在吴港登舰。六月十日，他孤身只影地乘上了东海道的列车。

（八）之一

三个游客从宇治的黄檗山万福寺里走出来。一个是约莫五十多岁的肥胖的绅士，身穿西装，手拿金头拐杖；另一个是二十来岁的淑女，撑着一顶黑绫阳伞；后面跟着的是一个五十多岁的女仆，提着一只手提袋。

三个人一走出门，门前等候着的三辆人力车就辘辘地拉过来。老绅士回头看看那个淑女，说："天气很好，咱们走走再上车怎么样？"

"好的，走走吧。"

"您不累吗？"女仆插嘴说。

"不要紧，稍微走走好。"

"那么累了就上车，先慢慢走走也好。"

三个人开始慢慢地步行，三辆车子跟在后面。不消说，这是片冈中将家的人。昨天从奈良到宇治，宿了一夜，游览了平等院①，凭吊了古迹。今天正要从山科上火车，到大津那边去。

片冈中将是于五月间从辽东回来的。有一天，他把浪子的主治医生请到

---

① 平等院是日本平安时代朝臣源赖政自刎的地方。

书斋里来，同他密谈了一会儿。第三天就陪着浪子，带了保姆阿儿，飘然地到京都来了。他们在河边幽静的地方选定了一个旅馆下榻。他脱下了军装，穿上了便服，避免了交际，谢绝了公众集会，只是天天带着浪子，依照她的意向，参观博览会，游览名胜古刹，到西阵买衣料，到清水买土产，尽情地游玩，已经在这里过了十多天了。世间暂时失去了中将的下落，浪子独占了她的父亲。

"步出黄檗寺，日本摘茶时。"现在摘茶的盛期虽然早已过去，然而风常常把焙炉的香气吹送过来，处处可以看见摘二次茶的女人的形影。茶树之间夹着黄熟的麦，听到簌簌的镰刀声。抬起眼睛来，和州的山远远地罩着一层夏雾，麦穗梢头上的白帆表示着宇治川。从那一面，从只看见屋顶的村子里，午鸡的啼声悠然地沿着田野上传送过来。抬起头来，但见染成淡紫色的云冉冉地飘浮着。

浪子叹了一口气。

忽然左边的田垄上，有夫妇模样的两个庄稼人谈着话走过来。大概是已经吃过午饭，现在到田里去干活的。男的腰里插着一把镰刀；女的头上包着白毛巾，牙齿染黑①了，手里提着一把大茶壶。他们和那两个人擦身而过之后，那女人站定了，朝他们这边看看，然后向已经走过去的男人赶上几步，低声地对他说话。两个人都回过头来，那女人含着笑露出染得漂漂亮亮的牙齿，两人又谈着话，走到开满蔷薇花的田间小路上了。

浪子目送着他们。竹笠和白头巾渐渐地在金黄色的麦子中沉没下去，不久连影子也不见了。这时旱田那面忽然传来歌声：

①　日本古时已婚妇女有一种用铁浆（把铁片泡在醋或茶里制成）把牙齿染黑的习惯。直到明治初年，农村还残留着这种风俗。

郎是快宝剑，侬是锈铁刀。

郎能一刀断，阿侬断不了。

歌声哀怨，传遍在田野上。

浪子低下了头。

父亲回过头来看看她，说："你疲倦了吧。怎么样？"

说着握住了浪子的手。

（八）之二

中将拉着浪子的手说："时光过得真快啊！浪儿，你还记得吗，你小时候爸爸常常背你，你两只小脚砰砰地踢爸爸的腰。那时候你还只有五六岁。"

"呵呵呵呵，真的呢。老爷背了小姐，二小姐总是不高兴的。……这一次，二小姐也不知多么眼热呢。"阿几快活地附和着说。

"驹儿吗？咱们要带许多好东西去安慰驹儿。喏，浪儿，驹儿倒还没什么，千鹤儿才真眼热呢。她很想到这里来玩。"

"是的。加藤家的小姐如果来的话，咱们多么热闹啊！……真的，像我这样的人，也托老爷小姐的福，看到了这种大世面。……喏，刚才渡过的那条河，是宇治川，是出萤火虫有名的地方，那就是驹泽和深雪[①]相会的

---

① 驹泽和深雪是木偶净琉璃《生写朝颜话》中的人物。女子深雪到宇治川去捕萤，遇觅美男子宫城，两人互相爱上了。后来战乱发生，颠沛流离，深雪改名朝颜，宫城改名驹泽，经过许多波折，终于大团圆。净琉璃是一种用三弦伴奏的说唱曲艺。在净琉璃配合下演出的木偶剧叫木偶净琉璃。

地方了。"

"哈哈哈哈，阿儿真有学问。……唉，世界变得真厉害！爸爸年轻的时候，要从大阪进京去，总得坐民船，像罐头食物一般挤在那里。不，这还算好的呢。爸爸二十岁那一年，西乡大将①和有村②……海江田带着月照法师③到大阪去了之后，有要紧事情，须得爸爸去一趟，于是从后面赶上去，可是太匆促了，身上一个钱也不曾带。结果只得包了头，赤了脚，晚上从伏见沿着河岸跑到了大阪。哈哈哈哈。……你不热吗，浪子？累着可不好，坐车子吧，好不好？"

阿儿向走在后面的车子招招手，车子就辘辘地拉来了。三个人都上了车。

"好，慢慢地拉吧。"

车子慢慢地穿过麦田，通过茶圃，向山科方面拉去。

浪子注视着走在前面的父亲头上的白发，沉思起来：离别了丈夫，患了不治之症，跟着父亲来作此游，该说是欢乐的呢，还是悲哀的呢？在世间已经断绝了希望和乐趣而等待着即将来临的死亡的我，倘说是不幸的，那么不难体谅疼爱我的父亲的苦心了。浪子念念不忘父亲对她的无限恩爱，然而所悲痛的是，现在此身除了受安慰之外，别无可以安慰父亲的办法。在忘记了世间，离开了人群，父女两人作最后之游的今日，她只能努力回到过去的儿童时代的心境中：凡是游山玩水，总是主动争先。这个不久即将消逝的昙花泡影之身，本来不需要绫罗绸缎，然而她只拣华美的购买，预备将来留给妹妹做纪念品。

---

① 即西乡隆盛（1828—1877）。

② 即有村俊斋（1822—1906），又名海江田信义，曾参与明治维新运动。

③ 月照法师（1813—1858），幕府末期的歌僧，俗名玉井忍向。与西乡隆盛一道参加打倒幕府的活动，在幕府的追捕下死在萨摩。

想起了父亲的可哀，就觉得丈夫武男的可恋。她只听到他在旅顺救了父亲，没有一个人把以后的消息传给她。神思飞驰，魂梦相通，然而不知道他眼下在何处。她希望再见一次，在生命未绝期间再见一次，只要一次。偏偏刚才听到的山歌在耳朵里响起来了，那农家夫妇和睦地谈着话的面影浮现在眼前。罗绮里包藏怨恨，反不如布衣草裳的快乐。……

她用手帕来按住涌出的眼泪，咬紧嘴唇不让自己哭，偏偏接连地咳嗽起来。

中将担心似的回过头来看她。

"好了，没有什么了。"

浪子勉强装出笑容。

到了山科，坐上了向东去的火车。头等车厢里没有别人，浪子坐在打开的车窗旁边，父亲坐在对面，打开报纸来看。

这时候忽然浓烟弥漫，大地震响，到神户去的火车从东面开过来，和正将开出的这边的列车相并列了。听见那边的客车的门的开关声，以及车站的勤杂人员踏着站台上的石砂，喊着"山科！山科！"而跑过去的声音；同时这边列车放一声汽笛，慢慢地开动了。坐在打开的车窗旁边的浪子，眺望着慢慢地离开去的那边的列车。开到那边的二等车厢面前的时候，她正好和一个两手托着腮靠在窗口的穿西装的男子面对面了。

"呀！是您！"

"啊！浪妹！"

这人原来是武男。

车子开过了。浪子发狂一般地把上身扑出窗外，把手里拿着的一块绛紫色手帕丢了过去。

"危险啊！小姐！"

阿几吃了一惊，紧紧地抓住了浪子的衣袖。

中将手里拿着报纸，也站起来向窗外眺望。

列车过了两丈……过了四丈……浪子拼命扑出去回顾，几乎跌出窗外，但见武男发狂似的挥着刚才那块手帕，嘴里在叫喊什么。

忽然轨道在山角上转弯了。浪子面前除了两个窗子，只有长满绿叶的山。听见后面裂帛似的一声，想见那个列车向西走了。

浪子两手掩住面孔，伏在父亲的膝上了。

（九）之一

七月七日晚上，片冈中将的邸宅里聚集了许多人，大家低声说话。浪子小姐的病危笃了。

预定一个多月的京洛之游，中将父女忽然于上月下旬提早回来了。到大门口去迎接的人，虽然不是医生，也无可疑义地知道浪子的病势大大地加重了。果然，医师一诊视，脸就变了色。不到一个月，不但病势突然增加，又诊察出心脏也起了显著的变化。从这天起，片冈家深夜也点灯，医生不断地出出进进。子爵夫人本来预定月底去避暑，现在此行也只得作罢了。

名医的技术也无法施行了。阿几日日夜夜地祷告也没有用处，病一天比一天重起来。吐了几次血，其间心脏痉挛起来，剧烈的苦痛之后，总是昏昏沉沉地说胡话。今天比昨天衰弱，明天又比今天更衰弱。每逢连夜不睡的父亲听到咳嗽声而走到浪子枕边来的时候，她总是装出微笑，忍着呼吸的苦痛而清楚地说话，然而在恍恍惚惚之中，不断地唤着武男的名字。

医生叮嘱今天和明天要格外注意。今天已经到了傍晚。每个房间里都点着灯，然而没有一个人高声说话，森严肃静，好像没有人住的样子。现在刚刚打过皮下针，医生吩咐须得暂时安静一下。两个妇人走出厢房，沿着廊子走到小客厅里，在椅子上坐下了。其中一个是加藤子爵夫人，另一个是曾经在不动祠前救了浪子的那个老妇人，自从去年深秋之后，没有见过面，今天浪子请求父亲，派人去把她请了过来。

"蒙您多多关怀……感谢得很。我的外甥女说一定要见您一面，向您道谢。……现在看见了，她的愿望达到了。"

加藤子爵夫人勉强开口说了这几句话。

那老妇人好像没有话可回答的样子，只是叹一口气，低下了头。过了一会儿，她放低了声音说："那么……他到哪里去了？"

"听说到台湾去了。"

"台湾！"

老妇人又叹一口气。

加藤子爵夫人好容易忍住了涌出来的眼泪，说："要不然的话，她这样地想念，我们也顾不得体统，总得让他们见见面，告告别。……可是他还是昨天或今天才到达台湾的，并且又和别人不同，是乘军舰去的，所以……"

这时候片冈子爵夫人来了。接着，眼睛哭肿了的千鹤子仓皇地跑进来，叫她母亲。

（九）之二

天已经黑了。去年夏天新造的那栋厢房的八铺席房间里，烛台上的蜡烛发出幽暗的光，放着一张大床。浪子躺在雪白的床单上，闭着眼睛。

生病以来，已经快两年了。身体消瘦极了，所有的肉都没了，所有的骨头都突出来了。脸色苍白到发青，只有一头黑发还同当年一样艳艳发光，编成长长的辫子垂在枕头上。一个白衣护士坐在枕头旁边，不时地用笔蘸了和冰的赤酒，去润湿浪子的嘴唇。床的另一头，眼睛凹陷、面颊瘦削的阿几弯着身子，和另一个护士正在揉她的脚。室内肃静无声，只听见浪子的忽然急促起来、忽然低沉下去的呼吸声。

突然浪子长叹一声，睁开眼睛，发出微弱的声音："姨妈呢？……"

"我来了。"

加藤子爵夫人一面说，一面静静地走进来，把护士搬来的椅子往床边拉拉，坐下了。

"睡着了一会儿没有？……什么？……噢，我知道了，你们……"

她向两个护士和阿几看看，说："暂时到那边去吧。"

姨母把三个人遣开之后，把椅子再拉近些，替浪子掠开了覆在额上的头发，凝神地看她的脸。浪子也注视姨母的脸。

过了一会儿，浪子叹一口气，同时伸出哆哆嗦嗦的手，从枕头底下拿出一封封好的信来。

"把这……送去……等我死了之后。"

加藤子爵夫人替她揩拭泉水一般涌出来的眼泪，又擦擦自己眼镜底下淌下来的眼泪，把那封信仔细地藏在怀里了。

"一定送去，我一定送交武男手里。"

"还有……这戒指。"

她把左手搁在姨母膝上了。无名指上一只灿烂发光的戒指，是前年春天结婚的时候武男送给她的。去年被迫离婚的时候，凡属于那个人家的东西统统送还了，只有这东西她舍不得放弃。

"这个……我要……带去。"

加藤夫人忍住了新涌出来的眼泪，只是点头。浪子闭上了眼睛，过了一会儿又睁开来。

"他……怎么样了？"

"武男已经到台湾了，他一定常常在记挂这里呢。要是近一点的话，我们一定叫他……爸爸也这么说……浪子，你的苦心我都了解……这封信一定替你送去。"

浪子的嘴唇上隐约地现出微笑，忽然没有血色的面颊上泛出红晕，胸脯一起一伏，热泪如泉涌，痛苦地喘着气说："唉，苦啊！苦啊！来生再也……再也不做……女人了。……唉！"

浪子蹙紧眉头，按住胸膛，痛苦地扭动着身子。加藤夫人连忙喊医生，同时想用赤酒给她润润嘴。浪子挽住了她的手，上半身坐了起来，绝命似的一阵咳嗽，同时绞着肺腑吐出了一盏鲜血。她神志昏迷过去，倒在床上了。

大家跟着医生一起进来了。

（九）之三

医生低声地叫护士，施行急救措施，吩咐把靠近床的玻璃窗打开。一阵凉爽的空气像水一般流了进来。漆黑的树木后面微微地发光，大概是月亮出来了。

父亲以及子爵夫人、加藤子爵夫人、千鹤子、驹子和阿几，依次并坐在床的周围。风飒飒地吹进来，好像已经死了一般的躺着的浪子的鬓发微微地抖动。医生不绝地察看病人的脸，按着脉搏。站在另一边的护士手中那松明的火焰摇曳着。

过了十分钟、十五分钟，寂静的室内听见轻轻的叹息声，浪子的嘴唇微微地动起来了。医生亲手将一调羹赤酒注在她嘴里了。肃静的房间里又听见悠长的叹息声。

"回去吧，回去吧，亲爱的！……妈妈，我来了，我来了！啊呀，还……在这里。"

浪子突然睁开了眼睛。

刚刚升上树梢的月亮，射进一道清幽的光线，照在昏昏沉沉的浪子的脸上。

医生向中将使个眼色，退到一边去了。中将上前去握住了浪子的手。

"浪儿！你醒过来了吗？是爸爸呀！……大家都在这里。"

浪子那向空中凝视着的眼睛渐渐地移动起来，和中将的含泪的眼睛遇在一起。

"爸爸，您保重！"

浪子的眼泪滚滚地淌出来，右手慢慢地移过来，攥住了握着她的左手的父亲的手。

"妈妈！"

子爵夫人走过来替浪子擦眼泪，浪子握住了她的手："妈妈……请您……原谅。"

子爵夫人的嘴唇发抖，说不出话，掩住脸退开去了。

加藤子爵夫人劝着哭得抬不起头来的千鹤子，轮流走过去和浪子握手。驹子也走过去，跪在姐姐床前了。浪子举起颤抖的手来抚摸妹妹的刘海儿。

"驹妹……再会了……"

说着就痛苦地喘息起来。驹子颤抖地把一匙赤酒注在姐姐的嘴唇里了。浪子的眼睛已经闭上，又张开来，四下里看了看："毅一弟……道儿……呢？"

这两个小孩，月初子爵夫人已经安排他们去避暑了。浪子点了点头，就昏迷过去了。

这时候坐在后面哭泣的阿几突然站起身来紧紧地握住了浪子那无力地夺拉着的手。

"阿妈！"

"呜，呜，小姐！阿妈和您一块儿去……"

好不容易把哭坏了的阿几拉开之后，房间里同水一般静寂了。浪子的嘴巴闭上，眼睛也闭上，死的影子渐渐地罩到她的脸上去了。中将又走过去，说："浪儿，你还有话要说吗？……好好地养养神。"

这个熟悉的声音把她唤了回来，她又微微地睁开眼睛向加藤子爵夫人注视。夫人握着浪子的手，说："浪儿，一切都由我负责，你放心地到妈妈那里去吧！"

嘴唇上现出隐隐的微笑，就渐渐地闭上了眼睑，像睡着一般断气了。

窗子里射进来的月光照着那苍白的脸，微笑还浮现在嘴唇上。然而浪子长眠了。

过了三天，浪子被埋葬在青山的墓地里。

片冈中将交游广众，所以送葬的人极多。浪子的同学擦着眼泪来送的也很多。略微知道底细的人，看见中将含泪站在棺材旁边，为之肝肠断绝；不知道底细的人，看见老婆子阿几不顾一切地抱住了棺材而边哭边嚷，也都沾湿了衣袖。

死者是一个妙龄淑女，所以虽然是夏天，送各种鲜花的人很多。其中有个四十多岁的穿礼服裙裤的人送来一束鲜花，被中将家的门房当场退还了。这花束上附着"川岛家"的字条。

（十）之一

过了四个多月。

下午四点多钟，霜打过的南天竹的长长的影子横在院子里。照旧异常肥胖的川岛老寡妇慢慢地拉开了纸门，走到廊沿上，来到洗手盆旁边。她看见盆里没有水，咂了咂嘴，就喊起来："阿松！阿竹！"

刚一喊，就有一个人从院子门口，另一个人顺着廊沿仓皇地跑来了。她们的脸上露着恐慌的神色。

"你们在干什么？前天我不是说过的吗？你……你们看！"

她拿起勺子，在空空如也的洗手盆里呱啦呱啦地搅起来。

惶恐失色的两个人只得屏住了气息。

"还不快点？"

两个人听耳边的雷霆声，更加大惊失色，连忙跑去了。老寡妇嘴里念念有词。不一会儿，水拿来了，她就洗了手。正要走进去的时候，另一个人跑来，弯一弯腰。

"什么事？"

"有一位叫山木先生的……"

话还没说完，寡妇那宽阔的脸上便出现了半冷笑半不平的神色。说实在的，自从去年秋天丰儿逃回去之后，山木的足迹自然而然地疏远了。川岛寡妇听见山木去年以来在战争中发了几万元的财的消息后，对山木的行径更加感到不满了。每逢教训仆人们不可忘记恩德的时候，就暗中拿山木来做实例。然而习惯终于占了上风。

"请他进来吧。"

不一会儿，山木走进客厅里来了。长着一颗红痣的脸俯仰了好几次。

"山木先生，好久不见了。"

"啊，老太太，好久没有来请安了，实在说不过去。常常想来拜望，可是战争以后为了生意的事，一直东奔西走。老太太身体健康，真是恭喜之极。"

"山木先生，听说你发了一大笔战争财。"

"嘿嘿嘿嘿，好说好说……托老太太的福，总算，嘿嘿嘿嘿。"

这时候一个仆人费力地捧着一大堆束着礼品绳①的东西走进来。

"这是客人带来的……"仆人说着，把它们放在桌子中央了，然后退出去。

寡妇向桌子上的东西一瞥，脸上略微露出满意的笑容。

"这个太破费了，呵呵呵呵。"

"不，哪里哪里！真是一点点。那个，我忘记说了，听说武……少爷高升了上尉，还得到了勋章和奖金，前天我在报纸上看到的……恭喜恭喜！那么，现在在哪里？……在佐世保吗？"

"武儿吗？武儿昨天回家了。"

"噢，昨天？昨天回家的？啊，好极好极。很健康吧？"

"还是小孩子脾气，真没办法。呵呵呵呵。今天早上出去了，还没有回来呢。"

"噢噢。回家了，老太太就放心了。说起来，那位片冈小姐实在可怜。现在大概已经过了百日了吧。……不过那种病真是毫无办法的。老太太到底有眼光。"

---

① 原文作水引，是系在礼品上的红白或金银两色的花纸绳。

川岛老寡妇板起脸来。

"那个女人，我也实在为她受累不浅。钱花了不少，甚至同儿子吵架，结果被他们叫作鬼婆。娶到这个媳妇真不合算，山木先生！……还有呢，我听说她死了，派田崎送束鲜花去。你以为他们道谢吗？当场退了回来！这不是失礼吗，山木先生？"

当时老寡妇听见浪子死了，也未免觉得不好意思，但是送去的鲜花偏偏又当场被退回来，于是她的情感全部消失，只剩下不愉快的感觉。

"唉，这是……这是太过分了！……唉，老太太！……"

山木端起仆人捧来的一杯茶来润一润他那滑溜溜的嘴唇。

"去年蒙老太太照拂了不少日子，小女……丰儿最近就要出门子了……"

"丰儿要出门子了吗？……啊，很好……那么，对方是？"

"对方是个法学士，现正在农商务省^①××科当科长。老太太大概不知道吧，姓××。他曾照顾过千千岩兄……唉，说起千千岩兄，真是伤心！他年纪还轻呢，可惜得很！"

老寡妇的额上掠过一抹阴影。

"打仗实在是讨厌的事，山木先生！……那么，哪一天办喜事呢？"

"仓促得很，日子定在后天。……要请老太太赏赏光呢！……如果请得到川岛老太太，我们脸上都有光彩了。……请老太太一定光临……内人本当亲自来邀请的，实在忙不过来。武……少爷也请过来……"

老寡妇点点头，回过头去看看壁龛里刚敲五点钟的时钟。

"啊，已经五点钟了，日子真短。武儿怎么还不回来？"

---

① 农商务省是日本旧中央省厅农林省、通产省的前身。

（十）之二

手里拿着一束白菊花的一个海军士官，从青山南町方面走向公墓去。

这正是新尝祭①时节，碧空一望无际，午后的太阳光照满了墓地。这里也有秋景，红艳艳的樱叶纷纷地落下来，开在篱边的山茶花发出幽香，那边，线香的烟袅袅上升的地方，传来小鸟幽静的叫声。朝笋町方面走去的车子的声音逐渐微弱了，消失之后，就觉得更加寂静了，只有遥远的都市的喧哗声和这里的宁静相应和，那现世和这梦境共同奏着人生的哀歌。

隔着篱笆隐约看见衣衫的影子，不久转出一个二十七八岁的妇人来，眼睛哭得红红的，手里牵着个穿水兵服的约莫七岁的男孩子。这妇人和这海军士官擦身而过之后，走了五六步，听见孩子的话声："妈妈，这个叔叔也是海军。"

妇人用手帕遮住了脸，走过去了。海军士官并不留意这些事，他好像在找寻路径，屡次站定了脚看那些新的墓碑。忽然走到一等墓地中一所松樱夹植的新坟面前，点点头，站定了；摇摇篱笆的小门上的闩，小门随手开开了。正面是一座古旧的石塔。海军士官走进去，向周围看看，站定在旁边一张还很新的墓碑前面。松树像翠盖一般罩在墓碑上面，红黄斑斓的樱树落叶点缀在四周，一座最近建造起来的石塔巍巍然地守护着这墓碑。墓碑上写着墨痕犹新的六个字："片冈浪子之墓"。海军士官望着这墓碑，像石头一般肃立着。

过了一会儿，他的嘴唇颤动了，呜咽之声从咬紧的牙齿间漏出来。

武男是昨天回来的。

---

① 新尝祭是十月二十三日，日本天皇向天地献新谷的日子。

他五个月之前在山科火车站和躺在这墓碑下面的人相见，在进攻台湾的军舰中收到加藤子爵夫人的信，才知道浪子已经不在人世了。他昨天回家，今天就去访问加藤子爵夫人，一直谈到午后，听了她的话，肝肠寸断。现在他到这里来了。

武男站在墓碑面前，不顾一切地哭了很久。

三年来的幻影在眼泪的雾中交互地浮现出来。新婚的那天，伊香保之游，不动祠畔的誓言，逗子别墅中分别的那一晚，最后在山科相见的那天——都像电光一般依次出现在心头。"早点回来！"这句话还留存在耳朵里，然而第一次回来时她已经不是我的妻子了，第二次回来的今天她已经不是这世间的人了。

"唉，浪妹，你为什么死了呢？"

他不知不觉地这样说出，眼泪重新像泉水一般涌出来了。

一阵风从头上掠过，樱叶纷纷地扑着墓碑，翩翩飞舞。武男突然记起了，就擦了眼泪，走到墓碑近旁，把花瓶里稍稍枯萎了的花拔掉，换插了他拿来的白菊花，又亲手拂除落叶。然后从内衣兜里摸出一封信来。

这是浪子的绝笔。今天他从加藤子爵夫人手里收到，展读时心如刀割。武男把信展开了。以前的秀美的笔致已经影迹全无，笔画颤抖，墨色渗污，几乎使他疑心不是那个人的亲笔了。斑斑驳驳的不是泪痕吗？

　　　　自觉死期不远，谨呈最后只字。早知今生已无再见之期，岂料天意垂怜，前日竟得一面，意外之幸，欢欣无量！所惜身在火车之中，不能随心所欲，遗憾万分！

身体靠在车窗上挣扎而把绛紫色手帕丢过来的光景，历历地浮现在眼前。武男抬起眼睛来，但见面前只有一块墓碑。

世间既不自由，唯有自叹命薄，不感恨及谁何。此身虽为黄土，魂灵当永随君侧……

"爸爸，有人在这里呢。"一个孩子的爽朗的话声在他耳边响了。

这个声音又继续叫道："爸爸，是川岛家的哥哥！"一个手里拿着花的十来岁的男孩子跑到武男身边来了。

武男吃了一惊，一只手依旧拿着浪子的遗书，用另一只手擦擦眼泪，转过头来，正好和站在墓门前的片冈中将打个照面。

武男低下了头。

忽然武男的手被紧紧地握住了，他抬起头来，恰好对着片冈中将那泪湿的眼睛。

"武男，我也好伤心啊！"

互相握着手，两人的眼泪纷纷地滴在墓碑下面。

过了一会儿，中将擦擦眼泪，拍拍武男的肩膀，说："武男！浪儿虽然死了，我还是你的岳父！振作起来吧！……前程远大呢！……啊，好久不见了，武男，咱们一同回去，慢慢地把台湾的情形讲给我听听吧！"

1899 年 12 月作

夏目漱石

（1867—1916）

　　日本明治时代小说家。原名金之助，别号漱石。东京帝国大学毕业，留学英国。回国以后在大学任教。1907年起任《朝日新闻》特约作者。长篇小说《我是猫》是其早期代表作，描述一批对社会不满而又自命清高的知识分子的空虚生活，揭露当时日本社会的黑暗。中期的作品大多反映资产阶级知识分子对社会的不满，但又无力反抗、斗争的矛盾，有讽刺和批判精神。晚年的一些作品如《心》《路边草》等常常流露悲观情绪。

驚残好夢無尋處
廿四年六月
子愷畫

あさきゆめみじ

旅 宿

〔日〕夏目漱石 著

根据岩波书店《岩波文库》1938 年版译出

◎◎一位职业画家为『追求非人情而出门旅行』，来到了一个『梦一般、诗一般的春天的山村中』。在夏目漱石为他营建的桃花源般的空间里，用心倾听那些用『古雅的言语』讲述的『古雅的故事』，躺平看风景而与世相忘，『逍遥随物化，悠然对芬菲』。

◎◎非功利的人生观与艺术观。丰子恺为之击掌。

一

一面登山，一面这样想：

依理而行，则棱角突兀；任情而动，则放浪不羁；意气从事，则到处碰壁。总之，人的世界是难处的。

越来越难处，就希望迁居到容易处的地方去。到了相信任何地方都难处的时候，就发生诗，就产生画。

造成人的世界的，既不是神，也不是鬼，就不过是那些东邻西舍纷纷纭纭的普通人。普通人所造的人世如果难处，可迁居的地方恐怕没有了。有之，除非迁居到非人的世界里去。非人的世界，恐怕比人的世界更加难处吧。

无法迁出的世界如果难处，那么必须使难处的地方或多或少地变成宽裕，使得白驹过隙的生命在白驹过隙期间好好地度送。于是乎产生诗人的天职，于是乎赋予画家的使命。所有艺术之士，皆能静观万物，使人心丰富，因此可贵。

从难处的世界中拔除了难处的烦恼，而把可喜的世界即景地写出，便是诗，便是画。或者是音乐，是雕刻。详言之，不写也可以，只要能够即景地观看，这时候就生出诗来，涌出歌来。诗思虽不落纸，而璆锵之音起于胸中；丹青虽不向画架涂抹，而五彩绚烂自映心目。只要能够如此观看自身所处的世间，而把浇季混浊的俗界明朗地收入在灵台方寸的镜头里，也就够了。是故无声之诗人虽无一句，无色之画家虽无尺绢，但在能如此观看人生的一点上，在如此解脱烦恼的一点上，在能如此出入于清净界的一点上，以及在能建立这清朗的天地的一点上，在扫荡我利私欲的羁绊的一点上——比千金之子，比万乘之君，比一切俗界的宠儿，都更加幸福。

在世上住了二十年，方知世间有住的价值；二十五年，相信明暗同表里一样，阳光所照的地方一定有阴影。三十年的今日就这样想：欢乐多的时候忧愁也多，幸福大的时候苦痛也大。倘要避免这情况，身体就不能有；偏要根除这情况，世界就不成立。金钱是重要的，重要的金钱倘使增多起来，梦寐之间也操心吧。恋爱是欢喜的，欢喜的恋爱倘使累积起来，反而要恋慕没有恋爱的从前吧。宰相的肩上扛着数百万人的脚，身上负着天下之重。甘美的食物不吃可惜，少吃些不满足，吃得太多了后来不愉快。……

我的思想飘流到这里的时候，我的右脚忽然踏翻了一块没有摆稳的尖石头。为了保持平衡，左脚仓皇地向前踏出，借以补救这失错，同时我的身体就在近旁一块大约三尺见方的岩石上坐了下去。只是肩上挂着的画箱从腋下抛了出来，幸而平安无事。

站起来的时候向前面一望，看见路的左边耸立着一座山峰，像一只倒置的桶。从脚到顶，满长着苍黑的树木，不知是杉树还是桧树；苍黑中横曳着淡红色的山樱花，雾霭弥漫，模糊难辨。附近有一个秃山，孤零零地突出着，直逼眉睫。光秃秃的侧面好像是巨人的斧头削成的，峻峭的平面一落千丈，埋在深谷的底里。望见天边有一株树，大概是赤松吧，连树枝间的空处也可分明看出。前方两町远的地方断绝了，但是望见高处有一条红色的毛毯飘动着，想来是要从那地方登山的。路很难走。

只是开一条泥路，倒也不十分难，可是泥土里面有很大的石头。泥土虽然平了，然而石头不平。石头虽然砍碎了，然而岩块没有弄平，悠然地耸峙在崩下来的泥土上，并没有给我们让路的气色。对方既然不动声色，那么我就非跨过或绕过不可。没有岩块的地方也不好走。因为左右高起，中间凹进，好比是在这六尺宽的地方凿出一条横断面成三角形的大沟，三角形的顶点贯穿在沟的中央，就是我所走的地方。与其说是在路上走，不如说是在河中涉水更为适当。我反正不是急于赶路，就慢慢地爬上这迂回曲折的山路去。

忽然脚底下响出云雀的叫声。向山谷里望下去，形影全无，不知在什么地方叫，只是清楚地听见声音，急急忙忙地不绝地叫着。周围几里内的空气，似乎都被蚤虱叮住，有痒不可当的感觉。这只鸟的叫声中没有瞬间的余裕。它把悠闲的春天叫亮了，又叫暗，似乎不把春光叫尽不肯甘休的样子。况且没有止境地都在飞升上去，无论什么时候都在飞升上去。云雀一定是死在云中的。也许升到不能再升的时候流入云际，形骸在漂泊中消灭，只有声音留存在空中。

岩石突出一个锐角，山路急剧地转弯，右边下临无地，如果算命的瞎子走到这角上，一定会倒跌下去。向旁边望下去，但见一片菜花。我想，云雀大概是降落在这里的吧。不，大概是从这片黄金色的原野中飞升起来的吧。接着又想，大概是降落的云雀和升起的云雀作十字形交叉飞过的吧。最后又想，大概是在降落的时候、升起的时候、作十字形交叉飞过的时候都精神勃勃地不息地叫着的吧。

春睡着了。猫忘记了捕鼠，人忘记了负债。有时连自己的灵魂都不知飞到什么地方，自身的存在都没有了。只有遥望菜花的时候才苏醒过来，听到云雀的叫声的时候才分明觉得灵魂的存在。云雀不是用嘴来叫的，是用整个灵魂来叫的。灵魂的活动在声音上的表现，像云雀那样元气充沛的，更没有了。啊，愉快！这样想，这样愉快，便是诗。

忽然想起了雪莱的云雀诗，把记得的地方低声背诵，记得的不过几句。这几句里面有这样的话：

We look before and after,
And pine for what is not;
Our sincerest laughter

With some pain is fraught;

Our sweetest songs are those

That tell of saddest thought.

"瞻前复顾后，忽忽若有失。失颜恣欢笑，中心苦郁结。歌声最甘美，含意最悲切。"

对啦，诗人无论怎样幸福，总不能像云雀那样放怀一切地、一心不乱地、忘却前后地高歌自己的欢乐。西洋的诗自不必说，中国的诗中也常常有"万斛愁"等字样。因为是诗人，所以愁有万斛；倘是平常人，也许不过一合。这样看来，大概诗人比平常人劳苦，诗人的神经比凡骨敏锐一倍以上。诗人固然有超俗的欢喜，但是也有无限的悲哀。这样看来，做诗人这件事也是要考虑的。

道路暂时平坦，右面是杂树丛生的山，左面是连续不断的菜花。脚底下常常踏着蒲公英。锯齿一般的叶子肆意地向四方伸展，拥护着中央的黄色的花。我一心注意菜花，把蒲公英踏了一脚之后，觉得对它不起，回头一看，那黄色的花依然安坐在锯齿形的叶子中间。修养功夫真好！我又继续想。

忧愁也许是跟随着诗人的。然而听云雀的时候心中毫无苦痛。看菜花的时候胸中也只觉得欢喜雀跃。蒲公英也是这样，樱花也——樱花不知什么时候不见了。这样地到山中来接近自然景物，所见所闻都很有趣。只觉得有趣，并不感到什么苦痛。要说苦只是两脚吃力，和吃不到甘美的东西而已。

然而不感到苦痛是什么缘故呢？是因为把这片风景只当作一幅画看，只当作一首诗读。既然是一幅画，是一首诗，那么既不希望购买地皮，从事开拓，也不企图敷设铁道，获取暴利。这片风景，这片既不能果腹充饥也不能增加月薪的风景，仅仅作为一片风景来慰乐我的心情，因为既无劳苦，也无忧虑。自然力的尊贵就在于此。在刹那间陶冶我们的性情，使进入醇乎其醇的诗境的，便是自然。

恋爱是美事，孝行也是美事，忠君爱国也是好事。但倘身当其局，被卷入利害的漩涡中，那么即使是美事，即使是好事，也势必神昏目眩。因此自己看不到哪里有诗趣。

倘使要看到，必然站在有看到的余裕的第三者的地位上。只要站在第三者的地位上，看戏剧也有趣味，读小说也有趣味。看戏剧而感到趣味的人，读小说而感到趣味的人，都是把自己的利害置之高阁的。看的时候，读的时候，这个人便是诗人。

然而普通的戏剧和小说，还不免含有人情：有时苦痛，有时愤怒，有时叫嚣，有时哭泣。看的人和读的人不知不觉地同化于其中，也有时苦痛，有时愤怒，有时叫嚣，有时哭泣。好处大概只在于不含有利欲这一点上。唯其不含有利欲，因而别的情绪活动就比平常厉害得多。这是讨厌的。

苦痛、愤怒、叫嚣、哭泣，是附着在人世间的。我也在三十年间经验过来，此中况味尝得够腻了。腻了还要在戏剧小说中反复体验同样的刺激，真吃不消！我所喜爱的诗，不是鼓吹世俗人情的东西，是放弃俗念，使心地暂时脱离尘世的诗。无论何等伟大的杰作，脱离人情的戏剧是没有的，屏绝是非的小说很少吧。时时处处不能脱离世间，是这种戏剧和小说的特色。尤其是西洋的诗，因为都是以人事为基础的，所以即使是所谓纯粹的诗歌，也不能从这个境地解脱出来。到处是同情、爱欲、正义、自由，只把世间看作一个尘世的商品陈列所。无论何等富有诗趣，都只在地面上奔驰，没有忘却金钱和欲的余暇。雪莱听见云雀的叫声而叹息，也不是无理的。

且喜东洋的诗歌中有解脱尘世的作品。"采菊东篱下，悠然见南山。"只在这两句中，就出现浑忘浊世的光景。这既不是为了邻女在隔墙窥探，也不是为了有亲友在南山供职。这是超然的、出世的、涤荡利害得失的一种心境。"独坐幽篁里，弹琴复长啸。林深人不知，明月来相照。"只此二十字中，卓越地建立了另一个天地。这天地的功德，不是《不如归》或《金色夜叉》^①的功德，是在轮船、火车、权利、义务、道德、礼义上精疲力尽之后忘却一切，浑然入睡似的一种功德。

倘使在 20 世纪需要睡眠，那么在 20 世纪这种出世的诗趣是少不得的。可惜现今作诗的人和读诗的人，都醉心于西洋，因此很少有人悠然地泛着扁舟来探访这桃源仙境。我固然不是以诗人为职业的，并不打算在现今的世间宣扬王维和渊明的诗境。只是自己认为这种感兴比游艺会、比舞蹈会更为受用，比《浮士德》、比《哈姆雷特》更为可喜。我一个人背了画箱和三脚凳在这春天的山路上踽踽独行，完全是为此。我是希望直接从自然界吸收渊明和王维的诗趣，在非人情的天地中暂时逍遥一会儿。这是一种醉兴。

我是人类的一分子，所以即使何等爱好非人情，长久继续当然是不行的。渊明恐怕不是一年四季望着南山的，王维也不是乐愿不挂蚊帐在竹林中睡觉的人吧。想来他们也要把余多的菊花卖给花店，把过剩的竹笋让给菜铺吧。说这话的我也是这样：无论何等爱好云雀和菜花，倘要我在山中露宿，这种非人情的事我也不想做。在这样的地方也能遇到人：有掖起衣边头裹布巾的农夫，有身穿红裙的姑娘，有时还遇到面孔比人脸长的马。虽然被包围在百万株桧树中间，吞吐着海拔数百余尺的空气，人的气味还是避免不了。岂但如此，爬过山峰之后，今宵的宿处还是那古井的温泉场哩。

吾人对世同物象，看法不同，则所见各异。莱奥纳多·达·芬奇对他的学生说：试听那只钟的声音，同是一只钟，听法不同，则声音各异。我们对

---

① 《不如归》和《金色夜叉》是当时在日本风行一时的两部小说，都是描写人世纠纷的。

一个男人或一个女人，也由于看法不同而所见的样子各异。我反正是为了追求非人情而出门旅行的，用另一种看法来看人，所见就和在尘世里巷中度着狭隘的生活时大不相同。即使不能完全脱离人情，至少也能达到像听赏能乐时那样淡然的心境。能乐中也有人情。听《七骑落》，听《墨田川》①，都不能保证不流眼泪。然而那是三分情七分艺的表演。我们从能乐享受到的美感，不是现世人情如实描写的手法所产生的。这是在如实状态上披上好几件艺术的衣服，而做世间所没有的悠闲的表演之故。

暂时把这旅行中所发生的事情和所遇到的人物看作能乐表演和能乐演员，便怎么样呢？不能完全放弃人情，但因这旅行的根本是诗的，所以随时随处力求接近于非人情。人和南山与幽篁，性质当然不同，和云雀与菜花也不能混为一谈，然而我务求其接近，在可能接近的限度内从同一观点看待人。那位名叫芭蕉的人，连马在枕边撒尿都当作雅事吟成诗句。我也想把今后所遇到的人物——农夫、商人、村公所书记、老翁、老妪——统统假定为大自然的点景而观察。他们当然和画中的人物不同，各人有各人的行动。然而像普通小说家似的探求其行动的根源，研究心理，议论人事纠纷，那就俗气了。他们行动起来也不要紧，只要把他们看作画中人物的行动，就无妨了。画中的人物无论怎样行动，总不越出画面之外。倘使觉得他们跳出画面之外而做立体的行动，那么就和这方面发生冲突，引起利害矛盾就不胜其烦了。越是麻烦，越是不能做美的鉴赏。我对今后遇到的人物，必须用超然远离的态度去看，务求双方不致随便流通人情的电气。这样，对方无论怎样活动，也不容易侵入我的胸怀，我就仿佛站在画幅前面观看画中人物在画面中东奔西走。相隔三尺，就可安心地观赏，放心地观察。换言之，不为利害分心，故能用

———————————

① 《七骑落》和《墨田川》都是能乐的曲名。

全力从艺术方面观察他们的动作，故能专心一意地鉴识美与不美。

我这样下决心的时候，天色渐渐变了。层云起初萦回在我的头上，忽然四散开来，前后左右尽成云海，绵绵地降下一天春雨。菜花田早已过去了，现在我步行在两山之间，雨丝细密，简直是雾，因此前方距离远近完全看不清楚。有时风吹过来，把高处的云吹散，方才看见右方有灰色的山脊。似乎相隔一个山谷，那边便是山脉蜿蜒的地方。走了几步，左方就看见山脚。绵密的细雨深处还隐约地露出松树一类的东西。刚一出现，忽然又隐没了。不知是雨在那里动，还是树在那里动，还是梦在那里动呢？真有点不可思议。

路格外宽广起来，而且很平坦，因此踏步不觉得吃力，然而我没有带雨具，还是加紧脚步。水点从帽子上纷纷地滴。正在这时候，前面三四丈远的地方铃声响了，暗黑中突然出现一个马夫。

"这里有没有休息的地方？"

"再走十五町，有一家茶馆。你身上湿透了呢！"

还有十五町？回头一看，马夫已经被细雨包围，像影戏一般，又突然不见了。

糠一般的雨点渐渐地粗起来，长起来，现在已经看得见一条一条的雨丝随风飘洒了。大褂子立刻湿透，渗进内衣的水由身体的温度烘暖着。心情很不快，把帽子拉低，急急忙忙地走路。

在茫茫然的淡墨色世界中，在银箭斜飞的风雨中不顾淋湿而坦然独步的我——把这个我当作非我看待，就变成诗，就可以吟成诗句。完全忘却了实体的我，纯客观地着眼的时候，我方始变成画中人物，和自然景色保持美好的调和。但在感到下雨讨厌、感到两脚疲劳的瞬间，我就既非诗中人，又非画中人，依然是一市井的竖子而已。眼不见云烟飞动之趣，心不怀落花啼鸟之情。那么萧然独步春山的我有什么美，更是不能理解了。起初拉低了帽子走，后来两眼只管盯住脚背走，终于缩紧肩膀，慌慌张张地前行。雨打满山的树梢，从四面八方围困这孤客。非人情未免有些过分了。

二

"喂。"叫了一声，没有人答应。

从檐下向里面一望，看见一排煤烟熏黑的格子窗。格子窗里面望不见。五六双草鞋寂寞地吊在檐下，无聊似的摇荡着。下面并排放着三只粗点心箱子，旁边散放着几个五厘钱和文久钱[①]。

"喂。"又叫了一声。伏在土间角落里石臼上的鸡被我惊醒，咯咯咯、咯咯咯地叫起来。门槛外面的土灶被刚才的雨淋湿了，已经一半变色，上面放着一个漆黑的茶铛。是泥铛，还是银铛，不得而知。幸而下面烧着火。

没人答应，我就擅自走了进去，在一张折椅上坐下了。鸡折着翅膀，从石臼上飞下来，又走到铺席上。如果格子窗不关，它们也许会跑进内室里去。雄的大声地喔喔喔，雌的低声地咯咯咯，仿佛把我当成狐狸或野狗。在另一张折椅上，一只升样的烟灰盆静悄悄地躺着，里面点着一盘线香，悠闲地吐出袅袅的青烟，仿佛不知道时间流过的样子。雨渐渐停了。

不多时，里面有脚步声，煤烟熏黑的格子窗嘶的一声开了。里面走出一个老太婆来。

我知道总会有人出来的。灶里烧着火，点心箱上散放着铜钱，线香安静地吐着青烟，一定会有人出来的。然而开着店铺不加照管，毫不在意，

---

① 文久钱是德川幕府文久三年（1863）所造的钱，上有"文久永宝"四字。

这情况和都市到底不同。没人答应而坐在椅上一直等候，这情况也是 20 世纪所不容的。这便是非人情，真是有趣。而跑出来的老太婆的面貌也引起了我的注意。

两三年前我曾经在宝生①的舞台上看过《高砂》②，那时候我以为这真是一幅美丽的活人画。捎着一把扫帚的老头从乐团和舞台之间的通路上走出来，走了五六步，转向和老太婆相对而立。这相对而立的姿态，至今我还历历在目。从我的座位里望去，老太婆的脸差不多和我正面相对。所以我感到这姿态美丽的时候，她的表情确切地印在我心内的镜头里。茶馆里的老太婆的面貌，和这张照相十分相似，好像是血气相通的。

"老太太，让我在这里坐一坐吧！"

"啊，我完全不知道。"

"雨下得很大呢！"

"这天气真讨厌，路很难走吧。喔唷，身上淋湿了。我烧起火来替你烘烘罢。"

"再添一点火，我靠着火衣裳就会干了。坐了一会儿觉得有些冷呢。"

"嗳，我马上烧起来。请喝杯茶。"

说完站起身来，嘘、嘘地叫两声，把鸡赶了下去。咯咯咯地跑出去的一对夫妇，从茶褐色的铺席上踏进点心箱里，又飞到门外的路上。雄鸡在逃的时候在点心箱上拉下一摊粪。

"请喝一杯。"不知什么时候老太婆用一个木头刳成的盘子端出一杯茶来。焦褐色的茶碗底上印着潦草的一笔画成的三朵梅花。

---

① 宝生是日本能乐之一派。

② 《高砂》是日本能乐曲名，由一个老头和一个老太婆的脚色合演。

"请吃点心。"她又拿出鸡踏过的芝麻卷和米粉条来。我看看是否沾上了鸡粪,原来鸡粪掉在箱子里了。

老太婆把交叉带挂在坎肩上,蹲在灶前。我从怀里取出写生册,画着老太婆的侧影,一面同她谈话。

"这里清静得很,太好了!"

"嗳,是山村呀。"

"黄莺叫不叫?"

"嗳,天天叫。这地方夏天也叫。"

"真想听听!多时不听就更想听了。"

"今天不巧——刚才下雨,不知逃到哪里去了。"

这时候灶里面毕卜毕卜地响起来,红色的火焰飒然生风,喷出一尺多长。

"好,请靠靠火。您一定冷了。"老太婆说。青烟升起来,碰着屋檐,四处分散,檐板上还缭绕着淡淡的烟痕。

"啊,好舒服!这么一来,又精神起来了。"

"正好雨也晴了。喏,天狗岩看得见了。"

不定常阴的春日天空中,焦躁地刮着山风。前山的一角,山风毅然通过时,爽快地放晴了。老太婆所指的那方,像削成的柱子一般峥嵘耸立的,据说是天狗岩。

我先望望天狗岩,再望望老太婆,然后把两者对比了一下。作为一个画家,我头脑中所保留的老太婆的面貌,只是《高砂》中的老太婆和芦雪①所绘的深山女怪。看了芦雪的画,觉得想象里的老太婆是凄厉可怕的,是应该

---

① 芦雪是日本江户时代前期的大画家,名政胜,画家圆山应举的高足。

置之红叶之中、寒月之下的。后来看了宝生的《别会能》①，才恍然大悟：原来老女人也可以有这样优美的表情。那个面具一定是名人所刻的吧。可惜作者的姓名不传。虽然是老人，这样地表现，就觉得饱满、安详而温暖。这不妨点缀在金屏上、春风中，或者樱花下。我觉得作为春日山路上的点景，这个挺起腰身，一手遮阴、一手指着远方的穿坎肩的老太婆比天狗岩更为适当。我拿起写生册来，然而老太婆的姿势忽然变了。

我兴味索然地把写生册移近火边烘干，一面说：

"老太太，您很健康呢！"

"嗳，幸而身体好——针线也能做，苎麻也能续，米粉也能磨。"

我想叫这个老太婆挽挽磨子看。然而这样的要求是不行的，就问起别的事来：

"从这里到那古井不到六里路吧？"

"嗨，说是二十八町。先生要到温泉去么？"

"若不拥挤，倒想耽搁几天。到那时再看了。"

"哪里，一打仗②就没有人来了。差不多关门了。"

"倒也奇怪。那么也许不好住宿呢。"

"不，你要住宿，他们总是留的。"

"旅馆只有一家吧。"

"嗳，您问问志保田家就知道了。这是村子里的大户人家，不知道是办温泉疗养所的，还是隐居人家。"

"这么说，没有客也不要紧的了。"

---

① 《别会能》是日本能乐曲名。

② 指1904年的日俄战争。

"先生是初次来么？"

"不，很久以前来过一次。"

谈话一时中断了。翻开写生册，替刚才那两只鸡写生，这时叮当的马铃声传到沉静的耳孔里。这声音自有节奏，在人心中形成一种曲调。宛如梦中听到邻家杵臼声。我停止了写生，在同页的上端写道：

唯然①耳边声，春风吹马铃。

自从登山以来，曾经遇到过五六匹马。凡所遇到的五六匹马，都束着兜肚，挂着铃铛。难以想到这是现今的马。

悠闲的马夫的歌声，忽然打破了暮春的空山行旅之梦。哀怨深处流露着欢乐的音韵，简直是画里的声音。

马歌过铃鹿②，春雨洒平芜。

这回是斜写的。写好之后一看，才理会到这不是自己所作。③

"谁又来了。"老太婆半自语地说。

春山中只有一条道路，来往都得由此经过。最初我遇到的五六匹叮当叮当的马，都是曾经这老太婆想一想"谁又来了"然后下山，想一想"谁又来了"然后登山的吧。在这山路寂寞、春贯古今、厌花则无立足之地的小村里，

---

① 即广濑唯然，日本江户时代前期的俳句名家松尾芭蕉的门人。

② 铃鹿是今三重县和滋贺县境的山岳。

③ 此俳句乃漱石之友人正冈子规所作。

这位老太婆是多年来数尽了叮当叮当之马，直到白头的今日吧！

　　　　马歌声咽处，白发对残春。

　　在第二页上写完了这两句，凝望着铅笔头想：这并没说尽我的感想，还得推敲一下。当我正在添上"白发"两字，加进"几经岁月"的意思，再安上"马夫歌"这个题目，放上春天的季候，设法凑成十七个字^①的时候，真正的马夫已经站在门前，大声说：

　　"大妈，您好！"

　　"啊，源哥儿？又要进城吗？"

　　"您要买东西，我给您买。"

　　"对啦，倘使路过锻冶町，到灵岩寺替我女儿讨一张符来吧。"

　　"好，我去讨。一张够了？——秋姐儿嫁了好人家，享福了。对不对，大妈？"

　　"还好，现在没有什么。也可算是享福么？"

　　"当然算享福喽，大妈。同那古井那位小姐比比看！"

　　"真怪可怜的。那样标致的人，近来好些么？"

　　"哪里！还是那样。"

　　"真伤脑筋！"老太婆长吁了一口气。

　　"可不是吗！"源哥儿摸摸马的鼻子。

　　枝叶繁茂的山樱，花间叶上满含着高空中落下来的雨滴，经风吹弄，停

───────────

① 　这里所举的诗句，都是俳句。俳句限定用十七个日本字，中译很难。现在姑且用两句七言诗或五言诗译出其大意。

留不得，都纷纷地离开了它们的暂居之处而翻落地上。马吃了一惊，上上摇动它们的长鬃。

"他妈的！"源哥儿的叱马声和叮当声打破了我的冥想。

老太婆说："源哥儿，她出嫁时候的样子还在我眼前呢。身穿绣花长袖衫，梳着高岛田①头，骑着马……"

"对啦，是骑马的，不是坐船的，也是在这儿休息一下，大妈。"

"嗳，新娘的马停在那棵樱花树下的时候，樱花簌簌地掉下来，高岛田头上尽是斑斑斓斓的花瓣。"

我又翻开写生册。这情景既可入画，也可吟诗。我心中浮现出新娘的姿态，就想象当时的情状，很得意地写道：

櫻花时节山前路，马上谁家新嫁娘。

可怪的是，衣裳、头发、马、樱花，都历历在目，只有新娘的面貌怎么也想不出来。想来想去，忽然想起了米蕾所绘的奥菲利亚②的面影，就把它安在高岛田头发下面了。一想，这可不行，连忙把画好的画面涂掉。衣裳、头发、马、樱花，刹那间都从我的构思里跑掉了，只有奥菲利亚合掌漂流水上的姿态朦胧地留在心底，仿佛用棕榈帚来驱除烟气，难以净尽。心里有一种奇妙的感觉，好像天空中拖着尾巴的彗星。

"那么，再见了。"源哥儿说。

"回头再来吧。正赶上下雨，羊肠小道很难走吧。"

---

① 高岛田是日本结发样式之一。

② 米蕾是19世纪英国画家。奥菲利亚是莎士比亚剧《哈姆雷特》中的女主角，是溺水而死的。

"是啊，有些吃力呢。"源哥儿说完走了。源哥儿的马也走了，发出叮当叮当的声音。

"他是那古井人么？"

"是啊，是那古井的源兵卫。"

"他用马送哪家的新娘子过山哪？"

"志保田家的小姐嫁到城里去的时候，小姐骑匹青马，源兵卫拉着缰绳打这里过。——时光真快，今年已经五年了。"

对镜始悲白发，可算是幸福之人。老太婆屈指方知五年流光犹如轮转，也可说是近于神经了！我这样回答：

"想必很漂亮吧。那时我来看看就好了。"

"哈哈哈哈，现在您也能看到。您到温泉场去，她一定出来招待您。"

"啊，现在她在娘家么？也是穿着绣花长袖衫、梳高岛田头才好呢。"

"您拜托她一下，她会打扮给您看的。"

我想未必吧。然而老太婆的态度却十分认真。非人情的旅行中没有这样的事情是没趣的。老太婆说：

"这小姐很像长良少女。"

"相貌吗？"

"不，是她的遭遇。"

"长良少女是什么人哪？"

"从前这村里有一个叫长良少女的大户人家的标致姑娘。"

"噢。"

"可是有两个男人同时爱上了这位姑娘，先生！"

"真的？"

"姑娘白天黑夜发愁，不知嫁给这个男人好，还是嫁给那个男人好。最后一个也不嫁，唱着：

> 大地秋光冷，秋花淡不红。
>
> 愿随花上露，消散逐秋风。

这个歌，便投河死了。"

我没想到来这样的山村里听这样的老太婆用这样古雅的言语讲述这古雅的故事。

"从这里向东走五町，道旁有座五轮塔①，是长良少女的坟墓。您顺便去看看。"

我打定主意，要去看看。老太婆又继续说：

"那古井的小姐也有两个男人作怪。一个是小姐到京都求学的时候碰到的，另一个是城里的首富。"

"嗯，那么这小姐嫁给哪一个呢？"

"小姐自己一心要嫁给京都那一个，也许其中有种种缘故吧，可是两位老人硬把她许给了这边……"

"总算没投河就解决了。"

"不过——男方也是看上小姐标致才攀亲的，当然要看重她了，可是小姐本来被迫成亲的，所以总是合不来。亲戚们都很担心。这回的战事一起，那位姑爷做事的银行倒闭了。小姐就又回到那古井。外人都说小姐心狠、无情无义，议论纷纷。她本来是很老实、很和气。可是源兵卫来的时候总说，她这程子脾气很暴躁，倒叫人有点儿担心……"

---

① 五轮塔是佛教建筑，由五块形式不同的石头堆积而成。

再听下去，就要破坏难得的兴致了。仿佛是正在成仙的时候有人来催索羽衣。冒着崎岖之险，好容易来到这里，若胡乱地被拖回俗界，就失去我飘然离家的初意了。闲谈家常如果超过了某种程度，尘世的臭气就要钻进毛孔，身体就污垢而不轻快了。

"老太太，到那古井只有一条路吧？"我把一个一角银币放在折椅上，就站起身来。

"到长良五轮塔向右拐，有一条六町左右的近路。路虽然不大好走，年青人还是走这条路近些。谢谢您给这么多茶钱——您慢慢走！"

三

昨晚觉得很奇怪。

到达旅店的时候已是夜里八点钟光景，房屋的样式、庭院的布置自不必说，连东西方向都辨别不清。曲曲折折绕了许多回廊似的路径，最后被领进一个六铺席的小房间。情况和我从前来时大不相同了。吃过晚餐，洗过澡，回到房间喝茶时，来了一个小姑娘，问我要不要铺床。

我所感到奇怪的是，到达旅店时引路，伺候晚餐，领我洗澡，铺床，都是这小姑娘一个人。这小姑娘很少讲话，然而并无乡下人习气。她身上束着朴素的红带子，拿着古风的纸烛，在又像走廊又像扶梯的地方转来转去，又束着同样的红带子，拿着同样的纸烛，在同样又像走廊又像扶梯的地方几次上去下来，领我去洗澡的时候，我仿佛已置身于画图之中了。

她在伺候晚餐的时候对我说：因为近来没有客人，别的房间都不曾打扫，请在普通房间迁就一下吧。她铺好了床，像成人似的说"请安歇吧"，便出去了。她的足音从那些曲折的走廊下来渐渐远去的时候，到处寂静无声，好像人烟绝迹的样子。

这样的经验，我有生以来只有过一次。从前我曾从馆山出发经过房州，再从上总沿海步行到铫子。有一天晚上在某处投宿。这只能说是某处了。因为地名和旅店名现在都已完全忘记。首先，住的是否旅店，还是问题。只记得一所高大的宅子只有两个女人。我问她们可否借宿，年纪大些的说可以，年纪轻些的就领着我，我跟着她走过好几间荒凉的大屋子，来到最里边的一个低楼上。跨上三步楼梯，从走廊进屋的时候，晚风吹动檐下一丛倾斜的修竹，簌簌作响，从我的头和肩上拂过，使我感到一阵清凉。缘板已经腐朽。我说，来年竹笋穿通缘板，屋里将长满绿竹。那个年轻的女人一句话也不说，嗤嗤地笑着出去了。

这晚上那些竹子在枕边婆娑摇曳，使人不能成寐。推开格子窗，但见庭中一片草地，映着夏夜的明月。举目四顾，要不是有垣墙简直就一直连着广大的草山。草山那面便是大海，奔腾的巨浪正在汹涌地打过来威吓人世。我终于通夜不曾合眼，耐性地躺在阴阳怪气的蚊帐里，仿佛身在传奇小说之中。此后我也曾做种种旅行，然而这样的感觉，在今夜投宿这古井以前不曾有过。

仰面而卧，偶然睁眼一看，横楣上挂着一块朱漆框子的横额，蒙眬睡眼也能分明看出写着"竹影拂阶尘不动"几个字。落款是大彻，也看得很清楚。我是对书法毫无鉴识的人，然而平生爱好黄檗①的高泉和尚的笔致。隐元、即非、木庵②，虽都各有其长处，然而高泉的字最为苍劲雅驯。现在看到这七个字，觉得笔致和手法没有一处不是高泉。然而分明题着大彻，想必是另

_____

① 此处指日本京都府宇治的黄檗山万福寺。

② 隐元、即非、木庵，均为我国明代黄檗山万福寺名僧，后至日本传教，于京都府宇治创建黄檗山万福寺。均精书法。

一个人吧。或许黄檗有一个名叫大彻的和尚，亦未可知。不过纸色很新，无论如何总是近今的东西。

向旁一看，壁龛中挂着一幅若冲①的仙鹤图。我是以画家为职业的，所以一进这房间的时候就看出这是逸品。若冲的画大都色彩精致，这只仙鹤却是潇洒不拘的一笔画，一脚亭亭独立，载着卵形的躯体的姿态，甚得吾意，连长长的嘴上也流露着飘逸之趣。壁龛旁边不设吊棚，而邻接于普通的壁橱。壁橱里面有什么东西，不得而知。

沉沉入睡。做了一个梦：

长良少女穿着长袖衫子，骑着青马，越过山岭。突然两个男人跑了出来，向两面拉扯。她立刻变成了奥菲利亚，爬上柳树，跳进河中，浮在水面唱着美丽的歌儿。我想救她，拿着长竿，向向岛方面追赶。这女子毫无苦痛之色，边笑边唱，顺流而下，不知所之。我扛着长竿，喂、喂地呼喊。

正在这时梦醒了，腋下淌着汗。好一个奇妙的雅俗混淆的梦啊！听说从前宋朝有位大慧禅师，悟道之后，万事无不从心所欲，只在梦中时生俗念，长期引为苦痛。不错，这确是实情。但是以文艺为生命的人，如果不做些美丽的梦，是不行的。这样的梦境，大部分既不入画，又不成诗。我这样想着翻过身来，但见窗间已经照着月亮，两三枝树影横斜地映着，真是清丽的春夜！

也许是心境使然，似乎听见有人低声歌唱。是梦里的歌声飘到人世！或是人世里的声音飘进了迢迢的梦境？我倾耳静听，确是有人在唱歌。声音固然既低且弱，但在这困人的春夜里，却轻轻地打动我的脉搏。更有不可思议之处：曲调且不说，细听词句，以为不是在我枕畔唱的，难以听出，

---

① 即伊藤若冲，日本江户时代中期的元明风画家。

然而却清楚地听到，反复地唱着长良少女之歌：

> 大地秋光冷，秋花淡不红。
> 愿随花上露，消散逐秋风。

这声音起初在屋檐近旁，渐渐微弱而远去了。宛然中断的声音，给人以突然之感，而缺乏动人的情趣。听到毅然决然的声音，心中也会发生毅然决然之情。但是现在这声音并无明显的界限，而是自然地越来越弱，在不知不觉之间渐渐消沉，这时我的心也一分一秒地渐渐岑寂下来，好像濒死的病夫、将熄的灯火，给人一种即将毁灭之感。这恼人心魂的歌声真是集天下古今春恨之大成了。

我一直耐心地躺在床里听，歌声渐去渐远，我的耳朵明知受了诱惑，但总想追去。歌声越来越弱，仅能微微听得，仍愿跟随前去。后来我想，我无论怎样渴望，它不会反映到鼓膜上来。在这一刹那间我忍耐不住了，身不由己地钻出被窝，同时拉开了格子窗。这时月光斜射进来，照在我的膝下，单衣上也映着摇曳的树影。

拉开格子窗的时候，我没有注意到这样的情景。我按照方向寻找这声音，原来却在那边，一个朦胧的人影孤寂地沉浸在月光中，背向一丛花树，仿佛是海棠。我想，就是这个了——在还未确切意识到的瞬间，这黑影已经践着花影向右转去。隔壁的屋角遮住了这姗姗徐步的苗条女子的姿态。

我穿着一件借用的单衣，手扶格子窗，茫然若失，蓦地醒来，才觉得山乡春寒太甚。连忙回到刚才钻出的被窝里，仔细思量。从枕底下摸出怀表一看，已经一点十分。再把怀表塞在枕下，继续考虑。这未必是妖怪吧？如果不是妖怪，一定是人。如果是人，一定是女人。也许就是这家的小姐。嫁后大归的小姐，深更半夜来到山边的庭院里，有些不妥。我怎么也不能入睡。连枕底下的怀表也喋喋不休。我从来不曾注意到表的声音。但在今夜，它好像在催我想，又好像在劝我别睡。真真可恼。

可怕的东西，如果只看这可怕的东西本身的姿态，也能成为诗。凄惨的事情，如果离开自己，只当作单独的凄惨事情，也能成为画。失恋可做艺术作品题目，也完全如此。忘却失恋的苦痛，单单使那优雅之处、含有同情之处、充满忧愁之处，甚至于流露失恋的苦痛之处浮现在眼前，才能成为文学美术的材料。世间有制造莫须有的失恋，自寻烦恼，而贪其愉快的人。俗人评之为愚，评为癫狂。然而自己描出不幸的轮廓而乐于起卧其中，和自己刻画出乌有的山水以乐壶中天地，在获得艺术的立脚地的一点上，可说是完全相等。在这点上说来，世间许多艺术家（俗人则我不知）比俗人还愚，比俗人癫狂。我们穿着草鞋旅行的时候，一天到晚愤愤不平地诉苦；过后向人叙述游历经过的时候，一点没有不平的样子。有趣的事情和愉快的事情自不必说，即使是从前愤愤不平的事情，现在也谈得眉飞色舞，得意扬扬。这并不是有心自欺欺人，只因旅行时候是俗人的心情，而叙述游历经过的时候已经是诗人的态度，因而发生这样的矛盾。如此看来，从四角的世界中去掉名为常识的一角而住在三角里的，便是所谓艺术家吧！

因此之故，无论自然，无论人事，在俗众辟易难近的地方，艺术家能发现无数的琳琅，获得无上的宝璐，俗称为美化。其实并非什么美化。绚烂的光彩，从古以来便赫然存于现象世界。

只因一翳在眼，空花乱坠，只因俗累羁绊，牢不可破，只因荣辱得失，切身难忘，所以达纳在描绘火车之前不解火车之美，应举①在描写幽灵之前

---

① 即圆山应举，日本江户时代后期的名画家，以写生著称。

不知幽灵之美。

我刚才看见的人影，如果只是这样的现象，那么任何人看了，任何人听了，都会觉得富有诗意。孤村温泉，春宵花影，月下低吟，朦胧夜色——这些都是艺术家的好题目。眼前有此好题目，而我在这里却做无用的评议和多余的探索。上好的雅境里加进了乏味的理论，恶俗的气味损害了难得的风雅。如此，就没有标榜非人情的价值。若不再加修养，就没有向人夸耀诗人、画家的资格。听说从前意大利的画家萨尔瓦多·洛札为了研究强盗，不顾自身的危险，加入山盗之群。我既怀着画册飘然出门，若无这样的决心，毋乃太惭愧了。

在这样的时候，怎样才能回到诗的立脚地呢？必须把自己的感觉本体拿出来放在面前，从这感觉退后一步，确实地安定下来，像别人一般检查这感觉——必须造成这样的余地，方才济事。诗人有解剖自己尸体而把这病情公之于世的义务。方法虽有种种，但最简便最良好的，是随手取材，写成十七个字。十七个字是诗中最简便的形式，在洗脸的时候，在如厕的时候，在乘电车的时候，都容易作得出来。如果说，十七个字容易写成，就是认为诗人容易做；做诗人是一种灵机，因而容易——这样的轻蔑大可不必。我以为越是容易，就越有功德，反而应该尊重。譬如动怒，立刻把动怒这件事写成十七个字。在写成十七个字的时候，动怒的自己就变成了别人。动怒和吟俳句，不是一个人同时所为。又如流泪，把流泪写成十七个字，心中立刻就欢喜了。把流泪这件事组成十七个字的时候，苦痛的眼泪就从自己游离，自己就变成快活的人，仿佛在说：我是能哭的人。

这是我平生的主张。今夜我也想把这主张实行一下，就在被窝里把上述事件吟成种种俳句。作成之后倘不记录，必致遗忘，不很妥当。这是认真的修业，所以把写生册翻开，放在枕边。

"海棠含露笑，春色太轻狂。"最初写出这一首。试读一遍，虽无特别佳趣，但也没有不快之感。其次写的是："倩影依花影，朦胧春月中。"这里面季题重复了①。然而全不妨事，只要读起来稳妥流畅就好。其后又写："春夜朦胧月，狐仙化女身。"这像诙谐俳句，自己觉得可笑。

照这个格调，可以放心地作了，于是我高兴起来，把吟成的句子全部写上去：

> 夜半钗钿堕，春星落枕边。
> 兰汤新浴发，春夜湿云桥。
> 春宵歌一曲，脉脉不胜情。
> 月色溶溶夜，海棠化作妖。
> 春宵明月下，低唱独徘徊。
> 决意随春老，孤芳自赏时。

写着写着，不觉昏昏欲睡了。

我想，"恍惚"一词，正好用以形容此刻。熟睡之中，不知有己。清醒之际，不忘外界。在这两境之间，隔着轻纱般的幻境。说它是醒，则过于模糊；说它是睡，又嫌太有生气。这仿佛把醒睡两界盛在一只瓶里，而用诗歌的彩笔搅和时的状态。把自然界的色彩渲染近于梦幻，把整个宇宙推向云霞之乡。借睡魔之妖腕磨光一切实相，并把我滞钝的血脉通向这柔和的乾坤中。宛如匍匐地上的烟气，欲飞而不得飞，又好似自己的灵魂欲离躯体而又不忍

---

① 俳句中关于季节的景物描写，叫作季题。一首俳句，普通只能用一个季题。现在这俳句中"花影"和"春月"都是春的季题，所以说重复了。

离。欲去而又踟蹰，踟蹰而又欲去，结果魂之为物终难强留，而氤氲之气依依不散，萦绕四肢五体——这是一种依恋之情。

我如此逍遥在窅寐之境，入口处的纸裱门嘶的一声拉开了。门开处忽然出现一个幻象似的女人影子。我既不吃惊，也不恐惧，只是泰然地望着。说是望，用词有些过火，其实是一个女人的幻影翩然地溜进我闭上的眼帘。这幻影姗姗走进房间，好似仙子凌波，席上肃静无声。我从闭上的眼帘观看世间，自难确切，但见一个肤白、发黑、后颈长长的女人，很像最近流行的渲染照相透过灯光时所见的样子。

这幻影站定在壁橱前面了。壁橱开了，雪白的胳臂从衣袖里伸出，在黑暗中隐约发亮。壁橱又关上了。铺席的平波自动地把这幻影渡送回去。入口处的纸裱门也自己关上了。我的睡意越来越浓。人在死后尚未转生为牛马期间，大概就是这样的吧。

我在人马之间睡了多久，自己也不知道。听见耳边女人的嘻嘻的笑声，方才醒来。睁眼一看，夜幕早已揭起，大地上阳光普照。和煦的春晖照出圆窗上竹格子的黑影，使人觉得世界上似乎没有隐藏怪异的地方。神秘大概已经回到极乐净土，渡过冥河的彼岸去了。

穿着单衣，走下去洗澡，在浴池里浸了五分钟光景。既不想洗，也不想出来。首先想到的，是昨夜怎么会有那样的心情。天地以昼夜为界而颠倒过来，真是奇妙的事。

懒擦身体，草草了事，湿着就从水里站起身来，从里面打开浴室的门，又吃了一惊。

"您早！昨夜睡得好么？"

这话声差不多和开门同时听到。我全没料到这里有人，对于这两句迎头的寒暄话还没有来得及立刻回答，这时又听见说：

"请穿衣服。"

说过之后就转到我背后，把一件软绵绵的衣服披在我身上了。我好容易说了一声"多谢……"，转过身来的时候，这女子向后退了两三步。

从来小说家总是竭力描写女主角的容貌。倘把古今东西品评佳人所用的言语列举起来，其数量恐怕可与《大藏经》相比。在这令人辟易的大量的形容词中，倘要选出最恰当的用语来描写和我相隔三步扭身而立、安详地斜睇着我的惊愕狼狈之相的那个女子，不知可以选出多少字眼！然而我有生三十余年，直到今日尚未看见过这样的表情。据美术家的评论，希望雕刻的极致在于端肃二字。我想，端肃者，乃人的活力欲动未动时的姿态。如动起来，不知将怎样变化，变作风云或变作雷霆呢？在尚未分晓之际，有一种缥缈的余韵，因此它的含蓄之趣能传到百世之后。世间许多尊严和威仪，隐藏在这湛然的潜力之内，动时就会表现出来。一旦表现出来，无论是一，是二，是三，一定首尾毕露。无论是一，是二，是三，一定都有特殊的能力。然而既知是一，二，是三，就无遗地显出拖水带泥的陋相，无法恢复本来的圆满之相了。是故凡名为动者，必定低劣。运庆[1]的金刚、北斋[2]的漫画，全都失败在这一"动"字上。动与静，乃是支配我们画家命运的大问题。古来形容美人，可说大都不出这两大范畴之内。

然而我看到这女子的表情，竟茫然不能判断属于哪一范畴了。她的嘴闭成"一"字，乃是静的。眼睛转动，可见秋毫。脸部下端肥大，成瓜子形，有丰满安详之相，但是额部狭隘局促，带着所谓富士额的俗气。不但如此，两眉逼近而微蹙，好像中间点着几滴薄荷一般。只有鼻子既不尖锐而失于轻

---

[1]　运庆是日镰仓时代中期的佛像雕刻家。奈良东大寺南大门的金刚为其代表作。

[2]　即葛饰北斋，日本江户时代末期的风俗画家，尤善风景画。

薄，也不圆肥而失于迟钝，画出来大概是很美观的。这样，这个人的五官各有特点，纷呈杂沓地映入我的眼中，教我如何不茫然呢？

原该是静的大地，一角发生缺陷，全体就不期地动起来，后来发觉动是违背本性的，欲勉力恢复原来的状态，然而局势已经失去平衡，就不能自主地一直动到今天。现在就自暴自弃、不顾一切地动给人看——如果有这种神情，正好拿来形容这个女子。

因此这女子的表情，在轻蔑之中含有绻缱之色，表面上对人揶揄，内心里微露谨慎小心之相。如果逞能负气起来，一百个男子也不算一回事，而在这气势之下又不知不觉地涌出温和之情。这表情中完全没有一致，是悟和迷在一个屋子里一面争吵一面同居的状态。这女子脸上没有统一之感，便是她心中不统一的证据。心中不统一，大概是这女子的身世中没有统一之故吧。这是受着不幸的压迫而想战胜这不幸的脸，一定是一个薄命女子。

"多谢！"我重复了一句，施了个礼。

"呵呵，房间打扫了。请去看看吧。随后再见。"

说着就扭过身子，轻轻弯了弯腰，翩然地向走廊跑去了。头上梳着银杏返①，髻下露出雪白的衣领。黑缎子的腰带大概是单面的。

四

我茫然地回到房里一看，果然打扫得很干净了。因为有些不放心，为了仔细起见，打开壁橱看看。但见下面有一个小柜子，上面一条彩色的小带子

---

① 银杏返是日本妇女结发样式之一。

垂下一半，可以想见这是有人来取衣物，匆匆取了就走的缘故。小带子的上部夹在华丽的衣裳中间，看不到另一端。一旁堆着几册书，最上面并排着一册白隐和尚的《远良天釜》①和一册《伊势物语》②。我想，昨夜的幻象也许是事实。

无心地在垫子上坐下来，看见那本写生册夹着铅笔端正地躺在红木桌上。我就拿起来，想在早晨看看昨夜梦里信笔写成的诗句，到底怎样。

"海棠含露笑，春色太轻狂"的下面，不知谁写上了"海棠含露笑，春色与朝鸦"。是用铅笔写的，字体不易辨认，说是女子笔迹则太硬，说是男人笔迹则太柔。接着我又吃一惊，"倩影依花影，朦胧春月中"下面添上了"倩影重花影，朦胧春月中"。"春夜朦胧月，狐仙化女身"底下写着"春夜朦胧月，王孙化女身"。是存心模仿，或是意欲修改？是卖弄风情，或是愚蠢无知？又或是揶揄作弄呢？我不觉歪转了头沉思起来。

她说随后再见，也许等一会儿吃饭的时候她会来的。如果来，情况就可明白些了。但现在是什么时候？看一看表，已经过了十一点钟。起得太迟，正好吃午饭，对于胃倒有好处。

打开右边的格子窗，看看昨夜的风流余韵究竟在哪边。我所鉴定为海棠的，果然是海棠，但是庭院比我所估计的狭小。一片青苔地上埋着五六块踏步石，赤脚走大概是很舒服的。左面的山崖上有一株赤松从岩石中生出来，斜伸在庭院上面。海棠的后面是树丛，里面有一个大竹林，十丈的翠竹映着春日的阳光。右面被房屋遮住，不能看见。但从地势看来，斜坡的尽头一定是洗澡的地方。

---

① 白隐和尚是日本江户时代的名僧，所著《远良天釜》系叙述武士参禅等之作。

② 《伊势物语》是日本平安时代之作，是以和歌为中心的恋爱故事。

山的尽处是岗，岗的尽处有一块约三町宽的平地，平地的尽处潜入海底，在一百多里之外又高起，变成周围三十六里的摩耶岛。这是那古井的地势。这家温泉旅馆位在岗麓上紧靠着山崖，把断崖的景色一半围入院中，因此前面是楼，后面却是平房。从廊下垂下脚去，脚踵立刻可以碰到青苔。难怪昨晚上来下去爬了许多扶梯，原来这是一所特殊构造的屋子。

再打开左边的窗子。岩石上有天然凹进的一块地方，约有两张铺席大小，里面积满春水，映出山樱的倒影。两三株山白竹点缀在岩角上。稍远处有一道似乎是枸杞的树篱。树篱外面是从海滨上岗的坡道，不时听见人声。坡道那面逐渐向南下倾，长着橘树，谷的尽头又是一个大竹林，望去只看见白蒙蒙的一片。竹叶远望成白色，我在这时才知道。竹林上面是山，山上松树甚多，赭红色的树干中间露出五六步石阶，似乎伸手可接，大约是一个寺院。

推开入口处的纸裱门，走到廊檐下，看见栏杆弯曲成方形，照方向而论，本该望见中庭那面的海，可是那里却有一座正楼。凭栏望去，觉得我的房间也位在同样高度的楼上。浴室在地下，从浴室说来，我是住在三层楼上。

房子非常广大，除了对面楼上的一间和我这里沿着栏杆右拐的一间以外，其余可称为客室的大都关闭着。至于住屋和厨房则不得而知了。客人除我之外，差不多完全没有。关闭的房间，白天也不开板门；开着的房间，似乎夜间也不关。这样看来，夜间连大门都不关，亦未可知。在非人情的旅行中，这真是一个出色的地方。

时候虽已将近十二点钟，却全无送午饭的样子。肚子渐渐饿起来，然而想起了身在"空山不见人"的诗中，少吃一顿亦无遗憾。作画太麻烦；想作俳句，但已进入俳句三昧，再作未免多事；想读书，夹在三脚凳里带来的两三册书也懒得解开。这样身上照着和煦的春晖，在窗前和花影一同起卧，正是天下之至乐。一考虑就堕入邪道。一动就危险。如果可能，连鼻子的呼吸也想停止。我希望像生根在铺席上的植物一般，一动不动地度送两个星期。

不久，听见廊下有脚步声，有人从下面一步一步地走上来。走近的时候，听见似乎是两个人。我以为这两人就要在纸裱门前站下，岂知其中一个一声不响，走回去了。门一开，我以为是今天早上看见的那个人，岂知仍是昨夜的小姑娘。不知怎的，觉得有些不满足。

"对不起，送得迟了。"说过之后放下食盘，关于不供早饭的理由，一句也没说。一碟烤鱼上点缀着一些青菜；揭开汤碗的盖来一看，嫩蕨中间有红白相同的虾在碗底。啊，好色彩！我向碗中注视。

"不喜欢么？"小女仆问。

"不，我就吃。"我这样说，然而实际上觉得吃了很可惜。我曾经在一册书中读到达纳的逸事：达纳曾在一个晚餐席上注视盛在碟子里的生菜，对旁边的人说：这是凉色，是我所用的色彩。我想把这虾和蕨的色彩给达纳看看。原来西洋的食物，色彩美观的一种也没有。有之，只有生菜和红萝卜吧。从滋养方面说，我不知道怎么样；但用画家的眼光看来，西菜是颇不发达的。至于日本的菜，无论汤菜、拼盘、生鱼片，都做得色彩非常美丽。坐在筵席面前，即使不夹一箸，看看就回去，在眼睛保养方面说来，已经充分得到上菜馆的效果了。

"你们这里有一个年轻的女人，是不是？"我放下饭碗问。

"是的。"

"那是谁？"

"是少奶奶。"

"另外还有老太太么？"

"去年过世了。"

"老爷呢？"

“老爷在家。那是老爷的女儿。”

“你说那个年轻的女人？”

“正是。”

“客人有没有？”

“没有。”

“只有我一个人？”

“正是。”

“少奶奶每天做些什么事情？”

“做针线……”

“还有呢？”

“弹三弦琴。”

这倒是意外的。我觉得很有意思，就再问：

“还有呢？”

“到寺院去。”小姑娘说。

这又是意外的。寺院和三弦琴很妙。

“去烧香？”

“不是，到和尚师父那里去。”

“和尚师父也会弹三弦琴么？”

“不。”

“那么去做什么呢？”

“到大彻师父那里去。”

对啦，所谓大彻，一定就是写这横额的人。从这文句推测，大约是个禅僧。壁橱里的《远良天釜》，一定是这女子的所有物了。

“这房间平常是谁住的？”

"平常是少奶奶住的。"

"那么在昨天晚上我来以前，她是睡在这里的？"

"正是。"

"这真是对不起了。那么她到大彻师父那里去做什么呢？"

"我不知道。"

"还有……"

"什么？"

"还有，此外她还做些什么？"

"还有各种各样……"

"各种各样，什么事情呢？"

"我不知道。"

谈话到此为止。饭吃好了。小姑娘撤去食盘，把门拉开，隔着庭院中的树木，我望见对面楼上有一个梳银杏返的人手托香腮，凭栏下望，好像现身的杨柳观音一般。和今天早上不同，这是很静的姿态。大概是因为脸朝下，这里看不见眼睛的活动，所以样子大变了。古人说："存乎人者，莫良于眸子。"真是"人焉廋哉"！①人身上比眼睛更灵活的东西是没有的了。在她静静地靠着的"亚"字栏杆下面，一双蝴蝶忽合忽离地飞舞上来。我的房间的门突然开了。这女子听见了开门的声音，眼光猛然离开蝴蝶，转向我这方面，视线犹如毒矢穿空，唐突地落在我的眉间。我心中一怔，小姑娘又嘶的一声把门拉上了，留下的是极其岑寂的春天。

我又翻身躺下。心中忽然涌出这样的诗句：

---

① 《孟子·离娄上》："存乎人者，莫良于眸子。眸子不能掩其恶。胸中正，则眸子了焉；胸中不正，则眸子眊焉。听其言也，观其眸子，人焉廋哉！"

Sadder than is the moon's lost light,

Lost ere the kindling of dawn,

To travellers journeying on,

The shutting of thy fair face from my sight.

（行人举头望明月，未晓月明忽失色。

我今失却汝娇容，心比行人更悲切。）

假使我恋慕这个梳银杏返的人，粉身碎骨也要会见她，正在这时候看到了像现在那样的最后一瞥，又欢喜，又可惜，以至于销魂，那么我一定会把这样的意思吟成这样的诗。也许还要加上这么两句：

Might I look on thee in death,

With bliss I would yield my breath.

（娇容一见死无憾，会当含笑入黄泉。）

幸而我已经通过了一般所谓恋慕、爱情的境界，即使要感到这种苦味，也不可能。然而现在刹那间所发生的事件的诗趣，在这五六行诗中已充分表现出来。我和银杏返的关系中，虽然没有这样难受的相思，然而把我们两人现在的关系放在这首诗中，也很有趣。或者，把这诗的意思拉到我们两人身上来解释，倒也愉快。因果的细丝使这诗里的一部分情形变成了事实而把我们两人联系在一起。因果的丝那么细，并不打紧。况且，这又并非平常的丝。

这是斜挂在天空中的虹丝，横曳在原野上的霞丝，露珠晶莹的蛛丝，割之则立刻断绝，望之则优雅绮丽。万一这根丝立刻粗起来，会变成井索那样坚牢！不，不会有这种危险。我是一个画家，对方也不是寻常的女子。

突然纸裱门开了。我躺着翻过身来向门口一看，因果对手的银杏返手里捧一个里面放着青瓷碟的盘子，站在门槛上。

"您还躺着？昨晚受累了吧。几次打扰您，呵呵呵呵。"她笑着，没有恐惧的样子，也没有隐讳的样子，怕羞的样子当然没有，只有先发制人的样子。

"今天早上多谢了。"我又道谢。一想，应酬话到现在已经说过三次，而三次都是"多谢了"三个字。

我想坐起来，那女子早已在我枕边坐下了。

"请躺着吧。躺着也可以谈话。"她爽朗地说。我想的确如此。就翻身伏下，两手支颚，两肘放在铺席上。

"我想您很寂寞，特来给您送茶。"

"多谢了。"又是一个多谢了。看看盘子里，放着很漂亮的羊羹①。我在一切点心中，最喜欢羊羹。并非特别喜欢吃，只因它的质地滑润致密，光线透过半透明体，看来竟是一个美术品。尤其是带青味的羊羹，好像玉和蜡石的混合体，使人看了非常快适。不但如此，盛在青瓷碟里的青羊羹，鲜艳夺目，好像刚从青瓷里面长出来一般，我不禁想伸手去摸。西洋的点心中，给人这样快感的一种也没有。乳酪的色彩虽然有些柔和，但太沉郁。果浆初看好像宝石，然而颤抖不定，没有羊羹那么稳重。至于用白糖和牛乳做的五重塔，更不足道了。

"啊，真好看。"

---

① 羊羹是一种点心的名称，是水晶糕、冻糕、山楂糕之类的甜品。

"刚才源兵卫买来的。这样东西您爱吃吧。"

可知源兵卫昨晚住在城里。我不作什么回答，只是看着羊羹。是谁从哪里买来的，都没有关系。只要美丽，只要感到美丽，便十分满足了。

"这青瓷碟的形状好极了，色彩也美观，几乎不比羊羹逊色呢。"

这女子扑哧一笑，口角上微微露出轻视的神情。大概她认为我说的是俏皮话。不错，倘是俏皮话，的确应该轻视。智慧不足的人硬装俏皮，往往说这种话来。

"这是中国货么？"

"您说什么？"对方把青瓷碟完全不放在心上。

"实在像中国货。"我拿起碟子来看看底上。

"您倘使喜欢这种东西，再拿些给您看看，好不好？"

"好，给我看看。"

"我爸爸顶喜欢古董，家里有各种各样的东西。我可以告诉爸爸，几时请您去品茶。"

我听见品茶两字，有些胆怯。世间没有比茶人那样会装模作样的风雅人了。在广大的诗的世界里故意划出一个狭隘的小圈子，非常自尊，非常做作，非常拘束，毫无必要而鞠躬如也地呷些泡沫而自得其乐的人，便是所谓茶人。倘说这样烦琐的规则中有雅味，那么麻布 ① 的仪仗兵队中雅味扑鼻，那些向右转、开步走的人物一定个个是大茶人了。那些贩夫走卒，完全没有趣味修养的人，不懂风雅，于是生吞活剥机械地遵守利休 ② 以后的规则，以为这大概就是风雅了。其实这种做法反而亵渎了真正的风雅。

---

① 东京麻布区驻有皇家仪仗兵队。

② 利休是千宗易的号，茶人。

"你说的品茶，就是那种有一定规矩的喝茶么？"

"不，什么规矩也没有。如果您不喜欢，坐着不喝也没关系。"

"那么，就喝些也没关系。"

"呵呵呵呵。因为爸爸顶喜欢把器皿给人看……"

"不称赞不行的么？"

"他是老人家，称赞两句，他高兴些。"

"好，如果不必多，我就称赞两句吧。"

"请您务必多多称赞几句。"

"哈哈哈哈，你的话不是乡下话呢。"

"人是乡下人么？"

"人是乡下的好。"

"那我可体面了。"

"然而你在东京住过吧？"

"是的，住过。京都也住过。我是流浪的人，各处都住过。"

"这儿和京城，哪一边好？"

"一样的。"

"这样幽静的地方，反而舒服吧？"

"舒服也是这样，不舒服也是这样，在世界上，只看你心情怎样，什么地方都可以。在蚤虱的国度住厌了，迁到蚊虫的国度去，也毫无用处。"

"到蚤虱蚊虫都没有的国度去，就好了吧？"

"如果有这样的国度，就请拿出来看看。来，请您拿出来呀！"这女子紧紧逼上来了。

"你要看，我就拿出来给你看吧。"我拿起写生册来，画出一个女子骑在马上看山樱的神情——当然是顷刻之间一挥而就的，不成其为画，只是草草画出那种神情而已。

"喏，请到这里面去吧，蚤虱蚊虫都没有。"就把写生册送到她鼻子前面。不知她看了是吃惊呢还是难为情，但照这样子看来恐怕不会有什么苦痛吧，我这样想，窥视她的气色。

"咦，不自由的世界！不是只有一个横幅么？您喜欢这样的地方，真是一只螃蟹呢。"说完把写生册推开了。

"啊哈哈哈哈。"我笑起来。屋檐近处啼噪的黄莺，声音忽然停顿，飞移到远处的枝上去了。我们两人特地停止了谈话，倾耳听了一会儿。然而它一经啼损了嗓子，不容易立刻开口啼叫了。

"昨天您在山上遇到源兵卫了么？"

"嗯。"

"看见长良少女的五轮塔没有？"

"嗯。"

"大地秋光冷，秋花淡不红。愿随花上露，消散逐秋风。"她不加说明，也不按节奏，光是把歌词流畅地念出，不知为了什么。

"这支歌我在茶馆里听过。"

"是那老太太唱给您听的么？她本来是在我家做活的，当我还没出嫁的……"她说到这里，看看我的脸，我装作不知道的样子。

"当我还小的时候，她每次到这里来，总是把长良的故事讲给我听。只是歌词非常难记，听了许多遍，终于都背得出了。"

"对啊，的确困难。然而这真是一曲可怜的歌呢。"

"可怜么？教我做了她，不会唱这种歌。第一，投河自杀，岂不是无聊之极么？"

"不错，的确无聊。教你做了她，怎么办呢？"

“怎么办？那还用说么，把这个男人和那个男人都做男妾。”

“两个都要？”

“嗳。”

“真了不起！”

“并不是了不起，这是当然的呀！”

“不错，这样，蚊虫的国度和蚤虱的国度都可以不进去了。”

“即使不做蟹，也可以生活下去呢。”

一时被忘记了的黄莺，不知什么时候又恢复了元气，在那里“好——好求”地啼噪了，不时突然提高声音。试啼数次之后就很自然了，好像把身体颠倒过来，膨胀的咽喉也震动起来，小嘴像裂开一般：

“好——好求——好——好——求——”

继续不断地叫着。

“这才是真正的歌。”这女子对我说。

五

“请问，您先生也是东京人么？”

“你看我像东京人么？”

“像不像，我一看就知道——口音先听得出。”

“东京什么地方，你知道么？”

“什么地方么？东京地方大得厉害！——总不是商业区吧。大概是住宅区。住宅区的话，大概是麦町吧，是不是？要不然，是小石川？再不然，是牛込或者四谷吧？”

"对啊，你很熟悉呢。"

"嗳，我也是东京人呀！"

"怪不得很有气派。"

"嘿嘿嘿嘿。人到这个地方够可怜了！"

"为什么流落到这乡下地方来呢？"

"不错，先生说的是。真是流落！实在生活不下去了……"

"本来是剃头店老板么？"

"不是老板，是伙计。嗯？地方么？地方是在神田松永街。啊哟，猫脑门大的一条龌龊小巷！先生想必是不会知道的。那地方有一座桥，叫作龙闲桥。嗯？也不知道么？龙闲桥是座有名的桥呢。"

"喂，再擦些肥皂，好不好？痛得很，不行。"

"有点儿痛么？急性子，一定要这么倒剃，非把髭须一根一根地从毛孔里掘出不可。——啊，现在的剃头司务哪里会这样！他们不是剃，简直是摸！再稍忍耐一下吧。"

"一直忍耐到现在了。拜托你，给我擦些热水或者肥皂吧。"

"受不了么？照理不会这样痛，实在是您这髭须留得太长啦。"

剃头司务的手本来狠狠揪住我的面皮，现在只得割爱地放了手，从架上取下一片薄薄的红肥皂，向水里一蘸，便拿过来在我脸上到处乱擦。肥皂擦脸是难得逢到的事。而且蘸这肥皂的水，大概已经放了好几天了，心里实在不敢领教。

既然在剃头店，那么我必须照一照镜子，这是顾客的权利。然而我早就准备放弃这权利。镜子这件东西，倘使造得不平，不能准确照出人的容貌，就不合情理。倘使挂着不平的镜子，而强迫人去照，这个强迫者简直就同拙劣的照相师一样，是故意损坏对方的容貌。铲除虚荣心，也许是修养上的一种办法。然而把实际上比你坏的相貌给你看，说这就是你——这样地侮辱人，倒也可以不必。现在我不得不忍耐地对着镜子，的确是一直在侮辱我。脸向右转，满脸都是鼻子；向左转，嘴咧到耳边；仰起头，好像正面望见的压扁了的蛤蟆；俯下些，头就像老寿星那么长。在对着这镜子期间，一个人非兼任各种怪物不可。这镜子里所映出的我的相貌没有美术味道，这一点即使可以容忍，然而这镜子本身，构造笨拙，色彩难看，水银脱落，光线斑驳，总而言之，是一件极丑陋的东西。譬如被一个小人谩骂一顿，谩骂本身并不使人感到什么痛痒，但是倘使强迫你在这小人面前起居坐卧，谁都感到不愉快。

何况这位剃头司务不是普通的剃头司务。起初我从外面望，看见他盘腿坐着，嘴里衔着一支长烟管，对着一面玩具的日英同盟国旗不断地喷烟气，显出没精打采的样子。及至后来我走进门，把头颅交给他的时候，我大吃一惊了：他刮胡子的时候，毫不留情地任意处理，使我怀疑这期间头颅的所有权到底是全都属于剃头司务之手呢，还是我也有份？即使我的头颅钉牢在肩上，这样一来也不能保持长久。

他挥动剃刀的时候，完全不懂得文明的法则。刮脸的时候嗤嗤作响。剃须毛的时候动脉蹦蹦直跳。利刃在腮边闪耀的时候，好像踏着霜棱一般发出奇怪的声音。但是他本人以日本第一的理发师自任。

再说，他是喝醉了。每叫一声先生，有一股奇怪的气味。他常常把一种异样的瓦斯吹进我的鼻孔里来。我常常怕他弄错了把剃刀东闯西撞。这个使用剃刀的人既然没有明确的计划，把脸交给他的我就无法推测了。我已经把自己的脸全都托付他，所以打定主意：如果小小受伤，决不诉苦；然而忽然变了念头：如果切断了我的喉管，可了不得。

"擦肥皂剃，我不习惯。不过先生的髭须真难剃，没有办法。"剃头司务说着，把光溜溜的肥皂向架上一扔。肥皂却不听他的命令，落到了地上。

"先生，我似乎不大看到您呢。您大概是新近到这儿来的吧？"

"两三天以前来的。"

"噢，住在哪里？"

"住在志保田家。"

"噢，是那儿的客人么？我想大概是这样的。我也实在一向蒙这位老太爷的照顾呢。喏，这位老太爷住在东京的时候，我住在他的附近，所以认识。这个人很好，通达事理。去年老太太死了，现在专在那里弄古董。他的东西都是很名贵的，卖起来值一大笔钱呢。"

"他有一个很漂亮的小姐，是不是？"

"真危险。"

"什么？"

"什么，在您先生面前说说不要紧：她是离了婚回娘家来的呀！"

"哦！"

"事情没有这么简单。她本来是可以不回来的呀。银行倒闭了，不能够再挥霍了，她就回娘家来。这是不通情理的。老太爷在这里的时候，当然没有什么；倘使一朝有三长两短，这局面就僵了！"

"这倒是真的。"

"当然啰。老家里的哥哥同她感情不好的。"

"有老家的么？"

"老家在高地上。您可以去玩玩。那地方风景很好呢。"

"喂，再擦点肥皂，好不好？又痛起来了。"

"您的胡子真会痛。是胡子太硬的缘故。先生的胡子非三天一刮不可。我刮您还嫌痛，到别处刮更要痛呢。"

"那么以后就是三天一刮吧。每天来刮也可以。"

"您预备耽搁这么久么？危险！还是不要吧，没有好处的。碰得运气不好，受累不浅呢。"

"怎么呢？"

"先生，那位姑娘样子虽然好看，其实是个疯子呢。"

"为什么？"

"为什么？先生，村子里的人都说她是疯子呢。"

"恐怕是弄错了吧。"

"哪里！有证据的！您别多住下去，危险的。"

"我不怕。有什么证据呢？"

"说起来要笑。且慢，您抽一支烟再说。头要洗么？"

"头不必洗吧。"

"光是把头垢弄干净？"

剃头司务就把蓄满污垢的十个指爪老实不客气地并排在我的头盖骨上，开始毫无顾虑地向前后猛烈运动。这每个指爪划开黑发的根部，来来往往，好像巨人的铁耙疾风一般迅速地通过不毛之地。我的头上不知道长着几十万根头发；剃头司务狠命地在我头上搔着，我觉得所有的头发都连根掉落，整个头皮条条肿起，余势通过头盖骨，一直震荡到脑浆里。

"怎么样？很舒服吧！"

"好厉害！"

"嗯？这样一来，谁都觉得痛快呢。"

"脑袋几乎掉下来了。"

"这样疲倦么？完全是天气的关系。春天这家伙一到，教人疲倦得要命。再抽一支烟吧。一个人住在志保田家，寂寞得很。请过来谈谈天。老东京一定要碰到老东京的同乡，说话才能投机。怎么样，女士们小姐还出来招待么？

完全是一个头脑不清的女人，真没办法。"

"先讲小姐——弄得头垢乱飞，脑袋几乎掉下来了！"

"不错，讲起劲来，简直是讲不完的。——于是乎那个和尚着迷了……"

"和尚？哪一个和尚？"

"观海寺的库房和尚呀。"

"不管库房和尚还是住持和尚，和尚的事你还没有讲起过。"

"唉，我太性急了，不行。这是一个相貌威严而贪色的和尚。先生，这和尚着迷了，后来写了一封情书给她。且慢，是口说的吧？不对，是情书，的确是情书。这么一来，事情就古怪了。嗯，是这样的，确是这样的。后来，这家伙吓了一跳……"

"谁吓了一跳？"

"那女人呀。"

"那女人收到了情书，吓了一跳？"

"吓了一跳，倒是个好女人了。她并没有吓你呀。"

"那么谁吓了一跳？"

"口说的那个人呀。"

"你说不是口说的呢！"

"啊，我太性急，讲错了。是收到了情书呀。"

"那么，还不是那个女人么？"

"不，是那个男人呀。"

"是男人，那么是那个和尚？"

"对啊，是那个和尚呀。"

"和尚为什么吓了一跳呢？"

"为什么，这和尚和老和尚在佛堂里念经，那个女人突然跑了进来，啊唷……真是疯子！"

"跑进来怎么样呢？"

"她说你这样爱我，我们就在菩萨面前一同睡觉吧，突然紧紧搂住了泰安和尚的脖子呀。"

"哈哈。"

"泰安可慌张了。他写情书给这个疯子，招来了意想不到的丢脸，这天晚上就偷偷地逃走，去寻死了。"

"死了？"

"想必是死了，活不下去了。"

"这倒难说。"

"不错，对方是个疯子，死了犯不着，说不定还活在那里。"

"这话非常有趣。"

"别说有趣不有趣，村里的人当作一件大笑话呢。不过她本人根本是发疯的，所以不知羞耻，满不在乎。——哪里，像您先生这样稳重，一点也不要紧；不过对方是这样的人，若过分同她开玩笑，发生了什么事情，倒是不得了的。"

"那么我倒要当心点了，哈哈哈哈。"

带盐味的春风从温暖的海滨习习吹来，懒洋洋地拂动剃头店的门帘。斜着身子从帘下穿过的燕子的影像，不时映在镜子里。对面人家有一个六十来岁的老翁蹲在檐下，默默地剥着贝壳。每当小刀轧轧地一响，一块红色的肉落进竹篓里。那些贝壳闪闪发光，穿过二尺多高的白虹般的水蒸气。贝壳堆积如山，不知是牡蛎壳、马珂贝壳，还是马刀贝壳。有几处塌了下来，落入砂川的水底，离开尘世而埋葬在黑暗的国度里了。埋葬之后，新的贝壳很快地又堆积在柳荫之下。这老翁无暇考虑贝壳的去处，只管把空的贝壳抛向白虹般的水蒸气中。他的竹篓似乎无底，他的春天似乎是无边的闲静。

砂川横在一座一丈来长的小桥下面，春水流向海边。我疑心，春水和海会合的地方，几丈高参差地晒着的渔网，把微温的腥气从网眼里送进吹向村里的软风中。在这些渔网之间，望见蠕蠕蠢动仿佛破刀的东西，这便是海色。

这景色和这剃头司务，很不调和。倘使这剃头司务的性情强烈，给我以和四边风光相抗衡的印象，那么我站在两者之间，一定颇有圆枘方凿之感。幸而这剃头司务不是那样伟大的豪杰。无论是怎样的老东京，无论怎样谈锋锐利，到底和这浑然骀荡的天地的大气象不相协调。鼓簧弄舌，尽情地破坏这情调的剃头司务，早已化作微尘而消散在这怡然的春光中了。所谓矛盾的现象，必须在能力、数量、心情或肉体上都是冰炭不能相容，而又位在同等程度上的事情或人物上，才可以看到：两者的距离极度悬隔的时候，这矛盾也许会逐渐支离破灭，反而变成了大势力的一部分而活动。才子会变成大人物的手足而活动，庸人会变成才子的股肱而活动，牛马会变成庸人的心腹而活动，便是这个缘故。现在我的剃头司务，正是以无限的春色为背景而表演一种滑稽剧。他本该是破坏春色的，却反而使它更丰富了。我仿佛在暮春三月和那无愁的弥次 ① 在一起似的。这个极廉价的气焰家，是同充满太平气象的春日最调和的一种色彩。

这样一想，便觉这个剃头司务也是很可入画、很可入诗的人，我本来早可回去了，特地多坐一会儿，和他海阔天空地闲谈。忽然一个小和尚头从门帘底下钻了进来：

"对不起，给我剃个头。"

_____

① 指十返舍一九所作滑稽小说《东海道徒步旅行记》的主人公之一滑稽人物弥次郎。

这个人身穿一件白棉布衣服，系着同样质料的圆筒带，上面披一件像蚊帐一般粗糙的法衣，是一个很活泼的小和尚。

"了念和尚，怎么样？上次在外面耽搁了时光，吃老和尚骂吧？"

"没有，他称赞我。"

"他差你出去办事，你在半路上捉鱼，他还称赞你，说了念真能干，是不是？"

"师父称赞我，说了念不像个小孩子，很会玩，真能干。"

"难怪你头上全是瘤子。这样七高八低的头，剃起来真吃力，要不得！今天饶了你，下回把你的头重新捏造过再来吧。"

"重新捏造，就要到再高明一点的剃头店里去啦。"

"哈哈哈哈，脑袋坑坑洼洼，嘴可能说会道。"

"你的手艺不强，酒倒很会喝。"

"混账！你说我的手艺不强？……"

"不是我说的，是师父说的。你不要这样动火。年纪这么大了，不配的。"

"哼，真是胡闹——喂，先生！"

"嗳？"

"和尚们住在很高的石阶上面清闲自在，嘴自然能说会道了。连这个小和尚都口气很大呢。——喂，头向后靠一靠！叫你向后靠呀！你不听话，我就砍你一刀！可要出血呢！"

"你这样乱搞，痛得很呢！"

"这一点都忍不住，怎么能做和尚？"

"和尚已经做成了。"

"还算不得。——喂，小和尚，那个泰安和尚怎么死的？"

"泰安和尚并没死。"

"结果没死？应该是死了吧。"

"泰安和尚从那天以后发愤起来，到陆前的大梅寺去修行了。现在大概已经变作善知识了。这是一件好事。"

"有什么好？无论什么和尚，夜里逃走总不是好事。你也得小心，因为坏事总是为了女人。——说起女人，那个女疯子还是常到老和尚那里去么？"

"我没听说过女疯子。"

"你这个不懂事的烧火和尚！我问你她去不去。"

"女疯子没有来，志保田家的小姐是来的。"

"光靠和尚祈祷，无论如何病不会好。这完全是以前的丈夫在那里作怪。"

"那位小姐是一个了不起的女人，师父常常称赞她。"

"一上石阶，什么事情都颠倒了。真不得了！无论老和尚怎么说，疯子还是疯子！——好，剃好了。快点走，去挨老和尚骂吧。"

"不，再玩一会儿，好让他称赞我。"

"随便你吧。你这嘴不让人的小鬼！"

"呸，你这个干屎橛！"

"你说什么？"

青色的头已经钻出门帘，逍遥在春风中了。

六

傍晚独坐在小桌面前。格子窗和房门都开着。这里住宿的人不多，房子又很宽广。我所住的房间，和很少几个人活动的地方隔着几曲走廊，因此全无一点人声来打扰思索。今天更加寂静。主人、女儿、女仆、男仆，似乎都在不知不觉之间把我一人留在这里而退避了。所谓退避，不是退避到普通的地方，是退避到霞之国、云之国里去了吧。我想，或者他们是乘桴浮海，舵也懒得把，听其所止地向云水不分的地方漂流，飘到了白帆与云水难于分辨的境域，结果退避到了帆和云水全无差别的很远的地方吧。不然，他们是突然消失在春光里，过去的四大现在变成了眼睛看不见的灵氛，借显微镜之力来向广大的天地之间寻找，也找不出一点残留的痕迹吧。或者，化作了云雀，叫尽了菜花的金黄色之后，飞往深紫色的暧暧的暮云中去了，亦未可知。或者，化作了花虻，辛辛苦苦地送尽了悠长的春日，吸尽了凝结在花心中的甘露之后，隐伏在落花的山茶树下甜蜜地长眠了，亦未可知。总而言之寂静极了。

春风径自吹过空洞的房子，既不是对欢迎者的感谢，也不是对拒绝者的埋怨。它自去自来，完全是公平的宇宙的意志。我两手托着下颚坐着，我的心像我所住的房间一样空洞，春风也就不招自来，不留自去了。

想起了脚踏着的是地，会担心它裂开来；想起了头戴着的是天，会怕闪电击碎天灵骨。如不和人相争，一分钟也不能存在——尘世逼人如此，所以人生不免现世之苦。住在有东西之分的天地中而走着利害得失之路，你所爱的，正是你的仇敌。眼睛看得见的财富是粪土。争名夺誉，犹如狡猾的蜜蜂看见了甘蜜，而舍弃自己的针刺。所谓欢乐，都是执着于物而生的，所以会有一切苦痛。只有诗人和画客，才能充分咀嚼这相对世界的精华，而会得彻骨的清趣。餐霞饮露，品紫评红，至死不悔。他们的欢乐是不执着于物的，而是与物同化的。完全变成了物的时候，找遍了茫茫天地之间，也找不到建立此我之余地，于是自在地抛开俗虑，盛无限青岚于破笠之中。我之所以特地想出这境界，并非好高立异，欲以恫吓市井铜臭儿，只是陈述此中福音，借以招徕有缘众生而已。质言之，所谓诗境，所谓画界，都是人人具备之道。

即使是阅尽春秋、白首呻吟之徒，当他回顾一生，顺次检点荣枯盛衰的时候，他的臭皮囊中一定也会发出微光，浑忘自身，为感兴而拍手叫绝吧。倘说不会，这人便是没有生活价值的人。

然而仅就二事，仅化作一物，不能称为诗人的感兴。例如有时化作一瓣花，有时化作一双蝴蝶；或者像威至威士（威廉·华兹华斯）那样化作一团水仙花，心神荡漾于微风中，是常有的事。然而另有一种状态：有时我的心被不知不识的四周风光所占夺，而不能明了地意识到占夺我心的是什么东西。有的人说，这是接触着天地的耿气。有的人说，这是在灵台方寸中听取无弦的琴。又有的人也许要这样地形容：因为难知难解，所以回旋于无限之域，彷徨于缥缈之衢。无论怎样说法，都是各人的自由。我靠在红木桌上时的浑然的心情状态，正是如此。

我明明是一点事情也不思考，又的确是一点东西也没看见。我的意识舞台上没有表现出明显的彩色而活动着的东西，所以我不能说是与某物同化。然而我动着，也不是在世界里面动，也不是在世界外面动，只是不知不识地动着。既不是为花而动，也不是为鸟而动，更不是为人而动，只是恍恍惚惚地动着。

倘使强要我说明，我要这样说：我的心只和春一同动着；我要这样说：把所有的春色、春风、春景、春声合在一起，炼成仙丹，再把它溶解在蓬莱的灵液中，蒸发在桃源的日光中，使它变成精气，在不知不觉之间沁入我的毛孔，我的心就不知不觉地完全饱和了。普通的同化都有刺激。有了刺激，就有愉快之感。我的同化呢，因为不知道和什么东西同化，所以毫无刺激。因为没有刺激，所以有一种窃然难于名状的乐趣。这情况和兴风作浪、轻薄骚扰者不同。这可比方作在深不可测的底里从大陆动向汪洋的沧海的光景。虽然没有沧海那样的活力，却反而有幸福之感。对于伟大活力的发现，不免担心这活力有告罄的时候。而恒常的姿态中并没有这种悬念。我现在心中的状态，比恒常更淡，不但没有活力告罄之忧，并且脱却恒常的心的无可无不可的凡境。所谓淡，只是难于捉摸的意思，并不含有过弱之忧。诗人所谓冲融，所谓淡荡，最适切地道破了这境地。

我想，用画来表现这境地。怎么样呢？然而我确定用普通的画是决不成功的。世俗所称为画者，只不过是眼前人事风光的原有的姿态，或者是这姿态漉过我的审美之眼而被移写于画绢上的东西。人们以为花只要像花，水只要像水，人物只要像人物地表现，画的能事就完毕了。然而倘能由此更进一步，就可在我所看到的物象上添加我所感到的情趣而在画布上淋漓生动地描写。把某种特殊的感兴寄托在自己所捉住的森罗现象中，便是这种艺术家的意图。所以他们认为倘不把自己对物象的观感明地发挥在笔端，不能称为作画。我自己对某种事物作某种看法，有某种感想，这种看法和感想都不依附在前人的篱下，都不受古来传说的支配，而能表现最正确最美丽的观感——若非这样的作品，不敢称为我自己的创作。

这两种制作家，也许有主客深浅之区别，但在有待于明了的外界刺激始能下手的一点上，双方是共通的。然而现在我所想画的题目，并不那么分明。我是鼓舞所有的一切感觉而在心外觅得这画题的，所以形状的或方或圆和色彩的或红或绿自不必说，就是阴影的浓淡和线条的粗细，也难于看出。我的感觉不是从外来的；即使是从外来的，也不是存在于我视界中的一定的景物，所以不能明白地指出缘由来告诉人。我所感到的只是一种心情。怎样表现这心情，才能真成为一幅画？不，借何种具体事物来表现这心情，庶几能够获得观者的首肯？这是问题。

普通的画，虽然没有情感。只要有物象，就成功了。第二种画，只要物象和感情并存，就成功了。至于这第三种画，因为存在的只有心情，所以必须选择切合于这心情的对象。然而这对象不是容易找到的。即使找到了，也不是容易构成画的。即使构成了，说不定和存在于自然界的景物完全异趣。因此普通人看了，不能承认它是一幅画。即使作这幅画的本人，也不承认它是自然界的局部的再现，只要能够传达几分当时的心情，表现几分惝恍的生趣，就认为大成功了。从古以来，有没有在这困难事业上收获全功的画家，不得而知。倘要指出能在某种程度上染指此流派的作风，其唯文与可①的画竹吧。其次，是云谷②门下的山水。等而下之，还有大雅堂③的风景、芜村的人物。至于泰西的画家，大都着眼于具象世界，大多数人不能倾倒于神往的气韵，因此有几人能在此种笔墨上传达神韵，不得而知。

可惜雪舟④、芜村等所努力表出的一种气韵，过于单纯，又过于缺乏变化。就笔力而言，此等大家确是高不可及，然而我现在所欲画出的心情，却比他们的稍稍复杂。正因为复杂，故难将此心情收在一幅画中。我两手不再支颐，两臂相抱伏在桌上，仔细思索，还是想不出来。必须在形状、色彩、明暗布置成就的时候好像自己的心忽然认识了自己，不禁叫出："唉，原来在此！"好比找寻久别的亲生子，跑遍了六十余州而空手还乡，正在寤寐不忘之间，忽然有一天在十字街头偶然碰见，在迅雷不及掩耳的瞬间叫道："啊，原来在此！"——必须这样才行。这是难能的。但能如此，别人看了无论怎样说，都不在乎。即使被骂为不是画，也不怨恨。但求色彩配合能代表此心情之一部分，线条构成能传达此心情之若干分，全体布局能在某程度内显示

---

① 即文同，字与可，中国宋朝画家，以画竹著名。

② 即云谷等颜，日本桃山时代的画家，"云谷派"之祖，以雪舟为法。

③ 大雅堂是池大雅的号，日本江户时代南宗画的大家。

④ 雪舟即小田等杨，日本室町时代后期的画僧。曾来中国学佛及水墨画。日本水墨画的中心人物。

此种风韵，那么形状所表出的是牛也好，是马也好，甚至非牛非马也好，什么都好。什么都好，然而画不出来。我把写生册放在桌上，两眼盯着它，仔细考虑，然而一无所得。

我放下铅笔，想道：要把这样抽象的情趣描成绘画，到底是错误的。人究竟不是相差很多的，故在多数人之中，一定也有人怀着和我同样的感兴，而设法用某种手段来把这感兴永久化。既然有人设法，那么这手段是什么呢？

忽然"音乐"两个字赫然映入我的眼中。对啊，音乐正是在这种时候为这种必要所逼迫而产生的自然之声。音乐是应该学、应该听的，现在我才注意到；但不幸得很，我在这方面完全是外行。

其次，我踏进第三个领域去看：把它写成诗行不行呢？记得有一个叫作莱辛①的人，他认为，以时间经过为条件而发生的事件，是诗的领域；他认为诗和画根本两样而不相一致。这样看来，现在我所企图发表的境界，到底是诗所不能表现的。在我感到欢喜时的心理状态中，也许含有时间经过，然而没有可以随着时间经过而次第展开的事件内容。我并不是为了甲去乙来、乙灭丙生而感到欢喜。我从当初就是窈然地把握了同一瞬间的情趣而感到欢喜的。既然是把握同一瞬间的，那么翻译为普通言语的时候，就没有在时间上安排材料的必要，还是只要同绘画一样在空间中配置景物就好了。问题只在于把怎样的情景取入诗中而写出这廓然无所依附的情况；既然把握了这一点，即使不依照莱辛的说法，也可以成为一首诗。荷马怎么样，维吉尔②怎么样，都可以不管。我想，如果诗是适宜于表现一种心境的，那么即使不借助于受时间限制而顺次进展的事件，只要单纯地具备空间的绘

---

① 莱辛是18世纪德国戏剧家及诗人。

② 维吉尔是公元前1世纪的罗马诗人。

画的要点，这心境也可以用言语来写出。

议论无论怎样都可以。我大概已经忘记了《拉奥孔》①之类的书，所以仔细检点起来，也许我这方面有些不妥。总之，画是作不成了，想作作诗看，就把铅笔对准写生册上，把身体向前后摇摆。满望铅笔尖运动起来，然而它一动也不动。好比一时忘记了朋友的姓名，这姓名就在咽喉边，然而急切说不出来。这时候心中念头一断，这个难于出口的姓名终于沉到腹底去了。

调葛粉汤的时候，最初筷子的动作疙疙瘩瘩，不能得心应手。忍耐了一会儿，渐渐有了黏性，就觉得搅的时候筷头上重起来了。不管它重，一刻不停地搅着，到后来就搅不动了。结果锅子里的葛粉就不需你去捞取，会争着附到筷子上来。作诗正是如此。

没有端绪的铅笔微微动起来，渐渐得势，过了二三十分钟，写出了六句：

> 青春二三月，愁随芳草长。
> 开花落空庭，素琴横虚堂。
> 蟏蛸挂不动，篆烟绕竹梁。②

试读一遍，都是可以作画的句子。我想，早知如此，当初就作画好了。但不知什么缘故，觉得作诗比作画容易。作到了这里，以下似乎没有什么大困难了。我想在下面咏出绘画所不能表现的情况。反复思索之后，终于写成了：

> 独坐无只语，方寸认微光。

---

① 《拉奥孔》是莱辛的艺术论集。

② 都是汉诗，这里照样抄录，并非翻译。

人间徒多事，此境孰可忘。

会得一日静，正知百年忙。

遐怀寄何处，缅邈白云乡。①

　　再从头读一遍，觉得有点趣味，然而说是描写我刚才所体验的神境，终觉得索然不足。我想乘便再作一首。握着铅笔，无意中举目向门口一望，看见一个窈窕的人影在打开的门的三尺阔的空间中倏忽闪过。真怪呀！

　　我抬起头来看门口的时候，这艳丽的人影已经一半被门遮住了。然而在我没有看到以前，这人影似乎已经在那里动，我注意的时候已经过去了。我放弃了诗，看着门口。

　　不到一分钟，那人影又从相对的方向出现了。在对面楼上的走廊里，一个长袖女郎默默无声地步行着。我手里的铅笔不觉掉落，鼻子里刚吸进的一口气也屏在胸中。

　　春阴时时刻刻地湿起来，天色向晚，就要下雨的样子。在栏杆边悠闲地走去、悠闲地走来的长袖倩影，和我隔着一个三四丈宽阔的庭院，在迷离的空气中飘然地出现，飘然地消失着。这女子一句话也不说，眼睛也不向旁边看。她静悄悄地步行着，连衣裙声也听不见一点。腰以下的衣裙上的彩色花纹什么颜色，太远了，看不清楚，只看见素地和花纹之间模模糊糊，仿佛夜和昼的境界。这女子原是在夜和昼的境界上步行。

　　她穿着这长袖服装准备在长廊中来往多少次，我不知道。她从几时开始穿了这不可思议的服装而作这不可思议的散步，我不知道。至于她的用意何在，我当然不知道。这人影这样端正、这样静肃、这样安详地反复着全然不

---

① 都是汉诗，这里照样抄录，并非翻译。

可知道的行动，而在门口忽隐忽现，忽现忽隐，使我发生一种异样的感觉。倘说这行动是诉说春去之恨，为什么这样的漫不经心？倘说是漫不经心的行动，为什么打扮得这样艳丽？

在门外的春日傍晚的缥缈朦胧的暮色中，她的衣带特别触目，大概是织金吧。这鲜丽的织物往还于苍茫的暮色之中，正在向幽阒辽阔的彼方逐渐消逝，很像黎明前的灿烂的春星逐渐陷入紫色的太空深处。

太玄之门自动敞开，要把这艳丽的娇姿吸入幽冥之府的时候，我发生了这样的感觉：穿着这套服装，正宜在画屏银烛之间欢度千金一刻的春宵，现在却毫无怨色、绝不计较地逐渐离开这色相世界而去，在某一点上看来是超自然的情景。通过了越来越黑的暮色望去，似乎觉得这女子全无焦灼狼狈之色，一直在同一地方用同一步调从容地徘徊着。倘使她不知道将有切身的灾难，可谓天真之极。倘使知道而不当作灾难，那是凄惨之至了。大概她知道黑暗之处是她的本宅，这昙花一现的幻影应该收回到原来的冥漠中去，所以装着这样闲静的态度，而逍遥于若有若无之间吧。到了长袖衫华丽的花纹完全消失，而一切同归于尽的时候，便是她的本来面目了。

我还有这样的感想：一个美丽的人可爱地睡着，等不得醒觉，就在睡梦中与世长辞，这时候在枕边看护他的我们，心中一定很难过吧。如果百苦交加才死，在没有生的价值的本人自不必说，在旁边看护他的亲人恐怕也会觉得杀了他反而慈悲吧。然而倘是一个安静地睡着的孩子，他有什么该死的罪过呢？在他睡眠中带他到冥府去，犹之他不提防死期间攻其不备，突然结果一条可惜的性命。倘使决定要杀他了，那么总得让他知道不可逃避的命运，使他死心塌地，念几声佛。在应死的条件没有具备之前死的事实显然地确定起来的时候，旁人倘使还念得出南无阿弥陀佛和回向偈，那么，这便是硬用这念声来把一只脚已经跨进阴间的人唤回来。在从暂时的睡眠不知不觉地移向长眠的本人看来，也许认为唤他回来是无理地要他重尝正在解脱的烦恼，反而觉得苦痛；也许他在心中想道：大慈大悲！请不要唤我回来！让我安静地睡去吧！然而我们还是要唤他回来。我想，这女人倘再在门口出现，这回我要叫唤她，把她从梦幻中救出。然而一看到像梦一样通过这三尺阔的空间的人影，不知为什么又说不出话来。我下个决心这回一定叫她，然而这时她又倏忽走过了。我正想，我为什么一声不响呢？这时她又走过了。看她的样子乎全没有注意到这里有人在窥视她，而且何等替她着急。不管你何等操心，不管你何等懊恼，她似乎根本没有理会我这个人。我想，这回一定叫她，这回一定叫她；这期间忍耐不住的层云已经洒下一天绵绵细雨，把这女子的倩影悄悄地收拾去了。

七

天冷。拿了毛巾，到下面去洗澡。

把衣服脱在三铺席的小房间里，走下四步石阶，来到八铺席大的浴室里。这地方大概出产石材，浴场底下都铺花岗石，中央凿出一个四尺来深的浴池，好像豆腐店里的汤槽。虽说像槽，但也是用石头砌成的。既然称为矿泉，想必含有各种成分，然而颜色透明，入浴的时候感觉快适。我不时把水含在嘴里，觉不出有什么特别的气味。听说这矿泉可以治病，然而我没有细问，不知道可治什么病。我本没有什么宿疾，并没想过它的实用价值。每次入浴时所想起的，只是白乐天的"温泉水滑洗凝脂"的诗句。我每逢听见温泉一词，必然感到这诗句所表现的愉快心情。我认为不能使人感到这种心情的温泉，完全没有温泉的价值。除这理想以外，我对温泉全无别的希望。

把身体浸下去，浸到胸口。不知泉水从哪里涌出，常常溢到槽边。春天的石头没有干的时刻，经常湿润，脚踏上去温暖舒适。凄凉春夜，细雨无声。只有檐前雨漏渐渐繁密的时候，发出了滴答滴答的音响。浴室里水汽漫天匝地，似乎只要有一点细小间隙便要钻出去的样子。

我这个无常的身体曾经寄托在秋雾凄凉、春云叆叇、炊烟缕缕、暮霭青青的广大的空间中，各种情景各有其趣，而春夜温泉的水汽别有风味：它温柔地围着浴者的肌肤，使我疑心自己是古代人。它并不浓重地包围你，使得你张目不见一物，然而又不是打破一重薄纱就很容易看到自己是一个凡人那样的浅薄。似乎打破一重，打破两重，打破好几重，也不能从这水汽里钻出来，我好像被埋葬在从四面八方拥集来的温暖的霓虹之中。"醉酒"一词是有的，然而不会听见过"醉烟"。即使有，也不能称作醉雾；说是醉霞，又稍嫌过火；只有在"霭"字上冠以"春宵"二字，方为妥当。我把仰起的头搭在汤槽边上，在清澈的浴汤中把轻飘飘的身体努力漂向没有抵抗力的地方。我的魂魄像水母一般荡漾着。人在世上如果也有这样感觉，那真是快乐了。是非的锁打开了，执着的门闩拔掉了。任凭怎样，都不计较，在温泉中与温泉同化了。在流水中生活毫无苦痛。倘使灵魂都能流去，比做基督的门徒更为难得。不错，这样想来，土佐卫门①是风流的。记得斯温伯恩②曾经在一首诗里描写一个女子在水底死去的欢喜。我平生所认为苦痛的、米蕾所画的奥菲利亚，这样地观察起来也是非常美丽的。我以前一直怀疑他为什么选择这样不愉快的题材，现在一想，这的确也是可以入画的。浮在水面上，或者沉在水底里，或者若沉若浮，只要是毫无苦痛地流着的神情，一定是美的，两岸点缀着各

---

① 日本古代有一个力士，名叫土佐卫门，身体白皙而肥大。东京人就用他来比拟溺死的人。东京方言称溺死者为土佐卫门。

② 斯温伯恩是19世纪英国诗人。

色各样的花草，倘能同水的色彩、流着的人的脸色及衣服的颜色充分调和，一定可以成功一幅画。然而倘使流着的人的表情完全和颜悦色，这就近于神话或寓言了；画成痉挛苦闷之相，固然破坏了全幅画的精神，然而画成丝毫没有痛苦，也不能写出人情。那么画成怎样的相貌才能成功呢？米蕾的奥菲利亚也许是成功的，但他的精神是否和我的一样，还是疑问。米蕾是米蕾，我是我，我尽可用我的趣味来描绘一个风流的土佐卫门。然而我所理想的面容也不容易浮现到心头来。

我把身体漂在浴汤里，试作土佐卫门的赞词：

雨打则湿，霜降则冷。

泉壤之下，阴暗幽冥。

浮则波上，沉则波底。

春水溶溶，了无苦趣。

我低声诵读这赞词，漫然漂在水中，忽然听见不知什么地方传来三弦的声音。我被人称为美术家犹且惶恐；讲到关于这乐器的知识，实在见笑得很，管你移宫换羽，我的耳朵不大受什么影响。然而在这幽静的春夜中，雨声都能助兴，何况在这山村的浴场里把灵魂都漂浮在春天的温泉中，而不负责任地远听三弦声，岂非一大乐事！因为距离远，当然听不出唱的是什么歌，弹的是什么曲。但有一种情趣。从音色的稳定上推察，大概是京阪地方的盲官弹谣曲用的大三弦吧。

我童年时代，我家对面有一个酒馆，叫作万屋。这酒馆里有一位姑娘，叫作仓姐。这仓姐每当岑寂的春日的下午，总要练习谣曲。她一开始练习，我就走出庭中去听。我们的庭院前面有十坪多的茶田，客堂东首有三株松树并立着。这些松树的干围约有一尺，三株相依，才形成富有趣致的姿态。我童年时代每逢看到这三株松树，心里总觉得很舒服。松树底下有一个生了锈的铁灯笼装在一块奇形的红石头上，无论什么时候望去，总像一个不通情理的顽固老头子巍然独坐的样子。我最喜欢看这铁灯笼。灯笼的前后，无名的春草从青苔地里长出来，不顾尘世的风色，自得其乐地欣欣向荣。我那时候总是向这草地里去找一处容膝之所，盘腿而坐。在这三株松树下面眺望着这灯笼，闻着这些草的香气，而远远地听赏仓姐的谣曲，是我当时的日课。

现在仓姐早已过了垂髫之年，恐怕已经把通达家事的脸抛露在账桌上了。她对夫婿是否融洽，不得而知。燕子是否年年归来殷勤衔泥，也不得而知。燕子和酒香，无论如何不能从我的想象上分离。

不知三株美好的松树是否无恙。铁灯笼一定已经损坏了。春草是否记得从前盘腿而坐的人呢？当时尚且默默无言，现在不会认识我吧。仓姐每天唱的"旅人身穿避露衣"，我也记不清楚了。

三弦的声音不期地在我眼前展开了一幅全景。我站在可亲的过去面前，回到二十年前的往昔，完全变成了一个天真小儿的时候，浴室的门突然开了。

我想，有人来了，我的身体仍旧漂在水上，仅把视线转向门口。我的头搭在离门最远的汤槽边上，所以从门口走下槽来的石阶相隔两丈而斜映入我的眼中。然而我一点东西也没有看见，一时只听见绕檐的雨滴声。三弦声已经在不知什么时候停止了。

忽然石阶上有一种东西出现了。照明这个宽广的浴室的，只有一只小小的挂灯，所以隔着这距离望去，即使空气澄清，也难于辨别物象。何况水汽弥漫，像毛毛雨一样，是谁走进今宵这个模糊难辨的浴室里来，当然难于确定。跨出第一步，跨出第二步，不到灯光正面照着的时候，我不能说出这是男人还是女人。

但见黑黝黝的东西向下移动一步。踏着的石头看去像天鹅绒一般柔润，若凭脚声判断，不妨说这人是不动的。然而轮廓渐渐浮现出来。我是画家，对于人体的骨骼，视觉特别锐敏。当这莫名其妙的形象一点一点移动的时候，我就晓得除我而外又有一个女人进到这浴室里了。

我漂在水里有心无心地考虑着的时候，女人的影子早已全部出现在我跟前。弥漫的水汽每一滴都映着柔和的光线。在这淡红色的温暖的水汽的深处，女人的乌黑的头发像云雾一样缭绕，尽量伸直了身体站了起来。我看到这姿态的时候，脑子里的礼仪、规矩、风化等等全都消除，只觉得找到了一个美丽的画题。

且不说古代希腊的雕刻。我每次看到现代法国画家相依为命的裸体画，觉得显然有过分尽情写出露骨的肉体美的痕迹，因而缺乏气韵——我一直认为这是一大憾事。然而每次看到的时候，只是笼统地评定它是下品，为什么是下品，却不知道。因为不得解答，一直烦闷到今天。若把肉体遮蔽，美就隐没了。如不遮蔽，就变成卑下。现今所谓裸体画，只是在不遮蔽的卑下这一点上用功夫。仅把剥脱衣裳的姿态照样画出，他们似乎还不满足，更要变本加厉非把裸体拿到衣冠世界来不可。他们忘记了穿衣裳是人之常态，而想把一切权能归于裸体。做到十分已经够了，他们一定要做到十二分、十五分，以至无穷，一味强烈地描出裸体之感。技巧达到极端的时候，强迫观者看，观者就鄙视。美的东西，倘使过分苦心苦思地力求其美，这类的东西往往反而减色。有一句处世格言"满招损"，就是这个意思。

无心和稚气表示余裕。余裕在画中、在诗中以及在文章中都是必要条件。现代艺术的一大弊害，是"文明潮流"无理地驱使艺术之士，使他们到处作卑鄙龌龊的表现。裸体画正是一个好例。都会里有一种女人叫作艺妓，是以卖色媚人为业的。她们接见嫖客的时候，除了注意自己的姿色怎样映人对方的眼里以外，不能发挥任何表情。年年开幕的沙龙①的目录中，充满着类似这种艺妓的裸体美人。这些裸体美人不但一秒钟也不能忘记自己的裸体，并且全身筋肉使足劲头，拼命想把自己的裸体给观者看。

现在亭亭出现在我面前的姿态中，绝无此种卑鄙碍目的样子。倘若只是脱却了常人所穿的衣裳，这就已经堕入人界了。但现在的她是十分自然的，好似从云间唤出来的根本没有穿过衣裳、根本不知道有舞袖歌衫的原始人的姿态。

弥漫在浴室里的水汽，弥漫之后又不绝地涌上来，使得这盏春灯变成半透明。在整个浴室动摇不定的虹霓世界中朦胧地显成黑色的头发就模糊起来，雪白的身体从云雾之下渐次浮现出来。试看这轮廓线：

项颈部分，从左右双方轻轻地向里弯进，毫不费力地向两方分开，斜斜地描出两肩，再在肩头缓缓地打个弯，然后向下直到手部，分作五根手指。隆起的乳房以下暂成波状而弯进，又圆滑地突出来，妥帖地描出丰满的下腹。涨势向后，在势尽之处分开，为了保持平衡，稍向前倾。到了膝部，一直向下，蜿蜒地达到脚踵，变成水平的脚底，一切纠葛就在这里结束。世间没有这样错综复杂的配合，也没有这样调和统一的配合。这样自然、这样柔和、这样少抵抗、这样不费力的轮廓线，世上决不能找到。

然而这姿态不是像普通的裸体一般露骨地突出在我眼前的。只是在一种幽玄的气氛中依稀看到，但觉圆满具足的美隐约地闪现在眼前而已。好比点片鳞于淋漓泼墨之间，使人在纸笔之外想象虬龙的奇姿，用艺术的眼光看来，空气、暧昧、神情都充分具备，无可批评。把六六三十六片龙鳞一一仔细描

---

① 沙龙是巴黎每年开一次的美术展览会的名称。此字原文是客厅之意。因为这展览会最初是在富贵之家的客厅里开的，故沿用这名称。

写，是可笑的画法；可知赤裸裸的肉体必须远看，才有神往的余韵。我眺望这轮廓时，把它看作逃出月宫的嫦娥被彩虹这个追捕者包围时踌躇着的姿态。

这轮廓渐次变白而浮现出来。我想，如果再进一步，可怜这嫦娥就要堕落尘世了。正在这刹那间，绿云似的头发像戏水灵龟的尾巴一般飘动起来，雪白的身子冲出涡卷的烟雾飞上石阶。只听"呵呵呵呵"，尖锐的女人笑声在廊下响出，就离开幽静的浴场而渐渐远去了。我骨碌地含进一口泉水，站在汤槽里。动荡的水波没到我的胸前。溢出槽边的温泉沙沙地响。

八

主人请我喝茶。同座有一个僧人，是观海寺里的和尚，名叫大彻。还有一个俗家人，是一个二十四五岁的青年。

老翁的房间位在我的房间的走廊右端向左转弯的尽头处，约有六铺席大小，中央放着一张很大的紫檀桌子，因此比想象的狭窄。他请我坐，我一看，铺的不是坐垫，却是一条花毯，当然是中国制的。花毯中央有一个六角形的框子，框子里织出奇妙的亭台楼阁和奇妙的杨柳树。周围是近于铁色的蓝底子，四只角上是装饰着兰草花样的茶花图案。这花毯在中国是不是客间里用的，不得而知，然而这样铺起来，当作坐垫用，倒很有趣。印度的花布和波斯的壁帷，好处在于古拙；这花毯则趣味在于大方。不仅花毯而已，凡是中国的器什，都有这特色。这只有戆直而气度悠闲的人种才能创造出来。这种东西令人看了感到一种尊严之趣。日本人用扒手的态度制造美术品。西洋的东西大而精细，处处不脱俗气，毫无可取。我这样想，然后就席。那个青年和我并坐，占了半条花毯。

和尚坐在一张虎皮上。虎的尾巴通过我的膝旁，虎头铺在老翁的臀部底下。老翁头顶光秃，而白须丛生，好像把头上的毛发统统拔下移植在两颊和下巴上一般。他仔细地把茶托上的茶碗并排在桌子上。

"好久不见了，今天家里有一位客人，就邀大家来喝茶……"老翁向和尚说。

"啊，多谢多谢！我也好久不来拜访了，这两天正想要来呢。"和尚说。这和尚约六十岁，面孔团团，好像简笔的达摩像。看来平时和老翁很亲近。他问：

"这位是客人么？"

老翁点点头，同时拿一把红泥的小茶壶，把带绿的琥珀色玉液在每一个茶碗里滴两三点。一股清香之气轻轻飘进我的鼻孔里。

"一个人在这乡下地方，很寂寞吧。"和尚就同我讲话了。

"嗳嗳。"我说了一句不得要领的答语。如果回答他说寂寞，变成说谎。如果回答他说不寂寞，就需要很长的解释。

"哪里，老法师。这位先生是来画画的，所以很忙呢。"

"啊，原来如此！那很好。也是南宗派么？"

"不是。"这回我明确地回答了。但说西洋画，恐怕这和尚未必懂得。

"不是，是西洋画。"老翁以主人的身份，代我回答了下半句。

"啊啊，是洋画么？那么就是久一君搞的那种画么？我最近初次看到，画得很漂亮呢！"

"哪里！画得不行。"青年到这时候才开口。

"你请老法师看过了么？"老翁问青年。从说话上看来，从态度上看来，大概他们是亲人。

"不，不是特地请老法师看的，我在镜池上写生的时候被他看到了。"

"噢！——来，茶已经倒好了，请喝一杯！"老翁把茶碗放在每个人面前。茶的分量不过三四滴，而茶碗很大。青灰色的底子上，画满暗红和淡黄色的花纹，不知是画，还是图案，还是画的鬼脸，看不清楚，画得并不好。

"这是杢兵卫①的作品。"老翁简单地解释。

"这倒很有意思。"我也简单地称赞。

"杢兵卫的作品假的很多，这是真的。请看看碗底上，有款识呢。"

我拿起茶碗，向着格子窗看。格子窗上暖洋洋地映着盆栽兰叶的影子。我弯过头来，仔细一瞧，看见"杢"字很小。款识在鉴赏上并非那么重要，但是爱好者很注意这一点。我未放下茶碗，就把它拿到嘴边。用舌尖一滴一滴地品尝这甘而且浓、温度适中的琼浆，乃是闲人的韵事。普通人都以为茶是喝的，这就错了。应该把茶放在舌尖上，让它清香四散，几乎不往下咽，只是一种馥郁的气息从食道沁入胃中。倘用牙齿，那就卑鄙了。水则太轻，玉露则太浓，这是一种脱却淡水的境地而不使口颚感到疲劳的柔和而良好的饮料。倘使有人诉苦说吃了茶睡不着，我要劝他：即使不睡也该吃茶。

这期间老翁拿出一只青玉的果盘来。大块玉石，雕斫得如此之薄，形状也很正确，我觉得这匠人的手艺实在可惊。拿起一照，春天的光影射进整个玉盘中，大有一经照射，无路可以逃出之感。这玉盘里最好什么东西也不盛。

"客人赞赏青瓷，所以我今天拿一点出来看看。"

"什么青瓷？噢，就是那只果盘么？那个东西我也喜欢。——请教先生，西洋画可以画纸裱门么？如果可以，我倒想请您画呢。"

要画，也并非不可，但不知这和尚能否中意。如果特地辛辛苦苦替他画了，他倒说西洋画要不得，岂非白白辛苦么？

---

① 杢兵卫是日本古代有名的瓷器制作者。

"画纸裱门不相宜吧。"

"恐怕是不相宜的。像最近久一君画的那种画，也许太华丽了些。"

"我的要不得。那完全是玩玩的。"青年一味谦逊，表示难为情的样子。

"刚才说的那个什么池，在什么地方？"我为仔细起见，向青年探问。

"在观海寺里面的山谷里，是一个幽静的地方。——我是因为在学校里的时候学过画，所以无聊起来拿它玩玩罢了。"

"观海寺在……"

"观海寺就是我住的地方。这地方很好，望下去海景全部在目。——您在这里耽搁期间，哪天请过来玩玩。很近，从这里去不过五六町路。喏，从那边的走廊上可以望见寺院前的石阶。"

"哪天我来打扰，好不好？"

"当然欢迎。我总在家。这里的小姐也常常来。——说起小姐，今天那美小姐为什么不见？她到哪里去了，老先生？"

"不知道跑到哪里去了。久一，有没有到你那里去？"

"没有，没看见她来。"

"大概又是一个人去散步了。哈哈哈哈。那美小姐很能走路。前几天我为了佛事到砺并去，走到姿见桥旁边，望见一个人很像那美小姐，一看果然是她。她把衣裾掖在腰里，脚上穿着一双草鞋，看见了我就说：'老法师慢吞吞地到哪里去？'我倒吓了一跳，哈哈哈哈。我就问她：'你这样打扮，到底是到哪去？'她说：'我去采芹菜回来，送一点给老法师吧。'就急忙把带泥的芹菜往我的袖子里塞，哈哈哈哈哈。"

"真是……"老翁苦笑一下，立刻站起来说，"这件东西倒要请您看看呢。"话头又转向器皿上去了。

老翁恭恭敬敬地从紫檀书架上取下一只花缎制的旧袋，里面装着沉甸甸的东西。

"老法师，这件东西您看见过么？"

"什么东西？"

"砚台。"

"噢，什么样的砚台？"

"据说是山阳珍藏的……"

"这倒不曾见过。"

"盖子是春水 ① 换的……"

"这倒不曾见过。让我看看。"

老翁郑重其事地解开这花缎袋的口，一块暗红色的方形石头露出棱角来。

"颜色真好！是端溪石么？"

"是端溪石，有九个鸲鹆眼 ②。"

"有九个？"和尚大为感动的样子。

"这是春水换的盖子。"老翁把一个罩绫子的薄盖给他看，盖上有春水写的七言绝句。

"对啦，春水写得好。不过书法还是杏坪擅长。"

"到底杏坪擅长。"

"山阳的书法最差。虽是个才子，总归带些俗气，实在没有意思。"

"哈哈哈哈，老法师不喜欢山阳，所以今天揭去了山阳的立轴，另挂了一幅。"

"真的么？"和尚转过头去。壁龛下面打扫得同镜子一样，放着一个擦

----

① 赖山阳之父名春水，儒者。其叔杏坪，汉诗人。

② 鸲鹆眼是石上的圆形斑点，如鸲鹆之眼，故名。宋苏易简著《文房四谱》云："端溪石为砚至妙，山绝顶者尤润，如猪肝色者佳。其贮水处有白、赤、黄色点者，世谓之鸲鹆眼。"

得很光亮的古铜瓶，瓶里插着两尺高的木兰花。立轴用有暗光的古代织金精裱，是徂徕①写的大条幅。这条幅不是绢的，字的工拙姑且不谈，但因年代稍远，所以纸色和四围的织金极其调和。织金如果是新的，倒也没有什么可贵，而这色彩褪落，金线垂折，华丽之气消失，古朴之趣盎然，所以恰到好处。雪白的象牙画轴在焦茶色的土墙上特别醒目，两轴中间供着那瓶木兰。整个壁龛的情趣过于静穆，反有阴森之感。

"是徂徕的么？"和尚转过头来说。

"恐怕徂徕也不是您顶喜欢的，可是我想比山阳好些。"

"徂徕是高明得多了。享保年间的学者的字虽然拙劣，但是自有其品格。"

"'若广泽②为日本之书法能手，则我乃汉人之拙者。'——这话是徂徕说的吧，老法师。"

"我不知道。总之不是那么漂亮的字，哈哈哈哈。"

"请问老法师，您是学哪一家的？"

"我么？我们禅僧书也不读，字也不习，唉！"

"然而您总是学过哪一家的吧。"

"年轻的时候略微学过高泉的字。就是这样，不过人家要我写，我总是写给他们。哈哈哈哈。倒是您那个端溪砚得让我看一看。"和尚催促老翁说。

缎袋终于拿掉了。一座的视线全部集中砚台上。这砚台厚约二寸，比普通砚台厚一倍。长六寸，阔四寸，和普通砚台相仿。盖子是用磨成鳞形的松树皮做的，上面用朱漆写着两个认不得的字。

"这个盖子，"老翁说，"这个盖子不是一个普通的盖子，您看来固然

---

① 即获生徂徕，日本江户时代中期的儒者。

② 即细井广泽，日本江户时代中期的儒者，书法学文徵明。

是松树皮，但是……"

老翁说着，眼睛向我看。然而这松树皮的盖子无论有什么来历，我这个画工也不很以为然，于是回答说：

"松树皮的盖子有些俗气呢。"

老翁不加可否，只是举起手来。继续说：

"如果只是一个松树皮的盖子，就不免俗气。但是您知道这盖子是怎么样的？是山阳住在广岛的时候剥下院子里的松树的皮来亲手制成的！"

我想，不错，山阳是俗气的人，就不客气地反驳说：

"横竖自己做，不妨做得更质朴些。特地弄成这样鳞形，磨得光光的，大可不必。"

"哈哈哈，的确如此。这个盖子似乎没什么价值。"和尚忽然赞成我的意见了。

青年抱歉似的看看老翁的脸。老翁微有不快之色，拿开了盖子。盖子下面出现了砚台本身。

如果说这砚台有惹人注目的特异之点，那便是砚台表面所显示的匠人的雕工。正中央有怀表大的一块圆形地方没有刻去，其高度和四周的边相仿，这表示蜘蛛的背部。从中央向四方弯弯曲曲伸出八只脚来，每只脚的尖端抱着一个鸲鹆眼。其余一个鸲鹆眼生在蜘蛛背部的中央，仿佛挤得出黄汁似的。除了背、脚、边之外，其余地方都刻进一寸多深。积墨的地方恐怕不是这些深沟吧。即使倒下一合水去，也不能充满这些深沟。想来大约是用银勺从水盂里舀一漏水倒在蜘蛛背上，用贵重的墨来磨的吧。不然，名叫砚台，实际不过是一件纯粹的文房装饰品。

老翁垂涎欲滴地说：

"请看这色泽和这眼！"

的确，色泽越看越好。如果在这冷冽而润泽的表面上呵一口气，大概会立刻凝成一朵云彩来吧。特别可惊的是那些眼的色彩。而眼和地相交的地方，色彩次第改变，什么时候改变的，我的眼睛简直受了欺骗，竟看不出来。形容起来，好比一粒芸豆嵌在紫色蒸羊羹里所透出来的色彩。鸲鹆眼有一两个，已经非常可贵，现在有九个恐怕是盖世无双了。而且这九个眼排列整齐，距离相等，几乎使人误认为人工塑造出来的。这的确非赞许为天下之珍品不可。

"的确好！不但看看心里舒服，用手摸摸也很愉快。"我说着就把砚台递给身旁的青年。

"久一懂这种东西吗？"老翁笑着问他。久一稍显出自卑的样子，断然地说："不懂。"但是把不懂的砚台放在自己面前看，大概他觉得不妥，所以又拿起来还我。我再仔细抚摸了一会儿，便恭恭敬敬地交还禅师。禅师把它放在掌上，仔细观察之后，似乎还不满足，又用他的灰布衣袖狠狠摩擦蜘蛛的背部，频频赏玩擦出光亮的地方。

"老先生，这颜色真好。用过没有？"

"没有，不想轻易使用，还是买来时候那样。"

"正该如此。这样的东西在中国也是稀罕的呢，老先生！"

"对啊。"

"我也想要一个。拜托久一君吧。怎么样？你能不能替我买一个？"

"嘿嘿嘿嘿。恐怕他没找到砚台，人已经死了！"

"你的确顾不得砚台了。到底几时动身？"

"两三天内就要动身。"

"老先生，您送他到吉田么？"

"要是平常的话，我年纪大了，不一定送；不过这次也许不能再见，所以想去送他。"

"伯伯不要送我！"

这青年原来是老翁的侄儿，难怪有些相像。

"哪里！要他送的好。若是坐船，并不吃力。老先生，对么？"

"对啊。爬山倒有些吃力。坐船的话，即使路远些也……"

这回青年并不推辞，只是默默不语。

"到中国去么？"我探问他。

"嗳嗳。"

嗳嗳这两个字似乎有点不够，但是没有追究的必要，也就不再问了。一看格子窗上，兰花的影子已经变更了位置。

"我告诉您，还不是为了这次的战争。他本来是志愿兵，所以现在要召集了。"

老翁代替了本人，把这个不日出征中国战场的青年的命运讲给我听。在这梦一般的、诗一般的春天的山村中，若以为只有啼鸟、落花和涌出的温泉那就错了。现实世界会超山越海闯进这平家①后裔所住的古老的孤村里来。染遍朔北旷野的血潮，其中的几万分之一，也许有一天会从这青年的动脉里进出。也许从这青年腰间的长剑的尖端上，会进出烟气来。现在这青年却坐在一个除了梦想之外无人生价值可言的画家身旁。坐得很近，倾听时连他胸中心脏跳动都可听出。在这跳动之中，说不定现在已经响着席卷百里平野的高潮。命运只是骤然使两人聚在一堂，别的事情一点也不说。

---

① 平家是日本古代氏族的名称。

九

"您在用功么？"那女子说。这时我刚回到房间里，把缚在三脚凳上的书抽一本出来，正在阅读。

"请进来！一点也不妨。"

女子毫不客气地大摇大摆地走了进来。朴素的衬领里鲜明地露出秀丽的脖颈。她坐在我面前的时候，这脖颈和这衬领的对照最先映入我的眼中。

"是西洋书么？内容很难懂吧。"

"哪里！"

"那么写着些什么呢？"

"呃，实在我也不大明白。"

"呵呵呵呵，您还这样用功……"

"不是用功。不过是把它放在桌上，这么一翻，就在翻开的地方随便读读罢了。"

"这样，有趣味么？"

"这样很有趣味。"

"为什么呢？"

"你说为什么，因为小说之类的东西，这样读才有趣味。"

"您很奇怪呢。"

"嗳，有点儿奇怪。"

"从头读为什么不好呢？"

"非从头读不可，就变成非读完不可了。"

"这理论真奇妙！读完岂不是好么？"

"当然没有什么不好。如果想知道它的情节，我也这么办。"

"不想知道它的情节，那么想知道什么呢？除了情节以外难道还有想知道的东西么？"

我觉得她终不脱女子气，就想试验她一下看。

"你喜欢小说么？"

"我么？"她停顿一下，含糊地回答说，"当然喜欢的。"看来是不很喜欢的。

"喜欢不喜欢，自己也不知道，是不是？"

"小说这种东西，读不读……"她眼睛里仿佛不承认小说的存在。

"那么，不论从头读起，或从末了读起，翻到哪里就随便读读，不是都可以么？那就用不着像你那样认为奇怪了。"

"您和我是不同的。"

"什么地方不同呢？"我盯住女子的眼睛看。我想，试验就在于此。但是女子的眸子一动也不动。

"呵呵呵呵，您不懂么？"

"年轻的时候读得很多吧。"我不再向前直进，稍稍转了个弯。

"现在也还觉得年轻呢，真可怜！"好比一只鹰，一放手就要飞掉，真是一刻也不能疏忽。

"能在男人面前讲这样的话，已经年纪大了。"我好容易把话头拉回来。

"您说这话，不是年纪也很大了么？这么大年纪，对于那些恋呀、爱呀、相思呀，也还感兴味么？"

"嗳嗳，感兴味的，到死还是感兴味的。"

"啊啊是了！因为这样，所以才能做画家吧。"

"一点也不错。因为是画家，所以读小说没有从头读到尾的必要。随便什么地方，读起来都有趣味。和你谈话也有趣味。在这里耽搁期间，我想每天和你谈话呢。爱上了你也好，那样就更有趣了。然而无论怎样爱，没有和你做夫妻的必要。爱上了必须做夫妻，就好比读小说必须从头读到尾一样。"

"这样说来，搞不近人情的恋爱的是画家。"

"不是不近人情的恋爱，是非人情的恋爱。读小说也是非人情的，所以情节怎么样，都不计较。就像抽签似的把书翻开，翻到什么地方就漫然地读下去，很有趣味。"

"的确很有趣味。那么请您把刚才读的讲些给我听听。因为我想知道怎样有趣味。"

"讲是不行的。譬如一幅画，讲起来一点也不好听，对不对？"

"呵呵呵呵，那么，请您读给我听。"

"用英语读么？"

"不，用日本语读。"

"用日本语来读英语，有些吃力呢。"

"不吃力，不吃力，非人情呀！"

我想这也是一种兴趣，就答允了她的要求，把这册书用日本语一句一句地读出来。倘使世界上有非人情的读书法，现在的正是。听的女子当然也是非人情地听的。

"爱情的风从女人那里吹过来，从声音里、从眼睛里、从肌肤里吹过来。由男人扶着走到船头上去的女人，是为了要眺望夕暮的威尼斯呢，还是为了要使扶着她的男人的血通电到她的脉管中？——这是非人情的读法，所以随随便便，也许有些脱落的地方。"

"很好很好，随您喜欢，加一些进去也不妨。"

"女人和男人并排靠在船舷上，两人的距离比风吹起来的帽带更窄。女人和男人一同向威尼斯告别。威尼斯的道奇殿堂正像第二个日落一般变成淡红色而消逝。……"

"道奇是什么？"

"随便什么都不妨。是从前统治威尼斯的一个人的名字，不知经过多少年代了，他的殿堂到现在还留存在威尼斯。"

"那么这个男人和这个女人是谁呢？"

"是谁，我也不知道。就因为这样，所以有趣味。他们以前的关系无论怎样都好。只要像你和我现在这样在一起，只讲这刹那间的情况，所以有趣味。"

"这样的么？好像是在船里呢。"

"船里也好，山上也好，由他写吧。倘使查问为什么，那就变成侦探了。"

"呵呵呵呵，那么我不问吧。"

"普通的小说，都是侦探发明的呢！因为没有非人情的地方，所以一点趣味也没有。"

"那么，请您继续非人情吧。后来怎样？"

"威尼斯渐渐消沉了，渐渐消沉了，变成了天空中的一根淡色的线。线断了，变成了点。灰白色的天空中处处立着圆柱。终于最高的钟楼消沉了。女人说：消沉了。离去威尼斯的女人的心，好比飞行在天空中的风一般自由。然而隐没了的威尼斯，使得这必须重新回来的女人心中感到一种羁绊苦痛。男人和女人都向黑暗的海湾方面注视。天上的星渐次增多了。缓缓地动荡的海水不溅泡沫。男人握住女人的手，似乎觉得握住了一根震响未息的弦。……"

"这似乎不是十分非人情的吧。"

"你要非人情地听才好。不过你如果不喜欢，我可以稍微省略些。"

"哪里！我是不在乎的。"

"我比你更不在乎。——下面，嗯，有点儿困难了。翻译起来……不，读起来有点困难。"

"倘使读起来困难，就省略了吧。"

"好，就随便些吧。——女人说：只此一夜。男人问：一夜么？只此一夜，太无情了，要继续几夜才好。"

"是女人说的，还是男人说的？"

"是男人说的。大概这女人不想回到威尼斯去。于是这男人说这话安慰她。——半夜里，在枕着帆索躺在甲板上的男人的记忆中，那一瞬间，一滴热血似的一瞬间，紧紧握住女人的手的一瞬间，像巨浪一般摇动起来。这男人仰望着黑暗的夜天，下定决心要把这女人从强迫结婚的深渊里救出来。这样决定之后，他的眼睛闭拢了。……"

"那女人呢？"

"那女人迷路了，不知道迷向什么地方。她好像被人攫住飞向天空中去，只有千万个不可思议。——以下有点儿难读了，都是不成句子的。——只有千万个不可思议——怎么没有动词呢？"

"要动词做什么？这样已经够了。"

"嗯？"

轰然一声，山中的树木一齐呼啸。我们两人不由得面面相觑，这瞬间桌上小花瓶里的山茶花索索地摇动。那女子低声叫道："地震！"就跪着把身子靠在我的桌上。两人的身体振动起来，互相摩擦。一只野鸡拍着翅膀从树丛中飞出。

"野鸡。"我看看窗外，说。

"哪里？"那女子把跪着的身子靠近我，我的脸和她的脸几乎碰着。她的细细的鼻孔里喷出来的气息吹着我的髭须。

"这真是非人情了。"女子忽然回复了跪坐的姿势，断然地说。

"当然。"我紧接着回答。

积蓄在岩石洼处的春水受了惊吓，蠕蠕地摇荡。这一泓春水在波底受地壳的震动，所以只在水面画出不规则的曲线，并无破碎的部分。如果有"圆满的动"这句话，用在这里最为适当。妥帖地映在水中的山樱的倒影，和水一起忽伸忽缩，忽直忽曲。然而无论怎样变化，还是显明地保持山樱的姿态，这是很有趣的景象。

"这东西看了很愉快，美丽而变化。若不是这样动，就没有趣味。"

"人如果也能这样动，无论动得多么厉害都不要紧。"

"倘不是非人情，就不能这样动呢。"

"你恐怕也不是不喜欢的吧。昨天穿了长袖装……"我正要说下去，那女人忽然撒娇地说：

"请您称赞我。"

"为什么呢？"

"您说要看，所以我特地打扮给你看，对不对？"

"我要看？"

"他们说，爬过山来的画画先生特地嘱托茶馆里老太婆的。"

我不知怎样回答才好，一时说不出话来，那女人毫不放松：

"对这样健忘的人，无论怎样竭诚相待，也是白费的。"她像是嘲笑，像是怨恨，又好像从正面射来了两支箭。情势渐渐不妙，至于何时可以复原，因为一经被她占先，就很难找到机会了。

"那么昨晚在浴室里，也完全是承蒙好意了。"好容易在紧要关头恢复了原状。

那女人默默不语。

"真对不起。教我怎样报答你呢？"我努力抢先下手。然而无论怎样抢先，也毫无效果。她好像没有那回事的样子，望着大彻和尚写的横额。忽然低声念道：

"竹影拂阶尘不动。"

念完又转向我，好像忽然想起了什么，故意大声问：

"您说什么？"

我可不能上她这个当，便说：

"我刚才见过那个和尚了。"好像被地震摇动了的池水那样圆满的动。

"观海寺的和尚么？这和尚胖得很。"

"他说要我用西洋画来画纸裱门呢。和尚这种人很会说些没有道理的话。"

"所以他才能那样胖呀。"

"还看见一个青年人呢。……"

"是久一吧。"

"对，是久一君。"

"您熟悉他么？"

"哪里！只知道他叫作久一。此外一点也不知道。这个人不喜欢讲话。"

"哪里！是客气的缘故。他还是个小孩子……"

"小孩子？他不是和你差不多么？"

"呵呵呵呵，您以为这样么？他是我的堂弟。就要到战地去，这回是来辞行的。"

"住在这里么？"

"不，住在我哥哥家里。"

"那么他是特地来喝茶的？"

"他不喜欢茶，倒喜欢白开水。爸爸也是多余，偏要叫他来。他坐得不耐烦，难受得很呢。要是我在家，一定叫他先回去了……"

"你到哪里去了？那个和尚问起你呢。听说又是一个人去散步了？"

"嗳，我到镜池那边去转了一会儿。"

"那个镜池，我也想去看看呢。……"

"好，请您去看看。"

"到那地方去写生很好吧？"

"到那地方去投水也很好的。"

"投水完全谈不到吧。"

"最近我也许要去投。"

这句戏言出自女子之口，未免太坚决了，我不由得仰起头来。看见她的表情特别认真。

"请您把我投身镜池、漂在水面上的样子——不是痛苦而是漂在水面上从容死去的样子——作一幅美丽的画吧。"

"咦？"

"吃惊了，吃惊了，吃惊了么？"

她嗖地站起身来，三步跨出房间的门，回过头来嫣然一笑。我茫然多时。

十

来到镜池。从观海寺后面的一条路上的杉树中间走下山谷，还没登上对面的山，路分为二，自然形成了镜池的周围。池边长着许多山白竹。有的地方左右夹道丛生，行人走过，索索作声。从树木中间望去，可以看见池水，然而这池从哪里起，到哪里止，非环行一周不能知道。走的时候觉得它特别小，不过三町光景。只是形状很不规则，处处有岩石自然地横在水际。池边路的高低也同池的形状一样难于名状，作种种起伏，不规则地接连着，受着水波的冲击。

池的周围有许多杂树，不知几百株，数也数不清。其中有的还未抽出春芽。枝叶较疏的地方依然受着和煦的春日的阳光，树下竟长出嫩草来。其中隐约看到堇花的淡淡的影子。日本的堇花有睡眠的感觉。西洋人有诗句形容它为"如天来之奇想"，到底是不相称的。正在这样想的时候，我的脚站住了。脚一站住，就可一直站下去，直到厌了为止。能够一直站下去，是幸福的人。在东京如果这样做，便立刻被电车压死了。即使不被电车压死，也一定被警察赶走了。都会是错认太平之民为乞丐，而向扒手的头子侦探致送优厚薪金的地方。

我以草为茵，把太平无事的屁股坐下去。在这里，即使一连五六天这样坐着不动，也只管放心，谁也不会向你说一句怨言。自然的可贵之处就在于此。在无可逃避的时候，自然虽是没有慈悲，也没有顾惜，但绝无因人而异的势利态度。不把岩崎和三井 ① 放在眼里的，世间也不乏其人。但对古今帝王的权势漠不关心，如风马牛之不相及者，其唯自然。自然之德高高地超越尘界之上，无限制地树立绝对的平等观。与其指挥天下之群小而徒招泰门 ② 之愤，远不如"滋兰之九畹、树蕙之百亩" ③，而独自起卧其中之为得策。世间有所谓公平，有所谓无私。果真如此重要，最好每天杀

---

① 岩崎（三菱）和三井是日本的大资本家。

② 泰门是莎士比亚剧《雅典的泰门》中的主人公，其人厌恶人类。

③ 见屈原《离骚》。

死一千小贼，以他们的尸体培养满园的花草。

我的思想不觉陷入理论，渐渐无聊起来了。我并不是为了磨炼这种中学程度的感想而特地到镜池来的。向衣袖里摸出纸烟，擦一根火柴。虽然擦了，然而看不见火光。把"敷岛"烟的一端凑上去一吸，烟气从鼻孔里喷出来，这才知道纸烟已经吸着了。火柴在短短的草里暂时吐出螭龙一般的细烟，立刻寂灭了。我渐渐移向水边去坐。直到我的草茵铺进自然池中，伸脚也许碰到微温的春水，到这时我才坐定了，俯视池中的水。

眼睛所达到的地方并不很深。水底有细长的水草下沉死去。我除了用死去以外，想不出可以形容这些水草的字眼。若是山冈的芭茅，我知其从风靡。水上的蕴藻，我知其随波而流。至于这些等待百年也不能动的沉在水底的水草，似乎具备一切可动的姿势，暮暮朝朝等候人来戏弄，从天明等到天黑，从天黑等到天明，茎端集结了几世的相思，终于活到今天，欲动不得欲死不能。

我站起来，从身边的草里拾起两块石子。想做点功德，向眼前抛出一块，噗噗地泛起两个水泡来，立刻消灭了。我心里反复地想：立刻消灭了，立刻消灭了！向水里一望，但见三根长丝忧郁地摇动。我正想：这回可被我看到了。——忽然浊水从底里涌上来，立刻把它们隐没了。南无阿弥陀佛！这回下了决心，拼命向中央抛去。咕咚！发出一个清幽的声音，无法打破四周的静寂。我不想再抛了。把画箱和帽子留在这里，向右边走去。

爬上一丈多长的一个缓坡，一株大树笼罩在头上，身体忽然觉得冷起来。对岸阴暗的地方有株山茶在那里开花。山茶的叶的绿色太深，即使在白天，即使在太阳光中，望去也没有轻快之感。尤其是这株山茶，生在岩角里面缩进一丈多之处，悠闲地躲在想不到有花的地方。这么多的花！数一天也数不清！然而非常鲜艳，使你眼睛一看到心里就想数。它的鲜艳只是鲜艳而已，毫无明快之感。好像蓦地燃烧起来，不由你不注意，而过后又感到阴森。这样骗人的花，世间更没有了。我每次看到深山里的山茶，总是联想到妖女，她用乌黑的双眸来勾引人，在不知不觉之间把嫣然的毒素射进你的血管里。你觉悟到被欺，时候已经迟了。对面的山茶映入我眼里的时候，我就想：唉，不看见多好！这种花的颜色不是普通的红，却是在刺目的华丽里面含有一种说不出的沉闷的情调。我们对于悄然凋零的雨中梨花，只有可怜之感；对于冷艳的月下海棠，只觉得可爱。山茶的沉闷就完全不同，这是一种阴暗的、含有毒素的、带着恐怖气味的情调。它以这种情调为骨子，而表面装得十分华丽。然而既无媚人之态，也无招引人的样子。忽而花开，蓦地花落；蓦地花落，忽而花开，在人目所不注意的山阴从容度送几百年的星霜。只要看到它一眼，便是最后！一看到它，一受到它的魔力，难免堕入无底深渊。它那色彩不是普通的红色，是一种异样的红色，好比被杀的囚人的血，非常刺激人目，使人感到不快。

我正看着，一颗红的东西啪的一声掉落在水上了。在这沉静的春天里，动的东西只有这一朵花。过了一会儿，又是啪的一声掉下一朵来。这种花的花瓣决不分离，它不是散落而是整体辞枝的。辞枝的时候整朵一次离开，毫无留恋之色，但落在地上还是整朵的，这态度实在太可怕了！又是啪嗒的一声掉下一朵来。

我想这样不断落下，不久池水将成红色了。在这些花静静地浮着的一边，水的颜色现在似乎已经有些带红了。又掉下一朵来。掉在地上，或是掉在水上，没有区别，都是一样的静寂。又掉下一朵来。我想：这些花是否会沉下去呢？年年落下千百朵山茶来，浸在水里，颜色溶化了，腐烂之后变成了泥，沉落池底。几千年之后，这个古池也许会在人们不知不觉之间为落下来的山茶花所填塞，而变成平地。又有很大的一朵像涂血的幽灵一般掉了下来，又掉下一朵来，啪嗒啪嗒地掉下来，无穷无尽地掉下来。

我想：在这地方画一个美女漂在水面上怎么样呢？就回到原来的地方，又抽着烟，茫茫然地考虑。温泉场的那美姑娘昨天的笑谈，像波浪一般涌上我的记忆中来。我的心像大浪上的一片木板似的摇荡。我想用她的面貌为基础，画一个美女漂在山茶花下面的水上，上面掉下无数的山茶花来。我想画出山茶花永远落下、女子永远漂在水上的情趣，但不知是否画得出来。照那《拉奥孔》里的理论——不，《拉奥孔》不必管它。不论是否违背原理，只要能表现出这种情趣就好。然而不离开人生而表现人生以上的永久之感，不是一件容易的事情。第一是面貌难画。即使借用她那面貌，然而她那表情是不适用的。苦痛的表情太多，全部画面就被破坏了。反之，一味画出愉快之相，那更不行。那么另外想出一种面貌来，行不行呢？这个、那个，屈指计算，总是想不妥当。想来想去，还是那美姑娘的面貌最为合适。然而总有不足之感。我知道不足，但不足在于何处，我自己也不明白。因此，我不能凭自己的想象而加以修改。在她的表情里加入嫉妒，怎么样呢？不好，嫉妒里不安之感太多。加入厌恶，怎么样呢？也不好，厌恶太剧烈了。怒呢？更不好，怒完全破坏了谐调。恨呢？恨倘是诗意的春恨，又当别论，但是普通的恨太俗气了。种种考虑的结果，终于想出了：在许多情绪之中，我忘记了可怜这个词。可怜是神所不懂而最近于神的人类感情。那美姑娘的表情里，这可怜的感情一点也没有流露出来。不足就在于此。由于霎时的冲动而这感情闪现在她的眉宇之间的时候，我的画便成功了。然而，这情状什么时候可以看到，不得预知。平时充满在她脸上的，只有嘲弄别人似的微笑和倒竖柳眉急于取胜的表情。只有这点，到底是不够的。

　　忽然听见沙沙的脚步声，我胸中的图样崩溃了三分之二。抬头一看，一个穿窄袖衣服的男子背着一束柴，正在山白竹中间向观海寺方面走，大概是从邻近的山上下来的。

"天气很好呢。"他拿着手巾，和我招呼。身子一弯，挂在腰带上的柴刀闪闪发光。这是一个年约四十岁的壮汉，似乎曾经在什么地方看见过。他看见我的画箱开着，就像旧相识一般亲切地和我谈话：

"先生也画画的？"

"嗳，想来画这池塘。这地方真荒凉，简直不大有人经过。"

"是的。这儿真是山里……先生翻过山来，想必很吃力吧。"

"噢！你是在山顶上碰见过的马夫么？"

"是的。我砍了些柴，拿到城里去。"源兵卫卸下背上的柴，坐在柴上了，拿出一只烟盒来。这盒子旧得很，不知是纸做的还是皮做的。我就把火柴借给他。

"你每天走这样的路，真了不得呢！"

"哪里！走惯了没什么。也不是每天走，三天一次，有时候四天走一次。"

"四天走一次也吃不消。"

"哈哈哈哈，用马太可怜了，所以自己来走，四天一次。"

"这真难得。你把马看得比自己更重呢。哈哈哈哈。"

"倒也不是这样……"

"喂，这个池塘古得很吧。到底是从什么时候起有的？"

"老早就有了。"

"老早，怎样早呢？"

"一直从前就有了。"

"一直从前就有？噢！"

"从前，志保田家的小姐投水的时候就有了。"

"志保田就是温泉场那家么？"

"是的。"

"你说他家的小姐投水？她现在不是很好地在家里么？"

"不，不是这位小姐，是从前的一位小姐。"

"从前的小姐？是什么时候呢？"

"是很久以前的一位小姐。"

"这位很久以前的小姐为什么投水呢？"

"这位小姐，听说生得同现在那位小姐一样漂亮呢，先生。"

"哦。"

"有一天，来了一个游方僧……"

"游方僧就是虚无僧^①么？"

"是的，就是那种吹尺八箫的游方僧。这游方僧耽搁在志保田家的保长家里的时候，这位美貌的小姐看上了他——这大概是前世缘分吧，她一定要和他在一起，哭起来了。"

"哭了起来？嗯。"

"可是保长不答应。说游方僧不能做女婿，后来就把他赶走了。"

"把这虚无僧赶走了？"

"是的。小姐就跟着游方僧追，走到这地方，走到那边松树底下，就投水了。——闹得远近闻名。听说那时候小姐身上带着一面镜子，所以这池塘到现在还叫作镜池。"

"唉，原来已经有人投过水的！"

"真是怪事。"

"这是几代以前的事呢？"

---

① 虚无僧是日本的一种僧侣，头戴深笠，身披袈裟，吹尺八箫，云游各地，乞食修行。犯罪的武士为了逃避刑罚，多加入此群。

"这是很久以前的事了。后来——这话只能在这里说说，先生。"

"怎么样？"

"志保田家后来代代都出疯子。"

"哦！"

"这完全是阴魂作怪呢。现在的那位小姐，听说近来也有点儿奇怪，大家都这么说。"

"哈哈哈哈，不会有这等事吧。"

"不会么？可是那位老太太也有点儿奇怪呀。"

"现在在家么？"

"不，去年故世了。"

"嗯。"我看着烟蒂上喷出来的一缕细烟，不再说话。源兵卫背了柴走路了。

我为了画画来此，然而只管考虑这样的事，听讲这样的话，无论几天也画不成一张的。既然背了画箱出来，今天照理应该打一图稿回去。幸而那边的景色还成个样子，就把它画一下吧。

一丈多高的苍黑的岩石从池塘底里笔直地耸立在浓色的水的弯角上。怪石嶙峋的地方，右边的断崖上丛生着许多山白竹，密密层层地生到水边。上面有一株三抱光景的大松树，缠着许多常春藤的树干横斜地长着，一半以上伸出水面。怀着镜子的女子大约是从这个岩石上跳下水去的吧。

坐在三脚凳上，观看应该收入画面的材料。松树、山白竹、岩石和水。水到哪里为止呢？不易决定。岩石高一丈的话，那么水里的倒影也有一丈。山白竹的影子鲜明地映出在水底，令人看了要惊讶，以为这些植物不止长到水边而竟长到了水里。至于那株松树，上面耸入空中，仰头才可望见，下面的影子也很长。照眼前所能看到的尺寸，到底不容易收入画面。索性不画实物，光是画倒影，倒也很有趣味。画些水，画些水中的倒影，然后给人看，说这是一幅画，看的人会惊讶吧。然而只使人惊讶，到底乏味。必须使他们惊叹：对啊，这确是一幅画——这才有意义。我专心地看着池面，考虑画法。

真奇怪，仅看倒影，总是不能成画。想同实物对照研究一下。我把视线慢慢从水面移向上方。先从一丈高的岩石倒影的顶端，向上看，看到水的境界上，再从这境界上次第看水上的实物。逐一吟味润泽的色调、岩石的皱纹，渐渐向上看去。越看越高，我的眼光达到危岩的顶上的时候，我好像被蛇盯住了的蛤蟆，手里的画突然掉落了。

在映着夕阳的绿叶的背景上，在垂暮的晚春的黛色的岩头的苍茫中，清楚地显出一个女子的面貌来——这就是在花下使我吃惊、在幻影中使我吃惊、穿着长袖衫使我吃惊、在浴室里使我吃惊的那个女子的面貌。

我的视线盯住了这女子的苍白的脸的正中，一动也不动。她也把婀娜的娇躯挺得笔直，一根手指也不动地站在高岩上。这一刹那！

我不知不觉地迅速站起身来。她轻盈地扭转身去。腰带里山茶花一般的鲜红闪现一下，就向岩石那面飞奔而去了。夕阳掠过树梢，把松树的干染上了一层薄薄的红色。山白竹更加青葱了。

我又吃了一惊。

十一

在山村的朦胧的暮色中慢慢地散步。爬上观海寺前的石级的时候得到了"仰数春星一二三"的诗句。我并非有事情想会见和尚，也并不想找和尚闲谈，只是偶然走出旅舍，信步行来，不知不觉地走到了这石级下面。暂时站着摸摸"不许荤酒入山门"的石碑，忽然高兴起来，就爬上石级去。

有一册叫作《项狄传》①的书，书中写道：像本书这样符合神意的写法，更没有了。最初的一句是自己作的，以后则完全是感念神明，信笔写出的。自己当然不知道在写些什么。写的人是自己，而写出的是神明的事，因此著者不负责任。我现在的散步也采取这种作风，是无责任的散步。我不依靠神明，就更加无责任。那册书的著者斯特恩自己卸除责任，把它嫁给在天之神。我没有神可以交卸责任，只得把它委弃在泥沟中。

爬石级的时候倘使感到吃力，就不爬了。将要吃力，立刻回步。爬了一段，站住的时候觉得愉快，就又爬第二段。爬第二段的时候想作诗了。默然地看看自己的影子，看见影子在方形的石级上截成三段，形状很妙，觉得很妙，所以又爬上去。仰望天空，看见几颗小星在朦胧的天空深处不绝地眨眼。觉得诗句成功了，就再爬上去。这样，我终于爬到了顶上。

在石级上想起了一件事：从前我游镰仓，盘旋曲折地爬上那地方的所谓五山，记得圆觉寺的旁院也有这样的石级。我慢慢地爬上石级的时候，看见上面的门里走出一个穿黄色僧衣的光头和尚来。我走上去，和尚走下来。擦肩而过的时候和尚用尖锐的声音问我到哪里去。我回答说来参观一下，同时站住了。和尚马上说：什么也没有啊。就急急忙忙地走下去了。这句话太洒脱了，我觉得被他沾了光，站在石级上目送这和尚，但见那个光头摇摇晃晃，终于隐没在杉木中间了。这期间他一次也不回转头来。禅僧的确有趣。这人真直爽，我这么想着，慢慢地走进山门。一看，广大的僧房和大殿，都空空如也，一个人影也没有。这时我感到由衷地欢喜。我想到世间有这样洒脱的人，能用这样洒脱的态度来对待人，觉得很痛快。并不是悟得了禅理的缘故，

---

① 《项狄传》是英国18世纪文学家斯特恩所著的小说，是一部感伤主义的小说。

我连半个禅字都不懂，只是那个光头和尚的态度使我觉得很有意思。

世间充满了执拗、狠毒、苟且，加之厚颜无耻的人。并且还有根本不知道为什么到世间来做人的人，而且偏是这种人的脸特别大。他们认为受尘世之风的面积越大，便是名誉越高。五年、十年地侦探人的屁股，计算这人所放的屁——他们以为这就是人生。于是他走到你面前来，自告奋勇地对你说：你放了若干个屁，你放了若干个屁。如果是走到面前来说的，倒也不无可供参考，但是有的在背后说：你放了若干个屁，你放了若干个屁。你嫌他啰唆，他还是要说。你请他免了，他说得更起劲。你对他说我知道了，他还是说你放了若干个屁，你放了若干个屁。他认为这是处世的方针。方针是各人自由决定的。大可以不说放若干个屁而默默地决定方针。废止对人有妨碍的方针，是合乎礼节的。倘说非妨碍别人不能订立方针，那么对方也只能以放屁为自己的方针。如果这样，日本的国运完结了！

我不订立什么方针，在这美丽的春夜这样地散步，实际上是高尚的。倘使兴到，就以兴到为方针；倘使兴尽，就以兴尽为方针；倘使得句，就以得句为方针；倘使不得句，就以不得句为方针。然而决不麻烦别人。这是真正的方针。计算屁是人身攻击的方针，放屁是正当防御的方针，这样地爬上观海寺前的石级，是随缘放旷的方针。

爬上石级，得到了"仰数春星一二三"的诗句的时候，在夜色朦胧中发光的春海望去好像一条带子。我走进山门，已经无心再把这诗句续成七绝，当即订立了停止吟诗的方针。

通向僧房的一条石板路的右边，是用映山红编成的树篱，树篱那面大约是墓地。左边是大殿。大殿屋顶上的瓦在高处微微发光，望去好像数万个月亮落在数万张瓦上了。不知什么地方有鸽子不绝地叫着，这些鸽子似乎是住在屋梁底下的。我仿佛看见屋檐一带有白色的点子，也许是鸽子粪。

屋檐下有一排奇妙的影子，不像树木，更不像草。凭感觉而言，这是岩佐又兵卫[①]所画的念佛鬼停止了念佛而跳舞的姿态。从大殿的一端到那一端，这些鬼整齐地排成一行而跳舞。影子也从大殿的一端到那一端整齐地排成一行而跳舞。他们大概是被这朦胧之夜所诱惑，丢了钲、撞木和缘簿，相约一齐到这山寺里来跳舞的吧。

走近一看，原来是很大的仙人掌，高七八尺，好像把丝瓜那样青翠的黄瓜压扁，压成饭瓢形状，瓢柄向下，一个一个地向上接起来的样子。这些饭瓢要接上几个方才结束，不得而知。似乎要在今天一夜之内穿破屋檐，一直达到屋顶上的样子。这种饭瓢的生长很唐突，好像一定是生长在别的地方，而突然飞过来粘在这里的。我不能相信这是老饭瓢上生出小饭瓢而小饭瓢在很长的年月中逐渐长大起来的。饭瓢和饭瓢的连续完全是突如其来的。这样滑稽的树恐怕少有的吧，而且还是那么毫不在乎的样子。有一个和尚，有人问他如何是佛，他回答说庭前柏树子。[②]倘使有人向我提出同样的问话，我一定回答他：月下仙人掌。

我小时候读过晁补之[③]的纪行文，有几句现在还背得出："于时九月，天高露清，山空月明。仰视星斗皆光大，如适在人上。窗间竹数十竿，相磨戛然，声切切不已。竹间梅棕森然，如鬼魅离立突鬓之状。二三子相顾，魄动不得寐，迟明皆去。"我在口内背诵一遍，不禁笑起来。这仙人掌由于时间和情况的关系，恐怕也会动我的心魄，使我一看到就逃下山去吧。用手碰碰它的刺看，指头觉得刺痛。

①　岩佐又兵卫是日本江户时代初期的画家，善风俗画。
②　万松老人《从容录》第五卷："僧便问：如何是祖师西来意，赵州云：庭前柏树子。"
③　晁补之，宋朝人，字无咎，工书画文辞，官知州，与苏东坡友善，著有《鸡肋集》《晁无咎词》。

走完了石板路，向左转弯，就是僧房。僧房前面有一株很大的木兰花树，树干约有一抱，高出僧房屋顶。仰起头来一看，头上就是树枝，树枝之上还有树枝。重重叠叠的树枝上面有一个月亮。普通的树木，如果树枝繁密了，下面望上去不见天空。有了花更加望不见。木兰则不然，树枝无论怎样繁密，中间还是有明朗的空隙。木兰并不随便长出细枝来扰乱站在树下的人的眼睛，连花也都很明朗。从下面向高处仰望，也清清楚楚地看见一朵一朵的花。这朵花属于哪一簇的，开到什么程度，固然不知道，然而这些都不管，一朵花自成一朵花，一朵花和一朵花之间，可以判然地望见淡蓝色的天空。花的颜色当然不是纯白的。一味的白，过于给人以寒冷之感。单纯的白，尤能夺人眼目。而木兰的颜色并不如此。它故意避免极度的白，而谦逊地甘心于含有暧昧的淡黄。我站在石板路上，仰观这种驯良的花累累散布在室中的光景，一时茫然若失。映入眼中的全是花，一张叶子也没有。偶成俳句：

　　伫立抬头望，木兰花满天。

这时候那些鸽子正在不知什么地方悠闲地啼叫。

我走进僧房里。僧房的门敞开着，这里似乎是没有盗贼的国土。狗当然不叫。我就在门口说：

"有人么？"

里面肃静无声，没人答应。我又说：

"对不起！"

只听见鸽子的咕咕声。我又大声地喊：

"对不起，有人么——？"

"噢噢噢噢。"很远的地方有人答应。到人家去访问，而听见这样的答应声，是从来没有的。不久听见走廊有脚步声，屏风后面映出纸烛的火光。走出来的是一个小和尚，却是了念。

"老法师在么？"

"在。您有什么贵干？"

"请通报他，我是温泉场的画家。"

"是画家先生么？那么请上来。"

"可以不预先通报么？"

"可以。"

我脱了木屐走上去。

"您这位画家先生没有礼貌呢。"

"为什么？"

"请您把木屐放整齐。请看这里！"他拿起纸烛来照。黑柱子的中央，离地五尺光景的地方，贴着一张四开的白纸，纸上写着些字。

"认得吧，这里写着：注意脚下。"

"原来如此！"我就把自己的木屐仔细地放整齐了。

老和尚的房间位在走廊转角，大殿的旁边。了念恭恭敬敬地推开格子门，恭恭敬敬地蹲在门槛上，说：

"这个，志保田的画家先生来了。"

他的态度惶恐万状，我觉得有些可笑。

"啊，请进来。"

了念退开，我就走进去。房间很小，中央一个地炉，一个水壶正在炉上吱吱地响。老和尚坐在那一边看书。

"啊，请进来。"他摘下眼镜，把书推到一旁。

"了念！了——念！"

"有——"

"拿坐垫来。"

"来了——"了念远远地来一声悠长的答应。

"来得很好。想必是寂寞吧。"

"月亮太好了，所以漫步到此。"

"月亮真好！"说着，把格子门拉开了。门外除了两块跨步石和一株松树而外，别无他物。庭院的那边就是悬崖，朦胧的春夜的海忽然展开在眼底，立刻觉得胸襟扩大了。渔火处处发出闪光，大概是打算升入遥远的夜空，化作天上的星星吧。

"这风景好极了。老法师，把门关起来岂不可惜！"

"是啊。不过我是每晚看见的。"

"无论看几晚也看不厌，这种风景！若是我，不睡觉也要看呢。"

"哈哈哈哈，您到底是画家，所以和我有点不同。"

"老法师欣赏美景的时候，就是画家。"

"这话也说得是。达摩像之类的画我也会画。喏，这里挂着一幅，是老师父画的，画得很好呢。"

小小的壁龛里果然挂着一幅达摩像。然而作为一幅画看，颇为乏味，只是没有俗气，努力遮丑的地方一处也没有。这是一幅天真的画。这位先辈大概也是同这画一样不拘形迹的人吧。

"这幅画很天真呢！"

"我们画的画，这样就够了。只要能够表达出气象……"

"比较起工巧而有俗气的画来，好得多了。"

"哈哈哈哈，承蒙称赞了！请问，近来画家里面也有博士么？"

"没有画家博士。"

"没有？最近我碰到一个博士。"

"噢。"

"称为博士，大概是了不起的人物吧？"

"嗳，是了不起的吧。"

"画家里面也应该有博士。为什么没有呢？"

"这样说来，和尚里面也非有博士不可了。"

"哈哈哈哈，这样的么！——叫什么名字，我最近碰到的那个人？——有一张名片不知道放在哪里了……"

"在哪里碰到的？在东京？"

"不，在这里碰到的。东京我有二十年不去了。听说近来有一种车子叫作电车。我倒想去坐坐呢。"

"无聊的东西！嘈杂得很。"

"这样的么？所谓蜀犬吠日、吴牛喘月，像我这样的乡下人，也许反而觉得不便呢。"

"不是不便，是无聊。"

"这样的么？"

水壶嘴里喷出蒸汽来。老和尚从茶柜子里取出茶碗，把茶倒在碗里。

"请喝一碗粗茶。这不是像志保田老太爷家里那样好的茶。"

"很好很好。"

"您这样在各处跑来跑去，都是为了画画么？"

"嗳，只是带着画具跑来跑去，不画也无所谓。"

"啊，那么一半是游玩？"

"对啊。这样说也可以，因为我不喜欢被人家计算放屁。"

他虽然是个禅僧，这句话似乎不懂。

"计算放屁，是什么意思？"

"在东京住长了，就得被人家计算放屁。"

"为什么呢？"

"哈哈哈，不但计算而已，还得把人的屁加以分析，研究肛门是三角形的，还是四方形的。"

"噢，这也是管卫生的么？"

"不是管卫生的，是一种侦探。"

"侦探？噢，那么是警察了。所谓警察，所谓巡捕，到底有什么用处？难道是非有不可的么？"

"对啊，画家不需要他们。"

"我也不需要。我从来不曾麻烦过警察。"

"对啊。"

"然而不管警察怎样计算放屁，都不要紧，只要自己清正。自己不做坏事，无论有多少警察，对你无可奈何啊！"

"为了放屁而被他们奈何，倒有点儿吃不消。"

"我做小和尚的时候，老师父常常对我说：一个人站在日本桥中央把脏腑拿出来而毫无惭愧——若非如此，不得谓之修行有素。您最好也做这种修行功夫。旅行这种事情不妨停止。"

"如果能做个十足的画家，随时都可以修行。"

"那么就做个十足的画家好了。"

"被人计算放屁，就不成了。"

"哈哈哈哈。我告诉您，那个，您借宿的志保田家的那美姑娘，出嫁之后回娘家来，对什么事都看不上眼，这也不行，那也不行，终于到我这里来学佛法。现在已经学得很好，您看，变成那样明白事理的一个女子了。"

"嗳嗳，我看的确不是一个寻常女子。"

"对啊，她是一个机锋犀利的女子。——到我这里来修行的一个青年和尚泰安，由于这女子的关系，忽然遇到了穷明大事的因缘，现在已经成为一个善知识了。"

松树的影子落在静悄悄的庭中。远处的海在若有若无之间发出幽微的光，好像在响应天空的光，又好像不响应天空的光。渔火明灭。

"请看那株松树的影子。"

"真美丽啊！"

"仅仅美丽么？"

"嗳。"

"不但美丽而已，风吹上去也不要紧。"

我喝干了茶碗里余剩的苦茶，把碗覆在托盘上，站起身来。

"我送您出门。了——念，客人要回去了。"

他们送我走出僧房，鸽子咕咕地叫。

"像鸽子这样可爱的东西是没有的了。我拍拍手，它们都会飞过来。您看我叫它们来。"

月色愈加明亮了。森森的木兰把朵朵琼华擎上天空。和尚在更阑人静的春夜中拍手，一声声随风消散，鸽子一只也不飞下来。

"不飞下来么？应该飞下来的！"

了念看看我的脸，微微一笑。老和尚似乎认为鸽子的眼睛在夜间也看得见，真是无思无虑的人。

我在山门口向这两人告别。回头一看，一个大的圆影和一个小的圆影落在石板路上，一前一后向僧房方面渐渐消失了。

十二

记得王尔德说，基督是最高度地具备艺术家态度的人。基督我不知道，我以为像观海寺的和尚，的确具备这资格。并不是说他富有趣味，也不是说他通晓时势。我是说他挂着几乎不能称为绘画的达摩像，而得意扬扬地称赞它画得很好。他认为画家中有博士。他相信鸽子的眼睛夜里也看得见。尽管如此，还是具备艺术家的资格。他的心地开阔，像无底的袋子一般，一点东西也不停滞。随意所之，任意所作，一点尘埃也不沉淀在腹内。如果他的脑里能够体会一点趣味，他就立刻和它同化。他在行走坐卧之间也作为一个完全的艺术家而存在。像我，在被侦探计算放屁期间，到底不能成为画家。我能够对着画架、拿着调色板面作画，然而不能成为画家。只有像现在这样来到这不知名的山村，把五尺瘦躯埋在迟迟欲暮的春色中，才能具有真艺术家的态度。一度进入这境界，美的天下就归我所有。即使不染尺素，不涂寸绢，我却是第一流的大画家。虽然在技术上不及米开朗琪罗，在工巧上不及拉斐尔，但在艺术家的人格上，能与古今大家并驾齐驱，毫不逊色。我自从到这温泉场以来，一幅画也不曾画过。我这只画箱竟是全无必要地背着的。也许有人嗤笑：这也算得画家么？不管怎样嗤笑，现在的我是真正的画家，是优越的画家。能够达到这境地的人，不一定能作名画，然而能作名画的人，非懂得这境地不可。

吃过早饭，从容地吸着一支"敷岛"的时候，我作以上的感想。太阳已经离开朝霞，高高地上升了。打开格子窗，眺望后面的山，但见苍翠的树木非常澄澈，鲜丽无比。

我一向认为空气、物象、色彩的关系，是宇宙间最有兴味的研究之一。究竟是以色彩为主而表出空气，还是以物象为主而描出空气，还是以空气为主而在其中作出色彩和物象呢？观感略有不同，画的情调亦异。这情调是由于画家自身的嗜好而不同的。这是当然之理，然而时间和场所的限制也是当然之事。英国人所作的山水画中，明朗的画一幅也没有。也许他们是不喜欢明朗的画的。然而即使他们喜欢，在英国的空气中也是毫无办法的。同是英国人，像古德尔①之类的画家，色调就完全不同。应该是不同的，因为他虽然是英国人，却从来不曾画过英国风景。他的画题不是他的乡土。他所选择的都是空气比他本国透明得多的埃及、波斯等地的景色。因此最初看到他的画的人，谁都要惊讶。这些画画得非常爽朗，会使人疑心：英国人也会画出这样明朗的色彩么？

个人的嗜好是无可奈何的。然而倘使画的意图是描写日本山水，那么我们也非把日本固有的空气和色彩描出不可。法国的画无论怎样美妙，我们不能照样取用他们的色彩，而说这是日本的风景。我们还是必须面对自然，暮暮朝朝地研究云容烟态，一旦看出了确切的色彩，立刻背了画架和三脚凳跑去描写。色彩是瞬息万变的，一旦失去机会，就不容易看到同样的色彩。我现在所望见的山头，充满着这一带地方所不易多见的好色彩。既然特地来此，让它消失是可惜的。把它画一下吧。

拉开纸裱门，走到廊上，看见那美姑娘站在对面的楼头，身体靠在格子窗上。她把下巴埋在衣领里，我只看见她的侧面。我正想同她招呼，看见她左手照旧下垂，而右手忽然像风一般活动起来。闪电一般的亮光一来一往地闪现在她的胸前，突然锵的一声，闪光立刻消失了。她的左手里拿着一个九寸五分长的白木刀鞘。她的姿影忽然隐没在格子窗后面了。我走出旅馆的时候似乎觉得早上看了一幕歌舞伎。

---

① 古德尔是 19 世纪末期英国的画家。

走出门，向左转弯，就是连接山路的一个慢坡。到处有莺的啼声。左边低落，是一个平坦的山谷，满种着橘树。右边有两个低低的山冈并列，我想，这上面种的也都是橘树吧。几年之前我曾经一度到此，屈指计算太麻烦，总之是寒天腊月的时节。那时候我最初看到橘子山上满满长着橘子的景色。我对采橘子的人说：请你卖一枝给我。他回答我：要多少都送给你，请拿去啊。说完就在树上唱出音节美妙的小曲。我想：在东京，橘子皮也非到药店里去买不可。晚上常常听见枪声。我问本地人这是什么，他们告诉我这是猎人打鸭的枪声。那时候我连那美姑娘的"那"字也不知道。

教这女子做演员，一定是一个出色的女角。普通的演员在舞台上表演，都是特意做作的。这女子却在家里的舞台上演戏，而不自知其为演戏，是自然地、天然地演戏。这样的生活大概可以称为美的生活吧。托这女子的福，我的绘画修业得益不少。

倘使不把这女子的举动看作演戏，就会感到有些毛骨悚然，一日也不能再留。倘使以事理、人情等日常见解为背景，而从普通小说家那样的观察点研究这女子，就觉得刺激过强，会立刻感到厌恶。在现实世界中，倘使我和这女子之间有一种缠绵的关系，我的苦痛恐怕笔墨难于形容吧。我这一次旅行，目的在于脱离俗情，做一个十足的画家，所以对于映入我眼中的一切物象，非尽行看作画图不可，非尽行当作能乐、戏剧或诗中人物面观察不可。戴了这样的一副眼镜观察这女子，觉得她的举动在我以前所看到的一切女子中最为美妙。只因她自己不知道自己正在表演美妙的技艺，所以比演员的举动更加美妙。

误解了作如是观的我，是不行的。批评我作为社会公民不应当如此，更加不通道理。行善困难，施德费力，守节操不易，为义舍命可惜。下决心去做这等事，在任何人都是苦痛的。为了甘冒这种苦痛，其中必须潜蓄着一种可以真战胜这苦痛的愉快之感。所谓画，所谓诗，或者所谓戏剧，都不过是潜在于这悲酸中的快感的别名。懂得了这意趣，我们的举动方才成为壮烈，成为娴雅；我们方才可以战胜一切苦痛，以求满足胸中这一点无上之趣；方才能够把肉体的苦痛置之度外，对物质上的损失不加计较，而驱策勇猛精进之心，甘愿为人道受鼎镬之烹。倘使可以在人情的狭隘的立脚地上为艺术下定义，那么可以这样说：艺术是潜在于我辈有教养的人士胸中的避邪就正、斥妄显真、扶弱抑强的誓愿结晶而成的白虹贯日一般的表现。

有人嘲笑某人的行为有戏剧气味，笑他为了贯彻美的趣味而做不必要的牺牲，说是不近人情的；笑他不待美的性格的自然发挥的机会而无理地夸耀自己的趣味观，说是愚笨的。倘是真能了解个中消息的人，他的讥笑固然自有意义。然而不知趣味为何物的庸夫俗子用自己的卑鄙的眼光来贱视别人，却是难于容忍的。从前有一个青年留下一篇《岩头吟》，向五十丈飞瀑纵身直下，自赴急湍。① 据我看来，这青年是为了"美"之一字而舍弃了舍不得的生命。死这件事实在壮烈，只是促成死的动机是难解的。然而不能体会死得壮烈的人，怎么能够嗤笑藤村子的行为呢？我有这样的主张：他们不能体会壮烈牺牲的情趣，所以即使面临正当的事情，到底不能壮烈牺牲。在这一点限制上，他们的人格远不及藤村子，所以没有嗤笑的权利。

我是画家。正因为是画家，所以是专重趣味的人，即使堕入人情世界，也比东邻西舍的庸夫俗子为高尚。作为社会之一员，是可站在为人师表的地位上。比较起不知诗、不知画、没有艺术嗜好的人来，善于表现美的举动。在人情世界中，美的举动是正的，是义的，是直的。在行为上表现正、义和直的人，是天下公民的模范。

---

① 指日本第一高等学校学生藤村子从日光山的华岩瀑上投身而死之事。

暂时离开人情世界的我，至少在这旅行中没有回到人情世界来的必要。否则特地出来旅行，就变成徒然。我必须从人情世界里拨去了累累的砂粒，而仅看沉在底上的美丽的黄金，以度送旅中的光阴。我并不以社会之一员自任。作为一个纯粹的专门画家，连自身也摆脱了缠绵的利害绊而逍遥于画布之中，何况山、水及别人？所以虽然对着那美姑娘的行动，也只看她的姿态而已，此外并无所图。

爬上了三町光景的山路，看见对面有一堵白墙。我想，这人家是住在橘子中间的。不久山路分为两条。在白墙旁边向左转弯的时候回头一看，下面有一个穿红裙的姑娘正在走上来。红裙渐次全部出现了，下面是两条茶色的小腿；小腿全部出现了，下面是一双穿草鞋的脚。这双穿草鞋的脚一步一步地走上来。

她头上带着几点山樱的落花，背上负着一片明亮的海。

爬完了上山的路，来到了山顶一块突出的平地上。北面春峰叠翠，大概就是今天早晨从走廊上望见的。南面是阔约半町的一片荒野，荒野尽处突然低落，变成崩崖。崖下就是刚才走过的橘子山。隔着村子眺望那边，映入眼中的是不言可知的青海。路有好几条，合了又分，分了又合，看不出哪一条是正路。

每一条都是路，同时每一条都不是路。草里面暗红色的泥地忽隐忽现，看不出连贯的线索，变化多端，很有趣味。

我在草里各处徘徊，想找一个地方坐坐。早上从走廊望来可以入画的景色，想不到临近一看，已经走样，色彩也渐次变更了。在眺望草原期间，我的画兴不知不觉地阑珊了。既然不画了，就可不择地点，随便什么地方，只要坐下去，便是我的住处。渗进来的春天的阳光深深地钻入草根里。我一屁股坐下去，似乎觉得压散了眼睛看不见的许多游丝野马。

海在我脚下发光。一纤云影也不遮蔽的春天的太阳，普照水上，好像什么时候暖气会侵入波底的样子。绀青一色平涂的水面上，处处有层层叠叠的白金的细鳞鲜丽地闪动着。春天的太阳照着广大无边的天下，天下泛溢着广大无边的水，水上只有像小指甲一般大小的白帆，而且这白帆完全不动。往昔入贡的高丽船渡海远来的时候，大概是这个样子吧。它的周围茫无边际，只有太阳的世界和太阳照着的海的世界。

我躺下来。帽子脱出前额，滑到了后头上。到处有小株的木瓜高出草面一二尺，欣欣向荣。我的面前正好长着一株。木瓜是很有趣味的花，它的枝条很顽强，不肯弯曲。那么可说是直的了，然而绝不是直的，只是一段直的短枝用某角度接合在另一段直的短枝上，歪歪斜斜地构成全体。枝头上有不知是红或是白的花安闲地开着。柔软的叶也清清楚楚地附着在枝上。品评起来，木瓜可说是花中之愚而悟者。世间有守拙的人，这些人来世一定投胎为木瓜。我也想做木瓜。

我小时候曾经把开花生叶的木瓜采下来，加以整理，制成一个笔架。把两分五厘一枝的水笔捆在这笔架上，供在书桌上，望望花叶中间显出来的白穗，自得其乐。这一天梦寐中也不忘记木瓜笔架。第二天醒来，立刻跑到书桌旁边，看见花已经谢了，叶已经枯了，只有那白穗依旧无恙。那时候我心中不胜惊疑：那样美丽的东西怎么会在一夜之间枯萎呢？现在回想，那时候真是出世间的。

一躺下来就映入我眼中的木瓜，是二十年来的旧知己。注视此花，颇涉遐想，觉得心中快适，诗兴又涌起来了。我躺着考虑，每得一句，就记录在写生册上，不久居然完成了，从头试读一遍：

出门多所思，春风吹吾衣。芳草生车辙，废道入霞微。

停筇而瞩目，万象带晴晖。听黄鸟宛转，观落英纷霏。
行尽平芜远，题诗古寺扉。孤愁高云际，大空断鸿归。
寸心何窈窕，缥缈忘是非。三十我欲老，韶光犹依依。
逍遥随物化，悠然对芬菲。①

哈哈，完成了，完成了。就是这样吧。躺着看木瓜而与世相忘的感情，颇能表出。虽然没有说出木瓜，虽然没有说出海，只要能够表出感情就好了。我正在高兴地哼着的时候，忽然听见人的咳嗽声："呃哼！"我吓了一跳。

我翻一个身，向发出声音的方面一看，山头突出的地方，转角上的杂树中间走出一个男子来。

这男子头戴一顶茶色礼帽。帽子的形状已经坍损，倾下的帽缘下面露出一双眼睛。眼睛的神色看不清楚，但是的确在那里一闪一闪地转动。蓝条纹衣服的裾撩起来掖在腰带里，底下是赤脚穿着木屐。这样打扮的人是什么身份，不容易判断。仅从那满脸须髯看来，这正是一个十足的流浪汉。

我以为这男子想走下山路去了，但他走到转角上忽又回头。我以为他要回进原来的树林里去了，却并不然，他又回转身来走原来的路。除了到这草原上来散步的人以外，不应该有这样反来复去地走路的人。然而照他这般模样，难道是散步的人么？并且这附近也不会住着这样的一个男人。他不时站住，侧着头向四周观望，又像是满腹心事的样子，又像是在等候一个人来会面的样子。究竟是什么，不得而知。

我的眼睛竟不能离开这个行步不安的男子了。并不是担心他怎么样，也不是想画他，只是眼睛不能离开他。我的眼睛跟着这男子从右到左、从左到

---

① 这是汉诗，这里照样抄录，并非翻译。

右地转动，这时他忽然站住了，同时另外一个人物出现在我的视界中。

这两人好像是互相认识的样子，双方渐渐走近来。我的视屏渐渐缩小，终于局限在草原正中一块狭小的地方。这两个人背着春山，面着春海，相对站着。

其中一个当然就是那个流浪汉。对方是谁呢？对方是一个女子，是那美姑娘。

我一看见那美姑娘，立刻联想起今天早上的短刀。她现在是否怀藏着这把短刀呢？这么一想，非人情的我也打个寒噤。

一男一女相对，暂时用同样的态度站着，身体一动也不动。嘴也许动着，但是话语完全听不出。男的忽然低下了头，女的转向了山的方面。我看不见她的脸。

莺在山中啼，女的似乎在听莺声。过了一会儿，男的突然把低下的头抬起来，半转身子，但不是寻常的态度。女的翩然地转过身去，仍旧向着海。她的腰带里露出的东西似乎是短刀。男的昂然走开，女的跟着他走了两三步。女的脚穿着草鞋。男的站住了，大概是女的喊他站住的。在两人相向的瞬间，女的把右手伸进腰带里。危险！

然而摸出来的不是那九寸五分的东西，却是一个紫色的小包，似乎是钱袋。她把这小包递给那个男子，雪白的手里垂下一根长长的纽带来，在春风中飘荡。

她向前迈出一只脚，上身略向后倾，伸出着的雪白的腕上显出一块紫色。这姿势非常入画！

离开紫色二三寸的地方，布置着回转身来的男子的身体，这画面安排得很巧妙。所谓不即不离这句话，正可以拿来形容这刹那间的情状。女子的态度是想把面前的人拉过来，男子是被什么东西拉向后面的样子。但在实际上并没有拉，也并没有被拉。两人的关系在紫色钱袋的地方断绝了。

两人的姿势保持这样美妙的调和，同时两人的面貌和衣服又显示极端的对比，因此当作一幅画看，更加富有趣味。

一个是面目黧黑、髭须满腮的矮胖子，一个是眉清目秀、削肩长裾的瓜子脸；一个是蓬头垢面、赤脚木屐的流浪汉，一个是寻常淡妆也婀娜多姿的瘦美人；一个是茶色破帽、蓝柳条布衫扎起衣裾的打扮，一个是发光可鉴、绮罗耀目的娇艳模样。一切都是好画材。

男子伸出手来接过钱袋，拉和被拉巧妙地保持均衡的两人的位置忽然破坏了。女的不再拉，男的也不再被拉。心理状态在绘画构成上有这样显著的影响，我做了画家，直到现在不曾注意到。

两个人向左右分开了。双方已经没有心情上的联系，所以当作画看，已经支离破碎、不成章法了。男子走到杂树林口一度转过头来。女子绝不回顾，向这边姗姗走来，不久走到我的面前。

"先生！先生！"

她叫了两声。奇怪，不知她什么时候注意到我在这里的。

"什么？"

我从木瓜中间抬起头来。帽子掉落在草地上了。

"您在这种地方做什么？"

"我在这里躺着作诗。"

"说谎！刚才这个您看见了吧。"

"刚才这个？刚才那个人么？我稍微看见些。"

"呵呵呵呵，何必稍微呢，多看看不是很好吗？"

"实在是完全看见了。"

"您瞧。请您到这边来，请您从木瓜里面走出来。"

我唯命是听，从木瓜里面走了出来。

"您在木瓜里面还有事情么？"

"没有事情了，我也想回去了。"

"那么我们一同回去吧。"

"好。"

我又唯命是听，回到木瓜里面去取了帽子，收拾了画箱，和那美姑娘一同回去。

"您画过画了么？"

"终于没有画。"

"您来到这里之后，一幅画也没有画过呢。"

"是的。"

"您是特地为了画画而来的，一点也不画，不成样子呀。"

"哪里！成样子。"

"成样子！为什么呢？"

"当然是成样子的。画画这件事，画也好，不画也好，都是成样子的。"

"这是笑话了，呵呵呵呵，真是自得其乐呀。"

"既然来到这种地方，倘不自得其乐，就没有来的意义了。"

"哪里！无论在什么地方，倘不自得其乐，都没有活的意义了。譬如我，像刚才这种样子被人看见了，一点也不觉得难为情。"

"不觉得也好。"

"是呀。刚才那个男人，您看是什么人？"

"我看来，总不是十分有钱的人。"

"呵呵呵呵，说得真对。您是个出色的相面先生呢！这个人穷了，在日本活不下去了，是来向我要钱的。"

"噢！是从哪里来的呢？"

"从城里来的。"

"原来是从很远的地方来的。那么他要到什么地方去呢？"

"总不过到'满洲'去。"

"去做什么呢？"

"去做什么？不知道去拾钞票呢还是去死。"

这时候我抬起眼睛看看她的脸，她口角上的笑容渐渐消失了。不解这是什么意思。

"他是我的丈夫。"

她用迅雷不及掩耳之势突然砍下这一刀来，我受了一下意外的打击。我当然没有准备听这样的话。她自己大概也想不到暴露到这般地步吧。

"怎么，您吃了一惊吧？"她说。

"呃，有点儿吃惊。"

"不是现在的丈夫，是离婚了的丈夫。"

"原来如此，那么……"

"就只是这么一回事。"

"啊。——那边的橘子山上有一所墙壁雪白的房子呢，地点很好。这是谁家？"

"这是我哥哥家。回去便路走进去看看吧。"

"你有事情么？"

"嗳，他们有点事情托我。"

"一同去吧。"

走到山口，不走下村子去，立刻向右转，再爬上一町光景，就看见一扇门。走进门，不向正屋，立刻绕着庭院走去，这女子毫不客气地昂然直入，我也毫不客气地跟着走。向南的庭院里有三四株棕榈树，泥墙下面就是橘树林。

这女子就在廊檐的一端上坐了下来，说：

"请看，景致多好啊！"

"的确不错。"

格子窗里面肃静无声，好像没有人的。这女子并不想打招呼的样子，只是悠然地坐着俯瞰橘树林。我觉得有点奇怪，不知道她到底有什么事情。

两人都不讲话，大家默默地眺望下面的橘树林。近午的太阳的温暖的光线笼罩着整个山头，眼底的橘树的叶子吸饱了暖气，发出闪光。忽然里面堆房那方有一只鸡高声地叫起来，"喔喔喔——"。

"呀，已经正午了。我把事情忘记了。——久一，久一！"

她探着身子，把格子窗推开。里面是一间十铺席的空房间，春日的壁龛中空挂着双幅的狩野派画图。

"久一！"

堆房那方传来答应的声音。脚步声渐近，停止在纸门旁边了。纸门一拉开，忽然一把白鞘短刀从铺席上滚将过去：

"喏，这是你伯父替你送行的！"

她是什么时候伸手到腰带里去摸出来的，我一点也不知道。短刀在空旷的铺席上翻了两三个筋斗，滚到了久一的脚边。刀鞘似乎太松，刀身脱出一寸光景，发出闪烁的寒光。

十三

他们用船送久一到吉田的火车站去。坐在船里的除了被送的久一以外，有送行的老翁、那美姑娘、那美姑娘的哥哥、照管行李的源兵卫，还有我。我不过是陪伴而已。

教我去陪伴，我就去。不知道什么意义，也就去。在非人情的旅行中，用不到考虑。船底是平的，好像在筏上加了边缘。老翁坐在中央，我和那美姑娘坐在船艄上，久一兄和哥哥坐在船头上。源兵卫伴着行李坐在后面。

"久一，打仗你喜欢不喜欢？"那美姑娘问。

"不看到是不知道的。想来苦的地方也有，但是愉快的地方也有吧。"不知道战争的久一回答。

"无论怎样苦，总是为了国家。"老翁说。

"你得了一把短刀，就想出去看看打仗，是不是？"这女子又发出奇妙的问话。久一略微点点头回答道：

"大概是的吧。"

老翁掀髯而笑。哥哥好像没听见一样。

"像你这样满不在乎的，会打仗么？"这女子毫不在乎地把雪白的脸挨近久一。久一和哥哥相对看了一下。

"那美若是去当兵，一定是很厉害的呢。"这是哥哥对妹妹说的第一句话，从语气上观察，不像普通的笑谈。

"我么？我去当兵么？我若是能当兵，早就去当了，现在早已死了。久一，你也要死才好，生还是不体面的。"

"你不要胡说八道！应该平安无事地凯旋。专门讲死，对国家是没有益处的。我也还想活两三年呢。我们还要见面啊。"

老翁的话语尾拖得很长，声音越来越细，最后变成了泪丝。只因是男人，才没有哭出来，久一一声不响，扭过头去看着河岸。

岸上有一株很大的柳树，树下系着一只小船。一个男子在那里钓鱼，眼睛注视钓丝。我们的船随波逐流，慢慢地从这男子面前经过的时候，他突然抬起头来，和久一打个照面，两人之间完全没有感应。这男子心中所想的只是鱼。久一心中连容纳一条鲫鱼的余地也没有。我们的船静静地在这姜太公面前经过了。经过日本桥的人，一分钟不知有几百。倘使站在桥边能够一一听到盘踞在每个人心中的纠葛，其人一定会目眩头晕，痛感浮生之苦吧。只因相逢都不相识，相别都不相知，所以才有站在日本桥上拿红旗绿旗指挥车辆的志愿者。这个姜太公对于久一的哭丧的脸不要求任何说明，是幸福的。我回头一看，只见他安心地注视着浮标，似乎想一直注视到日俄战争结束的样子。河面不很阔，河底很浅，河水缓缓地流着。靠在舷上，漂在水上，漂到什么地方呢？非漂到春光去尽、人间混乱、冲突的地方不可。这个眉间显出一点血腥的青年，硬把我们一班人拉去。命运的绳要把这青年拉到遥远、阴暗、凄凉的北国去，所以在某年某月某日的因缘上和这青年联系着的我们，不得不被这青年拉去，一直拉到因缘告终为止。因缘完结的时候，他和我们之间就一刀两断。他一个人不容分说地被送到命运的手中。留在这里的我们也不容分说地必须留在这里，即使哀求苦告要他拉去，也是不行的。

　　船平稳地行驶，坐着很舒服。左右两岸长着笔头菜。堤上有许多柳树。树的空隙处常常露出小屋的草顶和煤烟熏黑的窗子来，有时跑出雪白的鸭子来。鸭子嘎嘎地叫着，跑到了河里。柳树和柳树之间明晃晃的大概是白桃花。时时听见"喀当喀当"的布机声。"喀当喀当"停下来的时候，女子的唱歌声咿呀咿呀地传到水上来。唱的是什么歌，一点也听不清楚。

　　"先生，替我画一个像。"那美姑娘向我要求。这时候久一正在和哥哥热心地谈论军队的事，老翁不知什么时候开始打瞌睡了。

　　"好，我替你画吧。"拿出写生册来，写了一首俳句：

春风解罗带，带上铭① 如何？

递给她看。她笑着说：

"这样的'一笔画'不行。请您画仔细点，把我的神情画出来。"

"我也想这样，可是你现在这样的脸不能入画。"

"您真会推托。那么要怎样才能入画呢？"

"要画，现在也可以画。不过还缺少一种东西。不画出这种东西是可惜的。"

"您说缺少一种东西。我的脸生来是这样的，没有办法。"

"生来这样的脸，也可以有种种样子。"

"自己可以自由装出的么？"

"可以。"

"您看我是女人，所以作弄我。"

"你是女人，所以说这笨话。"

"那么，把您的脸变出种种样子来给我看看。"

"你只要每天像今天一样做种种变化就好了。"

她默默地转过身去。河岸已经变得很低，和水面相差无几了。田里是一望无际的紫云英。点点鲜红的花不知被哪一天的雨所摧残，模模糊糊的一片花海仿佛伸展到云霞之中。举目望见一座峥嵘的山峰耸入半空，山腹里吐出叆叇的春云来。

"您是从这个山的那面来的。"这女子把雪白的手伸出船舷外面，指点那梦一般的春山。

———————————

① 日本女子的衣带上有时写一句诗，叫作铭。

"天狗岩就在那边么？"

"那一堆浓绿的下面，不是有一块紫色么？"

"就是背太阳的地方么？"

"不知道是不是背太阳，是那光秃秃的地方。"

"不是，是凹进的呢。倘是光秃秃的，色彩应该还要带茶色。"

"是的吧。总之，是在里面。"

"这样说来，那羊肠小道还在左面一点。"

"羊肠小道，在那边，还很远呢。是那个山再前面的一个山。"

"原来如此。但是照方向说来，是在那有淡色的云的地方吧。"

"嗳，方向是在那边。"

打瞌睡的老翁的肘从船舷上滑脱了，突然醒来。

"还没有到么？"

他挺起胸脯，把右肘拉向后面，把左臂向前伸直，深深打了一个呵欠，同时做出拉弓的姿势。那美姑娘呵呵呵呵地笑起来：

"老是这么一来……"

"老先生大概是喜欢拉弓的？"我也笑着问。

"年轻的时候可以拉到七分五厘，膀子现在还很稳呢。"他拍拍自己的左肩给我看。船头上正在大谈战争。

船渐渐开进了市街模样的地方。望见一家酒馆，窗上写着"御肴"两个字。又看见古风的绳门帘，和堆置木材的地方。人力车的声音也常常听到了。燕子空中翻飞。鸭子嘎嘎地叫。大家舍舟登陆，走向火车站去。

渐渐被拉向现实世界去了。我把有火车的地方称为现实世界。像火车那样足以代表 20 世纪的文明的东西，恐怕没有了。把几百个人装在同样的箱子里蓦然地拉走，毫不留情。被装进箱子里的许多人必须大家用同一速度奔向同一车站，同样地熏沐蒸汽的恩泽。别人都说乘火车，我说是装进火车里。别人都说乘了火车走，我说被火车搬运。像火车那样蔑视个性的东西是没有的。文明用尽种种手段来发展了个性之后，又想用种种方法来摧残这个性。给每个人几尺几寸见方的地面，对他说：你可以在这范围里面自由起卧——这便是现今的文明。同时在这几尺几寸见方的周围立起铁栅来，威吓道：不许越出这铁栅一步。——这便是现今的文明。在几尺几寸见方之内自由行动的人，希望在这铁栅以外也能自由行动，这是自然之势。可怜的文明国民日夜攀住了这铁栅而咆哮着。文明给个人以自由而使他变成力大如虎之后，又把他关进铁槛里，借以维持天下的和平。这和平不是真的和平，是和动物园里的老虎睥睨着看客而转辗地躺着同样的和平。只要把槛上的铁条拔去一根，世界就一塌糊涂。第二次法国革命便是在这时候发生的吧。个人的革命，现在已经日夜地在那里发生了。北欧的伟人易卜生曾经就可能引起这革命的状态给我们提出了种种例证。我每次看到火车猛烈地、玉石不分地把所有的人看作货物一样而一起载走的状态，把关在客车里的个人和毫不注意个人的个性的这铁车比较一下，总是想道：危险！危险！一不小心就危险！现代的文明中，随时随地都有此种危险。不顾一切地横冲直撞的火车，是危险的标本之一。

我坐在火车站前茶馆里，眼睛望着艾饼，考虑我的火车论。这不能记录在写生册里面，也没有告诉别人的必要。因此我默默地吃艾饼，喝茶。

对面的折凳上坐着两个人，都穿草鞋。一个人披着红色的毛毯。一个人穿着葱绿色裤子，膝头有一块补丁。他的手按在补丁上。

"还是不好么？"

"不好。"

"像牛一样有两只胃就好了。"

"若是有两只胃，不必说了。一只坏了，把它割去就完事。"

这乡下人大概是患胃病的。他们闻不到中国战场上的腥风，也看不到现代文明的弊害。革命是怎么样的东西，他们连这两个字都没有听见过。也许连自己的胃袋有一只还是两只也不明白吧。我摸出写生册来，描写了这两个人的姿态。

火车站里铃声当当地响。火车票已经买来了。

"我们去吧。"那美姑娘站起身来。

"去吧。"老翁也站了起来。我们一批人走出剪票处，来到月台上，铃声不断地响着。

听见隆隆的声音，文明的长蛇在白光闪闪的铁路上蜿蜒而来，文明的长蛇从嘴里吐出黑烟。

"我们这就分别了！"老翁说。

"那么祝您健康。"久一低下了头。

"请你去死吧。"那美姑娘又说这句话。

"行李来了么？"哥哥问。

那条蛇在我们面前停下了。蛇肚子旁边的门都开了，有许多人走出来，有许多人走进去。久一走了进去。老翁、哥哥、那美姑娘和我都站在外面。

车轮一动，久一已不是我们这世界里的人了。他到很远很远的世界里去了。在那个世界里，有人在火药气中挣扎，在鲜红的血地上打滚，半空中炮声隆隆。今后将到这样的地方去的久一站在车厢里，默默地向我们看。把我们从山中拉出来的久一和被拉出来的我们之间的因缘，到这里结束，已经在结束了。在车厢的门还没有关闭的期间，在互相看着的期间，在将行的人和留下的人相隔五六尺的期间，因缘即将结束了。

司车员把车门砰砰地关上，渐次走向这里来。每关一扇，行人和送行人的距离就越来越远。忽然久一的车门也关上了。世界已经分为两个。老翁不知不觉走近窗边。青年从窗中探出头来。

在"危险，车子开了！"的叫声中，毫不留恋的铁车辘辘地开动了。一个一个的窗子在我们面前经过。久一的脸渐渐小起来。最后一个三等车厢在我面前通过的时候，窗子里探出另一张脸来。

茶色旧礼帽底下，一个髭须满面的流浪汉的脸依依不舍地探出来。那美姑娘和流浪汉不期地打个照面。铁车辘辘地开驶。流浪汉的脸立刻消失了。那美姑娘茫然地目送着开走的火车。在这茫然之中，以前不曾见过的一种"可怜"的表情奇妙地浮现着。

"这个便是！这个便是！有了这个就入画了！"

我拍拍那美姑娘的肩膀低声说。我胸中的画面在这一刹那间成就了。

策·达木丁苏伦

（1908—1986）

  蒙古国著名诗人、散文家、翻译家和文学评论家。1908 年生于蒙古的游牧家庭，16 岁以前随家人在草原上过着游牧生活，看到底层社会的炎凉世态和人民的苦难。他家里的男子都识字，他很早就学会了蒙古文和满文。

  1924 年，16 岁的达木丁苏伦结束游牧生活参加了人民革命军。这唤醒了他的革命意识，引起他对文学的爱好。没过几年，他就成为蒙古革命青年团的领导者之一。在他主持青年团支部和担任工会苏维埃主席时，开始关注文学并翻译了普希金的《渔夫和金鱼的故事》《乌云》，莱蒙托夫的《帆》，法捷耶夫的《吹雪》，马尔夏克的诗，以及爱伦堡的漫笔和论文，走上蒙古文坛。1933 年至 1938 年，达木丁苏伦留学于苏联科学院东方学研究所。回国后，他致力于学术和编辑工作，写了《母亲》《高加索山漫步》《北极星》等诗歌，在蒙古产生一定影响。1942 年至 1946 年，达木丁苏伦担任蒙古人民革命党中央委员会机关报《真理报》的主编。

江春不肯留行客
草色青青送马蹄

子恺

在荒僻的游牧地上

［蒙古国］策·达木丁苏伦 著

◎◎草原上每一个孩子都有自己的愿望。牧民的孩子采兰小时候的愿望是拥有一条美丽缎带，但她知道那是她再辛苦劳作也偿付不来的。长大以后，她终于逃出那片陈旧荒僻的土地，与世间温情相拥，去追寻新的愿望，开辟新的天地。

◎◎这是严格的现实主义，也是温暖的抒情主义。了解生活万般滋味，依然为人间至深情味所感动，就像丰子恺一直践行的那样。

陀林各尔系好了马，走向自己的小帐篷来。吓狼的稻草人颜色发黑了。刚才下过一阵雨。四周肃静。挂在稻草人上的摇鼓时时发出声响。

旧的帐毡的洞里都冒出烟气来。

"蜜达格，你怎么了？"陀林各尔问他的妻子。

"我在我们的主人波洛德的帐篷里忙着工作，来不及在下雨的时候把木柴遮盖好。"

蜜达格怀着孕，但她不得不在波洛德家里料理一切家事。

"茶在家里吃了，晚饭到主人那边去吃吧，我们家里什么都没有了。"蜜达格说。

"波尔呼到哪里去了？"

"大概到达姆金的帐篷里去了。现在只有一个波尔呼，将来我们有了两个孩子，教我怎么办呢？"

"波洛德答允过，第二个孩子归他带去喂养。"

"他们要男孩子。倘使生了一个女孩子呢？那时候怎么办呢？无论生的是男是女，最好留在家里。总养得活的。"

女人的怒骂声打断了蜜达格和陀林各尔的谈话。他们走出来看发生了什么事。在主人的帐篷旁边，站着达姆金的母亲阿里亚老婆婆，和波洛德的妻子代瑞德。

主妇在夺取老婆婆的水桶，叫道：

"你到哪里去取的好水？你忘记了我有胃病么？我不能喝盐水。"

老婆婆正在怨求：

"我告诉您，您家的公牛吵架，把我盛着好水的桶打破了。我一点水也没有了。"

波洛德听见了叫声便从帐篷里走出来。老婆婆就把主妇的事向他诉说：

"昨天下雨的时候，我摆出两只锅子来，接了一些淡水，您的太太把水统统都拿了去。这是不是应该的？"

代瑞德夺取了老婆婆的水桶，把水倒在她的头上。

"呐，你的水你拿去吧。"

于是吵起架来。两个女人互相扭住。

波洛德和陀林各尔把代瑞德拉回家去。蜜达格把啼啼哭哭的阿里亚拉到了她自己的帐篷里。爱吵架的代瑞德咆哮了好一会儿。等她安静了之后，陀林各尔对主人说，必须把帐篷迁移到长着多汁的草的爱伦霍舒地方去。主人同意了。

第二天，这些住民很早就起身。

帐篷上浮着烟气的涡卷。吃过早饭，工人们齐集在主人的帐幕旁边。这里有陀林各尔、木匠唐达尔、达姆金和几个雇工。

开始收拾主人的帐篷中的家用器什。但顽固的代瑞德和糊涂的波洛德只是妨碍工作。代瑞德处处挑剔。肥胖的波洛德喘着气，无意义地奔走，用长袍的边来揩汗。

要装载两个帐篷里的东西，牛不够用。陀林各尔先装载了老年的阿里亚的帐篷，而决定把自己的帐篷留交蜜达格管理，下一天早晨再回来取。但阿里亚不愿意教这怀孕的女人独自留在这里，便声明和她一同留着。

驾着牛的货车的长长的行列，向着东方出发了。

波洛德和木匠唐达尔骑着马，傍着行列向前进，认真地谈论着蒙古对中国的斗争。

唐达尔最近到过乌尔格，听见人说，他们要把中国的总管从蒙古赶出去，又听说，世间不但有中国人，而且还有俄罗斯人。

"倘使他们能帮助我们把我们的敌人打倒，"波洛德说，"这倒是很好。"

"你所要打倒的是哪一种敌人呢，波洛德？"唐达尔问。

"我想，我们的敌人是中国的商人吧，"波洛德说，"然而，我不确实知道。"

两人都吸烟了。

他们谈谈说说，不觉已经走过了一半路程。现在是考虑住宿地点的时候了。波洛德和唐达尔离开了行列，把马放开快步，走向爱伦霍舒方面去。时间久已过午，赶牛的人们催赶着疲劳的牛。

在留剩着的帐篷中，当这时候，蜜达格悲叹着，向阿里亚老婆婆诉说她的丈夫的事，说他对于主人的马群，比对于自己的妻子和孩儿看得更重，阿里亚老婆婆努力安慰她。在这被遗弃的住宿地上，虚空而静寂，听不见往常的马嘶声、羊叫声和公牛母牛的鸣声。连那条狗也因为没有人而不吠叫了，它懒洋洋地躺在帐篷的荫处。只有小波尔呼幸运了。他在住宿地上跑来跑去，找到了几颗着色的骨弹。阿里亚无法拒绝这孩子，只得同他玩骨弹游戏。

两个女人因为没有事情可做，一天到晚喝茶，把积着的牛粪全部放在灶里烧。天色晚了，灶里的火熄灭了，她们都不愿意走出帐篷去取柴火。因为蜜达格行动困难，而阿里亚怕鬼钻进被遗弃的住宿地来找人所残留下来的食物。两个女人在神像前点起了一盏灯，便躺下来睡觉。阿里亚睡着了，蜜达格张开了眼睛躺着。阵痛频繁起来的时候，她叫醒了老婆婆。着慌的阿里亚就拿一只装牛粪的笼子来放在蜜达格的床边，让产妇可以靠在这上面。她忘记了鬼，跑到自己的帐篷那里去取了干牛粪来，把炉灶生着了火，然后又跑出去取木柴。当她回来的时候，蹲着的蜜达格的衣裾下面已经听得见新生儿的微弱的哭声了。

阿里亚把婴孩放在头生儿子波尔呼所曾经躺过的羊皮包里了，就扶产妇躺在床上，用瘦肉来替她做肉汤。

但在那边的新帐篷里，这时候大家都已熟睡，竟把阿里亚和蜜达格忘记了。只有陀林各尔觉得不安心。

　　波洛德的大马群中，并没有把一切马都放在一起。有几匹新近买来的马还不许当作种马放进马群里去。因这缘故，陀林各尔带着马群来到爱伦霍舒的时候，比所有的人都迟。

　　陀林各尔给马饮了水，把它们带到新的牧场上，便急急忙忙地回到蜜达格和阿里亚正在等他的旧住宿地来。陀林各尔骑了马走近家里的时候，"蜜达格"星座已经倾向西北。时候早已过夜半了。

　　灯火的光闪耀着。陀林各尔的心因了对于留在旧住宿地的妻子的挂念和怜悯而紧缩起来。

　　半夜里帐篷中点火，分明是发生了什么事情。"孩子波尔呼生病了不成？"但他立刻想起，蜜达格要生孩子了。新生的儿子！陀林各尔不及卸下马鞍，便走进帐篷去。阿里亚老婆婆在灶旁煮茶。盖着毛皮被头的蜜达格两眼紧闭，苍白而疲劳的脸上显出青色的影子。

　　"什么事？"陀林各尔用断断续续的声音问。

　　阿里亚抬起眼睛来望着他。她的眼睛疲劳而亲切。新的生物产生的时候，在场的女人往往有这样的眼睛。

　　"大小平安，大小平安，你瞧。"老婆婆指点蜜达格方面。陀林各尔向睡着的妻子望望。

　　"你们两个人怎么办得了？"

　　陀林各尔常常认为女人没有男人的帮助是什么事都不能做的，而婴孩当他不在家的时候突然地生了出来。阿里亚对他的天真的问话笑笑。蜜达格被这轻声的谈话吵醒，张开眼睛来：

　　"你回来了？很好！"

但她还没有把话说完，就低声地哭泣起来。

"我们的帐篷里是不是来了一只小小的牡山羊？"陀林各尔问。他急于要知道生的是男还是女。

蜜达格心中一跳，全身感到一阵温暖。

"他这个人聪明而又小心。"她对她的丈夫作这样的感想。现在可以放心告诉他生的是女而不是男了。

"不是，一只小小的牝山羊进了我们帐篷里。"蜜达格回答，狡狯的微笑闪现在疲乏的脸上。

她侧转身子，揭开毛皮被头的一端来，陀林各尔看见了波尔呼曾经躺过的毛皮包。

"女孩子。"蜜达格说明，用疑问的然而又胆怯的眼光看着丈夫。

阿里亚站起身，走到蜜达格的床边。一张小小的脸从毛皮包里露出来。帐篷里只有炉灶的幽暗的光，这小脸儿约略地看得清楚。

"这有什么呢，女孩子也是人呀。在世界上，获得人身的宝贵形象而生出来的东西，是最可贵的了。"陀林各尔想起了小时候在已故的父母亲那里听来的话，郑重地说。

"你觉得自己怎么样，蜜达格？一切都安适么？"

"很好，很好，你不必担心。阿里亚婆婆，应该请孩子们的爸爸喝茶呢。"陀林各尔打断了妻子的话。

"应该在神像前供茶。"

但阿里亚已经在帐篷的主人的茶杯里倒满了茶。

"早上我们已经在神像前供过茶了。"蜜达格说。

"那么应该点神灯。"陀林各尔从小桌子上取了神灯，俯身到炉灶上去取火。

微弱的光焰照耀在神像清楚的轮廓和圣书上了，然后陀林各尔坐在妻子旁边的地板上，从阿里亚手中接取了最尊敬的一杯浓茶。

但他不愿意一个人喝，他要同大家分享他的欢乐。他喝了几口，便把茶杯递给妻子。蜜达格拿了茶杯，也喝了几口，又把它递给阿里亚。

"倘使没有你，我今天要死了，阿里亚婆婆。"

阿里亚默默地接取了茶杯，用右手的无名指蘸些茶，洒向睡着的波尔呼和新生的女孩子方面，表示他们也都是家庭的一员，应该参加共同的家庭庆祝。

"对一切都已表示了这尊敬么？"陀林各尔想，眼睛向帐篷中四处观看。"仿佛万事都已安顿了。但是还有父亲——永远的青天，母亲——藏金的大地呢？"陀林各尔想起了，便从锅子里拿了满满一瓶茶，又拿了食器，走出帐篷去。他在食器中倒满了茶，把茶泼在地上，又洒向天上。

"我的母亲——藏金的大地，我的父亲——永远的青天，赐给我们恩惠吧。"

陀林各尔又在食器里倒满了茶，停止了。对谁还没有表示过尊敬呢？

陀林各尔在天空中找到了七天翁（大熊）星座和北极（金钉）星座，也向他们撒了茶。现在只需环绕帐篷走一转，仪式就完成了。陀林各尔向右转，环绕他的盖着有破洞的旧毛毡的小帐篷而步行。他走到东面时把步子放缓，看见黑暗的天空中有一道带金色的白光，这是晨星"左尔蒙"出现了。陀林各尔心中喜欢，他觉得晨星的出现同他的女儿的诞生有关联。

"朝晨的先驱者，你做我的女儿的星吧。困难的生活在等候这个可怜的放牧者的女儿，你做她的庇护者和保卫者吧！"

陀林各尔撩开毛毡，走进帐篷里去。炉灶里燃着辉煌的火。阿里亚坐在炉灶旁边，她的身旁放着装干乳脂的空碟子。

老婆婆懂得陀林各尔的疑问的眼色，便带着教训的口气说：

"在对天地和星辰表示尊敬的时候，不可以忘记家庭的庇护者的火，所以我拿干乳脂来供献给它。"

干乳在炉灶里烧完了，烧乳脂的愉快的香气充满了帐篷。阿里亚躺在睡着的波尔呼旁边了。陀林各尔解下了腰里围绕数转的带子，把它放在头底下当枕头用，脱了鞋子，躺在低低的木床上，盖上了长袍。蜜达格靠在装牛粪的笼子上，半躺半坐着在那里打瞌睡。陀林各尔拍拍妻子的肩膀，说道：

"你没有睡着么，蜜达格？"

蜜达格张开眼睛来，要求他道：

"你睡吧，陀林各尔。我知道我是不可以睡着的，所以我不会睡着。你一会儿就要出门的，休息吧。"

"不，不，我不知怎的睡不着，蜜达格。"

陀林各尔摸摸妻子的头，把脸贴在她的额头上，闻到了他所闻惯的她的头发的气味。

早上，阿里亚最先起身，立刻走过去看，产妇有没有睡着。蜜达格对老婆婆笑，她就放心，开始准备茶。陀林各尔也起来了。阿里亚递给他一杯红茶和几块干燥的凝乳。

陀林各尔约定傍晚回家来，便把那匹缚住三只脚的马加鞍，飞奔出门去了。

波洛德和代瑞德看到了这个雇工便责备他：

"这一昼夜你到哪里去了？"

陀林各尔说他家里生了一个女孩子，又向主人说：

"波洛德先生，请准许我把马群交给达姆金管三天，我要到旧住宿地方。"

波洛德在陀林各尔出去后把门一关上，立刻对妻子说：

"现在我们将有一个女儿了！"

但代瑞德反对：

"不，我们要一个儿子！"

"什么儿子？"波洛德不懂她的话，"你听见陀林各尔说的，他家里生的是一个女儿。"

"我不要女儿。倘使只领养一个小孩，这必须是个男孩。女孩子出嫁，谁来承继我家的烟火呢？你听说过，我的亲戚家有一个大儿子，我们要了这个男孩子吧。"

"这孩子不知道是哪一个父亲所生的。他长大起来是何等样人，谁知道呢？现在这父母两人都是正直的人。女孩子或男孩子，还不是一样的么？重要的是要这孩子长大起来是个好人。"

"怎么叫作好人呢？"代瑞德盯他一句。

"好人，就是不撒谎，不做盗贼。"

"那么我亲戚是盗贼么？在我的血统里没有一个坏人，在你方面，我可不得知了。"

"去问我们的喇嘛洛达吧。他约定到我们这里来的。他大约知道我们的帐篷已经迁到这里来了。"

在第三天上，不耐烦的代瑞德等不得喇嘛的到来，便吩咐备马，骑了跑到邻近的住宿地去，那里住着占星术家助尔哈伊奇·洛蓬，她要向他请教。

在代瑞德的心目中，除了陀林各尔的女儿之外，还有三个孩子。她知道谁也不会拒绝她的。

住宿地望得见了。几只狗吠叫起来。

走到离开喇嘛的帐篷不远的地方的一辆载货的马车旁边，代瑞德叫喊：

"请把狗看好！"

一个年青女子听见了她的喊声，便走出来，把狗赶走，向代瑞德道了普通的问候，惊讶地问道：

"代瑞德夫人，您家有什么大事情，不派别人而亲自到这里来？您真是个好骑手，代瑞德夫人，您一点也没有改变。我们好久不见了。我们在一处游牧，却是难得见面。"

代瑞德跨下马来，吻了青年女子的额，问道：

"谁在帐篷里？我有重要的事情要请教你们的喇嘛。"

青年女子在代瑞德面前打开了门，跟着她走进门。在帐篷中的北角里，一张小桌子的后面，有一个穿喇嘛服装的、剃光头的中年男子坐在两个方形的毛毡垫子上。他面前的小桌子放着一册很厚的西藏书，书上盖着一块绸帕。书的旁边放着两只杯子，一只里盛着奶茶，另一只里盛着水。

洛蓬正在数着念珠做祷告，又在盛水的杯子里吹风，制造"奥尔香"——即圣水。同时他还从茶杯里喝茶，用装在软玉瓶的盖上的小骨瓢掏鼻烟来嗅。

代瑞德默默地坐在垫子边上了。

喇嘛对她看看，但继续诵经。过了些时候，他停止了诵经，他们就互相招呼。

"我有点事情要请教您这位贤明的人。"代瑞德说着，看看在座的人，又停止了。喇嘛使个眼色，除了迎接代瑞德的那个青年女子以外，其余的人都出去了。

代瑞德站起身来，把一段做长袍用的贵重的中国绸缎送给喇嘛。

"您知道的，我们是富人，我们有祖遗的财产，但是上帝没有赐给我们孩子。我们老来没有人慰藉，我们死后没有人承继我家的烟火。我心目中有几个人家，可以领养孩子。我们不知道哪一家好。您是贤明的喇嘛，请指教我们，领哪一家的好。"

代瑞德把三个新生的孩子的母亲的名字一个一个地说出来，考虑一下之后，又说出了她的妹妹的八岁的儿子的名字——这就是她不顾丈夫的反对而想领养的那个孩子。

喇嘛探问她所提出的四个孩子的出生年月，得到了答复之后，从黄色的绸帕底下取出一册很厚的占星术的书来，便依代瑞德所说的顺序，开始谈论这些孩子的命运。

第一个是陀林各尔的女儿。

"这女孩是在'蒲尔伐·马达尔伐德'星座之下出生的。书上说，在这星座之下出生的孩子是愚笨的、阴恶的、近于盗贼的。这女孩子一定恶劣，会犯罪，她的寿命短促。"

关于第二个孩子，喇嘛说了些听不懂的话，立刻说到第三个婴孩。

他在书中查看。他的脸上显出狼狈的影迹来。洛蓬闭上了眼睛，默默不语。第三个孩子是他的私生子，但代瑞德不知道这一点。助尔哈伊奇想道："应该劝她领养我的马克萨尔，那么我可以不必替他和他的母亲操心。他出生时的星座并没有良好的预言，但人生在地上，同很远的星座有什么关系呢？"

于是助尔哈伊奇慢慢地张开眼睛来，仿佛祷告完毕了似的，说道：

"这孩子名叫马克萨尔。他是在木星之下出生的。这孩子的命好得不可限量。长寿、聪明，一生做的都是善事。"

代瑞德喝干了茶，说道：

"我还得同我的丈夫商量一下，但是我想，我们要领养马克萨尔的。洛蓬先生，您在回寺院以前，请到我们的帐篷来玩玩。"

代瑞德起身出去了，那青年女子送她出去，赶走了狗，亲切地帮助贵客上马。

陀林各尔得到了许可，便回到妻子那里。到了第三天终了，须得举行产妇清净的仪式，又替新生的女儿取名字。但是陀林各尔没有钱向远处的寺院去请特殊的喇嘛，他就来到邻近的住宿地，在那里住着他的朋友，一位草原喇嘛。

他所请来的喇嘛，只懂得两种祈祷：一种是发生不幸事件时读的祝福的祈祷，一种是在生活上发生一切事件时读的"宗哈维"颂词。

喇嘛的悦耳的声音和听不懂的西藏话，使得这仪式气氛庄严。

阿里亚准备好了一只桶和温暖的盐水，把它放在喇嘛面前了。喇嘛祷告了一会儿，在水上吹风，然后命令父亲替新生的孩子在盐水里洗浴。

洗好了浴，陀林各尔请喇嘛替女儿取个名字。

"让她名叫采兰吧，"喇嘛说，"将来一定是长寿的。"

喇嘛在一只碟子里放些良好的香，把它点着了，等它发出烟气的时候，他又做祷告，把烟气熏到蜜达格和婴孩身上，然后拿着碟子，沿着帐篷的壁走一转。

第二天，陀林各尔把他的家族移居到爱伦霍舒。

代瑞德看到蜜达格的时候，做出欢喜的样子，送她一只小羊，又假装可惜的样子而告诉她，她和丈夫不能领养采兰。

"这女孩子住在我家，或者住在你家，还不是一样的么？但求她生活得好。我们和你们，就同一家人一样。我们的家畜就是你们的家畜，你们的孩子就是我们的孩子。"

代瑞德又讲了许多甜言蜜语。这两个穷人便懂得，他们是不能同富裕人家攀亲的。后来他们得知，助尔哈伊奇预言了他们的采兰的命苦和寿短。阿里亚安慰他们：

"你们都知道，被人说不好的人，往往反而是幸福的。这女孩子很可爱，母亲的奶可以把她从疾病和不幸中救出，切莫把她送给人家。"

波洛德和代瑞德领养了马克萨尔做儿子。

助尔哈伊奇·洛蓬出席这承继的仪式。代瑞德请求喇嘛做孩子的庇护者，请他常常到他的帐篷里来玩，又送他一匹小马。

过了若干时。

陀林各尔每天早上集合马群，把主人的几百匹马带到草原的井那里去饮水。

日月积成年，采兰出世以来，不觉已经好几年了。

夏天她看管小牛和小羊。她还得替主人家打扫帐篷，收集炉灶里做燃料用的牛粪。为寒暑不间地劳作所困难的小姑娘常常啼哭，用浅黑色的小手来揩眼泪。

波洛德的养子马克萨尔满足而娇养地长大起来。

波尔呼因波洛德的劝告，被送进寺院里。他当了助尔哈伊奇·洛蓬的学生，在大风雪中回家的路上冻死了。

"多数推戴者"①执政的第五年来到了。冬初，波洛德须得把羊送到旗公署去当作税金，陀林各尔押送羊群。

旗公署和普通的住宿地不同之处，是各个帐篷都很接近。

陀林各尔走遍主要的帐篷，先向官员问好，然后向书记们问好，坐在炉灶的左旁了。旗公署的帐篷用四根细柱子撑住。地上铺木板。门的右面挂着三根黑色的皮鞭，是用以惩罚犯罪的人的。柜子上放着一册很大的事务册子。

首席官员拿伊亚问陀林各尔：从哪里来的，有什么事？陀林各尔说，他是奉波洛德之命押送羊群来献给旗公署的官员们的。

拿伊亚从茶壶里倒出一杯茶来，默默地喝茶。

---

① "多数推戴者"是波格德·该根1911年登俗界统治者的王位时所受的称号。

陀林各尔心中疑惑。大家一声不响。也许这些羊是不需要的，或者，他有什么失礼的地方。

拿伊亚终于发问了：

"哪一个波洛德？"

陀林各尔听见世间竟有不知道他的主人的人，心中觉得奇怪，他狼狈地回答道：

"是我们所尊敬的波洛德，我们的主人。"

"在我们旗里有许多个波洛德，我问你，是哪一个波洛德？"

书记之中有一人出来帮助陀林各尔。

"你说，你是从什么地方来的。"

"从爱伦霍舒来的。"

"正要这么说才对。现在知道这是哪一个波洛德了，这是顾才特的子孙。"

拿伊亚命令陀林各尔把羊群带过来看。陀林各尔连忙遵拿伊亚之命。

拿伊亚看了羊，骂道：

"这是什么羊！皮和骨头。让顾才特的子孙自己吃吧！"

陀林各尔知道拿伊亚是贪贿赂的，便决定利用这一点。他弯下身子，在拿伊亚的耳朵边说道：

"拿伊亚老爷，这些是肥羊。请您收了。我的主人会酬谢您的。"

羊的确是肥的，拿伊亚表示不满意，是要勒索贿赂。

拿伊亚听了陀林各尔的话，也用低声问道：

"波洛德酬谢我什么呢？"

"我带来的十五头羊，您只说是十四头好了。"

拿伊亚摇摇头：

"大家看见是十五头羊。"

陀林各尔懂得了，酬谢拿伊亚必须是秘密的。这里四周都是人。于是陀林各尔说，他即刻就回去一趟，他便向着他的马的方面走去，一路上考虑拿什么东西送拿伊亚。

陀林各尔在路上看到一块不很大的白石头。"能够有这样的一块银子，"陀林各尔想，"万事都成功了。"陀林各尔忽然起了一个念头："应该把这块石头塞给拿伊亚。他每天收许多贿赂，恐怕不会知道这是谁送他的。应该惩罚这个贪婪鬼！"

陀林各尔拾起石头，用纸张把它精密地包好了，跑到拿伊亚那里，请求他再摸一摸羊的背脊看。狡狯的拿伊亚猜到了他的意思，便弯下身子去摸羊，这时候陀林各尔便把石头塞在拿伊亚手里，说道：

"大老爷，这些羊其实是好的。"

拿伊亚的心情立刻改变了，他高声问道：

"从这里到爱伦霍舒远不远？"

拿伊亚听说爱伦霍舒路远，便和气地说道：

"不消把羊赶回去了。"

拿伊亚收了羊，托陀林各尔向可尊敬的波洛德问候，便得意扬扬地缓步走向旗公署的主要帐篷去。他心中估量：刚才收到的这锭银子，不会轻于四"琅"[①]。

拿伊亚等到帐篷里没有人的时候，打开纸包来。他看见了石头，便愤怒地咒骂。

陀林各尔回到了住宿地，把他拿甚样的贿赂送给首席官员的事讲给人们听。波洛德、代瑞德和一切在场的人都哈哈大笑，称赞陀林各尔的智巧。只

---

① 银子一"琅"等于三十七公分。

有木匠唐达尔说这行为不好，劝他们送些东西去笼络这官员，以防止他的复仇。波洛德决定去同助尔哈伊奇商量，但洛蓬听到陀林各尔这样巧妙地愚弄官员，觉得很满意，劝波洛德什么东西都不必送。倘使拿伊亚想复仇，助尔哈伊奇可毁灭他的灵魂。

有一次，陀林各尔受到旗公署的命令，他必须到波格陀因—呼雷去服兵役。大家都猜测到，是拿伊亚为了去年的诡计而向陀林各尔复仇。

陀林各尔向主人和主妇告别，请求他们照顾他的妻子和女儿，便乘了驿马出发了。

陀林各尔快马奔驰了五天，但是离开波格陀因—呼雷还是很远。他觉得奇怪：他走了这许多路，地面老是无穷尽的。山峰渐渐地高起来。陀林各尔看看它们，似乎觉得这些都是反穿毛皮外套而坐着的巨大的老人。山的北面的斜坡上有个树林，这在陀林各尔看来好像老人的毛皮外套上的黑毛皮。陀林各尔看到比山顶低的浮云，也觉得奇怪。

护送陀林各尔的驿马夫说，波格陀因—呼雷近了。陀林各尔希望早些看到有银色寺院的圣都，这些寺院，照他所想象，是一部分在地上，一部分在天上。陀林各尔相信在那地方没有穷人和罪人。他又猜想，他一进这首都，他们就会给他穿件丝绸长袍，因为在这都城里，穿了普通长袍走路多半是不可以的。

有一天早上，陀林各尔终于看到了波格陀因—呼雷。在四座青山之间的山谷里弥漫着白雾，通过白雾看得见寺院的金色的屋顶。陀林各尔最喜欢的是密密地覆着树林的那座山，这便是波格陀—乌拉圣山。在波格陀—乌拉的山脚处流着一条宽广而清澄的河。驿马夫的马走向浅滩中，陀林各尔跟着他，疑心而恐怖地也把马驱进河水里。他是蒙古东南部的住民，没有见过大河，看到水害怕，虽然水没有齐到马镫。

高山、白雾、寺院的金色屋顶、河中的清水——这一切把陀林各尔带到了虔敬的心理状态中，使他觉得似乎走进了佛国。他因为感动的缘故，对于现实不能好好地认识，他同酒醉一样感到头晕。

但是酒醉立刻过去了。他看到两个盖着破布和薄毡的黑色的帐篷。门开了，走出两个衣衫褴褛的女人和一个赤足的小孩子来。他们便请求布施。陀林各尔从分头袋里摸出他唯一的备用的长袍来，准备送给乞丐，但驿马夫拦阻他说，在波格陀因—呼雷有几百个乞丐，倘使一个可尊敬的官员顾念他们而帮助他们，他自己就立刻变成乞丐了。

于是他们走远了。

阿伊马克全权宫城是一所大邸宅，围着高垣，里面有一所中国式的木造房屋、两个帐篷，帐篷的薄毡上有红的带子，还有一个警备的小帐篷。他们两人走进帐篷。帐篷里有三个官员，坐在盖着西藏红绒的沙发上。陀林各尔向官员们行了礼，便从怀中取出旗公署的命令来，呈给其中一个上级官员。这官员看看命令，默默地把它放在桌子上了。

护送陀林各尔的驿马夫对上级官员说：

"我要回到自己的驿站去。我把这位可尊敬的先生留在这里了。"

上级官员突然向驿马夫叫道：

"这哪里是一位可尊敬的先生？这个不中用的平民死后也不会变成官员的！狗子尊崇狗子为狮子。两个都滚出去！"

狼狈而恐怖的陀林各尔和驿马夫就走出帐篷去。

陀林各尔不知道怎么办好。但驿马夫已经从马身上取下了陀林各尔的行李和马鞍，准备离去了。他知道他带到首都来的不是一个可尊敬的官员，只是一个普通人，便跨上马，跑回去了。

心慌意乱的陀林各尔带着马鞍和行李留在宫城的帐篷旁边，考虑有什么办法。帐篷里走出一个官员来，看见了陀林各尔，吩咐他明天到兵营里来听命令。

"我没有地方可以过夜。"陀林各尔向他表明。

"到我们那里去宿夜吧，"官员回答，"但为了宿夜，你应该帮助我做些家务。"

陀林各尔在官员家里住了三天，到了第四天，他和其他几个兵役义务者由一个士兵伴着，出发到离开波格陀因—呼雷半驿的兵营里去。

于是陀林各尔当了蒙古的兵士。他们给他一支没有弹药筒的"贝尔当"式步枪。

十个兵士在一个大帐篷里，和他们同住的还有第十一个——十人长。他们睡觉时并排地挤在一条共通的毡毯上，轮流地办伙食，到市场上去买食粮时，尽量地节省金钱。每一个兵士每月得到衣食费是中国银洋九元。

陀林各尔来到的时候，他的一组里的十个兵士已经有三个月没有收到饷银了。发给兵士的饷银被陆军部长扣用了。他替自己造了一间新房子。

兵士们挨饿了，陀林各尔不得不和他那件穿了形似官员的漂亮的茧绸长袍告别，后来又不得不把马鞍卖掉。

兵士之中差不多没有一个是富人出身。他们都像陀林各尔一样，或者是雇工，或者是有纳税义务的人。

兵士们的东西都卖光了，他们之中每天必须有两三个人到市上去赚工钱。

陀林各尔在那里第一次看到俄罗斯人。他们的面颊和嘴巴都看不见，都被黄色的髭须遮盖了。他对俄罗斯人渐渐地稔熟起来，竟能够同他们讲几句话了。

兵士们有时要受军事教练。那时候一清早就吹海螺，叫他们起来，要他们排队开步走，用"贝尔当"式步枪打靶子，跳木马，骑在马上全速奔驰。

军事服务是没有期限的，人在军中可以一直被用到死。这个念头使得陀林各尔害怕。他想回家去，他常常梦见妻子和女儿。

"多数推戴者"执政第八年的新年近了。大家准备庆祝典礼。

住宿地的人们等候助尔哈伊奇·洛蓬的到来。

寺院里刚刚做完新年的礼拜，洛蓬便来到住宿地了。

助尔哈伊奇把同一寓言讲了两遍：

"有夫妻两人住在世界上。丈夫是一个猎人，一生中杀了数百条生命。他的妻子非常节约，即使是折断的针或者破烂的长袍，也从来舍不得抛弃。人没有永生的——他们两人当然也死去了。死的统治者埃里格汗称量他们的罪行和善行，发现罪行比地上的山苏贝尔还大。埃里格汗命令，立刻把这对夫妻降进十八层地狱的最低一层中。埃里格汗的使者把丈夫和妻子带走，投进所指定的地狱中。但他们两人并不跌入地狱，却悬挂在空中，因为当他们被投下去的时候，天上挂下一根长的红绳子来，妻子跌下去时抓住了这绳子，丈夫便挂在妻子的脚上。埃里格汗的使者再把这丈夫和妻子投进地狱去，但是他们紧紧地握住那根绳子。这绳子割也割不断，因为它是非常坚牢的。他们就把这奇怪情形报告了埃里格汗。他再向命运的镜子里察看了一回，看到这情形：当这女人活在世间的时候，她有一次送了一条红绸给喇嘛。这是她的唯一的善行。现在她死后，当时她所送的红绸变成了绳的形状而从天上挂下来，把她从地狱中救出。当妻子送红绸给喇嘛的时候，她的丈夫并没有反对她。因此这女人的丈夫死后也不入地狱，而抓住了妻子的脚。埃里格汗对这两个人无可奈何，只得把他们送回人世间。"

蜜达格再度听了这故事之后，她猜测洛蓬是想得到最近陀林各尔送来的红绸。但她终于没有把这段绸送给喇嘛，因为她认为对丈夫的纪念，比死后免入地狱更为可贵。

开过庆祝会之后，波洛德立刻把他的养子马克萨尔带到拿伊亚那里去学习。

出发之前，唐达尔来到波洛德那里，递给他一束斑斓的纸，托他带交他的一个在旗公署服务的朋友。

波洛德惊讶地问唐达尔：

"我听说，俄罗斯和中国的商人们故意把白纸弄得这样龌龊。你的朋友为什么需要这种旧纸呢？"

"这是我的老朋友，"唐达尔说明，"他要求我把这种斑斓的包装纸送给他。在他看来，这不是普通的斑斓的纸，却全都是教训。"

波洛德到达了旗公署，走进主要的帐篷，在祭坛上点着了神灯，把一件长袍呈送给拿伊亚，请求这官员收留马克萨尔为学生。

拿伊亚从桌子上拿起一册名叫"用金刚石切"的佛教书来，把它放在这大孩子的头上。

行过仪式之后，拿伊亚就考验他的学生。他问马克萨尔字母，他觉得很满意，因为他发现这小孩子不但认识字母，又懂得把字母拼成单语。

有一个人走进帐篷来，拿伊亚问他："今天的午餐你有什么东西？你今天准备拿什么东西来使我们惊奇？今天我有远客呢。"

那人迂回而狡狯地回答道：

"让我想出些什么来。"

这人名叫达尼格伊，他是木匠唐达尔的朋友。波洛德便把小包交给他。

达尼格伊是个厨子，绰号叫作"撒谎者"。他收到了包裹，立刻把它打开来，看见了斑斓而破烂的纸很是喜欢。拿伊亚对于达尼格伊收到怎样的包裹一事感到兴味，厨子便向他的主人说明：中国人和俄罗斯人在这种纸上刊印着地上所发生的一切事件。拿伊亚要达尼格伊把刊着的东西读出来。厨子微笑道：

"我只能读标题。时间来不及了，我须得去准备午餐。"

"光是读标题也好。"

厨子便把最初拿到的报纸的标题读出来。

"南满洲里有强盗袭击英国守备队，十三人被杀，二十人受伤。"

厨子略微停顿一下，又继续读下去：

"'洛马托父子'商号出售新种烟草。俄罗斯红军掌握政权，建立了没有沙皇的政府。"

拿伊亚听了报纸记事的标题，如坐针毡，最后听到了关于俄罗斯革命的话，忍不住了：

"滚蛋，你这不中用的撒谎者，去办午餐吧。"

达尼格伊一句话也不说，走出帐篷去了。

拿伊亚不等到门在厨子后面关上，便对在场的人说他：

"他的确是一个撒谎者。说不定报纸上所刊着的完全不是他所读给我们听的。如果听信他的话，那么世界上除了我们之外都是聪明人。但在实际上，明亮而纤细的光线通过我们所住的地方，像通过毡毯上的小洞一样。我们就住在这道光线的光亮中，周围都是黑暗的。光明——是佛教的教义。我早已想赶走这撒谎者达尼格伊，只为了他烧菜烧得很好，所以没有赶走他。波洛德，你的儿子就跟达尼格伊学习吧。他在我们这里不但是一个好厨子，还是一个满洲语教师呢。"

达尼格伊在旗公署的其他官员中，是较为聪明而有学问的人。他曾经在中国和内蒙古住过，学过汉语和满语，在那里获得了学位，这使他有了执行官员职务的权利。

仆役的地位委屈了他的自尊心，于是达尼格伊准备开创他自己的旗，到波洛陀因——呼雷去。

达尼格伊读报纸，注意国内的情形。

蒙古的局势不安宁。俄罗斯已经有了苏维埃政府，而西伯利亚内乱沸腾。

日本人怕布尔什维克主义侵入蒙古，便举行全蒙古的宣传。而在1919年，中国占领军占领了蒙古的领土。

但在拿伊亚所支配的小小的一隅，一切人都照旧过日子，并不知道世界上所发生的事情。然而也有传闻达到这里，说西欧某地为了要使一切人平等，红军和白军开战。冬天，陀林各尔回来了。他在路上走访旗公署，向官员们报告消息。

他告诉他们：在波格陀因——呼雷地方来了些国民党人。波格陀跪在某中国人的肖像面前。大家因此而愤慨。畜牧者们不再相信官员和王族，他们说官员和王族以数千"琅"银子把蒙古卖给中国了。蒙古兵都解散回家，他——陀林各尔——同他的几个同志一样，不肯留在波格陀因——呼雷。

拿伊亚不欢喜这些话。第一，陀林各尔骄傲了，大胆地责骂官员和王族；第二，拿伊亚不能原谅他为波洛德的羊所送的贿赂。

拿伊亚决定再来惩罚陀林各尔，并且找到了适当的口实。旗公署没有接到解散军队的正式指令，因此拿伊亚认为陀林各尔是逃兵，把他关进"黑帐篷"①里。

陀林各尔在入狱之前，因了率直之故，对人说起，他因为没有马可以

---

① "黑帐篷"即草原的牢狱帐篷。

骑着回家，所以骑了别人的马群里的马，于是拿伊亚认为这是盗窃行为。陀林各尔便受审讯和拷问。

审问之后，拿伊亚命令把陀林各尔上了手梏脚镣。"黑帐篷"的差役们同情这个无罪的人，不用铁的而用绳做镣梏。这晚上发生强烈的大风雪。两个看守人，一个老的和一个年轻的，在"黑帐篷"里监视陀林各尔。

年轻的看守人为了要保住灶里的火，走出帐篷去取牛粪了。陀林各尔不难对付那个老人。他把他从门里推开，便逃出帐篷去了。

陀林各尔跳上马，便投奔西方。他来不及看到他的亲族，就被判定像孤独的丧家之狗一般地漂泊了。

蜜达格已经失去会见丈夫的希望了。她听到传说：陀林各尔死了。

陀林各尔的女儿采兰长成了，变成了一个可爱的少女、热心的工作者。

采兰同马克萨尔一起玩耍。邻人们常常访问波洛德。孩子们把破布缚在马尾巴上，解松了马肚带，于是当客人坐在马鞍上的时候，马被破布所惊吓，便全速地奔跑，使得骑手跌下马来。

每一个孩子有自己的愿望。马克萨尔希望得到色铅笔，采兰则希望得到花缎的带子来缝在她的帽子上。冬天，商队从本旗出发到海拉尔去，马克萨尔托他们带些色铅笔来。采兰也怯怯地请托他们带一条小小的花缎来。

过了一个月，商队从海拉尔回来，带给马克萨尔许多色铅笔。采兰问他们为什么一点东西也没有带给她。他们回答她说，每一种东西都有价值，马克萨尔是富家的儿子，他有钱偿付铅笔，但她用什么来偿付花缎子呢？

蒙古发生了革命，组织了人民政府。政府发出命令，所有的人——牧畜平民和贵族、男和女一律平等，担任领导职务的，必须选择聪明而富有知识的人。拿伊亚和王族马哈苏海决定，他们自己正是最善良、最聪明而富有知识的人，他们不召集旗里的牧畜者，便向首都报告，说选举已经举行过。他们改换了自己的职位的名称，继续掌权，仿佛一点都没有改变一样。

不久，拿伊亚自己担任了刚才死去的首席官的职务。

拿陀姆旧纪念节来到了。王族、首席官员拿伊亚和别的官员，必须参加射箭的竞赛。旗中许多有名的射手都集合在这竞技中：唐达尔、陀诺伊、拿伊亚的小儿子蒲因、波洛德的养子马克萨尔、书记阿尔当和从旗中各住宿地来的别的青年。

有一个前来参加竞技的老年的牧畜者，向拿伊亚控告马克萨尔。说马克萨尔在他的马群中捉取了一匹最好的竞赛马，没有得到许可，便把它装鞍，骑它来到纪念会，把自己的一匹疲劳而饥饿的马丢在公共系马场里了。老人很伤心，因为他的优秀的竞赛马可以在竞走中获得第一。马克萨尔把他的节日完全破坏了，为什么不惩办这个狂妄的孩子呢？

拿伊亚把马克萨尔叫来，问他：

"你为什么干这等事？"

"现在是人民的政权了，不久就要不分你的和我的了。"这少年回答。

"但是现在还分你的和我的呢。"拿伊亚狼狈地反驳。

"但是马上就要不分了。您没有读过首都送来的长而白的信么？"

拿伊亚没有读过这封信。他从波格陀因—呼雷收到不少的各种各样的文件，但是懒得读它们。重要的首席官不好意思承认没有读过信，他不想反抗马克萨尔。据传闻，首都的青年人都很勇敢，甚至凶暴。拿伊亚略略想了一想，对老人说：

"倘使马克萨尔再到你的马群中来把马加鞍，你也到他的马群中去把马加鞍——这便公平了。"

纪念会已经将近告终了，马的竞技和角力演毕了。衣冠楚楚的牧畜者、竞技的参加者和许多看客开始散去了，在纪念会上只留着射手们和若干好奇者。

射箭的竞技必须延续一星期。在盖着嫩草和花的小丘中间的原野上，建立了几百个靶子。小川的岩上张着许多青色的帐篷，射手们就住在这些帐篷里。本地的牧畜者送牛乳和马乳来给他们喝，等候竞技者成功。原野上不断地有骑马的人和徒步的人聚集着。

高明的射手射中了靶子，他的朋友们立刻大声叫喊：

"万岁！"

竞技将近告终，在决定性的瞬间，拿伊亚的部队里一个优良的射手，平民梅兰·梅尔根，不射中自己的靶子，却射中了敌手的靶子。在场的人认为梅兰是故意不射中的，为了要使胜利归于平民的射手们，而不归于拿伊亚首席官的部队——这部队里除了梅兰一个人是平民以外，其余都是贵族和官员。

拿伊亚大怒。他命令一切射手晚上聚集到他的帐篷里来。他将要在那里当众人面前惩罚梅兰：在他的每一个面颊上打五下。队长们便请求拿伊亚饶恕这犯过失的人，说梅兰不是一个平常的人，上天赋给他优秀的技术。拿伊亚咆哮道：

"在人民政权之下我们大家都是平民，谁都不能因了功劳和名望而减罪。谁犯罪，谁应该受惩罚，这是政府向我们要求的。"

晚上，射手们聚集在首席官的帐篷里。拿伊亚从旗公署里叫出他的两个仆人来。他知道射手之中没有人肯打有名的梅兰的。

梅兰·梅尔根被迫跪在首席官面前。旗公署的仆人之中的一人按住了他的肩膀，另一人打他的面颊。这侮辱的行径激怒了全体平民射手。

拿伊亚第二天心绪恶劣。他虽然不是一个坏射手，但四支箭全部射不中靶子。于是他便骂厨子达尼格伊。他骂达尼格伊，为了他在夜间妻子生产后立刻来到这里，而没有行清净仪式，因此拿伊亚的箭射不中靶子。

拿伊亚一边骂，一边回过头去，看见北面上风的方面，有四辆装着牛粪的牛车向着帐篷开过来，牛背上坐着赶牛的女人。这时候拿伊亚愤怒极了。

"谁让她们从上风方面开到这里来？女人们身上飘过不清洁的风来。这妨害了我们的竞技！"

拿伊亚唤他的儿子和另一青年射手阿尔当过来，命令他们把女人们赶走，把车子里的牛粪倒在地上烧毁，让烟气来驱除窜入原野而妨碍竞技的秽气。

过了些时候，首席官走出去看牛粪烧得怎样，他吃了一惊，因为射手们并不烧牛粪，并不赶走女人，却和悦地在那里同她们说话。两个女人坐在草地上，仿佛准备在这里坐不止一小时的样子。

拿伊亚召唤射击队的队长们。老人唐达尔也在其中。拿伊亚对队长们说：

"这是怎么一回事？女人们在上风方面走路，必须惩罚她们。应该把牛杀死，拿来办大宴会。"

唐达尔向女人们所在方面看看，说道：

"这匹白头牛是我的，这些燃料大概是替我运来的吧。"

第二个队长确实地说：

"对，这的确是你的牛，可尊敬的唐达尔。骑在牛上的姑娘好像是陀林各尔的女儿。"

拿伊亚听到了陀林各尔的名字，眉头一皱。他想看看这个没有礼貌的雇工的女儿长得怎么样。他命令去叫女人们过来，为了要警诫她们，下次不准从上风方面走向圣地来。队长中的一人去叫了女人们来。拿伊亚向她们说明，射箭是天上的游艺，必须避去一切罪恶和污秽。女人中的年轻的一人回答说，她懂得这个规矩，但当她们走近这里的时候，从南方吹来的风忽然变了方向。

拿伊亚想道："早上的确是南风。这样说来，我射箭的时候是逆风，因此不能中的罢？"他和善起来，亲切地问那少女：

"你叫什么名字？"

"采兰。"他听见了这个低声的答语，心中想道，"这莫非是陀林各尔的女儿？"

"你替谁运这些牛粪来？"拿伊亚问。

采兰回答道：

"替可尊敬的唐达尔。可尊敬的乌德波尔要我运些燃料给她的丈夫。我今天早上在草原里收集了牛粪，运到这里来。"

采兰有一双大而乌黑的眼睛，这使得她迥异于其他的女孩。拿伊亚欢喜这女孩子。

女人们走了之后，一个射手走进帐篷来，对拿伊亚说，轮到他射箭了。但拿伊亚这一次运道又不好。四支箭当中的头两支从靶子旁边飞了过去。拿伊亚看看他拿弓的左手，看见这手正在发抖。他愤恨地拉开弓弦。因为心情紧张的缘故，他的眼睛发晕了。

四周发出笑声。拿伊亚知道他的箭射中了别人的靶子。他声言广场已被不洁净的气息所污损，不肯再射第四支箭了。

首席官失败的消息立刻广播在全体出席者之间。唐达尔对拿伊亚说：

"昨天你惩罚梅兰·梅尔根，为了他射中了别人的靶子。今天你自己犯了同样的错误。是不是你也应该打巴掌？"

拿伊亚除了把自己的罪过推卸在不从应该走的方向开牛车来的女人们身上以外，没有别的话可说。他命令儿子采集杜松来，在纪念会广场的上风燃烧。

拿伊亚回转身来，对射手们说：

"你们为什么站在这里？去采集杜松吧。"

射手陀拿伊让笑着回答：

"我们另有更紧要的事。必须惩罚犯过失的人，打他几个巴掌。"

他们要梅尔根去做这件事，但他拒绝。没有一个人愿意对付这老人。马克萨尔表示他愿意干这件事。他展开手臂，那么用力地打他从前的老师的面颊，以致把他打倒在地。

"够了！够了！"唐达尔叫着，握住了马克萨尔的手。

拿伊亚受了应得的惩罚，大家都满意。拿陀姆纪念会结束了。大家散归家去。

不久，旗里组织了人民革命党和革命青年团的支部。

入党的人不仅有牧畜者，也有官员，拿伊亚即在其中。

约三十人聚集在主要帐篷里，开党支部会议。他们选举了一个官员做会议的主席。主席拿出一张纸来，高声诵读。这是中央送来的文件，中央委员会向党机关提议，要纠正旧政权残留下的不公平。

唐达尔在会议上发言道：

"我认为，我们的官员照旧强迫牧畜者放牧自己的家畜而不付报酬，是不公平的。"

主席回答唐达尔说：

"这是小事情，我们还有其他更重要的事情呢。"

会员都不断地吸烟，帐篷里充满了辛辣的烟气。拿伊亚是不吸烟的。他也提议，要求党员戒除吸烟。

出席者中有几个人支持拿伊亚的提议，另有些人表示反对，便开始争论。审议唐达尔所提出的提案，时间已经不够了。会议告终的时候，唐达尔表示：牧畜者和官员难于获得一致，因此应该使他们分别开会。但主席向唐达尔说明，党章里没有这样的规定。

过了两个月，代表们聚集在主要帐篷里，为了选举新的旗公署。其中有牧畜者、官员、书记，甚至喇嘛。

在旗会议上，拿伊亚做总结报告。他说了许多关于成吉思汗及其子孙的话，而关于人民的需要一句话也不说。

从前的厨子达尼格伊听了拿伊亚的报告，便发言。他嘲笑首席官的傲慢而空洞的话，又质问旧旗公署的职员：旗的经费为什么对富人只取二十头羊，而对穷人要取二百头？

牧畜者们支持达尼格伊。他们看见他对拿伊亚和王族不怕当面直说，觉得很满意。

他们说："没有王族和官员，我们也会统治我们一旗。"

达尼格伊当选了旗公署的主席，木匠唐达尔当选了审查委员会的委员。

代表们终于能从王族和官员的势力下解放，他们同新主席达尼格伊开玩笑，称他为：

"可尊敬的旗主，厨子王族。"

有一次，拿伊亚访问蜜达格的帐篷，从怀中取出一件长袍来，说道：

"我那里有一位打鹿的猎人，你这里有一位缝貂皮的女技师。请你成全他们吧。"

蜜达格狼狈了，要求他缓些时光。因为这必须同可尊敬的唐达尔商量，并且探询女儿的意见，须知现在的青年人不大听从老人的话，他们自己能独立了。

拿伊亚回答说，唐达尔是他的老朋友，当然支持他的；至于年轻的人呢，应该看重青年男人的性格，但对于青年女子是否给予权利，他不知道了。

蜜达格约他几天之后给回音，好容易摆脱了这个突如其来的媒人。

采兰从母亲那里得知了拿伊亚做媒的事，坚决拒绝嫁给他的儿子。

书记拿姆萨朗从首都来，拿伊亚从他那里听到了首都的新闻：有几个蒙古女郎到俄罗斯去学习。她们是由俄罗斯男子伴着同去的。

拿伊亚散布谣言，说俄罗斯人带走女郎。

他来到蜜达格那里，对她说：

"你的女儿很危险。年青的姑娘要被带到俄罗斯去呢。暂时让你家的采兰住在我家里，作为我儿子的妻子。以后再来商定吧。"

蜜达格答允了。第二天，拿伊亚不管采兰的反对，把她带到自己家里。

在富人的住宿地有许多雇工。他们知道采兰的父母，知道她将被强迫出嫁，他们对于这可怜的少女都感到同情。

他们答允帮助她逃走。采兰决定在夜里逃走。这不是容易的事。她睡在主人的帐篷里，拿伊亚的妻子的旁边。天一黑，大家就寝了，采兰屏着呼吸倾听是否大家已经睡着。她几乎不眨眼地从帐篷的出气洞里注视夏夜的黑暗的天空。当她看到大熊星的尾巴的时候，便悄悄地溜出帐篷，长筒靴也不穿上。须得赶紧走，因为大熊星在天顶的时候是夜半了。主人家的狗对采兰已经熟悉，当这姑娘走出帐篷的时候，它们只是懒洋洋地张开眼睛，瞌睡蒙眬地向她看看。

采兰穿上了长筒靴，把一条绸带紧紧地系在腰际，小心地跨步，走向羊栏去。在羊栏那里站着一匹装勒的马，马背脊上缚着一只袋，当作鞍子。在羊栏里，那些羊懒洋洋地嚼着反刍，正在休息。从它们身上发散出暖气、羊毛气和草原上的草的香气来。采兰想道："这些羊可以归我所有。我可以做了主妇来支配它们。但是要做这些羊的主妇，必须做那讨嫌的、愚蠢的蒲因的妻子，而且每天早上要送茶给那么虐待我父亲的恶劣的拿伊亚。"

女郎踌躇地走近马去，拍拍它的项颈，那匹马报答她的爱抚，温顺地嗅嗅她的肩膀。采兰解下马缰绳，抓住了马髭，骑在马背上了。她起初慢慢地跨步，后来开始走快步。她想奔驰，但她怕老鼠洞，马也许会跌跤而把她摔在地上。太阳出来的时候，她已经回到自家的帐篷里了。

"我要去找寻父亲，"她对母亲说，"尊敬的唐达尔不会拒绝帮助我们的。倘使父亲已经被草原上的狼吞食了，他的骨头我也得找回来。"

蜜达格哭起来。

唐达尔来了。他劝采兰留在家里。

"不要怕，"他说，"我们保护你。"

但采兰坚持自己的意见。于是唐达尔说：

"我们到达尼格伊那里去吧。去同我们的王族厨子商量一下。"

蜜达格赞成唐达尔的话。他们就一同到旗公署去。

主要帐篷的旁边有一个小帐篷，达尼格伊住在这里面。唐达尔和采兰从北面走近去。采兰惊奇地向这老人看，他就对她说明：

"走到高贵的人所住的地方去，不可以穿近路。"

"但达尼格伊是平民呀。"采兰回驳他。

"不，我的孩子，现在他不是平民了。上天的意思要他担任这个高贵的职务，为了平民生活的幸福。"

"女人可以走进旗长的帐篷去么？"采兰恐怖地问。

"可以，可以，"唐达尔回答，"赛尔才老婆婆最近到他那里去过。她到帐篷里去诉说，她的孙子进了一个什么新的学校，谁帮助她牧养家畜。达尼格伊对她说明，所有的小孩子都应该学习。老婆婆听从他的话。"

采兰想道："原来赛尔才老婆婆的孙子已经去学习了？"她的眼睛发出光辉，忽然又消灭了，"但是我，大概不得学习的。可尊敬的助尔哈伊奇·洛蓬说过，我是不幸时辰出世的。"

她这样想，但没有对唐达尔说什么。

"你大胆地走进去，像走进我的帐篷一样。话由我来讲……"

唐达尔走在前面，采兰怯怯地低着头跟着他走进去。

达尼格伊亲热地迎接客人，指着毡毯说：

"请坐。"

采兰谨慎小心地坐下了。

达尼格伊微笑着问道：

"可尊敬的唐达尔，为什么事情劳驾？旗公署的工作您审查过没有？"

唐达尔把采兰所遭逢的一切事情讲给他听：拿伊亚如何欺骗她，要她嫁他的儿子；她如何决心走出旗去找寻父亲。

"我们是来同您商量的。"唐达尔的话这样结束。

"找寻父亲不容易的，"达尼格伊说，"他出走已经好几年了，一点信息都没有。"

达尼格伊给客人倒茶，沉默了一下。

"采兰，我劝你取另一种办法。秋天到青年学校去学习，到波格陀因—呼雷去。倘使你愿意，我可教导你，替你做准备。"

采兰脸红了，向唐达尔看。老人懂得她的意思。

"她很想学习，可尊敬的达尼格伊。"

"我认得蒙古字母。"采兰断然地说。

"会读么？"达尼格伊问她，同时从桌子上拿起一张写着清楚而美观的文字的纸来，递给采兰。

采兰读了几句，差不多没有停滞。

"你在哪里学习而能读得这么好的？"

"字母我还是同马克萨尔玩耍的时候向他学得的。去年，我们的夏日小屋同可尊敬的农夫土勃兴的帐篷相邻，他教了我读法。"

"去吧，去吧，"唐达尔说，"你不必挂念母亲，你不在，她也会生活下去的。"

"我要去学习，达尼格伊先生，"采兰说，"只是我怎样能到达那地方呢？路很远，而我只有一匹马。"

"我们用驿马送你去。而且你不需等到秋天，你可在最近和书记土曼同去。我们给你一封致党中央委员会的信，那时拿伊亚就不能欺侮你了。"

采兰不胜欢喜，巴不得立刻就去了。她留住在达尼格伊那里。唐达尔约定过两天回来接她并且护送她，便告辞而去。

采兰不在期间，蒲因由他的朋友们陪伴着来到住宿地，向蜜达格声言：他是来迎娶他的合法的妻子的。马克萨尔也参加争执，于是开始打架。唐达尔好容易把他们劝开。唐达尔忠告蒲因，劝他忘记了采兰。这姑娘已经在旗公署主席达尼格伊和党支部的保护之下了。

蒲因空手回家去。

第二天唐达尔去把采兰迎接到家里。采兰便准备出发。她缝了几条宽裤、几件衬衫。代瑞德送她一条绸帕子。

离出发只有两天，忽然采兰失踪了。这事情发生在夜间。家里的人都吃惊：蒲因把她偷了去么？她溺死在井里了么？

井里找不出采兰，他们便注意到，她的马和她一起失踪了。那时候他们便断定，她不是被偷去的，是自己走的。唐达尔放心了：

"大概她有恋人。她要在出发之前和他会面一次。"

天亮的时候，采兰突然回来了。谁都没有决心去问她到哪里去和为什么事。

两天过去了。采兰和啼哭的母亲及乡人告别，已经准备上马了。这时候来了土勃兴的兄弟阿尔当，他请托采兰带一件羔子皮大衣到波格陀因—呼雷去给他所认识的一个官员。唐达尔表示不满，因为采兰的路程很长，过多的物件是她的重荷。然而采兰不顾老人的不平，接受了这件毛皮大衣。

阿尔当自愿送他们到旗书记的住宿地。

途中唐达尔和采兰短短交谈，但阿尔当不作声。

他们赶赴井边，给马饮水，坐在草上休息。唐达尔坐在一旁，他想：阿尔当便是那天夜里采兰骑了马去会晤的那个青年，他不想妨碍行将久别的青年爱人。但采兰和阿尔当站起身来，坐在老人的近旁了。采兰微笑着说：

"唐达尔先生，您知道我那天晚上骑了马到哪里去？"

唐达尔狡狯地向姑娘和青年看看：

"我知道的，我知道的……"

"不，您不知道的，唐达尔先生。现在我把那天夜里找到的东西给你看。"她从怀中取出用手帕包好的一包东西来，递给唐达尔。老人带着好奇心打开手帕来。手帕里有一块石头和一束黑的头发。

唐达尔疑惑地对采兰看。

"头发是母亲今天给我做纪念的。这块石头呢，是那天夜里你们正在找我的时候我去拾来的。我跑上旗山，就是你们男人上去祈祷而禁止我们女人上去的那个旗山。我很想看看，那里有什么不许女人看的东西。原来那里除了道标以外什么都没有，不过还有一根高的竿子上面的装供物的锅子。我拾取这块石头作为纪念。人们说：'一个人出生的土地是可贵的，出生的土地上的水也是可贵的。'"

"你可以在山麓上拾石头，不必到山顶上去拾的。我们的帐篷，我们的山和草原——不可以忘记它们！"

唐达尔眺望山的淡淡的轮廓：帐篷中发出的烟气，放牧的羊群、马群，缓步跟随着羊群的骑马牧人，或者全速奔驰而把轮索投到马群中被注目的马的项颈上去的骑马牧人……老人把眼睛注视远方而坐着，他的眼睛是善良而幸福的。

阿尔当低声对采兰说：

"我们到井边去吧。"

采兰对他一看，站起身来。

阿尔当请求采兰说："请你把对可尊敬的唐达尔所说的话重说一遍，请你把你关于土地和水的话重说一遍。"

采兰重说了一遍，当他们走到井边的时候，阿尔当汲些水，浸湿了自己的绸手帕，把它绞干了，递给采兰。

"不要仅仅让出生地的土跟你在一起，出生的旗的水也要跟你在一起。"他沉默了一会儿，又说："毛皮外套你不要送给人。我在波格陀因—呼雷并没有认识的官员。我想出这话来，是因为当老人面前送你赠物觉得不好意思。你是勇敢的，你第一个决心打破古来的禁例上圣山去。你一定是我们这儿开始建设新生活的第一个女人。"

阿尔当说：

"让我把你的马鞍子整理一下。"

唐达尔在马站着的地方打瞌睡。也许这老头子没有打瞌睡，只是装装样子的。他知道这两个青年聚首的时间不长了。

"我们在这里要告别了，"阿尔当低声说，"当我们到了土曼那儿，我们不能单独在一起了。请你吻我。"

采兰信任而温顺地吻了这青年，两人的心都像花一般开放，也不觉得难为情了。

"最近我对达尼格伊说了一句谎话，"采兰说，"他问我谁教我读书的，我说是你的哥哥。我想，倘使我说了你的名字，大家知道我爱你了。"

他们走到唐达尔那里。

"我们已经把马鞍整理好了，唐达尔先生。我们大约可以出发了么？"

他们在正午到达土曼的住宿地。这官员已经准备出发，在那里等候采兰了。土曼的家庭亲切地欢迎他们。帐篷里聚集了许多人，都是特地从附近的住宿地赶来，想看看这个能够挣脱拿伊亚之手的姑娘，看看这个到首都的学校去学习的姑娘。

他们用乳酒和马乳招待唐达尔和采兰。送行的人唱歌，弹马皮胡弓。

午餐并不延续长久，因为急于要上道。

阿尔当送采兰和书记官到驿站，以便带回他们的马。唐达尔留着等候阿尔当，为了要带回采兰的马。

驿站由十个帐篷组成。每一个帐篷旁边站着装好鞍子的马。

驿站长知道采兰到首都去，便告诉她和她的同行者说：现今有许多女人为了国家的事出门旅行，经过驿站。听说在波格陀因—呼雷，女人学习和工作不亚于男子。他不阻留采兰和书记官，给他们好马，他们就驰向下一个驿站去。

过了六天，他们到达了首都。这一天是革命青年纪念日。许多人拿着红旗在街上游行。采兰在其中一面红旗上看到这样的文句：

"人民的意志是无限的，是可惊的。"

天色晴朗，所有的人皆大欢喜。

采兰和书记官留住在一个同乡人家里。

晚上，有一个美貌而衣冠楚楚的中年妇人到主人家来做客。她知道采兰是来学习的，便招待采兰到她家里去做客。同乡人的帐篷里很狭窄。除了土曼和采兰以外，还有几个为革命青年纪念会而来此的客人。

阿丽马——那妇人名叫阿丽马——带采兰到一间大房子里，教她脱去衣服，用热水和肥皂把全身洗一洗。

有许多热水的那间大房子离开阿丽马的帐篷不远。阿丽马对遇见的人都打招呼，对有几个人她只是点点头，对有几个人她说，她同来的姑娘是她的亲戚，从远方草原上来的。听到这话的男人不知为什么都对采兰注视，仿佛他们想买羊或卖马似的。

阿丽马的帐篷里铺着贵重的地毯。在重重叠叠的旅行包和盖着天鹅绒和绸巾的大大小小的箱子上，放着许多镜子、钟表、烟灰盘和瓷器的零星物件。阿丽马是独居的，但她的帐篷里不知为什么有两张床铺，都放着中国式的长枕，铺着鲜明的绸缎毯子。

阿丽马指着其中一张床铺，说道：

"你可睡在这里。"

然后她准备茶。

采兰旅途疲劳，想睡觉了。她连续不断地骑马走了六天路，全身疼痛了。她伸手去拿长衣，晚上可拿它当被盖，但阿丽马教她脱去衣服，摊开一条白布里子的柔软的棉被来。

"你睡吧。"亲切的女主人说。

早晨采兰一早醒来。阿丽马还睡着。采兰想起了故乡的住宿地、母亲、善良的唐达尔和可爱的阿尔当。

过了不久，女主人也醒了。采兰想出去看看波格陀因—呼雷，但她生怕迷路。阿丽马自愿引导她。她们就出门去。差不多和阿丽马的帐篷相并的地方有一个围墙。阿丽马敲敲边门，她们两人就走进一个院子，院子里有一个很漂亮的大帐篷。帐篷里住着一个中年妇人和两个女儿。

她们三人衣服都很华丽。帐篷的壁上挂着几张画着裸体的中国女子的画。

阿丽马就同帐篷的女主人和她的女儿谈话。

突然走进两个男子来，阿丽马便带着采兰回家。

第二天清早，采兰起身，穿了衣服，唤醒女主人来，请求她领导她到土曼所住的帐篷去。阿丽马劝她留住到中午同去看看城市。她教采兰脱去了普通的衣服，穿上她的青色衣服，说姑娘们穿深色衣服更为合适。她们一同出门。走过几条街，阿丽马停留在一家华丽的中国商店门前了。一个中国人招待阿丽马和她的青年同行者到他家做客，又带她们到店铺后面的一间大房子里去。

桌子上摆出了酒和馔。采兰从来不曾喝过酒。他们勉强她喝了三杯，她头晕了。

在陌生人面前的恐怖心消失了，她就喜欢谈笑。阿丽马对这姑娘表示满意。她就向那个肥胖的中国人称赞她，那中国人便时时用手抚摸她的头发，有时碰碰她的手，有时碰碰她的膝。

中午已过去了，但采兰不知道。因为这房间里的窗子上盖着长的飞檐，看不见太阳。

天气很热，采兰从怀中取出手帕来揩汗。这手帕是阿尔当送给她的。采兰看看手帕，便激烈地站起身来，走出房间去。她想逃避这个甜蜜的阿丽马和这个用奇怪的眼色看她的肥胖的中国人，而回到故乡的草原上去。阿丽马在边门旁追上了她，想劝她回来。但采兰断然地拒绝。在路上，阿丽马起初骂她，但后来仿佛想起了什么，突然称她为女儿。

到土曼那里已经太迟，而且觉得难为情。采兰因为喝酒而患着头痛，于是她回到阿丽马家里。

第二天早晨，土曼派一个女人来把采兰接回他家去。这女人名叫查尔格尔，她和采兰生在同一旗里，认识她的母亲蜜达格。

在路上，查尔格尔忠告她："你要远避这些富裕的中年美人。阿丽马的帐篷，是为了捕捉像你这样年青而无经验的女郎而设的罗网呢。"

土曼引导采兰到学校里，她通过了入学试验，被录取了。学校旁边有许多帐篷，她同另外三个姑娘同住在其中的一个里面。

她的三个女朋友也是从远方的州郡里来的。

时间渐渐地过去。采兰读了许多书。她常常想把她在课业中所学得的一切告诉阿尔当。可是他在远方。

她所学得的知识中，有许多使她吃惊。地球上水比陆地多，这件事使她吃惊。在她的故乡的草原上，从小而浅的井中取水是多么困难。

采兰得知不久以前封建财主和中国商人还压迫蒙古人民，但现在全靠人民革命之力，牧畜者从这压迫中解放了。

采兰住在草原上的时候，就听到了列宁的名字。她在学校里看到了他的肖像，知道了他的学校。

有一个纪念日，采兰来到查尔格尔的帐篷里。女主人不在家，帐篷里坐着一个穿人民革命军司令官制服的年长的人。

采兰问他查尔格尔在那里。

"立刻就回来的。"司令回答她。

采兰坐下了。

"你是从哪里来的，姑娘？"

"我是查尔格尔的同乡，现在在青年学校读书。"

这军人得知采兰是最近来到波格陀因—呼雷的，便探问她。他探问她关于拿伊亚、关于波洛德、关于喇嘛洛蓬的情形。最后他问她：

"你是谁的女儿？"

采兰的眼睛沉下了。依照习惯，为了尊敬父母，不许称呼他们的名字。她对军人说，她的父亲是波洛德的雇工，被拉去服兵役，到现在还没有回家。

"你的父亲是否叫陀林各尔？"军人问。

"是的。"采兰低声回答。

"走近我来，采兰，看看我。你不认识么？"

采兰激动地站起身来。她的脑际闪现出"父亲"这个臆测。

查尔格尔走进帐篷来了。

"你已经在这里了，采兰？我跑去找你呢！陀林各尔先生，您已经会见你的女儿，好极了。你认识父亲么，采兰？"

陀林各尔拥抱了女儿，吻她的面颊。

两个幸福的人相对站着，互相注视。

没耳朵

[蒙古国] 策·达木丁苏伦 著

◎◎ 牧羊人的『我』十三岁，那只没耳朵的小羊是『我』的挚爱。一场草原大火几乎烧毁了一切，只有『没耳朵』逃过一劫。孤身对抗可怖的毁灭性灾难，是生活在草原上靠天吃饭的牧民与生俱来的使命。世界很危险。可正因为有像『没耳朵』这样沸腾着灵性和生命力的小羊，痛苦的同时，还能生出一点欢喜。

◎◎ 用一颗永葆童真的赤子之心看世界，世界就会变得可爱起来。丰子恺爱这个世界的一切可爱之物。

那时我还只十三岁，但我已认为是有经验的牧人了。我不断地放牧七百头一群的羊，已有六个月之久。这羊群是我们共同游牧的两个帐篷的产业。

老实说，我对于这工作感到厌倦了。每天从日出到日没在草原上跟着羊彷徨，没有人可以交谈一句话。只希望早些回家，到火旁边，吃一顿饱饭，喝一些热茶。

我很熟悉自己的羊。我知道哪些羊欢喜捉草原上的蜥蜴，哪些羊惯于走在羊群的前头，哪些羊懒惰而没有生气。人们说，羊是互相亲爱的，我却确信羊与羊之间没有友谊。它们互相抢夺美味的食物，它们之间并没有像马群之间所常有的爱慕。马是聪明的动物，它们对人驯染①，它们热烈地互相爱着；它们之间有好朋友，有普通相识者，有仇敌。在羊里面就找不出这样的关系。然而有时也可碰见并不呆笨的羊。我很欢喜一只没有耳朵的两岁的牝羊，这是去年叔叔给我的。我同它很亲切。我呼唤我的没耳朵的时候，无论它在什么地方，它总是答应我，而且常常立刻向我跑过来。母亲早上给我在路上吃的食物，我分给它吃。没耳朵很欢喜吃砂糖。羊和牛不同，欢喜吃甜的东西。我给没耳朵一块糖，它就一天到晚紧紧地跟着我走。

我们的帐篷移转到新的地方去了。我骑着马，慢慢地赶羊，希望在天夜以前到家。我不能快速地赶羊，因为这是秋天，正是它们吃草的时候。

没耳朵跑到我身边来，我给它一块砂糖。我立刻看到了我们的帐篷。我预料帐篷应该张在什么地方，所以很快就找到了它们。

新地方好得很。这里的草长得茂盛，长而多汁，比老游牧地的草良好得多，虽然稍稍被秋阳晒干了。这草原上多丘陵，每一个丘陵形似一顶多毛的狐皮帽子。离开我们的帐篷两公里的地方，草原告终了，再远去是盐

---

① 日语当用汉字，意为亲密、熟悉。

沼的盆地，繁生着一种对家畜有益的红色和褐色的植物。秋天的草原是金黄色的，盐沼地是深褐色的。这一切都异常美丽。

我把羊赶向帐篷，它们头都不抬起来，只管吃草。我跳下马，把马缚在车子上了，向四周观看。西沉的太阳底下横着一道黑云。"明天天气不好呢。"我想，便走进帐篷去。我还没有喝完最初一杯茶，忽然听见外面大声叫喊："火起了！火起了！"我们听得出是牧马人阿尔芬的声音。

父亲、母亲和我从帐篷里跑出来。太阳红而暗，好像一只煤熏的铜盆。黑烟从西方来，风吹着。

阿尔芬惊慌地说："火烧！火烧！我从高丘上望见的。烧到我们这边来了！"

父亲和阿尔芬各人把一块充分浸水的毡毯缚在竹竿上了，拿着它跑向起火的地方去。母亲也立刻把牡牛套在汲水车上，跟着他们前去，使他们可以时时把毡浸湿。她走的时候还向我叫喊，教我当心看羊。我一时不懂得她的意思。为什么要当心看羊呢？它们都乖乖地在帐篷近旁吃草，还没有危险迫近它们呢。倘使火果真迫近帐篷了，那么我一个人如何处置这一大群羊呢？我站着想，我的父母亲现在怎样了。我知道，倘使风力弱，草不太茂密，那么可以用浸湿的毡来熄火。我曾经碰到过这样的事。

去年春天，我同两个朋友在草原上玩耍。我们堆起柴来生火，周围的草烧着了。火很快地蔓延开去，烧着了去年的枯草。我们费了很大的力，终于用我们的毛皮帽子把火扑灭了。但那时候是没有风的。我们的帽子的确烧破了些，回到家里着实地吃了一顿骂。

但现在情形完全不同。风十分紧，草又茂密而干燥。长时间考虑是不容许了，必须设法处置。我向四周看看。阿尔芬的母亲，一个上了年纪的女人，不放过时间：她已经用铁锹斩除了自家帐篷周围的草，现在正在我们的住处旁边斩草了。我家有一套折叠的栅栏，是关羊用的，但装在车子上，还没有卸下来。我想把这栅栏张起来，把羊赶进栅栏里，把它们关起来，希望火从栅栏旁边通过。羊有栅栏保护，可以不受伤害了。但我无论怎样赶紧，毫无结果，而火很快地迫近来了。我们已经看到火从西方的丘上延烧下来，扑灭它显然是没有成功。在黑的天空的背景上，看见奔驰着的马群。这些马狂乱地奔向东方。这些是谁家的马，我不知道。马的后面有几百只野生的羚羊奔驰着，其中还有几只狼。火的恐怖把一切畜生联合成为狂号的一群，不知方向地乱钻着。我们的羊闻到了烟气，也惊慌起来。我跳上马，把四散的羊赶作密集的一群。

老人们常常谈起草原上火烧的时候如何烧死野兽的话。野兽在恐怖中逃开去，但火在后面追踪它们，迟早把它们追着。因为野兽会疲倦，而火不会疲倦的。老人们说："应该迎着火奔过去，穿过火线并不怎么可怕。在烧过的地方已经没有危险了。"

我决心把羊集作一团，和它们一同冲过火焰去。火形成一堵广大的墙壁，从西向东推进，仿佛整个草原被火盖住了。这光景是可怕的，而我，一个十三岁的孩子，用尽全部力量，总想不逃走而负起自己的责任来。须知整个羊群是托付给我的，我应该准备斗争。我想："风非常强，火一定跑得快。倘使我能够保住羊群密集一团，我便能救它们了。"

火迫近我们的帐篷了。我向阿尔芬的母亲喊救，但她已经同了她的爱犬爬上一辆铁轮子的车子里去。这就变成要我一人救这些羊和我自己了！不管怎样狼狈，我心中闪起一个念头："我要找出我的没耳朵来，把它交给老婆婆！"但是已经来不及了。火从斩干净草的地方的旁边掠过，不碰帐篷，也不碰车子，把我与羊群和老婆婆隔开了。帐篷和车子已在火的后面，在黑色的安全地带的后面了。这使我增加勇气，火势如此快速，我和羊群可以不受多大损害而超过火线去。只需把羊集中在一块。但这看来是不可能的。火焰一迫近羊群，羊就拼命逃跑。我的马因为恐怖，完全变成了一匹竞赛马。它平日的迟钝原来全是装假的。现在它替我服务出力。我能暂时使羊不逃跑了，可是大受损失。因为我拦阻羊，而火追及了它们，它们身上的毛同它们脚底下的草一样地烧起来。群羊都在火里面，和火焰一起跑了。我知道，现在无论如何必须拦住羊群不让它们逃跑，使得火可以超过它们去。我就决心做最后的尝试。我的马狂奔，我大声叫喊，把羊向火的方面赶去。在长时间的努力之后，我果然把近百头羊赶过了火线后面。火越走越快，立刻把我和羊群留在它的后面了。我救出了近百头半焦的羊。但是大部分的羊还在烟气中和火中乱跑。我离开了救出的羊，去追逃跑的羊。其中有许多已经变成了黑块而倒下了。羊脚上的腱首先被烧而收缩，便像软脚的人一样翻倒在地上了。这种翻倒的羊渐渐地多起来。不久，在火通过的路上，处处散布着黑点。

突然我心中闪出一个念头："倘使在前面的最力强的羊还没有被烧，那么加快它们的速度，把它们赶到盐沼地里去，一定是好的。"这念头是不错的，因为盐沼地里的植物烧得慢，不容易烧着。我还可以救出垂死的羊群。我飞速地跑到了火线上，穿过了它，又来到我的羊群的前面了。我果然从跑在前面的羊群中救出了约一百五十头。我用喊声赶它们快跑。盐沼地已经接近了，但草原在这地方告终，变成峻峭的山谷，山谷里丛生着叫作"契"的一种植物。大家都知道，"契"烧起来是很快的，因此我很担心，我来不及在它们着火之前把羊群赶过它们了。"契"长得很高又很茂盛，羊的毛也许会缠在它们上面。我想把羊赶过去，赶到盐沼地去，但它们已经停留在那地方不动了。这时候被火焰所包围的其余的羊也赶到了。火就在丛生"契"的地方追及了我们。"契"丛很快地烧着了。我骑着马，还来得及穿过"契"

丛，但羊陷入在"契"丛中了。我明明知道，没有一只羊能够逃出火焰。山谷的斜坡像巨大的燎火一般烧起来，我绝望了。羊全都烧死了，我的没耳朵也在其中。我在绝望中哭起来，叫道："没耳朵！没耳朵！到这里来！你在哪里，没耳朵？"

这时候，从燃烧着的"契"丛中跳出一只小羊来，这正是没耳朵。它听见我的叫声了。我不胜欢喜，我跨下马来，抱住了它。它用它可爱的头在我手上摩擦，向我要求砂糖，仿佛四周一切都平安似的。它大约以为我叫它，照例是要请它吃糖。这便救了它的性命。跟着没耳朵又跳出十来只羊来。羊本是常常互相追随的，但跟着没耳朵跳出来的只是最接近它的羊，其余的羊都死了。我看见它们在燃烧的茂丛中烧死的情状。我们已经处在没有危险地方。火烧到盐沼地就熄灭了。

这样，我长期放牧的羊，差不多都死了。

我在回家的路上，看见草原上的干牛粪正在燃烧又冒烟，垂死的羊正在可怕地痉挛。我回到家里，天已经全黑了。父母亲看到我非常高兴，虽然我只带回一只没耳朵和若干只火里逃生的羊。帐篷旁边，烧得半死的羊挤成一团，一动不动地站着，这便是我早先赶出来的。我们的羊群就只剩这一点。

第二天我们才知道，我们任其听天由命的马群，逃到了盐沼地里，因此保全，毫无损失。我们的新邻居塔夫哈伊的财产也没有受害。塔夫哈伊居住在此地比我们早得多，他把他的羊群赶进了预先置备好的小屋里，因此保全了它们。我痛惜不能照他的办法做，尤其痛惜的是，我没有立刻把羊赶向盐沼地，却站着踌躇不决地考虑。但千错万错，错在我盲信了游牧者的习惯——在火烧的时候把家畜对着火赶过去。原来也有例外情形的。我的父母亲当然也有不是，他们惊慌了，就把我一个人留在这样严重的危险中。但当时我认为一切都是我自己的过错，因此父母亲不得不长久地安慰我。

第三天我们的帐篷迁移到新地方去。我们从躺在火烧场上的死羊中选了约二十头最肥的带走，其余的我们请邻人们随意来取，务使羊肉不致损失。

我们所经过的地方，数日前到处有繁茂的秋草迎风摇荡，现在全部赤裸裸而发黑了。良好的放牧地变成了一片盖着灰烬的黑的荒野。

许多草原财产在这一天受了火烧的损害。倘使没有那盐沼地，火势竟可蔓延数百乃至数千公里，把所有的草都烧尽，把所有的畜生都烧死。这样的火灾，在草原里是常有的。后来有人告诉我们，这火灾发生在离我们的住宿地不远的盖莱尔的帐篷那里。他的两个儿子牧羊时吸烟。他们没有火柴，他们从帐篷中取出烧着的牛粪来，堆起柴来，使得火不绝地燃烧。风一吹，火势加大，很快地向四周扩展。两个孩子着了慌，不懂得把火熄灭，便在恐惧中逃走了。火就大闯其祸，它乘着风势越走越远，把草原烧毁。

在新地方，我仍旧牧羊，但所牧的不复是从前的巨大而愉快的羊群，只是它的残存的一部分。烧焦的斑斑驳驳的羊垂头丧气地彷徨在我的周围。使我的心欢喜的，只有一只没耳朵：它同以前一样活泼而白皙。初看时以为羊所受的伤害很小，只是烧掉些毛而已。然而到了冬天，其中有许多羊死亡了，因为它们的蹄已经脱落。到了春天，有许多母羊因为乳头被烧，不能给仔羊哺乳，仔羊几乎全部死亡。羊群更小了。但我的没耳朵生了并喂活了两只仔羊——同它一样没有耳朵的仔羊。

过了多年，我早已做了城市的住民了。有一次来访问自家的帐篷，我在羊群中看到许多没有耳朵的羊，立刻想起了我的没耳朵和火灾。"在这些羊里面，也许有我的没耳朵的子孙。"我这样想。从这时候起，每一只没有耳朵的羊使我的心感到欢喜。

幸福山的马

[蒙古国] 策·达木丁苏伦 著

◎◎ 幸福山脚下有一匹马，无论去到哪里，最终都会回到幸福山。它帮助贪婪的主人掠夺财富，最终也『杀』死了他。这匹马其实没有主人，它只听命于幸福山的神灵。

◎◎ 命该如此？因果报应？寓言故事暗藏箴言。正如丰子恺擅于用戏谑的笔墨传达警示之意。

有一次——这是在遥远的儿童时代——我跟父亲、母亲到亲戚家去做客。这亲戚家的帐篷那时候张在乌尔齐特山麓，"乌尔齐特"这个词翻译起来就是幸福的意思。夏天的明朗的白昼在草原上静静地消逝。我们坐在帐篷旁边，大人们谈天，孩子们在稍远的地方乖乖地玩耍。草原在白昼的炎热之后休息下来，那么沉静，竟没有人想用响亮的笑声或激烈的话声来打破它的夕暮的安宁。

突然主妇中途停止了谈话，匆忙地走进帐篷去。一会儿她走出来，手里拿着通常敬客用的茶。

大家怀疑得面面相觑。

这时候一匹鬣毛几乎拖着地的高大的栗毛马向着帐篷跑来。它背上并没有乘客。

这匹马很漂亮，力量充足，它的每一个动作证明着它的生活安乐，没有东西妨碍它享乐自由的草原生活。

但它无疑地是有主人的。因为在绑肚带的地方，马毛略有脱落，颜色发白，而鬣毛上有各种颜色的丝带——供奉某神明的记号。

主妇用奇妙的名字"乌尔齐特的海尔"——幸福的马——来称呼它，恭敬地把敬客的茶奉给它。

马小心地咂动嘴唇，微闻声息地吸饮，接受了主妇的招待，便跑开去。主妇从预先拿着的杯子里在它后面浇出几点牛乳来，然后转向幸福山，又反复同样的动作。

我探问：这是什么意思，这是什么马？

于是老婆婆把在幸福山脚下设帐篷的牧畜者所周知的传说讲给我听：

幸福的马是一匹温良而和爱的马。然而牧畜者中没有一个人想捉住它来加鞍。你知道这是什么缘故？因为它的主人是幸福山灵，虽然没有人见过山灵骑马，然而这匹马属于山灵，是毫无疑义的。已经不止一次使人不得不相信这一点了……

我们这地方曾经住着一个牧畜者，名叫奥契尔。他的脸是黑色的，人们开玩笑，给他取个绰号叫作"扎刚"，意思是白。这牧畜者拥有大群的马匹，但他对于这匹马比其他一切马都爱惜。这匹马是特殊的，它的脾气一点也不像其他的马。它不喜欢加入马群，而宁愿全然孤独地在幸福山脚下吃草。当地上开始结薄冰，草原上的草被冰层遮盖了的时候，它就回到马群里，和它们一同到更远的牧场去。但这匹栗毛马到了那边，还是一早醒来就跑到看得见幸福山的地方，向山的方面长久地眺望。

幸福山并不很高，但在我们这广大的草原中，远处都望得见这山。

它的主人奥契尔多年在驿站服务，一向住在幸福山旁边。驿站是调换邮马的地方，这种停留站散布在草原中走惯的路上，每隔三十多公里便有一个。奥契尔的住家正好在幸福山的斜坡上。倘若过路的政府人员没有行李，站上总是把这匹栗毛马供给他。这马不需要护送，无论带它到什么地方，它都能独自回到自己的驿站来。

有一次，大风雪把奥契尔的马群赶到了离开牧场很远的地方①。吃惊的主人吩咐立刻去找，但找马的人们还没有跨上鞍子，栗毛马就在山的旁边出现。它把自己的一阿陀②全部带回来了。其余的马过了几天才找到。

奥契尔数年间滞留在同一地方，终于厌倦于执行辛苦的邮运职务了，他就离开了驿站牧场。但是栗毛马不愿意离开这山，它每晚上回到住惯的地方

---

① 夜间马在草原上吃草，没有牧人，到了早晨，牧人才来带它们到饮水场去。在冬天，强烈的风雪把马群赶到几百公里之外，是常有的事。

② 一阿陀就是以一匹牡马为首的一小群马。一阿陀普通包含十到十五匹牝马和若干匹去势马。牡马替阿陀看守狼，又维持秩序。若干阿陀组成一个马群。

来。主人起初用力把它拉到新住宿地去，但终于放任了它，决心卖去这匹不服从的牡马。

但这不是一件简单的事。新的驿站员不能付相当的价钱给奥契尔。别的牧畜者们呢，知道这马有常常到幸福山脚去吃草的习惯，都不要买它。他们老是看见奥契尔每天早晨到山脚下所有的凹地里来找他的马。

也是奥契尔运道好，从远方来了一位到幸福山附近去参加竞技的力士。奥契尔便把他的栗毛马卖给他。买主不惜金钱，因为他立刻看出卖给他的是一匹良马。关于这马的不可矫正的习惯，他不是本地人，当然一点也不知道。

竞技结束之后，这位力士骑了新买的马回家去。

过了几天，有一次奥契尔早晨醒来，听见他的帐篷旁边有熟悉的马嘶声。奥契尔觉得奇怪，便向草原上望望。站在那里的果然是他的马，就是他以好价钱卖给过路客的那匹乌尔齐特的海尔。它显然是因为不欢喜住在新主人那里，而自己找路回家的。

奥契尔对于这匹心爱的马的归来，又高兴，又不高兴。他看到自己心爱的马觉得愉快。但倘新主人转来，要求取回他的所有物，怎么办呢？然而那个人并没有来——显然是他已经去得远，不愿意走困难的回头路了。马就留在奥契尔那里。

奥契尔庆喜这不期的幸福。他知道这栗毛马早晚总要回到自己的牧场上来的，就决心把它卖给远方的人。说做就做。奥契尔不争价钱，人们都欢喜买他的马，因为获得这样优良的一匹竞走马，在每一个人都是称心的。但后来每一个人都懊悔买这匹马，因为在草原上，到哪里去找寻逃走的马呢？没有人走这样远的回头路来找寻它的！

在奥契尔所住的地方，有许多关于他狡猾的故事。据传闻，曾经发生这样的事情：奥契尔把自己的爱马卖给一个远方的商队，过了若干时，马回家了。但这一次它身上带着一个装饰富丽的马鞍。大约是它在什么地方抛弃了它的骑手，不让他捉住，先自逃走了。

奥契尔得到这个马鞍，非常欢喜。他变得愈加贪婪，日日夜夜地考虑奸计。他开始教这匹马，怎样抛弃骑手，怎样弄断冲马索，怎样逃避主人的追踪。

奥契尔的事业逐年顺利起来。曾经有过这样的事：栗毛马从遥远的达里刚格地方回来，不但带着富丽的马鞍，马鞍上还带着一只装得满满的背囊。奇怪的是，竟没有人在路上捉住它而把这贵重的行李取去。

奥契尔的妻子和女儿在最近的节日穿着那么富丽的衣服，这些衣服以前谁也不曾看见她们穿过。由此可知，关于马所带来的装得满满的背囊的话，不是空话。

从这时候起，奥契尔的箱箧里充满了来路不明的财富，他就这样地生活下去。

他的幸福时代能继续多久，却很难说。然而命运决心出来干涉他的不正当行为了。南边发生了动乱，大群盗匪突然地袭击草原，抢走家畜，毁坏和平的游牧地。游牧者在恐怖中四散逃命。在从前，我们一般人还没有现今的"贝尔当"式快枪。

只有奥契尔家里有这样的武器，他用准确的射击来结果了强徒中的一人。他竟能射退一小群骑手，他幸喜他们的武器不良。

奥契尔逃避了强盗。但他明知道他们是会追他的。

他休息了一会儿，便跨上他的快马乌尔齐特的海尔，奔向遥远的梅南草原。这马救了他的性命。

但在这无水的荒漠中，奥契尔逃不脱早已应得的惩罚。奥契尔以前自己教会的马，抛弃了它的骑手，回到了幸福山前。这回它背上带走的不是别人的马鞍，却是主人的马鞍。主人怎么样，谁也不得知了。

经过了若干年，有一个冬天，天降大雪，人们不得不迁移到以前奥契尔所逃往的那地方去游牧。他们在草原的某一处凹地里——这地方离开他们原来的游牧地那么远，连幸福山也望不见——找到了野兽咬过的骸骨和衣服的碎片。奥契尔所留剩的只是这一点。他的骨头横在一个不深的无水的井边。这口井大约是奥契尔希望找到水而自己掘的，然而他没有找到水便渴死在这草原里了。

暴富的奥契尔的生活就这样结束了。但他的马在幸福山下吃草已有多年。没有人可怜它的主人，因为他没有给人留下好的印象。然而对于这匹马，人们都尊敬，甚至有些惧怕。迷信的人认为它的真正的主人是幸福山的山灵。

至于贪欲的奥契尔，完全是命该如此的。

屠格涅夫

（1818—1883）

俄国著名作家。出身贵族，先后在莫斯科大学和彼得堡大学读书。受别林斯基思想影响，早期写有诗作《地主》等。1847 年至 1852 年发表《猎人笔记》，揭露农奴主的残暴和农奴的悲惨生活。中篇小说《木木》对农奴制表示抗议。《多余人日记》等描写贵族地主出身的知识分子好发议论而缺少斗争精神的弱点。其作品善于刻画少女形象，并以描写俄国自然景色见长，文笔细腻，富有诗意。

任重道遠

子愷畫

猎人笔记选

[俄] 屠格涅夫 著

◎◎ 猎人背着枪，走遍农村的田野和山岭，结识了很多农民朋友。这些劳动人民各有各的不幸，但他们快乐积极地生活着，热情而善良。植物在摇摆，动物在跳跃，农民的孩子爽朗欢笑……作者笔下，农村万物充满生机，也昭示着推翻封建农奴制的压迫任重而道远。

◎◎ 丰子恺先生一向推崇这种苦中作乐、闲适悠然的生活态度。让我们跟着他的脚步，品味散落在生活各处的美好吧。

白净草原

    这是七月里的晴朗的一天,只有天气稳定的时候才能有这样的日子。从清早起天色就明朗;朝霞不像火一样燃烧,它散布着柔和的红晕。太阳——不像炎热的旱天那样火辣辣的,不像暴风雨前那样暗红色的,却显得明净清澈、灿烂可爱——从一片狭长的云底下宁静地浮出,发出鲜明的光辉,沉浸在淡紫色的云雾中。舒展着的白云上面的细边,发出像小蛇一般的闪光,这光彩好像炼过的银子……但是忽然又迸出动摇不定的光线——于是愉快地、庄严地、飞也似的升起那雄伟的发光体来。到了正午时候,往往出现许多镶柔软白边的、金灰色的、高高的云团。这些云团好像许多岛屿,散布在无边地泛滥的河流中,周围环绕着纯青色的、极其清澈的支流,它们几乎一动也不动;在远处靠近天际的地方,这些云团互相移近,紧挨在一起,它们中间的青天已经看不见了;但是它们本身也像天空一样是蔚蓝色的,因为它们都浸透了光和热。天边的颜色是朦胧的、淡紫色的,整整一天都没有发生变化,而且四周都一样;没有一个地方暗沉沉,没有一个地方酝酿着雷雨;只是有的地方从上到下延伸着一些浅蓝色的带子:那是在洒着不易看出的细雨。傍晚,这些云团消失了;其中最后一批像烟一样黑乎乎的,映着落日形成玫瑰色的团块;在太阳像升起时一样宁静地落下去的地方,鲜红色的光辉短暂地照临着渐渐昏黑的大地,黄昏的星星像被人小心地擎着走的蜡烛一般悄悄地闪烁着出现在这上面。在这些日子里,一切色彩都柔和起来,明净而并不鲜艳;一切都带着一种动人的温柔感。在这些日子里,天气有时热得厉害,有时田野的斜坡上甚至"蒸闷";但是风把郁积的热气吹散,赶走;旋风——是天气稳定不变的确实的征候——形成高高的白色风柱,沿着道路,穿过耕地游移着。在干燥而洁净的空气中,散布着苦艾、收割了的黑麦和荞麦的气味；甚至在入夜前一小时还感觉不到一点湿气。这种天气是农人割麦所盼望的天气……

正是在这样的日子里，我有一次到图拉省契伦县去打松鸡。我找到并打落了很多野味，装得满满的猎袋毫不留情地压痛我的肩膀，然而一直等到晚霞消失，寒冷的影子开始凝集并散布在虽然不再受到夕阳照耀却还是很明亮的空气中的时候，我才决心回家去。我快步穿过一片长长的灌木丛，爬上小丘，一看，并不是我意料中那片熟悉的、右边有一个橡树林、远处有一所低矮的白色教堂的平原，却是一个完全不同的、我所不认识的地方。我的脚下伸展着一个狭小的山谷，正对面削壁似的矗立着一片茂密的白杨树林。我疑惑地站定了，回头一望……"啊呀！"我想，"我完全走错了路，太偏右了。"我对这错误自己觉得吃惊，急忙走下小丘。一种令人不快的、凝滞的湿气立刻包围了我，仿佛我走进了地窖里似的。山谷底上高高的茂盛的草全部是潮湿的，形成平坦的白茫茫的一片。在这上面走路有些害怕。我赶快走到另一边，向左拐弯，沿着白杨树林走去。蝙蝠已经在白杨树林的静息的树梢上飞来飞去，神秘地在薄暗的天空中盘旋着，抖动着；一只迟归的小鹞鹰在高空中敏捷地一直飞过，赶回自己的巢里去了。"好，我只要走到那一头，"我心里想，"马上就有路了，可是我走了一俄里①光景的冤枉路！"

我终于走到了树林的尽头，然而那里并没有路：有一些未曾刈草的低矮的灌木丛辽阔地展现在我面前，在它们后面，远远地望得见一片荒凉的原野。我又站定了。"怎么有这样的怪事？……我走到什么地方来了？"我就回想这一天之内是怎样走的，到过哪些地方……"哈！这原来是帕拉欣灌木丛！"最后我叫起来，"一点也不错！那边大概是辛杰耶夫小树林……我怎么走到

---

① 一俄里约合 1.07 公里。

了这地方？走得这么远？……奇怪！现在又得向右走了。"

我拐向右边，穿过灌木丛。这时候夜色像阴霾一般迫近，浓重起来，仿佛黑暗随着夜气同时从各方面升起，甚至从高处泻下。我发现了一条崎岖的、杂草丛生的小路；我就沿着这条路走去，一面用心地向前探望。四周的一切很快地黑暗、寂静起来，只有鹌鹑偶然啼叫。一只小小的夜鸟展着柔软的翅膀，悄然无声地低飞着，几乎碰撞了我，连忙惊慌地潜向一旁去了。我走出了灌木丛，沿着田塍走去。现在我已经很难分辨出远处的事物：四周的田野朦胧得发白；田野的那边，阴沉的黑暗形成巨大的团块升起，越来越逼近了。我的脚步声在凝滞的空气中发出沉重的回声。苍白的天空又变成蓝色——但这回是夜空的蓝色了。星星在天空中闪烁。

我起先认为是小树林的，原来是一个黑乎乎的圆形丘陵。"我到底走到什么地方来了？"我出声地重复说一遍，第三次站定了，疑惑地看看我那只在所有的四足动物中绝顶聪明的英国种斑黄猎狗季安卡。但是这四足动物中最聪明的家伙只是摇着尾巴，没精打采地眨眨疲倦的眼睛，并没有给我任何有用的忠告。我对它感到惭愧，就拼命地向前迈进，仿佛恍然明白了应该往哪儿去似的。我绕过丘陵，来到了一片不很深的、周围耕种过的凹地里。一种奇怪的感觉立刻支配了我。这凹地形状很像一口圆圆的边缘倾斜的锅子；凹地底上矗立着几块很大的白石头——它们仿佛是爬到这地方来开秘密会议的——这里面那么沉寂、荒凉，天空那么平坦、凄凉地悬挂在它上面，竟使得我的心紧缩起来。有一只小野兽在石头中间微弱地、凄凉地尖叫了一声。我连忙回身跑上丘陵去。在这以前，我一直没有失去寻找归路的希望；但是到了这时候，我终于确信我已经完全迷路，就绝不再想去辨认几乎完全沉浸在朦胧中的附近的地方，只管靠着星辰的帮助，一直信步走去……我困难地拖着两条腿，这样走了约半小时。我觉得有生以来没有到过如此荒凉的地方；

没有一个地方看得见一点火光，听得见一点声响。一个平坦的山坡更换了另一个，原野无穷尽地连接着原野，灌木丛仿佛突然从地下升起在我的鼻子跟前。我一直走着，已经打算在什么地方野宿到早晨，突然走到了一个可怕的深渊上。

我连忙缩回跨出去的脚，通过黑夜的微微透明的朦胧之色，看见下面很低的地方有一片大平原。一条宽阔的河流呈半圆形向前流去，围绕着这平原；河水的钢铁般的反光有时模糊地闪烁着，指示着河流的经行。我站的小山冈突然低落，几乎形成垂直的峭壁；它的庞大的轮廓黑沉沉地突出在苍茫的虚空中，就在我的下面，在这峭壁和平原所形成的角里，在静止的、像黑镜一般的那一段河流旁边，在小山冈的陡坡下面，有两堆火相并着发出红焰，冒着烟气。火堆周围有几个人蠢动着，影子摇晃着，有时清楚地映出一个小小的、鬈发的头的前半面……

我终于认清楚了我所来到的地方。这草原就是我们附近一带有名的所谓白净草原……但回家是绝不可能的了，尤其是在夜里；两腿已经疲劳得发软。我决心到火堆那里去，加入我认为是牲口贩子的人群中，等天亮。我顺利地走到了下面，但是我的手还没有放开我所攀援的最后一根树枝，忽然两只高大的、长毛蓬松的白狗凶狠地吠着向我冲过来。火堆旁边传来孩子的响亮的声音；两三个男孩很快地从地上站起来。我答应了他们发问的喊声。他们向我跑来，立刻叫回了由于我的季安卡出现而特别吃惊的两只狗，我就走到他们那里。

我把坐在火堆周围的人认为是牲口贩子，原来是弄错了。他们只是附近村子里看守马群的农家孩子。在我们那里，在炎热的夏天，人们往往在夜间把马赶到田野里来吃草，因为白天苍蝇和牛虻使它们不得安宁。把马群在日暮之前赶出来，在天亮的时候赶回去，是农家孩子们的一大乐事。他们不戴帽子，穿着旧皮袄，骑在最活泼的骏马上，高兴地叫嚷着，摆动着手脚向前飞驰，跳得高高的，大声地欢笑。轻微的尘埃形成黄色的柱子升起来，沿着道路疾驰；整齐的马蹄声传向远方，马儿竖起耳朵奔跑；当头飞驰着一匹棕黄色的乱毛马，这马竖起尾巴，不断地变换步调，乱蓬蓬的鬃毛上带着牛蒡种子。

我告诉孩子们说，我是迷了路的，就在他们旁边坐下。他们问我是从哪里来的，接着沉默了一会儿，让出点地方来。我们稍稍谈了几句。我就躺在一棵被啃光了的小灌木底下，开始向四周眺望。这景象很奇妙：火堆周围有一个淡红色的圆形光圈在抖动，仿佛被黑暗顶住而停滞在那里的样子；火焰炽烈起来，有时向这光圈外面投射出急速的反光；火光的尖细的舌头舔一舔光秃秃的柳树枝条，一下子就消失了；接着，尖锐的长长的黑影突然侵入，一直达到火的地方：黑暗在和光明搏斗。有的时候，当火焰较弱、光圈缩小的时候，在迫近过来的黑暗中，突然现出一个有弯曲的白鼻梁的枣红色马头，或是一个纯白的马头，迅速地嚼着长长的草，注意地、迟钝地向我们看看，接着又低下头去，立刻不见了，只听见它继续咀嚼和打响鼻的声音。从光明的地方，难于看出黑暗中的情状，所以附近的一切都好像遮着一重近乎黑色的帷幕；但是在远处靠近天际的地方，可以隐约地看见丘陵和树林的长长的影子。黑暗的无云的天空显示出无限神秘的壮丽，庄严地、高远无极地笼罩在我们上面。呼吸着这种特殊的、醉人的新鲜气味——俄罗斯夏夜的气味，使人胸中感到一种愉快的紧缩。四周几乎听不见一点儿声响……只是有时在近旁的河里突然响出大鱼泼水的声音，岸边的芦苇被漂来的波浪微微冲击着，发出低弱的瑟瑟声……只有篝火轻轻地毕毕剥剥地响着。

孩子们围绕火堆坐着，曾经想吃掉我的那两只狗也坐在这里。它们对于我的在场，很久不能容忍，瞌睡蒙眬地眯着眼睛，斜望着火堆，有时带着极度的自尊心嗥叫；起初是嗥叫，后来略带哀鸣，仿佛在惋惜自己的愿望不能实现。孩子共有五人：费佳、帕夫卢沙、伊柳沙、科斯佳和万尼亚。（我从他们的谈话中知道了他们的名字，现在就想要介绍读者和他们相识。）

第一个，最大的，是费佳，看来大约有十四岁。这是一个身材匀称的孩子，相貌漂亮、清秀而略纤小，长着一头淡黄色的鬈发，眼睛明亮，经常露出半是愉快、半是不经心的微笑。从各种特征上看来，他是属于富裕的家庭的，到田野上来并不是为生活所迫，只是为了好玩。他穿着一件镶黄边的印花布衬衫，披的那件短小的新上衣，几乎要从他那窄小的肩膀上滑下来；浅蓝色的腰带上挂着一把小梳子。他那双低筒靴子正是他自己的，而不是他父亲的。第二个孩子帕夫卢沙长着一头蓬松的黑发，眼睛灰色，颧骨宽阔，脸色苍白，脸上有麻点，嘴巴很大，但是生得端正，头非常大，真像所说的头大如牛，身体矮壮而粗拙。这孩子并不漂亮——这是毫无疑义的！——可我还是喜欢他：他的眼光非常聪明、正直，而且他的声音很有力量。他的服装并不讲究，只是普通的麻布衬衫和打补丁的裤子。第三人伊柳沙相貌很平凡：钩鼻子，长脸，眼睛眯缝，脸上表现出一种迟钝的、病态的忧虑；他那紧闭的嘴唇一动也不动，蹙紧的眉头从不展开——他仿佛因为怕火而一直眯着眼睛。他那黄黄的、几乎是白色的头发形成尖尖的涡鬈，在戴得很低的小毡帽下面露出来，他常常用两手把这小毡帽拉到耳朵上。他穿着新的树皮鞋和包脚布，一根粗绳子在他身上绕三匝，精密地束住他那整洁的黑长袍。他和帕夫卢沙看来都不出十二岁。第四人科斯佳是一个年约十岁的孩子，他那沉思的、悲伤的眼光引起我的好奇心。他的脸庞不大，瘦削而有雀斑，下巴尖尖的，像松鼠一样；嘴唇不大看得出；然而他那双乌黑的、水汪汪的大眼睛给人异样的印象，这双眼睛似乎想表达什么意思，可是语言（至少他的语言）却表达不出。他身材矮小，体格虚弱，穿得相当贫苦。最后一人万尼亚，我起初竟没有注意到：他躺在地上，安静地蜷伏在一条凹凸不平的席子底下，只是偶尔从席子底下伸出他那淡褐色的、鬈发的头来。这孩子至多不过七岁。

我就这样躺在一旁的灌木底下眺望这些孩子们。有一堆火上面挂着一只小锅子，锅子里煮着马铃薯。帕夫卢沙照看着它，正跪着用一条木片伸进沸腾的水里去试探。费佳躺着，把头支在一条胳膊肘上，敞开着上衣的衣襟。伊柳沙坐在科斯佳旁边，老是紧张地眯住眼睛。科斯佳略低下头，向远方的某处眺望。万尼亚在他的席子底下一动也不动。我假装睡着了。孩子们渐渐地又谈起话来。

起初他们谈着闲天，谈这样，谈那样，谈明天的工作，谈马。可是突然费佳转向伊柳沙，仿佛重新继续中断了的话头似的问他：

"喂，那么你真的看见过家神① 吗？"

"不，我没有看见过，人是看不见他的，"伊柳沙用嘶哑而微弱的声音回答，这声音同他脸上的表情再适合没有了，"不过我听见过……而且不止我一个人听见。"

"他在你们那儿的什么地方呢？"帕夫卢沙问。

"在那个旧的漉纸场② 里。"

"难道你们常常去造纸厂？"

"当然常常去的。我和我哥哥阿夫久什卡是磨纸工人③ 。"

"瞧你还是工人呢！……"

"那么，你怎样听见的呢？"费佳问。

---

① 根据民间的迷信传说，家神是一种神奇的怪物，每家都有。

② 漉纸场是造纸厂里的一处建筑物，工人们在这里从大桶里汲出纸浆来。这建筑物位于堤边，水车轮子下面。

③ 就是把纸磨平、刮光的人。（原注）

"是这么一回事。有一回，我和哥哥阿夫久什卡，还有米赫耶夫家的费奥多尔，还有斜眼伊瓦希卡，还有从红岗来的另一个伊瓦什卡，还有伊瓦什卡·苏霍鲁科夫，还有别的伙伴们，我们一共十来个人——整个工作班都在这里了，我们必须留在漉纸场上过一夜，本来用不着过夜，可是监工纳扎罗夫不许我们回家，他说：'伙计们，你们何必回家去呢。明天的活很多，伙计们，你们就别回去了吧。'我们就留下来，大家睡在一起，阿夫久什卡说起话来，他说：'伙伴们，家神来了怎么办？'……阿夫久什卡的话还没有说完，忽然有人在我们头上走动；我们躺在下面，他在上面走，在轮子旁边走。我们听见，他走着走着，他脚底下的板弯了，吱吱咯咯地响；后来他经过我们头上，忽然水哗啦哗啦地流到轮子上；轮子响了，响了，转动了；可是水宫①的闸本来是关好的。我们很奇怪：是谁把闸打开了，让水流出来？可是轮子转了一会儿，转了一会儿，就停止了。那家伙又走到上面的门边，还从扶梯上往下走，他走的时候好像不慌不忙的样子；扶梯板在他脚底下响得可厉害呢……于是，他走到我们门边来了，在那儿待了一会儿，待了一会儿，突然门一下子敞开了。我们吓了一大跳，一看——没有什么……忽然看见一只桶上的格子框②动起来，提上去，浸到水里，在空中移来移去，好像有人在洗它，后来又回到了原来的地方。接着，另一只桶上的钩子从钉子上脱落了，又搭上了。后来好像有人走到门口，忽然大声地咳呛起来，像一只羊，可是声音响得很……我们大家吓得挤成一堆，互相往身子底下钻……这一回可真把我们吓坏了！"

"有这样的事！"帕夫卢沙说，"他为什么要咳嗽呢？"

---

① 水流到轮子上去时所经过的地方，我们那里称之为"水宫"。（原注）
② 格子框是汲纸浆用的网状物。（原注）

"不知道，也许是受了湿气。"

大家沉默了一会儿。

"喂，"费佳问道，"马铃薯煮好了没有？"

帕夫卢沙试了一下。

"没有，还是生的……听，泼水的声音，"他把脸转向河的方面，接着说，"一定是梭鱼……瞧那儿有一颗小星落下去了。"

"不，小兄弟们，我讲一件事儿给你们听听，"科斯佳用尖细的声音说起话来，"你们听着，是前几天爸爸当着我面讲的。"

"好，我们听着。"费佳带着鼓励的态度说。

"你们都知道加夫里拉，大村的那个木匠吧？"

"嗯，嗯，知道的。"

"你们可知道，为什么他老是那么不快活，一直不讲话，你们知道吗？他那么不快活，是因为，有一回——爸爸说的，有一回，我的小兄弟们，他走到树林里去采胡桃，可就迷了路。他走到了——天晓得走到了什么地方，他走着，走着，我的小兄弟们，不行！找不到路。这时候已经夜深了。他就在一棵树底下坐下来。他说：让我在这儿等天亮吧。他坐下来，打瞌睡了。正打着瞌睡，忽然听见有人在叫他。一看，一个人也没有。他又打瞌睡，又叫他了。他再看，再看，看见他前面的树枝上坐着一个人鱼，正在摇摆着身子，叫他走过去；那人鱼自己笑着，笑得要死……月亮照得很亮，照得可真亮，清清楚楚的——我的小兄弟们，什么都看得见。她叫唤着他，她全身又亮又白，坐在树枝上，好像一条鳊鱼或者一条鮈鱼，要不然就像一条鲫鱼，也是那样白乎乎、银闪闪的……木匠加夫里拉发呆了，可是，我的小兄弟们，那人鱼只管哈哈大笑，老是向他招手，叫他过去。加夫里拉已经站起身来，想要听人鱼的话，可是，我的小兄弟，准是上帝点明了他，他就在自己身上画十字……可是他画十字好费力啊，我的小兄弟们。他说他的手简直像石头一样，转不过来……啊，真不容易啊！……他画了十字以后，我的伙伴们，那人鱼就不笑了，而是忽然哭起来……她哭着哭着，我的小兄弟们，就用头发来擦眼睛，她的头发是绿色的，就跟大麻一样。加夫里拉对她望着，望着，就开始问她：'树林里的精怪，你为什么哭？'那人鱼就对他说：'你不该画十字，'她说，'人啊，你应该和我快快乐乐地活到最后一天；可是现在我哭，我悲伤，因为你画了十字；而且我不单是一个人悲伤，我要你也悲伤到最后的一天。'她说了这话，我的小兄弟们，就不见了，加夫里拉马上懂得了怎样从树林里走出去……可是就从那个时候起，他一直不快活了。"

"嗨！"沉默了一会儿之后费佳说，"这个树林里的魔鬼怎么会伤害基督徒的灵魂，他不是没有听她的话吗？"

"就是这么说啊！"科斯佳说，"加夫里拉说的，她的声音那么尖细，那么悲惨，好像癞蛤蟆的声音。"

"你爸爸亲口讲的吗？"费佳继续说。

"亲口讲的。我躺在高板床①上，全都听见的。"

"真是怪事！他为什么不快活呢？……她一定是喜欢他，才叫他的。"

"啊，还喜欢他哩！"伊柳沙接着说，"说哪儿话！她想呵他痒，她就是想这样。她们这些人鱼就爱这一套。"

"这儿一定也有人鱼。"费佳说。

"不，"科斯佳回答，"这里是清净宽阔的地方。只是一点：河就在旁边。"

大家不再说话了。突然，远处传来一声拖长的、嘹亮的、像呻吟一般

---

① 俄罗斯农家屋子里装在炉子和侧壁之间的板床，有一人高。

的声音。这是一种不可名状的夜声，这种声音往往发生在万籁俱寂的时候，升起来，停留在空中，慢慢地散布开去，终于仿佛静息了。细听起来，好像一点声音也没有，然而还是响着。似乎有人在天边久久地叫喊，而另一个人仿佛在树林里用尖细刺耳的笑声来回答他，接着，一阵微弱的咝咝声在河面上掠过。孩子们面面相觑，哆嗦一下……

"上帝保佑我们！"伊柳沙轻声说。

"哈哈，你们这些笨家伙！"帕夫卢沙喊起来，"怕什么呢？看呀，马铃薯煮熟了。（大家坐到锅子跟前，开始吃那冒着热气的马铃薯。只有万尼亚一动也不动。）你怎么了？"帕夫卢沙说。

但是他并不从他的席子底下爬出来。锅子立刻空了。

"伙伴们，"伊柳沙开始说，"你们听到过前些时在我们瓦尔纳维齐地方发生的事吗？"

"是在堤坝上吗？"费佳问。

"对，对，在堤坝上，在那个冲坏了的堤坝上。那是一个不太平的地方，很不太平，而且又冷僻。周围都是凹地、溪谷，溪谷里常常有卡久利^①。"

"唔，发生了什么事呢？你讲呀……"

"发生了这么一回事。费佳，你也许不知道，我们那个地方葬着一个淹死的人，这人是在很久很久以前，那池塘还很深的时候淹死的。只是他的坟墓现在还看得见，不过也看不大清楚，这么一个土堆……就在前几天，管家把管猎狗的叶尔米尔叫来，对他说：'叶尔米尔，到邮局去一趟。'我们那儿的叶尔米尔是经常去邮局的。他把他的狗全都糟蹋死了：狗在他手里不知怎么的都活不长，简直从来没有养活过，不过他是个管猎狗的能手，什么都

---

① 奥廖尔方言，蛇。（原注）

做得好。于是叶尔米尔骑马去取邮件，可是他在城里耽搁了一些时间，回来的时候已经喝醉了。这天夜里很亮，月亮照得明晃晃的……叶尔米尔就骑着马经过堤坝——他一定得走这条路。管猎狗的叶尔米尔走着走着，看见那个淹死的人的坟上有一只小绵羊在那儿走来走去，长着一身白色的鬈毛，样子挺可爱的。叶尔米尔心里想："让我捉住它吧，干吗让它走失。"他就下了马，把它抱起来……那只羊倒也没有什么。叶尔米尔就走到马跟前，可是马一看见他就直瞪眼，打着响鼻，摇着头；可是他把它喝住了，带着小绵羊骑到它身上，继续向前走。他把羊放在自己面前。他对它看，那只羊也直盯着他的眼睛望。管猎狗的叶尔米尔害怕起来，他说，我从来不曾见过羊这样盯住人看；可是也没有什么；他就抚摩它的毛，嘴里说着："咩，咩！"那只羊忽然露出牙齿，也向他叫："咩，咩……'"

讲故事的人还没有说完这最后一句话，突然两只狗同时站起来，拼命地吠叫着，从火边冲出去，消失在黑暗中了。孩子们都害怕得要命。万尼亚从他的席子底下跳起来。帕夫卢沙叫喊着，跟着狗奔去。它们的吠声立刻远去了……只听见一群受惊的马慌乱的奔跑声。帕夫卢沙大声地叫喊："阿灰！阿汪！……"过了一会儿，吠声静息下去。帕夫卢沙的声音已经到了很远的地方……又过了不多时，孩子们困惑地面面相觑，似乎在等候什么事情发生……突然间传来一匹奔跑的马蹄声。这马蓦地站停在火堆旁，帕夫卢沙抓住鬃毛，敏捷地跳下马来。两只狗也跳进了光明的圈子里，立刻坐下，吐出了红舌头。

"那边怎么了？怎么一回事？"孩子们问。

"没什么，"帕夫卢沙向马挥一挥手，回答说，"大概是狗嗅到了什么。我想是狼吧。"他淡然地补说一句，用整个胸脯急促地呼吸着。

我不由得对帕夫卢沙欣赏了一会儿。他在这时候非常可爱。他那不漂亮的脸由于骑着马快跑而充满生气，泛露着刚强的勇气和坚毅的决心。他手里没有一根棍棒，在深夜里能毫不踌躇地独自去赶狼……"多么可爱的孩子！"我望着他，心里这样想。

"你们看见过狼吗？"胆小的科斯佳问。

"这里常常有许多狼，"帕夫卢沙回答，"可是它们只有在冬天才给人找麻烦。"

他又蜷伏在火堆前。他坐下去的时候，把手搭在一只狗的毛茸茸的后脑上，那得意的畜生带着感谢的骄傲斜看着帕夫卢沙，很久不回转头去。

万尼亚又钻进席子底下去了。

"伊柳沙，你给我们讲了那么可怕的事，"费佳说起话来，他是富裕的农人的儿子，所以常常带头说话（他自己很少说话，仿佛怕降低了自己的身份），"这两只狗也见鬼地叫起来了……的确，我听说，你们那个地方是不太平的。"

"瓦尔纳维齐吗？……还用说吗！当然很不太平！听说有人在那里不止一次看见从前的老爷——故世的老爷。听说他穿着长裙外套，老是叹着气，在地上寻找什么东西。有一回特罗菲梅奇老公公碰见了他，就问他：'伊万·伊万内奇老爷，您在地上寻找什么东西？'"

"他问他？"费佳吃惊地插嘴说。

"是的，问他。"

"啊，特罗菲梅奇到底胆子大……唔，那么那个人怎么说呢？"

"他说：'我寻找断锁草①。'声音低沉沉的，'断锁草。''伊万·伊万内奇老爷，您要断锁草做什么用啊？''压着我，'他说，'坟墓压着

---

① 断锁草是童话里的一种毒草，这草碰到锁，锁就折断。

我，特罗菲梅奇，我想走出来，走出来……"

"有这种事！"费佳说，"大概他没有活够。"

"真奇怪！"科斯佳说，"我以为只有在荐亡节才看得见死人呢。"

"随便什么时候都可以看见死人，"伊柳沙深信不疑地接着说，"据我所见，这个人对于乡村里的一切迷信，比别人知道得更清楚……不过在荐亡节，你可以看见这一年里要轮到他死的活人。只要夜里去坐在教堂门口的台阶上，不断地向路上望。在你面前路上走过的人，就是这一年里要死的人。去年我们那里的乌里扬娜婆婆到教堂门口的台阶上去过。"

"唔，她看见了什么人没有？"科斯佳怀着好奇心问。

"可不是。起初她坐了很久很久，没有看见一个人，也不听见什么……只是好像有一只狗老是在什么地方叫着，叫着……突然，她看见一个光穿一件衬衫的男孩在路上走。她仔细一看——是伊瓦什卡·费多谢耶夫在那里走……"

"就是春天死去的那个吗？"费佳插嘴问。

"正是他。他走着，不抬起头来……乌里扬娜可认出他来了……可是后来她再一看：看见一个女人在走。她仔仔细细地一看——啊呀，天哪！是她自己在路上走，是乌里扬娜自己。"

"真的是她自己？"费佳问。

"确实是她自己。"

"怎么，她不是没有死吗？"

"一年还没有过完呢。你瞧她，虚弱得不成样子了。"

大家又默不作声了。帕夫卢沙丢一把枯枝到火里去。它们在突然迸出的火焰里立刻变黑了，毕剥毕剥地爆响，冒出烟气，弯曲起来，烧着的一端往上翘。火光猛烈地颤抖着，向各方面映射，尤其是向上方。忽然不知从什么地方飞来一只白鸽，一直飞进这光圈里来，周身浴着通红的火光，惊惶地在原地盘旋了一会儿，又鼓着翅膀飞去了。

"这鸽子一定是迷失了家，"帕夫卢沙说，"现在只得飞着飞着，碰到什么地方，就在那里宿到天亮。"

"喂，帕夫卢沙，"科斯佳说，"这是不是一个虔诚的灵魂飞上天去，嗳？"

帕夫卢沙又投一把枯枝到火里去。

"也许是的。"最后他说。

"帕夫卢沙，我问你，"费佳开始说，"在你们沙拉莫沃地方也能看到天的预兆①吗？"

"就是太阳看不见了，对吗？当然能看到。"

"大概你们也吓坏了吧？"

"不光是我们。我们的老爷，虽然早就对我们说，'你们要看见预兆了'，可是到了天暗起来的时候，听说他自己也害怕得不得了。在仆人的屋子里，那厨娘一看见天暗起来，你猜怎么着，她就用炉叉把炉灶里的砂锅瓦罐统统打破，她说：'现在谁还要吃，世界的末日到了。'于是汤都流出来。在我们的村子里，阿哥，还有这样的传说，说是白狼要遍地跑，它们要吃人，猛禽要飞到，还会看见特里什卡②本人。"

"特里什卡是什么？"科斯佳问。

"你不知道吗？"伊柳沙热心地接着说，"喂，阿弟，你是哪儿人，连特里什卡都不知道的？你们村子里都是不懂事的人，真是不懂事的人！特里

---

① 那里的农人们称日食为"天的预兆"。（原注）

② 迷信传说中所谓"特里什卡"，大约是指关于世界末日前出现的反基督者的故事。（原注）

什卡是一个很奇怪的人，他就要来了；他这个人非常奇怪，来了之后抓也抓他不住，拿他毫无办法，是这样奇怪的一个人。譬如农人们想抓住他，拿了棍子去追他，把他包围起来，可是他有遮眼法——他遮蔽了他们的眼睛，他们就会自己互相厮打起来。譬如把他关在监狱里，他就要求在勺子里喝点水；等到人家把勺子拿给他，他就钻进勺子里，再也找不到了。要是用镣铐把他锁起来，只要他的手一挣，镣铐就掉在地上。就是这个特里什卡要走遍乡村和城市。这个特里什卡，这个狡猾的人，要来诱惑基督教徒了……唉，可是拿他毫无办法……他是这样一个奇怪而狡猾的人。"

"嗳，是的，"帕夫卢沙用他的从容不迫的声音继续说，"是这样一个人。我们那儿的人就是在等他出现。老年人都说，天的预兆一开始出现，特里什卡就要来了。后来预兆果然出现了。所有的人都走到街上，走到野外，等候事情发生。我们那儿，你们知道，是空旷而自由的地方。大家在那儿看，忽然从大村那边的山上来了一个人，样子真特别，头那么奇怪……大家高声喊叫起来：'啊，特里什卡来了！啊，特里什卡来了！'就都向四面八方逃散！我们的村长爬进了沟里；村长太太把身子卡在大门底下了，她大声喊叫，把自己的看家狗吓怕了，这狗挣脱了锁链，跳出篱笆，跑到树林里。还有库兹卡的父亲多罗费伊奇，他跳进燕麦地里，蹲下身子，急忙学起鹌鹑叫来，他说：'杀人的仇敌对于鸟也许会怜悯的。'大家都吓成这副样子！……哪知道走来的人是我们的箍桶匠瓦维拉，他新买一只木桶，就把这只空木桶戴在头上了。"

孩子们都笑起来，接着又沉默了一会儿，这是在旷野中谈话的人们所常有的情形。我望望四周：夜色庄重而威严；午夜的潮湿的凉气换成了午夜的干燥的温暖，夜还要长时间像柔软的帐幕一般挂在沉睡的田野上；离开清晨最初的喋喋声、沙沙声和簌簌声，离开黎明的最初的露水，还有许多时间。

天上没有月亮。这些日子月亮是升得很迟的。无数金色的星星似乎都在竞相闪烁着流向银河方面去。的确，你望着它们，仿佛隐约地感觉到地球在飞速不断地运行……一种奇怪的、尖锐而沉痛的叫声，忽然接连两次地从河面上传来，过了一会儿，又在远方反复着。……

科斯佳哆嗦了一下："这是什么？"

"这是苍鹭的叫声。"帕夫卢沙泰然地回答。

"苍鹭，"科斯佳重复一遍，"帕夫卢沙，我昨天晚上听见的是什么？"他略停了一会儿又说："你也许知道的……"

"你听见些什么？"

"我听见的是这样。我从石岭到沙什基诺去。起初一直在我们的榛树林里走，后来走到了一片草地上——你知道吗，就是溪谷里转一个大弯的地方——那儿不是有一个水坑①吗，你知道，坑上还长满了芦苇。我就从这水坑旁边走过，我的小兄弟们，忽然听见这水坑里有一个东西呜呜地叫起来，声音凄惨得很，真凄惨，呜——呜……呜——呜……呜——呜！我吓坏了，我的小兄弟们！时候已经很晚了，而且声音是那么可怜。我真要哭出来了……这到底是什么东西呢？嗳？"

"前年夏天，有些强盗把守林人阿基姆淹死在这水坑里了，"帕夫卢沙说，"也许是他的鬼魂在那里诉苦。"

"原来是这样，我的小兄弟们，"科斯佳睁大了他那双本来就很大的眼睛，这样说，"我原先不知道阿基姆淹死在这水坑里，要是知道了，还要害怕呢。"

"不过，听人家说，那里有些很小的蛤蟆，"帕夫卢沙继续说，"这些

---

① 坑，是一个很深的坑，里面积着春汛过后留下来的春水，这水到夏天也不干枯。（原注）

蛤蟆叫起来很凄惨。"

"蛤蟆？啊，不，那不是蛤蟆……怎么会是……（苍鹭又在河面上叫了一声）哎，这家伙！"科斯佳不由地说出，"好像是林妖在叫。"

"林妖不会叫的，他是哑巴，"伊柳沙接着说，"他只会拍手，噼噼啪啪地响……"

"怎么，你看见过吗，看见过林妖的吗？"费佳用嘲笑的口吻打断了他的话。

"不，没有看见过，千万别让我看见吧；可是别人看见过。前几天我们那儿有一个农人给他迷住了：他领着他走，领着他在树林里走，老是在一块地上打圈子……好容易到了天亮的时候才回到家里。"

"那么他看见他了吗？"

"看见了。他说很大很大，黑魆魆的，身子裹着，好像藏在树背后，不大看得清楚，好像在躲着月光，一双大眼睛望着，望着，一眨一眨的……"

"啊哟！"费佳轻轻地哆嗦一下，耸一耸肩膀，这样叫出来，"呸！……"

"这坏东西为什么要生到世界上来？"帕夫卢沙说，"真是！"

"不要骂，当心会让他听见的。"伊柳沙说。

大家又默不作声了。

"看呀，看呀，伙伴们，"忽然传出万尼亚的幼童的声音，"看天上的星星呀——像蜜蜂那样挤在一起！"

他从席子底下探出他那娇嫩的小脸来，用小拳头支撑着，慢慢地抬起他那双沉静的大眼睛。所有的孩子的眼睛都仰望天空，好一会儿不低下来。

"喂，万尼亚，"费佳亲切地说，"你的姐姐阿纽特卡身体好吗？"

"身体好的。"万尼亚回答，他的发音有些模糊不清。

"你跟她说，她为什么不到我们那里来玩？……"

"我不知道。"

"你跟她说，叫她来玩。"

"我跟她说吧。"

"你跟她说，我有礼物送给她。"

"你送不送我？"

"也送给你。"

万尼亚透一口气。

"算了，我不要。你还是送给她吧。她待我们真好。"

万尼亚又把他的头靠在地上了。帕夫卢沙站起来，手里端了那只空锅子。

"你到哪里去？"费佳问他。

"到河边去打点水，我想喝点水。"

两只狗站起来，跟着他去了。

"当心，别掉在河里！"伊柳沙在后面喊他。

"他怎么会掉？"费佳说，"他会留神的。"

"对，他会留神的。可是事情很难说，他弯下身去打水的时候，水怪就会抓住他的手，把他拖下去。后来人家就说，这个人掉在水里了……其实哪里是掉下去的？……"他倾听一下，接着说："听，他钻进芦苇里去了。"

芦苇的确在那里分开来，发出窸窸窣窣的声音。

"真有这回事吗，"科斯佳问，"说是那个傻子阿库林娜自从掉在水里之后就发疯了？"

"正是从那时候起的……现在成了什么样子！可是听说，她从前是一个美人呢。水怪把她毁了。他大概没有想到人家会这样快把她救起来。他就在水底下把她毁了。"

（这个阿库林娜我也碰见过不止一次。她身上遮着些破衣烂衫，样子瘦得可怕，脸像煤一样黑，目光迷迷糊糊的，永远龇着牙，她常常一连几小时地在路上的某处踏步，把瘦骨嶙峋的手紧紧地贴在胸前，像笼中的野兽一般慢慢地倒换着两只脚。无论对她说什么，她都不懂，只是有时神经质地哈哈大笑。）

"听说，"科斯佳继续说，"阿库林娜因为情人欺骗了她才跳河的。"

"正是为了这个。"　．

"你记得瓦夏吗？"科斯佳悲哀地接着说。

"哪个瓦夏？"费佳问。

"就是淹死的那个，"科斯佳回答，"就在这条河里。这小男孩可真好！咳，这小男孩真好！他妈费克利斯塔才疼爱他呢，才疼爱瓦夏呢！她，费克利斯塔，好像预先感觉到他要在水里遭殃的。夏天，有时候瓦夏跟我们小伙伴们一同到河里去洗澡，她就浑身发起抖来。别的女人都没有什么，各自拿了洗衣盆摇摇摆摆地从旁边走过，费克利斯塔可不，她把洗衣盆放在地上，叫他：'回来，回来，我的宝贝！啊，回来呀，我的心肝！'天晓得他是怎样淹死的。他在岸边玩儿，他妈也在那里，在耙干草；忽然听见好像有人在水里吐气泡——一看，已经只有瓦夏的帽子浮在水面上了。就从这时候起，费克利斯塔神经错乱了：她常常去躺在她儿子淹死的地方。她躺在那儿，我的小兄弟们，还唱起歌来——你们可记得，瓦夏常常唱这么一支歌——她也就唱这支歌，她还哭哭啼啼地向上帝诉苦……"

"瞧，帕夫卢沙来了。"费佳说。

帕夫卢沙手里拿着盛满水的锅子，走近火堆边来。

"喂，伙伴们，"他沉默了一会儿，开始说，"事情不妙呢。"

"什么事？"科斯佳连忙问。

"我听见了瓦夏的声音。"

所有的人都猛然哆嗦一下。

"你怎么了，你怎么了？"科斯佳嘟哝地说。

"真的呢。我刚刚向水面弯身下去，忽然听见瓦夏的声音在叫我，好像是从水底下发出来的：'帕夫卢沙，喂，帕夫卢沙，到这儿来。'我退了几步。可还是去打了水。"

"啊呀，天哪！啊呀，天哪！"孩子们画着十字说。

"这是水怪在叫你呀，帕夫卢沙，"费佳说，"我们刚才正在谈他，正在谈瓦夏呢。"

"唉，这不是好兆头。"伊柳沙从容不迫地说。

"唔，没有关系，让它去吧！"帕夫卢沙坚决地说，重新坐了下来，"一个人的命运是逃不了的。"

孩子们都安静下来。显然是帕夫卢沙的话给了他们深刻的印象。他们开始横卧在火堆面前，仿佛准备睡觉了。

"这是什么？"科斯佳突然抬起头来问。

帕夫卢沙倾听一下。

"这是小山鹬飞过发出的叫声。"

"它们飞到哪儿去？"

"飞到一个地方，听说那儿是没有冬天的。"

"有这样的地方吗？"

"有的。"

"很远吗？"

"很远很远，在暖海的那边。"

科斯佳透一口气，闭上了眼睛。

自从我来到孩子们的地方，已经过了三个多钟头了。月亮终于升起来了。我没有立刻注意到它，因为它只是个月牙儿。这没有月光的夜晚似乎仍旧像以前一样壮丽……但是不久以前还高高地挂在天心的许多星星，已经倾斜到大地的黑沉沉的一边去了；四周的一切全都肃静无声，正像将近黎明的时候一切都肃静的样子：一切都沉浸在黎明前的寂静的酣睡中。空气中已经没有强烈的气味，其中似乎重又散布着湿气……多么短促的夏夜！……孩子们的谈话和火同时停息了……连狗也打起瞌睡来；在微弱而幽暗的星光下，我看得出马也在低着头休息……轻微的倦意支配了我，倦意又转变为瞌睡。

一阵清风从我脸上拂过。我睁开眼睛，天色已经破晓。还没有一个地方泛出朝霞的红晕，但是东方已经发白了。四周的一切都看得见了，虽然很模糊。灰白色的天空亮起来，蓝起来，寒气也加重了；星星有时闪着微光，有时消失；地上潮湿起来，树叶出汗了，有的地方传来活动的声音，微弱的晨风已经在地面上游移。我的身体用轻微而愉快的颤抖来响应它。我迅速地站起身，走到孩子们那边。他们都像死一样地睡在微燃的火堆周围；只有帕夫卢沙抬起身子，向我凝神注视一下。

我向他点点头，沿着烟雾茫茫的河边回家去了。我还没有走上两俄里，在我的周围，在广阔而濡湿的草地上，在前面那些发绿的小丘上，从树林到树林，在后面漫长的尘埃的道路上，在闪闪发亮的染红的灌木丛上，在薄雾底下隐隐发蓝的河面上——都流注了清新如燃的晨光，起初是鲜红的，后来是大红的、金黄色的……一切都蠢动了，觉醒了，歌唱了，喧哗了，说话了。到处都有大滴的露珠像辉煌的金刚石一般发出红光；清澄而明朗的，仿佛也被早晨的凉气冲洗过的钟声迎面传来，忽然一群休息过的马由那些熟悉的孩子们赶着，从我旁边疾驰过去……

遗憾得很，我必须附说一句：帕夫卢沙就在这一年内死了。

他不是淹死的，是坠马而死的。可惜，这个出色的孩子！

美人梅奇河①的卡西扬

我坐着一辆颠簸的小马车打猎归来，被云翳的夏日的闷热所困恼（大家都知道，在这种日子，有时往往比晴朗的日子热得更难受，尤其是在没有风的时候），打着瞌睡，摇晃着身子，闷闷不乐地忍耐着，任凭燥裂而震响的轮子底下碾坏的道路上不断地扬起来的细白灰尘侵犯我的全身。忽然，我的马车夫的异常不安的情绪和惊慌的动作唤起我的注意，他在这刹那以前是比我更沉酣地打着瞌睡的。他连扯了几次缰绳，在驾车台上手忙脚乱起来，又开始吆喝着马，时时向一旁眺望。我向周围一看，我们的马车正走在一片宽广的、犁过的平原上；有些不很高的、也是犁过的小丘，形成非常缓和的斜坡，一起一伏地向这平原倾斜；一望可以看到大约五俄里的荒凉的旷野；在远处，只有小小的白桦林的圆锯齿状的树梢，打破了差不多是直线的地平线。狭窄的小路蜿蜒在原野上，隐没在洼地里，环绕着小丘，其中有一条，在前面五百步的地方和我们的大路相交叉，我看见这条小路上有一队行列。我的马车夫所眺望的就是这个。

这是出殡。在前面，一个教士坐在一辆套着一匹马的马车里，慢慢地前进；一个教堂执事坐在他旁边赶车；马车后面有四个农人，不戴帽子，扛着盖白布的棺材；两个女人走在棺材后面，其中一人的尖细而悲戚的声音突然

---

① 美人梅奇河是图拉省东部的一条河流，是顿河的支流。这条河的特色是蜿蜒曲折，河岸高而峻，旧俄人们习惯称它为"美人梅奇河"。

传到我耳朵里。我倾听一下，她正在边数落边哭着。这抑扬的、单调的、悲哀绝望的音调，凄凉地散布在空旷的原野中。马车夫催促着马——他想超过这行列。在路上碰见死人，是不祥之兆。他果然在死人还没有走上大路之前超过了他们；但是我们还没有走出一百步，忽然我们的马车猛地震动一下，倾侧了，几乎翻倒。马车夫勒住了正在快跑的马，挥一挥手，啐了一口。

"怎么了？"我问。

我的马车夫一声不响，不慌不忙地爬下车去。

"到底怎么了？"

"车轴断了……磨坏了。"他阴郁地回答。突然愤怒地整理一下副马的皮马套，使得那匹马完全偏斜到一旁，然而它站稳了，打了一个响鼻，抖擞一下，泰然地用牙齿搔起它的前面的小腿来。

我走下车，在路上站了一会儿，茫然地陷入了不快的困惑状态。右面的轮子差不多完全压在车子底下了，仿佛带着沉默的绝望把自己的毂伸向上面。

"现在怎么办呢？"最后我问。

"都怪它！"我的马车夫说着，用鞭子指着已经转入大路而正在向我们走近的行列，"我以前一直留心着这个，"他继续说，"这个预兆真灵——碰到死人……真是。"

他又去打扰那匹副马。副马看出他心绪不佳，态度严厉，决心一动不动地站着，只是偶尔谦逊地摇摇尾巴。我前后徘徊了一下，又站定在轮子前面了。

这时候死人已经赶上我们。路被我们阻住，这悲哀的行列就慢慢地从大路上折到草地上，经过我们的马车旁边。我和马车夫脱下帽子，向教士点头行礼，和抬棺材的人对看了一下。他们费力地跨着步子，他们的宽阔的胸脯高高地起伏着。走在棺材后面的两个女人之中，有一个年纪很老，面色苍白；她那呆滞的、由于悲哀而剧烈地变了相的容貌，保持着严肃而庄重的表情。

她默默地走路，有时举起一只瘦削的手来按住薄薄的凹进的嘴唇。另一个女人是一个年约二十五岁的少妇，眼睛润湿而发红，整个面孔都哭肿了；她经过我们旁边的时候，停止了号哭，用衣袖遮住了脸……但是当死人绕过我们的旁边，再走上大路的时候，她那悲戚的、动人心弦的曲调又响起来了。我的马车夫默默地目送那规则地摇摆着的棺材过去之后，向我转过头来。

"这是木匠马丁出丧，"他说，"就是里亚博沃的那个。"

"你怎么知道？"

"我看见了那两个女人才知道的。年纪老的那个是他的母亲，年纪轻的那个是他的老婆。"

"他是生病死的吗？"

"是的……生热病……前天管家派人去请医生，可是医生不在家……这木匠是个好人；稍微喝点酒，可是他是一个好木匠。你瞧他的女人多伤心……不过，当然喽，女人的眼泪是不值钱的。女人的眼泪像水一样……真是。"

他弯下身子去，爬过副马的缰绳底下，双手握住了马轭。

"可是，"我说，"我们怎么办呢？"

我的马车夫先把膝盖顶住辕马的肩部，把轭摇了两摇，整理好了辕鞍，然后又从副马的缰绳底下爬出来，顺手把马脸推一把，走到了车轮旁边。他到了那里，一面注视着车轮，一面慢吞吞地从上衣的衣裾底下拿出一只扁扁的桦树皮鼻烟匣来，慢吞吞地拉住皮带，揭开盖子，慢吞吞地把他的两根肥胖的手指伸进匣子里去（两根手指也还是勉强塞进去的），揉一揉鼻烟，先把鼻子歪向一边，便从容不迫地嗅起鼻烟来，每嗅一次，总发出一阵拖长的呼哧呼哧声，然后痛苦地把充满泪水的眼睛眯起来或者眨动着，深深地陷入了沉思。

"喂，怎么样？"最后我问。

我的马车夫把鼻烟匣子小心地藏进衣袋里，不用手帮助而只是动动脑袋把帽子抖落在眉毛上，然后一股心思地爬上驾车台去。

"你打算上哪儿去呀？"我不免惊奇地问他。

"您请坐吧。"他坦然地回答，拿起了缰绳。

"可是我们怎么能走呢？"

"能走的。"

"可是车轴……"

"您请坐吧。"

"可是车轴断了……"

"断是断了，可是我们可以勉强走到新村……当然得慢慢地走。在那儿，树林后面，右边有一个新村，叫作尤迪内。"

"你认为我们到得了吗？"

我的马车夫并没有赏给我一个答复。

"我还是步行的好。"我说。

"随您的便吧……"

于是他挥一下鞭子。马起步了。

我们果然到达了新村，虽然右边前面的轮子勉强支持而且转动得特别奇怪。在一个小丘上，这轮子几乎脱落。但是我的马车夫用愤怒的声音吼叫一声，我们才平安地下来了。

尤迪内新村由六所低小的农舍组成，这些农舍已经歪斜了，虽然建造得大概并不久——农舍的院子还没有全部围好篱笆。我们的车子进入这新村，没有遇见一个人；路上鸡都不见一只，连狗也没有，只有一只黑色的短尾狗在我们面前匆忙地从一个完全干了的洗衣槽里跳出来（它大概是被口渴所驱使而走进这槽里去的），一声也不叫，慌慌张张地从大门底下跑进去。我走进第一所农舍，开了通穿堂的门，叫唤主人——没有人回答我。我又叫唤一次，一只猫的饥饿的叫声从另一扇门里传出。我用脚把门踢开，一只很瘦的猫在黑暗中闪烁一下碧绿的眼睛，从我身旁溜过。我把头伸进房里去一看：黑洞洞的，烟气弥漫，空无一人。

我走到院子里，那里也没有一个人……栅栏里有一头小牛在那里哞哞地叫，一只跛脚的灰鹅一瘸一瘸地向旁边拐了几步。我又走进第二所农舍——第二所农舍里也没有人，我就走到院子里……

在阳光普照的院子的正中央，在所谓最向阳的地方，有一个人脸向着地，用上衣蒙着头，躺在那里。据我看来，这像是一个男孩。离开他若干步的草檐下，一辆瞥脚的小马车旁边，站着一匹套着破烂马具的瘦小的马。阳光穿过破旧的屋檐上狭小的洞眼流注下来，在它那蓬松的、枣红色的毛上映出一小块一小块明亮的斑点。在近旁一只高高的椋鸟笼里，椋鸟叽叽喳喳地叫着，从它们的高空住宅里带着平静的好奇心往下眺望。我走到睡着的人旁边，开始唤他醒来……

他抬起头，看见了我，马上跳起来……"什么……你要什么？怎么回事？"他半睡不醒地嘟哝着。

我没有立刻回答他，因为他的外貌把我吓坏了。请想象一个年约五十岁的矮人，瘦小而黝黑的脸上全是皱纹，鼻子尖尖的，一双褐色的眼睛小得不大看得出，鬈曲而浓密的黑发像香菌的伞帽一般铺在他的小头上。他的身体非常虚弱而瘦削，他的目光的特殊和怪异，无论如何不可能用言语描写出来。

"你要什么？"他又问我。

我就把这件事讲给他听。他听我讲，一双眼睛慢慢地眨着，一直盯住我看。

"你能不能替我们弄到一个新的车轴？"最后我说，"我愿意付钱。"

"可是你们是干什么的？是不是打猎的？"他把我从头到脚打量一番，

这样问。

"是打猎的。"

"你们一定是打天上的鸟？……树林里的野兽？……你们杀上帝的鸟，流无辜的血，不是罪过吗？"

这奇怪的小老头说起话来语调拖长。他的声音也使我吃惊。在这声音里不但听不出一点衰老，而且有可惊的甘美、青春和差不多女性一样的柔和。

"我没有车轴，"他略微沉默一下之后又说，"这是不合用的（他指着他那辆小马车），你们的马车大概是大的吧？"

"那么在村子里可以找到吗？"

"这哪儿算得上村子！……这儿没有一个人有车轴……而且也没有一个人在家——都干活去了。你们走吧。"他忽然这样说，又躺在地上了。

我完全没有料到这样的结果。

"喂，老人家，"我拍拍他的肩膀，说，"劳驾，帮个忙。"

"上帝保佑，你们走吧！我累了——到城里去了一趟。"他对我说，就把上衣拉到头上。

"劳驾啦，"我继续说，"我……我会付钱的。"

"我不要你的钱。"

"帮个忙吧，老人家……"

他爬起来，盘起两条瘦腿坐着。

"或许我可以领你到林垦地①去。那儿有商人买了一片树林——真作孽，砍掉了树林，盖了一个事务所，真作孽。你可以在那儿叫他们定做一个车轴，或者买一个现成的。"

————————————————

① 林中伐去树木的地方。（原注）

"那好极了！"我高兴地叫起来，"好极了！……我们去吧。"

"橡树木的车轴，很好的。"他继续说，并不站起身来。

"到那林垦地远不远？"

"三俄里。"

"没关系！我们可以坐你的小马车去。"

"不行啊……"

"啊，我们走吧，"我说，"走吧，老人家！马车夫在街上等我们呢。"

老头儿不乐意地站起来，跟我走到了街上。我的马车夫正在怒气冲冲，因为他想给马喝水，但是井里水少得很，味道又不好，而照马车夫们说法，这是头等大事……然而他一看见那老头儿，就咧着嘴笑起来，点点头，喊道：

"啊，卡西扬！你好！"

"你好，叶罗费，正直的人！"卡西扬用消沉的声音回答。

我立刻把他的建议告诉了马车夫。叶罗费表示赞同，就把马车赶进院子去。当他用熟练的手法忙着拆除马具的时候，那老头儿肩靠大门站着，露出不愉快的样子，有时向他望望，有时向我望望。他仿佛在那里惶惑不安——据我看来，他不很喜欢我们这种不速之客。

"你也给迁移过来了吗？"叶罗费在卸去马轭的时候突然问他。

"我也给迁移过来了。"

"咳！"我的马车夫从牙缝中含糊地说，"你知道吗，木匠马丁……你不是认识里亚博沃的马丁的吗？"

"认识的。"

"嘿，他死啦。我们刚才碰见他的棺材。"

卡西扬哆嗦一下。

"死了？"他说着，低下了头。

"可不是死了。你为什么不医好他呢，嗳？人家都说你会医病的，你是医生。"

我的马车夫显然是在拿老头儿开玩笑，在挖苦他。

"怎么，这是你的马车吗？"他又接着说，用肩膀来指着它。

"是我的。"

"唉，马车……马车！"他反复说着，拿起它的车杆，几乎把它翻了个身……"马车！……用什么送你们到林垦地去呢？……在这车杆上我们的马是套不上的。我们的马都很大，可是这算是什么呀？"

"我可不知道，"卡西扬回答，"该用什么载你们去……要么就用这头牲口吧。"他叹一口气，这样补说一句。

"用这头牲口？"叶罗费接着说，就走近卡西扬那匹劣马去，轻蔑地用右手的中指戳戳它的颈子。"瞧，"他带着责备的态度说，"睡着了，这笨家伙！"

我要求叶罗费赶快把它套好。我想自己跟卡西扬到林垦地去，因为那里常有松鸡。后来那辆小马车完全套好了，我就带了我的狗，凑合坐在那树皮做成的凹凸不平的车身里，卡西扬缩作一团，脸上带着以前那副忧郁的表情，也坐在前面的车杆上。这时候叶罗费走到我跟前，带着神秘的样子轻声地说：

"老爷，您跟他一同去，那很好。您可知道他这人很怪，他是个疯子呀，他的外号叫作跳蚤。我不知道您怎么会理解他……"

我想告诉叶罗费，卡西扬直到现在为止，在我看来是一个很明白道理的人。但是我的马车夫立刻用同样的声音继续说：

"您只要留神，看他是不是带您到那地方去。车轴请您自己选，要一根结实些的车轴……喂，跳蚤，"他高声地接着说，"你们这里可以弄点儿面包吃吗？"

"你去找吧，也许会找到的。"卡西扬回答，扯一扯缰绳，我们就出发了。

真出乎我意料，他的马跑得很不坏。一路上卡西扬保持固执的沉默，断断续续地、不情不愿地回答我的问话。我们不久就到达了林垦地，又在那里找到了事务所—— 一所高高的木房子，孤零零地建立在用堤坝草草拦截成池塘的小溪谷上。我在这事务所里遇见两个青年伙计，他们的牙齿都像雪一样白，眼睛甜蜜蜜的，说话又甜又伶俐，笑容甜蜜而又狡猾。我向他们买了一根车轴，就出发到林垦地去。我以为卡西扬将留在马的地方等我，但是他突然走近我来。

"怎么，你去打鸟吗？"他说，"啊？"

"是的，如果找得到的话。"

"我跟你一块儿去……可以吗？"

"可以，可以。"

我们就去了。伐去树木的地方一共约有一俄里。老实说，我对卡西扬看，比对我的狗看得更多。他真不愧外号叫跳蚤：他那乌黑的、毫无遮盖的小头（然而他的头发可以代替任何帽子）在灌木丛中忽隐忽现；他走起路来特别灵巧，仿佛一直是跳着走的，常常俯下身去，摘些草揣在怀里，自言自语地嘟哝几句；又老是向我和我的狗注视，目光里显出一种努力探求的异常的神色。在矮矮的灌木丛中和林垦地上，常常有一些灰色的小鸟，这些小鸟不断地从这棵树转到那棵树上，啾啾地叫着，忽高忽低地飞行。卡西扬模仿着它们，同它们相呼应；一只小鹌鹑吱吱地叫着从他脚边飞起，卡西扬也跟着它吱吱地叫起来；云雀鼓着翅膀，响亮地歌唱着，向他头顶飞落——卡西扬接唱了它的歌。他一直不和我说话……

天气很好，比以前更好了，但是暑热仍未减退。在明澄的天空中，高高的薄云极缓慢地移行着，像春天最后的雪那样发乳白色，像卸下的风帆那样扁平而细长。它们那像棉花般蓬松而轻柔的花边，慢慢地但又显著地在每一瞬间发生变化：这些云正在融化，它们没有落下阴影来。我和卡西扬在林垦地上走了很久。还没有长过一俄尺①高的嫩枝，用它们的纤细而光滑的茎来围绕着发黑的矮树桩；有灰色边缘的圆形的海绵状木瘤，就是那可以煮成火绒的木瘤，贴附在这些树桩上；草莓在这上面抽出粉红色的卷须；蘑菇也在这里繁密地聚族而居。两只脚常常绊住那些饱受烈日的长长的草；树上有微微发红的嫩叶射出金属般的强烈的闪光，使人眼花缭乱；到处有一串串浅蓝色的野豌豆、金黄色花萼的毛茛、半紫半黄的蝴蝶花，斑斓悦目。在红色的小草标示出一条条车轮痕迹的荒径旁边，有几处地方矗立着由于风吹雨打而发黑了的、以一立方俄丈②为单位的许多木材；这些木材堆上投下斜方形的淡淡的阴影来——此外没有一个地方有别的阴影。微风有时吹动，有时又静息了；忽然一直扑到面上，仿佛要刮大风了——四周一切都愉快地呼啸、摇摆、动荡起来，羊齿植物的柔软的尖端袅娜地摇动——你正想享受这风……但它忽然又停息，一切又都静止了。只有蚱蜢齐声吱吱叫着，仿佛激怒了似的——这种不停不息的、萎靡而干巴巴的叫声使人感到困疲。这叫声和正午的顽强的炎热很相配。它仿佛是这炎热所产生的，是这炎热从晒焦的大地里唤出来的。

我们一窝鸟都没有碰到，终于来到了一处新的林垦地。在那里，新近砍倒的白杨树悲哀地横卧在地上，把青草和小灌木都压在自己身子底下；其中有几棵白杨树上的叶子还是绿色的，但已经死了，憔悴地挂在一动不动的树枝上；别的白杨树上的叶子则都已经干枯而且卷曲了。新鲜的、淡金色的木

---

① 一俄尺合 0.71 米。

② 一俄丈合 2.134 米。

片，堆积在润湿的树桩旁边，发出一种特殊的、非常好闻的苦味。在远处，靠近树林的地方，斧头钝重地响着，一棵葱茏的树木鞠躬似的伸展着手臂，庄严地、徐徐地倒下来……

我一直没有找到一只野禽。最后，从一片宽阔的满生着苦艾的橡树丛中飞出一只秧鸡来。我打了一枪，它在空中翻了个身，便掉下来。卡西扬听见枪声，连忙用手遮住眼睛，一动也不动，直到我装好枪，拾起秧鸡为止。我走开之后，他走到被打死的鸟落下来的地方，俯身在撒着几滴血的草地上，摇摇头，恐怖地向我看一眼……后来我听见他轻声地说："罪过！……唉，这真是罪过！"

炎热终于逼得我们走进树林里去。我投身在一丛高高的榛树下，在这树丛上面，有一棵新生的、整齐的槭树翩翩然扩展着它那轻盈的树枝。卡西扬在一棵砍倒的白桦树粗壮的一端上坐下。我对他看。树叶在高处微微地摇晃，它们的淡绿色的阴影，在他那胡乱地裹着深色上衣的羸弱的身体上和他那瘦小的脸上徐徐地移来移去。他不抬起头来。我厌倦于他的沉默，便仰卧了，开始欣赏那些交互错综的树叶在明亮的高空中做和平的游戏。仰卧在树林里向上眺望，是一件非常有趣的事！你似乎觉得你在眺望无底的海，这海广阔地扩展在你的"下面"，树木不是从地上升起，却仿佛是巨大的植物的根，从上面挂下去，垂直地落在这玻璃一般明亮的波浪中；树上的叶子有时像绿宝石一般透明，有时浓重起来，变成金黄色的墨绿。在某处很远很远的地方，细枝的末端有一片单独的叶子，一动不动地衬托着一小块透明的淡蓝色的天空，它旁边另一片叶子在摇晃着，好像潭里的鱼儿在跳动，这动作仿佛是自发的，不是被风吹的。一团团的白云像魔法的水底岛屿一般静静地飘浮过来，静静地推移过去。忽然这片海，这炫目的空气，这些浴着日光的树枝和树叶，全部动荡起来，闪光一般震撼起来，接着就发出一种清新的、抖动的簌簌声，好像是突然来袭的微波连续不断的细碎的拍溅声。你一动也不动，你眺望着，心中的欢喜、宁静和甘美，是言词所不能形容的。你眺望着，这深沉而纯洁的蔚蓝色天空在你嘴唇上引起同它一样纯洁的微笑；一连串幸福的回忆徐徐地在心头通过，就像云在天空移行，又仿佛同云一起移行；你只觉得你的眼光愈去愈远，拉着你一同进入那安静的、光明的深渊中，而不可能脱离这高处、这深处……

"老爷，喂，老爷！"突然卡西扬用他那嘹亮的声音说起话来。

我惊异地抬起身子。他在这以前不大肯回答我的问话，忽然自己说起话来了。

"什么事？"我问。

"喂，你为什么要打死这只鸟？"他直望着我的脸，开始说。

"什么为什么？……秧鸡——这是野味，可以吃的啊。"

"你不是为了这个打死它的，老爷，你才不会去吃它呢！你是为了取乐才打死它的。"

"你自己不是也吃鹅或者鸡之类的东西吗？"

"那些东西是上帝规定给人吃的，可是秧鸡是树林里的野鸟。不单是秧鸡，还有许多，所有树林里的生物、田野里和河里的生物、沼地里和草地上的、高处和低处的——杀死它们都是罪过，应该让它们活在世界上直到它们寿终……人吃的东西另外有规定，人另外有吃的东西和喝的东西：粮食——上帝的惠赐——和天降下来的水，还有祖先传下来的家畜。"

我惊奇地望着卡西扬。他的话流畅地进出来，他一句话也不须踌躇，他说话时显出沉静的兴奋和温和的严肃，有时闭上眼睛。

"那么，照你看来杀鱼也是罪过吗？"我问。

"鱼的血是冷的，"他深信不疑地回答，"鱼是哑的生物。它没有恐怖，没有快乐。鱼是不会说话的生物。鱼没有感觉，它身体里的血也不是活的……血，"他略停一会儿，继续说，"血是神圣的东西！血不能见到天上的太阳，血要回避光明……把血暴露在光天化日之下，是极大的罪恶，是极大的罪恶和恐怖……唉，真作孽！"

他叹一口气，低下了头。我向这奇怪的老头儿看看，实在觉得十分惊异。他的话不像是农民说的，普通人不会说这样的话，饶舌的人也不会说这样的话。这种语言是审慎、庄重而奇特的……我从来没有听见过这样的话。

"卡西扬，请告诉我，"我开始说，眼睛一直没有离开他那微微发红的脸，"你是干什么行业的？"

他不立刻回答我的问话。他的眼光不安地转动了一会儿。

"我依照上帝的命令生活着，"最后他说，"至于行业——不，我不干什么行业。我这人很不懂事，从小就是这样，能干活的时候就干活，我干活干得很不好……我哪里行！我身体不好，一双手又很笨。在春天的时候，我捉夜莺。"

"捉夜莺？……你不是说过，所有树林里和田野里和其他地方的生物都是碰不得的吗？"

"杀死它们的确不可以，死是自然来到的。就拿木匠马丁来说吧。木匠马丁曾经活着，可是没有活得长久就死了。他的妻子现在为了丈夫，为了年幼的孩子痛苦极了……在死面前，没有一个人，没有一个生物能蒙混过去。死并不跑来找你，可是你也逃不掉它，但帮助死是不应该的……我并不杀夜莺——决不！我捉它们来，不叫它们受苦，不伤害它们的性命，而是让人高兴高兴，得到慰藉和愉快。"

"你到库尔斯克^①去捉夜莺吗？"

"我到库尔斯克去，有时候也到更远的地方去。在沼地里和森林里过夜，独自在野外和荒僻的地方过夜；那里有鹬鸟啾啾地啼着，那里有兔子吱吱地叫着，那里有鸭子嘎嘎地叫着……我晚上留神看，早上仔细听，天亮时就在灌木丛上撒网……有的夜莺唱歌唱得那么凄凉、婉转……真凄凉。"

"你拿它们来卖钱吗？"

"卖给心地善良的人。"

"你还做些什么事呢？"

"做些什么事？"

"你干什么活儿？"

老头儿沉默了一下。

"我什么活儿也不干……我干活干得很不好。可是我识字。"

"你识字？"

"我识字。上帝和心地善良的人帮助我。"

"你有家眷吗？"

"没有，没有家眷。"

"为什么呢？……都死了，是吗？"

"不，是这样的。我的命不好——这全是上帝的意旨，我们大家都在上帝的意旨下过日子；可是做人必须正直——这才对啦！也就是说，要合上帝的心意。"

"你有亲戚吗？"

"有的……嗯……是的……"

---

① 库尔斯克地方产一种夜莺，鸣声甚美，被视为珍品。

老头儿讷讷地说不出口了。

"请告诉我，"我开始说，"我刚才听见我的马车夫问你为什么不医好马丁，难道你会医病的吗？"

"你的马车夫是一个正直的人，"卡西扬沉思地回答我，"可也不是没有罪过。说我是医生……我怎么好算医生呢……谁能够治病呢？这是全靠上帝的。有些……草呀，花呀，的确有效验。就像鬼针草吧，是对人有益的草；车前草也是这样。说起这种草，也不是可耻的，因为这些都是圣洁的草——是上帝的草。别的草可就不同了，它们虽然也有效，却是罪恶的，说起它们也是罪恶的。除非做祷告……唔，当然也有些咒语……可是必须相信的人才能得救。"他降低了声音，这样补说一句。

"你什么药也没给马丁吗？"我问。

"我知道得太晚了，"老头儿回答，"可是有什么关系呢！人的命运是生下来就注定的。木匠马丁是活不长的，他在世界上是活不长的，一定是这样。不，凡是在世界上活不长的人，太阳就不像对别人一样地给他温暖，吃了面包也没有用处——仿佛在召他回去了……嗯，上帝让他的灵魂安息吧！"

"你们移居到我们这边来已经很久了吗？"略微沉默了一会儿之后我问。

卡西扬抖动一下。

"不，不很久，大概有四年。老主人在世的时候，我们一向住在原来的地方，可是监护人把我们移过来了。我们的老主人是一个软心肠的人，脾气很好——祝他升入天堂！可是监护人呢，下的决策当然是正确的；看来总是非这样不可。"

"你们以前住在什么地方？"

"我们是美人梅奇河的人。"

"那地方离这儿远吗？"

"大概一百俄里。"

"哦，那儿比这儿好吗？"

"比这儿好……比这儿好。那儿是自由自在的地方，有河流，是我们的老家。可是这儿地方很窄，又干旱……我们到了这儿就孤苦伶仃了。在我们那儿，在美人梅奇河上，你爬上小山冈去，爬上去一看，我的天哪，这是什么啊？嗳？……又有河流，又有草地，又有树林。那边是一个教堂，那边过去又是草地。可以望见很远很远的地方。望得可真远……你望着，望着，啊呀，实在太好了！这里呢，土壤的确好些，是砂质黏土，庄稼汉都说是很好的砂质黏土。我的谷物到处都长得很好。"

"喂，老人家，你老实说，你大概想到故乡去走走吧？"

"是的，想去看看。不过，到处都好。我是一个没有家眷的人，喜欢走动。实在嘛！在家里有什么好处呢？出门走走，走走，"他提高声音接着说，"精神的确爽快些。太阳照着你，上帝也更加清楚地看得见你，唱起歌来也和谐些。这时候，你看见长着一种草；你看清楚了，就采一些。这里还有水流着，譬如说泉水，是圣水；你看见了水，就喝个饱。天上的鸟儿唱着歌……库尔斯克的那边还有草原，出色的草原，叫人看了又惊奇，又欢喜，真是辽阔自在，真是上帝的惠赐！据人家说，这些草原一直通到温暖的大海，那儿有一只声音很好听的鸟叫作'格马云'①。树上的叶子无论冬天、秋天都不掉下来，银树枝上长着金苹果，所有的人都过着富裕而正直的生活……我就想到那边去……我走的地方实在不少了！我到过罗苗，也到过美好的辛比尔斯克城，也到过有金色教堂圆顶的莫斯科；我到过'乳母'奥卡河，也到过'鸽子'茨纳河，也到过'母亲'伏尔加河，我看见过许多人，许多善良的基督教徒，

---

① "格马云"是神话中的鸟。

我游历过体面的城市……所以我真想到那边去……而且……真想……还不单是我这个有罪的人……别的许多教徒都穿了树皮鞋，一路乞讨着，去找求真理……是啊！……坐在家里有什么意思呢，啊？人间是没有正义的，就是这么一回事……"

这最后的几句话，卡西扬说得很快，几乎听不出来。以后他又说了些话，我简直听不清楚，他脸上现出那么奇怪的表情，使我不由得想起了"疯子"这名称。后来他低下头，咳嗽一下，仿佛清醒过来了。

"多么好的太阳！"他轻声地说，"多么好的惠赐，上帝啊！树林里多么温暖！"

他耸一耸肩膀，沉默了一会儿，漫不经心地望望，低声地唱起歌来。我不能听出他那悠扬的歌曲的全部词句，我只听到下面两句：

> 我的名字叫卡西扬，
> 我的外号叫跳蚤……

"啊！"我想，"是他自己编的……"突然他哆嗦一下，停止了唱歌，眼睛凝视着树林深处，我转过头去，看见一个年约八岁的农家小姑娘，穿着一件蓝色的长坎肩，头上包着一条格子纹头巾，太阳晒黑的、赤裸裸的手臂上挽着一只篮子。她大概绝没有料到会遇见我们，她正是所谓"撞上"了我们，就一动不动地站在青葱的榛树丛中阴暗的草地上，用她那双乌黑的眼睛慌张地对我看。我才得看清楚她，她立刻躲到树背后去了。

"安奴什卡！安奴什卡！到这儿来，别害怕。"老头儿亲切地叫唤。
"我怕！"传来一个尖细的声音。
"别怕，别怕，到我这儿来。"

安奴什卡默默地离开了她的隐避所，悄悄地绕了一个圈子——她那双小小的脚踏在浓密的草地上不大有声音——从靠近老头儿的丛林里走了出来。这并不是像我起初按照矮小身材而推测的八岁的小姑娘，却有十三四岁了。她身材瘦小，但是体态匀称，模样儿很伶俐，漂亮的小脸蛋异常肖似卡西扬的脸——虽然卡西扬不是一个美男子——同样尖削的容貌，同样奇妙的目光，调皮而信任，沉思而锐敏，举止也相同……卡西扬对她打量一下，她站在他旁边了。

　　"怎么，你采蘑菇吗？"他问。

　　"是的，采蘑菇。"她羞怯地微笑着回答。

　　"采得多吗？"

　　"多的。"她很快地对他看一眼，又微笑一下。

　　"有白的吗？"

　　"白的也有。"

　　"让我看看，让我看看……（她把篮子从手臂上拿下，把一片遮盖蘑菇的阔大的牛蒡叶子揭开一半。）啊！"卡西扬俯身在篮子上，说，"多好的蘑菇啊！安奴什卡真不错！"

　　"卡西扬，这是你的女儿吧？"我问。安奴什卡脸上微微地泛起红晕。

　　"不是，唔，是亲戚。"卡西扬装出漫不经心的样子说。"好，安奴什卡，你去吧，"他立刻补充说，"去吧，上帝保佑你，小心点儿……"

　　"为什么让她步行回去！"我打断了他的话，"我们可以用车送她回去……"

　　安奴什卡的脸像罂粟花一般红了，她两手抓住篮子上的绳，惊慌地看着老头儿。

　　"不，她会走回去的，"他用同样淡然的、懒洋洋的声音回答，"她有什么关系……会走回去的……去吧。"

安奴什卡急忙走进树林里去。卡西扬在后面目送她，后来低下头，微笑一下。在这悠长的微笑中，在他对安奴什卡所说的不多几句话中，在他和她谈话时的声调中，有一种说不出的热爱和温柔。他又向她走去的方向望望，又微笑一下，摸摸自己的脸，点了几次头。

"你为什么这么快就打发她走了？"我问他，"我要向她买蘑菇呢……"

"您如果要买，到我家里还是可以买的。"他回答我，第一次用"您"字。

"你这小姑娘真漂亮。"

"不……哪里……嗯……"他不情愿似的回答。就从这瞬间起，他又陷入了和以前一样的沉默。

我看出要使他再讲话的一切努力都成了徒劳，就出发到林垦地去。这时候炎热也减退了些，然而我打猎的失败，或者像我们这儿所谓"晦气"，还是照旧，我就带了一只秧鸡和一个新车轴回新村去。马车驶近院子的时候，卡西扬突然向我转过身来。

"老爷啊老爷，"他说，"我真对不起你了。是我念了个咒把你的野禽全都赶走了。"

"这是怎么回事？"

"我懂得这方法。你的狗又聪明又好，可是它一点办法都没有。你想，人啊，人算是什么，啊？就像这畜生，人把它训练成了什么？"

我想说服卡西扬，使他相信"念咒"驱除野禽是不可能的，但这是徒然的，因此我什么也没有回答他。况且这时候我们的车子马上就拐进了大门。

安奴什卡不在屋里，她早已回来过，留下了一篮蘑菇。叶罗费装配新车轴，一开始就给它苛刻而不公正的评价。过了一个钟头，我出发了。临走时我给卡西扬留下一些钱，他起初不肯收，可是后来想了一想，在手里拿了一会儿，揣在怀里了。在这一个钟头内，他几乎一句话也不说。他照旧靠着大门站着，不回答我的马车夫的抱怨，极冷淡地和我告别。

我刚刚回来的时候，就注意到我的叶罗费又在那里闷闷不乐了……的确，他在这村子里没有找到一点食物，马的饮水场又不好。我们出发了。他坐在驾车台上，连后脑勺也表示出不满。他一心想同我谈话，但要等我先发问，而在这等待期间，他只是低声地发出些怨言，对马说些有教训意义的、有些刻毒的话。"村子！"他嘟哝说，"还算是村子！要点格瓦斯，连格瓦斯都没有……嘿，天晓得！水呢，简直糟透了！（他大声地啐一口）黄瓜也好，格瓦斯也好，什么都没有。哼，你呀，"他对右边的副马大声地补充说，"我认得你，你这滑头！你大概想偷懒……（他抽了它一鞭）这匹马完全变得狡猾了，以前这畜生是那么听话的……哼，哼，你敢回头瞧！……"

"叶罗费，我问你，"我开始说，"这卡西扬是怎样一个人？"

叶罗费不立刻回答我，他向来是一个有思虑而从容不迫的人。但是我立刻猜测到，我的问题使他得到了快慰。

"跳蚤吗？"终于他扯一下缰绳，说起话来，"真是一个怪人，简直是一个疯子，这样奇怪的人，还不容易找到第二个呢。他就跟，喏，就跟我们这匹黑鬃黄马一模一样，也是不听话的……就是说，不好好干活。唔，当然，他也算不上一个劳工——他身体很虚弱，不过总归……他从小就是这样的。起初他跟他的叔叔伯伯当搬运夫——他们是驾三套车的；可是后来大概厌烦了，不干了。他就住在家里，可是在家里也待不长久，他是那么定不下心来——活像一个跳蚤。幸亏他的东家是个好心肠人，没有强迫他。从那时候起他就一直荡来荡去，像一头没有管束的羊。这个人那么稀奇古怪，天晓得他是怎么一回事，有时候像树桩一样不作声，有时候又突然说起话来。——说些什么呢，那只有天晓得。这像个样儿吗？这不像样。他真是一个糊涂人。唱歌倒唱得很好。确实唱得好——不错，不错。"

"他会治病，真的吗？"

"治什么病！……啊，他哪里会治病！他这样的人。不过我的瘰疬腺病倒是他治好的……"他沉默一下之后，又说："他哪里会治病！他是一个十足的傻瓜。"

"你早就认识他吗？"

"早就认识。在美人梅奇河上的瑟乔沃，我和他是邻居。"

"那么我们在树林里碰到的那个女孩子安奴什卡，她是谁，她是他的亲属吗？"

叶罗费回头向我一看，露出满口牙齿笑起来。

"嘿！……是的，算是亲属。她是一个孤儿，没有母亲的，而且也不知道谁是她的母亲。呃，应该是亲属吧，因为相貌很像他……她就住在他那里，是一个伶俐的姑娘，没说的。她是一个好姑娘，老头儿宠爱她，真是个好姑娘。而且他，您不会相信的，他也许还想教安奴什卡识字呢。他真会干得出这个来的，他真是一个稀奇古怪的人。他这人那么反复无常，简直不像话……嗳！嗳！嗳！"我的马车夫突然打断自己的话，勒住了马，把身子弯向一边，开始嗅起来："是不是有焦味儿？一点也不错！新车轴真讨厌……我好像涂过很多油了啊……要去拿点水来，这儿正好有一个池塘。"

于是叶罗费慢吞吞地从驾车台上爬下去，解下水桶，到池塘里去打了水回来。在听到车轮的轴衬突然受到水而发出吱吱声的时候，他很高兴……在不过十俄里的路程中，他在灼热的轮轴上浇了六次水。当我们回到家里的时候，天色已经很晚了。

树林和草原

……渐渐地引他向后：

回到村子上，回到幽暗的花园里，

那里的椴树高大而荫凉，

铃兰发出贞洁的芬芳，

那里有团团的杨柳成行，

从堤畔垂挂在水上，

那里有繁茂的橡树生长在膏腴的田地上，

那里的大麻和荨麻发出馨香……

到那地方，到那地方，到那辽阔的原野上，

那里的土地黑沉沉的像天鹅绒一样，

那里的黑麦到处在望，

静静地泛着柔软的波浪。

从一团团明净的白云中央，

照射出沉重的、金黄色的阳光。

那是个好地方……

——节自待焚的诗篇

    读者对于我的笔记也许已经感到厌倦了。我赶快安慰他：约定限于已经发表的几篇为止；但是在向他告别的时候，不能不略谈几句关于打猎的话。带了枪和狗去打猎，就本身而论，即从前所谓 fürsich①，是一件绝妙的事；

---

① 德语，就本身而论。

纵然您并不生来就是猎人，但您总是爱好自然和自由的，因此您也就不能不羡慕我们猎人……请听我讲吧。

例如，春天黎明以前乘车出游时的快感，您知道吗？您走到台阶上……深灰色的天空中有几处闪耀着星星，滋润的风时时像微波一般飘来；听得见夜的含蓄而模糊的私语声，阴暗的树木发出微弱的喧噪声。有人把地毯铺在马车上，把装茶炊的箱子放在踏脚的地方。两匹副马畏缩着身子，打着响鼻，神气地替换着蹄子站在那里；一对刚才睡醒的白鹅静悄悄、慢吞吞地穿过道路；在篱笆后面的花园里，看守人安静地在打鼾。每一个声音都仿佛停滞在凝结的空气中，停滞不动。于是您坐上车，马儿一齐举步，马车发出隆隆的声音……您乘着马车，经过教堂，下山向右转，走过堤坝……池塘上刚开始升起烟雾。您觉得有点儿寒意，就用大衣领子遮住了脸；您打瞌睡了。马蹄踏在水洼里，发出很响的声音；马车夫吹着口哨。但这时候您已经走了约莫四俄里……天边发红了；寒鸦在白桦树林中醒来，笨拙地飞来飞去；麻雀在暗沉沉的禾堆周围叽叽喳喳地叫。空气清朗了，道路看得更加清楚，天色明净起来，云发白了，田野显出绿色。农舍里点着松明，发出红色的火光，大门里面传出瞌睡未消的说话声。这期间朝霞燃烧起来；已经有金黄色的光带扩展在天空中，山谷里缭绕地升起一团团雾气，云雀嘹亮地歌唱着，吹来一阵黎明前的风——于是徐徐地浮出一轮深红色的太阳。阳光像流水般迸出；你的心就像鸟儿一样振奋起来——新鲜、愉快、可爱！四周远处都看得很清楚。瞧，小树林后面有一个村子；瞧，再过去些还有一个村子，有一所白色的教堂；瞧，山上有一片白桦树林，树林后面是一片沼地，就是您要去的地方……快跑，马儿，快跑！跨着大步向前进！……只剩下三俄里了，不会更多。太阳很快地升起来；天空明净……天气一定很好。一群牲口从村子里向我们迎面而来。您的车登上山顶……风景多么好！河流蜿蜒十俄里光景，在雾色中隐隐地发蓝；河那边是大片的水汪汪的青草地；草地那边有几个平坦的丘陵；远处有几只凤头麦鸡在沼地上空飞鸣；透过散布在空气中的滋润的阳光，远处的景物显得很清楚……不像夏天那样。呼吸多么自由，四肢动作多么爽快，全身笼罩在春天的清新气息中，感到多么健壮！……

夏天七月里的早晨！除了猎人，有谁体会过黎明时候在灌木丛中散步的乐趣？你的脚印在白露沾湿的草上留下绿色的痕迹。你用手拨开濡湿的树枝，夜里蕴蓄着的一股暖气立刻向你袭来，空气中到处充满着苦艾的新鲜苦味、荞麦和三叶草的甘香；远处有一片茂密的橡树林，在阳光底下发出闪闪的红光；天气还凉爽，但是已经觉得炎热逼近了。过多的芬芳之气使得你头晕目眩。灌木丛没有尽头……只是远处某些地方有一片黄澄澄的成熟了的黑麦，一条条狭长的粉红色的荞麦田。这时候一辆大车轧轧地响出，一个农民缓步走来，把他的马预先牵到荫凉的地方……你同他打个招呼，就走开了；你后面传来镰刀的响亮的铿锵声。太阳越升越高，青草立刻干了。瞧，已经开始热起来。过了一个钟头，又一个钟头……天边变得暗沉沉的；静止的空气发散出火辣辣的炎热。

"老兄，这里什么地方可以弄点水喝？"你问一个割草的人。

"那边山谷里有一口井。"

您穿过缠着蔓草的茂密的榛树丛，走到山谷底上。果然，断崖的下面隐藏着泉水；橡树的掌形枝叶贪婪地铺在水面，银色的大水泡摇摇摆摆地从长满细致柔滑的青苔的水底上升起。您投身到地上，喝饱了水，但是懒得再动了。您正在荫凉的地方，呼吸着芬芳的湿气；您觉得很舒服，可是你对面的丛林晒得火辣辣的，在阳光底下仿佛颜色发黄了。然而这是什么呀？风突然吹来，又疾驰而去；四周的空气颤动了一下——那不是雷声吗？您从山谷里走出来……天边的一片铅色是什么？是不是暑气浓密起来了？是不是乌云涌过来了？……但这时候电光微微地一闪……啊，原来是暴风雨要来了！四周还照着明亮的阳光，还可以打猎。但是乌云在扩大，它的前沿像衣袖一般伸展开来，像穹窿似的笼罩着。顷刻之间，草木全部发黑了……赶快跑！那边好像有一间干草棚……赶快跑！……您跑到那里，走了进去……雨多么大！闪电多么亮啊！有些地方，水透过草屋顶滴在芳香的干草上……可是，瞧，太阳又出来了。暴风雨已过去，您走出来。我的天啊，四周一切多么愉快地发出光辉，空气多么清新澄澈，草莓和蘑菇多么芬芳！……

可是眼看着黄昏来临了。晚霞像火焰一般燃烧，遮掩了半个天空。太阳就要落下去。附近的空气似乎特别清澈，像玻璃一样，远处笼罩着一片柔软的雾气，看上去是温暖的；鲜红的光辉随着露水落在不久以前还充满淡金色光线的林中旷地上；树木、丛林和高高的干草垛，都投下长长的影子……太阳落下去了；一颗星星在落日的火海里发出颤抖的闪光……瞧，这火海渐渐泛白；天空在变蓝；一个个影子逐渐消失，空气中弥漫着烟雾。该回去了，回到您过夜的村子的农舍里去。您背上枪，不顾疲倦，迅速地走着……这期间夜幕降临了，二十步之外已经看不见，狗在昏暗中微微显出白色。在那边黑压压的丛林上，天际朦胧地发亮……这是什么？火灾吗？……不，这是月亮正在升起。下面靠右边，已经闪耀着村子里的灯火……瞧，终于到达了您的屋子。隔着窗子您可以看到铺着白桌布的食桌、燃着的蜡烛、晚餐……

有时你吩咐套上竞走马车，到树林里去猎松鸡，在两旁长着又高又密的黑麦的狭路上通过，是很愉快的事。麦穗轻轻地打您的脸，矢车菊绊住您的脚，四周有鹌鹑叫着，马儿跑着懒洋洋的大步子。瞧，树林到了——阴影和寂静。挺拔的白杨树高高地在您上面簌簌作响，白桦树的下垂的长枝微微颤动；一棵强壮的橡树像战士一般站在一棵优雅的椴树旁边。您的马车在长满绿草的、树影斑驳的小路上行驶着；黄色的大苍蝇一动不动地在金黄色的空气中停了一会儿，突然飞去；小蚊蚋成群地盘旋着，在阴暗的地方发亮，在太阳光里发黑；鸟儿安闲地歌唱着，知更鸟的金嗓子欢愉地发出天真烂漫的絮絮叨叨声，这声音跟铃兰的芳香很调和。再走远去，再走远去，去到树林的深处……树丛密起来……心灵深处感到说不出的宁静；四周也都充满睡意，悄然无声。但是忽然一阵风吹来，树梢哗哗地响起来，仿佛翻落的波浪。有些地方，从去年的褐色的落叶中间长出很高的青草；蘑菇各自戴着自己的帽子站着。雪兔突然跳出，狗高声吠叫着急起直追……

同是这座树林，当晚秋山鹬飞来的时候，显得多么美好啊！山鹬不停在树林深处，必须到树林边上去找它们。没有风，也没有太阳，没有光亮，也没有阴影，没有动作，也没有声音；柔和的空气中弥漫着秋天的葡萄酒似的芳香；远处黄澄澄的田野上笼罩着一层薄雾。光秃秃的褐色树枝中间，和平静止的天空泛着白色；椴树上有几处挂着最后几片金黄色的叶子。两脚踏在潮湿的土地上觉得有弹性；高高的干燥的草茎一动也不动，长长的蛛丝在苍白的草上闪闪发光。呼吸舒畅，可是心里感到一种异样的惊悸。您沿着树林边缘走去，一路照看着您的狗，这时可爱的形象、可爱的人——死了的和活着的——都回忆起来，久已沉睡了的印象蓦地苏醒过来；想象力像鸟儿展翅翱翔，一切都在眼前清晰地出现并活动起来。心有时突然颤抖跳动，热情地向前冲去，有时整个沉浸在回忆中。全部生活就像一个画卷似的轻快迅速地展开；人在这时候掌握了他的全部往事，全部感情、力量，全部灵魂。四周没有任何东西妨碍他——既没有太阳，也没有风，又没有声音……

在秋天，早晨严寒而白天微寒的晴朗的日子里，那时候白桦树仿佛神话里的树木一般全部呈金黄色，优美地衬托在淡蓝色的天空中；那时候低斜的太阳照在身上不再觉得热，可是比夏天的太阳更加光辉灿烂；小小的白杨树林全部光明透彻，仿佛它认为光秃秃地站着是愉快而轻松的；霜花还在山谷底上发白，清风徐徐吹动，追赶着卷曲的落叶；那时候河里欢腾地奔流着蓝色的波浪，一起一伏地载送着逍遥自在的鹅和鸭；远处有一座半掩着柳树的磨坊轧轧地响着，鸽子在它上空迅速地盘旋着，在明亮的空气中斑斑驳驳地闪耀着……

夏天的烟雾弥漫的日子也很美好，虽然猎人不喜欢这种日子。在这样的日子里不能打枪，因为鸟儿从你的脚边拍翅飞起，立刻消失在白茫茫的凝滞的烟雾中。然而四周多么寂静，寂静得难以形容！一切都苏醒了，然而一切都默不作声。您经过一棵树旁边，它一动不动，正悠然自得。透过均匀地散布在空气中的薄雾，在您前面显出一片长长的黑影。您以为这是近处的树林，您走过去，树林就变成了长在田界上的一排高高的艾草。在您上空，在您四周，到处都是雾……可是这时候风轻轻地吹出，一块淡蓝色的天空透过了稀薄如烟的雾气显现出来，金黄色的阳光突然侵入，照射成一条长长的光带，落到田野上，钻进树林里——接着，一切又都被遮蔽起来。这斗争持续了很久，但是光明终于胜利，被太阳照暖的最后一阵阵烟雾时而凝集起来，铺展得平平的，时而盘旋缭绕，消失在发着柔和的光辉的蔚蓝色高空中，于是这一天就变得壮丽无比，晴朗清澄。

现在您要出发到远离庄园的草原上去行猎了。您的马车在乡间土路上行驶了大约十俄里，瞧，终于来到了大道上。您经过无数的货车旁边，经过几家大门敞开的旅店旁边，望见里面有一口井，屋檐下还有茶炊吱吱地沸腾着；您的马车从一个村子到另一个村子，穿过一望无际的田野，沿着绿色的大麻田，久久地行驶着。喜鹊从一棵爆竹柳飞到另一棵爆竹柳；农妇们手里拿着长长的草耙，在田野里慢慢地走；一个行路人穿着破旧的土布外套，肩上背着行囊，拖着疲乏的步子走着。一辆地主家的笨重的轿形马车上套着六匹高大而疲乏的马，向您迎面而来；车窗里露出垫子的角；一个穿大衣的侍仆扶着绳子,横着身子,坐在马车后面脚镫上的一只蒲包上,泥污一直溅到眉毛上。现在您来到一个小县城里,这里有歪斜的木造的小屋、无穷尽的栅栏、商人的不住人的砖造建筑、深谷上的古老的桥……再走远去,再走远去!……来到了草原地带。从山上眺望,风景多么好!一个个全部耕种过的圆圆的低丘陵,像巨浪一般起伏着;长满灌木丛的峡谷蜿蜒在丘陵中间;一片片小丛林像椭圆形的岛屿一般散布着;狭窄的小径从一个村子通往另一个村子;教堂的墙壁呈现出白色;柳丛中间透出一条亮闪闪的小河,有四个地方筑着堤坝;远处田野中有一行野雁并列地站着;在一个小池塘上,有一所古老的地主邸宅,附有一些杂用房屋、一个果园和一个打谷场。然而您的马车继续向前,向前。丘陵越来越小,树木几乎看不见了。瞧,终于来到了,一片茫无际涯的草原!……

在冬天的日子里,在高高的雪堆上追逐兔子,呼吸严寒刺骨的空气,柔软的雪的耀目而细碎的闪光,使得眼睛不由自主地要眯拢来,欣赏着红澄澄的树林上空的青天,这一切多么可爱啊!……在早春的日子里,当四周一切都发出闪光而逐渐崩裂的时候,透过融解的雪的浓重的水汽,已经闻得出温暖的土地的气息;在雪融化了的地方,在斜射的阳光底下,云雀天真烂漫地歌唱着,急流发出愉快的喧哗声和咆哮声,从一个峡谷奔向另一个峡谷……

可是现在应该结束了。我正好又讲到了春天:在春天容易离别,在春天,幸福的人也会被吸引到远方去……再见了,我的读者,祝您永远如意称心。

初恋

〔俄〕屠格涅夫 著

◎◎ 情窦初开的年纪，『我』对邻居女孩一见钟情，饱尝初恋激情。但我很快发现女神另有所爱——那个人竟然是我的父亲！

◎◎ 伟大的作品都有自传的性质，这也是作者自己的故事。他认识美，追求美的化身，随着爱的幻影的最终破灭，才恍然大悟：别做激情的奴隶，还生活以平凡和自在！这与丰子恺先生的生活美学同频。

译者序

我是用了对英语法——英语的思想方法——的兴味而译这小说的。欧洲人说话大概比我们精密、周详、紧张得多，往往有用十来个形容词与五六句短语来形容一种动作，而造出占到半个 page（页面）的长句子。我觉得其思想的精密与描写的深刻确是可喜，但有时读到太长的句子，顾了后面，忘记前面；或有时读得太长久了，又觉得沉闷、重浊得可厌——这种时候往往使我想起西洋画：西洋画的表现法大概比东洋画精密、周详而紧张得多，确是可喜，但看得太多了，又不免嫌其沉闷而重浊。我是用了看西洋画一般的兴味而译这《初恋》的。

因上述的缘故，我译的时候看重原文的构造，竭力想保存原文的句法，宁可译成很费力或很不自然的文句。但遇不得已的时候，句子太长或竟看不懂的时候，也只得切断或变更句法。今举数例如下。例如第一章第二节里：

...I did what I liked, especially after parting with my last tutor, a Frenchman who had never been able to get used to the idea that he had fallen "like a bomb" into Russia, and would lie sluggishly in bed with an expression of exasperation on his face for days together.

……我恣意做我所欢喜做的事，尤其是自从我离开了我的最后的家庭教师以后，越发自由了。这家庭教师是法国人，他想起了自己"炮弹似的"从法国流入俄国来，心中总不自然，常常现出愤慨的神气，连日奄卧在床上。

照原文的语气，这一句的主要的意思，只是说"我离开了甚样甚样的一个家庭教师之后越发自由了"，不应该另外开一端，而特别提出这家庭教师来说。但没有办法，只得把它切断了。

又如第十四章第三节是同样的例子：

...but at that point my attention was absorbed by the appearance of a speckled woodpecker who climbed busily up the slender stem of a birch-tree and peeped out uneasily from behind it, first to the right, then to the left, like a musician behind the bass-viol.

……但这时候我的注意忽然被一只斑纹的啄木鸟占夺了去。这鸟急急忙忙地爬上一株桦树的细枝，从枝的后面不安心似的伸出头来探望，忽而向右，忽而向左，好像立在低音四弦琴后面的一个音乐家。

照原文的语气，全句的主要意思只是说"我的注意被一甚样甚样的啄木鸟夺去"，不应该特别提出这鸟来说，也是不得已而切断的。

除切断句子以外，有时我又用一破折号以表明长、大的形容部分。例如第二十一章第十五节里：

...and my love, with all its transports and sufferings struck me myself as something small and childish and pitiful beside this other unimagined something, which I could hardly fully grasp, and which frightened me like an unknown, beautiful, but menacing face, which one strives in vain to make out clearly in the halfdarkness...

……我的受了种种的狂喜与苦痛的恋爱，同另外一种我所向来不曾想象到的东西——捉摸不牢的，像一副素不相识的美丽而又严肃的颜貌而威吓我的，在薄暗中无论如何也看不清楚的一种东西——相比较起来，觉得微小、稚气，又可怜得很！……

　　这两破折号之间的部分，都是描写那种"东西"的。这一句的主要意思是：我的爱和另一种东西相比较起来，微小、稚气而可怜得很。但不加这"——"，很不容易弄得清楚。添设这两个"——"，仍是很不自然。

　　又有直译很不自然的句子，只得把句法改变。例如第十七章第十二节：

...the consciousness that I was doing all this for nothing, that I was even a little absurd, that Malevsky had been making fun of me, began to steal over me.

　　……我渐渐悟到自己所做的都是无意义的事，竟是有些愚蠢的，马来符斯奇是戏弄我。

　　原文的意思是说"一种甚样甚样的意识开始偷偷地来袭我"。但这样写起句子来，更不自然。所以权把"the consciousness"及后面的"began to steal over me"勉强改为"我渐渐悟到"，但句子的构造大变了。

　　这种同样的例很多。有些动词，我国没有相当的字可以妥帖地译出。例如序章第五节末了的"enliven"，我想不出相当的一个动词译述；又如第十六章第一节后半部分的"regaled"，也找不出相当的一个动词。都只能变更句的构造，或勉强译成一个词。有时很难在一句中把英文的一句的意义全部译出。例如第十二章第七节末了有一句看似很平常而极难译的句子：

...jump down into the road to me...

要把"跳""下""路上""向我"的四种意义极自然地装在一句中，非常困难。我译作"向我跳下到这路上来"，其实很生硬。

关于难译的例子很多。我也没有逐句推敲的忍耐力，译文中不妥的地方一定很多。这里揭出来的几句，不过是我所特别注意到的而已。我所以特别列举而说述者，无非欲使读此书的学生诸君，不要把兴味放在小说的内容（初恋）上，而放在英语语法的研究上。我是这样译的，故希望读者也这样地读。

八年之前，我在东京购得一册《初恋》的英日对译本，英译者为Garnett，日译并注者是藤浪由之。读了之后，对于其文章特别感到兴味，就初试翻译，1922年春间译毕。这是我第一次从事翻译，自知译得很草率，不敢发表。曾请几位师友改改、看看，后来一直塞在书架上面。去年方光焘兄的英汉对译本《姊姊的日记》出版，我方才想起了我的《初恋》。现在把它重校一遍，跟了他出版。这稿子是我的文笔生涯的"初恋"，在我自己是一种纪念物。

我的汉译当然是依据Garnett的英译本的，又参考藤浪氏的日译本，注解大都是抄藤浪氏的。谨声明于此。

1929年端午节记于江湾缘缘堂

宴会久已散了。时钟打十二时半。留在室中的只有主人、赛尔给伊·尼古拉哀微契和符拉地米尔·比得洛微契。

主人按呼铃，命仆人把残余的晚餐收去。

"事情就决定了，"他把身体深深地埋在一把安乐椅中，烧起一支卷烟，一面口里说，"我们每人来讲自己的初恋。赛尔给伊·尼古拉哀微契君，你先讲罢。"

赛尔给伊·尼古拉哀微契是一个颜貌明亮、体态圆肥而小巧的男子，他向主人注视了一下，举眼向着天花板。后来说道："我没有初恋，我是从第二次恋爱开始的。"

"这话怎样讲？"

"理由很简单。我十八岁时，最初对一美丽的少女生爱情，但我求得她的爱，似乎并不觉得什么新奇，与此后对别的女子们求爱一样。老实说，我的最初又最后的爱，是我六岁的时候对于我的乳母的爱，但这是久已过去了的事。我们二人间的详细的关系，我已不能记忆，即使我记了起来，有谁要听那种话呢？"

"那么怎样呢？"主人说，"我的初恋也没有什么趣味。我自遇到安娜·尼古拉哀符娜——即我现在的妻子——之前，一次也没有和别人发生过恋爱。我们的恋爱的经过十分顺手。我们的父母给我们寻好了对手，我们不久深深地相爱着，婚事即便完成。我的初恋的故事可用两句话说完。诸位，我老实对你们说，我提出初恋这话，正看中你们，你们不算老人，但也不是少年的独身者了。符拉地米尔·比得洛微契，你能讲一点有趣的话给我们听吗？"

"是的，我的初恋的确不很平凡。"符拉地米尔·比得洛微契，是一个黑的头发已渐灰白了的四十岁模样的男子，他带着几分嫌恶的神气，这样回答。

主人与赛尔给伊·尼古拉哀微契同声叫道："啊，那最好了。……请讲给我们听。"

"你们如果要我讲……且慢，我不欢喜讲。我不善于讲话，勉强讲起来一定枯燥而简短，或冗长而不自然。倘若你们允许我，我可把我所记得的尽数写出来读给你们听。"

他的朋友们起初不同意，但符拉地米尔·比得洛微契坚持这主张。两礼拜之后他们又会在一处，符拉地米尔·比得洛微契就实践了他的前言。

他的原稿中记录着下面的故事。

一

当时我正是十六岁。这是 1833 年夏天的事。

我和我的父母同住在莫斯科。他们在朝纳斯苛契尼公园的卞路茄门附近借了一所避暑的别庄。我正在预备入大学，但不甚用功，也并不赶紧。

没有人干涉我的自由。我恣意做我所欢喜做的事，尤其是自从我离开了我最后的家庭教师以后，越发自由了。这家庭教师是法国人，他想起了自己"炮弹似的"从法国流入俄国来，心中总不自然，常常现出愤慨的神气，连日奄卧在床上。我的父亲待我用一种无心的亲切。母亲不甚注意我，虽然她只有我一个儿子。她的心全被别的事占据去了。

我的父亲是还年轻而且风采很好的人，他是以财产为目的而和母亲结婚的。母亲比父亲年长十岁。我的母亲度阴郁的生活。她常常焦虑妒忌，而且愤怒，但不表露在父亲面前。她很怕他，他常作严肃、冷淡又疏远的态度。……我从来没有见过比我父亲更稳静、自信而且有威严的人。

我将永不忘记在这别庄里的最初的几星期。天气正晴朗，我们于五月九日——圣尼古拉斯祭日——离开市镇。我常常在自家的庭院中，或纳斯苛契尼公园中，或郊外散步。我总是带一册书在身边——例如侃达诺符的《世界历史》——但难得读它，我最常做的是朗吟诗歌。我能背诵许多诗歌。我的血潮涌起，我的胸中常常怀着一种很甘美而又无端的忧伤。我全身都是希望和预想，有时对于某种事物觉得恐惧，有时对于一切事物都觉得惊异，我正在期待一种事物。我的想象不绝地运动，又像那黎明时候环绕寺院的钟楼而飞回的燕子一般迅速地反复同样的空想。我耽于梦幻，沉于悲哀，甚至于哭泣，然而从音乐的诗歌或夕暮的美所诱起的泪和悲哀中，像春草一般迸出青春和沸腾的生命的甘美的感觉来。

我有一匹马，常常骑了独自远出，有时疾驰，想象我自己是一个拟战的骑士。风在我耳边呼啸得何等快美！我又常举头向着天空，将那闪耀的光辉和碧蓝吸收到我的张开了去迎受的神魂中。

我记得那时候，女人的姿态，和爱的幻影，在我脑中还没有现出清楚的形象，但觉得自己的一切思想和一切感觉中，潜隐着一种新鲜的、甘美不可言喻的、女性的……半意识的羞涩的预感。

这种预感，这种期待，渗透了我的全身。我在这里面呼吸，这又在我血管中随了每滴的血而周转……这已被制定，不久将要实现了。

我们那年夏天所居的屋子，共有一所有圆柱的宏壮的木造的邸宅，和两间小舍。左面的一间小舍是一所制造廉价的糊壁纸的小工场。……我有好几次在那里徘徊，看那十余个瘦弱而蓬头的孩子穿着油污的裤子，露出憔悴的脸孔，不绝地在那压下印刷机的方木版的木杠杆上跳跃，靠了他们微弱的身体的重力，印刷出糊壁纸的种种模样来。

右面的小舍空着，是要出租的。有一天——五月九日之后三星期光景

——这小舍的窗帏开了，露出女人们的面孔来——原来已有人家租住了。我记得这一天正餐时光，母亲问家里的厨子，新来的邻家是谁，才听到札西京公爵夫人的名字。她最初听到，颇注意地说道：

"啊！是公爵夫人！"……继续又说，"我料想一定是个贫苦的公爵夫人罢？"

"他们是雇了三辆马车来的，"厨子手中捧着一只盘子，恭敬地说明，"他们自己没有车马，他们的家具都是非常粗劣的。"

"啊。"母亲回答，"那更好了！"

父亲对她使个冷眼，她默然了。

札西京公爵夫人看来的确不是富人。她所租住的小屋，非常废颓、狭窄而且低小，是稍有资产的人家所决计不要租住的。但当那时候，这种事情在我左耳朵进右耳朵出，毫不关心。公爵的称号在我也全无什么感动，我正在读席勒的《强盗》。

二

我的习惯，每天夕暮的时候必定带了枪在园中窥伺老鸟。我对于那种小心、狡猾、贪婪的老鸟，久已抱着憎恶之念。就是那一天，我照例到园中去，遍跑了一回，没有获得什么（那些老鸟已认识我，只是继续地在远处啼噪），我偶然走近了我们的邸宅和扩张在右面的小舍那边而附属于这小舍的狭长的园地相交界的低垣旁边。我两眼看着地，沿了低垣走去。忽然听到一种人声，我隔垣一望，吃了一惊。……我看到了一种奇异的光景。

离开我数步之前，在那黑莓丛的中间，草地上立着一个长身纤腰的少女，穿着蔷薇色的条纹的衣服，戴着白色的头巾，四个青年男子迫近在她的周围，她正拿着孩儿们都熟知而我却不知道其名称的一种灰色的小花，在那四个青年们的额上轮流地打击。那种花作小袋形，在坚硬的物件上打击一下，就会发出声音，爆裂开来。

那青年们十分情愿地用额去迎受，而那少女的姿态中（我看见她的侧面），有十分迷人的、专横的、亲昵的、调笑的又妩媚的地方，使我艳羡又欢喜得几乎叫出来。我想，但得那种秀美的手指来叩击我的额，我便抛弃世间一切，也不足惜。我的枪从手中脱出，落在草地上。我忘却了一切，不知餍足地贪看她那优雅的体态和项颈、可爱的臂、白的头巾下面的蓬松的发、半闭的明慧的眼、睫毛，及其下面的嫩柔的双颊。……

"青年啊，嘿，青年啊！"忽然我的近旁有人叫着，"你可以这样地注视不相识的少女吗？"

我吃了一惊，哑子一般了。……在我近旁，低垣的那一边立着一个有短的黑发的男子，讥讽似的对着我看。同时那女子也转向了我。……我刚在明媚而生动的颜面中看见一双大而灰色的眼，忽然全部的颜面微微地动起来笑出来，闪出洁白的牙齿，双眉滑稽似的向上一挺。……

我脸孔绯红了，从地上拾起了我的枪，被一种音乐的但非恶意的笑声护送着，逃归我自己的房中，把身子倒在床上，把面孔埋藏在自己的两手中。我的心怦怦地跳动。我觉得异常羞耻又欢喜，我感到一种从未经验过的刺激。

休息了一会儿之后，我整理我的头发，洗了手，下楼来吃茶。那少女的影像，浮出在我眼前，我的心已经不再跳动，但充满着一种甘美的压迫。

"怎么样了？"父亲突然地问我，"你打着了一只老鸟吗？"

我正想把一切情形告诉他，忽然又自己阻止了，只是独自微笑。将就寝的时候，我——不知什么缘故——独脚在地板上回旋了三次，又把香水洒在发上，翻进床中，熟睡了一夜。天将晓时，我醒过来，抬起头来茫然地向四周一看，又倒下熟睡了。

三

"我怎样可和他们相识呢？"是我那一天醒来时候的最初的念头。朝茶之前，我即出门走到园中，但不十分走近那低垣去，并且也不见一个人。早茶之后，我在屋前面的街上往复跑了数次，远远地眺望那小舍的窗。……在窗帘上想象出那女子的颜面来，心中惊慌，连忙跑开了。

"但我定要认识这女子，"我在纳斯苛契尼公园前面的沙地上闷闷不乐地徘徊，心中这样想，"但是用什么方法呢，这是一个问题。"

我回想昨日会见那女子时候的极详细的情形。不知什么缘故，那女子对我一笑的时候的情景，在我有特别明了的回想。……但当我压榨我的脑浆，做种种计划的时候，命运已经给我准备很好的机会了。

我不在家的时候，母亲从那新来的邻家收到了一封用灰色纸写，而用邮局的通知书上或廉价的葡萄酒的瓶盖上所特用的棕色的蜡封固的信。这信中用着不通顺的文字、不精美的笔迹，是那公爵夫人恳托我母亲鼎力援助她。她说我母亲和大官员们很熟识，现在她因为发生了非常重大的事件，她的命运和她的子女们的命运都操在这等大官员们的手里。

她信上写着："我以贵妇人的同等地位，致书于夫人。因这缘故，我很欣幸利用这机会。"信的结末，她要求我母亲允许她来访问。

母亲因为想不出办法，样子似很不高兴。父亲又不在家，她没有人可以商量。对手是贵妇人，不答复是不可以的，但母亲难以决定怎样答才好。用法语答复觉得有些不配；俄语的缀字，又不是母亲所十分得意的，她自己明知这一点，所以不愿将自己的缺点暴露于他人。

因此母亲见我来了，非常欢喜，即刻吩咐我到公爵夫人那里去，用口信告诉她，母亲如果能力所及，随时都乐愿为她效劳，又邀她当日下午一点钟来访。

我的秘密的愿望不料这样急速地实现，使我又喜又惊。但我并不表露我心中所起的动乱，我就预备，回到自己房中，换上一条新的领带和一件新的燕尾服；我在家中还穿着短的上衣和翻领褂，我实在非常嫌恶这个。

四

我四肢带了一种不期的震颤而走进这小舍的狭窄而不整洁的正门的时候，遇见一个面如紫铜、眼小而丑如猪眼，且额及颧颞上有我所从未见过的极深极深的皱纹的灰色头发的仆人。他手中捧一个盛着咬残的鳞鱼脊骨的盘子，正在用他的足关闭通房间的门，突然叫道："你干吗？"

"札西京公爵夫人在家吗？"我问。"服尼发谛！"一个聒耳的女声从里面叫出。

那仆人不作一声，背向了我，现出他的缀着孤零零的一粒带红色而有花纹的纽扣的制服的极褴褛的背部。他把盘子放在地板上就去了。

"你警察署里去过了没有？"同样的女声又说。那老仆咯咯地在那里回答。

"啊……有客人来吗？"我又听得这样说。……"邻家的小主人！那么请他进来。"

"请进客堂来。"老仆又走出来，一面从地板上拾起盘子，一面对我这样说。

我抑住了感情，走进客堂去。

所谓客堂，是一间狭小而不甚清洁的房间，有几件粗陋的家具，草率地放置在那里。近窗口一只缺一个挡手的安乐椅上，坐着一位身穿旧的绿色的衣服、项中围着一个条纹的毛丝制的围巾、不戴帽而颜貌丑陋的五十来岁的妇人。她的一双小眼像针一般盯着我。

我走上前去，对她鞠躬。

"这位是札西京公爵夫人吗？"

"我正是札西京公爵夫人。你就是比得先生的令郎吗？"

"正是。我是母亲叫我传言来的。"

"请坐。服尼发谛，我的钥匙哪里去了？你看见吗？"

我对公爵夫人陈述了母亲对她的信的答复。她一边倾听我说，一边用她的肥大而红的手指重重地叩击那玻璃窗。我讲完了，她又对我注视一番。

"那好极了，我准定来。"后来她这样说："你真年轻啊！请问你今年几岁了？"

"十六岁。"我不知什么缘故格格不吐地回答。

夫人从囊中取出几枚写满字的油污的纸张来，一直提起到自己的鼻头前面——详细审视。

"真年轻啊！"她把身体不绝地在椅子上变换方向，突然这样叫，"啊，你不要客气，尽管同在自己家里一样。我是不拘礼节的。"

"的确太不拘礼节了。"我心中这样想，一面细看夫人的不可爱的风采，发生一种不可抑制的恶感。

这时候另外一边的门忽然开了，门中立着我昨日在园中所见的少女。她举起一只手，脸上显出一种讥讽似的微笑。

"她是我的女儿。"夫人指着那少女说，"蕊娜契卡，他是邻家比得先生的令郎。失礼了，请问你叫什么名字？"

"符拉地米尔。"我立起身来回答，因为感情兴奋，语言支吾了。

"那么，你家的尊姓呢？"

"比得洛微契。"

"啊，我有一个相识的警察署长，也叫作符拉地米尔·比得洛微契。服尼发谛！不要找我的钥匙了，钥匙在我袋里。"

那少女依然作同样的微笑，微微地开合她的眼帘，又把头略倾在一边，注视着我。

"我以前曾经见过服尔第马尔君。"她开始说。

（那银铃一般的声音,使我全身起一种甘美的战栗。）"你许我这样称呼你，好否？"

"好，就请……"我口吃着回答。

"你在哪里见过的？"夫人问她。

公主没有回答她母亲的问题。

"此刻你有事吗？"她不绝地注视着我，这样问我。

"没有事。"

"你来帮我卷毛线，好吗？请到我这儿——房里来。"

她点头招呼我，走出客堂去。我跟了她走。

我们如今走进的一间房间，用具比较好些，且布置得较有趣味。其实当那时候，我对于无论何物都没有留意的余暇了。我仿佛在梦中行动，觉得全身充满着一种近于精神衰弱的、强烈的幸福的感觉。

公主坐下了，取出一绺红色的毛线来，叫我坐在她的对面，仔细解开了那红毛线，把它放在我的两手中。在这时间她始终装着一种诙谐的沉思的态度，微开的唇上带着那种同样的鲜明而狡狯的微笑，默默不语。然后她把那毛线卷在一块弯曲的牌上，忽然她用非常鲜明而且活泼的眼向我一闪，使我不得不垂下我的两眼。她的平常半闭着的眼睛满满地张开了的时候，她的容貌完全变更，仿佛有一种光辉流泛在她的脸上。

"你昨天对我怎样想，服尔第马尔君？"略停了一会儿之后她这样问我，"大约你对我怀了不好的感想罢？"

"我……公主……我并不……我哪里可？……"我狼狈地回答。

"我告诉你，"她又说，"你还没有理解我。我是一个奇怪的人，我常常欢喜听别人的真话。你，我刚才听得你说是十六岁，但我是二十一岁了，我比你年长得多，所以你应该常常对我说你的真话……又听从我的话。"她又说："请你看着我的脸孔，为什么不看我？"

我越发面红了，只得大了胆举起眼睛来看她。她微笑了，不是以前那种恶意的微笑，却换了一种满足的微笑。"看着我呀！"她温柔地放低她的声音，说道："我不嫌你看我。……我欢喜你的脸儿。我觉得我们可做朋友。但不知你欢喜我否？"她又狡猾地这样补足了说。

"公主……"我正想说话，被她的话拦阻了。

"第一件事，你应当呼我为蕊娜伊达·亚历山特洛符娜。第二件事，孩子们——（她立刻又改正了说）青年们——不把他们心中所想的事老实说出，是一种恶习气。大人方才可以如此。你是欢喜我的吗？"

她这样自由地和我说话，我虽然非常欢喜，但心中仍有些懊恼。我想使她知道她的对手已不仅是一个孩子，于是竭力装出一种自然而庄严的神气来，说道："我确是非常欢喜你的，蕊娜伊达·亚历山特洛符娜，我绝不想隐瞒。"

她摇着头，好像在沉思的样子。

"你有家庭教师吗？"她突然地问我。

"没有，我早已没有家庭教师了。"

我说了一句谎话，其实我离开我的法国人还不到一个月。

"啊！是的——你早已是成人了。"

她轻轻地扣我的手。

"把你的手放直！"

说着，她连忙卷她的毛线。

我乘她俯视的时候，偷看她的容颜，起初是胆小地看，后来就渐渐大胆地看。我觉得她的容颜比昨日初见时更加妖艳了，没有一处不婉美、玲珑而且可爱。

她背了张白窗帘的窗子而坐着，日光通过了那窗帏而流入，在她的绒毛似的黄金色的卷曲的发上、纯洁的颈上、平坦的眉上，和柔顺而平稳的胸上，映着一种柔和的美光。我注视她，她现在已经对我如何亲密而且接近啊！我似乎觉得同她相识已久了，又似乎觉得在同她相识以前，并不曾知道有什么世间，也并不曾生活过。……她穿着一件黑色的极随常的衣服和一条前褡，我很想和这衣服及前褡的个个褶纹亲吻。她的小靴尖在她的裙子下面露出来，我很想用崇敬的心念而拜倒在这靴下面。……

"如今我坐在她的前面了，"我想，"我已同她相识了……唉，何等幸福！"

我大欢喜之下，不禁要从椅子上跳起来，但我不过微微地摆动我的两足，好像一个得着了糖果的小孩。

我欢喜得像鱼得了水一般，我但愿永远住在这房间中，永远不离去这地方。

她的眼帘慢慢地举起来，那明净的眼睛又温和地照看我，又微笑了。

"你这般地看我！"她缓缓地说，举起一个威严的手指。

我面红了。……"她一切都晓得了，一切都觉察了。"这一念闪过我的心头，"她哪里会不晓得一切，不觉察一切呢？"

突然邻室中发生一种音响——军刀的磨击声。

"蕊娜！"公爵夫人在客堂中叫着，"比洛符左洛符带一只小猫来给你了。"

"小猫！"蕊娜伊达叫着，蓦地从椅子里立起身来，把毛线球抛在我的膝上，便走了出去。

我也起身，将那线绺和线球放在窗缘上，走出到客堂里，逡巡不决地立停了。在室的中央，蹲着一只张着爪的斑花小猫，蕊娜伊达俯伏在它的前面，正在仔细地托起它的小头来。在公爵夫人的旁边，而几乎填满了两窗之间的空地的，是一个有亚麻色的弯发、蔷薇色的颊和突出的眼睛的青年骑兵。

"这小东西何等有趣！"蕊娜伊达正在说，"它的眼儿不是灰色的，倒是青的，那耳朵好长呀！谢谢你，费克托尔·咸各微契君！你真亲切。"

那骑兵——我认得是我昨晚在公园中看见的四个少年中的一人——笑嘻嘻地鞠一个躬，他的靴铁和军刀的链条锵锵地擦响起来。

"昨天你说起要一只长耳朵的斑猫……所以我就把这个办到了。你的话我当作法令守着呢。"他说着又鞠躬。

那小猫轻轻地叫，又在地上嗅。

"饿了罢！"蕊娜伊达叫，"服尼发谛·索尼亚！拿些牛奶来。"

一个穿着一件旧的黄色的长衣、围着褪色的颈卷的婢女，拿了一盆牛奶进来，放在小猫的面前。那小猫飞跑过来，张着眼一看，就去舔食了。

"好一个蔷薇色的小舌头啊！"蕊娜伊达把头差不多贴在地上，从那小猫的鼻的下方斜窥，这样说。

那小猫一吃饱，喉头微微发出一种声音，又鼓动它的爪。蕊娜伊达立起身来，随随便便地向那婢女说道："拿去。"

"为这小猫——请你的手。"那骑兵略耸动他的裹在一套装纽扣的新军服里面的健壮的身体，这样说。

"请把我的两手……"蕊娜伊达伸出两手给他。当他吻她的两手的时候，她隔着他的肩向我看着。

我像钉住一般直立原处，不晓得是笑好，还是说什么好，还是不作声好。忽然我从门外的走廊里看见我家的仆人富耀独尔，他正在对我招呼。我机械一般地走了出来。

"有什么事情？"我问他。

"你母亲差我来的。"他轻轻地说，"她在动怒，为了你不带回音转去。"

"啊，我在这里长久了吗？"

"一个多钟头了！"

"一个多钟头了！"我不知不觉地顺了他一遍，就走进客堂去，鞠躬告辞，把脚在地板上摩擦。

"你到哪里去？"公主从骑兵后面对我一看，这样问。

"我现在非归家不可了。"我说，又向了老夫人说，"夫人一准下午二时请过来？"

"准如你所说罢，好官人。"

公爵夫人忙着取出她的鼻烟匣子，大声地吸鼻烟，使我惊异至极。

"准如你所说罢。"她正在打喷嚏、流眼泪，重新对我说一句。

我又鞠躬，回转身来，走出室外，觉得背部带着一种年轻人晓得背后有人看送他的时候局蹐不安的感觉。

"下次再来看我们，不要忘记，服尔第马尔君。"蕊娜伊达这样叫，她又笑了。

"她为什么常常笑呢？"当富耀独尔带一种不满意的神气而默默地送我归家的时候，我这样想。到了家中，母亲责备我，且怪我在公爵夫人家有什么事，要这样长久。我默默不答，就回到自己房间里。忽然心中觉得非常悲哀。……我几乎要啼哭。……我嫉妒那个骑兵。

五

公爵夫人如约来访我的母亲，使我的母亲感到了一个可嫌的印象。她们会面的时候我不在家，后来晚餐时光，听得母亲对父亲说起，这公爵夫人是一个"极卑俗的女子"，她要母亲为她办赛尔给伊公爵的交涉，弄得母亲十分为难，又说她似乎关系着无数的讼案和事件——"卑陋的金钱上的事件"——所以她定是一个极讨厌又好诉讼的人。

但母亲又说她已经请公爵夫人和她的女儿明天晚上来我家共餐（听见了"女儿"两个字，我忙把鼻子藏在盆子里了），因为她毕竟是我们的邻人，而且是有爵位的人。

父亲听了，便对母亲说，他已记起这公爵夫人是谁。他说他小时候，曾经认识这已故的札西京公爵，他出身上品人家，但天生是一个很轻薄又愚昧的人。因为他曾久居在巴黎，交际社会上给他取了一个绰号，叫作"巴黎子"；又说他原是很富的，但为赌博丧尽了财产，此后又不知为了什么理由，大概是为了金钱——父亲又冷笑一声，先补足一句：其实就是为金钱，也不难选择一个较好的女子。——他和一个商人的女儿结了婚，结婚以后他又干投机事业，就全部破了产。

"她只要不说起借钱就好了。"母亲说。

"那一定可能的罢。"父亲慢慢地回答，"她会讲法语吗？"

"讲得很不好。"

"哼，那倒也没有什么关系，你说你也邀请她的女儿，有人对我说，她的女儿倒是一个极伶俐而且有教养的女子。"

"啊，那么不像她母亲。"

"也不像她的父亲，"父亲接着说，"他虽然受过教育，但是一个愚人。"

母亲叹息，陷入沉思。父亲不再说什么。我在这场会话中，觉得很不愉快。

正餐后，我走到园中去，但不带枪。我自己立誓不再走近札西京家的庭边去，但一种不可抵抗的力把我拉近那边去，且这一去并不徒劳。我刚才走到那短垣旁边，恰巧遇见蕊娜伊达。这回只有她一人。她手中拿着一册书，慢慢地沿着小路走来。她没有留意我。

我想让她过去了。忽然我又改变了心，咳嗽了一声。

她回转头来，但不立停，用一手掠开她的草帽上的阔青色的围带，看着我，慢慢地微笑，又把眼俯看书上。

我脱了帽，踌躇了一会儿之后，心中怀着苦闷而走开了。"她当我什么？"我心中（不知道什么缘故）用法兰西语这样想。

熟悉的足音在我后面响着，我回顾时，见我的父亲用他的轻快的步调，正在向我走来。

"这是那公爵家的女儿吗？"他问我。

"是的。"

"啊，你认识她的？"

"今天早晨我在公爵夫人家中看见过她的。"

父亲立停了，他的脚踵敏捷地旋转来，走了回去。

他走到蕊娜伊达面前，对她恭恭敬敬地行一个礼。她也对他行礼，脸上现出惊奇的颜色，同时翻落了她的书。我看见她怎样目送我的父亲。父亲的服装平常总是无瑕可指，简单而有他所独特的格调，但我觉得他的风采从来没有像今日那样优美，他的灰色的帽子，从来没有像今日那样恰好地戴在他的比年轻时并不薄了些的卷发上。

我向着蕊娜伊达走去，但她并不看我，拾起了她的书就走了去。

六

这一夜和次日，我完全在一种颓丧而失感觉的状态中。我记得我曾想用功，拿侃达诺符的《世界历史》来读，但这有名的教科书的印刷很清楚的行和页，徒然地在我眼前经过。我将"尤利乌斯·恺撒以其战士的勇气而成名"的文句读了十遍，但一点也不懂得，终于把书抛弃了。正餐之前，我在发上再洒一回香水，又穿上了我的燕尾服和领带。

"你为什么打扮得这样？"母亲问我，"你现在还不是一个大学生，你能不能通过你的入学试验，还未可知。且你的短上衣做得并不长久！不可弃掉的！"

"恐防有客人来。"我差不多绝望地，格格不吐地回答。

"何等没道理的话！有贵客来咧！"

我只得服从，脱去燕尾服，仍旧换上了短上衣，但不除去我的领结。

公爵夫人和她的女儿在正餐前三十分时光来了。这老夫人在昨日我已见过的青色外衣上，添上了一个黄色的肩挂，戴一个老式的装着火红色的围带的帽子。她开口就说她的经济困难，太息，愁诉她的贫乏，且要求帮助。但她的举止很不客气：照例大声地吸鼻烟，又照例自由地在椅子上偃仰转侧，好像全不顾着自己是一位公爵夫人。

反之，蕊娜伊达态度很严肃，又差不多高慢，处处见得是一位公爵家的公主。她的脸上有一种冷静的安定和威严，几乎使我不认识这是她的本来的容貌。她如今的微笑和斜睇，我也没有见过，然而这种新的样子，我也觉得非常美。她穿着一件有淡青色的花的轻的巴兰其纱的衣服。她的发挂下很长的云卷在颊上，作英吉利风，这式样十分适合于她的脸孔的冷淡的表情。

共餐的时候，父亲坐在她的旁边，他用他所独得的老练而镇定的殷勤的态度招待他的邻席。他时常对她看，她也对他看，但样子非常奇怪，差不多各怀敌意。他们的会话用法语。我曾记得，我非常惊叹蕊娜伊达的发音的正确。

公爵夫人在席上，与前一样地不拘礼节。她管自大嚼，且称赞着馔的味美。母亲明明被她所困了，用一种倦怠而疏忽的态度对付她；父亲时常微微地皱眉头。母亲连蕊娜伊达也不欢喜。

"一个傲慢的泼婆，"次日母亲这样说，"你想她有什么可以傲慢，装着那像 Grisette 的脸孔！"

"你也没有见过甚样叫作 Grisette 呢。"父亲对她说。

"幸而我没有见过！"

"幸而你，没有见过……那么你怎么提出她们来说呢？"

蕊娜伊达对我全同素不相识一样。会餐毕后，公爵夫人就起身来告辞。

"马利亚·尼古拉哀符那君和比屋托尔·伐西利契君，我全仗你们的亲切的照拂了。"她用一种悲哀的单调的语气对父亲和母亲说，"我如今全然没有办法！以前曾有好的日子，但是已经过去。如今我虽有这爵位，不过是一个贫乏的空名，没有可受用的实在了。"

父亲对她恭敬地行了礼，送她到厅堂的门口。我穿了短上衣立着，眼看着地板上，仿佛一个受了死刑宣告的人。蕊娜伊达对我的态度，完全使我心碎了。却不料当她走过我身边的时候，她的眼中忽然露出和从前一样的温柔的表情，急速地低声对我说：

"今夜八点钟到我们那儿来，听见了吗？一准来……"

我但伸一伸我的手，她把白的肩巾一搭上项颈，早已走过去了。

七

八点整，我换上了燕尾服，将发在额上梳成一丛，走进公爵夫人所住的小屋中去。那老仆对我嫌恶似的一看，不愿意似的从他的凳上立起来。客堂里有一种欢喜的喧嚣声。我推门进去，吓得几乎退了出来。那室的中央，椅子上立着公爵的女儿，手里正拿着一顶男子的帽子，放在前面。椅子的周围聚立着五六个男子。那女子拿帽子在他们的头上猛烈地摇动，男子们争把他们的手放进帽子里去。

那女子看见了我，叫道："且慢，且慢，又来一客人了，也该给他一张入场券。"就轻轻地从椅子上跳下，拉住了我的衣袖。"到这儿来呀，"她说，"你为什么立着不动？诸君，让我介绍这位客人：这位是服尔第马尔君，就是我们的邻家的儿子。这位是，"她又向着我说，为我顺次介绍她的客人，"马来符斯奇伯爵，这位是罗兴医生，这位是漫伊达诺符诗人，这位是退职大尉尼尔马次奇君，这位是骑兵官比洛符左洛符君，你所已认识的。我希望你们大家做好朋友。"

我非常慌张，连对他们行礼都不行。那罗兴医生，我认得就是前回在园中极残酷地弄得我羞耻的黑发男子，其余的人我都不认识。

"伯爵！"蕊娜伊达继续说，"请写一张券给服尔第马尔君。"

"这不行的，"伯爵用轻佻的波兰风的语气回答。他是一服装很时髦、面色浅黑的美男子，有表情的棕色眼睛，细小的白鼻，又有可爱的细胡髭在小小的口上。"因为这位先生没有和我们竞赌过。"

"这是不行的。"比洛符左洛符和那所谓的退役大尉也异口同声地说。这大尉是四十来岁的男子，颜面上痘疮痕迹多得可嫌，头发弯曲像黑人一般，背脊隆起，两脚屈曲，穿着没有肩章纽扣的军服，纽扣也不扣上。

"我说要写一张给他。"公主又说，"你们为什么这样地反抗？服尔第马尔君是第一次来此，对他还不能用什么规则。你们无须反对——写给他罢，我说要写给他。"

伯爵耸一耸肩，但柔顺地低了头，把笔拿在他的戴着指环的白手中，撕下一块纸，就写了。

"我们总应当把现在举行的事对服尔第马尔君说明一下，"罗兴用讥讽似的语调说，"否则他将完全输了。你知道吗，青年，我们如今是竞赌。这公主是给奖的，拈着好签的人，得着吻她的手的特权。我所说的你都明白了吗？"

我但对他注视，依旧发痴似的直立着。这时候公主又跳上椅子，把那帽子摇动起来。男子们争向她拥挤过去，我挨在他们的后面。

"漫伊达诺符，"公主对一个有瘦削的颜面、小而润的眼睛和极长的黑发的长身少年人说，"你是诗人，应该豁达的，你的签让给服尔第马尔君，使他得了两次罢。"

但漫伊达诺符摇摇他的头，表示不愿意，振动他的发。别人都试过之后，轮到我了，我也把手伸进那帽子中，打开签来一看。……呀！当我看见"接吻"两字的时候，我心中不知怎么样了！

"接吻！"我不由地高声叫起来。

"好！他赢着了，"公主急速地说，"我何等快活呵！"

她从椅子上跳下来，对我非常明朗可爱地一看，使我的心狂跳。

"你欢喜吗？"她问我。

"我？……"我含糊地说。

"你的签卖给我罢，"比洛符左洛符突然在我耳边大叫，"我给你一百个卢布。"

我用极轻蔑的一看拒绝这骑兵，蕊娜伊达拍起手来，罗兴也叫道："好呵！好呵！"

"但是，我是这仪式的主宰者，"他又继续说，"故我有监督一切规则的履行的义务。服尔第马尔，你得跪下一膝。这是我们的规则。"

蕊娜伊达立在我面前，她的头略倾在一边，似乎要对我更详细地观看。她带着一种威严，伸出手给我。一阵朦胧的雾经过我的眼前，我想跪倒一膝，竟把两膝一齐跪下了，很不自然地接近我的唇到蕊娜伊达的指上，甚至被她的手在我鼻端上微微地搔了一下。

"好了，好了！"罗兴叫了就扶我起来。

竞赌的游戏继续做下去。蕊娜伊达让我坐在她的身旁。她提议种种奇异的游戏！其中有一次，她自己装作一个立像，选那丑男子尼尔马次奇装作立像的台座，命他把身子弯成弓形，俯下他的头在自己的胸前。

笑声一刻也不停止。在我，一个从小生长在上品的贵族家庭的重门深院中的孩子看来，这种喧哗和骚乱，这种近于乱暴的放浪的欢乐，和这种对于素不相识的人的交际，但觉得心中如梦摇荡。我头脑像酒醉一般地渐渐晕眩了。后来我竟会比别人更高声地说笑，使得那正在邻室里和从脱凡尔斯奇门招请来的某书记商谈事情的公爵夫人听见了，特地走进来看我。但我觉得非常快乐，对于什么都不顾虑，就是他人的指点嘲笑，我也毫不介意了。

蕊娜伊达始终和我特别要好，常常叫我待在她身边。在有一回游戏中，我须得与她并坐了，用一块丝帕将我们二人遮盖，我在这下面告诉她我的"秘密"。我曾记得我们两人的头忽然被包围在一种温暖、微明而芳香的黑暗中，在这黑暗中她的眼的柔美而迫近的光辉，从她的张开的唇间吐出来的燃烧似的气息，她的皓齿的光辉，发的尖梢接触我的颜面，使我的感情像火一般燃烧起来。我默默不语。她狡猾地又神秘地微笑，最后轻轻地问我：

"唔，什么秘密？"

我只是红了脸，笑着，闭着气息转向他方。

我们对于竞赌已经疲倦了——又开始做一种绳的游戏。唉！当我不留心被她在指上猛打了一下的时候，我何等魂飞一般的欢喜，我后来又如何装出毫不介意的样子，她又如何戏弄我，不肯接触我伸出来的手！

我们那一晚做了种种的事！我们弹洋琴，唱歌，跳舞，效仿 Gypsy（吉卜赛人）的营宿。尼尔马次奇被他们打扮作一只熊，使他饮盐水。马来符斯奇伯爵做出种种的骨牌游戏来，把骨牌打乱之后，做惠斯特游戏，结果一切的牌归他自己，于是罗兴"祝贺他的光荣"。漫伊达诺符背诵他所作的《杀人者》的诗数章（这时代是浪漫主义达于绝顶的时候），这诗是他打算用黑封面题血色的红字而出版的。他们又从书记的膝上偷取他的帽子，逼他做哥萨克跳舞，赎回他的帽子。他们让那老服尼发谛戴了妇人的帽子，公主戴了男子的帽子。……我不能一一记忆当时所做的事情。只有比洛符左洛符颦蹙又愤怒，渐渐退缩到后面去。……有时他的眼睛似乎要射出血来，他的面孔通红，他似乎常想向我们冲过来，把我们同刨屑一般地蹴散，但公主时时对他举眼，对他摇手，于是他再退回本来的一角里。

后来大家十分疲倦了。就是那自称没有一事做不到且不怕骚扰的公爵夫人，到后来也疲倦起来，盼望静止与休息了。夜里十二时，办出晚餐来，有一片枯燥的干酪，和几个包着切细的火腿的冷的馅饼，然而我觉得这比我以前所尝过的一切点心甘美得多。只有一瓶葡萄酒，且是很奇怪的一瓶：一个阔颈黑色的瓶，里面的酒作桃红色，但没有一人去喝它。疲倦了，又因过于欢乐而困乏了之后，我就离开这公爵家。临别的时候，蕊娜伊达殷勤地和我握手，又哑谜一般地微笑。

夜气沉重而润湿地接触我的火热的脸。雷雨似乎要来了，黑的雨云显著地变动其如烟的轮廓，渐渐地升起来，徐徐地横过天空。风在黑暗的树林中不绝地颤动，有一处辽远的地平线上，钝重的雷声愤怒地自言自语似的响着。

我由后面的扶梯走进我的房间中。我的老仆人躺在地板上熟睡了，我必须由他身上跨过。他醒来，看见了我，对我说，母亲今朝又为我动怒，又要着人来唤我，但被父亲阻止了。（我从来没有一次不向母亲道了晚安，又为她祝了福而就寝。然而今晚没有法子了！）

我对老仆人说，我自己会脱衣就寝的，就熄了蜡烛。但我并不脱衣，也不就寝。

我坐在椅子上，坐了很久，似乎着了魔一般。我的感觉非常新鲜又非常甘美。……我静静地坐着，几乎绝不回顾，也不移动，缓缓地呼吸，但有时对于一种回想悄悄地微笑，又或想起了我如今已落入恋爱，那女子是我的对手，这是真的恋爱，便浑身发冷。蕊娜伊达的容貌在黑暗中常浮现到我眼前——浮现出来，便不消去。她的唇上依然表现着同样的哑谜的微笑，她的眼睛带着一种疑问的、如梦的、温柔的……恰如刚才和我分别的时候的表情，从侧面眺望我。

后来我立起身来，跷着脚趾走到床边，不脱衣服，轻轻地把头靠在枕上，似乎谨防突然的动作惊扰了充满在我的灵魂的那种东西。……我躺下了，但并不闭眼。忽然觉得有一种微光不绝地照进房中来。……我起来向窗外瞧视。那窗棂和那神秘而朦胧地发着光的窗玻璃，显然可以辨别。

我想，这是雷雨了。这是真的雷雨了，但它咆哮在很远的地方，故雷声也听不到。只见微茫的、长的电光，犹似分枝一般不绝地闪过天空。但这与其说是闪耀，不如说是像将死的鸟的翅膀一般地战栗又痉挛。

我就起床，走到窗边，在那里一直站到天明。……那闪电一刻也不停止，这便是农民所唤作的"雀夜"。我注视那好像随了每次的闪电而一齐震颤的默默的沙原，纳斯苛契尼公园的黑块，和远处的房屋的微黄色的门面。……我不绝地注视，不能离开那地方。这种默默的电光，这种闪烁，好像同我的胸中燃烧着的秘密的无声的情火相应和着。

天黎明了，天空现出块块的红云来。太阳渐渐近地平线来，电光渐渐淡起来，后来平静了。那闪耀的光辉也渐渐减少起来，后来湮没在那将到的白昼的正确的光明中而消灭了。……我的情火的闪烁也消灭了。我觉得非常疲劳且安静……然而蕊娜伊达的幻影，依然得意似的浮现在我心头。但这幻影也好像比以前稳静：犹似一只方从池沼的芦苇中飞出来的白鸽，显著地被衬出在其周围的别的不美的物体中间，当我将睡着的时候，我心中充满了诀别的敬慕之念，把自己的身体抛投在它面前。……

唉，甘美的情绪，温柔的和谐，柔和的心的善与和平，恋爱的最初的欢乐的幸福，它们在哪里呢，它们在哪里呢？

八

次日早上，我下楼来吃早茶的时候，母亲责备我——但不如我所期望的厉害——且盘问我昨夜在哪里。

我隐没了许多详细点，且处处装着极自然的样子，而简单地回答她。

"总而言之，他们不是善良人，"母亲对我解说，"你不准备你的大学测验，也不用功，而专在那里游荡，是不应该的。"

我已明知母亲关于我的课业的挂念只限于此数语，觉得无回答之必要，但早茶之后，父亲挽了我的臂，同我到园中去，强逼我告诉他我在札西京家中的所见。

父亲对我有一种不可思议的力，我们父子间的关系也甚不可思议。他差不多全不注意我的教育，又极少和我讲话，但他又决不伤害我的感情。他尊重我的自由，他待我——倘我不妨这样说——用一种礼貌……但他决不使我真个接近他。我爱他，我尊敬他，他是我的理想的男子——唉！我将怎样热情地倾向他，倘使我心中没有父亲常要远离我的意识！但当他高兴的时候，他差不多能将一句话，或一个举动即刻唤起我对他的无限的信仰。我打开了我的心腹，对他说话，像对贤达的朋友或亲切的教师一样……忽然他舍弃我，又拒绝我了，似乎温和且有情，然而他仍是拒绝我了。

有时他非常高兴，就会和我一同玩耍、游戏，像一个孩子（他欢喜各种活泼的运动）。有一次——这种机会是永没有第二次的！——他非常亲切地抚爱我，使我几乎流泪。……但是这高兴和亲切忽然又一齐消失得影迹全无。我们二人间的经过情形，竟像一个梦，使我无法维系将来的希望。有时我细审他的聪明秀美而且光明的颜面……我的心会战栗起来，我的全身倾向他了……他似乎觉察我心中所起的现象，顺手在我的颊上一抚，便走开去，或便做他的某种工作，又或立刻同冰一样地完全冷却，仿佛他是专会冷却的，于是我立刻退缩，也冷却了。

他对我的难得发作的亲情，绝不是我对他的不言而可意会的恳愿所能唤起的，而往往不期地发作。后来我仔细考察父亲的性格，达到了这样一个结论：他对于我和家庭，是无暇顾虑的；他的心常向着别的事件，而且是对于别的事件觉得十分满足的。

"你自己能力所及的，尽管自己去做，决勿为他人所支配。要依从自己的意志——人生一切滋味都在这里了。"他有一天对我这样说。又有一次我装民主主义者的腔调，对他表示我对于"自由"的意见（我常说他这一天是"优待"我的，在这种时候，我可以自由自在地对他说话）。

"自由，"他回答，"你晓得什么能给人自由？"

"什么呢？"

"便是意志，自己的意志，它能给人一种力，这力比自由更好。懂得了意志的用法，就可得到自由，也会支配了。"

我的父亲，对于生比什么都要爱惜。……恐怕他是预觉他自己不能长久享人生的"味"的——他在四十二岁上就死去。

我把我昨夜在札西京家的一夜的光景细细地说与父亲听了。他坐在园中的椅子上，用他的杖在沙地上划来划去，似注意，又似不注意地倾听我。他时时微笑，时时举起明亮而滑稽似的眼来看我，且时时用琐细的质问和同意的表示来探我的话。我起初连蕊娜伊达的名字也说不出口，但后来耐不住了，我就开始赞美她。父亲依旧微笑，然后他沉思了，挺一挺腰，站了起来。

我记得他出门的时候，曾吩咐预备他的马。他是一个很高明的骑手，且有远胜于拉莱氏的驾驭最恶的马的秘诀。

"父亲，我也同去好吗？"我问。

"不要。"他回答，他的脸孔变成了他本来的和气而冷淡的态度，"你要去，独自去罢。给我对马夫说我不去了。"

他背向了我，快步走了去。我目送他。他在门中消失了。但见他的帽子在低垣外移行，他走进札西京公爵家里去了。他在那里待了不过一小时光景，就出来，又向市中去，直到晚上归家。

正餐之后，我到札西京家去。只见公爵夫人独自在客堂中。她见了我，拿起一支编物针来在帽子下面搔她的头发，突然问我可为她写一张诉愿书否。

"好的。"我坐在椅子边上，回答她。

"只要留意把文字写大些。"她递一张油污的纸给我，说道，"不晓得你今天能写好否，先生？"

"可以，我今天写好就是了。"

恰好邻室的门开出，我从门隙间看见蕊娜伊达的脸，苍白且带忧愁，她的发随便地抛在后面，她用大而冷的眼睛对我注视，轻轻地关上了门。

"蕊娜，蕊娜！"老夫人叫她。蕊娜伊达不答应。我拿了老夫人的诉愿书回家，费整个黄昏给她写。

九

我的"爱情"从这一天开始了。我记得当时感到一种像人们初就职务的时候所必须感到的滋味：即我现在已不仅是一个孩子，我是已经在恋爱了。我曾经说过，我的爱情是从这一天开始的，我又可补说一句，我的苦痛也是从这一天开始的。我离开了蕊娜伊达便焦虑，便万事不入我的心中，万事惹我讨厌，接连数日地热烈地想念她……我离开了她，便焦虑……但在她面前这焦虑也毫不轻松一点。我嫉妒，我自恨我是一个不足取的孩子。我自己愚蠢地愤怒或卑陋自己，然而有一种不可抵抗的势力，将我拖近她去，我每次走进她的房间的门的时候，不能不感到一种欢喜的战栗。

蕊娜伊达立刻明白我是在对她恋爱了，其实我也决不——连想也不想——隐讳。她玩弄我的爱情，愚弄我，爱抚我又虐待我。为别人的最大的欢喜与最大的苦痛的唯一源泉，与专制的又不负责任的原因，定是一件愉快的事，我已经像一块蜡在蕊娜伊达的手中。然而她的恋人，实在又不止我一个。凡访问这公爵家的人们，个个为了她而狂热，她把个个人当作奴隶一般地自由操纵，诱起他们的希望，再诱起他们的恐惧，又恣意玩弄他们（她常称这为"挽拢他们的头"）。他们做梦也不想抵抗，个个热诚地服从她，这在她是快意的。

她的充满生命和美的全身，有一种由狡狯和疏忽、机巧和单纯、沉静和诙谐混合而成的独得的魔力。她的一切所说与所为，有一种美妙的魅力，在这里面她所特有的力显著地活动着。她的颜面又时时变化，时时有作用，又差不多在同时现出一种讽刺、梦想、热情的表情。各种各样的情绪，像大风的晴空中的云影一般美妙而迅速变化，不绝地在她的唇和眼上相追逐。

凡崇拜她的人们，个个是她所需要的。比洛符左洛符，她常唤他作"我的猛兽"，有时单唤"我的"，他是为了她赴汤蹈火都乐愿的。他自信没有什么智力和别种能力，所以常常在谈话中暗示其他的人们都不过是无意的缠扰而没有真正的愿望，而向她求婚。漫伊达诺符是适合于她的性格的诗人的一面的。他是类似一般作家的气质较冷静的人，他欲使她——或恐使他自己——相信他是同女神一般地崇拜她的，为她作极长的赞美诗，且用了一种又似做作又似真率的特别的热诚，读给她听。她给他同情，同时又略有嘲弄他的意思。她不甚信任他，每每听他倾诉了他的热情之后，便叫他朗吟普希金的诗，说用以"洗净空气"。

是讽刺家又说话非常刻薄的医生罗兴，比别的无论哪一个都更理解她的性质，又最爱她，虽然在她当面或背后常常责备她。她不得不尊敬他，但也因此而虐待他，有时她用一种特别的恶意的安慰，使他觉得他自己也是在她势力之下的人。

"我是浮薄的人、冷酷的人，我天生是一个女优伶。"有一次她在我面前对他这样说，"很好，很好！把你的手给我。我将用这针来刺，你被这位少年看见了一定怕羞，刺了又一定很痛，但你不过一笑，你这老实人。"

罗兴红着脸转向他方，又咬他的唇，终于遵命伸出他的手来。她用针刺入，他果然笑了……她也笑着，把针刺得很深，又窥看他那徒然拼命转向别处去的眼。……

蕊娜伊达和马来符斯奇伯爵的关系，我最不了解。他是一个聪明、秀美，且多才的男子，但带些暧昧，又带些虚伪，就像我一个十六岁的孩子，也能分明看出，但蕊娜伊达却没有注意，我真觉得奇怪。大概实际注意到他这虚伪的点，但没有表示罢了。她的不规则的教育、奇怪的交游和习惯、母亲的常不在家、家庭的贫乏和紊乱，这少女享受自由以来的一切的事件，和她的在周围的人们中最为优秀的自觉：凡此种种原因，在她心中扩大成了一种半轻蔑的、疏忽的、傲岸的习风。所以在无论什么时候，有无论什么事件发生，例如服尼发谛说砂糖没有了，或者有什么诽谤传到她的耳中了，或者她的客人们中起了口角了——她但摇一摇她的卷发，说道："这有什么要紧？"差不多全不介意。

但当我看见马来符斯奇走近她的身边，用一种狡狯的、狐狸一般的态度，轻俊地靠在她的椅背上，带着一种自得的又谄媚的笑容，在她耳边唧唧喁喁地细语，她两手抱着胸窝，也带着微笑而专心注视他，摇她的头的时候，我便怒气直冲，全身的血沸腾起来。

"什么原因诱致你欢喜马来符斯奇伯爵呢？"有一天我问她。

"他有那样可爱的胡须呢，"她回答，"但这是与你不同的。"

"你不必挂念我欢喜他。"又有一次她对我这样说。

"不，我决不会欢喜我眼下的人。我需要一个能够支配我的人。……但是，谢谢天，我希望我决不要遇到那样的人！我不愿受任何人的支配，无论关于什么事情。"

"那么，你绝不会有爱的吗？"

"你呢？我不是爱你的吗？"她说着，用指尖在我鼻上叩了一下。

不错！蕊娜伊达是拿我来玩弄取乐了。我和她在这三星期内天天见面，她和我什么事都一同做！她难得到我们家里来，但这点我并不怪她，她一到我们家中就变成一个青年的贵女子，一个青年的公爵家的公主，使我觉得有些威严。我深恐在母亲前面露出我的秘密，她非常嫌恶蕊娜伊达，常用敌意的眼看我们两人。父亲，我倒没有这样怕他，他似乎并不注意我。他难得对她谈话，但其谈话总有特殊的才智和意义。

我抛弃了用功和读书，连近郊散步和骑马也都停止了。我像一只被缚住了脚的甲虫，不绝地环绕着所爱的小舍而行动。我似乎情愿永远留在那里，从此不去……但这是不可能的事。母亲责备我，有时蕊娜伊达也催我回去。那时我就关闭在自己房间里，或者走到园地的尽头，爬到那高的石造温室废址上，在朝着道路的墙头上挂下两脚，接连几小时地坐着，只管向前方注视，但并不看什么东西。白的蝴蝶在我旁边的积着灰尘的荨麻上懒洋洋地飞回；不避人的麻雀停在离我不远的半坏的红砖瓦堆上，不绝地扭尾、回转，又用嘴整理它的尾毛，焦灼似的鸣噪；我所未能信任的那老鸟，高高地坐在一株桦树的无叶的梢上，忽断忽续地啼啭；日光和风轻轻地调动树的柔软的枝条；

铜寺的钟声，时时幽静又寂寥地飘到我的耳边。这时候我默坐着，注视着，倾听着，胸中充满着一种包括悲哀、欢乐、未来的预想，生的欲求与恐怖等一切的不可名状的感想。但在那时候，我对于这种感想全不懂得，对于纷纷地在我心头经过的一切感想，都不能命名，或者只能把它们全体唤作一个名字——"蕊娜伊达"。

蕊娜伊达依然玩弄我。她和我戏狎，我就觉得异常焦灼又欢乐，于是她忽然又抛弃了我，使我不敢近她——连看都不敢看她。

我记得有一次，她接连好几天对我非常冷淡。我完全沮丧了，拘谨地悄悄地走到他们家里，不顾管老夫人正在怒骂又懊悔的环境，走过去亲近她。她的经济事件遭逢失败，已经和警察厅办了二次"解判"。

有一天，我正在园中的低垣外散步，看见了蕊娜伊达。她支着两臂，坐在草地上，一动也不动。我想悄悄地走开了，忽然她抬起头来，严肃地招呼我过去。

我心慌了，起初不懂她的意思，她又招呼我，我连忙跳过那短垣，欢喜地跑到她身边，她用眼色命我止步，使我立在离开她两步光景的小径上。我狼狈得很，不晓得怎样才好，我就跪在小径的边上了。她的面色十分苍白，非常苦痛的烦闷，非常剧烈的疲劳，在她的面上处处表现着，使我心中非常难过，我口中不由地说出："你为什么呀？"

蕊娜伊达伸出手来，摘一片草叶，在口中咬了一会儿，又抛弃了。

"你是十分爱我的罢？"后来她说，"是的罢。"

我不回答——其实这时候哪有回答的必要呢？

"是的。"她与从前一样地看着我，又说一遍，"是的，同样的眼。"——她又继续说，她沉思了，藏她的脸在两手中。"我对于一切都厌烦了，"她低声地说，"我悔不最初就到世界的彼端去——我不能忍受了，我不能克制这个了。……我的前途还有什么呢！……唉，我真不幸呵。……天，我何等不幸呵！"

"为什么呀？"我胆小地问她。

蕊娜伊达并不回答，但略耸她的肩。我依然跪着，怀着极深的悲哀而看着她。她所说的话，个个字刺入我的胸中。在这时候，只要能除去她的悲哀，即便叫我舍弃我的生命，也极情愿。我注视她——虽然我不能知道她为什么而不幸，但是她受了不堪的苦恼而忽然跑到这园中，像被大镰杀倒一般地奄伏在地上的光景，明明白白地描出在我的脑中。

她的周围完全明亮而青绿。风在木叶间微啸，门时时把黑莓丛里的一根长枝摇曳过她的头上。又有鸠的鸣声，蜜蜂低飞在疏朗朗的草地上，嗡嗡地闹着。头上有光明的太阳照在碧蓝的天空中——而我却非常悲哀。……

"吟些诗给我听听罢，"她低声地说，用臂支住了她的身体，"我欢喜听你吟诗。你的吟声很单调，但这是不妨的，这是你年轻的缘故。你把《夜幕笼罩着格鲁吉亚山冈》的诗吟给我听罢。先坐下了。"

我坐下了，吟《夜幕笼罩着格鲁吉亚山冈》的诗。

"'人的心不许没有恋爱，'"蕊娜伊达应和了我一句，"可见诗是很美的；诗所歌咏的是没有的事，但没有的事不但比有的事更好，且更近于真理，'不许没有恋爱'——这便是虽欲没有，却不得不有。"

她又沉默了，突然立起身来，说：

"来，漫伊达诺符正在母亲那里，他带他的诗来给我，我却背弃了他。他现在一定很不高兴了。……但我也没有法子！将来你总有一天可以晓得这一切。……但请你不要恨我！"

蕊娜伊达急忙地握我的手，就在前面跑了。我们回到屋里。漫伊达诺符开始把他的新出版的诗《杀人者》读给我们听，但我并不听他。他朗诵又低吟他的四脚短长格的诗，那交互的韵律骚乱而无意味，好像小的铃声一般地鸣响，当时我依旧看着蕊娜伊达，仔细推究她的最后的几句话的意义。

"也许有一个秘密的敌手，惊吓了又征服了你吗？"

漫伊达诺符忽然用鼻声读出这两句来——我的视线与蕊娜伊达的相交。她把眼俯下，微微地面红。我见她面红了，恐怖得全身发冷。我以前常留心防备她有恋爱，但到了这瞬间，心中方始浮出她已在恋爱了的念头。

"唉！蕊娜伊达已在恋爱了！"

十

我的真的苦恼，从这时候开始。我压榨我的脑浆，改变我的思想，再改变它，使它复原，不断地，但又竭力地对蕊娜伊达做秘密的窥察。她如今明明是完全变了。她如今常常独自散步——长的散步。有时不要见客，接连几小时地坐在房中。这是她向来绝对没有的习惯。我忽然变成——或想象我已变成——非常明察了。

"恐怕是这个人罢？或是那个人罢？"我内心焦灼地把她的崇拜者一个一个地猜过来，自己问自己。马来符斯奇伯爵，在我的内心中似乎比别人更加非防备不可，但是为了蕊娜伊达的缘故，我自己认定这种见解，觉得很羞耻。

然而我的秘密的守备的眼没有看到我的鼻尖以外，而我这秘密似乎瞒不过无论何人，所以罗兴医生不久就看出我了。但他近来也变更了态度。他的身体瘦了，他与从前同样地笑，但这笑似乎更空虚，更恶意而短促了，一种无意识的神经质的焦虑，代替了他以前的轻快的讽刺和果敢的嘲骂。

"你为什么不断地待在这里呢，少年人啊？"有一天只剩我们两人留在札西京家的客间中的时候他对我这样说（这时候公主散步没有回来，里面有老夫人的尖锐的声音，她正在骂使女），"你应该读书，用功——当你年轻的时候——现在你在干什么？"

"你不能知道我在家里是否用功。"我带些傲慢的态度，但同时又带些踌躇的态度来回答。

"你是很用功的！恐怕这不是你的真心的话罢！我并不是怪你……因为照你的年纪，这原是应有的事。但你也算不幸之极而选了这个目的。你晓得这里是什么样的人家？"

"我不懂你的话。"我说。

"你不懂？那你更不行了。我是想对你尽警告的义务的。像我这样一个老鳏夫，不妨来这里，有什么害处能及于我们身上呢！我们的心肠已经坚硬了，没有东西能伤我们，有什么害处能及于我们身上呢！但是你的皮肤还嫩——这人家的空气有害于你——真的呢，你总要受这空气的伤害咧。"

"为什么呢？"

"哎，你如今是一个健全的人吗？是普通的健康状态的人吗？那么你现在心中所想的事——是造福你自己的吗——是于你有益的吗？"

"唔，我在想什么？"我说，但我心中晓得这医生的话是不错的。

"唉！少年人呀，少年人呀，"医生用一种暗示这两句话里含有对于我非常侮辱的音调继续说道，"唉，你心中的想念都表现在你的脸上，你只管遁词有什么用？但是，这种议论是不相干的。我也不会到这里来，倘然……（医生咬紧他的唇）……倘然我不是这样奇怪的人。不过我所怪者，像你这样的聪明的少年人，怎么会不懂得自己的环境中所起的情形？"

"起的什么情形？"我立刻被引起了注意，插口问他。

医生用一种讽刺的怜悯的眼光对我一看。

"哎哟！"他像对自己说一般，"他竟像一点也不晓得的。我再告诉你罢，"他提高了声音，又说，"这里的空气是不利于你的。你欢喜住在这里，是什么用意！温室里边虽然清洁又芳香，但是不适于居人的。真的呢！我劝你听我的话，回到你的教科书中去罢。"

老夫人进来了，开始把她的牙痛病告诉这医生。后来蕊娜伊达也来了。

"哎！"老夫人叫道，"医生，请你骂这女儿一顿。她一天到晚在饮冰水。这样纤弱的胸窝，哪里不要吃坏呢？"

"你为什么这样？"罗兴问她。

"唔，这有什么妨害呢？"

"什么妨害？你得了寒病，要死也未可知呢。"

"真的？果真这样的么？好呵！——这样最好了。"

"真好见解！"医生自言自语地说。

老夫人早已出去了。

"是的，确是好见解，"蕊娜伊达顺着说，"生在这世间是这样幸福的事吗？请看你的环境……是不是幸福的？或者你以为我对于这个全然不懂得，又不觉得吗？我饮冰水，便得到快乐。你能够确定拿我这样的生命来博得一时的快乐是不合算的吗？——所谓幸福，我连谈都不要谈起它。"

"啊，好极了！"罗兴回答，"容易变化与不负责任。……这两句话总结了你，你的性质全部被包含在这两句话中。"

蕊娜伊达神经质地笑了。

"先生，你的思想已经陈腐了。你对于事物不用正当的眼光来看，你已经是时代落伍的人了。请你戴起眼镜来。我现在并没有好变的脾气了。我玩弄你们，又玩弄我自己……因为这很有趣！——讲到不负责任呢……服尔第马尔君，"蕊娜伊达忽然顿她的足，对着我说，"不要装这样阴郁的脸孔。

我最不欢喜受人怜悯。"她快步走出室去。

"少年人呀,这于你有害的,很有害的,这种空气。"罗兴又对我说。

十一

这一天的晚上,照例几个客人又齐集在札西京家中了。我也在其中。

会话谈到漫伊达诺符的诗,蕊娜伊达对它表示真心的赞美。

"但是你看如何?"她对他说,"倘使我是诗人,我定要选择十分奇异的主题。这大概都是没有什么意思的,但我的头脑中常常浮出奇妙的思想来,尤其是当那黎明时候,天空同时变出蔷薇色和灰色,而我微醒的时候。譬如我要……你们不笑我吗?"

"不笑不笑!"我们同声地叫。

"我要描写,"她把两臂交叉在胸窝上,眼睛看着别处,继续说道,"一大群少女,在夜里坐了一艘大船,浮在一片静寂的江上。月亮照在空中,她们穿白色的衣服,戴白花结成的花冠,一齐唱歌,唱的是圣歌一类的歌。"

"唔——唔,再呢?"漫伊达诺符装出梦中一般的有意味的样子而答应。

"蓦地江边起了一片叫声、笑声、鼓声和火炬。……这是一队正在唱歌又呐喊而跳舞的女祭司。诗人,这描写是你的工作了。……不过我欢喜写得这火炬很红,放出许多烟来,女祭司们的眼睛都在她们的花圈下面放光辉,花圈都变成薄暗色。又不要忘记描写那虎皮、杯子,和黄金——许多黄金……"

"这黄金须放在什么地方呢?"漫伊达诺符掠他的光泽的头发,胀一胀他的鼻孔这样问。

"什么地方？她们的肩上、臂上，和脚上——任凭什么地方。听说古时的妇人脚上戴金环的。女祭司招呼船中的少女们。少女们停止了唱歌——她们已经不能再唱下去了，但她们并不动，江水漂她们近岸边来。忽然其中有一人徐徐地立起来。……这里你要描写好：她如何在月光中徐徐地立起来，她的同伴如何恐怖。……她跨出了船，女祭司们围住了她，夺了她到夜和黑暗中去了。……这里要描写出像云一般的烟气，和一切混乱的情形。只听得女祭司们的尖锐的呐喊声。少女的白花冠遗留在江岸上。"

说到了这里，蕊娜伊达停止了。"唉！她已在恋爱了！"我又这样想。

"就此完结了吗？"漫伊达诺符问。

"完结了。"

"这不能为一首完整的诗的题材，"他昂然地说，"但我要利用你的意思来作一首未完成的抒情诗。"

"浪漫主义风的吗？"马来符斯奇问。

"当然，浪漫主义风的——拜伦风的。"

"呵，依我看来，拜伦不及雨果，"那少年的伯爵随意地说，"雨果的更加有趣。"

"雨果是第一流的作家，"漫伊达诺符回答，"我有一个朋友叫作通可喜符的，他在所作的西班牙语小说《哀尔·脱洛伐独尔》中……"

"呵！就是那疑问符号倒置的书吗？"蕊娜伊达打断了他的话。

"是的，这是西班牙人的习惯。我说那通可喜符……"

"呵，你们又要讲什么古典主义和浪漫主义了。"蕊娜伊达又打断了他，"我们还是玩玩罢。……"

"竞赌游戏？"罗兴接口说。

"竞赌游戏厌烦了，我们还是来比方事物罢。"（这是蕊娜伊达自己发明的游戏。说出一件事物来，各人想出别的一件事物来比方它，比方得最适当的人得褒奖。）

她走近窗边。那时太阳正在落山，天空的高处挂着大块的红云。

"这云像什么？"蕊娜伊达问。她不待我们的回答，又说，"我想这正像那克利奥帕特拉女王乘了去会见安东尼的黄金船的紫帆。漫伊达诺符君，你记得吗，你不久以前讲这段故事给我听的？"

我们大家皆以为那云比紫帆最为适切，没有一个人能发现一件更适切的东西了。

"安东尼多少年纪了？"蕊娜伊达问。

"总是一个少年人罢。"马来符斯奇回答。

"是的，一个少年人。"漫伊达诺符十分肯定地确证。

"对不起，"罗兴叫道，"他是四十多岁的人了。"

"四十多岁了。"蕊娜伊达敏捷地对他一看，反复了这一句……

后来我不久就回家。"她已在恋爱了，"我无意地反复地说，"但是对哪一个呢？"

十二

好几天过去了。蕊娜伊达的样子愈加奇怪，愈加使人不解了。有一天我去看她，见她正坐在藤椅上，她的头靠在桌子的锐利的边上。她立起身来……满面都是眼泪。

"啊，你！"她带一种残酷的微笑对我说，"你走过来。"

我就走近她去。她把手放在我的头上，忽然攫住我的发，开始拉拔。

"这样我痛的呢！"我叫了。

"唉！你痛的？你以为我是一点不痛吗？"她回答。

"啊？"她看见她已把我的发拔脱了一丛，突然叫出。

"你怎么样了？可怜的服尔第马尔君！"

她仔细地抚弄这拔下来的头发，卷在她的手指上，把它变成一个指环。

"我将把你的头发放在一只小金匣里，又挂在我的颈上，"她说的时候眼泪还在眶中发光，"这样，也许对你可有几分的安慰罢……现在我们且暂别了。"

我回家，晓得家中发生了一件不快的事。母亲与父亲曾起口角，她为了某事责备他，他呢，照他本来的习惯，守着温和而冷静的沉默，不久就离开了她。我不能听见母亲所说的是什么事，但实在我也没有顾虑的余裕。我还记得那场口角经过之后，母亲叫我到她房中，大为不快地责备我常到她所称为"无所不为的女子"的公爵夫人家去。我吻她的手（这是我要打断会话时所惯做的事），就回到自己房中。蕊娜伊达的眼泪全部挫折了我，我全然不晓得怎样想好，我几乎哭出来了。我到底还是一个孩子，虽然年纪已经十六岁了。

我自今不再注意马来符斯奇了，虽然比洛符左洛符的样子一天一天地可怕起来，像狼对羊一般注目这狡猾的伯爵。我从此什么事也不想，什么人也不想了。我埋头于梦想中，常常追求隐遁和孤独。我特别欢喜那颓废的温室。我常常爬到那温室的高墙上，坐在那里，这样不幸、这样寂寥、这样忧郁的一个青年，使我自己也觉得悲伤——同时又觉得这种悲哀的感觉何等慰藉我，我何等沉浸在其中！……

有一天，我正坐在这高墙上，向远方闲眺，又静听寺院的钟声。……忽然觉得有一种事物飘过来——不是风的呼吸，也不是树的震颤，但觉得飘过一阵香气来——似乎是有人走近的样子。……我往下一看。在下面的小径上，穿着淡灰色的上衣、掮着一把桃花色的阳伞的蕊娜伊达，正在急忙地走来。她看见了我，立停了，掠开她的草帽上的缘带，举起她的天鹅绒似的眼睛来对我看。

"你坐在这样高的地方做什么？"她带着一种稍奇怪的笑容问我。"呵，"她又说，"你常常说你是爱我的，倘使你果真爱我，向我跳下到这路上来。"

蕊娜伊达的话没有说完，仿佛有人在我后面猛力地一推，我就飞了下来。这墙大约有十四尺高，我跳下来是脚着地的。但这一跌很是厉害，竟使我站不起来。我倒在地上，一时晕去。当我醒来，还没有张开眼睛的时候，我觉得蕊娜伊达在我身边。

"可爱的孩儿啊，"她弯下身子说着，做一种惊恐的温柔的声调，"你怎么竟这样了，你怎么竟照我的话做了呢？……我是爱你的。……起来罢。"

她的胸窝在我身边鼓动着，她用两手抚我的头，忽然——这时候我的感觉不知怎么样了——她的柔软而新鲜的唇覆在我的脸上……接触了我的唇。……我的眼睛虽然还闭着，但蕊娜伊达看了我的脸上的表情，晓得我已经复原了，她立刻站起身来说道：

"起来罢，痴孩儿，为什么躺在这灰尘里？"

我坐起来了。

"我的阳伞呢？"她说，"我不知丢在哪里了，你不要这样地对我看……这是何等的痴态！你没有受伤吗？不要被荨麻刺伤了！不要对我看了，我对你说。……唉，他不懂的，他不回答我的，"她似乎对自己说一般，"回家去罢，服尔第马尔君，回去洗刷这灰尘，不要跟我来，否则我要动气，不冉……"

她没有说完，就急急地走了，我正坐在路旁……我的两腿不肯叫我站起来。荨麻刺伤了我的手，我的背脊疼痛，我的头目晕眩，但我这次所经验的快感，在我的全生涯中决不再来了。这在我的全身中变成了一种甘美的痛，最后又表现于外部，变成欢乐的跳跃和欢呼。我原来还是一个孩子。

十三

这一天我终日非常得意而且轻松，蕊娜伊达和我接吻的感觉，非常明了地保留在我的脸上，我带了一种欢喜的战栗而回想她所说的每句话，我贪享我这意外的幸福，觉得实在怕见，又实在不愿见使我起这种新的感觉的她。我似乎觉得，现在我对于命运之神可以不再有所要求，现在我可以"抽了一口最后的深呼吸而死了"。

但到了次日，当我走进那小屋去的时候，我觉得非常局蹐不安，我竭力装出一种同那要使人明白他是懂得守藏秘密的人相像的、稳重自信的样子，以遮蔽这一点。蕊娜伊达对待我极冷淡，并没有什么热情，她但向我挥她的指，问我身上有没有跌青的斑点。我的一切的稳重、自信与守秘密的态度，一刹那间都消失了，那局蹐不安的感觉也一同消失了。我此来本无什么特别的预期，可是蕊娜伊达对我这种冷淡的态度好像一桶冷水浇了我的全身。我知道我在她眼中不过是一个孩子，心中感到极度的悲伤！蕊娜伊达在室中走来走去，每逢和我视线相交，她就对我短促地一笑，但是她的心远在别的地方，这是我所明明看出的。……

"我要不要提起昨日的事呢？"我心中这样考虑着，"问她，她昨天这样急急忙忙地到哪里去？这定要问她出来。"……但是我终于不过持一种绝望的态度而坐在壁角里。

比洛符左洛符进来了，我见了他觉得很安慰。

"我没有能给你找到一匹温良的马，"他用一种不快的音调说，"弗拉哀塔格推荐一匹，但我恐怕靠不住，我恐怕……"

"恐怕什么？"蕊娜伊达说，"可告诉我吗？"

"我恐怕什么？因为你是不懂骑马术的，难保不发生什么事故！什么好变心又使得你这样性急？"

"这是我的意愿，野兽君。那么，我问壁奥德尔·伐西利哀微契便是了。……"（我的父亲的名字是壁奥德尔·伐西利哀微契。她说这个名字非常轻松而且自然，似乎她是确信这人无论何时都预备为她效劳的，我听了觉得非常惊奇。）

"哦，对了，"比洛符左洛符回答，"你打算同他一道去骑马吗？"

"同他或同别人，不关你事，但无论如何不同你去。"

"不同我去，"比洛符左洛符顺她一句，"悉听尊意。我总归为你办到一匹马就是了。"

"好的，不过我要关照你，不要拉一匹老马来。我是要骑了快跑的。"

"一定可以快跑……是哪一个，马来符斯奇么，同你去跑马的？"

"就是同他，有什么不可？你这闹事先生！好，不要噪了，"她又说，"不要对我这样看。我也带你去罢。你一定晓得，我现在想起了马来符斯奇，真是讨厌！"

她说过，摇一摇头。

"你是用这话来安慰我。"比洛符左洛符愤愤地说。

蕊娜伊达半闭了她的眼。

"这安慰了你吗？啊……啊……啊……闹事先生！"最后她这样说，似乎没有别的话可对他讲了。"你呢，服尔第马尔君，你也要和我们同去吗？"

"我不欢喜……同许多人。"我并不举起眼来，恨恨地说。

"你欢喜'密谈'的吗？……好，'自由者给予自由，圣僧给予天国'。"她说着，叹一口气，"去罢，比洛符左洛符，出一点力，我明天一定要一匹马的。"

"啊，哪里来这笔钱呢？"老夫人插口说。

蕊娜伊达皱了眉头。

"我不会向母亲要的。比洛符左洛符君能信任我。"

"他能信任你，他？……"老夫人念着，突然用她的极高的声音叫道，"杜尼亚喜加！"

"母亲，我曾经给你一个叫人铃呢。"蕊娜伊达说。

"杜尼亚喜加！"老夫人又叫。

比洛左符洛符告辞了，我也与他一同出去。蕊娜伊达并不留我。

十四

次日，我一早起来，自己用木头斩成一根杖，拿了到郊外去散步了。我想，我可用散步来遣愁。这一天天气甚佳，晴朗而并不太热，新鲜而爽快的微风带着适度的呼啸和舞荡，在地面上徘徊，吹得一切物事都颤动，却并不骚乱。我上小丘，穿林木，盘桓了许久。我不曾感到幸福，我出门的时候打算投身于忧郁中的，但是那青春，那清丽的天气、新鲜的空气、畅游的愉快、卧在那寂寥的地角的青草地上休憩时的甘美，倒在我的心中占了胜利。那永远不能忘却的话与接吻的回想，又自行浮起在我的灵魂中了。

我想起了蕊娜伊达对于我的果敢与刚勇决不会没有正当的报酬，心中觉得非常愉快。……"别的人，也许在她看来比我更好。"我默想，"听他们罢！然他们不过说说愿做什么而已，我却果真实行了。我为了她，还有什么事不愿做呢！"

我深陷于空想了。我便想象我如何从敌人手里救出她；我将如何全身涂了血而拼命地从牢狱中救出她，而死在她的脚下。我想起了我们客堂中挂着的一幅画——《马来克亚特尔救出马谛尔达之图》。但这时候我的注意忽然被一只斑纹的啄木鸟占夺了去。这鸟急急忙忙地爬上一株桦树的细枝，从枝的后面不安心似的伸出头来探望，忽而向右，忽而向左，好像立在低音四弦琴后面的一个音乐家。

于是我唱《不是白雪》的歌。唱完之后，又唱当时有名的歌"浩荡西风时节，我望君"。然后我又朗诵霍米亚科夫的悲剧中的伊尔马克和星的对话。我又自己试作一篇感伤的诗，安排每节用"唉，蕊娜伊达，蕊娜伊达！"来结尾，但没有继续作成。

时候已近午餐光景了。我走下到谷间，这里有一条沙泥的小路，蜿蜒地通到市里。我沿了这小路走。……听见背后有嘚嘚的马蹄声。我无意中回头一看，立停了脚，脱了帽。我看见父亲和蕊娜伊达，他们正在并马而来。父亲把手支在马头上，微笑着，倾身向右面，正在对她说话。蕊娜伊达默默地倾听他，她的眼睛严肃地挂下，她的嘴唇紧紧闭着。

起初我只看见他们两人，稍迟一会儿，比洛符左洛符也从树间的路的弯角上出现，他穿着骑兵的制服，外面披一件毛皮的短上衣，跨一头热腾腾的黑马。这勇壮的马昂着首，鼻鸣，又向左右跳跃，它的骑者立刻拉住了它。我立在旁边，看见父亲拉着缰绳，离开了蕊娜伊达，她慢慢地举起眼来向着他，一同跑了去。……比洛符左洛符背后响着军刀的声音，飞一般地追随他们。

"他的脸红得像蟹一般，"我回想，"她却……她的面色为什么这样苍白？跑了一早晨马，面色苍白了？"

我两步并作一步，跑回家中，恰好正餐时候。父亲早已更衣、洗手，坐在母亲的椅子旁边，从容地预备用午餐了。他正在用他的圆滑的音乐的声调诵读"乔尔那·特·特罢"报纸中的一节，但母亲并不注意听他，她看见了我，便问我整天在什么地方，又说她不喜欢我只管流连在不晓得的地方，和不晓得的人做伴。

"我是独自去散步的。"我正想这样回答，我对父亲一看，不知什么缘故，又不说了。

十五

此后五六日间，我差不多完全不见蕊娜伊达，她说她有病，但并不谢绝常来访问这小舍——他们所谓来尽他们职务的——客人，只有不得供献热诚的机会就立刻懊丧而翻脸的漫伊达诺符不来。比洛符左洛符满胸缀着纽扣，红着脸，阴沉沉地坐在壁角里。马来符斯奇的贵公子风的脸上不绝地浮出一种恶意的微笑。他确已遭了蕊娜伊达的嫌恶，故特别殷勤地奉承老夫人，甚至陪了她坐马车到总督署去。但这回的远行又终于失败，竟使马来符斯奇因此遭逢不快的经验。他又被人揭发了关系于某工兵官的丑闻，不得不在他的辩解中自认当时的年幼无知。

罗兴每天来两次，但不久留。我自从那一天和他争论之后，有些怕他，但同时又觉得对他有一种真正的敬爱。他有一天和我在纳斯苛契尼公园中散步，我觉得他是天性极好而可爱的人。他告诉我各种花草的名称与特性，突然，并无什么动机，他自己叩他的额，叫道：

"唉，我真愚笨，我只当她是一个轻佻的女子！自己牺牲在有的人确是引为甘美的！"

"你这话是什么意思？"我问他。

"我不是对你讲话。"罗兴突然回答。

蕊娜伊达避去我，我在座——我不得不注意这一点——便使她不快。她常常无意识地避开我……无意识地。这实在使我非常苦痛，这实在是挫伤我的！但也无可奈何。我留心不接近她的身旁，只是远远地守视她，然而往往不能如愿。她又同从前一样地变出一种不可解的样子，她的颜貌变更，她的全身都变更了。

一个温暖而闲静的晚上，她所起的变化，最使我感动。我正坐在园中一株枝叶繁茂的接骨木下面的低矮的户外椅子上，我欢喜这块地方——我可从这里望见蕊娜伊达的房间的窗。我坐着，在我的头上，有一只小鸟正在树叶的黑暗中匆忙地跳跃；一只灰色的猫，极度地伸长它的身子打一个欠伸，用心地在园中巡行；初生的甲虫，在虽不明亮而仍可看得清楚的空中嗡嗡地飞鸣着。

我坐着，注视那窗，看它开出来否。窗果然开了，蕊娜伊达现出在窗口。她穿着白的衣服，她的全身，她的颜面、她的肩、她的臂，都同雪一样青白。她立着好久不移动，从她的颦蹙的眉下一直向前面注视。我从来没曾见过她这种样子。然后她紧紧地合拢她的两手，提起到唇边，到额上，忽然她又分开她的手指，把头发掠向耳后，又把它振一振，带着一种决心的态度点一点头，碰上了窗子。

三天之后，她在园中遇见我。我想走开，她却唤住了我。

"把你的腕给我，"她用从前的温情的态度对我说，"我们长久不聚谈了。"

我偷看她一眼。她的眼中充满着一种柔软的光辉，她的脸孔似乎隔着一层雾而在那里微笑。

"你身体还没有好吗？"我问她。

"不，现在完全好了。"她回答了以后，摘取一朵小而红的蔷薇花。"不过略有些疲倦，但这也就可复原的。"

"那么，你可以再变成从前的样子吗？"我问。

蕊娜伊达拿起那蔷薇花到她脸上，我记得那花的明亮的瓣的影子正落在她的颊上。

"呀，我岂曾变过了吗？"她质问我。

"是的，你已变过了。"我用低的声音回答。

"我晓得，我曾经冷淡你，"她说，"但你不可介意。……我是不得已的。……呵，不要讲这等事了！"

"你不要我爱你，定是这样的！"我不知不觉地愤慨起来，用阴惨的声调说。

"哪里！请你爱我，但不要像从前的样子。"

"那么怎样呢？"

"我们做朋友罢——呵！"蕊娜伊达拿那蔷薇花给我嗅。

"我对你说，我比你年长得多——我真可做你的叔母，不，不是叔母，你的年长的姊姊。你呢……"

"你当我一个孩子。"我打断了她的话。

"是的，一个孩子，但是一个可爱的、温良而聪明的孩子，是我所最爱的。我告诉你，从今日起，我给你我的侍僮的爵位。你不要忘记，侍僮们须得常常接近他们的女主人。这是你的新的爵位的表征。"她把那蔷薇花插在我的短上衣的纽扣里，又说，"我的宠爱的表征。"

"我曾经受过你别的宠爱。"我吃吃地说。

"啊！"她斜眼对我一看，说道，"他记性真好！好，我正要给你……"她弯身向我，在我额上亲一个纯洁而平稳的吻。

我但对她看，这时候她已离开我，对我说道："跟我来，我的侍僮！"就走进那小屋里去了。我跟她进去——我完全发呆了。

"这温雅而聪慧的女子，"我想，"就是我所见惯的蕊娜伊达吗？"我记得这时候她的步行的态度比之前更加端庄，她的全身比之前更加威风而优美了。……然而，哎呀！恋爱又用了何等新鲜的力而在我体中燃烧了！

十六

正餐之后，常例的客人又会集在那小屋中，公主也出来了。这会集闹热得很，和我所永远不能忘记的那最初的一晚同样，连那尼尔马次奇也拖了跛足而到会。漫伊达诺符来得最早，他带了几首新诗来。竞赌的游戏又开始了，但没有同从前一样的奇异的恶戏、刻毒的谐谑和喧哗——自由放肆的分子已没有了。蕊娜伊达在诸事的进行上加了一种与之前不同的色彩。我以侍僮的资格坐在她的身边。种种的游戏中，有一次她提出，凡赌输了的人须要讲他的一个梦，但这方法不见成功。因为他们所述的梦或者无趣味（比洛符左洛符说他梦中拿鲤鱼来喂他的牝马，那牝马的头是木的），或者不自然的、捏造的。漫伊达诺符讲出一个正式的小说来娱乐我们，其中有墓穴，有持琴的天使，有会说话的花，和远处飘来的音乐。蕊娜伊达没有让他讲完。

"倘使我们要创作故事，"她说，"让我们每人讲一个造出来的故事，要是无所依托的。"轮值第一个讲的又是比洛符左洛符。这少年的骑兵慌张了。"我造不出什么话来！"他叫道。

"没道理的话！"蕊娜伊达说，"譬如，想象你已经结婚了，你告诉我们你怎样对待你的夫人。你将闭锁她吗？"

"是的，我要闭锁她的。"

"那么，你自己和她同居吗？"

"是的，我当然和她同居。"

"很好。但是，倘然她被关得厌烦起来，不贞于你了，怎样呢？"

"我杀了她。"

"倘然她逃走了呢？"

"我追她回来，也杀了她。"

"唉！假定我是你的夫人，你怎样呢？"

比洛符左洛符略想了一想，说道："我杀了我自己。……"

蕊娜伊达笑了："我看你讲的不是长的故事。"

第二个是轮值到蕊娜伊达。她眼睛看着天花板想了一想。

"好，请听。"后来她开始说，"我所想到的是……你们各自想象一所壮丽的宫殿、一个夏天的晚上，和一个奇妙的舞会。这舞会是一个女王所开的。宫殿里处处是黄金和大理石、水晶、绫罗、灯火、金刚石、花、馨香、千变万化的奢华品。"

"你欢喜奢华的吗？"罗兴插口问。

"奢华是美丽的，"她回答，"我欢喜一切美丽的东西。"

"比高尚的东西更好吗？"他问。

"这质问有些妙，我不懂得这等事。不要打断我的话。所以这舞会也很壮丽。有大群的来宾，他们都年青、俊美而勇敢，都发狂似的爱这女王。"

"来宾中没有女客吗？"马来符斯奇问。

"没有——且慢——有的，有几位女客的。"

"她们都是丑陋的？"

"不，也很美丽，但男子们都爱那女王。她身长而优美，她的黑发上戴着一个小的黄金的王冠。"

我对蕊娜伊达看，我觉得这时候她似乎远在我们一切人之上，非常明敏的才智与伟大的力潜蓄在她的镇静的眉间，使我想起："你正是这女王罢！"

"他们群集在她的周围，"蕊娜伊达继续说，"各人尽量地把最谄媚的话供献她。"

"她欢喜谄媚的么？"罗兴质问。

"你这人真讨嫌！专会打断人家的话……哪个不欢喜谄媚呢？"

"许我一次最后的问，"马来符斯奇说，"女王有丈夫吗？"

"这我没有想到。没有的，何必有丈夫呢？"

"不错，"马来符斯奇应着说，"何必有丈夫呢？"

"静些！"漫伊达诺符用极拙劣的法兰西语叫道。

"谢你！"蕊娜伊达也用法兰西语对他说，"那女王听了他们的话，又听了音乐，但并不对一个来宾看。六扇窗门自天花板至地板全部开通了，窗外有点着许多大星星的黑暗的天空，立着许多大树木的黑暗的花园。女王向这园中眺望。外面树木中间有一个喷水泉，泉水在暗中成为白色，高高地喷起来，好像一个妖怪。女王从谈话和音乐的声音中，听见那泉水的静静的飞瀑声。她注视且默想：你们都是缙绅、贵族、才子，和富人，你们围绕我，你们珍重我所说的一言一语，你们都情愿舍身在我的脚下，你们都在我的掌中……但在外面，泉水的旁边，飞瀑的旁边，伫立着我所爱的、我所献身的人。他不穿华丽的衣服，也没有珍贵的宝石，没有一个人认识他，但他等着我，确信我是一定来的——我也一定要去的——当我要从这里走出，去到他那边，要和他一同在木叶的呼啸声与泉水的飞瀑声之下隐迹，在花园的黑暗中的时候，没有一种力能阻止我。……"蕊娜伊达停止了。

"这就是所谓造出的故事吗？"马来符斯奇狡猾地问。蕊娜伊达看都不看他。

"那么，诸君，"罗兴忽然开口说道，"倘使我们也在那来宾之中，而且认识那喷水泉旁边的幸福的人，我们怎么样呢？"

"且慢，且慢，"蕊娜伊达拦住了说，"我自己来告诉你们，各人应当怎样。你，比洛符左洛符，可以挑拨他决斗；你，漫伊达诺符，可为他作一首讽刺诗。……不对，你不会写讽刺诗的，你可为他作一篇巴尔比哀式的长诗，把这作品发表在《电信》杂志上。你，尼尔马次奇，可向他借……不是，你可抽重利息借给他金钱；你，医生……"她停顿了，"你做什么，我真想不出了。……"

"我可当侍医的职司，"罗兴回答，"我可忠告那女王，叫她在没有应酬客人的心思的时候不要开舞会。……"

"就是这样罢。那么，你呢，伯爵？……"

"我？"马来符斯奇带着他的恶意的笑容，顺着她说一声，"你可给那男子吃个有毒的糖果。"

马来符斯奇的颜貌略略变更，装了片刻犹太人的表情，但他立刻就笑了。

"还有你，服尔第马尔……"蕊娜伊达继续说，"我们讲得够了。我们玩别的游戏罢。"

"服尔第马尔君，做女王的侍僮，当女王跑到园中去的时候可为她提衣服的长裙。"马来符斯奇带着恶意说。

我愤怒得面红了，但蕊娜伊达急忙伸起她的手来搭在我的肩上，立起身来，用微颤的声音说：

"我决不给先生你以犯越礼仪的权利，请你离席罢！"

她指着门口。

"公主，我罚咒……"马来符斯奇吃吃地说，他的脸十分苍白了。

"公主的话极是。"比洛符左洛符叫着，也立起来了。

"唉？我全不想这样的，"马来符斯奇继续说，"我的话中实在全无一点儿恶意。……我全然没有想冒犯你们的意思。……请原谅我！"

蕊娜伊达对他冷酷地看了一会儿，又对他冷笑。

"那么，你放心罢，"她说的时候随便动一动她的臂，"服尔第马尔君和我本来不必动怒。嘲弄我们，是你的愉快……你尽管说罢。"

"原谅我！"马来符斯奇重说一句。这时候我正在想蕊娜伊达刚才的举动，又在我自己心中说道，恐怕没有一个真的女王能用比蕊娜伊达更大的权威，指着门口而立刻驱逐失礼的臣下罢。

这事发生了之后，又继续了短时间的竞赌游戏。各人都觉得有些不安，并非专为刚才的冲突，更重要的缘由却在于另一种不明了的压迫的感觉。没有一人讲起这事，但各人自己心里都感觉到，又知道其邻席的人也感觉到。漫伊达诺符把他的诗读给我们听，马来符斯奇特别热心地褒奖他。

"他要表示他现在是一个极好的人呢。"罗兴轻轻地对我说。

不久我们都散去了。蕊娜伊达似乎变成了一种梦迷的样子。老夫人传话说她头痛，尼尔马次奇也说起他的风湿病。……

我不能有长时间的安眠，我心中想着蕊娜伊达所说的故事。

"这故事中有什么暗示吗？"我自问，"她所暗指的是谁，是什么事？倘然真有所暗指的……叫我们怎样决心呢？不会的，这不会有的。"我独自轻轻地说着，从靠热的颊翻过身来，把另一个颊靠在枕上了。……但我回想到蕊娜伊达讲这故事的时候的表情。……我回想到在纳斯苛契尼公园中罗兴所说的话，和她对我的忽然的变态，我陷入猜疑的心境中了。"他是谁？"这三个字似乎猛然地现出在我眼前的黑暗中，又似乎一块险恶的云挂在我的头上，我感到它的压迫，盼望它的散去。我近来习惯了种种的事，我在札西京家的见闻中学得了不少的知识。他们的无秩序的生活状态，点残的蜡烛头、断破的小刀和肉叉、粗暴的服尼发谛，和丑陋的婢子、老夫人的态度——他们的一切奇怪的状态，在我已经不以为怪了。……只有现在我对于蕊娜伊达的朦胧的推测，决不能释然于怀。……"一个大胆妄为的女子！"有一天母亲这样说她。她是我的偶像，我的女神——难道是一个大胆妄为的女子？这话像针一般刺痛我的胸，我竭力想避去这种想念而就睡，我觉得异常不安——同时又想起我但得做那喷水泉旁边的幸福的人，我哪一件事不愿为，哪一件事舍不得呢！……

　　我的血在身体中发热又沸腾了。"那花园……那喷水泉，"我默想，"我要到这园中去！"我立刻披了衣，悄悄地跑出门外。夜色非常黑暗，树木都无一点声息，柔软的冷风从天上吹下，一阵茴香的气味从野菜田里飘送过来。我走遍了一条条的路，我自己清楚的足音立刻使我狼狈，又使我大胆。我立停了，静听我自己的心的急速而又明晰的跳跃。最后我走近那低垣，靠在那细的栏杆上。忽然，或者是我的幻想，一个女子的姿态在距我三四步的前面闪过。……我竭力张开我的眼，屏住了呼吸，在黑暗中探望。这是什么？我的确听见步声吗，或者又是我的心跳跃吗？"谁在这里？"我用几乎听不出的声音含糊地叫。那又是一种什么声音了，一种忍不住的笑声……或者是树叶的摩擦声……或者是在我耳边的一种叹息声吗？我害怕起来。……"谁在这里？"我用更轻的声音又说一句。

　　空气一时间刮起狂风来。一抹火光从天空闪过，这是流星。"蕊娜伊达？"我想要这样叫出来，但这几个字在我唇上消灭了。忽然周围的万象变成了深沉的静寂，正像午夜的光景。……连树上的草虫也不鸣了——但听得某处的窗子摇动的声音。我继续立了一会儿，就回到我的房里，钻进我的冰冷的眠床中。我感到一种奇妙的感觉，仿佛我在一处密会所空待了一回，经过别人的幸福的旁边而回家。

十七

次日我但瞥见蕬娜伊达一次，她正和老夫人坐了马车到哪里去。我又看见罗兴（但他只对我打个招呼就走）和马来符斯奇伯爵。这青年的伯爵便露着齿对我笑，亲切地和我讲话。访问那小屋的一切人中，只有他能走进我们家里，给我母亲以好的印象。父亲不同他讲话，用一种几近于侮慢的殷勤态度对待他。

"啊，女王的侍僮，"马来符斯奇对我说，"难得难得。你家的可爱的女王好吗？"

他的美貌的脸孔这时候使我觉得非常厌恶，他又用一种非常轻蔑的取笑的态度看着我，我并不回答他一个字。

"你还在动怒吗？"他又说，"你不必动怒，不是我呼你侍僮的。侍僮应当特别接近女王。但我要说，你是不会尽你的职务的。"

"什么呢？"

"侍僮应当不离开他的女主人，侍僮应当晓得女主人所做的一切事，他们实在应当时时刻刻看守着他们的女主人，"他又低声说，"日里和夜里。"

"你是什么意思？"

"我是什么意思？我以为我已经说得很明白了。日里和夜里，日里是不甚紧要的，日里天是亮的，处处都有人；但在夜里，要谨防发生的事情了。我劝你夜里不要睡觉，而去看守，尽力地看守。你该记得，夜里在那花园中，喷水泉的旁边，这种地方正是要看守的。你应当感谢我咧。"

马来符斯奇笑着，背向了我。他对我说的话，大约没有什么重大的意思。他有懂得魔术的名誉，有在化装舞会里善于骗人的法术，他这名望，因为他的全性质所沉浸着的一种无意识的虚伪十分增大了。……他不过想揶揄我而已。但他所说的每个字，都是弥漫于我的一切血中的毒药。血涌上我的头来。

"唉！对了！"我对自己说，"唉！我的心常常牵系在这园中，有理由了！这不行！"我大声地叫出，又用拳拍自己的胸，然而什么事不行，我自己也不能说。

"是否马来符斯奇自己到园中去？"我想（也许是他自己夸张罢，他足有这样夸张的傲慢心），"或者是别的人罢（我们园中的垣墙很低，很容易跳过），无论如何，倘使那一个落在我手中了，他就该死！我留心不被人看见！我将向全世界的人和她——那叛逆妇（我实际用'叛逆妇'的名称）告白我的复仇！"

我回到房中，从写字桌的屉斗里拿出我新近买得的英吉利小刀来，试试它的锋芒，然后带着一种冷静又断然的决心的神气而锁着眉头，把小刀插入衣袋里，仿佛做这种事情在我毫不认为越礼，又不是第一遭。我的心愤激地紧张起来，觉得和石头一般硬化了。

我终日锁着眉头，咬紧着牙齿，我用手在袋中紧握那已经握得火热了的小刀，而不绝地走来走去，在预先准备一件可怕的举动。这种新的从来未有的感觉充分占夺了我的心，又使我快乐，竟使我差不多不想起蕊娜伊达了。我头脑中不绝地浮现出那少年的浪游者阿来奇的影像——"你到哪里去，美少年啊？躺下在这里！"又说，"你满身都染了血。……唉，你做了什么事？

……不做什么！"我装一种十分残忍的微笑，再叫一声："不做什么？"

父亲不在家。近来差不多不绝地装着闷闷的表情的母亲，注意到了我的阴郁而豪侠的样子，晚餐的时候她对我说，"你为什么恨恨的像碾粉桶里的老鼠一般了？"

我但回复她一个温和的微笑，心中想道："倘然被他们得知了……了不得！"

十一点钟打出了，我回到房中，但并不解衣，我要等到半夜。后来果然打十二点钟了。

"时候到了！"我齿间轻轻地说，扣好了我的上衣的全部的纽扣，把衣袖都卷起，跑到园中去了。

我已定好了看守的地点。在园中的一端，分隔我们的屋和札西京家的屋的短垣，与共通的墙壁相连接的地方，那里立着一株孤松。我立在它的低垂而浓密的树枝下面，在夜的黑暗所许可的限度内可以望见四周所起的一切情形。附近有一条蜿蜒的小径，这小径常常使我觉得神秘。它像蛇一般地游到矮垣下面，这里的矮垣上似有被人爬过的痕迹，这小径又通到一座用洋槐枝条编织的亭子里。我走近那松树旁边，把背靠在树干上，就开始我的看守了。

这夜间和前夜一样沉静，但天空中的云更为稀少，那灌木林的轮廓线，连那高处的花都可分明看出。守候的最初几分钟很是苦闷，差不多战栗！我对于一切事都下了决心。但计划怎样实行呢，我想，要不要先喝问"你走哪里去？立停！跑出来，否则要你死！"，或者不作声而直接杀过去？……我觉得一切音响、一切声息，似乎都是凶恶的预兆或异常的。……我准备了。……我把身子弯向前方。……

但其间经过了半小时，又经过了一小时，我的血静起来，冷起来了。我渐渐悟到自己所做的都是无意义的事，竟是有些愚蠢的，马来符斯奇是戏弄我。我离去了我的埋伏地在园中慢跑。四周都听不见一点声息，似乎在对我愤怒。一切都睡眠了。连我家的狗也在门边弯成球形而熟睡了。我爬上那温室的废址，对着眼前一片广大的村落的夜景，回想蕊娜伊达的会晤，耽入了梦想……

忽然我吓了一跳。……我似乎听见一种开门的声音，又听见一种折断树枝的微音。我就两步跳下这废址来，木头一般地立停了。一种急速的、轻松的但又小心的步声在园中清楚地响着，渐渐向我靠近了。

"他来了……他到底来了！"这一念闪过我的心头。我用电光一般的速度从袋中拿出小刀来，又用电光一般的速度把它张开来。红的闪光在我眼前回转，我恐怖又愤怒，头上的毛发都竖起来。……那步声一直向我接近，我弯下身子——我像鹤一般地伸长了颈去迎接他。……看见一个男子来了。……呀！这是我的父亲！

我立刻认出他，虽然他周身裹着一件黑外套，他的帽子罩住着他的脸孔。他踮着脚尖走过了。他不曾注意我，虽然没有东西遮蔽我。我畏缩又贴伏在地上，觉得身子几乎与地面平行。预备杀人的嫉妒的"奥赛罗"忽然变成了一个小学生。……父亲的不期的出现使我非常吃惊，最初我竟无暇注意到父亲从哪方来与向哪方去。我只是立起身来，当万物又肃静无声了的时候想道："父亲为什么夜间在园子里走？"

我在恐怖中把小刀失落在草地里了，但我并不想去找寻它。我自己觉得非常羞耻，立刻完全恢复了认真的态度。我回家的时候，走过接骨木下面的椅子旁边，向蕊娜伊达的窗眺望。看见那小而稍凸的窗玻璃，受了夜的天空所投射的微光，映作模糊的蓝色。忽然——它们的颜色变更起来。……在那一面——我看见这个，分明地看见这个——柔软地，端正地挂下一条白窗帏，恰好挂到窗子的框边上，十分稳定。

"这是为什么呢？"当我到了自己的房中，我差不多无意识高声叫出。"是做梦？是邂逅？或者……"这突然闯入我的脑中的推测，非常新鲜而奇妙，使我不敢仔细回味。

十八

我早晨起来觉得头痛。昨日的那种心情已经消灭，却又来了一种我所从来不曾尝过的空虚的恐怖和一种悲哀，仿佛我的体中丧失了一件东西。

"你为什么好像一只割去半个脑子的兔子了？"罗兴遇见我时这样问我。

午饭的时候，我先偷看父亲一眼，然后再看母亲：他同平时一样安定，她也同平时一样地怀着内心的焦灼。我等着父亲看他对我有没有像以前所常有的亲爱的话。……但他连照例的冷淡的招呼都不对我打一个。"我要不要向蕊娜伊达说明一切呢？"我疑惑不决地想，"无论如何总归一样的。我们二人间的关系一切完结了。"

我去看她，但不告诉她什么，其实我即使对她说，这种话也说不出口。老夫人的儿子，一个十二岁的小学生，从彼得堡放假回来，蕊娜伊达立刻带了她的弟弟到我这里来。

"现在，"她说，"可爱的服洛琪亚君，"——这是她第一次给我这个爱称——"有一位你的好伴侣来了。他的名字也叫作服洛琪亚。请你爱他。他还有些怕羞，但是一个好孩子。你领他去看看纳斯苛契尼公园，同他去散步，看管他，你高兴吗？你也是一个很好的孩子！"

她亲切地把两手搭在我的肩上，我完全着迷了。在这孩子面前，我也变成了一个孩子。我默默地对那小学生看，他也默默地对我看。蕊娜伊达笑起来，把我们两人对面拢来，说道：

"互相抱抱，孩儿们！"我们互相抱了一抱。"你要我同去纳斯苟契尼公园吗？"我问那小学生。"请你领我去。"他做一种普通的小学生风的不谐和的语调回答。

蕊娜伊达又笑起来。……我在其间注意到她的脸上从来不曾有过这样美丽的色彩。我同那小学生出去了。我们的园中有一架老式的秋千。我叫他坐在秋千的狭的坐板上，给他摆动。他穿着镶有金纽扣的质地坚牢的新的小制服，端正地坐着，两手紧握住钢索。

"你还是解开了你领上的纽扣罢。"我对他说。

"不要紧，我是习惯了的。"他说着，又咳嗽。他像他的姊姊，眼睛尤其像她。我欢喜亲爱他，但同时有一种悲痛在我心中侵蚀着。"现在我确是一个孩子，"我想，"但是昨夜呢……"

我记得我昨夜失落小刀的地方，就去找到了。那小学生向我借去，拾起一支野生荷兰芹来，把它削作一管笛，他就吹起笛来。奥赛罗也吹笛。

但到了晚上，当他被蕊娜伊达在园子的角里寻到，问他为什么这样郁郁的时候，这奥赛罗在她的臂上哀泣。我的眼泪非常激动地流出，甚至使她惊骇。

"你有什么悲痛？为什么呀，服洛琪亚？"她再三地问。见我不回答，而且不住地哭，她想来吻我的泪湿的颊。但我转了开去，呜咽地说道："我都知道了。你为什么玩弄我？……你要我的爱来做什么？"

"服洛琪亚，是我错了。……"蕊娜伊达说，"我真是大错了。……"她绞她的手，又说，"我的一身，秽恶与罪过何等多！……但我现在不是玩弄你了。我爱你，你不必疑问为什么与怎样。……但你所知道了的是什么？"

叫我怎样回答她呢？她立在我面前，看着我，她一看着我，我立刻自顶至足全身归属于她了。……

一刻钟之后，我又同那学生和蕊娜伊达在园中赛跑了。我不哭了，我笑了，虽然笑的时候还有一两滴眼泪从我的红肿的眼眶里流出来。我要蕊娜伊达的帽带来围在颈中，当作围巾。我每逢追上了她，抱住了她的腰，便高声地欢呼。她随她的欢喜而和我游戏。

十九

倘使强要我精密地记录出我那次失败的深夜的壮举以后一礼拜间心中所起的情形来，我将大为困难了。这是异样的狂热的时期，一种混沌的境地，在这里面有极端相反的感觉，思想、疑惑、希望、欢乐和苦痛，像飓风一般地回旋着。我怕自己省察自己的心境，倘使一个十六岁的孩子能省察自己的心境。我怕注意观察一切事物。

我每天只想快快地过去。晚上我睡了……少年不知忧愁的脾气帮助了我。我不愿知道我是否被人爱着，又不愿承认自己是不被人爱着的。我回避父亲——但不能回避蕊娜伊达……我一到她面前，就像火一般地燃烧……但我并不要晓得我所燃烧着又熔化着的火是什么火——只要感到燃烧和熔化的愉快已够了。我只管沉浸在刹那间的感觉中，欺骗自己，逃避过去的回想，不管我所预想的前途。……但这种怯弱的状态到底不能长久继续……一个雷电落下来，刹那间把它们一切打断，把我抛掷到一条新的路上。

有一天我跑了一次较长的散步而回家吃饭，听说父亲出去了，母亲有些不舒服，关闭在房中不要吃饭，我须得独自吃饭了，非常惊异。我从那些仆人的脸上，推测到有什么特别的事故发生。……我不敢特地问他们，但我有一个同朋友一样的青年仆人叫作菲利普的，这人极欢喜诗，又会弹六弦琴。我就问他。

我因为他而晓得父亲和母亲之间起了一回可怕的冲突。（父亲和母亲说的话在女仆人的房中都能听见。他们讲的大都是法兰西语，但那女仆人玛莎曾经和一个女裁缝师在巴黎住过五年，所以她完全听得懂。）听说母亲责备父亲不贞，对邻家的少女有私情，父亲起初还辩解，后来发怒了，也说了许多残酷的话，说道："你自己想想自己的年龄看。"这话使母亲哭了。母亲又说起一笔好像是贷给老公爵夫人的借款，又极口毁谤那公爵夫人和那少女，于是父亲就威吓她。

"种种的不幸，"菲利普继续说，"是从一封无头信来的。没有人晓得这信是谁写的，倘然没有这封信，这事决不会发觉。"

"但这事确有根据吗？"我很费力地说出了这一句，我的手足都发冷了，一阵战栗通过我全身的内部。

菲利普意味深长似的眨一眨眼："确有根据。这种事情是瞒不过人的。虽然你的父亲近来很小心——但你想，他总须雇一辆马车，或有别的什么事……又非从婢仆们手里经过不行。"

我差去了菲利普，躺在我的床上了。我也不哭泣，也不消沉于绝望。我也不探究这事在什么时候怎样发生，也不惊诧自己以前为什么没有料想到。我甚至不归咎于父亲。……我对于所听到的事，差不多全然不能相信，这突然的爆发使我闷倒了。……一切都完结了。我心中一切的美丽的花，霎时间被全部摧残，撒散在我的四周，抛弃在地上，践踏在脚下了。

二十

次日，母亲提出了回到市里去的旨意。这天朝晨，父亲到她房中，独自和她待了长久。没有人听见他对她说些什么，但母亲不再哭泣，她恢复了平日的安定，命人拿饭来吃。但并不走出来，也不改变她的计划。我记得，这一天我尽日在外散步，但不走进园中去，绝不眺望那小舍，到了晚上，我目击一种惊异的光景：父亲捉住了马来符斯奇伯爵的臂，通过餐厅，到正厅里，当着一个仆人的面前，冷酷地对他说：

"二三日之前，我会请阁下不要再来这里。现在我决不与你和解，但我警告你，倘然你下次再来，我要把你从窗子里掷出去。我不欢喜你的笔迹。"

伯爵点头，咬他的唇，退出去，不见了。

我们预备迁居到市里，到阿尔罢谛街上我们自己的房子那里去。父亲自己大约也不要再留在这别庄里，但他显然已经说服了母亲，叫她不要把今次的事宣扬出去。诸事静静地从容地准备定当。母亲差人去向公爵夫人辞行，她差人去道她的歉，说她为微恙所阻，不能在离去以前再来拜访她了。

我像着了魔一般在各处跑转来，我但盼望一件事情，盼望一切都完结得愈快愈好。只有一事不能离开我的心：她，一个少女，又到底是一个公爵家的公主，既然晓得我的父亲不是一个自由身体的人，又有和别人——例如比洛符左洛符——结婚的机会，她为什么要做到这个地步？她希望什么？她怎么不怕她的前途将完全破产？是了，我想，这便是恋爱，这便是热情，这便是献身……我又忆到了罗兴的话：牺牲自己在有的人确是引为甘美的。

我偶然瞥见小屋的一扇窗中有一种白的东西。……"这是蕊娜伊达的脸吗？"我想……是的，这果然是她的脸。我情不自禁了。我不能没有最后的诀别而离开她。我找得一个适当的机会，走进那小屋中去。

在客堂中，老夫人用了她的照例的疏慢和随便的态度来迎接我。

"你们的家眷怎么这样突然地迁去了？"她一面把鼻烟塞入鼻孔中，一面说话。我对她一看，觉得心里似乎取去了一块石头。菲利普说起的"借款"一事，使我觉得非常苦痛。但她却毫不疑心……至少我当时这样想。蕊娜伊达从邻室走进来，面色苍白，穿着黑的衣服，头发松松地挂着。她默然地握住了我的手，拉我同去了。

"我听见了你的声音，"她开始说，"立刻走出来。你这样容易地离去我们，顽孩儿？"

"公主，我是来和你告别的，"我回答，"大约是永诀了。你恐怕也晓得，我们要迁居了。"

蕊娜伊达不断地注视我。

"是的，我听见了。谢谢你特地来告别。我正在想起我不能再见你。请你不要怀恨于我。我有时虐待了你，但我绝不是你所想象的那种人。"

她走开去，靠在窗子上了。

"真的，我不是这样的人，我晓得你一定是怨我的。"

"我？"

"正是，你……你。"

"我？"我悲愤地又叫一声，我的心又同从前一样在她的强大的、不可名状的魔力的影响之下急跳了。"我？请你相信我，蕊娜伊达·亚力山特洛符娜，你无论做什么事，无论怎样虐待我，我总爱你，崇拜你，直到我的末日。"

她急速地转向着我，张开她的两臂来抱住了我的头，给我一个温暖而情深的吻。这永远诀别的接吻，不知在追求什么，我却热心地领略了它的甘美。我晓得这是决不会再来的了。"再会，再会。"我反复地说着。……

她就离开我，走了出去。我也离去了。我不能描写我离去时的心情。我不愿再经历这种心情，但倘我全然不曾经历过这样的心情，我又将叹自己的不幸。

我们迁回市内了。我并不立刻抛却过去，也不立刻用功。我的创伤慢慢地复原起来，但我对于父亲并没有不好的感情。我似乎反而对他起好感了……让心理学者来详细说明这矛盾罢。

有一天，我正在路旁的树荫下散步，遇见了罗兴，感到不可名状的快乐。我欢喜他，为了他的率直而不做作的性格，又为了他唤起我许多回忆，使我觉得他更可亲爱。我跑近他身边。

"啊哈！"他蹙着眉头说，"是你，小朋友。让我看看！你看，你仍旧和从前一样面黄，但眼睛里没有像从前的茫然的样子了。你已像成人的样子，不复像小狗一般了。这是很好的。你近来做点什么？用功？"

我叹息一声。我不欢喜说诳话，但说出真话来又觉得难为情。

"不要紧的，"罗兴又说，"不要怕难为情。我们最紧要的是须过不逸常轨的生活，不要做情欲的奴隶。否则有什么好结果呢？被情欲的潮流漂去，无论到什么地方——都是不好的前途。一个人即使只有一块岩石的立脚地，也应当用自己的脚来立身。请看，我要咳嗽了……那比洛符左洛符——你听见过关于他的消息吗？"

"没有，他怎样了？"

"他隐迹了，消息全无。他们说他到高加索去了。这是你的好教训，小朋友！这全因为不懂得及时退身，不懂得那脱却罗网的方法。你似乎脱身得很好。切记不要再投到同样的网里去。再会！"

"我决不，"我想，"我决不再见她了。"但命运注定我再见蕊娜伊达一面。

二十一

父亲惯常每天外出骑马。他的马是一匹斑色栗毛的英吉利牝马，是一只颈细脚高、根气充足而有恶癖的野兽。它的名字叫作"电光"。除了父亲之外，没有人会驾驭它。有一天他很高兴，带了一种我许久没有见过了的和蔼，走近我来。他正在预备去骑马，靴已经穿上了。我便请他带我同去。

"我们还是去做跳马游戏有趣得多，"父亲回答，"你骑在那肥马上一定追不上我。"

"我会追上的，我也加鞭。"

"好，那么去罢。"

我们出发了。我骑一匹壮健而精神尚好的粗毛黑马。果然那"电光"跑得极快的时候，我的马也会出全力赶上，并不落后。我从来没有见过像父亲的善骑的人。他坐得非常自然又稳健，他所坐的马似乎懂得这一点，在夸耀它的骑手。

我们跑过一切列树的道路，跑到了"处女野"地方，跳过了几个矮墙（我起初不敢跳，但父亲是看轻胆怯人的，我不久也不觉得害怕了），两次跳过莫斯科河，我以为我们将回家去了，尤其是因为父亲也说过我的马已经疲倦，忽然到了克里米亚滩上，他转向别处，沿了河岸跑去了。

我跟着他跑。跑到积着一大堆旧木材的地方，他即刻下马，叫我也跳下马来，他把他的缰绳给我，命我在木材堆的地方等他一等。他自己步行到一道小街里，不见了。我拉着两匹马，在河畔跑来跑去，呼喝那"电光"。这畜生走的时候不绝地颠荡，掉它的头，鼻鸣，又嘶叫；当我立停了，它又没有一次不用蹄搔地，做哀鸣，且咬我的马的颈。它的举动，全然表示它是一匹恶性的纯种马。

父亲久不回来。河里起了一片不快的湿雾，细雨霏霏地降下，在我所反复经过了好几次而现在已经看厌了的那粗笨而灰色的木材堆上面点了许多小的黑点。我焦灼得恐慌了，但父亲依然不来。一个穿着同木材一样的灰色的衣服，头上戴着一个像钵的老式军帽，手中拿着矛戟的哨兵似的芬兰人（试想想看，怎么莫斯科河畔会来了一个哨兵！）向我走来，把他的老婆子一般的皱皮脸孔转向着我，说道："你带了这两匹马在这里做什么，少爷？我给你带罢。"

我不睬他。他又问我索卷烟。我想避开他（也因为不耐烦），就向父亲去的方向走了几步，终于走到那街道的尽头，转一个弯，立停了。我看见这街上离我约四十步的地方，在一间小的木造屋的窗外，立着我的父亲，他背向我，靠在窗台上。在屋的里面，窗帏半遮的地方，坐着一个穿黑衣服的女人，正在和父亲谈话。这女人是蕊娜伊达。

我同石化一般了。这实在是我千万料想不到的事。我当时的最初的冲动是想跑走。

"恐怕父亲要旋转身来，"我想，"那时我怎么办？……"一种异常的感觉——一种比好奇心还强，比嫉妒还强，甚至比恐怖也还强的感觉——把我固定在那里。我就观察他们。我倾着耳朵听。

父亲似乎在主张一件事，蕊娜伊达不赞成。我到现在似乎还能看见她的颜面——悲哀、严肃、可爱，又带一种献身、愁苦、恋慕，和一种失望的不可名状的表情——我再想不出别的字来形容了。她说话极简短，并不举起眼睛来，只是微笑——其笑容是顺从而又毅然的。单凭这笑容，我便可认识我的旧日的蕊娜伊达。父亲耸他的肩，正他的帽，这是他平常不耐烦时候的表现。……后来我听得一句话："你非离去此地不可。……"蕊娜伊达立起身来，伸出她的臂。……忽然在我眼前一件不可能的事情发生了。

父亲忽然举起他的拂衣尘用的鞭来，我听见在她的露出肘的肉臂上发出一声锐音的打击声。我几乎要叫起来。蕊娜伊达发抖了，默默地看着父亲，慢慢地举起她的臂到唇边，自己吻那打红的痕迹。父亲抛弃了鞭子，急急地跨上门口的台阶，闯入屋中。……蕊娜伊达转个方向，伸开她的两臂，垂着头，也离开了窗而去。

我的心因为惊骇和一种敬畏的恐怖而消沉了，我连忙回转身来，跑出小街，回到河岸几乎放走了那"电光"。

我不能一一清楚地记忆。我晓得我的冷淡而沉静的父亲有时也会为积愤所激。然而我到底不能了解刚才所见的是怎么一回事。……但同时我觉得，我在全生涯中决不能忘记蕊娜伊达这态度、这眼色和这微笑；又觉得她这姿态，突然出现在我眼前的这姿态，永远铭刻在我的记忆中了。我呆然地向河中注视，不觉滴下了许多眼泪来。"她被打，"我想，"被打……被打……"

"呵，你在做什么？把我的马带来！"我听见父亲的声音在我后面叫着。

我机械地把缰绳递给他。他跳上"电光"……这牝马，立了长久之后受了寒气，昂起它的上半身，向前跳了一丈多路……但父亲不久就克制它，他用靴踢马的旁腹，又用拳打他的颈。……

"呀，我的鞭子没有了。"他自言自语地说。

我想起了不多时以前我听见的那鞭的摇曳和打击，战栗起来。

"你放在哪里了？"稍停了一会儿之后我问他。

父亲不回答，他只管在前面跑。我赶上去。我定要看看他的脸孔。

"你等得厌烦吗？"他从齿间说出。

"没有什么，你的鞭掉在哪里了？"我又问。

父亲极快地对我一看。

"并没有掉，"他回答，"是我抛弃的。"他垂下了他的头而沉思了……这是我最初次，或最后次看见他的严格的颜貌中也能显出非常的温顺和怜悯来。

他又向前快跑了，这回我赶他不上，我比他迟十五分钟回到家里。

"这就是恋爱，"我夜间坐在我新近放着书和笔的写字桌前时又独自这样说，"这就是热情。……要忍受无论何人的……即使最亲爱的人的鞭打而不反抗，是不可能的事！但在恋爱的人似乎是可能的。……我呢……我在想象这等事。……"

在这个月里，我自己觉得长大得多了，我的受了种种的狂喜与苦痛的恋爱，同另外一种我所向来不曾想象到的东西——捉摸不牢的，像一副素不相识的美丽而又严肃的颜貌而威吓我的，在薄暗中无论如何也看不清楚的一种东西——相比较起来，觉得微小、稚气，又可怜得很！……

这一天晚上我做了一个奇怪而且可怕的梦。我梦到一所低而且暗的屋中……见父亲手执一根鞭立着，愤怒地顿足，屋角里伏着蕊娜伊达，一条打伤的红痕不在她的臂上而在她的额上……他们二人的后面，耸立着全身涂血的比洛符左洛符，他张开他的苍白的唇，在厉声地威吓父亲。

两个月之后，我进了大学。过了不到六个月，父亲在我们新近迁居的彼得堡患急病死了。他死的前几日，接到莫斯科来的一封信，使他受了猛烈的刺激。……他到母亲处去，恳托她什么事情。我听说他竟对母亲流泪——他，我的父亲！在暴死的那一天的早晨，曾经开始用法兰西语写一封信，预备给我。

"我儿，"他写着，"谨防女子的爱情，谨防这种幸福，这种毒药。"
他死后，母亲送一大笔的金钱到莫斯科去。

二十二

经过了四年。我才出大学，一时还不晓得怎样处置自身，走哪一条路。我暂时赋闲，不做事情。有一个美好的晚上，我在剧场里遇见漫伊达诺符。他已结婚，且就官职了，但我看他比从前没有什么变更。他依然忽而过度地狂喜，忽而忧郁，正同从前一样。

"你晓得吗？"他对我谈的许多话中有一次这样说，"独尔斯奇夫人在这里呢。"

"谁是独尔斯奇夫人？"

"你可忘记她的？——那札西京公爵家的公主，我们大家曾经恋爱她的，你也恋爱她的。在纳斯苛契尼公园的旁边的庄屋里，你记得吗？"

"他同独尔斯奇氏结婚了？"

"正是。"

"她在这里，这剧场里？"

"不，她在彼得堡，前几天她到过这里。听说她将赴外国游历了。"

"她的丈夫是甚样的人？"我问。

"一个漂亮的男子，且有财产。他是我在莫斯科时的同事。你也明白晓得的罢——那件丑闻……你应该是完全晓得的……"漫伊达诺符做含着深意的微笑，"这位公主要拣一个好的丈夫是有些困难的，因为凡事总有结果……但是照她的聪明伶俐，其实要无论怎样都可能。你去访问她罢，她见了你一定欢喜。她比从前更加美丽了。"

漫伊达诺符告诉我蕊娜伊达的地址。她住在特谟德旅馆中。旧日的记忆在我心中涌起来。……我决定明天去访问我的旧日的恋人。然为事所阻，经过了一礼拜，又经过一礼拜，我方才到特谟德旅馆去访问独尔斯奇夫人，听说她已在四天之前因为难产而暴死了。

我觉得心中像被针刺一般。想起了我可以见她而不曾见她，且永远不得见她——这悲痛的想念用了它们全部的强大的苛责的力而猛烈地刺我的心。"她死了。"我呆然地注视那门役，连说了几遍。我悄悄走出街上，自己不晓得走到哪里，只是茫然地向前走。一切过去的情形，霎时浮出在我眼前。这便是解决，这便是青春的、热烈的、光彩的生命所匆匆忙忙地赶到的终点！我这样默想。我想象那种可爱的姿态，那种眼，那种卷发——关在狭长的箱子里，埋在潮湿的地下的黑暗中——横在离开还活着的我不远的地方，又恐怕离开我父亲也只有几步。……我想起这一切的事。我耽于种种的想象，这时候——"我从不相干的口中闻知她的死耗，我也不相干地倾听"的诗句不绝地在我心中响着。

唉，青年，青年！你们差不多可以全无顾虑；你们是所谓宇宙的一切珍宝的主有者——虽忧愁也可使你欢乐，虽悲哀也可被你利用；你们是自信且傲慢的人，你们说："看哪！只有我生着！"——但是你们的岁月也在时时刻刻地飞快度过，也会消灭得无影无踪；属于你们的一切事物，都要像日光里的蜡或雪一般消灭。……你们的魔力的一切秘密不在乎能做无论什么事，而在乎能想做无论什么事，在乎能抛弃不可利用的力，又在乎各人认真地自命为浪费者，认真以为自己应该说："唉，我哪一件事不能做呢？假使我不浪费我的时间！"

然而我……我的初恋的幻影，只在一瞬间浮现，只唤起一声叹息、一种哀情，我还有什么希望，什么期待，什么丰富的未来的预想呢？

我所希望的一切，现在怎么样了？现在，人生的暮色已偷偷地照到我的一生上，除却了那黎明时的、青春的——一瞬间就过去的——暴风雨的追忆之外，还剩有什么更新鲜更可贵的回想呢？

然而我自己的批判是不公正的。虽然那时候我还是容易动心的青年时代，但对于那悲哀来访我时的叫声，和从来世飘过来的严肃的音节，我不是聋子。我曾记得我得了蕊娜伊达的死耗后二三日曾被一种不可思议又不可自制的冲动所驱，走到了和我们同居的一个贫苦的老妪的临终的床边。盖着褴褛的衣服，枕着一只袋而躺在硬的板上的老妪，死得非常苦闷又凄惨。

她的一生是与每天的穷困苦战恶斗度过的。她不具有欢乐，也不曾尝过幸福的蜜。在别人想来，她对于她的死、她的脱离、她的安息，一定是乐愿的。然而在她的老朽的身体尚能支持下去的限度内，在她的胸尚能在她的冰的手下面呼吸的限度内，直到她最后的力气离开她的时候，她画着十字，不住地低声称念"上帝，饶我的罪过"。只有到了她意识的最后的一个火花的时候，才从她的眼上消灭了对于临终的恐怖与畏惧的颜色。我记得当时我在这可怜的老妪的临终的床前，为了蕊娜伊达，曾惊恐自失而盼望为她祈祷——为父亲祈祷，又为我自己祈祷。

1922 年春初译

1929 年 6 月重校

图书在版编目（CIP）数据

惊残好梦无寻处：丰子恺译文精选读 / 杨子耘，钟桂松编；丰子恺译. —北京：北京时代华文书局，2023.10

ISBN 978-7-5699-5033-5

Ⅰ. ①惊… Ⅱ. ①杨… ②钟… ③丰… Ⅲ. ①丰子恺（1898—1975）—译文—文集 Ⅳ. ①I11

中国国家版本馆CIP数据核字（2023）第167371号

拼音书名 | JING CAN HAO MENG WU XUN CHU:
FENG ZIKAI YIWEN JINGXUAN DU

出 版 人 | 陈　涛
项目策划 | 文汇雅聚·虹信传媒
责任编辑 | 李　兵
特约编辑 | 蔡时真
责任校对 | 陈冬梅
装帧设计 | 李树声　樊　瑶
责任印制 | 訾　敬

出版发行 | 北京时代华文书局 http://www.bjsdsj.com.cn
北京市东城区安定门外大街138号皇城国际大厦A座8层
邮编：100011　电话：19568731532　010-64263661

印　　刷 | 北京盛通印刷股份有限公司　010-52249876
（如发现印装质量问题，请与印刷厂联系调换）

开　　本 | 880 mm×1230 mm　1/32　印　张 | 16.625　字　数 | 424千字
版　　次 | 2023年10月第1版　　　印　次 | 2023年10月第1次印刷
成品尺寸 | 145 mm×210 mm
定　　价 | 52.00元